【香山文库】

陈君葆全集

书信集

上册

陈君葆 著

刘秀莲 谢荣滚 主编

U0964815

SPM
南方出版传媒
广东人民出版社
·广州·

图书在版编目（CIP）数据

陈君葆全集．书信集／陈君葆著，刘秀莲、谢荣滚主编．—广州：广东人民出版社，2018.12

ISBN 978-7-218-13297-6

Ⅰ．①陈… Ⅱ．①陈… ②刘… ③谢… Ⅲ．①陈君葆（1898—1982）—全集 ②书信集—中国—当代 Ⅳ．①I217.2

中国版本图书馆 CIP 数据核字（2018）第 287474 号

CHEN JUNBAO QUANJI · SHUXINJI

陈君葆全集·书信集

陈君葆 著 刘秀莲 谢荣滚 主编

出 版 人：肖风华

出版统筹：柏 峰 张贤明

责任编辑：张贤明 李沙沙 周惊涛 陈其伟 刘露露 赵 璐

装帧设计：彭 力

责任技编：周 杰 易志华 吴彦斌

出版发行：广东人民出版社

地 址：广州市海珠区新港西路 204 号 2 号楼（邮政编码：510300）

电 话：（020）85716809（总编室）

传 真：（020）85716872

网 址：http://www.gdpph.com

印 刷：广州市浩诚印刷有限公司

开 本：787mm × 1092mm 1/16

印 张：50 插 页：15 字 数：650 千

版 次：2018 年 12 月第 1 版 2018 年 12 月第 1 次印刷

定 价：230.00 元（上下册）

如发现印装质量问题，影响阅读，请与出版社（020-85716849）联系调换。

售书热线：（020）85716826

陈君葆像

一九二五年，陈君葆夫妻与友人在新加坡长沂合影。右起：陈君葆、郑云卿、蔡临从、郑秉仁、陈华耀、梁崇高

一九三七年五月，陈君葆与徐悲鸿等在香港大学冯平山图书馆开画展期间，在该馆门前合照。左一徐悲鸿、左二许地山、左三许地山夫人周俟松、右二陈君葆，中间两小孩为陈君葆二子陈文蔚（后）及三子陈文达（前）

一九三七年夏，陈君葆（左二）与许地山（右二）、郑云卿（左一）、周俟松（中）、陈君葆三子文达（左一前）、四女云湘（陈君葆手抱者）等在海浴后合影

一九五五年，中共广东省委在从化召开座谈会。右五为陈君葆

一九五六年八月，周恩来（中）在北京中南海接见陈君葆（左）。右为方方

一九六〇年，在庆祝国庆十一周年华润公司庆祝酒会上，陈君葆与马蒙、高卓雄夫妇等合影

志願军抗美援朝出國作戰
十周年纪念
出國初驚禍結連　千山萬水跨清
川　上甘嶺上殘灰在　至認創痕已十年
虜騎來時戰相開　朔風飛雪正縱工
雲山一役關全局　從此朝中誼不分
抗美援朝歲月更　和平爭取記脩
程　白旗自見開城成　強寇時疑解戰兵
保家衛國著殊勳　寰宇同欽志
願軍　佳話流傳萬子國　情親争
道義趨群

為建國十一周年華潤公司
慶祝酒会留影此上給
雲湘愛兒存念

君葆

陈君葆写在中华人民共和国成立十一周年华润公司庆祝酒会照片背面的文字

一九六九年，陈君葆环游世界途中的留影

一九七七年，香港《大公报》朋友访问陈君葆于南丫岛榕树湾“水云楼”天台时合影。右起：翁薇、王同欣、黄沙、陈君葆、范凤女、叶华、曾德成、陈云湘、彭耀坪、杨洁瑷、廖志坚、彭日颖、彭日进、彭日斌

一九七八年，陈君葆（后左一）与长女云玉（后左二）、孙女子贞（后左三）、四女云湘（后右二）、孙子子健（后右一）、外孙谢志成（前左）、外孙女谢小萍（前右）在香港大学校园合影

一九七八年，陈君葆（后左二）与孙女子贞（后左一）、外孙女谢明哲（后左三）、孙子子健（后左四）、外孙谢志成（前左一）、外孙女谢小萍（前左二）在香港大学校园合影

一九八一年十月十日，陈君葆（中）与梁灵光（左）在广东迎宾馆宴席上合影

一九八一年十月二十八日，任仲夷会见陈君葆

一九九八年十月，陈君葆部分子孙在深圳怡景花园合影。前排左起：尹慧莲（三儿媳）、文蔚（二子）、云玉（长女）、子菡（孙女）、马剑雄（二儿媳）；后排左起：文达（三子）、谢志成（外孙）、子倬、子毅（孙子）、谢小萍（外孙女）。前站小孩为外曾孙梅冬雨

徐悲鸿赠陈君葆夫人郑云卿画

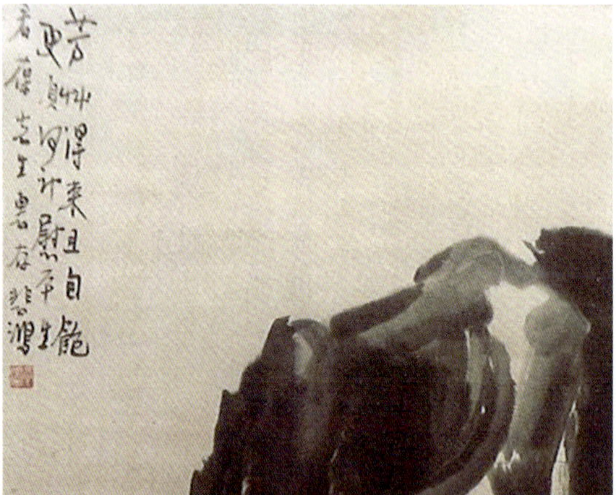

徐悲鸿赠陈君葆画

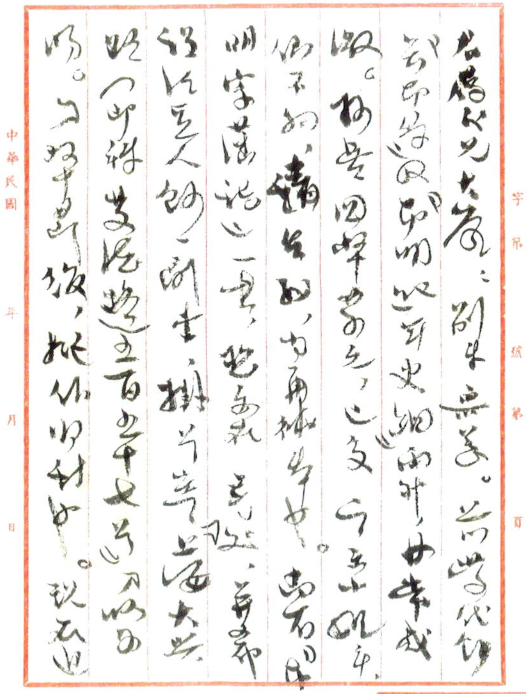

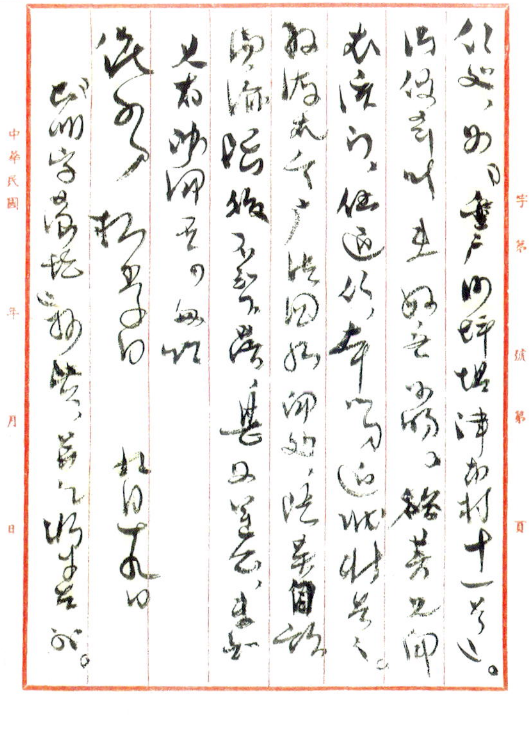

柳亚子致陈君葆函并诗

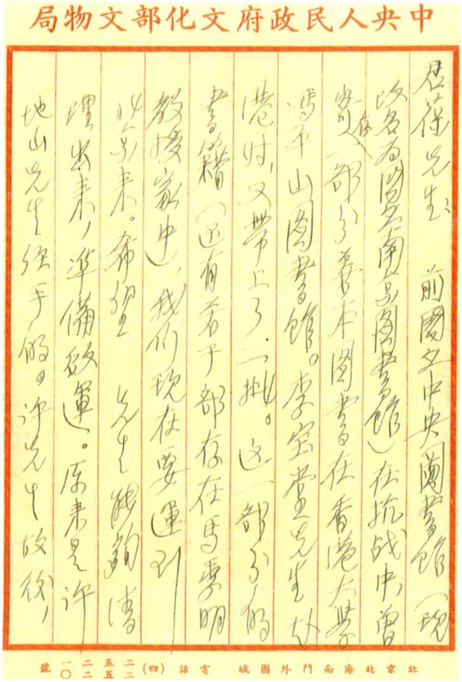

中央人民政府文化部文物局

君葆先生：

前國立中央圖書館（現改名為國立南京圖書館）在抗戰中，曾寄存一部分善本圖書在香港大學馮平山圖書館。李宗瀛先生赴港時，又帶上了一批。這一部分的書籍（還有若干部存在馬季明教授家中），我們現在要運到北京來。希望先生能夠清理出來，準備啟運。原來是許地山先生經手的，許先生故後，

北京北海南門外團城　電話（四）二五二一 二五二〇號

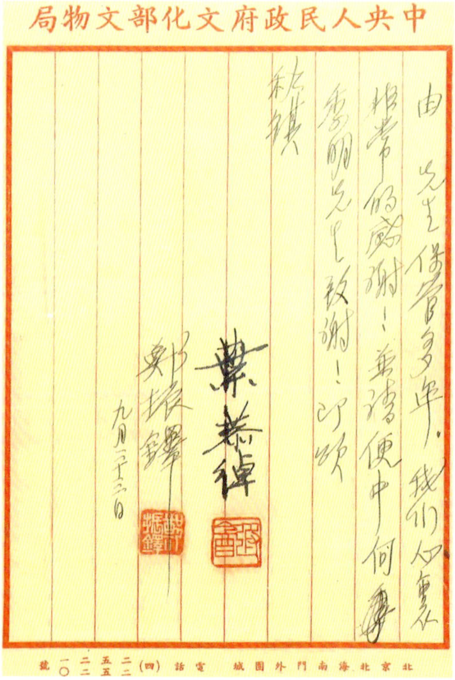

中央人民政府文化部文物局

由先生保管多年，我們衷心非常的感謝！並請便中向季明先生致謝！此頌

秋祺

葉恭綽
鄭振鐸
九月二十二日

北京北海南門外團城　電話（四）二五二一 二五二〇號

叶恭绰、郑振铎致陈君葆函

一九四九年四月，红军渡江趋楚越；红旗麾揮遍江南，電掃
邪氛蛇斧窟。一朝光復五羊城，反動群醜勢窮竭，長征萬
里慶歸騎，共看狐兔隨汨沒。井岡山上望朝暾，燦爛紅
光氣蓬勃；廿年建軍多苦辛，解放功成幾顛蹶？義士
還家問瘡痍，白頭野老嗟存歿；翻身兒女記寒衣，
「塔」字留題歲衡碣；獄中枯骨倩誰收？強寇鐵蹄猶
怒發！此時契濶重相見，離合悲歡襟滂滂，正好閲河
圓夢魂，吳尚戰士嚴斧鉞？簞食壺漿百里迎，攜扶
未許壯心歇；更何西南急進軍，不留後患張撻伐；豕突
狼奔何處逃，殘餘入海連胡羯。吁嗟乎「红军不畏遠征
難」，擊楫中流咸奮發；健兒百萬待枕戈，進行革命
同軌軏。可歌可泣事無數，我欲披圖叙剞劂！
題吳廷㨗藏黃永玉李流丹合作勞軍圖木刻　君葆
一九五五年元旦，車過黃竹坑，錫根為攝於深水灣頭——葆識

题吴廷捷藏黄永玉、李流丹合作《劳军图》长诗（此诗写在陈君葆夫妇合照背面）

君葆先生
惠書敬悉吳于綠綺琴鄭
氏原無售意故不必急急
也有同好不妨一談又
四寶詩稿由弟携回整理
現僅得三分之一間有不識
之字傳鈔頗為費事
兄如到穗希來小叙復
頌
道安

弟庚上 六月十二日

容庚致陈君葆函

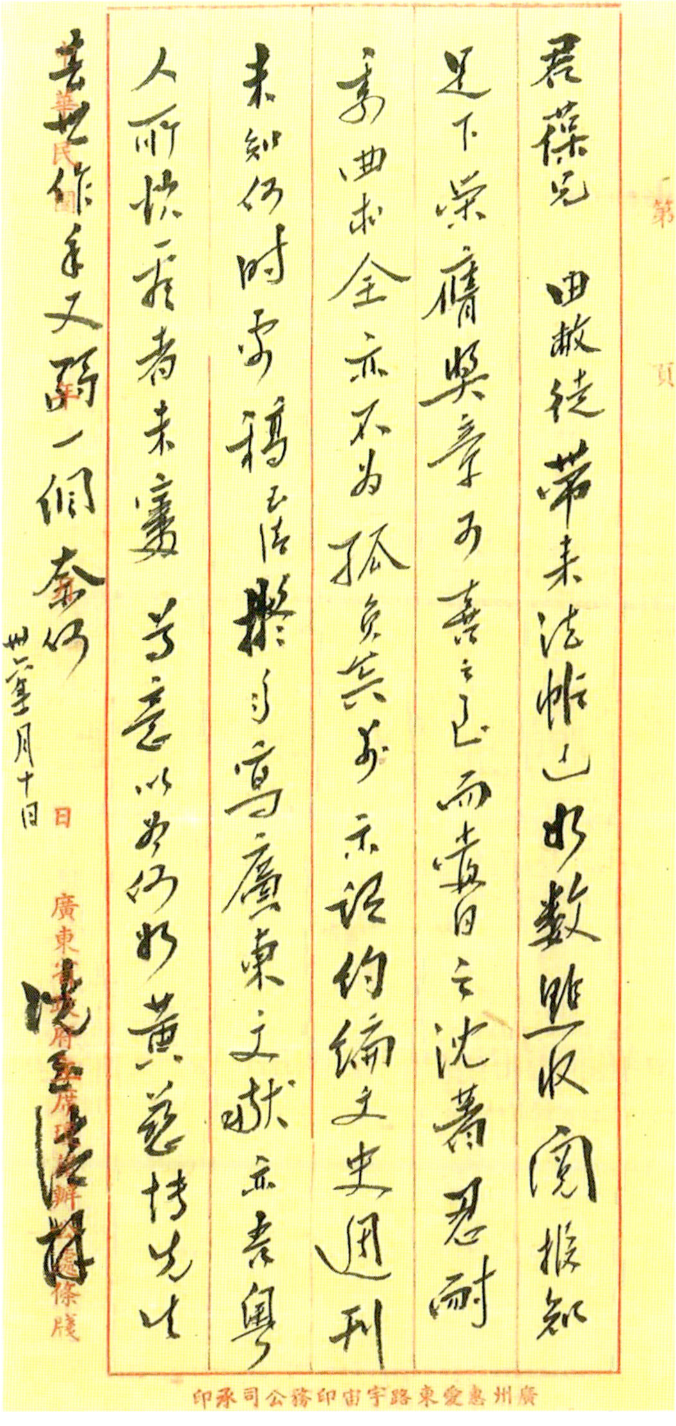
君葆兄：田教徒带来法帖山水数照收阅，报纸
足下荣膺奖章，可喜之至，而当日沈慕君耐
务曲求全，亦不为孤负矣。亦语约编文史周刊，
未知何时可稿，法联手写广东文献，亦青粤
人所快事者未寡，等意以为何如？黄慈博先生
去世，作手文辞一個，奈何。
卅六年 月十日 冼玉清

中華民國 年 月 日
廣東省政府主席辦公處條箋
第 頁
廣州惠愛東路宇宙印務公司承印

冼玉清致陈君葆函

國立中央圖書館

君葆先生大鑒：十五日寄上一航空快函計登
記室。該函所稱馬季明先生帶往重慶之圖書五種，其中韓詩外傳
一書，茲查乃敝館在重慶所購，非季明先生帶渝者，以是存港之圖
書中，仍當有韓詩外傳一書，書凡五冊，合以日前寄奉目錄中所開
之二十七種七十六冊，共計二十八種八十一冊，謹以奉
聞。敬乞
亮詧是荷。專此，敬請
大安

弟蔣復璁謹啟 三月二十日

中華民國　年　月　日

京雄 2.34.10.2000

南京成賢街四十八號

蒋复璁致陈君葆函

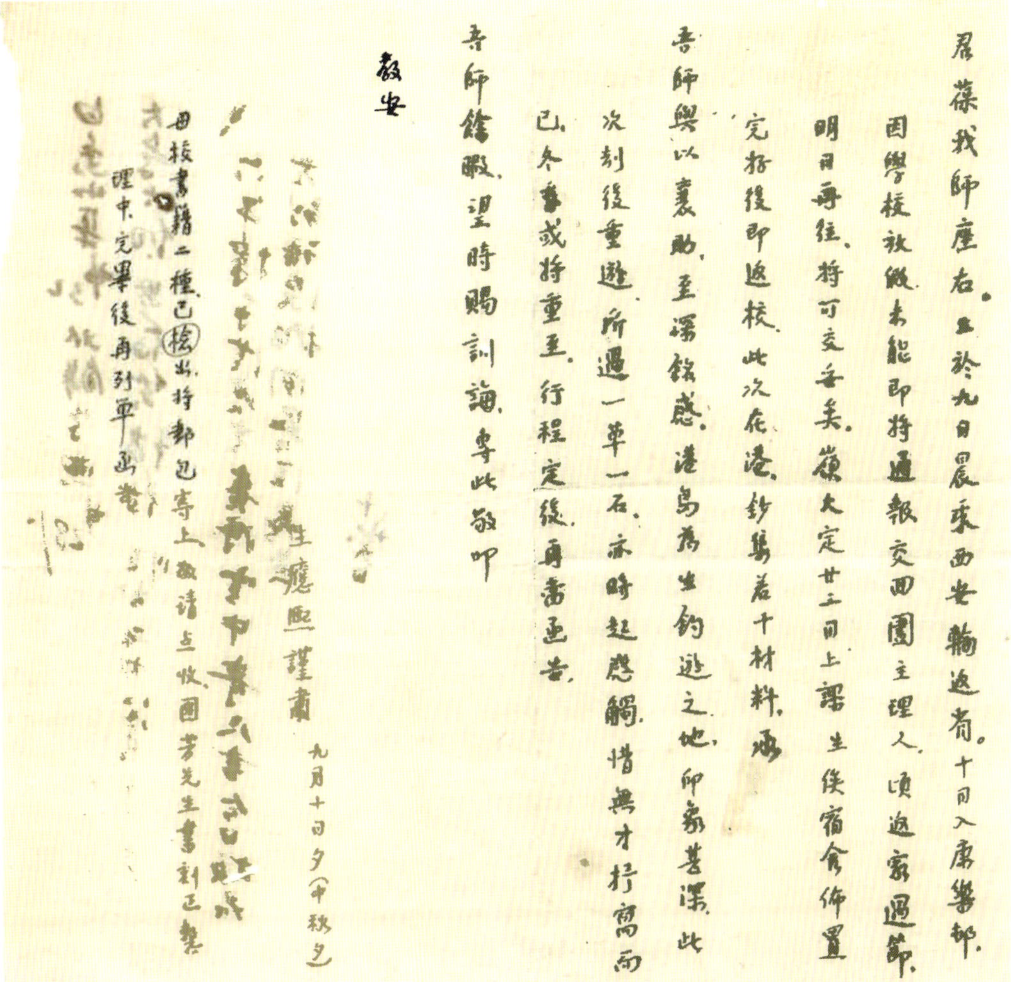
君葆我師座右：生於九日晨乘西安輪返省，十日入嶺學部，因學校放假未能即將通報交回圖主理人，頃返家過節，明日再往，將可交妥矣。嶺大定廿三日上課，生俟宿舍佈置完妥後即返校。此次在港，鈔集若干材料，承吾師與以襄助，至深銘感。港島為生釣遊之地，印象甚深，此次別後重遊，所遇一草一石，亦時起感觸，惜無才抒寫而已。冬季或將重至，行程定後再當函告。吾師餘暇，望時賜訓誨。專此敬叩

教安

生應熙謹肅 九月十日夕（中秋夕）

母校書籍二種已檢出，特郵包寄上，敬請點收。國芳先生書刊正整理中，完畢後再列單函告。

金应熙致陈君葆函

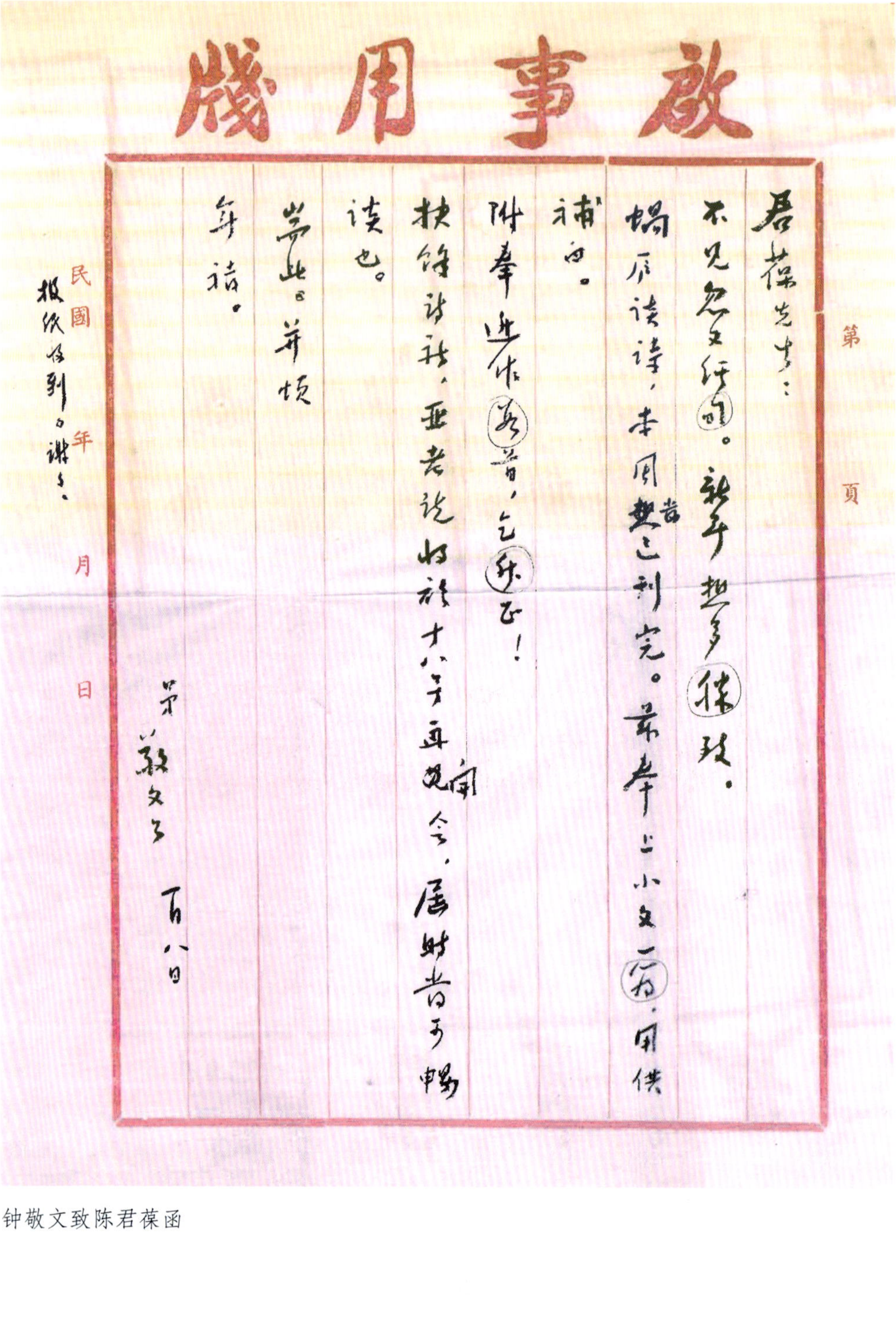
啟事用牋
第 頁
君葆先生：
不见忽又经旬。新年想多佳胜。
蜗居读诗，本周当已刊完。兹奉上小文一篇，用供补白。
附奉近作数首，乞斧正！
扶馀诗社，亚老说将于十八号再开会，届时当可畅谈也。
专此。并颂
年禧。
弟 敬文上 [illegible]八日
民國 年 月 日
报纸收到，谢谢。
钟敬文致陈君葆函

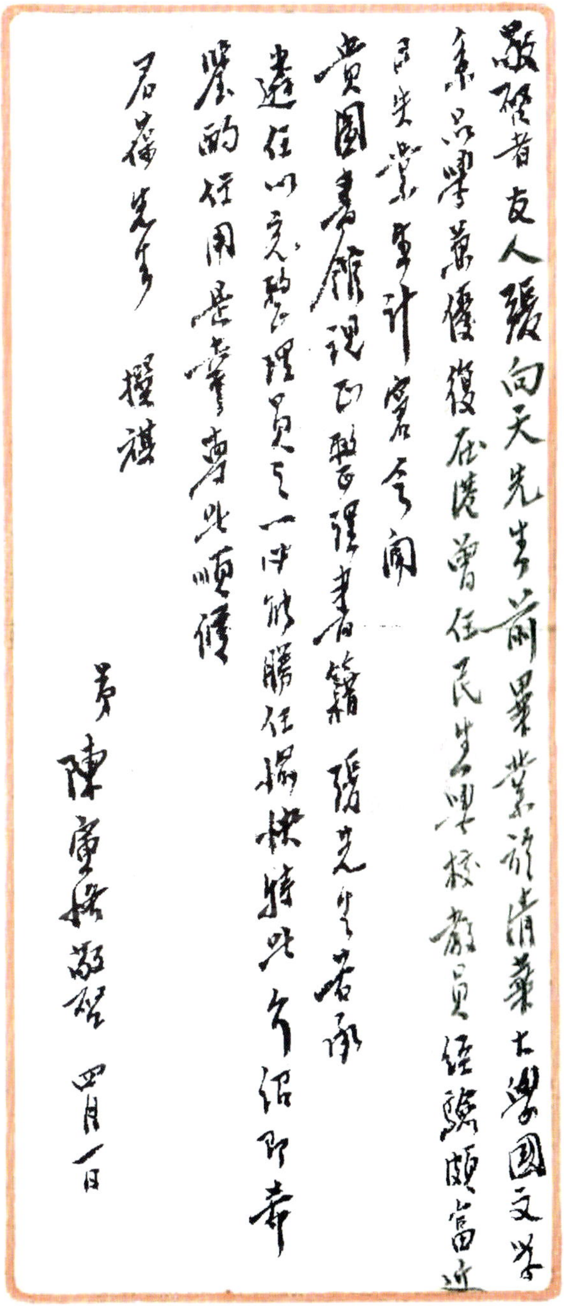
敬啓者　友人張向天先生前畢業於清華大學國文學
系，品學兼優，復在港曾任民生學校教員，經驗頗富，近
日失業，生計窘甚，聞
貴圖書館現正整理書籍，張先生若承
遴任以充整理員之一，必能勝任愉快，特此介紹，即希
量酌任用是幸，專此順候
君葆先生　撰祺
弟陳寅恪敬啓　四月一日

陈寅恪致陈君葆函

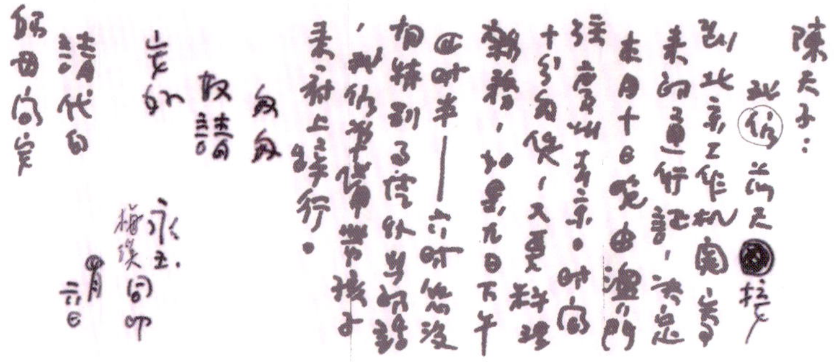

陈夫子：
我們前天接到北京工作机關寄來的通行証，決定本月十日先由澳門經廣州去京。时间十分匆促，又要料理雜務，如果九日下午四时半——六时您沒有特别事情，我們想帶孩子來府上辞行。

匆匆

敬請

崇安

永玉、梅溪同叩

四月六日

請代向

師母問安

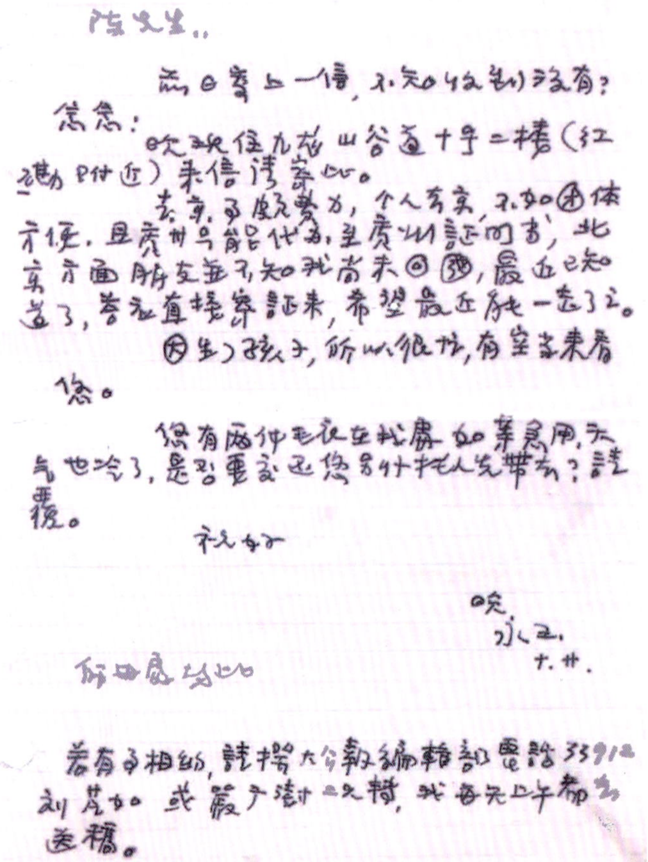

陈先生：

前日寄上一信，不知收到没有？念念！

咱现住九龙山谷道十号二楼（红磡附近）来信请寄此。

去京手续繁多，个人前来，不如团体方便，且广州只能代办至广州証明书，北京方面所支并不知我尚未回国，最近已知道了，答应直接寄証来，希望最近能一齐了之。

因生了孩子，所以很忙，有空当来看您。

您有两件毛衣在我处，如需急用，天气也冷了，是否要交还您另外托人先带去？请覆。

祝好

晚 永玉

十、廿。

師母處均此

若有事相約，請撥大公報編輯部電話33912 刘芃如 或嚴慶澍轉，我每天上午都去送稿。

黄永玉致陈君葆函

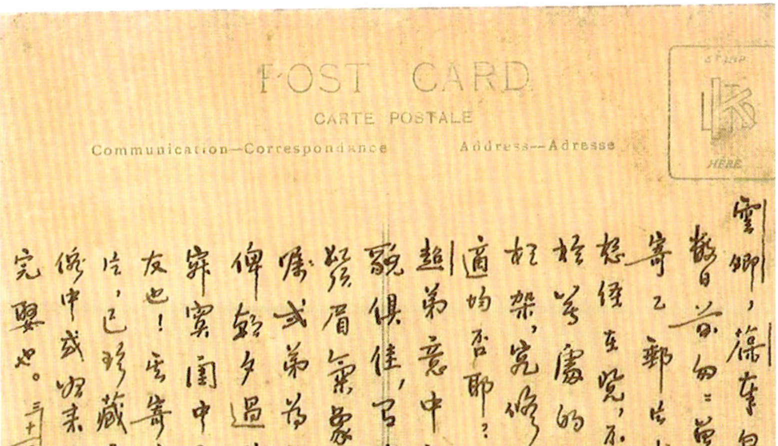

陈君葆给妻子郑云卿明信片

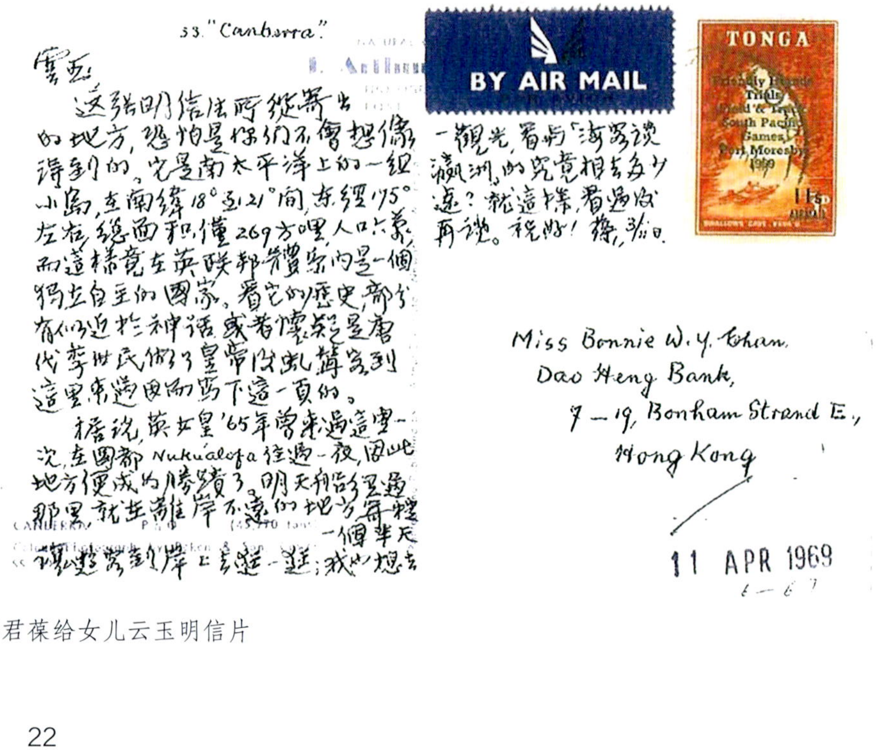

SS. "Canberra"

雲玉：

這張明信片所從寄出的地方，恐怕是你們不會想像得到的。它是南太平洋上的一組小島，在南緯18°至21°間，東經175°左右，總面積僅269方哩，人口六萬，而這樣竟在英聯邦體系內是一個獨立自主的國家。看它的歷史，都有似近於神話。或者懷疑是唐代李世民做了皇帝後，叛亂落荒到這里來遺留而寫下這一頁的。

據說，英女皇'65年曾來過這里一次，在國都Nukualofa住過一夜，因此地方便成為勝蹟了。明天船經過那里，就在離岸不遠的地方停一個半天，讓遊客登岸上去逛一逛；我也想去一觀光，看看「海客談瀛洲」的究竟相去多少遠？就這樣，看過後再談。祝好！梅，3/11日。

BY AIR MAIL

TONGA

Friendly Islands Trials World & Territory South Pacific Games, Port Moresby 1969

Miss Bonnie W. Y. Chan,
Dao Heng Bank,
7-19, Bonham Strand E.,
Hong Kong

11 APR 1969

CANBERRA P&O (45,270 tons)

陈君葆给女儿云玉明信片

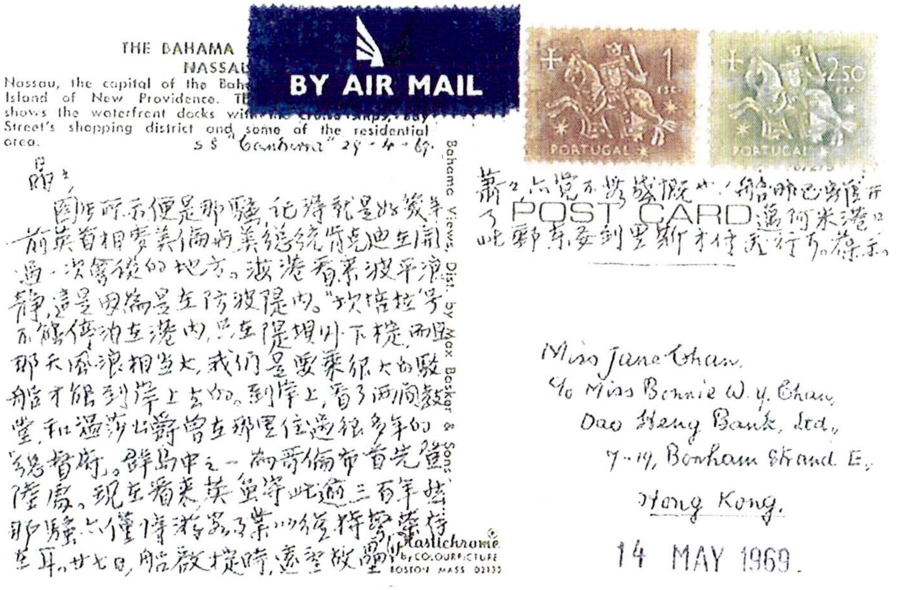

陈君葆给孙女子贞明信片

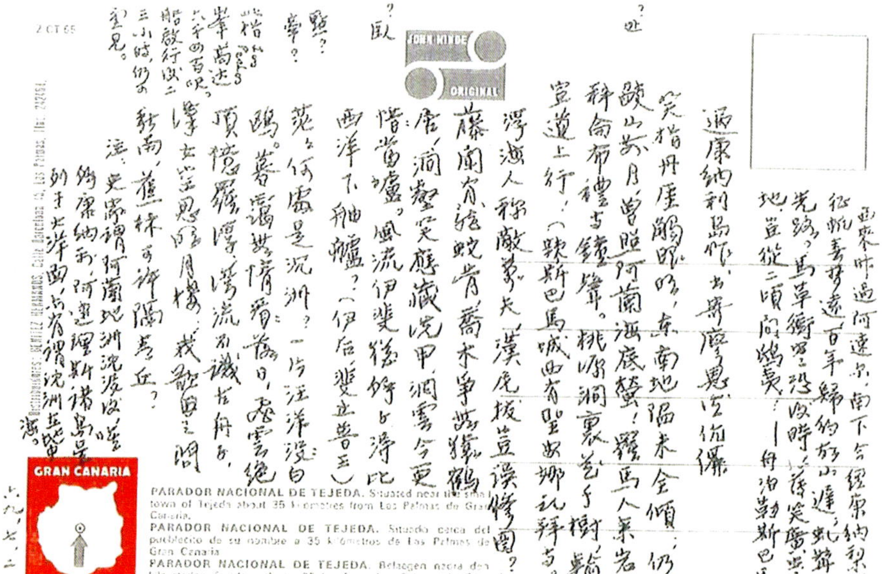

陈君葆寄给廖恩德医生伉俪诗作

整理说明

1. 收录范围。收集目前所能见及的陈君葆所写的书信及部分他人写给陈君葆的书信。分两部分：一部分为《家书万金》，主要收录陈君葆写给家人的书信。另一部分为《友谊长青》，主要收录陈君葆与其他人的书信往还。因为是写给其他人，故陈君葆所写的信件不多，为反映陈君葆与文化界、政界等交往的情况，以“附篇”的形式收录部分各界人士写给陈君葆的书信。

2. 书信编排。全部书信按陈君葆写信的对象编为两大类：第一类是写给家人的；第二类是写给其他人的。两个大类之下根据大致的主题再分小类。各个小类内的信件原则上按时间先后顺序排列：详细的排前，次详细的排后，时间不详的排在最后面。附篇则先按人物归集再按时间顺序排列。

3. 书信标题。所收录的书信原来没有标题，今据写信对象全书统一拟定标题，并在标题后括注详细的写信日期；如写信日期不够详细者，则以“□”代替。

4. 文字整理。所收信件格式、文字、风格等各异，整理时在统一一些格式的同时，尽量保留书信的格式。（1）所收信件写于不同时地，对一些外国人名、地名的翻译前后颇有不同，今仅作篇内统一，其余则一仍其旧。（2）作者署名及落款日期等，大致保留原信件的格式及做法，不作统一处理。（3）对一些无法辨认的潦草文字，以“□”代替。（4）为方便阅读，信件中的部分夹注、括注放入脚注中。（5）明显的错误，径改。一些难以判断的情况，则另行处理：增补文字，用“〔〕”标示；疑误文字则更正，并将疑误的用“〈 〉”标示。

目　录

第一编　家书万金

第二编　友谊长青

第一编

家书万金

甲篇　南州寄简

（一九二二年至一九二七年）

给妻子郑云卿信

（一九二二年一月四日）

云卿，葆拜手言：

自去年十一月廿四日奉寄一函，久久未达问左右，藉以纸上谈心；间或执笔临书，又苦万语千言，正如一部廿七史，不知从何处说起，故每握管索思，卒亦不能成一字。今譬有人焉，久别重逢，自是胸中无限事，思倾吐于一时，顾握手潸然，则又每觉十年怀思，格格而不能即吐出，情之所充，遂口舌为结，迨何故耶？予有句云，“别时容易见时难，见后相为泪眼酸”，于今谈之，犹有重感也。他时相会，又将何如耶？天涯只影，去国离家，耿耿此心，幸是推诚相示，信不见疑，得行所志；士为知己者重，剖肝析心相见，岂移于浮词哉？葆平生自持行事，别有襟怀；其是其非，是功是罪，天下亦唯有一崧老知之耳！故耶苏节日，致彼书中，并呈寄怀乙首云：

堪笑松山子，居然思绝群。此生偏有我，天下更无君。“圆案”何年会？[1]金刚几段文？[2]空嗟弦外响，秋叶落纷纷！

东坡翁风流放诞，出语如江上铜琶，而心怀君国，不减杜少陵之入蜀行吟；千古高人肝胆，流尽好热血，照耀百世，而俗子以箕狂與疯目之，亦足哀矣！葆与崧老，俱有名士风流之追仰心，跌荡不羁之无着念，所以无边风月，乘兴只管开怀，四大空相，来去总无牵挂；敢以高人自放？庶几默契古心耳！新历元旦乙首，以遣兴之什云：

海外逢新岁，悠然思几千！身来蛮貊地，心向帝城边。日远春仍夏，河清月待年。何时烟雨笠，归钓五湖天？

人生数十寒暑年，恣耳目口鼻之所欲，究之为欢几何？且乐之为乐，夫又安知其非苦之他相？欢之为欢，夫又安出其非悲之因缘？放眼达观，亦各适其自然，达于其所安而已！顾此非必消极派、出世派的论调，择其切于一己比而遵之，则有终身不能尽其妙者矣。至于怡养性情，光明心地，陶冶浮薄不纯之质，以致温文尔雅之态，殊风薄俗，不可以向迩，要不能不于研究文学，揣摩诗书上，以积时累日图收功耳。卿未成学而归于予，已每为致惜；然当时权在他人，何得“越俎代庖”，干豫人家事，但今日知往者不可谏，犹来者之可追，其岂可抛弃可宝的光阴，而不使有所造就耶？尽人可以为师，只“不耻下问”，便多见“青出

---

〔1〕 崧同年有圆案之会，皆一时杰出，今风流云散矣。

〔2〕 崧同年两江两李，称为四大金刚，皆才子也！今则唯崧为皦焉特存，可慨也！

于蓝，而胜于蓝”。然求学之道，百说不如一思；唯博学，审问，而须有慎思之也。但能潜心默想，脱出尘思俗虑，黜去轻浮不定的性情，则便似一片饶美的心田，种秧得谷也似的，得文学上的造诣矣。大凡人有一点聪明，则当想到此一点聪明的用处，弃聪明智慧于无用之地，能不辜负天地生我之深心？夫学文之道无他——多读，多想，多作而已！卿于此，幸再四留意焉。

近世倡男女平等，女子解放，自是从前家庭专制，民智蔽塞，玩视女子的等等弊风陋俗之反动。然亦有持之大极端者，因生出种种放荡的自由，以为世诟病。在我观之，则求其折衷之论，当反诸“男主外，女主内”之遗风，夫然后可以得良美快乐的家庭也。惟女子于家中细务之外，犹应具一种文学艺术上的智识，以为之章，以表示一种美观，以发达一种美感，夫然于理想的快乐家庭，庶几为近。云以为然乎？

闲偶念及平生所见的女子，一个个都极聪明伶俐，只如今客身万里，顾影飘然，曾无一个可以见面谈心，何限今昔之感呢！赋《玫瑰》诗（玫瑰，婉如小名），盖怀旧也。

昨寄玫瑰诗，今折玫瑰枝。宁识玫瑰意？聊以慰所思。所思隔千里，玫瑰空自美。折之供清盂，吐艳笑欲语。岂殊妃子姿？风流异兰芷。夜来生幽香，华灯耀罗绮。余芬绕宝中，神思凝秋水。我怀心中人，梦寐平生亲。拈花不忍吻，潸然泪酸辛！

葆手书，并候近好。

十一年元月四日

给妻子郑云卿信

（一九二二年十二月十九日）

十二月十八日，在金宝

云卿：

十弍日从巴双考试回来寄给你那封信，想依期收到了。十五日师范考完了试，我和启华到金宝来，现在住在他的叔叔的花园里，打算视学略结束了，便回到吉隆坡去度即苏节。那是仙兰的结婚对周纪念了；我没有忘记呢！十六日我从怡保将在吉隆坡买的港洋三百六拾元的汇票付邮寄与李崧，预备给你作船费的，你要的时候，到他那里去拿取便是。这笔款子，用作川资大概勉强也够了，若果你计算以为还不大敷用，那末，可从李崧处多支几拾块钱，等你们到来之后，寄回还他，就是。

这礼拜我写信到日本邮船会社去讨了一张香取丸的船舱图来，指示各房舱的位置十分详细，兹由信内付上，并加以说明，你到买船票的时候，一为参考，便知其大概了。

船上的房舱，头等分三层，统在船的中部，贰等的在船尾分两层，如下列式：

甲板层的中部，只前半为头等房舱，其后半大概为船上水手侍役等人的卧室，这想是因为在烟通之后逼近火炉的缘故。这甲板层的房舱两边都无骑楼；房的形式至不一，但多半是长而稍窄，住四个船客的。没有同房的便不大要紧，若有一个同房的便

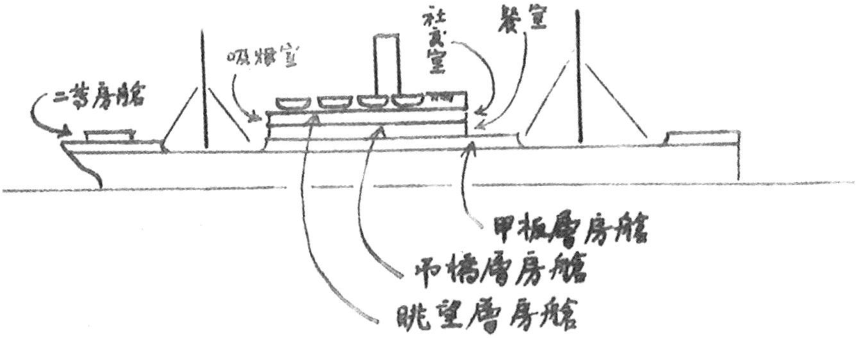

不大便当了。但是这一层的房位，有一样好处，就是儿童的游戏室即在这里，没有跑上跑落的费工夫。然而没有骑楼眺望，于我总觉有些不如意了。而桥层房舱，各个房都四平八正一样的大；每个房住三个船客，因为只有上下两床和一张梳化，所以你们母子三人订一个房，船公司便绝对无加入第四个船客的可能了，而且即叫阿逸睡在房里也便当些呢。这等房好像我们前回乘的大马鸭家的一样广大，所以很好；而且无夹在船中心的房，餐室又在这一层，所以比甲板层无骑楼的房要好得多了。至于眺望层的房位，是每房只住一个客的，并上床，而船票的价大约多贰拾块钱，那不合你们的用了。但是社交室，吸烟室都在这一层，所以船上大半的时光都是在这里来取娱乐，眺望读书或饮汤喝水了。

照上看来，我主张你订船位的时候，最好早些去简择一个在吊桥层的房，离烟通稍远些的，如第廿八、廿九、三十号或十九、二十、廿二号几个都很好，即使船费稍贵些，也不要紧。这吊桥层的房舱是否价钱和眺望层一样为每个人一百四拾元，我不大清楚，但是即使为一百四拾元，如果文慧可以免费，则所差无几，他日由政府发回连文慧的半费，便可以够来弥补而且有余了。这事如何固然应由你买船票的时候，问明情形如何，然后决定，我这里不过讲个大概给你听罢了。至若甲板层的房舱，须要看个仔细，因为有三四间房，只得一张或两张床，如卅二、卅九、四拾、四一号几个便是，那就非常的上当了。若得其余近儿童游戏室的几个较大的房，而同时没有别个女客同房，那还不大要紧。所以你订船位时，须要看附上的船舱图，看个清楚要紧。

稍为细心一点看看船舱图，当然不难明白船的大概。有好些符号是一望而知的，例如：自然是楼梯；是窗户；是台桌；是椅或梳化床；是门；是上下床；是浴身磁盘之类，都是一望而可以晓的。此各房的号数都写在图上，一查便明白了。这些虽是小事，然而究竟是一种学问，普通人所应该具的知识；古人所谓左图右史，可知看图的重要，在古之人已经晓得了，何况现世生活如此紧，此种智识若都没有，那就出入不方便了。小孩子能领受智识的时候亦应该教他们看图，希望你也一同注意这事。

三等舱位是在船尾二等房的下一层；那里离机器房很远，当然很凉快。至于船面大舱客位，这种邮船恐怕没有。

还有壹层，女客乘船，倒得不与别船客同房，此层于买船票时向通济隆或船公司声明，以免客多时他们有所借口，说你早不出声等麻烦。即女船客大家也多不喜欢同房的，比不得男子随便些。而且有小孩子的，大家都不便当，即使同为中国妇女，亦不过如是。希望你一定注意此层。

照我忖恻，你虽自己乘船，想也没甚困难之处。但于各种规矩能略知多少，遇事能敏捷地想一想，随机应变，再时常留心别人的举动，虽不中亦不远矣。最多你不过觉得不懂英语，说话吩咐侍役时有些不便；但是这不大要紧的，船上这么多搭客，难道没有一个中国人？不管是男是女，略为通商，托彼代为翻译传达，或是食餐时同在一桌用饭，托他或她代为招呼指点，总可以办得到的，并且这也是船上惯有的事，你又不是闭塞不开通的人，不讲交际的女子，那么，这层倒也容易。至于吩咐侍役，他们是日本人，大都懂得汉文的，若是一两句英话讲不通，还可以用笔写字代话呢。但是无论如何，略为学识几句英语，几个英字，如洗澡，饮茶，喝水之类，总是便宜些；而且此等普通的字句，正不难学，一参考从前我存在香港的《英话指南》等书，连字音都译了出来，虽不能十分正确，但是父亲一辈的人，便是如此学得英国话了，你们若是也肯如此略为用功去学，也于搭船出外未尝无多少裨益呢。

香取丸的船样外观和白山丸差不多，看邮片也可以略得梗概了。但船图不要失掉，来时最好夹在书内一齐带来。

仙妍我已有信给她，顷已付邮。惠伯的事，宝清催的颇急，因为他股份失败甚多，年关过的不容易，请你对少芝说说看有办法否？

君葆书

十九日自怡保寄

给妻子郑云卿明信片

（一九二三年三月二日）

西江月

曲水暗香浮动，断桥疎影云翘；望湖楼上木兰桡，春色落尽啼鸟。　　自在一身明月，飘然四大逍遥；莫教空度可怜宵，人住广寒缥缈！

近来颇少做文，曾涉于诗，更旁及于填词，右《西江月》一阕，似不及《鹧鸪天》之调矣。然只管拾录于此。

浣溪纱

风动浮香隔水飞，玉楼丝管闹芳菲，板桥明月醉春归。　　酒醒梦回歌舞断，麝芬烟袅落河低，月移花影压帘垂。

寄全弟青览并示云卿。

葆

元宵节

给妻子郑云卿明信片

（一九二三年三月十一日）

云卿，葆奉白：

数日前匆匆曾奉寄一邮片小影，想经在览，不知于尊处的银相架，究修短适均否耶?

超弟意中人才貌俱佳，具巾帼须眉气象；暇嘱二弟为介绍，俾朝夕过从，亦寂寞闺中之良友也！云寄来照片，已珍藏之，暑假中或归来为彼完娶也。

三月十一日

给妻子郑云卿明信片

（一九二三年十一月十二日）

十一月十二夜步西皋

众鸟已集树，归鸦胡正迟？凉风动秋水，白月洗寒枝。宁苦巢栖定？还经生别离。啼时惊鹤唳，清夜对猿悲。

玫瑰诗寄崧老

一树玫瑰碎欲欹，凝霜坠粉畏春知。当年曾解桃花笑，底事和风露柳垂。

冬至日寄怀四弟

去谪百蛮外，经秋忽复冬。葭灰飞不到，橘柚寄何从？草色沿阶绿，斜晖照眼红。春来花并发，应忆故山枫。

云卿□□照，葆奉寄

给小女云玉信

（一九二四年九月二十八日）

九月廿八日，实兆远

云儿：

昨天是礼拜六，下午无事，与和君驱车到林勿一行；他去是为着打哥耳夫球，但是我呢，大盖除了“玩水游山”，更无别的目的了，晚上回来，就写了一封信给你，但是信里还没有讲到林勿的风景呢；那时因为没有信封，所以就插在寄与俊卿的信内付上，想此时她快要给你看了。

林勿在颠丁州，西距十字路七里许，位于颠丁河南岸，河口海水深广，足泊巨舶，两岸岗陵起伏，有高达千余尺者，含菁郁翠，映照绿波，细察其形势，迨千余年前三岛屿也。此种岛屿，积河水冲下之淤泥，历久遂与大陆成为一片地，沧桑之变，可盼感哉？说者谓今之颠丁河，实霹雳河之旧河口；故今自十字路至木威，平野中忽有凹下处者，迨昔日霹雳河床也。顾颠丁河今虽只成一深入的海湾，惟一二小河从此注海，而水碧山青，反增其美景也。林勿后靠布宿峰，前临河水，西望大洋，一带白沙，半帆红日，形势大似自九龙望鲤鱼门而风景抑又过之，记得昨晚到时，刚五时许，于时红日西斜，渐隐于巅顶云里去，同时下照海水，金光映耀，如一面碎镜，闪烁万千，从河口远望，渺无际涯，但见一缺间，天水若断若连空茫间，唯数点江帆紧黏天末红云，如锦屏着墨而已，对岸江树临水，掩映间若有小村落在，或则渔舟两三，出没于斜阳里，只不能辨识其为何等人。此间江上其优闲若是，闲坐海滩上对之，令人生恬静出尘之想。既而夕阳已落，一朵朵如美人发的淡黑云，乃抹其余光而过，直一织一缕，都无不毕现。其四周而距离较远者则，黄云一片，杂以紫金，迤纡而至于天末，则重霞漫雾外更隐红光，曩时之点点征帆，至是遂穷其目力，而不复辨识，惟见两岸之山影憧憧，护着一面青铜镜，照这临风凝想心旷神怡的幽人耳。欣赏未已，忽于潮声里觉有唤余而言者曰“盖成诗若干首了”，回头视之则和君已击球毕以招余归矣，乃信步至官舍，凭阑把盏，一酌晚景之余光，无何港外汉都岛灯塔之灯光，已从山后四射照耀于山顶矣，留连者久之犹不忍去，因约以明日重来，于此消遣一日，俾得毕十二时的景致焉。

此昨日事也，而昨晚之信未详写，有待乎今日之游也。今日早起，飧毕复驱车至林勿，至则已九时许矣，余一人携杖出，就海钓台上坐，披襟当海风，时烈日在背而不觉其苦也，顾今日之景与昨不同矣，海潮初涨，澎湃之声，潋滟之态，莫可名状，只曾到香港深水湾海浴者为能喻之耳。晴江如匹练，小舟乘风似飞，白云浮天，海气拂面，此乐何极！倚栏一眺，远山近水，天海相连处，几许征帆，数堆海石，都历历在目，余乃把卷自适，咏诵不辍，默念人间世，亦如此而已，何如扁舟与天地浮，海波接，较为适所哉！读书既倦，复植杖登山，屈坐海边，怡然自乐，有客柯林者，见而异之，相与攀谈，并游市中各街道，以至于在计画中之桥处，至日落乃止。顾今日之夕照，虽较昨别具姿态，而变幻之异则迫乎不及矣。

颠丁河口两里许，有岛曰彭柯：昔日英国使臣克勒氏与霹雳订立派驻扎使臣管理其国之条约，则在此画押，其年一八七四也，距今刚五十年。明日往游，当另有报命。祝你健康！

君葆白

28/9

给妻子郑云卿信

（一九二四年九月二十九日）

九月廿九日

云卿：

我昨天写完了信，因为匆忙没有寄去；如今自邦阁（即我之所谓彭柯）回来，好续写几句，纪今天的游了。

我们今天早起，乘汽车九点左右到林匆，即假税务处的小电艇驶向邦阁，汽轮一鼓，放乎中流，两岸青山，一泓绿水，都入我目了。这税务处的电艇，构造极为精致；船亦宽敞，汽机搁于后面，船首则间为客室，可坐八九人，并备靠枕、小滤水器各事，而舵楼则隐焉居船尾，故极便瞭望。舟行不甚疾，时潮水初起，海风拂面，益为之气爽神清；默念前日来红土坎时，几乎趁着夕阳西下，泛一叶之舟以兴波涛上下，而卒未果行，今乃破浪乘风，载朝阳以去，其为乐不更加十倍耶！去红土坎（即林匆）既远，遥望峡外海天相接处，几点征帆，一艇正从汉涂角双桨前来，而转瞬间又掠之而过矣。比出河口，舟遂转南，循颠丁海峡向邦阁岛驶去。邦阁岛长约三里，宽一里差强；全岛皆山，除海边一两处，从小平地，峰之高者曰邦阁，出海面约一千二百有十四尺；林木菁翠，倒影于波平如镜的海中，直令人思香港仔，伶仃屿之风景不置也。海边多石，而鳄鱼时出殁其间，或竞至岸旁茅屋底下觅食物，小童见之，习不为怪。沿岸有两小村落：曰吉零湾，曰邦阁。村外多植椰树，而极少橡树，余则林木未辟，当局保留之，实一大利源也。

余等从吉宁湾登陆，遂至华民学校，教员董息游与其夫人邱君在此任职，学生约五十人，成绩颇好，董邱两君皆闽人，学子则闽，粤，琼，客均有，亦出人意料也。吉宁环又名宋伊槟能，华人居此约一千，余则马来人，住户铺店，皆用茅屋，盖此地无板场，木材均须自林勿运至，故多费转接也。居民多业渔，然亦无别业可图也。

余等略用茶点后，乃吩咐电艇开附邦阁等候，而偕董君步行前往，盖亦欲一观华民之新校地也，址在中园地方，南北去邦阁吉宁湾各半英里，故为一极中地点，苟邦阁之鼎新学校，能与合并，则其地最宜；且其地去市村甚远，滨海无尘嚣，最合学校之用，诚能以合宜的学舍，于以教育英才，亦教育界中人多顾而乐之也。余以校舍所绘图，全不合式，极力晓谕主持其事者，知不为所欢迎；然建筑校舍，如不从教室、教授与管理适宜处着想，徒事礼堂之建设，招待室，阅书报处是注意，起得一所不合卫生的地方，非驴非马的学校，盖不辜负此好风景么？

邦阁岛去大陆只一里，从岸边望见布宿山后及余峰，岗陵起伏，煞是好看！可惜只是偶来此地，不能长日坐海滩沙上，远观渔舟撒网，近听潮起潮落，每念念系之耳。从吉宁环到邦阁一条路，虽只一里许，但高低起伏，两旁都是树阴，一便高山耸翠，一便绿水晶莹，直令人疑在香港宝云道上也。邦阁从前荷人通霹雳时曾扎于此，今海滩石上犹有荷人炮垒遗址，后英人东来，继荷人之迹而其策益巧；一八七四年英使巨克勒氏与霹雳订立条约，得派驻监大臣，置霹雳为保护国，其约即画押于邦阁之小茅屋中，余曩于林勿宿舍中犹见其会摄影之一副片也。

邦阁居民不知实数，然华人则闻且逾千，店户亦二十余间，住户多用茅屋，木者则唯海边三四家，碧绿可爱。此外，商店亦有六七间，用砖造的，鼎新学校有学生三十余人，校舍颇清洁，校中只有一个教员，他姓吴，是汕头人，讲普通话也可以。

参观学校既毕，董兄带余等往见永宁学校的总理周兄振锡。其为人也，短小精悍，目炯炯有光，惜乎面目蒙了乌云，盖久已浸淫夫阿芙蓉矣。略与周君谈华民校图事，则具辞出；因周君亦往林勿，遂偕登电艇，未几遂离邦阁矣。沿路余犹不住回望岛上景物，一似一庐一舍，半石半滩，莫不依依。不能舍去者，更自忖此行以后，不知能否再履此地，则又安得不恋恋耶？此时已一时许，海潮方高涨，澎湃直涌颠丁峡而上，两岸白波击海石，飞溅怒沫，又是别一巨观也。舟既至中流，浪涛更紧，遂斜向河口驶去；至浅滩上则须慢轮而过，而越此则波浪渐平矣。自颠丁河口望红土坎，大致不殊自香港仔归来望太平山，只此才得其小规模耳。

登陆后即匆匆饭于林勿官舍，更一往阅永宁学校，遂回十字路，比下车时已钟鸣五下矣。

晚飧间有士筤君自怡保来，因与攀谈久之，以是不忘早草就此函就寝。今已十时许矣，更不能苦苦伏案书也，明日将到江沙去；到那里时，再写信与你罢，好自珍摄，幸甚。

君葆

29/9

给妻子郑云卿信

（一九二四年九月三十日）

江沙官舍，九月三十日

云卿：

昨晚写的信，已经发了，但是您托在东山兄寄来的则还未有收到呢，而我则已由十字路到江沙来了。

今朝早起五点余的时候，天黑大雨，到九点钟还没有停。十字路官舍四周都是平林，凭阑远远一望，尽是一片白蒙蒙的。记得去年来实吊远时，虽则早上常下雨，但是到了晚上，都有月亮，我那时候每晚饭后到白沙路上步月踱来踱去，好不一个良宵的光景！如今却遇不着一点月亮儿，反之“晓来一阵风兼雨，愁人解得愁滋味，冒雨出沙堤，斜风压帽低；□□可怜沙似雪，不见如霜月，怀想昔年人，江山一怆神！”到引起我的兴来，填了一阕菩萨曼调来了。

早上略看一看华侨学校后，便离了十字路；十一点半到爱亚打华，时培民学校已下课了；一点过益德学校，两点到木歪，即饭于那里的官舍。从十字路至木歪为二十三里，木歪四周多未开发地，森林榛莽，十余年前盖百里无人烟者；自红土坎、实吊远开垦后，此一带地亦渐占重要，政府拟将霹雳河西一大区域，实行灌溉，事成将得九万亩禾田，较之基连县尚大一倍也。顾此中又有一问题，即灌溉后将徙何种人居之也，马莱人性懒，无成效可言；舍此而开放与华人，又生出经济上的影响来了，政府于此尚在踌躇也，木歪西去十三里可达颠丁州之直落沙，北去三十四里达太平，东沿巴力路十里更折向北沿江约二十一里可达江沙，此路为新成，其用意即在开发河西一带地段；计路线所经，除首末一两里外，皆森林，并无村落，只三两处略有几间板店，几个人家，在这里采伐木材锯板而已。时已七时，路边涧里，还有人在那里作工，点着火，不知干的什么，吾中国人如此勤苦的是可悯亦可爱也。

到江沙已经是七时半。

江沙在江沙河与霹雳江汇合处，为苏丹国都；临江而郡，盖土人多只近水而居，且霹雳河亦铁路前交通唯一之具，当年荷人在邦阁立炮台，盖欲垄断自霹雳河出口之锡，其后卒以此激成马莱人之反抗，即以速成一八七四年之《邦阁条约》，异邦史乘每足起人深感者，余于此乃益加以意焉。

夜深矣，明日又要去沙叻和丰，但不知陈家之侍婢尚作青衣行酒否耶？使其重来崔护，已是人面桃花，则此行终不能不有遗恨矣！姑待明晚归来，才说给你听罢。

云玉、文慧好吗？

君葆

30/9/□□

给妻子郑云卿信

（一九二七年七月三十日）

第一篇

Hakwoon MARU

July 30，1927

船十一点启椗出港，至正午离岛约九哩，天气晴和，午餐前略有几点雨，然风平浪静，抑犹盼于从叻回时，固之前程尚有一千四百三十里，为险为夷，未能预测也。

船之结构甚佳，夹板上分三层：曰 B 层，即我所居房舱；曰 A 层，头等甲级房舱。兴谈坐室、读书室在焉。曰艇层，救生艇分置两旁，管驾或船长室在其前。如他船焉。唯吸烟室及健身运动室在其后，即直在烟通背后，则略异于他船也。运动室内置电行木马及各种运动器具，不识者可由侍役指导。室门口有时间表订明开室时间。我知文慧若坐此船来南，当极有趣味。日间大半时间直可与研究烟通出烟之壮观、木马走动之理由及无线电机（无线电机房即在烟通旁便）之奇妙，以作他将来做机器师之预备也。此外尚有小孩游戏室，在 B 层后，便设种种玩具俾儿童娱乐。然吾知文玉、文慧固意不在此也。要之，此类邮船结构精审，能揣度游客心理，善为迎合，使之乐若在家，忘其在万顷重波上航驶。实英国轮船所进步不及。日本人善于摹仿（倣），然其择善之能力与辨别力若此，其强吾中国人方之盖瞠乎后矣。德人昔睹日本之兴而倡黄祸之论非无故也船中设备自餐室以至于房舱皆极新式便利，但不可不知唯其新或便可，故亦有几层应注意者，尤以有小孩子同行为更须留意谨慎焉。先是今日午食后，我与君超的友人罗君坐社交室谈笑听留声机唱片。我觉天气甚热，将室中数窗门一一用力压低，俾海风吹入少顷，我往邻室书案写信，罗君仍觉甚热，遂自依予法往将窗户压放。（房舱之窗都用一铁柄转绞上落故无害）不料此窗弹机适少坏，罗君将旋掣转开，刚用手轻轻欲把窗按下，乃拍然一声，重十余斤弹机失了灵动力的玻璃窗屏竟以迅雷不及的速度跌落，将罗君的纤纤玉指夹着痛不可出声。其同行之友手忙脚乱，跪在梳化椅上，力图将窗抽起放出手指，坚不能拔。余瞥见之趋前施救，立梳化椅上略将窗一拨则指出矣，盖势顺也。启视其指，则鲜血迸出，犹幸骨节无恙。急与到医生处敷药用白布裹好，现在已痛定无事了。舟中多处地方都有类似的危险，（凡遇此等困难最好先着侍役指示）乘客惯熟自晓趋避。房舱的楼梯俾上床之用，多数船只用木制，此却用铜挂，诸床舷稍一不慎触之则跌下，又如浴室之去水管开闭机不用塞而用旋转器，则异于英船矣。又电暖炉及房中暖水炉，均为可举之例，携带小孩出入所应特别留意也。乡下人出门因自己无知，只凭“眼看手不动”的主张以为最稳当，真是过不知此实固守愚鲁之道，不可学也。凡事须持研究的态度去应付，须勇敢又须谨慎，所谓胆欲大而心欲小也。“机关”（此阿慧的名称）实最危险的东西，然懂透其中奥妙，则平常之极。海洋实天下最大的危险，然以冒险的西洋人与日本人当之，航海直安如居家矣。故万事须求其究竟，此科学的态度的精神也！

同桌食餐的几个中国人皆不谙英语、不谙规矩，而彼等亦公然食餐不至觉得十分不便。日本侍役招待他们极为周至妥贴，且甚恭敬有礼。故知你若自来船上，实完全无困难，至食餐规矩的智识，你实内行，较此数公者实胜数倍了。此数公亦时有闹笑话，如某持洗手指之水来漱口，已属不雅，更饮完咖啡更去食加厘鸡饭，尤为失序。又某君把雪冻的红茶当橙水，亦是一件助谈之资料。

第二篇

白丸山

七月三十日　1927

下午茶后，西南风频紧海上一望水天相接尽是白头浪。然后船行极定速度达每点□哩，故风急浪高，在舟中转不觉得。

人总是有短处，总是只见得人家不对自己对，总是人家的短处格外见得清，自己的处却糊涂了看不见。我刚才不是说与我同桌的朋友闹出很多笑话来么？不知食晚餐时竟轮到我亦加入闹笑话的团体来了。你道怎的呢？餐单上头一味是开胃的“杂碎”，用法兰西文写着，这已罢了。以下连气四五味汤也，鱼也，白鸽露笋盏也，牛仔肉也，统通都用了法国字写成。于是我也麻烦起来，几于穷于应付了。然急则智生，我只好硬着头皮随意顺序乱点一顿，看侍役拿来好的便多食些，不好便略施刀叉便叫撤去，即如我以前尝告你的法子便是了。然亦只好这样做。因间或点着好菜，则亦不失口嘴的机会也。并且即你懂得英文，如果全不识法国的鸡肠文字亦不中用；兼之侍役不甚懂得英话，然则法国话更何从识得，法国文字不用说了。都是凭你自己乱点一顿，彼则死记着去招呼厨房罢了。我忖度一船中的搭客类此者不少，问问李崧上海之行乘坐“皇后”等轮船，大概总是如是指手画脚乱点一顿，点错了便点过罢了。然则你等来时大可放心了，你若交此信与弟妹等一看，或交一部分与看大家都可得一场好笑了。异日我将餐单一份译成寄你，当可明白此际的趣怪情状。

舟中第一日。

国内现在唱抵制日货论调唱得最高时，刚我偏避不了坐日本船放洋。经济绝交云乎，我以为我们尚须忍耐些拼命去做建设的工夫方足以救国，拘拘于小节的问题无补也。我今天起来洗澡已毕，穿着大和服踏上日本草履（是船上房内备有的），竟舍弃了自己的皮拖鞋走上游步甲板上，飘然当着海风，真自以为已变了一个日本人了。

早食时坐在我旁边那位潮州人真是使我们中国人减色。先是侍役已告诉一个同桌的说菜色食品均非常之多，我们船客尽可放量大食——大抵食滞了船上泻油想一定不少——不知这一位潮州客人“老崧”的同乡竟不能领情，略食一味牛肉、一碟饭便放下刀叉。等着我们同去了，偏我们几个大食客食了一味又点第弎味，一连冷热咸甜吃了七八味，才去照顾布甸、生果。那时这位“老崧”的同乡已放着手脚呆坐了几乎一点钟了。同桌某君对我说，假使这位潮州先生碰不着我们同船，岂不是要捱了“斯文斯文肚里空空”。我告诉他这是不会的，日本人总不会白饿坏船客的。比如我们遣使一个小孩子乘船，无父母跟着照料他们，船上亦有女侍役早晚伺候小孩子，早晚料理他起床、食饭、洗浴等事的，固之此等办法若想在鸭加船上希望实现真是“发梦尚早”了。

以上所记的都是在船上琐屑的感想，随得随写，你阅后可酌量交各人阅读，或讲与小孩子们听听，亦是一种教育呢！我对于船上的规矩略知其一弎，皆由父亲在世时，问谈每为道述，娓娓不倦，故我一出洋便知所以应付也。

舟中第二日。

第三篇

白山丸

七月卅一至八月一日　1927

昨晚颇觉得饱滞，未到九点钟便睡了；好在南风从船左吹进房里来，一觉起来已是三点半了。今天早上太阳催我起床，我被他的艳丽的光战胜了，不得已舍弃“梦”姑娘；刚刚洗澡完了，侍役捧进一壶日本茶，一碟苹果——我很喜欢日本茶的清味，因此着侍役每日不必拿西兰茶及多士给我——我一面品若，一面看鹤见祐辅的《现在之日本》，觉得南海上舟中之岁月，确有他处有所无的风味存在。近热带的人，都是富于很热烈的情感的；我们西望，一带海岸，山高入云，那不是交趾的南部么？那里的人民当然盛情更比我们热烈，我何时找一个机会，也去观光观光呢！

好了，那位坐在我旁边的潮州先生，今天也能够顺着我们的劝告食点东西了！珠玉在前，他老不关心，却是有个缘故的：现在我才发现他的陋见解明，以为西洋人总是食冷东西的，他一个骨瘦如柴的人，怎受得起这么多“寒食”呢！所以每餐只略用多少白米饭——固然日本米是很好食的，我今日午膳，一连吃了两碟犹以为未足——及多少牛奶。后经我告诉他详细，他才鱼喇！鸡喇！羊肉喇！布甸喇！一味一味的尝去。毕竟他的食量还不错呢；这不知是我们的劝导的功效，抑或海风的关系呢，却不得而知了！

说到坐在我对面那位新会佬，也很有趣。他只食热的，不食冷的冻的；只食咸的，不食甜的。因此布甸、雪糕便与他无缘了。那末，他若与你同桌，倒有些同情了！这位先生最爱食鸡，今日有一味黄鸡，他老不客气竟托我和他取了两碟来，一连食尽，还说未饱。他的食量，很不在杨思齐之下呢！

庆广常对我说：在岸上终日忙碌，几至于寝食俱废，一到船上，真个是万种烦恼都被一阵海风吹到九霄外去了。这句话真不错。我在船上，目的只在怎样增加食量，怎样娱乐，别的可不必理会了。昨天我进运动室去骑木马。按开电机，“飞身上马”，一手按电掣，自定速率，一手执马缰，好像跑马一样。不多时马动作椅飞蹄式。我一连玩了约有半点钟，渐觉两股髀肉受马身摩擦，腰酸痛，便停止去纳凉。大抵此种运动甚有益于健康；可惜我一向欲骑马，“巫马期”；欲骑狗，“苟无其德”；难独是要“其诸矣乎”？舟中人亦有在吸烟室要麻鸟者，我则无意于此了！

我们的船现在经过安南的南部，离岸仅一弍英里，沿岸的山脉、岛屿、沙滩、岩石都历历在目前，间亦有交趾舟子张白帆沿岸航驶，然为数不多，大抵海岸此部，非越南富庶之所在罢。前次我们回国，船的航行路线，与此不同，故此过安南口。只远远望见一弍高山，隐约在云外耳。日本邮船航线是近岸航驶，故此船客虽不能够足履法人属地，倒能略为领略他的海岸风景呢！

傍晚六点钟，船已转过马冷岬；在斜照里陆地渐渐地自显而微，渐渐地便不见了。那时苍苍茫茫，除了一两个海鸥外，我们的船更没有别个伴侣了。我想五百年前三宝太监下西洋的时候，不识可有我现时的心理——即便使人类能知足，能克制他的占有的冲动，战争何自而起呢！

舟中第三日，八月一号。

第四篇

白丸山

八月弍日　1927

若是风平浪静，舟中的生活真是仙人不及。我且叨叨絮絮的略说一下来消遣闲着的光阴罢：

清早起来在卧室里稍事运动，等到汗流浃背了，便去洗浴。浴毕，和服在甲板上闲步。

七点钟用早茶，食鲜果一两颗。

八点钟船役持五音钟绕船走动，且走且敲，其声清美，不像敲锣那样讨歉。客闻此琴钟声，则须穿衣服预备早膳。

八点半早膳：早膳的食单，甚合东方的人的口味，

一、醒胃的鲜果，如日本椂柚之类。

二、麦粉（英名“波列治”）。

三、鱼类（仝“非殊”）。

四、烧牛肉（“比平士的”）或猪扒（“朴”Pork）。

五、米饭（Rice“黎士”）是日本米，可用碗箸食。

六、冻肉类，如羊肉（“勿吞”）、冻鸡（“加般”）等。

七、火腿（“奄”）、蛋（“益士”）、烟肉（“碧芹”）等。

八、茶或咖啡（茶字读福建音略轻些便近英文的Tea字；咖啡应作“哥非”较切近）。

早膳食谱并不是日日一样，不过总是大同小异，西人食品无中国人那样错杂，能懂得上列几样的英文名词，亦可以应付了。

十一点钟有牛肉茶（“比乎梯”梯字读北音）及饼干（“比士竭”）在交际室及吸烟室飨船客，此则大马船所无也。

船上藏书室十点钟开，船客借书，依各图书馆例，须登名簿上。还书后将名取消或注明其侧。

午膳的食谱，较早膳为丰富些，举今日的来说，大约有：

一、汤（soup苏拍）你晓得注音字母最好学，英文利用注音字母来音注。

二、鱼（音见上）。

三、兔（腊别）细字表示一个轻音。

四、牛舌（屋士腾）。

五、火腿鸡（戚根，奄）。

六、加厘（居厘，加厘本来已是译但歉重些。加厘多半有米饭和食。若然则名之日居厘黎士Curry Rice是也）。

七、冻食类多种如——

烧牛仔肉（罗士威路）。
烧牛柳（罗士比乎）。
烧羊肉（罗士勿吞）。
虾（蒲郎）。
冻鸡（加般）。
洋酿肠（疏四治）。

此外则布甸，挨士忌廉茶等，其名称虽则云玉等亦晓得了。

我劝你当从阿旭学一点英文，即使只记得一两个名称亦可以帮助出外之用。何况现在世界是进步极快，要是为一个时代的落伍者便不值了。

八月二日，舟中第四日

晚膳的食谱，略为复杂，材料最为丰富。船上下午茶在三点半，午餐十二点半，晚餐七点。菜名多用法国文字，不容易认识，如上前说过，有时我自己也束手无策去应付也。我已将第一晚的食单寄与君旭，你向他取阅，便知那天食的是什么了。有一天食的有李鸿章杂碎，外国这味菜很出名，船上日本人弄的也不俗。今天晚上食的，却有一味日本鸡饭，听说是叫做母子鸡饭，味倒不错，只可惜我胃口不大好，食不完那一大碗饭了。明天到星嘉坡了，今晚是纪念餐，故食餐的时候，船长派送纪念邮片多张。今日下午且有纪念茶会，食的是日本饼果，任人自由加入。

明天清早七点船可抵岸了，我现在要收拾行李预备明日早餐后上岸，故此现在不能多谈食餐的问题了。横竖我有餐单多张在此，到陆后寄上两张便是，寄食谱与友人是英法国人俗尚，现在已经吹到东方来了；日人真善仿效。

第五篇

白丸山

八月三日　1927

大抵乘邮船最要紧晓得船中规矩，日本船中规例兼用英日文字写贴当目处，日本文有同中国者略看亦可以明白其意思了。

以下是一种应知的规矩——

小孩子入交际室或吸烟室坐立，须有父母或保姆看管，免扰及他船客。并且小孩子另有游玩室。

半燃烟卷不可投出窗口或面盆水便处等地方，一则恐有火险，一则恐塞闭水管

入夜十一点后及早七点以前可以在甲板上睡服行走，余时须穿齐整衣服。

仆人坐舱位，有床睡，食日本饭，米质极佳。伺候主人时可留在房内及船上各处，如船上人易相与，即睡在房内亦无妨也。

手巾等件不可在房内卧室洗面盆内洗濯，大概洗身房内洗则无妨。

内衫底裤等件最好交船上洗衣服处洗濯，则费昂些亦不要紧，免失了中国人体面也。所费大约弍毫至三毫一件耳。

一上船最要紧查明牌上订明各船客所应占有之救生艇的号数与所在地方。甲板上灯罩子有号数的便指救生艇的号数。局事处旁边有牌表示自己的救生艇的号数，凡船客从日应知之。中国人出外永不注意此层，中国人生命真贱。抑亦教育之过也。

船上男厕、男浴室用红灯表志；女浴室、女厕用绿灯表志，最易认识。

还有别的我改日再写了。读完了请你收拾起此信作将来或者有参考的用处。

云卿

葆白

三日，“白山丸”船上去港之第五夜

乙篇 难中寄怀

（一九四二年至一九四四年）

给妻子郑云卿信

（一九四二年九月二十六日）

云卿：

写给式婶的和十四日的信，均接到。其中尤以致二婶的一封，纯是白描文字，而情意俱至，读完后最受感动。现在那信我已得了二婶的许可，存在我这里。从受信那天起，我已经翻看了不晓得多少回！它是您在坐等天亮的空儿写的：我将永远不会忘记。璘弟回来后，对于您们的近况比较得到一个更清楚的印象。中秋那一天，惠琼和我在喝酒吃月饼的当儿，更详细地报告关于几个小孩子的事，一方面使我感到安慰，他方面亦使我深深地认识到在乱离中依人的不易。不过在目前的环境中，忍气低声也自无法，达、湘均年纪小，您好好地开解他们，万事都要从宽大处想便是。匡中来澳时想曾到看您，关于慧儿事，不但托他面讲，并已托许太太于遇面时给他设法。袁先生也有信来说及他的事，所以不须挂心也。澳门食水不好，前曾闻绍基兄言，应常放“管仲”——一种药材，木质——一大片在水桶里，俾起消毒作用，此点是资参考，幸一留意。调理湘儿所借的款，须稍假时日，始得筹还。此间所住处，又闹退租，我想搬迁亦不是易事，搭人同住更不合我的性情。目前应付此点亦费周章，“屋漏更兼连夜雨”，不禁为赋也。时十六日托吴君为交上军票一百三十元，内中廿五元，即约合港币一百元请还三姊，余则作家用。吴君如遇事忙，则该款大约就还交与张文洲转，请一查问便知。近来托人带款都只可少数，前回璘叔亦是此理由，深望三姊能见谅。又闻吴铎兄言，樟木弹簧床早已于四月沽去，并有信到澳门报告，不知三姨何以不曾收到云云。现在存在渠处只零星用具而已。此种东西，值得一搬否亦要算过搬运费才能决定。需购各物容待买好便托人带过去，但想不急急也。日前寄去的皮屐，如云湘不合穿，未知如何处置？绍基兄带去之提篮与枧闸均收到，唯炒米饼则为人攫了半双去，枉费阿露多夜的心力，至是发笑！来书谓璘叔带交皮胶鞋各物与您那一天，正是您的生日，所以您非常高兴。后来我一查看日记，原来那天晚上正是三姑娘请我们一班朋友吃饭，饭后我回来，花园仔的昙花，齐放了八朵，我把它们搬进屋里来，满室芬馥，盛极一时，那晚正在纳罕，但却真正忽略了您的农历生辰。现在您得了这个补叙，也觉那花开有意吗？中秋节快到的几天，我听人说月饼要卖，一元四毛军票一个，那末一包要花上港币廿多元，心里正在踌躇，打算拿剩下的炒米饼作赏月的代替，忽地里有人扣门了，是一个友人派人来送节：一盒莲香，两瓶参茸白术酒。幸亏了这，否则十五十六两晚就没有那样高兴。十五那晚我与贺小姐是谈到过半夜；十六便是昨天，拜祖先以后，并请了刘小姐、璘叔等来吃饭，还明了逸如买了一只肥鸡、香蕉等来，所以竟把两瓶酒喝完。你听我们这样述说，不怪我们苦中寻乐吗？书不胜意，容日再谈，秋高风凉，千万珍重。

葆白

中秋节后二日

又：你的眼镜架子的珠码，来信时幸顺带写上，以便须要时为到中环明镜公司多制一具。

寄款如交文洲不便，可否交黄雨尔？幸先示知，以便照办。

给妻子郑云卿信

（一九四二年十月二十七、二十八日）

云卿：

今日接到你十八日的信——大约你是廿一日才寄出的——听说云湘又生病，心里至感不安。这小孩子自出世以来，身体虽壮健，但总是多病，真莫可解究，照此情形看来，也许她非回香港来住不可了。日来情况，想你从报上也知道；九嫂——绍培兄的夫人，今晨离开这里，曾托她报告我已平安无事，并为带去军票百三十元，想已收到，而且了然于目前的情势了。我大概先把手续办妥，以便你随时看清楚局势，自主决定来否便是。三妹回乡后，她的屋如何安排，及租钱多少，幸语璘叔来时告我。贺小姐带去的东西，我想没有损失，来信无一语提及，故有此问耳。不过如果要来香港时，许多用不着的物件，仍以交人带回乡下去，或存在逸如或亲友处为佳。行李多其落客不便利；而且现在居住，我亦力求其简单化也。慧儿转到白沙桥去，未知何因，又未知其知否有款项在马先生处转去；不过如此一来，他们姊弟二人倒可以在一块，或相隔不远，在乱离中亦未始不是一点好处。十六日璧露、璧娴两侄女由此来乡，往依璧魂，将来抵步后，大约当有信寄给你的。父□曾到跑马地来住了几天；至空袭的前一日才回坚道去。现在秋凉气爽，各侄儿辈似乎身体较好些。三姨的东西，直至上一礼拜才由阿弼分批由旺角搬过来，计只有洗身盆、烟灰碟、留声机等旧家具，至于木床，据吴君说，早已卖掉，大约钱也早寄与三姨了。此事我办得极慢，而夏季多雨，我更少时间过海去，工人同事非星期日不便托他们，想三姨明白此情形也。三姨的款璘叔两次均不肯带，因恐过频，不过现在存在我处也不过三百左右耳。二叔的手续，现在二婶逐步清理，一时尚未易言完毕，她日间工作，经数月来的经验还可以付应得过去，总算生活方面暂时有些少着落，将来也是见一步做一步而已，可怎么样呢？璘叔闻已返乡，未知各事办妥出来不曾呢？崧老曾否转到社湾去执业，念念。贺小姐的朋友未见有款自广州汇来，故对办谈不到也。余容再函奉告，书不胜意，诸希珍重，要紧。

璘叔带给达儿的皮鞋，不知合穿着否，便幸见示。

君葆写

十月廿七日

再者，目前情形，九嫂见面后，当已把详情奉告。所以他日纵然有证寄给你，行止仍须酌量情形为是，呼寄并无期限也。日来各物价钱飞涨，奸商辈又从中居奇，当局已注意，报纸亦有登载，想已读到。这样一来倒苦了一般平民。生活影响亦应考虑。

葆又白

廿八日

给妻子郑云卿信

（一九四二年十二月二十三日）

云卿：

十二日我写了一封信给您，告诉您呼寄证已发出来了，只等绍基兄往澳时带过去。隔了两天是十四号，接到您十日的来信，因知达儿也切盼来港一行，我是很明白他小孩子的心理的，细细一想，他也的确年纪小，还是顺着他的意思罢。十日来我总是等着何先生成行，谁知他的旅行证到现在仍未领到，因此颇有点焦急。我想你也少不免着急，那是可以想像得到的；不过事已至此，还是听其自然罢。呼寄证邮寄怕有疏虞，托不十分靠得住的人带，无论如何总不放心。横竖逐也不在乎两三星期了，也许还可以趁小孩子们考完了试才来，亦未尝不妙。绍基兄对我说过，若果你们赶不及随同培兄或璘叔过来，则稍迟一点与他同来，或由他与您办手续打发你们下船，也是一样便利。所以我希望您不要为此事焦灼。但如果三姨真的要回乡推屋，那末，您们暂时去逸如处住着，大概没有什么问题的。不过有一点很重要，来时来买房位，这不特行李招呼，上落也便利得多，可减少许多意外的麻烦，我想璘叔贺小姐早对您说过了。此间迁居一事，从二十号礼拜那天起，已着手进行，每天把一部分东西移到凤辉台四号去，头一天阿南们来帮忙，把书柜都搬完了，现在只剩下床、衣柜、沙化椅零星几件家具，预计廿七日也可完全移过去了。花园仔的一棵白兰花、含笑和六盆散尾葵早已搬到图书馆去，有的种在芒果树旁边，有的植在榕树底下，倒也有趣！日前般若送我两枚印章，是邓尔雅刻的，一刻您的名字，一刻我的，还不错。我本来要璘叔带给您的，后来因为您快要回香港来，也就由着它了。又以前您本要了一张身份证，我已交了绍基兄一同带来，只贴上一照片，备有时需要，也好。我在鸭巴甸水塘摄的小影，洪太们在时，我也托她带了一两帧给阿玉和阿慧，洪太现在大概已平安抵达了。颜先生们回乡后，昨也有信息到这里，报告路上平安。

专此顺候

近佳！

葆白

冬至后一日

给妻子郑云卿信

（一九四三年□□月□□日）

云卿：

你们现在生活状况如何，至为念念。闻下学期中学因粮食贵，恐不能办，如此慧儿的学业可成问题。日内马先生亦须疏散来澳取道转内地经商谋生，我意不如着慧儿，宁可牺牲半学期学业，随他同往，一则有伴不愁寂寞，照顾自不成问题；二则慧儿也应该跟着出来学些谋生之道，此实比读书更要紧；三则纵然接济困难，亦有马先生帮忙关照。至于路费一层，及将生意须加入多少股份，璘叔已准备着民铎交给慧儿国币一千元，另外我这里也筹寄一部托人带上与您也。但慧儿应否进行，应该由您们大家商量定作主，因我远隔一方，当下情形，容有未十分了了也。但能得马先生等一班人作伴同行，实是一个机会，沿途照料，可以放心，希望不可忽略此点耳。语唯心照，不宣。

葆白

如果赞成同去，可着慧儿随时打叠行装，办妥手续，等马先生到便是。

给女儿云玉信

（一九四三年一月八日）

云玉我儿：

为了一封四页的信，给你弟弟，总要休息多少时间才能详细怎你的几封信了。亦过给慧的信请你读一遍才把它传递，因为许多话是一样地应兼写与你的。你父亲的几首诗，你看过后不妨为抄下来，送一份熙洗所请他评正，那就等于你父亲面候她了。固然这样笔墨和邮资都可以省了些，为在目前我想洗北顺是一定能原谅我们的。十二月中阿达收到你信他的信及连续到下列给我的几封：十一月十号十一月廿六一十二月九号。元旦刚过，又接到你弟的一封信以光写一封给他。闻赖先生留到广州，他们都在桂林住的地路李嵩伯娘没多远每旦同一条路也许信可由那里转，不过随缘小姐总会有信信姑的，我想。

母云卿字

一，八日

给女儿云玉信

（一九四四年八月）

云玉我儿：

阿慧回广州后第二天接到你的来信，你提出的问题不是可以简单答复的，不过由你信里的口气看来，你仍是个胆汁缺乏的女子，是不是？毕业失业的问题，萦回于脑际，这不只你如此，许多人也一样，不过你既经选了一门社会科学，则当时如不是打算将来为社会服务又是什么动机呢？不作社会运动，难道因为□□广题目窄而选的人少，因此分数获易得？你当然记得，当你初回来时，我曾问过你何以舍历史而取社会学的缘故，是否要献身社会工作？作社会运动的人，第一要不计较酬报，有时枵枵从出，家里头拿用钱也不算一回事！据李任公说，李师父当某院长还要他从家里寄米饭钱呢！然则到娘家来取钱——如果娘家可付得起的话——何足为奇！只要事业是值得做的，达目的手段是另外一种评价法。青年人出来，未能显出自己的身手便讲待遇，论够开销与否，均非有志气的人物。试问中山先生奔走革命的时候，跟谁去论生活费，论薪水高低？苦其心志，劳其筋骨，还要“穷乏其身”才能够成就一些人材，的非容易。男女婚姻一问题，个人尽要自己作主的最好，我从来便不主张干涉主义。不过做父母的总挂念着儿女的“幸福最上”一观点，倒是事实。但这事我何从去劝人，指导人呢？唯一可说的是，全凭自己的见地和经验！阿慧的路线很清楚，虽然板滞一些——像你的妈妈——但也许他的成功在这里。他不像你的思路是多方面的，而这是你的弱点，正如它也是我的弱点一样。阿慧的作品，也许他自己还未见到呢，寄你一份。

君葆言——冼子的信已交了与阿达，他每礼拜三或六便到书摊去找，那里的人告诉他，这类的书你为什么不到图书馆找陈君葆呢！他只一笑。

丙篇　厚爱寄勉

（一九四六年至一九六六年）

给女儿云玉信

（一九四六年二月二十五日）

云玉：

好久打算覆你的许多封来信了，但近来不晓得怎的。总觉得忙得不可开交。许多朋友的信也还积着，真是没有道理。

看时我又怕一下笔便是数千言，写个不休，而看的人也恐瞌睡，顿觉此风不可长！

我除了写星三和六日报的社论外，由今日起又每日写晚报的短评了。今日头一篇便是《侮辱女性》为题的短短四百字。也许你看完以后寄给阿蔚——他近来用了这一个字。理由是出于易经某卦，可一问沈教授，并顺便谢她的橄榄——同时更加上你的一个说明，但不是很长的引言，因为我知道你功课忙咧！

好几次想为你订《自由世界》了，但一则忙，经过其地总是匆匆的，二则也想每期买来自看完后，然后寄与你，好收一举两得之便利；我想后一法还是用得着的呢。

那天我早上的社论刚好提到哲生先生的话。晚上得到你的信又说到他“催眠”的演说词，太子他真要说你们“孺子不可教也”了。

葆字

弍，廿五日

给三儿文达信

（一九五一年六月二十日）

达儿：

本月四号那天接到你第十七函，是五月廿四日写来的，我当即给你一封回信，在那信我写的你的地址，警卫营的卫字，怕写得不大清楚，未知信能否无阻到达，念念。两个多星期了，这期间本想再给你信，可是大家都十分忙，妈在打点行装，妹亦忙于备考试，我则忙于改卷，这来让时光不知怎的溜走了。偶然触起来，要说的话很多，但到一提笔来，这许多话又不知从何说起。蔚来信也说收到你的信了，这更使我们欣慰好些。

我们现在假定是七月四号左右从这里动身，先到广州，是否和叶先生一同来，未能决定，因为叶先生现在来信说，他的学校要七月中才放假，而梅枝又要七月中赶到京招考，同时跟我来的港大同学也不能等得太久，因为他们要赶回香港来应九月开学。所以看情形我们大概先来京，把梅枝安顿好了，然后南下漫游各地的。但怎样决定计画，到广州后再给你信便是。不过我现在所想知到的，是我们到北方来后，如果你仍因为公务关系留在于家台地方，我们来看你是否方便呢？又如果无妨碍而又得到当局许可的话，则路又怎样走呢？倘若可能的话，最后来一封寄到广州华南联合大学文法学院叶启芳先生处留交我到阅，那我便知所问津了。自然，我们最希望那时已调回京来，那么大家一叙，梅枝也看到你，更快乐了。

今天叶先生给我的信，最后一节读了使我十分不安，他写道：

德儿来信，谓文达世兄调出工作，在部队当司书，他闹情绪，不安定。不晓得你有收到他的报告否？望你去函安慰他，请他安心于职守，调出工作是暂时的吧！

达儿，我是相信你的，我相信你不会有“闹情绪”这样的事吧！你的来信完全没有丝毫这样的表现呀！也许事情与你个人的脾性有多少关系吗？是不是仍然有些个人主义在那里作祟呢？在群众中，在交处朋友，不是说我们事事要迁就人，不过我们最重要的是设法了解别人或对方的观点。也许在实践中你会逐渐明白过来，见得更多的真理。

按新址寄给你的大公报想都寄到吧！余容再谈。顺此
祝好！

葆字

五一年，六月二十日

给女儿云玉信

（一九五一年七月十八日）

云玉：

从汉口给你的信，夹上一封给大姑姐，想已抵达。我们十一号抵京，到今天已住了六日了，奇怪而使我们又感到快慰的，是妈天天跑路，故宫去了两次，北海公园，天坛，都去过了，东安市场也去了两次，但步履稳健，全无在港时的毛病。照这样看，她也渐渐地爱上北京起来了。我们唯一感到美中不足的，是没有看到达，他离开这里大概还有一个时间，他的日记也寄回来了，大概因为要减轻行装的缘故。在他的日记里，我们可以看出他思想上已发生了，同时也可以说已完成了一个巨大的转变。往后他的发展，是值得注意的，他已经过了一次初步的考验，他现在似乎已有了坚定的意志和正确的认识。这是重要的。

那天我们抵达了北京，我把行李搬到月台上时，正在候齐湘等从硬席车那边到来集合，突然有人上前来问说：您是陈先生吗？我们是侨委会派来接车的。说的是一位女同志，广东人。我正奇怪他们怎样知道我今天到，同时更根据什么标识来认识我！这时政务院的代表也来了，湘等也集合起来了。于是捡行李，排队这些手续都免了，而不刻钟间，我们已进到招待所来了。经过几天在火车上的困顿，蒙到这样格外大家意想不到的招待，同行者的精神振发也可想而知了。

因为这样，所以我们行李安放妥当后，才打电话与碧魂。第二天我们去看璧山，胖白得可爱，只是因心脏关系，医生不许她离床。我们都希望她能耐心调养，不要性子急，那就好了。她的病，在我看来，一部份也许是急出来的。他思想是进步了，但仍欠缺许多条件。

我们甚么时候离开北京，一时仍说不定。昨天和今天都非常炎热，我们开始认识北京的炎炎夏日是怎样的利害了，好在身出汗不多，与南方有点不同。但说夜里便凉快也不见得一定对，如昨夜我便到两点多三点仍在室内彷徨，感不到半点儿的风了。在内城住还好，树木多，前门外一带都是市里的所在，林木少，尘土大，晚上粪尿蒸发起来，夹着灰尘，一派土味触着鼻观怪难受的。不过这个古老的首都正在修理和疏通渠道，过三五年后，这古旧的北京将完全改观，那是可想像的。

信写到上面一句，因事一搁便是两三天了。前昨两天热得更辛苦，不过趁这时候我们也游了天坛，今天我们又到过颐和园，赏玩那里的荷花，步过那里的千步廊，乘过昆明湖的艇子，妈妈的几天来的积闷，由苦热而生的积恼，便给湖面的风一吹为之烟消云散了。这是她到京以来最愉快的一天，而奇怪的是，骂慈禧太后用的术语也略比在故宫时用得少了。

记起一事来了。收音机的收听证似乎八月到期了，单子忆似放在进门的书柜第二格，可取出一看按期缴纳。此外，我的宏利人寿保费是年分四期交的，大概第三季单子七月底或八月一号便送来，如阿弼交来，可交款与他持单去缴纳，不要过期，这事弼是会办妥的。

这里天气如此炎热，不知香港曾否遭到过飓风？

刚写到这里，碧魂打电话来，说你的汇款来了。这好极了。但现在看来，这款也许用不着，因为在京住在招待所，深荷国家的恩惠，只买东西游地方才掏自己的腰包，而且因为了我，同来的各人都享受到同一的待遇。不过我想到青岛、上海、杭州各地去，我们是要用一点钱的，因为那里我们可以说是没有什么任务，纯然是旅行和考察性质的。同时我也不想多耗费国家的支出呢！

妹治升学投考一事，延了期，这事她想已给你信，妹治她不知是否年纪太轻，独立的能干不够。现在离开我们要离开她的时间愈近了，也许她，第一次离开了家的她，会感到孤零了吧！她自治的能力是没有问题的，但是初次离开了父母，许有点不惯了吧！为着了这，妈妈大概想等她投考出了榜才放心南下。

文蔚的东西，我今天才得空闲把它包好预备寄出去。来了这些日子到现在才能顾及这些小事，真好笑！

如图书馆转来冯秉叶的信，可代拆看分别视宜处理。碧露想好，你们姐妹中，我特别佩服她，不但能干，而且聪明知大体，不过我想她应该腾出一些时间来看些关于思想训练的书，以别于时下的女子，和求更大的进步！大姑姐想好，我希望她的托儿所的计画终能实现，使她有所寄托。为她的事，我未尝一刻忘怀。

顺此

祝好

君葆

五一，七，十八

给女儿云玉信

（一九五一年八月七日）

云玉：

在汉口时曾写了一封信与你，想能依时收到，入京后公私事务均繁，少得执笔机会，所以那一段落的旅况，只凭湘的报告，想也能得其一鳞一爪的。我们最感动的，是蔚一接到妹治抵京后的信立刻请假晋京来看我们。他廿四号到京，半夜里找到西单饭店来看我们，我立刻与当局接洽留他在饭店里住，好便谈话，想不到第二天王处长请吃饭，也把他一同请了，结果他陪着妈游颐和园，又蒙受到特殊的午餐招待，过了两日他回东北去了，王处长还不住地问到他。这算是京华纪游的一个小插曲了。云湘考进了中学后，我们便有暇去游居庸关登八达岭一望长城，从八达岭下来时，我们初次骑骡子，妹治骑得最有趣，她是我们当中头一个发现骡子有虱子的，经她一发问，我立刻发觉两条腿全痒起来了！那是七月廿九号的事。隔了一天是三十一号，我们便转到天津去了，那天刚巧和毛主席的表兄文老先生同车，因此到津后的游兴更浓，本来准备留两天的，倒住了四天，到五号才转到青岛来，今天在青岛已是第三天了，打算明天离开这里到济南去，然后转往沪杭各地略作小勾留。比较起来，我们留京的时间最长，但许多要游的地还未去过。京里食品当然有好的，但一般说来实不敢十分恭维，而同时实事上我也不大讲究含的。我们在天津和在这里看了不少各部门的工厂，从而得窥见华北工业进展的速度。许多纺织厂都有托儿所，有些更有医院，办的都不惜。托儿所运动目前还未能十分展开，但一经展开得来对于促进生产，一定更加有效。我希望大姑姐对此能有更深切的了解。在青岛我们住的也是政府的交际处招待所，地在海边，仿佛香港的半岛酒店的模样，地方虽较小，但离海则较近，听涛声简直像波的申那样。这所房子以前曾为美国海军征用作俱乐部，完全采日本鬼子的作风，现在人民政府则用为招待对人民有贡献有利益的人们的场所，而我们这次回到祖国来，也受到在这里招待，能不说是一种荣幸吗？

这一次我们北来，没有看到阿达，多少总觉着有些美中不足。然而我们也知男子志在四方，他的前程远大，我们看到他的同学，都非常羡慕他，说政府照顾他们比一般学生都优待，都要体贴。所以妈看到这许多活泼有朝气的青年，便觉得快慰了许多，在青岛看到的还有许多女海军人员，可见今年参军的勇跃盛况。妹治最近想有信写给你吧。

祝好。

妈嘱顺笔为问二婶大姑姐们安好。

君葆

五一年八月七日

青岛兰山路三号交际处招待所

给女儿云玉信

（一九五一年八月二十四日）

云玉：

这几天大概你在盼望我们回抵香港了，但是事实上我们仍在西子湖上。若不是妈妈提起，我还忘记了我们本来是预定廿四号左右回到香港来的。这次我们离开了青岛后在济南住了一夜，看过了大明湖和趵突泉，然后出乎原订计画之外，竟在十一日抵南京，十四日才离开那里到上海；在上海本来打算住三天，但结果竟住了头尾七天，真非初料所及。我们二十号到了杭州，刚好台风也赶到这里来，两天不能游湖，只好看些学校和一些工厂，从廿二号起才正式地领略这个全国性的风景区，因此只好多留一两天了。西湖的山虽不十分高，但千余尺的也不少。最使我们诧异的，是前天登北高峰时，妈妈也跟我们一同上去，到达绝顶，下望西湖，远望钱塘江入海处，历历在目，而她也不大觉得步履不妥，下山时重经韬光寺云林寺时，还鼓起余兴去游飞来峰的岩洞！我想她对西湖是十分爱好的，似乎过于颐和园！大概因为颐和园太小了，而且许多地方还是抄西湖的。不过，鸟倦思还，她现在又开始想家了。今天我们游了九溪十八涧，买了些好龙井茶叶，又逛了云栖竹径；但仍有龙井、栖霞洞、北山、西溪还未去呢！我们不能处处都游，而且有些地方，现在游当非其时，如秋雪庵看芦花！不过近在眼前的总不想轻易放过的。假如我廿七号离开这里到广州去，那末本月卅一号或下月二号总可以回抵香港

了。一切想如常罢！顺此

祝好！

葆字

五一，八，廿四日

于杭州省府交际处——大华饭店

给女儿云玉信

（一九五二年八月三日）

玉云：

我们卅一号晚间到达广州后，即寄顿在沙面胜利大厦，一切情形均满意。旅行团组织起来了，共卅一人，分三小组，你妈妈被编入教育工作者小组，已开过几次会、座谈会，开始活动起来了。

昨天民主促进会，两个科学团体开欢迎会，许崇清后也来。旧友相见握手之时，有说不出的温暖。

我们今晚夜车往汉口。何日晋京，容再报导。

祝好！

君葆

八月三日

给三儿文达信

（一九五二年十二月二十七日）

文达：

圣诞节放了几天假，今天云玉早上到了她办公处去，但不久又坐了“的士”回来，门铃很紧张地连续响着，原来她急忙地把你十一月十八日的信送回来。你的信寄到蔚那里，可能他刚去了抚顺各地搜集材料，还没回来，所以在这之前，即八号我们已看到妹治替你放大的单人照片了。在那封信里，她很跳皮地要我们猜是谁，她说：寄你们一张相片，看你们认得是谁。不过这次由蔚转来的两张照片，其中一幅合照的，倒引起了一些问题来，妈妈说那个站在中间的同志，佩着两枚章，大概职位较高，又说站在左边的一位显然佩着红星的章，较特别，但云玉则指出你佩的章较大一些，于是纷纷其说，莫衷一是，这些如得到解答也是饶有趣味的。

来信的书法更进步了，我想如果你手边有毛笔烟墨的话，当然对于这一门艺术有更大的帮助了。再则，我对于那描写将要到临的冬天景色一段文字，也非常悦爱，不过那“地面上长出千千万万根小冰柱，迎着太阳光看去，闪闪发光”，究竟是什么一回事呢？是松树的针，抑或是枯草凝着冰？又，你写“冷”字或“零”字，那“令”字的偏旁，其实大可作“P”以避免和“今”字混乱。冻凝了的泥土像切断了的“朱古力”，倒是从来未想像过的。

我们正在等待看你下过雪后拍的照片寄来。

你的信是十一月十八日写来的，我翻开我的日记，在前一天，十一月十七日，我们刚接到妹治的一封信，那封信是她一接到我的一封去信后便马上回给我的，而这是她很少有这样做的，云玉指出说。你猜在那信里她要告诉我们什么呢？原来她参加了和平大会的闭幕典礼，但并不是在太和殿面前那个排字的行列，而是到了中海怀仁堂去参加听克其鲁博士的闭幕词，她说她们的“任务是当大会完毕、代表们离开会场时，用和平的歌声来欢送他们，给他们更深的教育，每时刻都在和平的环境过着活的”。她这话说得相当神气，活画出一个自命不凡的新中国的女儿！我记不得我前一封信曾否提到这一件事。无论如何，重复了也好，总而言之妹治对于能参加和会的闭会典礼，并得到机会于宴席散会后跑到主席的座位上去坐一坐，她们是感到逾常的荣华是以自豪的经验。用不着说，妈妈对此也感到荣幸。

珊回香港来，主要原因是身体关系需要好好的休养，她自己自然心里很焦急，要急于学习，但她的病是非同小可，急不来的，她已进了培侨了，但李崧医生检验她说，她五步的距离的走动也不宜冒险，因为说不定随时都有意外可能，但她用脑倒不妨，可躺在床上看书，自己学习。我看珊只有慢慢地休养，要现实一点，也许身体复元后仍可以学习做事，否则只好做些单动脑筋的工作了。她的思想仍十分幼稚，而稚气的地方有时也很可笑，这些都不是一朝一夕可改变得好的。

楚大概仍在原来的地方工作，九月来过一封信以后，便很少得到她的消息了，她和娴和干都很少写信来，想是因为工作忙的缘故。

妈妈近来身子好像好了些，用佛兰地酒擦脚的需要减少了许多了，若干时以来她曾苦于头部隐隐作痛，这现在也很少了，只要她不时时刻刻记挂着远居各处的她的儿女，她是不会引起这毛病加剧的。近来她不断地搞毛活，替儿女们织毛绒衣和毛绒背心，这样倒是以转移她的注意，使她忘记掉不快的事。闲居她总是个人在家里，因此毛织工作倒是一种重要的活计。这几天，她连续地为云玉和妹治做了两件新棉袄。这几个月来，蔚多到各处地方去搜集材料，这他想已告诉过你，他的职务日加繁重了，所以来往锦州抚顺各地已数次，因此我后此的信想还是多从妹治那里转，更觉便利。

关于在朝鲜的战局，敌弱我强一点，我始终认为毫无疑问的。我们固然不应傲气地说自己愈战愈强，但事实是这样，我们的人民是知道自己为什么出国作战的，而美国的少爷兵则懵然不知为什么要到太平洋西岸来；再则，就战争的情况说，我们最低限度也做到了稳扎稳打的程度；我们的防线美国的国防部也已承认了是不可攻破的了，除非付出他们所不能付出的代价，而艾森豪威尔也透露扩大战争为不可能的了。在这情形之下，他们既然知道扩大战争为不可能，而拖下去又恐怕于他们帝国主义者更蒙受不利，反而便宜了我方——这正像我国最著名的战略家孙子所说的："其用战也贵胜，久则钝兵挫锐，攻城则力屈，久暴师则国用不足。"——于是惟有出于讲和之一途了，但在这点上他们又不免牵涉到面子一问题上面来了，坐在白宫的统治者怎样向美国人民交待呢？怎样引带联合国赧颜步出朝鲜国土的门限呢？这便他们进退维谷最大困难之所在。我去年写北游纪实时也指出过，对于朝鲜的问题，我们的认识是这样，它是和我们国家的安全有着紧密的关系的，因此，我们不能让一个敌视我们的势力在这个半岛上面建立起来以危害我们的安全，危害东方的和平。在军事形势来说，我以为我们朝中兄弟是居于有利地位的，这便是兵法上所谓“致人，而不致于人”的地位，也即是孙子所说的“不可胜者，守也，可胜者，攻也”的基本意义。

我不是一个军事家，似不应妄谈战争的形势；但战争原是政治的延伸，这点倒不妨容我略表达个人的见地吧。岁晚了，就此并祝健康！

君葆

五二，十二，廿七日

给三儿文达信

（一九五三年四月二十五日）

达：

前几天我把你寄回来的半身照片装在一个新买来的镜框子里，非常好看！妈说得对，相片只放到一屉玻璃的后面，便觉气氛完全不同。正不晓得是否透明质素的影响。这一个镜框子是金边的，十分美观，它是来路货，便是说“英国制”的，价钱港币三元五角，比香港仿造的贵三倍有奇，但它质地好得多了，坚固整雅，料子好，一钉一扣，是鬃是切，半厘也不苟，这不是我故长他人的志气，其实这个盎格鲁撒克逊民族，有好多地方的确值得我们佩服，有些还值得我们师法的，像那种坚苦果毅、实事求是的精神。这几个月以来，我们也买了不少相架，多数都是金边的，分别把各个特别好的相片都装上了，如你和蔚在跑马地放模型飞机的照片则放在合掌式的两个上面，那是妈自己去买来的！

现在火炉头书柜顶都满放着相架了。上星期隔壁的二婆带了欧阳的几个孩子来看伯婆，见到你的半身照片，极为感动。我所以也每每这样想：自己的一班子侄，能够个个为人民做一点有建设性的事，不但自己感到是光荣，便是对朋友们也起着孟子所说的“能使顽夫廉，懦夫有立志”的作用，而这是足以兴奋的。施赫连的弟弟在锦州，他们父母兄弟都鼓舞了。

连同这封信寄来的是一张从大公报剪下来的山水画。接触到眼帘来，你也许会感觉到像是在什么地方曾见过的，是不是？不错，家里火炉头的壁上不是挂着一幅女画家曾幼豪替我写的“撮将一砚梨花雨”的《泼墨》么？它和这一帧可以说是格局一致，而神气也相似，换句话说，曾其实就是仿米友仁这幅《云山图》，什么都一样，只左右不相同罢了，这一点，我想你从记忆中也体认得出来的。

春天来了，但过去的半个月，清明以后，一直都在阴雨寒风当中，有些人还穿起棉袍来，直至今日才转晴暖。天气变幻不常，须得谨慎。

祝好！

父字示

五三，四，廿五

给三儿文达信

（一九五四年一月三十一日）

达：

廿一日得到你十四日的信，妈和我都非常安慰，原来你那时还在写作，未回京。时光过的真快，不觉十天了，现在我给你回信，因不知你是否仍在河南，所以只好仍从梅治处转。来信给我们一个很深的印象，因为你谈到了一个很重要的问题，而对这问题我尤其感到兴趣。你提到豫剧，我对于戏剧虽然也感到兴趣，但谈不上湛深的研究，对音乐则仅知道欣赏而已，更说不上研究。所以对于这两个问题只能采"台下看戏者"的态度，保留着自己的意见。但是对于研究历史，我却以为有够多的话要说了。在这里，我得重新提到前次寄给你在柴湾摄的那照片上的几首诗作开端。那几首诗后来我又看了一下，觉得有好些要修改的地方，于是乎推敲了好一会儿，在把稿抄给曾靖侯先生时，又添了两首，因此内容又扩充了一些。现在把改定稿钞出一过再谈。

五三年秋华革诸友柴湾雅集
曾伟友为留小影摄题其上并寄靖老

细雨龙吟岸，斜风鸟过船。[1] 不知云水远，犹自问光年。

---

〔1〕 杜甫诗"身轻一鸟过"。

水击何年裂？苍然是剑痕！披沙寻往迹，[1] 无语又黄昏。泛泛乘槎客，还家著梦不？[2]潮平向何许？端欲问浮鸥。棨戟森严地，怜非细柳营。犹闻作胡语，宁识记秦名？[3]水落登临意，[4]云横徙倚情：[5]何当戾长笛，清啸起群听！[6] 解写凌云志，沧波发浩歌！栖迟仍顾影，诗力孰君多？[7]浮世争名立！如君复几人？烟波观浩荡，白首注斯恩。[8] 实践寻群理，音声辩一真。[9] 踏歌高会处，也欲逐清尘。

这几首小诗差不多可以说是改定了。在词句间大概也可以看出我的一些历史的见解来罢。在你十四日的信，你说在研究中国历史方面发生了新的兴趣，这是一个很好的而且很重要的发展。马克思主义是从研究历史所得出的结果，可见历史研究的重要。这研究现在当然最重要的是要采取新观点了。对于这一点，国内自然有较多的好书本提供材料，如范文澜著的几部历史书，同时在国内也较容易接触到具有新观念的人物，所以你的新兴趣是十分可喜的。另外，学习历史不同其他科学，它是不一定需要在普通实验室里来作实验的，而其实它的实验室是大得很呢。我知道

---

〔1〕 唐李咸用诗“肯信披沙难见宝”。

〔2〕“不”字读平声。

〔3〕 唐独孤及《江州刺史厅壁记》云：自“秦以后国化为郡，史官职废，简牍之事寖灭，记事者但用名氏岁月书于公堂，而春秋梼杌存乎屋壁，其来旧矣！”

〔4〕 唐孟浩然《登岘山亭》诗：“江山留胜迹，我辈复登临。水落鱼梁浅，天寒梦泽深。”

〔5〕 韩愈出蓝关诗：“云横秦岭家何在，雪拥蓝关马不前。”

〔6〕 唤起民族精神，在此仍为必要。

〔7〕 靖侯先生不能英文，但不但长于国画，还长于旧体诗。

〔8〕 靖老年来始研马列主义，然其深入，当观其斯大林集，多批语及注解。

〔9〕《首楞严经》卷第五：“以音声轮教我发扬。”

你正准备用一个相当长的时间，本着新观点来重新一步步地研究中国历史，我真是高兴的难以言喻了。于是乎我就写了一首七律，题目是《得达儿书，谓正从新研究中国历史，题此示之》。

革命功成事本难，共同努力未应闲。五千年史从新读，四百神州澈底翻。烛短更思清漏永，雪深微怯早春寒。犹闻托古称尧舜，堪笑軥辀学孔颜![1]

这首诗我本来意思是要写毛主席“红军不怕远征难，万水千山只等闲……”那一首的原韵的，后来发觉他的第三第四句“五岭逶迤腾细浪，盘山磅礴走泥丸”，这“丸”字一韵，十分难押，想了好久，才终于放弃了尝试，改押回“翻”字，其余的照旧，这样，这首诗也是经过了一翻意匠经营的。我本意是要它极其明白显浅的。在头四句这点是做到了，但是在后四句便不免旧文学那一套又故态复萌，积重难返了。在第四句，我是要说那“神州赤县”旧的看法，现在是应随着人民的大翻身而澈底改变过来了，这意可能不十分显。第五句是用杜甫“检书烧烛短，看剑引杯长”的意思，想指出历史的时间正像那绵绵的长夜一样，是无穷无尽的，而我们读历史却正如那秉烛观书的，每愁烛短的，也有如庄子所说的“以有涯随无涯”[2]那样。

不过唯其如此，所以更加要急起直追呢。人们有一句话：“夜长梦多”。真的，夜一长了梦便更多了。而犹豫不决的地方也就滋长。这是不好的。我最佩服“进行革命到底”这句话，要实现共产主义的社会，一定要有坚决的态度。在过渡的时期，

〔1〕軥辀应作钩辀，是鹧鸪声。

〔2〕“吾生也有涯，而知也无涯，以有涯随无涯，殆已。”（《庄子》）

在进行总路线的初阶段的时候，自然有个雪深严寒的情况，这是无可避免的，但它岂不就是预报着春天的到临了吗？〔1〕

以上是你的信在我心里所鼓动起的思潮和情感。在诗的末两句，我又不免想自己当下的环境了。要请外国人来教我们自己的历史和文学。那真是跟钩辀格磔之族来谈孔孟学曾颜了，又何况还想以我们所已抛弃的“托古称尧舜”的一套，那旧的不合需要的乌托邦思想来再愚弄我们的青年呢！这作风真是对我们革命的一代的一种侮辱。信写长了，该在这里一搁笔。顺寄相片两张，均三人合照的，也都是浅水湾作品。

祝好！

葆

五四年一月卅一日

《南线巡回》一书我也很想买来一读，不知能否买到。

---

〔1〕 又：程门立雪的故事，言学习过程的艰苦，也可以说是这里所用的典。

给三儿文达信

（一九五四年八月一日）

达儿：

前几天，当我海南岛愉林港附近发生射落英国民航机的意外事件，消息传到这里，一时曾引起一些震动，继着又发生美帝国主义者乃竟借口派出空军侵犯我国领空并击落我机两架事件，这种挑衅暴行，直使人发指。美国统治阶层和好战份子，在日内瓦会议遭到空前的失败，不知反躬责问自己，乃作出此种泄愤卑劣行径，实是令人齿冷，试想经常有着此种行径的国家，它还有何颜面去妄图做领导世界的民族呢！目前，他们的舰船虽然像是明白不理于众口而撤退到马尼刺方面去，但狼子野心，我们仍然要加强警惕。现在大家应该更了解我们国防的重要以及巩固我们的海疆是急不容缓的事了。今天是建军节，我们读到粟裕将军《加速我军现代化建设》一篇文章，我们感觉到这问题意义的重大，我们看到过了“台湾是中国的领土，中国人民一定要解放台湾，不达目的决不休止”这几句话，这是每一个中国人民怀在心坎里时刻不能忘的话，我们必须为达这目的而奋斗。由于当前这个巨大的任务，我们更体会到配合着国防的建立与现代化与整个五年计划建设的实施是如何的重要了。也由于这，所以有一个作者在《学习》上面的一篇文章里写得好，他说：“把工业化的速度稍稍放慢一点是不可以的。首先，由于资本主义的包围还存在，我们不能不尽可能争取时间奠定国家工业化和国防现代化的基础。”

这认识是必要的。

梅枝已到了上海，廿五日她从上海写了一封信来，把这中国第一个大城市所给她的第一个印象写了给我们了，她说："上海跟香港的情形没什么两样。"很显然她看惯了北京，也更喜爱北京的朴实呢。她又说到你这次因工作忙不能同来，她写道："三哥是有那种忘我的工作精神的，祖国利益在先，先集体而后私人，这是哥哥的最大优点。"在现在毛泽东时代，你是有了机会尽量发挥这种精神了。我已写了回信给她，告诉她不妨在沪杭一带多玩些时候，约在这个月中来穗是最理想的了。我们本来准备到穗后再看有尽可能北来一趟看你的，但默想一下，如果九月中左右抵达首都，那时恐怕你的工作更是接近最紧张的阶段了，那么，虽然是简短的约谈仍恐怕会妨碍你的工作呢，所以关于这一事还是将来再说罢。

你还记得写给你那"五千年史从新读，四百神州彻底翻"的诗句么？一位叫刘仲英的好友到家里来谈天，看到这和其他好几首诗，抄了去把它寄到新加坡的《南洋商报》去发表了，这样你的名字，因为在诗的题上，也就第一次在南洋出现了呢。《南洋商报》是陈嘉庚先生办的，在海外舆论界久矣乎，已是"中流砥柱"了，而这位刘仲英先生，他是柳亚子先生的朋友，亚子先生在香港时有过一个诗社叫"扶余社"的组织，宋云彬、刘仲英和我都是社友，有了这渊源，我和刘更有着共同兴趣的交谊了。仲英诗很好，而他也很赞许我的诗。在一篇《访水云楼》的短文里，他特别提到我的《遣怀》一首中的"欲就澄潭驻云影，落花原自不关人"两句，以为极可爱。其实这两句，不瞒人说，我自己也是极心爱的。这首诗曾在华草通讯刊出过，这里我把剪下来的一份寄给你看。

颜先生的儿子颜栻，他从前名字称悟缘，近来改了，曾好几次约我到大屿山上去住几天，我本来很想去，但在暑天登山总觉不相宜，太辛苦，所以终没有去。你当然还记得清，太平洋战争发生的前一年，我们还到过“地堂仔”他们的静室那里去住过几天呢。目前“回澜小筑”那些建筑恐怕有些零落了罢，时代变易了，而颜栻也不肯跟着颜居士谈出世法的佛家信仰了。上个月，我把《南线巡回》一书给他看，他看过以后似乎很受感动；现在他在切实地对社会主义作初步研究了。这是一个重要的发展。

这里我还把最近摄的生活照片中的第十四张云玉在公园喷水池照水的一张也寄给你；这一张，我曾向谢姑娘建议寄去伦敦或巴黎的沙龙展览，想也不无入选的希望，你以为怎样呢？玉现在蛮喜欢游泳，因之而活泼得多，身体也胖了！

祝健康

葆

五四，“八一”建军节

再者：阿广到了广州去读书，跟干在一起，已不觉一年了，颇有不少进步，最近他有信来，说是下半年升六年级了。干等最近更计划把云展也叫到穗去工作，省得她在乡间因不能升学而发闷，这我是十分赞成的。驹近来学业颇进步，升级了仍继续领到学额；他中文书法很不错，大约在各弟兄当中，除了你之外，便要数到他了。娴的太草，干的欠整齐，大家姊的则似乎太差了，一笑！

给三儿文达信

（一九五四年八月二十三日）

达：

我和妈到穗来已十天了；我们是七号来的，那时湘已来了一个星期了。从她转给你那张相片想已收到。我们抵步后又给了妹治一批生活照片，大多数都是最近摄的，这些她都收进了她的新在上海买的相薄里边了。云玉又送了一个新相薄给她，这要是过了一些时候一定收集到不少好的材料。

昨天十六号，大清早湘接到京打来的电报，是半夜一点多钟送到的，报导她考大已被录取了，电文是“北医公”三个字，这使得大家都异常的高兴，因为完全符合了妹治的最高愿望，学医，还能留在京住，并且习的是公共卫生，据说这一门是比较少人学，或者选的人不十分多，所以新社会的建设是亟需这类的人材的。妈自然更加高兴了，她想着湘最低有四年留在首都，并且料想将来总是要留在华北区服务占较多成份了，因是我们便以计划搬到北京来住，更为适当和更加可能了。所以我便告诉湘于入学各种手续办妥后，不妨腾出些时间替我们注意一下找房子或商量搭住等问题。目前你们弟兄俩，又加上了云湘，都在北方生活，而湘更不止一次地甚不喜欢广东方面的炎热至不可耐的天气，这样，我们都迁居到北京来，是更加顺理成章的了。

以上的一段话，可能是一种庸俗的见解。在我的更深一层的看法是这样，你既然献身给国家为人民服务，就不应该再以自己的家为念了，你要以那“大禹治水，三过其门而不入”的忘我精神把人民的事情搞好，把一个“螺丝钉”的工作做好，一心一意要为建设新的社会而作出最大的努力，而凡是以为你的工作的拖累或阻碍力量，不管属于思想方面也好，或感情方面也好，都应该把它放在一边。我不知道这样地了解问题对不对，不过我知道我们立身处事，一种了解问题的态度是顶重要的，这便好像从前教行道之士，要不为外物所转移那样。假如有足以妨碍我达成我的正确目的的庞杂因素，还是尽量克服这些，不要被它所牵累为最要紧。上面所说的，勿以我们为念的一句话，便是这个意思。旧社会被推倒了，新社会在建立起来了，但是旧社会遗下了许多渣滓，一时仍是无法把它清除得掉，这固然啦，但我们仍要一切需要的思想的准备。

我了解到，我们都回到祖国的怀抱里来了，这不但给予妹治和你们以一些物质便利上的帮助条件，还给予你们以不少思想上和精神愉快上的便利的帮助，这是一定的。我是万分热爱能够回到祖国的怀抱来呼吸的，这完全不成问题；所以我有着“十年梦遍千山月，万里投荒一叶身”那样的句子。朋友们有些提出我在国门外的工作岗位问题，这我也了解到；但留在国门外，仍是“投荒”的性质，而这所受的精神上的痛苦是够受的啊！所以妹治考到了北京医学院，真的给予我以并不小的兴奋和愉快。

我们乡间家里的情况是这样：差不多只剩下庶祖母人在家里了，因为展不久大概也要到穗来工作了，干已经替她找定了一个在他的组织范围内的工作岗位了；这样，干曾征求过我关于照顾年老的祖母的意见，我曾回他说，最好托二姑姐，而我又曾问过展的意见，据她回信，二姑姐也赞成这样安排。这样一来，我们发展的趋势差不多是走逐渐脱离农村而转入都市生活的路线了。

在农村里留下的小量出租的土地完全不能养活几个人；其实，从好些时候以来，我们已成了住在都市里替劳力来生活的劳动者了。现在，展的问题如解决了，不但楚和干两人都觉得愉快，我们大家都感到高兴呢。这一次，梅枝到广州来，可惜我们要回乡间去的手续麻烦，否则倒可以和她一块儿到乡下去看看庶祖母和土改后的情形呢。

这封信是十七开始写的，那时刚接到梅枝考取了北医的消息，跟着就替她办北上的手续了，想不到因为多处洪水的关系，弄到火车票非常地难买，轮票的人到火车站去睡了几天仍有轮不到的，这样的情形也使我们着急起来了，我的信便这样搁下笔来，一搁便差不多一星期了。今天仍要陪着梅枝到车站去轮，如果买得到票，她便趁明日的车到上海去，然后转京沪车北来。北京医学院是要九月一日报到的，可能云湘赶回北京来已过期，因此，她曾写了信并托熊伯母的女儿替她向校方代表报到并说明情况，希望校方能了解实地情况，酌量原谅，予以通融。

在这里的这一段时间，虽然忙于各项琐碎的麻烦的事情，但我们还和云湘看过了多少羊城的景物。这几天热的了不得，十八十九两天，大家都盼望老天下一场雨，解解九十四五度的高温，结果十九那天下午大雨来了，可是说起来也巧，那场雨是正当我和云湘两人登到观音山“镇海楼”的第五层时才“风满楼”地从西方吹至，一时雨横风狂，天地都在蒙蒙中，在五层楼的最高层极目望百粤河山，真是别有一种感觉。那天妈妈也同去，但是她因怕上楼梯，只留在博物馆的楼下一层坐在长椅上听雨，没有我们在最高层那样写意了。登过五层楼，越秀山公园一带风景都收在眼底了。雨下了大半个钟头，雨止后我们才回来。到了昨天，廿二日，我和云湘又去逛了黄花岗。羊城的其他风景，只好看没有多余的时间才再去游览了。湘曾到基那里去过几回，所以光孝寺她是略为踏勘过的。

暂就此搁笔，下次再谈。并祝健康、进步！

父君葆手示

五四，八，廿三

给三儿文达信

（一九五四年十月五日）

达儿：

昨天接到你九月廿六日来信，现在我在写回信，窗外疏疏的鸟声，正从那棵龙眼树的密茂丛中透出来，在秋阳底下，好像要懒洋洋地睡一觉午觉的模样。向着龙眼树的一个窗口，你也许还能记得，那便是以前你的床铺和书桌靠近的那一个所在。现在龙眼树已长得快要和三楼一样高度了，因此东西的远山已不能直接望见，只能从繁枝密叶中透露一些轮廓。有些叶子也伸展到窗棂上来摇摆了，结果实的时候，如果不为偷儿捷足先登拿去，倒可以一伸手便摘得来呢。还记得你还在国外那一年，我凭窗曾偷了这样的诗句“如今手可攀龙眼，当日人曾住凤台”的，是对景生情之作。在书桌的其他一边，从前靠着那个较小的窗口，是可以望见到浅水湾去那条汽车路的山上的，现在窗口的一棵棕树已经长得像扇子般把整个窗都荫蔽起来了，在风清日丽的当儿，坐在客厅里——现在成了我的书斋或会议室了，因为漫长的长桌或餐桌也已搬到这里来了——向外望去，简直是一幅《夜雨芭蕉》的立轴，景致是十分幽雅的；如果风不太大的话，在下雨的时候，听着雨点落在这棕榈科的叶子上和较小面积的龙眼叶上所作出不同声量的毕毕卜卜的发音，倒是怪有趣的！而在这时候，那些先前还聚集在树脚打十五胡，赌“披牌”的一班无业游民，都烟消云散去了，恢复着一时的安静。

我们秋天的日子便是这样地过着。在香港，这是一年当中最得人钟爱的一段期间，尤其是我更觉得喜爱。

自从你们几个都到了外边去生活之后，家里是比较寂寞一点起来了。昼长人静，我自己是无所谓的，倒而觉得恬静更适宜于自己的生活，不过妈妈就有些不惯了，但好在还有几处好邻家，便是抹抹牌或者拉着小孩子玩，还可以略破岑寂。如果生活条件容许的话，我自己还打算趁这时候写点东西呢。不过，有时候又这样想着：自己置身于祖国大门之外，虽然仍不断感受到阳光的温暖，在煦和中沐浴着，但究竟不能时时接触到日新月异的新事物，对于思想上所期望的进步，就怕赶不上时代因而蒙受损失了。所以当这一次梅枝回来，说她将来的活动范围，原则上已被规定无论如何不会越出华北区之外的时候，我们便想到最好还是搬到北京来住，在这方面计划一下，时间迟早倒不要紧，现在湘已考进了北京医学院，这一点似乎更容易解决，唯一的酌量只是早些进行或者房子比较容易找而已，其他都似乎不大成问题。

八月底，我们从广州回来后，便进行把房子内部粉饰油漆一过，现在是住得比较舒服一点了，因为积年的灰尘都一起扫除出去了。正如妹治和我们见面时说的，这粉饰扫除的工作早应该做了，不过因为经济条件一向都不十分容许，所以可缓则暂缓的事情就搁置下来以至于现在呢！至于将来我们的计划如何酌定，我想也不妨配合着梅枝在后此的几年的发展情形来采取步骤罢。你说的对，由梅枝酌量情况去负责定一切计划罢，她是个精明的女子，打点周到，虽不能就说是“算无遗策”，但她对于处理一件事，能够握时机，能够坚持到底“锲而不舍”似地，却是令人折服的，这表现在她这一次在广州办理购车票北返的手续的一件小事情上十分清楚。所以我打算就由她去计划，横竖她总有在学的五年期间是要在首都的。

九月十四日，中秋节刚过了没多天，我们于收到梅枝第一封用“北京医学院”笺纸写来的信的次日，接到你九月二日的信。你写那信时是八月底，那时梅枝刚刚返抵北京呢。那信给我很深刻的印象，那上面的一句话：“对美帝来说，最恰当的话是‘识时务者滚开’。”骂得的当，真是先得我心了。这一次的信，你提到“灿烂的历史发展的里程碑”。你说：“人们要在这曾经浸渗了先烈的鲜血的土地上栽出幸福的花，让它结出美丽的果实来。”这是何等悲壮雄伟的句子！云楚说，他们蛮喜欢读你的信札，大概就是因为这种笔锋常带情感的句子吧！

这次的信，你提到留在这里的一些没出息的青年们。这是一个重要的问题，我一向都在给予严重的注意。自然，随着形势的转变，随着我们在国际上的地位日益提高，不少从前一直在彷徨迷惘着的青年们都在转心内向，认为这是唯一有出路的办法了，但仍然有很大部分，或者由于浸淫的生活恬然不知怪，或则由于思想腐蚀了全不发生问题，否则纵然有些浮光掠影的见解，但所得不深，更为家庭环境所限制，又没有胆量去打破桎梏，跳出图案之外，这些虽各个情况不同，但一般地都是可怜的待解救的份子，我们暂时地忍耐着看看罢。你二哥也常留意到这类的问题，他在信里每每问到他几个旧同学的生活，可是结了婚生下了孩子的，在资本制度社会里活着，固然是使从前的一点子壮气也消沉了，至于那些辗转终于到了“皇家书馆”去教书的，像有一位姓唐的，那就更连一些思想的自由都没有了，遑论言论！我曾替过这里的较进步的学校里的几个教师对教育司作过保证人，但是可能想像，如果一个要到“官立学校”或“受补助学校”去教书的亲戚，教育司若要问他“认识陈某人否？”他或她不难会说“就是听见过这名字，但我们和他完全没有关系”这样的答话呢！这年头，这个地方有些像鲁迅先生在住着时的上海了，不过，对这我倒不稍为介意。我虽然不能如鲁迅先生的“横眉冷对千夫指”，可是对那些侧目当看不见我的人们，我只觉得齿冷，我只觉得可怜的不是我，而是他们，浑浑噩噩的一群。

话扯得远了。我要说些寻常琐碎的事了。你在上一次的信，曾说到过，为求衣装简便起见，拟把穿着的东西一年一换，旧的就索性送了给老乡们，也各得其所，这在我看来是极好的主意，就经济用途上说，也不能叫浪费，横竖对于自己也省便，节省了不少要自己去保管所费的时间和手续。只要得办得到，这是很理想的。我自己也有一些积存许多东西的坏习惯，小资产阶级所养成的。尤其是对于书，的确是积存的不少了，现在倒感觉到它真是个累赘。不过读书人没有书这一个工具，有时又觉得是不行的。替妹治做皮中衣，料子在京买得到，就在京买好了，何必一定要到包头去呢；有时纵然有了到一地方的机缘，但每因种种关系，自己本来要因利乘便的事，反而办得到办不到都成问题的呢。例如大前年叶先生到武汉去开会，住了十天八天，但除了天天过江，“西望夏口，东望武昌”，晚上念念“山高月小，水落石出”的句子之外，便什么风景名胜所在都不曾去踏过，反而比不上那年我们和梅枝淹留了仅一天的时间所看的多！世上事情每每如此，妙手偶得，不必强求，倒而更有意思。再则你是不是也有到包头去走一趟的机会呢？

照相机虽是玩意儿，但能弄得一点成绩，纪录作用倒不小，正未可看轻它呢。不过胶卷花钱倒不少，这是真的。

梅枝带给你的东西，不曾见你提到一双在广州买的胶拖屐，可能是她忘记了给你。如果已经给了你，可合穿吗？不太窄罢？广州吃食的东西，的确比北方多而且好，怪不得你那里的同志们极力恭维，歌颂这南方的宝地。附带说一句，八月中我和梅枝同登五层楼眺望时，她也承认广州市绿化的程度是比北京还来的高一些呢。你们的模型飞机现在还很好地保存着，这便是说，用我们普通常识所晓得的方法把它清洁一过包裹好的意思。现在工人房又添了一个“阁仔”，所以放零碎的东西倒方便。只是你二哥的那个模型飞机的发动机，倒想来想去想不出在那个地方，在谁的手里。你可知道吗？是否在汉的保管下又转移到别一个的手里呢？在陈文楷先生的儿子的手里？蔚曾否提到过呢？

来信最末一段写道：“冬天又到了。这几天早上有点寒意。前些时还是绿油油的田野，现在不但黄了，而且也平了。”几句话，像诗也似的句子，读了很受感动。一时不禁联想到一位现代诗人卞之琳的诗句，大概是卞之琳的罢，他写道：“墙头草，长了又黄了！”那是很有名的句子，不晓得你曾否看到过。拿你的几句来和它比较，你的虽然不像它那样紧凑，但究竟是富于诗的意味和诗的境界的，如果有意地把它发展起来，大可以演成一首好诗。我尤其爱那“现在不但黄了，而且也平了”两句。欧阳修的词句写道：“平芜尽处是青山，行人更在青山外。”不晓得河北燕赵古国一带的原野，是否也有像江南这样的情景？前些时在广州，曾与叶启芳、林悠如两人游泮塘至南岸，雇小舟出荔湾游泳场，因至“海国红楼”，我写了一首诗纪其事：“竹阴深处好维舟，十里荷田碧欲流。怪底健儿双桨疾，泮塘西去即红楼！”那时全国运动大会在广州开，水上健儿们正在加紧练习呢。

夜深了，下次再谈，顺祝

健康！

君葆

五四，十，五

致妻子郑云卿信

（一九五五年一月二十四日）

云卿：

昨来穗时，在车站遇见黎兰卿。因此一路都不寂寞，到深圳又适与区昶先生遇，而火车上座位又同在一处，所以更觉如意。抵穗后即在曾老公馆住下，暂仍未搬进招待所去，因倾谈更为方便也。昨晚饭后曾与天畏兄往访叶先生，他们伉俪均在家，因得纵谈了半小时，叶太太并把你的存款单相示，同时节出其要点如下：原存一年，年息三十零七万四千四百元，除去缴所得税五万三千七百二十元，实得年息二百九十二万零六百八十元，连本利共二千四百二十七万零六百八十元，续存六个月，到本年七月十五日到期，半年息九厘算。她替你继续存半年，理由是预想到八月左右，我们总会到广州来的，到那时也许要提出来再作打算。我想这办法也不错。昨天在火车上天气突然转暖起来，原著起来羊毛内衣裤，便觉得有点不舒服了，但也无法脱下，只有坐在座位上不动，减少动作，免发生更多的热力来抵消。到穗后，晚上有点子雨，与靖老们谈天至十二点半，靖老促我用热水洗脚后才就寝，认为这是人生莫大的需要，我想他的话是很对的。今晨起来，“向晓铺阶湿”，原来除夕夜真的下过雨来了。吃过早点后到国老处去拜年，并到黄长水家里去了一趟，约齐了邓文钊、陈君冷等一同到统战部去看饶部长和参加那里的春节会。这是我第一次在广州过农历新年，也是值得纪的一件事。现在准备明天搬到招待所去住，黄学尧兄已到了穗来了，因此如要打长途电话时，恐怕得到六号去跟子诵商量了。

以前到广州来时，都是在夏秋之间，所以没有留意到火车路两旁的许多梅树。这次来却有新发现。我们车到石滩后，从那里到天河站的一段路上，顿觉车中飘进了一股香气，区昶叫我望望窗外，原来一丛丛，一幅幅，一畦畦，白蒙蒙，漫山遍野，都开着梅花，好看极了。不过据说这些都是单托的梅，是产梅子的，不为风景的，而是为那副食品如“话梅”“酥梅酱”等东西的梅，是鬻钱的，因此赏梅花的倒不到这些园子来了！可是无论如何，我倒想到祖国丰富的物产来了。那真是值得人们骄傲的。

我到了这里来，云楚们还不知道。但我也不知道能否找到时间去看他们，看机会罢。三姑姐那里太隔涉了，想难得去找她了。

这信抵达你手里时，想当在初四后了，那时我们的工作也正式展开了。以后如果事情不十分忙，还可以给你写信的。
祝新年快乐！

君葆

五五，一，廿四（农历元旦）

给妻子郑云卿信

（一九五五年一月二十七日）

云卿：

春节日寄给你的信想已收到了。我在曾公的家里住了几天，到昨日搬到省工商联合会这里的招待所来，因为今天正式开会了，所以住在一起比较方便。今天开了第一次会，晚上虽然有文娱节目，但我因为有点累，没有去参加。自己倒想趁此略事休息，免得坐得太久，二则也想去看看朋友，到街上去走动一下。昨天下午已去看过楚了，今天晚饭后又去看过璧的，原来珊的地方惠吉东路离这里米市街很近，只转一个弯便到！珊还好，已进了一家补习学校读，等待今年考。她身体还结实。

这几天的生活，其实也是很写意的。昨晚我曾到叶先生那里去吃了一顿饭；农历年初一那天也算是到过几位朋友的家里去拜过年了，前天年初二则和靖老他们一班人去看“大戏”，即广东戏，看到了曾三多、马丽明、马师炬几人的艺术，真的不错，不过我尤其佩服的是，经过了改良的粤剧，进步得多了。这是香港的粤剧值得学习的。香港的粤剧，提振不起来，主要的原因在编得不好，内容不好。这里的粤剧，白驹荣所演的固然不在讲，其它的剧团都是要预早好几天订座的。新年则更紧张，像前天我们看的那出头《三家福》，据说是预早五天已买好了票的，其他也就可推想了。

广州的天气，春节日一连几天都非常暖和，但昨天晚上顿转冷了；今天又觉得你教我多带些衣服来是很有道理的了。不过，无论如何，我想也不会像上月那样，温度竟降至零下，黄达巨先生的天井放着的一杯水竟结了一寸厚的冰呢！

祝健康！

君葆

五五，一，廿七

给三儿文达信

（一九五五年四月二十三日）

达：

十九日收到你十一日来信，我们自然无限欢喜了。尤其是在万隆举行的亚非会议开幕的第二天，大家的心情更觉得有一种轻松愉快。你的信说到文博，我也觉得这孩子孜孜不倦地肯读书，这在某一观点看来原得承认是好的质地，但在现代来说，我们倒不主张有偏向单方面的发展。从前观点此家中有这样的孩子，总要说是祖宗积下来的福，巴不得他迷头迷脑地向书本中去钻，以实现他的功名显达，这样来光宗耀祖了！这是把一个聪明可以作育成材的子弟当为可以投资的看法；侥幸我们现在已脱离那个时代了，但那样的腐朽的思想仍普遍地存在像这孤岛一类的地方！人们向往进港大去学医，目的虽不一定是像科举时代的扬名显亲了，但也不是回去祖国为广大的人民服务——这本来是港大最初建立的目的，以西方的科学来帮助中国的发展，但当帝国主义基本发生危机之后，他们便不谈这一点了，这些年来又进而提倡香港本位文化，一并连那些热心爱祖国内向的青年及社会人士也有些视作眼中刺或者在背上的芒了——他们父兄子弟之间泛滥着这样的一种思想，为着自己或者为着某某人念医科，家里已经用了几万块钱了，这一注本钱怎样连本带利地掏回来呢，正是当前的问题。无疑地这里的人抱着这点对自己或子弟的教育的看法的实不在少数。固然这一看法是有它社会因素以及经济背景的。在这里我们且不去说它的是非曲直了。对文博，我们不应，也绝对不会采取这样的观点。我已把你的信关于这一问题的意见节录出写信给博的姐姐们了，我告诉她们应该多写信去给阿博，一来劝他要多劳动，不要一味看书；二来这样的通信也可以减少博的寂寞。关于这后一点，我也不止一次想到过，我也想自己也应多写信给博来免除他的寂寞之感呢，不过人事纷繁，总少能顾到这工作！上次我寄了一封信给他，夹上两张青山旅行的照片，你见他面时不妨对他提提，我是希望能从使心理上得到一些温暖和寂寞之感的安慰来改变一个人的生活状态的，你以为这可能性怎样呢？在汉初到天津去时，我也曾有一个时期担心到不晓得他是否会思家，是否习惯离开自己亲人的苦闷；其后看到他的信，看到他曾几次到过京里来，生趣盎然了，这才放心！现在我应该对博更加注意了。我以为你看到他时，不妨多留意问问他通常看的什么书本，以及看书的心得。有机会时，我还想得到他的一个照片，可以把底片寄来这里放大。这里我已把寄来的一批晒出来了。我们的意见也是取景很不错，只缺少一个黄色镜头。七款当中，我每款印了小的两张，放大为半张邮信片大小的一张，汉与妹治合影的小幅，已送了一份给坚道，那放大的两张倒有些不如，所以没有送，同时也想统通寄来，看你酌定如何增晒以及各印多少张。不瞒你说，那五张东西，玉骤看到，还以为是坊间买来的风景画呢！这第一次印晒的，不是麻烦幼文或锡根干的，而是帮衬跑马地这里一家承接晒印的小摄影院做的，不单是因为便宜，只八个铜板一张，而是因为它快捷，今天交去，明晚就可以取货；至于再印时，我们就可以分别高下了。这里我把五张风景的直接寄给你，其余小幅和两张大的由梅枝处转，这样便不至过重了。几张风景的，我最爱那张由后山摄佛香阁的一张，近景衬托得非常好，只欠缺了一些云色，你以为是不是？从机云殿仰拍佛香阁一帧，巍巍的气象也是不可多得的；你特别爱首都各处建筑的白云石栏干，是不是？记得你初到京后寄回来的一张是颐和园长廊前的一列的玉阑干，前些时又是天坛祁年殿前的石阶和石栏，这五张当中，雕栏玉砌的也占了两幅的。记得这东方式的阑干曾引起不少外国艺术家的注意和欣羡，不过他们若摹仿起来便有些像洋太太穿中国的旗袍了，例如从前，“英国皇后”那艘大邮船，它的“吸烟客厅”便是企图介绍中国阑干式的建筑到室内部分去，但我到船上去看过，总觉得很不自然，才够得上读《天方夜谭》所引起的追慕而已！又五张当中，有些所在也是不十分认得清楚的，像那个六角亭和那旁边有个月门的大殿宇便再也想不出是园中的那一角落；不过你也能够记得清楚了吗？有时我总觉得虽然到京两次，但仍然太匆促，什么都是走马看花似的，未能真正领略。八大处未能一去也是很可惜。现在来说，假日到长城去逛的人总是愈来愈多了；所以要去的话，或者要预早计划，预早订车票，否则就要游击式的，自己一有暇的时候，便是单独一个人也好，抓着机会单人匹马去逛一会。就我们第一次的经验，火车约十一点到青龙桥，由那里的车站慢慢步行或坐骡子到“北门锁钥”的关门底下，再爬上长城最高的碉堡，下来漫游了一回，到车站便餐，赶两点一刻左右的张家口车回北京，时间还绰有余裕的呢！自然我那一次还打算不妨在青龙桥过一个夜呢！

妈问你如果留京稍有一个时期的话，她计划来看你一次，不知是否可能行得通？另一个计议就是，如果你有机会南来到家乡去一看的话，她也许可以到穗会齐你一同回去一走呢。这些也许不妨计画一下。妹治要到港来，今年恐不大便利了。关于汉对家

姐们不与他通信一点，我已把你的信那一节文字钞了寄与璧露她们，你的意见也许有不少缓和作用。顺此
祝康健！

君葆

五五，四，廿三

给三儿文达信

（一九五五年五月二十六日）

达：

昨廿一日得你自集宁寄来的信，大家自然十分高兴。妈妈猜的不错，“有了内蒙〔古〕自治区的邮戳印上去的信封，你又得珍贵地保存起来了”。从梅枝那里转给你的信，这信到时想它也应先已抵达了。在那里我说了些关于大同和平地泉的仿佛的话，那是就一时想及，顺带一说而已。顾祖禹《读史方舆纪要》说：“大同府，《禹贡》冀州地。春秋时为北狄所居。战国属赵。秦为云中、雁门、代郡地。汉因之。三国魏属新兴郡，晋亦为新兴雁门郡地。后魏主珪徙都平城（在府东五里，为汉高祖被围于匈奴地），及孝文迁洛阳，改置恒州。隋以其地属代、朔、云三州。唐武德六年置北恒州，贞观十四年自朔州北移云州于此，天宝初改云中郡。五代唐置大同节度，石晋归于契丹，置西京，改云州曰大同府。元曰大同路。明初改为大同府。领州四，县七。”

这是历史上的沿革，读史者自然要注意，明了古今变迁形势，书又说：“府东连上谷（察哈尔怀来县南地，今则为自治区了），南达并恒，西界黄河，北控沙漠，居边隅之要害，为京师之藩屏。战国时，为燕赵边境，秦齐燕赵，互指此以张军声。”（得其地则足以威胁燕京，的确是事实！）书又说：“石晋（五代石敬瑭）归其地于契丹，宋不能复有，遂基靖康之祸。其真之亡辽，蒙古之亡金，皆先下大同，燕京不能复固矣。故明都燕，以郡为肩背之地，镇守攸重。盖府据天下之脊，自昔用武地也。”我常以为中国的国都，不论在长安抑或在燕京，山西的地位也一样地重要！至于“川原平衍，三面临边”，那就要身历其地，然后乃能体会得出来了。[1]

这些材料，有时叙述起来，加以整理，颇觉很有意思。但关于平地泉一名，我在同一书里所搜集到的，只是这样的一条：在“大同县”条下——

“平地城，府西北五百里。元志云，本名平地裊；至元二年，省入丰州，三年置平地县，属大同路。”（丰州自然是现在的丰镇了。丰为州，平地设城，可见那时这地方与外族交通的紧密了。）

这我想就是平地泉一名的来历，大概无疑义。但现在平地泉地点，是东经一百十三度，北纬四十一度，应该是大同府的正北，不过这是不大要紧的，说是正北而稍偏西，自然更正确些，但地理上称谓也只好简说西北了。无论如何，这是小点。集宁距大同一百公里，这也和五百华里相合。我所不明白的，是在元时称为裊，这是什么意思？可能只是取其音，或当地另有取义而借用其字，像这里元朗的“朗”字那样。这是一点。“裊”又为什么转变为“泉”呢？这是第二点。集宁地处漠南，所谓“于北则大漠阴山为之外蔽，而勾注（山）雁门为之内险”者，一般地说，是属于缺乏水的蒙古草原地带，如果找到了充足的水源，那便可以有重要的发展了。这是否适合于解释集宁一地的重要性呢？这是第三点。这些都是值得研究的，并且也可以说是很好的，很现成的研究对象。当地如有图书馆，也许可以找到些记

---

〔1〕顾祖禹是明朝人，自然用的是那时代的眼光，不过地理形就某范围说也是亘古不变的！

载、报告一类的资料。更有意思的是，跟当地的人民谈谈他们的经验、他们的故事、传说种种。从人民的口中，从他们的述说，常常听到更可靠的史料、更宝贵的东西。又何况这一带的地方，像汉高祖被围的白登山啦，王昭君的青冢啦，单于台啦，苏武庙和李陵碑啦，和其他许许多多的历史故迹，都使人感到中国历史的长远呢！我每引为憾事，找不到机会到西北一带去，一踏我们先代的人民创造我们光荣的历史的最重要的一个地方。[1]

不过在这个毛泽东的伟大时代，有你们到那里去亲历其境一趟，把耳闻而目击的纪录下来，说给我们听，虽然不免有耳食之嫌，但又何妨作卧游之助！在翻印的许多古书中，你不晓得曾否注意到《徐霞客游记》的一部？这是一部好书。霞客，明朝人，少好游。“足迹几遍天下，尝西行数千里求河源”，这是嘉庆间叶廷甲的话；而较早的他的族孙徐镇的序则写道：“族祖霞客公，生有游癖，凡屐齿所到，模范山水，积记成帙，积帙成书，昔人所称为千古奇书者此也。”它的是一部奇书；我有一部嘉庆戊辰刊本，比之以前坊间如亚东图书公司他们所印的好得多了。露客虽说游迹遍天下，但所记多属中国西南部，也许因为这一带地是少或未经前人道及的，故值得较多的笔墨。其说及山西北部地区的仅《游五台山日记》及《游恒山日记》两篇，不过单是这两篇，也已是够魁梧奇玮的文字了。

我不十分羡慕要到外国去游历。这并不是酸葡萄的陋见解，而是因为我们伟大的祖国，无论从那一方面着眼，也有毕生也涉猎不到它的一鳞半爪的感慨。另外一点，是我们的历史文化，毕

〔1〕 中国的历史和地理连起来读是最有意思的研究。我们课程合称“史地”为一科，最有眼光。因可以互相印证也。

竟有它的独特的地方、民族的色彩，所以有时候想道：我们并不是不假外求，而于自己的文化遗产中寝馈，已够一生享受不尽了。二十年代初期，我到马来半岛没多久的时候，曾每每想找到一个机会到英国去一趟，溙溙金吧，观观光吧，无论怎样总能为自己生色的，但其后多从民族与民族间关系这类问题去着想，更多用社会发展史的见地去了解问题，这样羡慕外国文明的思想就逐渐改变了。但是实在来讲，我从不曾有过强烈的崇拜西洋文明的倾向，也许在许多方面说，我毋宁说是带有较显著的民族主义思想的成份，所以有时候，好些固有的民族形式，我是不容易愿意放弃的。也许这是矛盾不彻底?!

暑假期间，着文博到西安去一行，换换空气，是最好的主意。其实，梅枝能陪同去，一领略西北的风土人物，是更好的。到南边来，在我看，除了能够利用机会买到些那里生产的物品外，实在没有很大的作用。古人说，男儿志在四方，就这个时代说，女子何尝不应该一样呢？中国是这样大，要足迹走遍，谈何容易？机会现在自然是多的，但我们不能完全寄望于事业上所给予的机缘，有了偶尔碰到的机会，也不要让眼前的光景溜掉，正像那拿着照相机来等待天上的云彩的变化的艺人一样！

固然退而思其次，南下也是好的，说不定还可以到家乡去一看呢。

连同这信寄来的是一期《通讯》，在上面刊出了我的那篇“五四”的讲词了。当中说到“五四”期间香港方面的情况，我想许多人还不知道有那样的事！

附来的照片两张。一张是有个天鹅的，以前我记不得曾否寄过来给你；另一张是今年元旦我们在深水湾头摄的，在它的背面我把一首题黄永玉的劳军图（一九四九年十一月作品）木刻的七言古诗写上，板约长丈余，的是巨制。永玉去年还到过兴安岭

的森林里去写生呢。借待上次的信说。顺此
祝康健！

葆

五五，五，廿六

又：那木刻的板现藏吴廷捷家，吴又印了一份由他的太太，英国人，进步人士，寄到纽西兰去展出，要我也为题字，我替他们写上了一首白话诗，共五十行，因为太长了，所以只好待下一次才抄给你了。

附：题吴廷捷藏黄永玉、李流丹合作《劳军图》长诗（此诗写在陈君葆夫妇合照背面）

一九四九年四月，红军渡江趋楚越。红旗重插遍江南，电扫邪氛蛇奔窟。一朝光复五羊城，反动群丑势穷竭。长征前里庆归骑，共看狐兔随汩没。井冈山上望朝暾，灿烂红光气蓬勃。廿年建军多苦辛，解放功成几颠蹶？义士还家问疮痍，白头野老嗟存殁。翻身儿女记牵衣，“塔”字留题藏断碣。狱中枯骨倩谁收？强寇铁蹄犹怒发！此时契阔重相见，离合悲欢杂滂浡。正好关河圆梦魂，奚尚战士严斧钺？箪食壶浆百里迎，携扶未许壮心歇。更向西南急进军，不留后患张挞伐。豕突狼奔何处逃？残余入海连胡羯。吁嗟乎！“红军不畏远征难”，击楫中流咸奋发。健儿百万待枕戈，进行革命同輗軏。可歌可泣事无数，我欲披图效剞劂！

题吴廷捷藏黄永玉、李流丹合作《劳军图》木刻

君葆

——葆识

给三儿文达信

（一九五五年七月十三日）

达：

上月三十日的信和照片想依时收到。七月一日接到璧魂的信，给她回信时我赞成梅枝于暑假期间陪同阿博去度假，但费用如膳食等我主张由自己来担负。不要太给大家姐以过重的负荷，你以为对吗？这里我把锡根为放大的前寿山风景一幅共三张寄来给你；这次放大不同的地方在于把湖面的小艇子也括入画面里去，这样比较好一点。上次寄来的五张还有两套在我这儿，正等待你决定怎样处置，它们都是明信片大小的。你回到集宁大概也有些时日了，我们正在等你的来信呢。告诉你一个消息：你家姐已定于本月十七星期日坐飞机到东京去出席“教友会”所主办的“国际学生夏令会”，活动节目分讨论问题，参加工作营生活，各一星期，此外游览约占时间两星期，前后在日本的时间约一个月左右，玉还要到神户去一走呢。同去出席的还有港大的学生四人和港大一位地理学教授，所以是很热闹的。同时，这个教友会是个相当进步的团体，据说现在住在北京的我们的国际友人艾黎就是属于这系统的，所以我倒很赞同玉去参加这一活动。这只是简单的报告，详情下次的信再说吧。上星期六我在华革会作了一个批判实用主义与胡适的思想的演讲，讲了两个半钟头，算是批判反动的思想的一个开端。演讲的节略印出来后，我寄你一份就是。这几天正在细心读李富春五年计划的报告，尤其使我感觉应注意的，是关于工业基本建设、农业增产，关于培养建设干部，以及关于工业的生产与节约等问题。我想，我们每个人民对这报告都应作深切的了解与原究。继着万隆会议的成就，这是一件重要的大事。下次再谈这问题了。顺祝

康健！

葆

五五，七，十三

给四女云湘信

（一九五五年八月六日）

云湘：

上月廿八日给你和达的长函，想已收到并为转了。忽忽不觉将近十日了，而我答应寄与你的小骏的相片还未寄出。在这期间，我们又连叠在两天内收到家姐从千叶县寄来的两封飞机信，一封卅一号，一封是本月二号的，两封都是写得满满的长函。根据信里所述，她已习惯了些东洋人他们的生活了，如果还懂得一点他们的语言，也许更容易了解他们的。在日本所遇到的日人，自然和当时我们在香港所见到的“萝卜头”有很大的分别。原来在千叶县，她们是住在一间叫做八积中学，大概是教会办的。廿三日是礼拜六，她们曾到海滩去游泳了一回；你试猜想她们去的是什么地方呢？原来到东京湾外那个“九十九里滩”。你试打开世界地图一看，那地方是在房总半岛的外边，面临太平洋的巨浸，在地理学上说，那是太平洋最深的部分，约三万尺以上呢！家姐的信写道：“这个海滩大得很，足有九十九里，面临一片汪洋，了无涯际，也没有岛屿，浪花打得高高的一排又一排，逼着涌过来，虽然海水是蓝色的，但也不能叫人安心去玩着。”不过她是曾濯过足，算是曾洗过那里的太平洋的水了！

信其他部分是描写那里的学生，救济院里的残废妇女们，以及访问过农村的农民他们的生活。她们还参加过晚会，表演节目，家姐担任的是唱粤曲：你能想像她唱出什么东西来吗？

哈，哈！

还有，这次旅行也给玉不少好处，她已习惯了洗冰水浴，也能晨早四点起来写信，写完了才进早餐！

这里我把六张小骏的相片寄与你。再则，七月十日的信曾附四张你的单人照片，放大了的，想收到了，够了吧！还要印吗？

三号她们离开千叶县回东京去。从三号到八号，在东京方面作五天的旅行，大概包括登富士山在内。九号才全体转到神户去开会，为期也是两周，到廿三号才又转回东京去，准备买些东西作纪念或送朋友，然后就是打叠行装又回这岛上来了。看情形，她们这次旅行是很吃力的，不过也是很值得的。

珊有给你信吗？或者你有给她信吗？提起她来，我总想到她的身子有了那样的缺憾，不能使她好好地留在北京读书，真是同情她又不免气恼不过。她立志是很高的，但可惜资质稍为差一点。有时候我想寄信给她，但又顾到在信里不免总要提到学业一问题来，反而会令她难过；若果连这问题也不说，又像是故意避开它，也不好！这时候，她统考想是参加过了，但不晓得结果如何，我一直在等着她的信呢。

仿佛你在一封信里问到过 B. B. 来。这问题叫我真难回答你。我是“微闻”她是准备要到美国去念大学的，但是准备到什么程度呢？我一点也不知道。二婶很少到我们这里来，今年总共只见过她一次面，而见面时她也始终没有跟我提到过箫的事。当然，我也很不便由我开口去问她们，这样倒好像我要干预她们所不要给我知道的事情那样。而在理，这样的事，她们也应该征求一下做伯父的意见才是呀，虽然我是没有供一个子侄到外洋去留学的能力了！十七日，就是玉飞往东京那天，她们姊妹来看我，说是因为放假了，大家都较为得闲——那也是今年我第一次看到阿梵和箫——但我猜想是因为她们知道玉到日本去了，所以来问我怎样可以申请去参加那些国际学生夏令会。后来解释经过情形，我说：最初我并不是不想到介绍瑜去参加的——其实这夏令会港大的揭示本来就有了，她应该知道的，不过只知道埋头读书的她（这里仍然不少学生是两耳不闻天下事的），纵然天天经过揭示牌，也许熟视若无睹吧——不过，她们信天主教的学生，什么要问过神甫，教我如何去推荐她呢？正如这一次，我本来曾提议过一个姓易的同学叫她去的，她说要跟管教她的神甫商量才回答我。过了几天，她回我话说神甫劝她不好去。这样，一之为甚，我还要介绍第二个么？并且，天主教又怎能和耶稣基督徒的活动水乳交融得起来呢？如果瑜她们的见地，以为学生夏令会的目的，仅在于观观光，借机会来逛逛第二国的风景名胜，尝尝别国的厨子制的菜，此外没有别的了，那岂不是平白地糟跶了人家给你的机会！可能想像，这里的学生，一般地说是很少能真正了解人家组织国际学生会这样活动的目的和意义的，对于自己所以参加的理由也更模糊了。能够像今年这一批如此成功，每次辩论总是出众的，使他国学生折服的，怕还是第一次。今天我接到他们的信，报告他们的异常成功，所以我心觉得快慰不过了！

那天，B. B. 也始终没有对我半个字提到过准备去美国一事，所以我自己也不好提而当作个哑巴儿罢了。我也不知道大家姐是否知道。平心而论，能够到美国去求学这件事本身是没有不好的。不过，我的看法是这样：第一，所学的是一定有用的东西，也即是说对于人民有利益的；第二，学成后要能够回来为祖国的建设服务。假如不远千里万里去学一门宣教科，回来宣播天主教，那岂不冤哉枉也！再则，如果爱国的思想基础没有打好，纵使学的是有用的东西，而回到中国来，徜徉徘徊于国门之外，宁可在孤岛上挂牌做医生，开写字间做画则师揽些生意，捞多少油水，那又中什么用呢？这些观点，不可与言而与之言，有时总觉得“晒气”，并且我们又那里找那些时间来进行慢慢说服的工作呢！因你一问，我说了这一大番话，也许太过一点。如果你以为需要的话，不妨把这封信寄给你三哥一看，教他明白这里的情况也好。博在暑期的活动节目玩得怎样？学业成绩又怎样呢？

妈要我告诉你：她目力已大不如前了，不但手中线的工作不能多操劳，衣车也要少利用了，你需要添置的衣服，就由自己作主张，或就地买，或托回上海去的同学为买好了。马先生说得对，衣服鞋袜，总要多备些才好。应记着。顺祝

好！

葆

五五，八，六日

给四女云湘信

（一九五五年八月十六日）

云湘：

十三日接到六日的信，并三张胶底片，这些我晒好后分次寄来给你的同学就是了。至于你个人的照片增印及寄来给你时，我另外多印两张分别由我这里直接寄与你二哥和三哥就是。三哥处似曾寄去了一张了。关于批评胡风的思想以及提高对反动集团的警惕，加强我们的政治嗅觉一层，我在上一封信已说到过了，那些话一半也是答覆你三哥所提出的问题说的，所以我想你已把信寄给他看了。这里对于胡风集团这个问题注意的固然有其人，但为数恐怕不多，第一政治警觉高的人究竟少数，学习也缺乏领导，第二环境也有些不同。至于反动报纸在借端造谣生事，挑拨诽谤，自意中事了，不过明眼人是不会受骗的。

小骏的相片现在想收到了，那是跟妈妈在老实医生家里摄的一张一同寄来的。至于“猪猡”十二嫂的孩子，他们的相片是送来了，因为以前的几封信都附寄相片，所以到现在仍来不及把它寄出。〔1〕到现在，让我又告诉你一段消息，就是前几天十二嫂又生下了一双孪生子呢，都很趣，大的十分像“猪猡”，因此“猪猡”现在是一个妹妹三个小弟弟的老大哥了！到明年叫“伯婆”的更热闹了。

---

〔1〕他们的六张照片，看过后是否应读选出一两张寄给你二哥呢？可考虑一下。

家姐回来后是一定会把旅行和学生夏令会的经过详细给你信的。她到日本后差不多每隔三两天便有一封信寄回来给我们，我们曾这样地说过：这恐怕是玉有生以来写信最多最勤的一个阶段了！八号我们收到她六号自富士山麓湖南馆旅次寄来的一张明信片。这是一幅富士山顶的风景，很有一些纪念作用，所以我把它寄来给你，看过后可寄给你三哥一看，不妨即由他保存，如果你以为由你保存在相本子上较方便，那么你向他声明好了。这里我得补充说一句，就是我们家里的人，从前只有你们祖父登过富士山，许多在日本住了很久的中国人，虽然望见过也未必上去过山顶呢，现在总算是陈云玉略不后人了。她在稍后的一封信里写她登山的经过是这样说的："五号早离开东京，直往富士山麓河口湖边，当晚爬山，宿在第六站拔海七千五百尺处，半夜二时三十分起，即再赶爬至第八合目（站）一万尺处看到了日出，这是一生从未看过的奇景！八时四十分达山顶，拔海一万三九五尺，那里冷得很，有积雪。十时十五分开始下山。在六合目七千五百尺处已经是在云层上了。能够抵达山顶的女学生仅有五人，菲律宾一、日本二、台湾一，余下的就是我；男的也不过十个左右。"在这封信里，玉是感觉到一些英雄气概了。那也怪不得她呢，前天，与她们一班人一同去领导开会的一位港大教授特拉格尔博士，他因校务先期回来，一下飞机回到学校后，便给我电话说："令媛托我向你致意，她玩得很好，很愉快，她曾攀登到富士山顶去过呢！"这话我听来感到非常高兴。七号她到了名古屋，八号离开那里，即日下午到达神户。她的信是从神户发来的。她说神户有点像香港，望下山去，在晚上灯光闪闪，像西环近大学堂那边。在今天才收到的她的一封信里，她又说到现在在神户所住的地方和以前在千叶县完全两样了，虽然都是一所学校。她写道："在加拿大学院这里，完全没有一点像在日本的气味；我们的宿舍是四层楼的洋房，楼下是办公室、会客厅、礼堂、饭堂、厨房等，二楼三楼是宿舍，四楼是图书馆，原来是一所中学校。舍内设备比香港的学校还要讲究，一切水厕、浴缸、花洒、洗脸盆、洗衣机器齐全。我们不再睡在地板上，而是弹簧的床，厚褥子，在室内穿皮拖鞋走来走去，吃的是西餐，用刀叉餐具，有时也用筷子吃日本米，但很少，多半是吃面包，喝冷开水。"这样，她的生活跟一星期前真是作了很大的转变了，仿佛那年我们从广州的新亚转到汉口的德明饭店去住时一样！不过这是她们的开会、学习和讨论研究的阶段了，因为要开动脑筋，所以虽然住的吃的都更好了几倍，但是倒比较在工作营时疲乏得多，是脑力的困疲而不是体力的疲乏。这是这次"游埠"所给她的异样的经验，也是不可多得的。

今天收到的信，尚未拆开，从外面一抚按，像是有复纽子一样，我心想大概是一种纪念徽章吧！急打开看，你试猜是什么呢？是双很美丽的浅粉绿的大蝴蝶，是有那信封那么大。玉写道：是今早（八号）在上图书馆梯间拾起来的。用航空信寄蝴蝶，倒还新闻，不过也十分雅致。这蝴蝶我不能寄来，已放在书橱里，托着在一张白纸上，权当作博物陈列馆吧。

妈妈今天非常高兴，因为在同一日内收到她两个女儿的信。妈妈的生活，现在是比较轻松愉快得多了，她是每饭后或空闲的时间便到二婆那里去谈天看看小孩子们，也不一定搓麻将的。搓麻将她有时也被邀到对面九号□□师奶那里去玩几圈，伊是"即球"的妈妈你们也许还记得。去时总是午饭后左右，在"清"师奶那里饮下午茶，吃她们自制的糕饼，到晚间七点多钟"清先生"，他的正确名字是沈汉扬，从《南华早报》回来晚餐时才收场，这倒是十分写意的。妈近来食量也进步了。自然，她也了解到不时“想这个怎样，那个怎样”是用不着的。她只好几次要我告诉你，那放在你处的港币一千元，你可以拿来用的，买东西做衣服或旅行都可以。你就依了她的意思作你的主张好了。

最近，我们又认识了七婶了，原来馗叔他已在一九五一年结了婚了，只是不告诉我们，而因为他的怪特脾气我们又总觉得难于问他。馗叔的顽强个性，你们是知道的，他崇拜意志力，但有时候不免相信得太过，以为意志力可以克服一切，甚至疾病。这是错误的。约十天前，他生病了，但到了很危险的当儿才进医院，进医院后又不要给我们知道。结果还是到了最紧急的时候，依了他的朋友们的劝告，才在入夜后打个电话来通知我。那时真弄得我们心惊胆震，手足无措；这样，我乘着黑夜到九龙医院去看他，他正在输血，那时我才认识七婶。第二天，我又同妈妈一齐去看他，他稍为更清醒了，但仍继续输血，就在那时候他介绍了妈妈与七婶子认识。经过了一个星期的救治，他病的是胃出血，现在已逐渐好了。今天去看他，才觉得心上一块石头落下去。对于这样一件惊险的事，妈妈的心情怎样正不难想像得出呢！好了，下次再谈。祝康健！

葆

五五，八，十六

再则，这封信也写得很长，如认为可以，最好也把它连同明信片一起寄给三哥一看，叫他看过后仍寄回给你，你以为这样好吗？这可以省掉我的一些笔墨呢。

给三儿文达信

（一九五五年十月十六日）

国庆节前夕给你的信，附你家姐东游照片十一张，想收到了。

十一日收到你十月一日来信，我们无限欢快。今年港方庆祝国庆节的情形，比较去年又闹热一点了。不过这闹热的情形，仍只限于开明份子，至于一般做生意的跟社会主义的关系尚浅，谈认识了解都似乎谈不到，因之升旗的情况不能说是满意的。自然，在进步力量一方面，热闹的情况不但较去年又加倍，并且还是很可观的。《大公报》现在不出每周一次的画刊了，只在副刊开出一栏印出国庆节的图片，这里我把剪下来的一张寄给你，虽不是精印，但也可以看出那几天情形的略况了。《文汇报》是增加了画刊的，但印刷术不精，远不如《大公报》，所以没有把它寄来。

照片收到了，是去年那一个月摄的呢？蔚的一张底片，已晒出来了，还不错，因此，我又看他们为放大为半张邮片大小的晒出几张来，才连同那“富士山看日出”的几张寄给你呢。这封信主要的是寄画刊了！顺祝

康健！

葆

五五，十，十六日

给三儿文达信

（一九五五年十月二十四日）

达：

十六日寄给一封数行短札，主要地自然是回答你国庆日给我们的信，并附上一张《大公报》的国庆画刊，那封信现在想已到达了罢。

十六日那天是星期日，这里天气晴和，标准的南方秋季的天气，我应了华革会同仁的邀约，参加爬登大帽山。记得太平洋战争爆发的前二年，我和颜居士两人曾进行过攀登一次，可惜因为定错了计划，企图要发现一条新的路线，故从荃湾东首的山嘴上去，结果到达了山的偏东约二千多尺处，远远看见那三千零十二尺的尖峰已在望了，可是我们前进的路径却在一个悬岩高十余丈的峭壁之下断了。原来我们所沿着上山的只是樵径，它的目的并不在引导人们到山的最高峰去，它只是由樵夫樵妇斩柴刈草时踏出来的。所以那一次，我们只是在岩石下徘徊了一下，便下山来了，并且眼看着斜日逐渐西沉，纵然我们再努力找寻新路子或改依普通登山的原路，都怕时间已来不及，就这样，我们那一次是失败了。其后，我又好几次对颜先生提到这事情，他似乎没有那往年的兴致了。这一次，我们一共十六人，晨早九时左右集中荃湾，九时三十分开始沿山路上行，因为同行中有位胖子吴柳桥，他体一百八十多磅，又不惯登山，为着要照顾他。我们不能不把速度减低，沿途多休憩，免得掉队。这样，我们午间一点才到达最高峰，于是在淡淡的秋烟中四顾，真是“一览众山小”了。所有青山、昂船洲、锦田机场、狮子峰、马鞍山诸景都历历在眼底。遥望大屿山的凤凰峰，则仍隔岸对崎，若太平山则如伏几下，竟失其雄视一区之姿态了。从这里下望，风景秀丽的地方仍在北面一带。金瓯无缺，何时还我山河？每起到“领土完整”的意义，便觉为之低回。我们在山顶留连了约半个钟头，然后取道北面下山，向着大埔圩缓缓而下，一路流览迤北一带风景，间或俯瞰到城门水塘的一角。有误以为是沙田海股者，真不知湖水深碧与海滩之浅浪颜色迥异矣。历四时许，至六点四十分左右才抵达大埔圩。这时大家都异常疲倦了，只有老吴却因下山后喝足了水以后，倒反而精神饱满起来，走路转在大家的前面成了领导者了。于是由于他的例子，大家感觉旅行时携带足够水量的重要。大家又在大埔找到了一个馆子吃了饭才搭火车回来，到家里时已是十点多了。这样，我终于踏上过了这滨海地方的唯一最高峰了，剩下的只有大屿山的凤凰峰还未曾“破踏”，用一句他们日本人登富士山时所爱用的话。

第二天，十七日，我又再去大埔圩一次，但不是越过大帽山，而是和妈妈云玉同坐幼文的车去，所以我虽然还有一些前一天积下来的余倦，但还不觉得怎么。结果我到了大埔，找到了朋友，吃了一顿东西，然后，由大埔圩到青山酒店的一段路由云玉驶车，因此我们便知道她的驭车本领还不坏！

自然，因为秋高气爽，那天的旅行都拍了照。

这里寄来给你的几张照片：你二哥的，原大小的两张，放大了的两张；剩下的各一张，我准备直接替你寄给他好了。另外四张“富士山上看日出”是家姐们在山上一万尺左右地方摄的，也许你对于这类题材感到兴趣。四帧孰先孰后，作者姚德怀没有纪录下来，想要在放大镜底下才能辨别得出罢！

附此间《新晚报》十九日刊的一张剪报，那上面有两篇文章写得很好，也有些可作参考的资料，一并寄来。杜德的名字是 Papme Dutt，仿佛前年曾到过北京。顺此
祝康健！

葆

五五，十，廿四

又：你二哥的照片，我以为未放大的比较好，你说怎样？十七日那天照的相，刚好印出了几张，这里拣了妈妈的两张先寄来给你，就是。

给三儿文达信

（一九五五年十一月八日）

文达：

自春节来过后，隔了八个多月，我现在又到了广州来了。这一次是和陈丕士、费彝民、高倬耀三个同来的，六号晚到这里，大家都住在省交际处，那是个非常讲究的好所在，是从前李宗仁在广州时的“总统府”，而在帝国主义在中国最猖獗的时期，它是英国的广州领事馆花塔街的馆址，因此也是富有历史意味的。夕晖朝曦，仰望着六榕寺的高塔，便惹起许多思绪来了！

我们这次来，省府招待至厚，我们目的固然要看苏联展览馆和广州的新建设，同时我们大家也讨论到香港和我们在香港的同胞的利益这些问题。昨天早上我们去参观了造纸厂，傍晚看近来广州近郊发现的汉晋古墓的出土器物，最后又看了苏展。刚好昨天是十月社会主义革命三十八周年的纪念日，所以晚上又看到了些别的庆祝娱乐节目。这收获真是不小啊！

我这一次来为期很短，大概明天就要转回来香港了。不过打算在十二月初再来一次，那时候拟和几个港大的学生同来，主要地是曾与玉到过日本去的那几个，这样妈可能在那时候也同来的。今天上午看过了华侨新村的地点和无数新盖的房屋，又看过了红花岗的烈士墓，那在建筑完成了以后，还要比黄花岗宏伟好看得多呢！

信暂写到这里。

祝健康！

葆

五五，十一，八日

给三儿文达信

（一九五五年十一月二十二日）

文达：

十五号收到你寄给玉的信，我们也读到了它的内容，对于你所提出的几个问题，我也感到兴趣。前几天，姓潘的同学到我们这里来过，我便把你的几个问题也向他说说，看他怎样的见解。这些问题当中，有非两语三言所能详其大略的，例如某教授对于日本农村经济所作的演讲，潘说他有过笔记，答应了我改日从他的笔记抽出资料写成一篇报告文章给我，有些则为较简单的性质，像穿宽袍大袖的，在日本学校里大概全不看到了，只是家庭生活中的便服和多少在上了些年纪的人较为普遍，而农村中则比诸都市更为多见，则已为一般的情形了。关于中国人和日本人相互之间的关系一问题，我也是在密切研究中。一般看来，日本的青年学生，素质是好的，倾向也可以说是向着好的一方面，据潘的观察，社会主义的思想相当流行，所以我们向着社会主义迈进所得到的成就，对日本人一定有很大的鼓舞力量。这问题牵涉方面很多，不能在这里多谈了。至于云玉她对于你所提的问题的观点怎样，也许她已直接答覆了你，那是她的事情了，这里不赘述。从广州写给你的信想早收到。我从广州回来后对这里也起了不少作用。大公、文汇、新晚都曾刊登了我们游览各处的照片，这里两张是从大公和新晚剪下来的，你看过后倘觉得不需保存，可寄给蔚一看，我另外已有一份寄给梅枝了。

夹在这里一同寄来的还有一份华革通讯和三张你家姐东游留影的照片，计开东京帝国大学、神户六甲山、京都二条城，这些大概是她要寄给你们的东游照片的最后一批了。

到大同去，有机会最要紧去看看云岗的石刻佛像。要是能也摄些照片，那就更好了。暂在此搁笔，下次再谈罢。

祝康健！

葆

五五，十一，廿弍日

又：蔚打算春节时到穗来结婚，他想已有信告诉了你罢！

给三儿文达信

（一九五五年十二月三日）

文达：

上月廿六日接到你十六日的信，我们觉得异常高兴，你到了大同去。那里是个古代的名城，后魏道武帝还在那里建过都，自然总有些名胜古迹的所在。照地图看，云岗在大同西，那么来旺又在它的南了，那边又恐怕都要比北京一带冷了，是不是呢？附来的四张照片，都晒出来了，最初是依原大小晒了一份，都不错，于是再晒，印了整张和半张的明信片的各一份。这里，我把三寸的一份寄来，这就我看是最明晰清楚的；另外，我还把你那两位朋友在场地上工作印作邮咭全面的一张也寄来，以便他们按就选择，如均喜欢大的或小的，我便多印一份其他的一款寄来赠与作纪念，这样你以为怎样呢？那么，下次来信，你就得告诉我们所要补的是那一款了。至于其他的几张，你要添印多少呢？是六寸的三寸的呢？又各应印几张呢；是否可以由我们这里直接寄给该人呢？最好也一同告诉我。不过各个内容也得告诉我们，以便写上，否则接到东西的人，不管是你二哥抑或楚家姐，都有点莫名其妙了，而时间过得久，便是自己也有点朦胧仿佛了。还有你单人的一幅，背景是什么地方呢？什么时候摄的呢？我们都想你能告诉我们，如果没有不方便的话。又，你骑过马吗？能骑马了没有？

看台湾的情势，内讧大概是会逃不掉的了。本来如果不是美国的好战份子在那里作梗，那些封建残余还能一刻苟延残喘吗？第一，是美国的侵略主义借口来掠夺我们领土；第二，也是因为台湾是个孤岛，一水迢迢隔在数百里外，较诸英国离开欧洲大陆还要远得多。这种情势我们终得想法子来克服的。上焉者不战而屈人之兵，我们现在正以“坐下来谈”的态度来诏示全世界，正以五项原则作新作风的基础，那不得人心的人们是终会为全世界的人民唾弃的。

刚接到通行证，我还要到广州去一次参观苏展。这一次是带港大的同学一块来，妈妈也同来，行期是十天左右。而我到了广州后，大约在十一或十二日左右，说不定还同别的一些人到北京来走一趟，不过想起零度下的滋味，不晓得自己的感受怎样，便有点那个了。顺祝

康健！

君葆

五五，十二，三日

给三儿文达信

（一九五五年十二月九日）

达：

你也许还记得，前些时，当你往集宁去的当儿，我在一封信中曾提到《徐霞客〔游〕记》一部书。徐霞客的名字是宏祖，明朝万历至崇祯时人，好游名山大川，他的“游记”是很出名的，因为他记载事物，纤悉匪遗，有时用文字描述的巧妙，是出人意表的，所以读他的游记，真可以当得是卧游了。他的“游记”是一部共十册的巨著，文章真可以当得上离奇二字。这一学期我曾引用他的一些文字作教材，油印了好几篇，这里寄来了是《游五台山日记》和《游恒山日记》两篇，记载他由北京出发，经龙泉关入山西，历五台山而至恒岳的一段程途状况，真是刻画入微。两篇中我尤爱《游恒山日记》中的述“初十日”登箭簟岭以下的一大段，比诸上一篇的“初五”“初六”两日所记，文字尤为奇特，盖同中见异，而变化莫可预测者，所以读之每觉不忍释手。游记文字，与地理学发展很有关系，明代地理学特盛，如顾祖禹的《读史方舆纪要》以及《天下郡国利病〔书〕》等书，均出于此时期，殆非无故。你现在已经到了大同了，对这两篇文字，可能感到特殊兴趣的。

葆

五五，十弍月九日于穗

给妻子郑云卿信

（一九五五年十二月十五日）

云卿：

想你与几个同学都依期回抵香港，路上并没有遇到任何困难吧！

昨天我在车上将近要过保定的时候，写给你的明信片，大盖收到了。昨天下午三点五分我们抵达北京，招待到了北京饭店来住，是新的房子，那就是梅枝在它的前面拍了一个照寄回来给我们那一所房子，或者想该说是大楼，因为高七层，一进门那个客厅，富丽堂皇，黄金色的柱子，铺着云石的地板，厚厚的地毯，真的令人感到中国物力的丰沛。祖国的劳动力量解放以后，进步真是一日千里。今天早晨坐了一部捷克游览汽车，比我们坐去游从化的还要长，还要大，经过德胜门外到那边的教育区去，一路上这一边是测量学院，那边是地质学院，这一边是矿务学院，那边是铁路学院，再过就是北京医学院，还有石油学院，钢铁学院，讲解员一路讲解，我们总觉得目不暇给似的，记得眼前的，又忘记了刚才说过的。而往前望，还有许多，许多在建筑中的房舍，院馆，整个北京都在扩展扩大中，这真使人们为之瞠目结舌。

我们还没有进行参观任何学院或大学；是否也去参观北京医学院更不晓得了。今天仅环绕市区看了北京一个大概，并游过了天坛，下午更看了故宫，只这样已去了一整天了。

昨天刚抵达这里后，便打电话给妹治，接通了她却不在宿舍。今天早晨我再打一次，找到她了，约好星期六下午她到饭店来看我。我们从广州寄给她的信，她都收到了。

说也奇怪，这几天北京并不怎样冷，昨晚曾刮了一下风，不过今天下午已静下来了。

祝好

葆

五五，十二，十五

给三儿文达信

（一九五五年十二月十九日）

达儿：

我十四日便到了北京来了，住在北京饭店第427号房间。本来打算一抵步后便给你寄信，但一则还有给香港寄去的信要写，二则抵京后一切参观，陪着他们参观，以及看朋友和看文娱应酬的活动都稍为紧张一些，所以一直都没有寄。今天统战部徐冰副部长请吃午饭，席间他知道你在大同办事，他提议打电报叫你来京一趟，或说怕你工作忙，跑不开，还是我到大同去一趟比较两方都方便，而且我也得一机会看看大同，他说这也好，回头便叫同志们打电报到大同你的机关来了解情况。这样，我很可能一两天内是会束装到山西北部来一次的呢！

从广州寄给你的《徐霞客游记》节印散页，和潘佐叶同学在日本时所得的日本农民状况资料，想都收到了吧。那些材料都有一些用处吧，我想。

我看到梅枝了；她是星期六下午来看我的，我还留她在饭店吃了一顿饭，和住了一夜，妈妈给你的糖果都给她寄给你了。

祝康健！

葆

五五，十二，十九日

给妻子郑云卿信

（一九五五年十二月二十一日）

云卿：

好像到京来曾给你寄过信了罢！我们是参观得这么的忙，秩序排得是这么的密，简直是几天内不晓得是多么事情在发生过了，而且都是意想不到的。可不是么？十七号，是星期六的下午，云湘到北京饭店这里来，接收糖果、巧古律那一批东西。晚上我留她在饭店吃西菜，还留她住了一夜，让她考虑一下是否第二天，也就是十八号，跟我一道儿到官厅水库去逛一逛。后来她因为功课紧张，决定将来有机会再去，于是在十八日早晨，当我独自个儿，除了由两个招待的同志陪着，乘丰沙铁路的火车出发后，她就在七点多左右，带了云玉的皮箱，冒着北京今年第一次下的雪，回到德胜门外去了，第二天还寄了一封信来，问我水库那上面冷不冷！水库是一个大湖，已结冰了，许多人都在那里溜冰；冷是相当冷了，但我还不大觉得。我还看了那水库的出水孔道的水闸控制的设备，这是沿控制塔的螺旋梯，历二百多级笔直地到湖底的部分约距离水坝顶四十公尺的地方，去看那像八个长罐子的机器。好在我从塔顶下去时，没有预先探望下空，否则双脚便会老早酸软到一步也不能开动了！上来后，自然觉得两腿有点像那天登过大帽山去的感觉了。但一切是过去了，我往塔底探头一窥视，伸伸舌头，也不在乎了。从官厅水库回来后，赶上往全聚德去吃烤鸭子。出来时，像撒盐似的，又在下雪了。这一天，我感觉到好像雪是为我而下的。那天清早，天还未亮，我起来站在饭店的窗口，倚着栏杆，望着妹治曾在那里拍过照的地点，哼出过“起来庭院已堆盐”这样的句子。

雪可下得不大。第二天，十九，统战部副部长请我们几个中国人吃饭，谈了颇有些时候。

昨天，清早，一个同志来说：周总理订下午接见你们几位中国籍的客人。于是下午我们到他那里去了。一进门，我说：“问您好，还请您为问毛主席好！”坐定后，谈了差不多一个钟头另五分，他是健谈得很，毫无倦容，说话雄辩滔滔，启示我们的地方很多，又像家人父子那样地和蔼可亲，真不能不叫人佩服到极点。从他，人们不难想像到毛主席是如何的一个伟大的人格！周总理在对我们说话，还提到宋副主席十九日在印度访问时的讲话，这讲话今天的报纸已登了出来，因此剪下了它寄来，请为我保存。宋副主席与尼赫鲁两人的讲话都是重要的，应该一读。

这样，这几天的经过，真是给我们很深的印象和很大的愉快。昨天傍晚，我们几个人，丕士、丕士的老弟、刘芃如，还到北海公园去逛了一回，湖面能结冰，但只结了一寸，还不能溜冰呢，比水库那里蒙古高原的气候究有点不同呢！

祝好！

君葆

五五，十二，廿一日

给妻子郑云卿信

（一九五五年十二月二十二日）

云卿：

我看到了文达了！

是他由上级给了假到这里来看我的。昨天晚上他们告诉了我，说他乘下午四点的火车离开大同，因此，我今天清早，天还未亮，五点钟便起来到车站去。六点十分，从大同来的车抵站了，我在月台上远远地望见一个青年踱前来，摇头向四周略为张望了一下，我料想大概是他了，便抢前几步去跟他拉拉手。“嗄！嗄！爸爸，是您来了！妈妈呢？”我告诉了他您因怕冷，打算明年才来之后，便大家坐了北京饭店的汽车到饭店去，先用早餐，然后再详细谈话。我本来留他在北京饭店里住，但他也有他们机关的招待所，而且也离这里不远，所以我也任他便了。他这次上级给他假一星期，所以我们还有好多天的团聚。他蛮好，还是五六年前的活泼模样；略胖了一些，这一次是统战部打长途电话去叫他来的呢！匆匆地告诉你。顺祝
康健！

君葆

五五，十二月廿二日

给女儿云玉信

（一九五五年十二月二十四日）

玉：

已是午夜十二点了！当我现在拿起笔来写这信时，对面房间那些跟我一块来的几个外籍朋友们，正在进行着圣诞节前夕的歌唱，一如在香港的“播佳音”模样，只没有到冰冷的外边的空气上巡行就是了。你能说这不是自由吗？其实，这里的“对外文化协会”今晚还请了他（她）们圣诞餐，只是我和丕士两人因要到李济深副主席那里去吃饭，便没有去参加罢了。北京今年的确不怎样冷；自然这是就久住了在这里的人来说，至于清早在九点以前，下午在四点以后，天气仍是冷得可以的。今天下午，达到饭店来——他是住在他们机关自己的招待所，离前门也不远——大家吃午餐后，两个人到了故宫后面的景山公园去逛了一回，看看崇祯吊死的那棵槐树，登煤山的亭子，看北京全城的景致。时日渐西沉，北海的白塔在夕照中显得一边更白了，西北一带在烟（煤烟）雾迷漫中完全看不出一些轮廓来。逐渐太阳落向暮霭中去了，一阵阵的寒鸦，“瓜瓜”地满天飞了，因想起唐人的“玉颜不及寒鸦色，犹带昭阳日影来”的句子，那景致真不是文字所能透切地描写得出来的。这时我们已转到围城那边去看那元代的古松和古柏去了，本来还想步入北海公园，但已觉得双脚已有些冰冻了，只好暂告一段落，我回饭店去准备赴李副主席的宴席，达则应另一些同志们的邀约到西直门那边去吃馆子和看电影，他的生活是过得蛮愉快的！

前天达到了这里来后，我在给你妈妈的信不是说了吗？他来，是统战部打电话到大同去叫他来的？我原先曾对统战部的同志们说过，如果达因工作忙跑不开，我是可以并且到很愿意到大同一走去看看他的，同时也看看云岗的石刻。说起来很有意思：昨天下午周总理接见我们这班港大的教授们，自然我也一同去啰，当他和我握手时，他问道："嗯！你没有到大同去呀？"我对他说："我的儿子到了这里来了呢。"他说："那你少看了那边的一些东西了！"他的记忆力真强！怎么总理万机的他，日中大大小小的许多事情，在几天前在谈话中偶然提到的一点很小的事，他却记得这样的清楚，毫不以它微细而见遗，这真使我感动到极点！昨天接见我们的经过，据说在今天的人民日报登出来了，详略如何，我因还未看报不知道。不过昨天他在紫光殿接见，从两点四十分左右起，直谈至四点廿五分正，前后几三小时，而且这许多人，男男女女，没有一个被冷落到，方方面面都照顾了，八面玲珑，甚么问题都谈到了，从港穗交通到国际关系，从台湾到妇女和儿童教育的问题，真是十分广泛，但他剖析得清清楚楚，斩钉截铁，毫无犹豫，真教人不能不折服。我们有了一个这样的风度的大政治家，难道还不引为国家的光荣吗！

昨天我因为有许多约会，所以达没有到我这里来。前天，他刚到了那一天，我邀他到北京饭店来晚饭，晚饭后一同去看梅兰芳演《霸王别姬》，这真是很不容易得到的机会！我觉得：我们真幸运。

这一次达是给了六七天假到这里来的，所以我们还可以多叙几天。湘上星期日来过了，但博没有践约跟她一道来，大概因为功课或集会的关系。今天他们约好了都来看我了，连洁瑗都在内，你可以想像那是如何热闹呢！

妈寄给达的广州皇上皇腊肠，他已开始食了，与同事们大家用来添小菜罢。湘的，据说还不曾动用，因为宿舍的厨房不方便，太少圈子不好，范围太扩大了也办不到，听说，最后大概要麻烦敏婶家里呢。

我也许要等到新年时才能回抵香港呢！

祝大家康健！新年愉快！

葆

五五，十二，廿四日

给三儿文达信

（一九五五年十二月二十八日）

达：

昨天晚上周总理又接见了我们一次，谈到十一点才回来。我见到了他时，依照了云湘的教嘱，替你们问了他好和祝他健康；我没有忘掉！

今天清晨，我们到了南郊外鹿圈乡去看了农业合作化进行的情况，实地观察了一下。原来在报上屡次见到过的著名“晨光合作社”就在这条村子。这是很有意思的。因为看到了这里的农民的实际情况。这鹿圈乡的农业合作化与官厅水库的巨大工程是这次来所看到的最有兴趣和具有最深意义的两个参观对象。学生为着这两个目标，已经是不虚此一行了。

我们几个人本来想坐明天的飞机到广州去的，但买不到票，所以只好改乘卅一号的一班机了。这样，我便要在穗垣过年了。

今天下午，我还游了陶然亭公园。那里的几个湖，虽然比北海面积小得多，但到草坪长好了，树大了，在绿树浓阴中，倒是一个很不错的风景呢！五二年我们来时，那里正在挖泥和疏通臭沟呢！现在土山已堆起来了，陶然亭也可以陶然一醉于大自然中了。

祝新年康乐！

葆

五五，十二，廿八日

又：这封信的邮票，如无别的用途，剪下来顺便寄给我们，也好！

给三儿文达信

（一九五五年十二月三十一日）

达：

我在离开北京前，曾给你一封信，想收到了。事实上，我们是昨天三十日乘一架专机南下的，机上仅我们五个搭客，其余便是载了些运到上海去的货物，所以情况是很特殊的。机十点十分从西郊机场开出，一路都非常好天气，我们穿过云层或在云层上头，凌空仙子也似的，景致也十分可爱。可是到了十二点多钟，突然发现前头是一派黄色的云，或者应该说是赭黄色的，逐渐增加了天空的昏暗，这时我便想道，这可能是接近黄土地带的尘沙被风卷起来的。飞机这时也有点震荡，表示着风力颇劲。我心里想，我们说不过在黄河流域上空飞行，而我的几个同行的却以为已是接近汉口了。

约十二点三十分左右，飞机开始由三千五百公尺的高度逐渐降落，过了半句钟后，渐穿透过黄色的尘沙或云，望见了平原上的田园庐树、村落河沟了，不久机也表现出着陆的姿势了，但这地方断不会汉口呀！

机着陆后，才知道是开封机场。我原猜是郑州也是错了。从飞机上下来，原来这里一带地在刮着大风，尘沙迷漫，并且寒流也跟着从西伯利亚吹至，于是我们下机后不久也就下雪起来了。这时才是下午一点多两点左右，飞机司机员与气象报告员经过了解后，决定我们不能直飞武汉后，于是就在开封停下来。傍晚时分我们才能进城去找地方吃饭和住。这时天气非常的冷，黄尘满天，继着下雪，混起来的东西，真像北京的栗子粉，于是才悟过来，北京饭店的餐桌上那一味甜菜叫做 Peking Dust “北京尘”的道理。

在我们去找东西吃的当儿，真的冷得可以了。有两家大馆子都给包定了，只好找到人民食堂去吃，但在这里却吃到很好的黄河鲤鱼，红烧一半，炸一半，真好喔！吃过饭后，雪下得愈大了；我们是借那所航空人员的招待所来住的，被服倒非常暖和，只是半夜时要到外边那厕所去小解，这一段经验的滋味倒很够的呢！不过我昨夜半夜间披衣出去时，踏着差不多有六七寸的雪，而在微微的月色当中，雪又显得更洁白可爱，这景致又觉得十分可玩爱呢！只有一点，下半夜房里的人谁也都忘记了加煤，所以炉子冻了，到四点多钟时大家都冻得缩瑟的可以呢！

今天早晨起来，开封铁路站一带只是一片白，空枝上只一两只寒鸦和喜鹊。我肚子不大舒服，不知是否黄河鲤吃的太多，抑或那红米所做的饭，我也如你一样是不惯吃的。上午早饭后，离开那招待所式的宿舍，仍回到飞机场来等候飞机能否起飞的消息。终于等到下午两点，气象台报告稍为好些了，然后才起飞，离开开封。由飞机上边下望，开封城以南一片白，又是一个足记的景致呢！

我们两点十五分从开封起飞，四点半抵达武汉南湖机场，这边却在下冬季的寒雨啊！因为我们下午才抵这里，已接不上今日上午从北京飞出到广州去的飞机，所以南边一段只好转搭今夜的火车了。这样，我们便是要在火车上过新年了。

这是除夕，窗外雨在淅淅沥沥的下！

祝你新年快乐！

君葆

五五，十二，卅一晚

于武汉武昌饭店

给三儿文达信

（一九五六年一月二十四日）

达：

十七日读到你七号发来的信，所说的各节都知道了。妈妈说，寄给你的毛布裤可能做的尺寸太不合实际，但也可能是妹治检错了，无论如何，就当先作底裤穿着，想也可以的。今年过春节时，可能我们都不到广州去，因为蔚工作情况紧张，可能跑不开南下，而他结婚的问题因此也要延到暑期了，妈妈可能要到家乡去一转，看看阿婆和外婆两个老人家，但说不定只经过广州略为勾留，取较便利取通行证而已。无论如何，这是另一件事，暂且不去说它了。

开封那一次的雪，虽然不大，但因为全没有预备，下机进城也出于偶然，我的毛皮靴放在飞机上的行李中，所以踏雪的当儿便觉得格外冷了。自然，比起沙漠地带刮起风来，“迎面不见人。鼻子吹的发痛，直流眼泪”的情况，又有小巫见大巫的分别了。不过，不知下雪的情况又怎样，你来信时，怕仍没有下雪罢？

暑期七八月间我们是否到北方来，要看情形。

我是十二月除夕离开武昌，元月二日抵广州，四日从穗坐拖渡往澳门，五号晚回抵香港的。抵港后，本拟稍事休息后才寄信给你，谁知当晚就有记者来访问，第二天发表的谈话便在报章上刊载出来了。连续着，又因为此次北游同行的港大经济学教授寇比发表了一篇荒谬的演讲所引起的辩争，我也牵涉了在其中，著文，发表谈话，在华革会欢迎会席上作报告，足足忙了十天才把紧张的情势作个小小结束。写家书一层因此便搁了一下。十五日，写了一封给蔚，十七日，也写了一封给梅枝，信内还夹上了一份剪报。如同这里所寄给你的一张一样，都是妈妈在十二月卅一日预备好给你们寄来的。当时，我本来还想立刻寄一封回信给你，可是因别事稍为搁下，谁知一搁便是一个星期，世事处处如此。

玉，照我看来，仍是倾向于西洋文化方面居多，而西洋文化方面她也只能从优裕生活的一类事物着眼，我从不曾看过她对于稍涉及基本问题动用过脑力。她是学社会科学的，但在这方面毫无表现也未尝继续着作研究。去年，我怂恿她作日本的旅行，原想她藉此可以恢复对于本行社会问题的兴趣。但在这方面她所给予我的只是失望。我曾劝过她努力尝试一下写作或报告和调查一类的文字，纵使不一定能成为专栏作家，聊“著文章自娱”，或当作练习也不坏，不过她似乎并无意于此。她有时闭户读书，但我看她专攻的却是英文速写法，这虽也不坏，但由此也可得她志趣之所在了！我承认她聪明，但似乎荒费了她的聪明。她对思想学问的工作似乎很厌弃，真不知何故！你们兄弟姊妹当中，我不知道谁较宜于干思想或文艺的工作，不过思想工作也好，文艺或文化工作也好，人是不能也不应“饱食终日，无所用心”的，那人生还有什么意义呢？

对于这个问题，曾使我不上一次地苦心焦思过。当我们在北京时，张铁生先生曾问到她的境况——你知道唎，铁生是在桂林时认识她的——我真觉得告诉他的话有点难于措词呢。也许是我在指导方面没有尽着应该做的责任罢？也许，但楚唎、干唎、娴唎，我何尝对她们提出过半点指示呢！对于这问题，你的见解怎样？

回到南边来后，曾写过了一封信给展，提到加入农合的问题。前几天收到她的回信，我把这信也寄来给你一读，好让你了解一下关于这一问题的情况。

这里的天气，我回来后七、八、九号那几天最冷，温度曾降到三十八度，其后又恢复稍暖了，到昨天又复冷起来，据气象报告，这次寒流却是从东北方面来的了，那么可能是前天廿一号蔚的信带来的了！祝

康健！

君葆

五六，一，廿四日

附：五五，十二，卅一日文汇报剪报一页。

给三儿文达信

（一九五六年二月二十八日）

达：

一月廿四日给你的信想早已收到了。二月八日，收到你一月卅一日的来信。许久要给你写回信了，但总忙得不可开交，现在数起日子来，原来已过了三个星期了。蔚来过信，说他春节不能南行，这事想他也跟你说了。看来姓马的是要等暑期到东北那边去就亲的。你猜的不错，女子是广东人。这里我把刊登在新晚报的《北游零拾录》分期剪下来的篇章寄来给你先看看，你看过后把它这次附来的八页连同信寄给诸桦同志，信封面写着“北京中国新闻社转交”便妥。这一批我特别要寄给她，因为是她陪同我们各地去参观，许多地方都全赖帮忙，所以别的都想不出了，只有拿这来答她的招待和盛意！其次我以为信由你处转也似乎更为适当，你以为对吗？你还记得中国新闻社等三个单位请我们吃饭，也邀了你和妹治，铁生还要我打电话去催你，他们真热情之至啊！官厅水库的几首诗，你如果需要存的话，我可以另外寄给你，你来信时可一提。妹治大概很忙，考试完后还似曾下过乡去工作过呢！今年春雪甚盛，大同那边怎样呢？念念。专此并祝康健！

君葆

五六，二月廿八日

又妈廿二日回中山去了，大概要明天才回来的。展已加入农合了！

给三儿文达信

（一九五六年三月五日）

达儿：

上周把《官厅水库道中》的剪报第一至第八页寄给你，想已收到并在看过后为转北京中国新闻社给诸桦女士了；这里寄来的是第九至十四页，你看完后也烦同样地为转给她，要紧。这几首诗我没有寄给妹治，因为可能她对诗不大感兴趣。不过我倒寄了一份第十四页给洁瑗，因为诗第廿四首刚好说到她来。

妈妈廿三号回乡间去了一次，至这个月一日早晨才回港寓来。她说：她抵乡第二天便看到你寄回给展的信。当时展还莫明其妙地拿着信封在读："山西大同寄来的，不知道是谁寄来给我的信！"还是妈一手拿过来看，才解释过她知道。阿婆自然听到欢喜，但她也不知道山西地方多远，在中国哪一个角落！好像这还是你寄回到家乡去的第一封信吧！

祥回到乡下去后，现在已在参加进行建筑水塘的工作，他每月配米廿八斤，是市秤，所以大概可以想见是不十分饱的。其他的人自然不免作出若干种冷嘲热讽的怨言了。这在进入社会主义的初步阶段，各种情形参差不齐，干部了解与执行计画又难免偏差，原也意中事。但因为我们急于看到进行的顺利，自然一些不大满人意的事也就使得你焦灼起来了。目前，春耕还方在开始，距收割时期尚远，所谓青黄不接的期间，粮食便会成为个严重的问题了。像阿展，她已加农合了，按时加入工作，自然是记分的了，但要积起分数来，到六月间收割的时候才能统算分数兑换粮食，这样这几个月就等待了。在展，还有我这里按月寄款回去，若在其他的人家将怎样呢？这是一个问题。乡间许多人都靠侨汇的，如果侨汇断绝便发生困难了。这一点颇值得注意。北方的情况颇与此不同，我正在对此加以研究。

这里的天气这几天相当冷。今年好多地都下了很多的雪，听说朝鲜也下了三尺多，山西各处怎样呢？大同不会比集宁更冷罢！楚已结婚了，男子是姓郑的，叫郑红，是南洋吉隆坡的华侨。楚还以为你春节期间会南来，她不知道蔚后来又改变了计划。

淑玲大盖今年秋间可以从水利学校毕业，往后就可以派出工作了。她家里太贫穷了，三姑姐也是穿着得很不像样的，自然也难得好好地照顾在校里念书的阿玲了。这次捷克展览在穗开幕，据说淑玲的妹妹阿 Nga（我不晓得她的名字应如何写！）找到一位讲解员的工作，这样大概可以打开一条生活的出路罢。

据二婶说，博切望要到香港来，你想像这可能是真的吗？我在京看到阿博时，他似乎没有这样向我表示过。我倒赞同二婶到北京去看看他，那岂不更好？

末了，下次的信再谈罢！

祝康健！

君葆

五六，三，五日

又：附寄一份一月十五日的华革通讯，从可以看到我北游回来后的一场苦战的片段！

给三儿文达信

（一九五六年三月三十日）

达：

上月廿二日给你的信，夹上给你转给诸桦同志的信和诗，以及跟着约一星期后的一封也是夹着几页剪报的诗的，我想都依时收到了罢。三月一号妈妈从乡下回港后，说在乡间还看到你给展的信，好像就在那时候我写给你那第二封信，但检查日记我倒没有记载，可能那几天我相当忙。你对于《官厅水库道中》那几首旧体诗怎样，是不是太文绉绉而难懂呢？其实我做旧体诗时总觉得旧的文化负担仍卸脱不掉。早些时在报上读到郭沫若几首《日本纪游》的旧体诗，倒十分浅近易懂，真觉佩服。做诗能够使妇孺皆喻才算是好诗，不过真不容易！

十四日接到你四日的信，大家都非常高兴。我也看了两三遍。十八日这里的一位朋友王通明医生请我们去吃饭，我和妈妈都去参加了，座中除我一人外，其余的男客均为医师，因之他们谈笑话称我为准医生了，那次的盛会，我也做了两首旧诗刊出于大公报上的“大公园”，这里剪下一份来寄给你。

另外一页是新晚报廿五日刊那天剪下来的。你试小心看一看，看能否看出它的内容的特点来。那天是星期日，妈妈和你家姐都特别早起来，为的她们要去赶火车，玉到广州去参观捷展农展，妈妈呢则去送车并替我交一首送行的诗给潘范菴。那天下午晚报出来后，我才知道早上车站原来很闹热过一番，妈妈不但也成了新闻人物了，而且读报的还会以为她是华革会的副主席呢，同时我的诗也被登出来了。家姐本来没有意思一定要到穗去的，她还有教补习的钟点呢。刚好那时候，我正在安排发动一个教育界赴穗的参观团，有一天穗方来电话要我即派一个人到上边去连络兼安排节目，仓卒间找不到适当的人，同时各教师因功课关系没有能跑得开的，恰巧廿五号华革第一批观光的出发，于是我便着你家姐一同去，负起这个任务，同时不但可以参观展览，还为我带一些话给广州的朋友们呢。同时我也觉得玉是应该回去看看新中国的，纵然仅是南方的一部份！你试一细看剪报上的图片，前面蹲着的一批女孩的后面，那站着的一个从神气上就可以看出是谁了！

她到广州后还跟我讲过一次长途电话。昨天下午她从广州回来了，在广州前后凡五天，总算看到过了一些东西了。她替我去作连络的那一批教界参观团，最初预计以为约有二百人，但临时又增入学生八十余人，到今天出发时总数达三百六十多人，而华革本身的会员二十多名还没有包括在内。所以今天我去送车，火车站挤拥得很厉害。

家姐还买了一套捷克玻璃酒瓶和酒杯回来，十分精致美观而又价钱相宜，另外还有一个莲叶式的石湾烟灰碟子，这些都富有纪念意义，玉出门旅行比我还更肯买东西呢。

前几天湘来了一封信，说你寄了四十元给她作饮牛奶用的，她从前最怕饮牛奶，现在我猜想她得学习了。那么，你自己又如何呢？大同也有喝牛奶的便利吗？在南北朝的时代，大同有一个时间是北魏的国都，那时虽然许多胡人都采取了内地的文化，但生活方面恐怕仍保持着多少“羶内酪浆，以充饥渴”的习惯呢！现在则已千数百年后了，改变之迹怎样呢？实地考察所得怎样了？

香港现在已感到禁运之苦了。其实这里的人已早就认识了这政策只害了自己，可是命运掌在美国人的手里，事事给人牵着鼻子走，连哼一声的胆量都没有，这可怜相是够可怜的。最近反美的声音越来越广泛了，逐渐自然也就有人要挣脱美国人的枷锁了。试想：现在弄到菲律宾也在反对美国，那么美国的奴役人的新殖民主策之招人怨恨也就可想见了。这几天这里的南华早报也骂起美国来了。（可参看附来的第三张剪报。）事情是这样：美国国务院指责香港有假造往美护照的机构，但香港的警察部不与美领事馆合作调查；这样怪责了当地政府而且也激动了舆论，南华早报的一篇社论也的确反驳得好。因此也把刊在新晚报的一篇译文剪下寄来。

近来学习得怎样？关于重新读中国历史的进程怎样呢？上次看到你时，本来想要谈的许多问题在见面后又不知从何说起了，而时也太紧迫。几时你有个假期，大家见面时再详细一谈呢？干来信说他也功课忙，大概要搞理论的学习了；他说对哲学一门感到兴味，但觉得很不容易，这自然的咯！你们又怎样呢？顺祝
康健！

葆

五六，三，三十日

给三儿文达信

（一九五六年五月十日）

达儿：

约一周前，是国际劳动节的第二天，我们在同一个邮差手上同时收到两封信，你寄来的，一封写着四月九日，给玉的，一封是廿二号的日子，给我们的，可是两封都盖着“欠资”两字的戳子，但同时信封上却明明贴足了“捌百圆”的邮票，并没有错，不但如此，信里边除了夹上五张胶底片之外，还附有三枚“捌百圆”未通过的邮票，这是说两封中之一是这样，这样就使我们想了很久而仍然想不出其所以然的理由来了。还有一点是特别一些的，当中有一封，它上面印的邮局铃记，除了“旧平旺”一枚之外，还印着“北京”的邮局戳子，这点也并不寻常呢！我倒很想你方便解释一下，几点：（一）“欠资”的戳记；（二）贴足了邮票的事实；（三）信内的三枚邮票！

寄来的几张底都印出来了，是先印一份试看的，五张都寄来了给你了，继着看过了各放大作半张明信片大小的，其数量分别如下：（一）六人的半打（这半打没有晒出那“集宁留念”的几个字来），这样想总可以够分配了罢！（二）四人的甲种半打，因为你也合拍的，所以我们留起一张在这里；（三）四人的乙种，半打，因为他们面前好像长的几盆柏树，所以我也留起一张，大概你的朋友不至反对吧！不过如果他们另有用处我是可以寄回给他们的；（四）三人的，四张，大概够了吧，你也可以保存一张呢，不过他们究竟在地面挖什么呢？我们总看不出来。远处是黄河，抑或是海子呢？（五）骑驴的三张，这一张很有意思，不过是什么地方呢？是集宁抑或平旺？有个烟囱的是什么地方呢？这廿多幅东西，叠起来很厚，一次寄来便觉信套臃肿不堪了，因此这次我先把六人的半打连同那小型试印的五张寄来，其余的按次寄，至于底片稍多留一下，看是否还要多印抑或更放大一些，不过若能当六寸的，便要更选择精些了。再则骑驴的三张也一同寄，想不太重吧！

早些时，蔚来过一封信，特别提到国务院公布了投考高校的指示一事，他说他已有信给你，着你好好地准备投考，并问我们有何意见。我已回了信给他，说我们完全赞成他的建议，同时也十二分希望你能采纳他的意见，尤其是你妈妈，她自你从朝鲜回来后，便好几次提到这个问题。我记得在信里也有几次对你提到过这一事。妈的意思是：你们兄弟姊妹四人，个个都进过大学，只剩下了你是例外。她觉得有点不甘，也是对你有点不公平。她这点心理是可以了解的。而我呢，还不特这样。我以为凡是具有天资的，都应该好好地、尽可能地利用天生的聪明，所谓天赋的才干资质来把自己造就一个顶有用的干材，这样来对国家作出他的最大贡献，才能对得住祖国，才能对得住自己。诚然，做一个螺丝钉的也起着螺丝钉的应有的作用；不过如果本身的条件是足够来做船上罗盘的指南针的，却偏放弃了这点可能性而甘于仅做了一个甲板上的螺丝钉，那便不只是满足不满足的问题，而是究否有做到尽了最大的责任的问题了。这是我对于这问题的看法，也许可以作你的参考资料罢。关于这一问题，来信有一段写道："全面规划的工作已经深入到每一个人了。哥哥来信说他准备……梅枝的规划主要是……我们的规划正在酝酿，我正考虑准备做一个什么样的专家的问题，可是在向科学进军的方向下却有另一个更远大的计划，怎样才能统一，这是现在要慎重考虑的了。”这段话的主旨是怎样，我们仍不能十分了解。倘若是指考大或求深造，那么我们就极端赞成，极端拥护，并愿尽一切力量，物质力量来助你达成目的了。孟德半年来在准备考大，想就是这种见地罢。科学深造研究，愈早着手愈好，你是知道的。

“学如不及，犹恐失之!”年青时记忆力好，到老大什么都差了!

上月廿一号，我本来打算到广州去一行的，跟云玉她们一块陪同中英学会的音乐队到穗去演奏，但刚了那天我突然生病，所以没有去，玉也只去了三天便回来。那次我生病，说起来也太危险。事情简单的是这样：牙医替我拔了上颚的三只牙后，发现了都通到鼻窦。因此用药灌进去洗涤，以防止或清除鼻窦炎。原来他用的是盘尼西林，头两次还不觉得怎样，到了第三次后，即到第四天午间，发现我的反应变成了全个面部都肿起来，并且渐延及全身，逐渐由颈而至于踵，于是我到卢秋辉处去找方法解治，发觉我原来对盘尼西林一药有敏感，如注进血管里去，大概一针便可以致命了。因此我绝对不能用这东西，据卢医生说，这是五万个病者中的一个，自然是希有的，但也太危险了，以后我得告诉无论医生，我是绝对不能用这药的。这样，足搅了我十天然后肿才全消。谁想毒过了，肿也渐全消了，那以前，即在拔牙齿之前，那项背间的骨节风湿痛却为交战的药力所驱使，竟转移到臀部两边的腿骨那里去了，这样在月底那几天竟不大能灵活地走动。到了“五一”那天我到华革会去演讲时，真是扶病而去，苦苦地支着楼梯上去。“五四”稍好些了，但仍很痛，到昨今两天才能俯着身子自己扣鞋，（扣）凉鞋的钮子！这一事的经过我还得详细地跟你一说。我有过一封信给蔚，叫他看过转梅枝也作参考了。

来信还提到一些其他问题，这里因为太匆促了，所以须改待下次的信才能详谈。农合问题我们这里在都市里，尤其是国门内外的一个商业口岸，谈掌握材料是根本谈不到的。至于那侨汇的问题，怪不得你不十分了解，那是一个特殊问题。我的印象是：在一九五三和以前的几年，我们还没有真正注意到这问题的重要性。这两三年来，政策里有改变了，这倒是好的和重要的发展。尤其是当我们想到现在是在大力地进行着社会主义建设的时候。

关于旧体诗一问题，我承认我写的不够通俗，同时技术一问题也并不是一个容易处理的问题。不过这问题谈起来便话多了。郭老的那首诗，是题画诗吧，我没有看到，是那一家报呢？不会是人民日报罢？无论如何，如再看到，或记起，抄给我好了。这里我还有几首新做的旧体诗，待在大公报登出后才剪寄给你罢。

我们可能在七月间组织一个观光团到京来，如可能或更到东北去一行，妈和云玉都拟一同来，这计画如实现，也许我们在首都见一次面，那是妈妈最渴望的了。顺祝

康健！

葆

五六．五．十日

给三儿文达信

（一九五六年五月十七日）

达儿：

上次的信谈到我拔了牙齿后，由于医者用了盘尼西林一药因而弄出了一些意外的麻烦来一事，这里我想补充地追述一个听来了已久的故事作为谈话的资料。还是二次大战结束了没多久的时候，这里的中英学会成立了没有好久，有一次我们请了一位少校军医官到来演讲，他讲的是在缅甸作战时期，他第一次使用盘尼西林来治病症的经验。他说：他知道那是刚发明的新药，医者也知道一般对新药应有的警惕和审慎，不能随便乱用。不过，那时他手上所要处理的那一个病者，一个马来人的士兵，他身体是那么的坏，除了受伤之外，他身上总共有的不下十三多种疾病，包括几种性病在内，这样的复杂性是少有的，于是他经过了考虑之后，决定姑且试一试这新发明的药，看能否救回那家伙的一命！药注射过了，那病者昏迷了三天，但终于没有死去。续后发现他身上好多种复杂的病都给治愈了。不过那军医首先要给他治的是恶性虐疾，而这却也成功地医治好了！这当时算是奇迹似地纪录起来。但是，那少校医官说，盘尼西林含有的是一种极危险的细菌，这些小东西输进人身的体系里边去，某种毒菌说不定是给它消灭了，不过到了一个时期，不是眼前而是将来或者较〔远〕的将来，说六七年之后罢，会发生什么新的作用的呢，会不会因为种种意料不到的缘合突然产生一种从不曾有过的新毒素来呢，这是任何一个科学家都不能预知和不敢保证的。

我当时听了那演讲，把它记在心头：它给我一个颇深的印象。我本来就有一种偏见，一般地不大喜欢打针的治疗，听了那次的演讲对一般的打针更有点厌恶。所以假如那天牙医是先告诉了他用的是盘尼西林，我是会反对他用的。这次我用过了而连带关系惹起的病，自然是医学上的所谓“过敏症”，正如妹治来信所说的。好在牙医用时只是用在洗涤鼻窦，通过牙床或牙龈输进，还不是入血，如果是注到血里去。那照卢松辉说也许一剂便足以致命了。这事追述起来，真的令人觉得有点那个呢！

这一次的事起因于拔牙。对于牙齿本来我一向是十分留意的，除了少年时还在乡下念书的时候，那一般地对卫生常识简直可说是没有，自当别论。医者也每说我的牙齿并不怎样坏。我是快六十岁的人了，但牙齿总还算完整，嚼得动东西，动摇的还很少。比起那祭鳄鱼的韩愈来，总算得胜过他多了。因为他说过：“余年未四十，而视茫茫，而发苍苍，而牙齿动摇。”我想我也比他幸运吧，视觉和听觉都还不坏。我有时总觉得讨厌的便是那风湿疼痛的骨节炎病症。三月中，我便是因为这种病终于不能到广州去看捷展，给曾公那首写着“不成扶病来观展，药鼎茶铛共客船！”也现实地描写了当时的情况。其后在一次宴席上，李崧提醒我，说不定我的风湿病跟牙齿有关系，那时我也觉得有理，这样也就是与牙医商量了，结果照了×光线，发现上颚三只牙都有点毛病，于是便决意脱了。其实，那时我三月初风湿病发作时，也的确辛苦，夜半过后，所谓更阑人静，我完全不能在床上睡，只能倚侧着在沙发上，对着电炉上较为高些的温度上才觉得勉强稍为舒服些。这样地约苦捱了两个星期。

从那时候我便一滴酒也不入口了。

便是这样，我像是经过了一场大病似的。现在似乎逐渐好了。前几天蔚来信，说他身体还不错，只发现了好几只蛀牙。这又不免因为自己的经验而为他挂虑了。固然，牙蛀的过程是慢慢来的，不过我们也得小心，最好随时检查一下，如发觉牙脚有毛病时，便应加紧注意而不应该随便，因为怕影响到脑部和神经系统。

前几天寄给你的照片大小十四张想都收到了吧。这里我把另外的一批，四个人的五张，三个人的三张也寄来，你们看看怎样。前些时二婶交来一幅小骏的，是大家姐寄给她的，要映印，大家姐要叫人十分谨慎小心，煞有介事似的。其实，在我看来，那是不必要的过虑。我们还没有真正自己制胶片和其他附属器材的工业，在这方面没有保障我自己工业发展的问题，所以谈不上利权外溢。反之，我们倒应该利用较廉价所可取得的便利，这样来弥补我们自己供应的不足，一直等到我们也能建立起自己的该一门类的工业来时才改变政策，这样才是合算的，你以为是不是？如印照片，这里的材料过多，价钱贱。由于资本国家生产过剩，而市场找不到的原故，我们正好利用他们这一弱点。这和销售洋货中的口唇膏，尼龙袜究竟不同。并且，在国内省下了一些如照相用的器材，在那边自然也可以留来供应其他很多迫切并且日日在增长中的需求啊。这一点经济因素的道理似乎大家还没有看得出来，我想。

昨接到汉的信，附一个照片，是今春摄的。他胖得多了，脸庞是较方形的，像个“同”字。他说：他今年毕业了，以后就是参加祖国建设工作，投入伟大的队伍里去了。听他说话，他是蛮高兴的。真是不知不觉，他到了祖国的怀抱里去已快四周年了。

这里我还把最近大公报发表的几首旧体诗的剪报寄给你看。有些地方我“自注”得特别详细，这我想是需要的。例如“喜闻黄荫普献捐所藏书”那一首，我早就恨透那些无心肝者盗售或者故意让国家宝物书籍流到海外去，有个时期曾想写一篇文字指斥那“北京人”骨运走一事，因别的事复按下了，这回把怀在心里的愤恨都借着“九州之外盗能强”一句透露出来，总觉舒服一些。在这里边我多少感到旧体诗仍有用处，因为它有时可以用很含蓄的句子而使受批评者无所遁形。像它的上联用的是“三代后唯恐不好名”的一句成语，这指摘了那连国家民族也不顾、名誉也不要的人们，颇觉有力量。因为我们传统的思想，是三代和以上民风是重道德的，三代以后是谈不上“好德”了，但能“好名”还算好的，因为稍顾名誉便不至于做坏事；这自然是旧见解，但究竟有它的适当的出发点。至于悼念谭平山先生那一首，不特因为他是我的朋友，还因为在工运初期，他是华南区组织首脑，领导着粤垣青年革命，把好作风建立起来。英殖民部理斯德和到香港时，与我民主人士领袖会面一事，因为当时是史洛诗托我把民主人代表邀来大家一谈，共交换外交关系意见，所以才有那一段经过。我心知道，当时英国人所着急的是，如果我们新政权成立，对于香港问题怎样的态度。又：那一次的酒会，郭沫若虽也被邀请，但他可没有去。这一段经过，我想正好把它借诗句来发表，我这样做只述述历史的陈迹而已，并没有企图通过“剧秦海客谈瀛日”，以为“剧秦”的“秦”是指美国，这样来离间英美的。但是英国一般感觉到美国无异于暴秦，大概由于“海客”的勋爵的词令，实也再清楚不过了。

话就谈到这里罢！祝

健康！

君葆

五六年五月十七日

给三儿文达信

（一九五六年五月三十日）

达：

十七日和更早的一封信，连同那些相片都收到了吧。朋友们还觉得印放得还可以吗？本来这封信应该早就寄出了，可是不晓得怎样，这个星期倒像忙于别的事，抽不出时间来似的，对啦，记起来了，是忙于考试和改卷子！这里我把四人合照的五张寄来：至于底片，我想把这一张留在这里替你管，其余的几种，一俟你有信来表示是否需要增印或放大后，才依照办妥寄回，就是。

连同一起寄来的还有几段剪报，都是新晚报的。这几段剪报不纯是趣味性的读品，是留心时局发展也应该十分看重的。一张是埃及总理纳塞尔对《生活》周刊发表的对中东局势的谈话，那是对美国的“新殖民主义”实力地位外交政策真可说是当头棒喝，是一个坦白率直的声明，帝国主义者应该小心地听着！民族主义的浪潮正在亚非两洲，高涨澎湃着，人们正在拭目看着它的急剧的发展，然而帝国主义者还在塞普路斯等地凶狂地肆其涂毒！听说纳塞尔于秋天到中国来访问，这是个好消息，表示着和平的力量越加走上合作团结方面的路子上发展。另几张是连载，讲的是“英国蛙人失踪之谜”，一件发生在布尔加宁和赫鲁晓夫访问英国同时的事。四月中，当苏联巡舰停泊在朴资茅斯（Portsmouth）的时候，市内的一间酒店来了两个怪客；过了几天，其中的一个失踪了，是已退伍的卡拉布海军中校，海军部公报并推定他已死亡。卡拉布是个潜水专家，建立过功绩。英海军部并不否认他当时曾潜入海底，但否认他曾潜至苏联巡舰附近。这样失踪的事件便真的形成一个谜了。这便是这则新闻引人注意的地方。至于那关于邱吉尔的一段报导虽然也甚有趣，但不过因为那页文字不便割断，所以留着罢了。

啊！是真的，资本主义的国际阴谋家什么事做不出来！前些时，这里还登载过美国人开掘到东柏林去偷听消息的隧道呢！这样的胡作胡为真不知人间有羞耻事了。又早些时，这里的美国领事馆派了几个副领事带了四个助手通译员之类，一共七个人，都是男子汉，到了坚道一间叫南华学校去“搜书院”，盘问一个姓林的女生，并且又不曾得到香港警察当局的许可，甚至该校校长的同意。试想这样的事都可能发生，怪不得蒋法贤医生说“香港完全在美国人管治之下”了。

蔚来信说你与妹治均很少信给他，可能工作都很紧张了。妹治自然啦，考试快要到了。今年当然很多人都为着考大忙。这里也是一样。并且今年预备录取的名额又特别增多，所以更有些鼓舞作用。平心而论，过去两年考高级学校的程度突然地提高，许多学校似乎都来不及准备，而录取的名额像去年那样又突然缩减，这政策上的忽尔改变都弄出了一些不大如意的后果。记得前年，我还十分担心妹治考不上呢。今年的办法似乎更能灵活地适应实际的需要，且会使到许多本质上是好的学子不致失望。力求上进，搞高自己的知识水平，这样来更好地为人民服务，这自然是现在每一个青年知识分子的志向。普及到了某种程度便要谈提高，这是必然的。孟德回穗去后，你大概还没有跟他通过信罢。前几天得叶先生来信，说“他在家补习，打算暑期后入中大，学外语系，儿女长大，由之可也。”恍惚孟德他那年不是跟你一同考进了中大，你考进了是外文系，他似乎是医学，为什么现在转外语系呢？可能是找外交的路子罢！一笑。这样看，你从前的中大学籍是否保留着？是不是想旧事重提一下——譬如去信叶先生代询问情况——呢？不过，现也许你已转了方向到科学方面去这么多时光，对纯粹搞语文的工作多少不大感兴趣了罢！你于一九五零年曾考进了中大一事，我几乎忘记了，叶启芳的信提起孟德的问题来，所以又复联带关系地想记起。当时我感觉到你具有不少文艺天才的质地。因之而倒相当希望你从这方面求发展，如诗歌啦，绘画啦，音乐啦，甚至如散文。不过在现在，在向着科学大进军的今日，大家都想在这方面有这表现，有点贡献，那是很自然的。就我个人的见地来说，我对于科学感到兴趣是因为它能使我们发见宇宙的秘密的缘故。宗教家寄望于宗教，那只足以导人于迷惘。记得好些年前你曾说过对天文学感觉兴趣，不晓得现在这兴趣仍否维持着。我常想着：在万里平沙无垠的沙漠上看天空，尤其是在晚上看月亮，望星星，总是别有风味的，因为沙漠上空气含的水分少，月亮星儿便觉得特别晶莹。所以最早的天文学都发源在西亚，在巴比伦，在埃及，在阿剌伯；不过在中国，历代诗家，文家很少看到赞美或描写沙漠上，尤其是蒙古高原的天空景象，大都只写“苦寒”或“白月照积雪”这样的景色，这一点很不能使我感到满意。一个解释是：自秦汉以还，中国虽不断有事于漠北，对边疆用兵，可是对于制服自然，像荀子“制天”之说那样去它为人类服务倒实在谈不上。可以想像：兵连祸结，边地的民族，无日不在颠连困苦中，纵有李白杜甫，更何人有闲情去歌颂“明月皎夜光”或者像林和靖的“疏影横斜水清浅，暗香浮动月黄昏”这样的咏梅花的美景的句子呢？并且梅花在北地什么时候开呢？普遍地栽植么？这些我都想知道一些，如果将来能有机会到那里去实地领略一下，那就更再理想不过了。因之而每读《徐霞客游记》，而心仪其人！

说起游记，便又想到云冈石刻的名胜来了。我想你应找个星期日或假期去逛一逛，拍几张照，这是很值得的。到大同去工作，这是很难得的机会，切不可放过；我想在一年半载当中，总可以挤出一天两天来罢。路途我相信不会十分难走，因为那是许多欣赏名胜古迹的人都去的所在。希望你留心着。我不一定能得到一个机会到山西去，但纵然这样，听人谈谈，看看照片上的风景也是好的。

我的病现在好像好得多了，不过风湿骨痛的毛病仍然未除，只被驱到膝部那里去，前两星期步履都有点讨厌，现在倒好些了。叶先生来信说："有一派西医大倡牙患和风湿病的关连说，像煞有介事，但我始终不信。"他是信"全体有关"一说的，也即是黄省三所常说的理论。这也不无道理。不过我拔了牙后，风湿病未见因此除掉，但妈妈脱了她的几只牙，的确不觉得有槌骨的需求了，并且她的食量也增加了不少，这也是事实，所以似乎也不可以一概论。

余容下次的信再谈。顺此

祝康健！

葆

五六年五月三十日

给三儿文达信

（一九五六年六月二十七日）

达：

上月三十号给您的信，附你们四人的照片五张，连同几页剪报，想都收到了。这一个月来没有给您信，因事情稍忙，而你也许久没有给我们信了，想也是因为工作忙的缘故。

蔚已调京任职，想他已有信给你了。他十七日去看过妹治，同时妹治也有信来谈过看到他。我们北来的旅行团已得批准了，大约十三四号由这里动身，七月中在穗集合后，约分别在穗与武汉两地各勾留两天。把坐火车的时间也算在内，测想抵京时当在七月廿三四左右，然后在北京预定勾留十天八天，到七月底才转到东北去。蔚和妹治在信里都说到要通知你，希望你到时能到京来一行，则大家团聚一番，届时云玉也来了，真是极盛的事呢！那末你计划准备一下，如何呢？

我曾写信给叶先生提到你曾考到过中大一事。他回信有这么一段写着："德儿原已入了河北农学院学兽医一学期，其后参军。现在不愿入农林，医牛猪，而却要恢复说 A、B、C、D，申请入中大外语系，我只好由他。因为他已入了高等学校，现在又不是插班，而是从第一年级学起，所以高教部批准'不必再经入校试'。达世兄以前取得的学籍，到今想仍有效。最好由他自己写一个报告向中大申请，其中述明北上参军，最近复员，因年纪尚少，希望复学，向科学进军为理由，我想是可以免试入校的。不过有两点要注意：（1）要他自己自愿复学，不由家人之意。（2）要取得他现在工作机关之同意，如不同意是办不到的。”这一节文字钞了给你作参考资料，如何？

这里把四种底胶片寄回给你。想不要加印了吧。另外还把近作剪报给你：（一）艺园雅集六首。那是我自己很喜欢的！（二）欢迎艺术团七律一首。（三）演出杂咏。顺祝

康健！

葆

五六年六月廿七日

又：五月份华革通讯一份。

给三儿文达信

（一九五六年七月十三日）

达儿：

六月廿七给你的信连同胶底片，想都收到了。仿佛在那封信里，我还说到过我们北来观光的事情。现在已不刚是在等计划批准，而且已是在逐步实现的阶段了。一部分同学们已在十一号晚上取道澳门坐轮渡，应该是今天早上便到广州了。妈和云玉与二婶，三人则于昨天坐早车取道深圳去，昨晚便到广州，今天去的是一位旧中大教授和一位古音乐舞蹈研究家。昨天我也坐火车离开这里了，同行的大约有六七人；我们在广州爱群大厦集中，想在二十号左右坐火车北上，可能廿三/四号便抵首都，在那里预备盘桓十天，你若能来看我们，采取去年那个方式是最理想莫过了，不晓工作是否能容许你请几天假？妈妈是万分想一看你的，那是用不着说了。

我已另信通知妹治和哥哥了。

中国民间艺术团到港来演出哄动一时，真是未有的盛况。外国人最喜欢狮子舞；中国人最爱采茶扑蝶和荷花舞；“外江佬”则尤其爱听京剧。我在这几方面都写了些诗，其中《荷花舞》六首尤其为友人们所称道，他们当中还有和我的诗的呢！因之，这里除了一份《通讯》之外，我还把报上剪下来的诗也寄几张给你看看。

到广州后再给你写信。

祝康健!

葆

五六年七月十三日

给三儿文达信

（一九五六年七月十七日）

达：

十四日我离开了香港，当日下午抵达广州，即住在爱群酒店，原来妈妈、云玉和二婶她们早已搬进来了。我在十三晚寄了一封信给你，于在此信前早抵达了。

我们这一行人，计共廿七位，大概决定在二十号从这里出发——十九号也许有可能，不过可能不大——一直到北京，中途不打算在武汉停留，第一因为要赶时间，第二也因为天气太热，听说乌克兰舞蹈团这次经过在武汉演出时，也病倒了好多个团员，而今年天气又特别热，这样，我们仍旧赶得上廿二日到北京呢。这一点，我想你比云他的妹弟们更急于要知道。尤其是湘，她住在首都，我们到时给她一个电话便得了！

我这次还偕献书给广东图书馆的黄荫普——我还有《闻荫普先生捐献古籍》的一首七律，似乎已寄了给你，是四日间做的——同来，黄先生还有一个目的是回来看他的孩子，他的儿子是在长春学医的，念完了，现在该大学当助教，这一次回来广州也是省亲的意思。

妈妈是很切望要看你的，这已不用说了；从你出国到朝鲜去到现在不觉六年了，去年我北来到北京看你，她却没有同来，所

以今次她总想能看到你呢。顺祝

康健!

君葆

五六，七，十七日

给三儿文达信

（一九五六年七月二十四日）

达儿：

我们到了北京来了，我，妈妈，跟云玉三个人，连参观团共廿四人。我们现在住在西城阜成门外附近西郊公园，望得见“中苏友好大厦”地点的“西郊宾馆”，是五四年才盖的房子，地方很讲究，也有点像北京饭店，住的是一四二〇室，家姐住的是一四零五室。

我们打算在北京住十天左右，到八月二号转到沈阳、长春去。因此妈妈很盼望你能请假一来看看我们。

我们是昨晚到的。今晨已和湘接通电话了，她和哥哥和博大概下午就来看我们的。

盼望你能早来，大家叙一叙！祝

康健！

君葆

五六，七，廿四日于北京“西郊宾馆”

给三儿文达信

（一九五六年八月六日）

文达爱儿：

三日上午，我们冒着很大的雨去游颐和园，较在官厅水库所遇到的还要大的雨，据说因为台风刮向辽东半岛呢，所以渤海沿岸都受影响，便是我们到鞍山时仍有雨咧！颐和园我去过的，本不想冒雨去，但后来一想，怕青年们逛得乐而忘返，反而误了火车钟点，再则妈妈去，我不陪着也不大放心。结果，大家虽然能依时集中，但没有一个不是履袜全部在水面底下潜行，这经验倒是要提醒游颐和园的人，最好不要在雨天去，因为一下雨，园里的各部路径都会为水淹掉的。自然，如要赏雨，那就得备特殊的御雨工具，才能不受风雨的侵袭了。

二日那天，我们没有到八达岭去，因为政协代表、鲁迅的老弟周建〈健〉人，翁文灏，钱学森，胡愈之，陈此生，梅龚彬（他在南方学院教过书，因此也可以说是你的老师了，你如有机会遇到他时，最好不要忘记这一点！）等十多人接见我们，在座谈会中，钱学森跟大家谈在美国与在中国生活的比较，各同学都为之非常感动，这也是此来的一个重要收获。陈此生是旧友，在港时常相过从，他现是广西副省长，这次来京大概是久住的。三日那天，他还到西郊宾馆找我，谈了很久，并同到车站来。

三日下午在大雨中离开北京，在车上倒睡得很好，第二天在早餐时经过沈阳，火车站牌上写着“沈阳”，如同许多其他地方一样，人们都用了简字了；不过，我又想既然这样，为什么审判的“审”字不就写作“宄”字，而反写作“审”，这字虽音从“申”得来，但也有点怪相！沈作“沈没”的“沈”与姓“沈”的“沈”是相通的，那大家都知道了。总而言之，汉字而言简化，实也有非常多问题存在哩！十一点多抵达鞍山，大概因水的关系，稍稍迟了些。当天我们参观了鞍钢厂的熔铁厂部分，攀登了第五、六、七、八号高炉，这些高炉，不晓得蔚曾否去参观过？第二天，雨止了，又参观了无缝钢管厂，这是昨天的上午，下午赶着要离开鞍山到沈阳来，仅吃过中饭——是市人民委员会请我们的午宴——便到车站去，约两小时半的车便到沈阳来了，住在沈阳饭店，即在火车站的对面。从窗口四望，西边一带都只是烟囱，可想见沈阳的为一个工业城了。

昨日，趁着傍晚的一段时光，我们去逛了“北陵公园”，那是在城北，很大的一个公园，松树都是几百年的。北陵是清太宗的陵墓，墓的建筑自然规模很大，可惜我们到那里时已是六点，售门票的已停止了，只能从门缝看看内部石人石马一类的东西。不过我尤其欣赏的是那些古木乔松，青翠盘郁，傲视一切似的。今天我们参观了沈阳第一机床厂和电缆厂，都是这里有名的单位。因为时间关系，我们这次参观，仅能择重点来看了。风景名胜还是我们的次要对象咧！

今天读人民日报，才知道这几天下的雨原来很不算小，一方面是山西东南部山上的雨，使得石家庄以南至新乡一带都有氾没之虞，汲县一带比我们从那里经过时的灾情更严重了，另方面是台风，不但使杭州等处受到损失，而且北京方面据说低地区如东单等地都要把居民迁出，足见雨量非常，自然这更加说明了北京下水道需解决及彻底改善规划的严重性。这几天的雨，显然是由那天我们在动物园熊猫的“住宅”面前所遇到的开其端，因为从那以后便一连落到我们离开首都时还没有停止，事实上当我们那天下午登京沈车来时的情况就够狼狈了！

你到大同去时，一路上的情况不晓得怎样？因为雨的关系，我们早就告诉你哥哥和妹治不必来送车了，也好在他们都有到站去，那天既大雨，而人又多，不晓得是甚么道理，许多人都找到错误的地方去送朋友的车呢！

这一次大家到首都来，我想妈妈是最快乐，最心满意足的一个，因为她看到了你，又看到蔚和湘在一起。她到鞍山去，看到鞍山这七十一万人口的都市布置很整齐，条条都是康庄大道，两旁植树的新式城市，二一九公园又那样的可爱，她又想起了那年到天津去住了几年的情景了。过去有时也是足怀念的！

祝健康！

又：我们昨天下午便转到长春去了。

葆

五六，八月六日于沈阳饭店 301 室

给三儿文达信

（一九五六年八月八日）

达儿：

从沈阳寄给你的信，想收到了吧！

昨天下午两点十五分离开沈阳，四点经铁岭，七点半左右抵四平街，十点十五分抵达长春。虽然也是雨后，但也觉得长春的天气比鞍山或沈阳凉快得多了。今晨起来，早饭后往参观第一汽车厂，大家都著起毛衣来了。第一汽车厂给我们的印象很深刻，中国人能自己制造汽车，这是以前无论如何也不能想像的事，其次则苏联友人给我们的无私的帮助，什么东西都给我们最好的。从长春市区到第一汽车厂约三十五分钟的汽车，这一段路程给予我们一个对于长春市的地形很清晰的了解。下午我们又参观了东北地质学院，地点就是伪满的时候“宣统仔”预备来作皇宫的建筑。这建筑在日本投降时才建筑了刚一层，便中止了，可是解放后，解放军倒把日人要在八年内完成的工作在仅仅八个月内完成，这也是历史上所没有能做到的。从这“皇宫”式的建筑的屋顶上——□察的大殿上悬着郭沫若副总理题的“地质宫”三大字的匾额，倒很壮观——向南一望，形势有点像从南京的紫金山东望双阙山，东西顾视，四周都是平衍的原野，长春的新建筑便峙立在一些略微起伏的高阜上，怪不得日本的野心家根据了“八纮一宇”的见解，竟想放弃了东京把国都搬到这里来咧！长春的暗渠所用的铁盖，有的竟镌着“新京”两字，可知日本军人的用意了。我们站在屋顶上，远望市区里从前“关东军”本部的地方，真觉得有些压抑不住的情绪随着远黏到天边去的坡陀而若起若伏呢。长春往北的火车不能走了，因为昨天大雨的关系，这样我们纵使原本有去哈尔滨的计画也恐怕不能不放弃了吧！

匆匆到了长春仅一天，明日清早又要赶七点多钟到天津去南下了。今晚这里青联还为了我们开了个晚会，集合了东北师范大学、东北地质学院以及人民大学的同学二百多人，跳舞啦，歌唱啦，音乐短剧表演啦，某初中学生的狮子等舞啦，真是热闹的很！我想这给港大同学们的影响固然很大，即给予云玉的影响也不少。妈妈逛了这许多地方，现在还能勉强健步，不觉得太累。在沈阳时前天晚上还看了京剧《十五贯》呢。就此祝康健！

葆于长春宾馆三式三号室

五六，八，八

给三儿文达信

（一九五六年八月十五日）

达儿：

前寄两函想都收到了。

十一日我们到了南京，住了两天，昨十四日从那里转到上海这里来，住在上海大厦，正如妈妈所说的，“真是故地重游”了！计画在这里又住个三四天，便在十八日转到杭州去，然后住个两天或三天，才南下回广州。虽然风尘仆仆，大家精神倒还健旺呢！家姐也很好，参观极感兴趣！

这里寄来的三张照片，都是在怀仁堂周总理接见我们时摄的。我们十日从长春回抵天津时才收到，本来打算在南京付邮，但因为找不到适宜的大信封，所以才等到了上海后才寄来，你看看各人的神态怎样！

祝康健！

君葆

五六，八月十五日于上海大厦八〇二室

附照片三张：另哥哥和妹治各也寄了一份去了！

给三儿文达信

（一九五六年九月二十六日）

本月十号接到你一日的来信，悠悠不觉两星期了，这期间我曾寄信给蔚，告诉他你于八月中旬又曾到过首都一次，问他有没有看到你，他昨覆信来，原来他还不知道你曾再到京去过一次呢！自然啰，各人的事都很忙，便是我到京去一次，许多朋友都没有见到呢。要朋友们了解，不怪我疏懒无礼貌就好了。

蔚把我们在京时合照的底片寄来后，我印出来了，但觉得京里照相馆的影术太差，太不够艺术水准了。一方面可以说是太守旧，谨守绳墨，因之而便觉呆板了。如相片里头顶部的灯光，印时不避免，倒像是佛堂菩萨顶上的光圈似的，人多了，远近的调度，头的仰角何者为合式，把镜者似全都弄错了。云玉几乎全认不出是她。湘较好。汉，博虽长个子，但在有一张两个都拉得太长了，有点不现实，太夸张了他们的长度；在这一张，照相者似仅知集中注意在坐在中间一人身上，忽略了其他。不过，自然啦，这类相馆里的合照，我们主要目的只在留个纪念合家团聚的意义，呆板不够艺术化，这些自然谁也照顾不了，是居于次要的地位了。值得一提，手提机摄的生活相，每每有很好的成绩；你那一次没有带照相同来，很可惜。当我们逛景山公园时，郑达礼替我们在万春亭下摄的那一张，很不错，但在强烈的日光下，又拿石阶作背景，便觉空虚一些。深度不够，变成风景反居主要内容了。与这相较，姚德怀为在少年宫门前石狮子下摄的一张似较得意，人物集中在石狮下，远处是“少年宫”的横匾，地点直不用注明了。这是今次北游全体摄影总成绩最好中的一张，所以我已叫姚，也叫郑达礼借底片来印几张分寄给你们。

冯锦涛的影机是第一了，但可惜她的影术不足以副之，曾把她的作品较好的寄了几幅给蔚，他近来对于摄影似大感兴趣，昨来信还提到买机的事情呢。这里我捡出锦涛的作品两张寄来，一是鞍山“二一九”公园的茶社，一是蚌埠车站上。这些生活照片我觉得更有意思！

来信说要到这里来而终于未能成行，很可惜。希望能再找一个机会罢。进来的手续，就在这里住过的人说，是不成问题的，你到澳门去，我们把你的身份证给你，这里的人凭身份来往港澳间里不必经过任何其他手续，因为在这里有家呀！你和湘的身份证都保存着，所以还是这里的居民。你所说的那些品物出口是有办法的。关于计算尺这些东西，因为刚巧昨天廖瑶珠的父亲，廖恩德医生暨他的太太要到京参观国庆节典礼，前晚他家请我们（连同“小熊猫”家姐的别名——自从动物园避雨之后，她们便叫起来的了！）吃饭，我便先买了两把计算尺托他带给你，他答应了，这是再好没过了。这些东西不晓得你们是否等用，也许工作上急需，所以我就把它先办妥。两把，一把是德国的，价三十元，已问过，所有港大的工科生多用此种；其余一把则为日本制，价四十九元。特价售给我是四十六元。较德国的更精细，更新，因为身是兼用竹子的，所以又比美国的还更好，并且又更合用，这是听中华书局的人说的。美国的很贵，要一百二三十元；但也不知其好处在什么！因为蔚也有些东西，是一小小机件要买，所以我一并托廖医生带去，便放在廖子照——廖瑶珠的哥哥，是个工程师，你在西郊宾馆想见过他的——家里，蔚可以到那里去拿，或与他们连络。两把尺如不合用，说不定汉会合用，也许博将来要用的，所以倘你不需要的，可留给他们，省得再找人寄进来。

经纬仪已托中华查去，待覆；未有现货。

人们的游兴越来越浓了。听说你很爱朝鲜山水。蔚来信。说他曾到过八达岭去，登过长城，远远望见西北角一片云水蒙蒙，疑是官厅水库，我想未必罢，那里去水库似乎还远着呢，不过无论如何这待考的。云岗石窟你是去过的，不晓得留到一张照片否？早些时，一些日本美术家似乎还到过那里去写过画呢。报载石窟正在进行大规模的修理，近来从全国各地去参观的似乎更多了。这里寄来的一幅剪报，是洛阳的龙门石刻，与云岗的同是北魏时的刻作，而时代略后一些，作风似没有北边的古朴，你以为如何？杭州西湖灵隐寺的石佛，我们这次也拍了照了，但不十分好。也许可以找到一张寄来。

剪报中还有一小幅是一首用旧诗的形式写工人生活，你以为是不是这类作品较易了解，较得到作用呢？自然，方言土语又是一问题了，这问题记得夏衍曾写过一篇文章讨论过来。（附：如此生活小诗）

今年各处的水灾的确不小，好在国家的力量雄厚，还不致受到影响。八全大会的几篇重要报告都看到了罢。当中有陶铸省长的《广东建设的报告》，里边说到农业生产状况，想是你关心并感兴趣的，我已剪下想把它寄来，怕信过重了，留待下一次罢，不，也一同寄了来。

顺祝

康健！

君葆

五六，九，廿六

给三儿文达信

（一九五六年九月二十七日）

文达：

才寄出了一封信给你，告诉你曾把两种计算用尺托友人廖恩德医生带到京给蔚转与你或留在他那里待你去取，两把尺一种是德国 Casteu-Duplex zhz，后来终于减收实廿五元，（我坚持的理由是德国货还有一种较通行的叫 Arish 牌子的，但中华那时没有货）；一把是日本太阳牌按价位收四拾六元。信发后特到中华书局一问经纬（仪）的消息，所得是这样，仪是瑞士货，威尔特厂（Wild）制的，有两式，T－1 售价 $4,500，另一种是 T－3，售价 $12,000，此间均有货。大致是这样。

这经纬（仪）仅有一本说明书，过几天我便交给云玉连同两种计算尺的说明书都寄与你就是。同时，到货品收到后，你们看过那一种尺较合用，最好告诉我。港大学生一般地都是喜欢用 Arish 的一种。

顺寄照片三张：一是天坛留影，一是匈牙利火车中，一是长春地质学院。这些照片，如你因无相薄或无时间整理，看过后如认为无用，可寄给妹治也，是不是？

另附一张剪报，是沈阳车站，“沈阳”二字已用了简体字作“沈阳”了。我们住的“沈阳”饭店，正斜对面着这车站呢！那纪念碑上的炮车、俘获的战利品最有意思！

祝好！

葆

五六，九，廿七日

给三儿文达信

（一九五六年十一月十三日）

文达：

葆言——

还是一星期前写了封信给你，内夹照片一幅，另几张剪报，记不得内容是否国庆节日的花絮。那张照片放得稍为小一点，采取了石狮子的四周环境似乎过多了，因此另外又晒了一张，把周围的景物再割弃一部份，这样像好一点，你看是不是？我只印了两张，所以其余的一幅寄给妹治。那么，多余的一张你可以寄给大家姐。刚才接到你二哥才寄出的来信，因知计算尺已取来，大概这时蔚已寄来了给你吧！不过我还得告诉你：前几天，七号，廖医生的太太又再到北京去，妈托她带了两件毛冷衫来给你与蔚，据说那件枣红色而袖子较长的一件是给你的。收到后，看袖子是不是够长度，来信告诉我们。

国庆节时到北京去的“华革”代表就是陈丕士与潘范菴两人。黄省三去年已回广州去住，今年“五一”时他已到过北京去开会，不错，他是人代会的代表，八月底我由北京回来过广州还去看过他，他还问到你来呢。

同学们观光回来以后，能起什么作用，还要“拭目观之”，暂还很难判断。（来信有时“断”误当作“继”，当然是笔误；趋势的“趋”有的误作“离”，汉字也真麻烦！）前一星期，我们曾有过一次座谈会，讨论或研究对象是刘少奇的政治报告，配合着周恩来和邓小平的两个文件，成就还不坏，总之慢慢来就是。

九龙的暴乱事件是令人发指的。但也说明了反动派的末路。我寄去的广东报告剪报，恐怕是陶铸省长的吧！

除了上面一张石狮下的照片之外，还有一幅是郑达礼摄的，是景山公园的万春亭，不知你还记得否？试看两张那一张好？另外两张剪报，一为培侨中学十周年我为寄了一首诗，那可不能说是通俗了。妹治更是看不懂，虽然我也寄她一页，培侨是她的母校呢！另一张是咏唉及的事，这一问题我还要继着写的。口诛笔伐休闲过，要使人间绝祸胎！你说对不对？

五六年十一月十三日

给三儿文达信

（一九五六年十二月三日）

达儿：

蔚到了广州来了，妈妈去看过他和剑雄后，现在也于昨天回到这里来，因之我也从而了解到他们的一些生活情况。蔚是在筹备结婚，因为结婚后才可以申请剑雄到桦甸去工作和共同生活。关于婚礼的仪式，曾寄了信去提供我的意见，我以为简单讲一句，还是最好采取楚的方式，那是最符理想的。国家正在建设，节约是一个很重要的因素，因此一切铺张扬厉的作风都在所不取的，你以为对不对？

据妈说，她这次到穗，曾偕蔚去看过楚住的地方，就在光孝寺里边，也即歌舞团的所在地，地方很清洁整齐，他们俩也生活得很愉快。

展也到了她家姐那里去学习工作，这你知道的了。

这次蔚到穗来，得给假很匆促，因为他的工作提前完成，所以他才有这得假的便利。他还是借到北京来的，所以工作完了仍要回桦甸去。可能他这次南来，仍来不及告诉梅枝呢。

新晚报辟了一栏《六人茶话》，刘芃如——去年你在北京饭店见过他的，高个子，四川佬——要我做六人之一也寄文章，辞不获，已寄了第一篇和几首诗去，剪在这里。也说到去年在北京的事情，你看看怎样！又附剪下来的一些没有那么严肃的作品，以见这里一般的趣味的程度。近来也有些写作，但精神容易觉得倦疲！

暂时没有别的话说了，留到下次的信罢！听说楚也在等着你南下一周回家乡去一走呢！那可多好！顺祝康健！

北京下了两次雪，妹治说异常冷，你们那里呢？

君葆

五六，十弍月三日

给三儿文达信

（一九五六年十二月七日）

达：

前几天，是三号，给了你一封信，还夹上了一张剪报，上面刊载了我为新晚报的《六人茶话》写的第一篇杂文《数风流人物》，那篇文章很博得这里的人们的注意和喜爱，跟着就有人写第二篇关于当代人物的随笔讲及周总理的，今晚刊出跟我昨天所寄去的《迟暮的感觉》一篇并排地在一页，现在一连把它剪下寄来让你也看看。

《六人茶话》我每星期要写一篇，这连同别的写作便弄得自己十分忙了。《迟暮的感觉》这篇里的戴先生是港大的地理学教授戴维斯博士，一个科学家，但相当帝国主义的头脑，这可从那段对话看出。对话不是虚构的，是真实的纪录，我曾把它写在日记里的。

黄雯医生的诗是先用英文写成，然后由北京人民出版社译为中文替他出版。

这里也把玉最近在浅水湾摄的照片寄一张给你。你说她是不是像在北京看到她时的模样呢！祝

康健！

君葆

五六，十二，七日

又：因为蔚已准备在穗结婚，所以我们后天九号就要坐火车去，大概住个四五天左右，办妥事就回来。再则，茶话那两篇文章，你看过后，如没其他用处，不妨寄给梅枝一读，因为其余的一张，我已寄了给广州，又不曾吩咐蔚看后转给妹治，怕他事忙也。

给三儿文达信

（一九五六年十二月十二日）

达：

我们九号下午到这里来，到现在不觉已经是四天了。我们住在曾靖侯先生家里，刚好靖侯先生伉俪都到了香港去探亲未返，这样铺盖便更不成问题了。这次云玉也回来，不过她只在这里留了两晚。因为年近岁晚不能请太多的假，所以她昨天早上便回港去了。不过前晚我们倒看了一次《桃花扇》的演出。玉这次来主要的原因是要认识剑雄，既然看到她了，那么她便可以先赶回香港去了。

在这之前，妈曾于上月廿九号来过这里一次，那时她只想了解一下你二哥的情况，还没有想到他立刻便要进行办结婚的手续，她以为婚期定在春节期间，那末她便要再到穗来走一趟了。现在机关既多给你二哥一点假期，这样便省他多到这里来一次的麻烦，也真方便得多了。因为工作忙时，请假和离开工作场太久都是不容易的。

叶启芳先生现在兼任了中大的图书馆主任。他对你的事经常关心，每见必提到。他以为你应该可以根据你以前出国的特殊理由先恢复了学籍，即考取了中大外文系的学籍，然后再申请转读别一门类科目。依据他的经验，由中大保送，这是可以办得到的。中大的校长许崇清先生，副校长冯乃超先生我都认识，不过你如申请，还是写信去托叶先生就近去进行，实在更便利，也更直接，如果能保送免考，又何乐而不为呢？或者双管齐下，两种方法——准备应试与申请——并进，亦似不为过。你意见如何，最好早写一信与叶先生，一则他好进工作，二则也不至辜负他的一番好意呀，这事情我以为颇关重要，也关系到你的前程，我以为不宜忽视的。

我在港除教廖氏娣妹补习中国文学和中国诗之外，还教颜成坤的女儿改伦敦大学的硕士论文，所以生活还可以勉强过得去的。此外则写写稿，而某书局还要我写几本书，因此也会十分忙的，不过这些都是十分费脑筋的工作。

大前天我们刚到这里来时，干接车后还打电话通知了楚家姐，结果楚、郑红、展、干、广，都到了曾公这里来，连同剑雄和我们四个，一共十个人，满满地压了一屋子，真热闹！妈妈提议到沙面去吃大菜，结果到经济餐室去吃了一顿。当中只有郑红因为剧务忙，《桃花扇》的演出，他是舞台监督，所以他没有跟我们一块儿去吃饭。不过尽管这样，那天晚上也快乐极了。干很多年没有看到云玉，这次看到了！楚想也很久没有看到家姐了。

你二哥的影术似乎有些进步了。幼文给你的相机，当然稍旧了，但镜仍是很好的，家姐已为你配了个黄镜，大概摄风景片，也不至于像前次在颐和园的作品，觉得美中有点不足了罢。

昨天我们到越秀山一带去逛了一会，也试试你妈妈的脚力。其实她应稍多作运动，她每催眠自己，说脚力不够，不能支持。但今年她再到南京，攀登那九层的灵谷古塔，比我们任何一个还更先抵达那最高的一层。这自然是当她最高兴的时候，才能这样。同样，一九五二年她攀登万里长城的雉堞，今年来回步行走

过钱塘江大桥，也是如此。得容下次的信再谈。顺祝
康健！

葆

五六，十二，十二

给三儿文达信

（一九五六年十二月二十七日）

达儿：

前几天寄了一张三联书店寄来的贺年片给你，这信到时想也先看到过了。那次夹上的一篇《这里是南边》的文章，当时曾引起了很多人注意，其后甚至有人提议在文汇报也来一个《茶话》，并且要我来压阵脚，我想这越搞越热闹了，怎应付呢，所以还是等着看罢。我告诉他们说，我最好仍是做个摇旗呐喊的小兵，较轻松一些。

圣诞节几天相当冷，冬至那天还在落雨，因此“茶座”那里我便写了篇回忆。寄了一份给湘，我问她记载她的话有没有述错了，也许你也可以校正呢！事隔一年了，好多事情是很难凭记忆的，好在去年的圣诞节，我当晚便写了一封信给妈妈，现在正好是材料的根据。此外还有两页诗连同这《圣诞节的回忆》寄来，广州的诗中那位三水的旅客是哥哥的丈人，《西海归来客》一诗昨天的《新晚》刊出的，并及！

祝好。

葆

五六，十二，廿七

给三儿文达信

（一九五七年一月三十日）

文达：

昨得你廿六日来信，当即翻阅一九五零年的日记，把下列记在九月十一日的一段文字抄出寄给你，作为复学申请的资料，那记事是这样：

“到大公报去看中大的放榜，差不多翻完了整个名单，才发见第 40185 号陈文达列在‘符合取录标准但未确定院系一年级生’一栏，真使我感到欢忻和非常的荣耀了。……虽然也有同名同姓者的可能，但达的华人书院的同学们都指定是他，大概是不会错的了。阿汉尤其觉得十分兴奋。”

这段纪载把情感也写上了，可见当时大家紧张的情况。并且当时这张名单只能到大公报去看和自己抄，情形不比后来那样方便。昨天覆你信时，太匆匆，恐有挂漏，所以这里又再抄一遍给你。再则，关于保留你的学籍一问题，当你到了朝鲜去后，我曾寄信给中大文学系的楼栖先生托他调查过这事，他也有信覆我，大致是说要本人回来时申请，如果说是证明，这也是一个了，你如需要的话，可自己去找楼栖，或托叶先生介绍，把旧事重提起来。楼栖跟我很熟的。当年我编《文史周刊》时，他经常给我撰稿。

假如复学能达目的，我想最好争取在京修业，许多原因之外，还有一个理由就是你离开南边许久，差不多成了个北方人，言语方面你自己也感到一点有许那个了罢！广东方面许多教授们不是讲广州话便讲客家话，这恐怕你还说不来，是嘛？

昨天的信夹上了一张剪报，写的是《读了何永佶〈假如胡适也看看东北〉书后》一文，我来不及告诉你何永佶是旧朋友，这次他到祖国去参观，事前我替他作了许多方面介绍的。我在《文章话故知》一文谈到他，那恐怕你已看到了。这里我把他的《假如胡适也看看东北》在新晚报转载过的也寄来给你，俾明白这一事的来龙去脉。看过后可交给蔚，这一次可不必分别寄你们几份了。另外还有《我所认识的何永佶》一篇也是材料；《黎萱与桃花扇》不晓得看到过没有？如有了，可给蔚；因为这几个月，他大半生涯在火车中，所以没寄给他。再则关于黎萱，我曾寄了一张剪报给楚；不知她提起了没有。又，云玉带来的那帧我在中山先生诞生九十周年讲话的照片，坐在长桌的末端那位女客，她是主席团之一，是林楚楚，也即是黎萱的令堂，如见面或见到楚或郑红时，可问问她们认得否！《塞些乎厘之类》一文可能还没寄与你。

这一大叠剪报得这样交待一下罢！

再则，《圣诞节的回忆》一文，你们觉得怎样？

驹回来后来看过我一次。我希望他思想不会发生动摇！

这信到达广州时，也许你还在家乡访问。访问过的感想怎样呢？观察如何呢？有意见可向南方日报提的。

云玉回来说，你们昨天廿九日准备到北秀湖去野餐的，去过了吧？印象怎样呢？又曾靖侯先生给你的印象又怎样呢？顺祝康健！

君葆

五七，一，三十日

给二儿文蔚信

（一九五七年二月十五日）

文蔚：

妈妈昨天下午三点左右回到港寓，大概舟车劳顿，一连十多日，大半时光在外边，她总有点不习惯，而且自八日以后天气却转变得如此严寒，不但是她更兼在广州，就是我在香港又在家里一天不出门，亦觉要呆坐在沙发上不能做一事，风简直不晓得从那里钻进来的，真正冷得可以！所以她大概声音有嘶沙，略休息几天，多睡眠一些，待精神恢复就没有什么了。那么，你们可以放心的。

据妈说，达今日下午车取道杭州上海回京转大同，那么，我这在写这信的当儿，他应该在向着韶关进发了。今天是十六夜，月亮应该是顶好的，在雪月交光的夜色，是更加可爱的了。自然咯，寒冷又是另一事！

这里我把今晚刚刊出来的一篇茶话《无尽时的乡思》寄来给你，看过后顺便把它寄到大同，那时候，想达应该正抵步未久，可能还在洗征尘的时候哩！还有一页剪报的诗和上一次的茶话，也一同寄来。诗里说的太平，蔚你自然更感兴趣，因为曾到过离壩罗不远的好些地方了。《炉边谈话》说的几个木雕神像，现在仍然放着无恙，自在《茶话》上出现过了，有个朋友曾来看了一下。这不是骨董，却有着它的足记的地方！达更不会忘记那一年，当我们游河的小汽船在大澳左右搁浅时，日本战舰用探射灯向看我们的船照射的经验！事隔多年了，我的两尊神像仍好好地保存着，而人们对于当时的战迹似乎也逐渐淡忘了。

春寒仍威胁着人，顺祝各亲友们康健！

葆

五七，二，十五

给三儿文达信

（一九五七年三月十二日）

达儿：

你从杭州寄来的信，早已从蔚处转给我们看过了。我们曾在等待着你也从上海或北京寄回来一封，说说上海给你的印象，可是现在你早应回到大同去了，我们这里还接到过妹治的信，说你廿二号抵京还与她到馆子里去吃过顿饭，但到现在仍不见你从山西来信，于是妈妈在盼望得很急了，无他，她总想听听你说沿粤赣路、津埔路一带的印象而已。

照片都不错。当然，这里的印晒艺术是比较高明得多的。因为数量这么多，所以晒出之后，只能慢慢选择最值的来放大或加印了。目前，只放大了阿婆和外婆的两张，多印出几张分别寄出与各最有关方面。我已寄了一份与湘，她是可以交给蔚一看的，蔚大概还有一个相当长期间住京呢！这里也寄一份给你，俾看看你的影术，另一份原大小的，那么两份中，你任拣一份留下，余一份寄给蔚存就是。此外还有妈在乡下影的一幅，回乡相片很多了，不加放大，只寄一张来与你。还有你在大概北秀湖的一幅，不知谁把镜的？干寄来他的看来像是要“搭塔”似的照片转给你，但这张印术不大高明，不晓得镜怎样。另外还有四张，也有你和楚在内，底片晒出来后，却很好，已再去印几份寄给你，先印的一份寄给干。为什么这四张却特别好，谁拍的？用那个镜呢？我与云玉都觉得要打个问号！专此顺祝康健！

又，剪报一张，看日期便知那是妈回来没多久参加的一个酒会。妈现在气管炎好多了！

君葆

五七，三，十二

啊！我明白多少了，干的是自放的！这样看来技术倒不坏！

给三儿文达信

（一九五七年三月十六日）

文达：

葆言——

你离穗北上已差不多一个月了，现在应早已回抵大同了，但到现在还没有得到你从大同来的信，因此妈妈又每天都在说起这一点来了。不错，上星期我们接过妹治去月廿三日的信，说你廿二号去找她并跟她去吃过一顿饭，前几天也接过蔚的信，说他本月三日才回抵北京，但我们总在盼望你的信，不晓得是不是在途中你得了感冒，或舟车太劳顿了，抑或回厂后工作太忙了呢！

十二号曾寄了一封信给你，附阿婆和外婆的相片大小每式各一张，那小的一份是要你看过后转寄与蔚，而大的两张则交你保存，这是妈告诉我的。另外还有些小幅的和一些剪报，详细我也记不清楚了。龙潭水库三张，还未放大，但不忙，因我对它的一篇文章还没动笔写呢。这里的四幅是你与楚和干摄的，先寄了一份与幹了。

这里寄了几篇“茶话”来给你，是（一）《诗话台湾》（这一篇如你已有了，可把它寄给湘或汉或璧魂）和（二）《从些诗句谈起》；（三）《从萧红想到东北》；（四）《从读〈窥国留草〉看台湾》。此外，我的《和谈四绝》自发表后，陆续有人作和诗，计到现在已经有十人以上，这些我略拣几张剪下来给你，不打算全寄来了，因为有些我要自己存，有些剪下来又复失去了。

因此这里仅附吴友直，马师赞等三份。

据妈妈说，你有些毛冷袜子及衫，还存在妹治那里，那么，你用的破烂了，便记得向她处拿取了，不然年长日久，她也会忘记了许多东西了。

国家现在提倡节约和节育，两者都是很应该的。像你嫂嫂，她将来养孩子就够我们挂心了！葡萄糖针又不能寄进去，将来牛奶，奶粉又怎样呢？真有点头痛！

又："三八"妇女节，华革开纪念晚会，妈妈也参加并当了主席团，这总难得的了。那次又出了特刊，云玉也应邀写了一篇文章，我寄了给云湘，不晓得她曾否转给你一看，其实玉应该多写这类文章啊！

五七年三月十六日

给三儿文达信

（一九五七年四月二十七日）

达儿：

我这封信主要的是回答你四月初由大同转调回北京后发来的信，那是四月八日到这里的，其次就是附寄许多篇剪报给你。在三月下旬，我曾病了一次，是痢疾，相当讨厌，结果还是你妈妈从《验方新编》里找出那三十三年前我在吉隆坡时治好了我同样的病所用过的方子，才又把它医好。为这事，我曾写过一封信给蔚，说说经过。跟着“六人茶话”里我便写了一篇《病》。紧接着，便是《诺尔曼之死》《迫害》都是有为而发的两篇。到了本星期日，我到了大姑姐的新居去饮“入伙酒”时，大姑丈，汉生是我起他的名字，他叫德炎，那么是炎汉所生的了。他给一份诗稿我看，是香港沦陷时我寄给颜先生他们的，我便写了这“几首诗”的一篇。大屿山上的地方也许你还记得呢！

这几篇东西，我现在寄来给你看过后，任你如何处置，说不定不妨转寄湘看，因为我没有另外寄给她，怕妨碍她看书本的功夫！此外，还有几篇旧体诗，不过这些要下一次的信才附上了。

你的信到了不久，又接到妹治的信，大概她那时候还不知道你已到了首都来呢。现在想，她已看到过你了。

你曾意外地在上海勾留了三天，那么应该趁机会去看看龙华寺了，那是个有名的地方。蔚从上海有过信来，说他曾到西湖去住了前后三天，游的也十有七八了，比你周遍，自然时间也比你长呢，但没有谈到“楼外楼”西湖醋溜鱼这些东西，也许目的兴趣只“在山水之间”罢!

“考大”事，能争取便争取了！顺祝

康健!

君葆

五七，四，廿七日

给四女云湘信

（一九五七年四月二十八日）

云湘：

大概是十三号罢，收到你七号或八号的来信，知道你也染到过流行性感冒，这东西可真讨厌，我们倒侥庆幸没有什么，可是三楼他们整层楼没有人不病过。而据小孩子们说，有些学校一班四十个当中，总病了一大半！这几天转和暖了，也下过一两场大雨，情形好像好多了。不过无论如何，我们总得时时谨慎，一方面强健自己身体，一方面随时防备空气给坚持要试验氢弹的好战份子继续用原子尘来毒化。我们要强化我们的抵抗力量，集体的和个人的！

今年天气特别怪异，天气冷了，我先后接了你两封信都还起不了劲来呵着冰冻的手给你写回信，真好笑！有一次在报上看到北京已开始“解冻”的消息，是三月十九日罢，我曾写了两首诗在日记里，预备转头抄在信里寄与你了，谁想一搁便是四十多天了！诗是这样：

闻道明湖已解冰，六年几看玉壶凝？遥知白塔涟猗望，一卷芸空倦欲登！（我不知你们的宿舍是不是可以望得见白塔，倦读时可以一登临？!）

今日何人更饮冰[1]，春来南国尚寒凝。犹然两地怀兄嫂，谁与层城一再登？[2]

这诗，你如给你三哥看，也许他会以为不够通俗的。

又那你隔了已一年多才寄来的化装照片，我们最初看，谁也不能断定那一个是你。再细细看，妈说一定是扮女孩子的，不然的话你为什么有一次去买头花呢？我最初想两个都不是你，但后来改变了，从妈的 说了。家姐说：那走在后头背挂着一顶草帽的才是你，但后来也修正了意见，从妈的推论；这样总算取得一致，但不知是否猜得对。

再则，云玉指出你穿的服装也怪异，两只袖子不同布，一只有花，一只无花。这可能那件衣服可能不是整件的，对吗？又：那一出究竟是什么戏，我们也看不出，来信时这些都得告诉我们。妈说：是牛郎织女！是吗？

你寄信时，三哥已由大同调回京任职，在石景山电厂第七工程处，那时他抵京已有四天，大概还没有找汝，所以你竟不知道呢！

记得妈妈在穗看到达的衣服，很多都破烂或太旧了，据他说，还有许多毛冷衫之类在你处，不过倒没有去拿取来用，你知道他的脾性的，有时候真的要随时提醒他改换过那些破旧的衣服，否则他就随便过去，总不肯更换了。衣服放得太久也不好，不耐用，有时也不合穿，所以你就得酌量寄给他，或着他到你处取了。

---

〔1〕 梁任公饮冰室似在北京西城。

〔2〕 当时闻你二哥尚须留桦甸一个时期。

清明前后，妈妈又曾回过乡下去一次，住了九天才回来，她回去为的是整理我们的祖先坟墓一事，现在都胜利完成了。我后天三十号要到广州去一次，出席省政协，大约在那里留个四五天。我想现在你二哥应该已由上海回抵穗了，他曾在杭州住了三天，又正当春光明媚的时候！

祝好！

君葆

五七，四，廿八

给三儿文达信

（一九五七年五月五日）

达儿：

记得上星期曾写给你一封信，想收到。随后，我们又接到妹治的信，说是看到你了，她的信好像是廿二号写的。

这一个星期我到了广州来开会，是省政协。我们开会的地点，除了开幕和闭幕会之外，都是在这里华侨大厦开的，因此很便利，又不必东跑西跑。华侨大厦，你知道的，是在海珠桥脚，房子相当好。

昨天听陶铸在讲话中谈到中小学毕业生参加农业生产一问题。这里边，自然有客观实际情况和其它因素。但有一点，我们总不能避免这一个印象，就是国家对于许多重大问题——如大学教育——总缺乏计划性，像投考大学，前年最严格，去年忽然又宽得不得了，今年忽又作了百八十度的转变，这的确对投考和高中毕业□学是一个大打击。固然，今年可以进大〔学〕的学生，如果转而从事劳动生产一两年，再回头念大学求深造，于其本人未必有很大的阻碍，说不定还积累了一些宝贵的经验和裨益，但究竟不是最理想的。而且，除了其本人对于这种问题，是有意地是安排，其效果也不一定如一般的所预期。所以这里边仍需要身历其境的本人，自己按着抱定的志愿，适应随时会转变的环境去计划，去安排，锲而不舍去进行，长期去努力，才能达目的。每每看到从事一门学术研究的人，差不多费毕生的力量随时随地去做，无有间断，这是值得取法的。

我四月三十日到了这里来，刚好到的时候——三点三十分——蔚已上了火车到上海去，这是我于晚饭后到剑雄家里去时才知道的。蔚据说还要等半个月左右才能回广州来。因为开会，其他的人都没有去找。

蔚在杭州摄的照片，看到过了，但采景不十分高明。你的怎样？

汉的地方是不是和你的地方很近呢？

妈这一次没有来，她大概等暑假时期，如果湘有机会南下，那么她们可以一道到家乡去一行。就此祝康健！

会大约开十天，我准备十一日左右回香港去。

葆

五七，五，五日

给三儿文达信

（一九五七年五月三十日）

文达：

大前天我把晒好的照片八张寄给你，这封信到手时想它们连同一些剪报都早经看过了。不过很厚的一封信，不晓得是否会因过重而需缴欠资呢！这里我把其余的十一张都寄来了，计开龙潭水库的三张；乡下家里的大门口；妈和剑雄；蔚等三人；外祖母；剑雄两张；你的两张。这样，你摄的三十多张仍不能窥全豹，怎样呢？

蔚在杭州逗留的时间比你长，而且正逢春光明媚的日子，因此收入镜头的成绩也比你丰富。他曾登过玉皇山与凤凰山，因此外江内湖的景致都收到眼底来了，这一着很高明。他从玉皇山上摄了一帧钱江大桥，虽微如一线，但从地理知识上说，倒是很有意思的。从风景画来说，我倒喜欢他的“六和塔”一幅，其他的没甚特别处；不过，蔚他对于摄影是从另一角度着眼的，与普通颇有不同，但又颇适合我的需要。另外一点，我以为值得一提的，就是他每摄一张都有纪录，注明其内容，随后给以号头，也把号码注明在底片上，以资查勘对照，这方法很好，也很科学化，譬如要续印增晒多少，只须提号码便得，至省事，此方法甚可效法也。蔚的照片我已寄了给他了。昨天接到他的信，他是廿四号才从上海回穗，我去月三十日到广州，他刚于那天下午往沪，这样，他在上海足有三个多星期了。

梅枝据说打算暑期南下一行，当然目的是想到家乡去一看，不过今年不知怎的天气特别怪，如果继续下雨到七八月，那可不得了；假如成了水灾，道路交通便难免成问题了。这一点要梅枝自己考虑一下，到时才按着情形决定才好。

前信曾提到你从乡间移植大同的桂花，那是妈要问的，因为清明时她曾回去过一次，看到了剩下来的余干，阿祥把它植在盆里也已出芽了。因此想到移到山西去的来呢。并祝

康健！

君葆

五七，五，三十日

给三儿文达信

（一九五七年六月二十八日）

文达：

上月大概写过两封信给你，分别寄了两批照片来，想都收到，但没有接到你回信，一定是太忙了。前几天得湘的信，也说你因事忙，比较少到城里去看她呢。这个月似乎还没有给你写过信。因之，连同这封信一起寄来的便有好几篇“茶话”了。计开：《努塞北论阿拉伯民族主义》《五·二四事件为何会爆发?》和《柴门外的流水》，写的大部分是去年到北京时的追忆；另外是关于“五·二四台北大示威”的几首诗，这却是刊在文汇报的。这些也略为可以看出我这一月来的思想动态。

五月一个月这里雨下得太多了，共五十英寸，破六十多年的纪录。大坑许多部分水淹了，水淹没了许多辆私家汽车。新界禾稼菜蔬全坏了！

这封信我赶急写来，是因为收到陈维垣从海口市寄来的一封信，他问你的地址，目的是要和你通信。我因为你写给我的仅是一个邮箱的号头，所以告诉他信还是从梅枝处转比较方便。你如果认为适宜的话，还是直接写信给他告诉他地址比较好。维垣的通讯处是：海南岛海口市义兴路151号广东省海南地区中级人民法院较交。他在信里这样告诉我：是“做了司法工作者了，多年来就在这地方工作，这是祖国美丽的岛呀！我爱它！”他在中大时大概学政治法律。不过，他又怕我已忘记了他，所以一开始就把他自己介绍一顿，其实我完全记得他，也正如记得现在在长春的“五哥”慕贤一样。你们都办过一个小型报来，我并没有忘记那些苦痛的日子！我又把前几天写的这一首诗的诗句也告诉了他：“飒飒东风又雨来，芙蓉应伴菜花开；如今手得攀龙眼，当日人曾住凤台！”你们几个人都是在这个台住过的；可是现在一号已拆了改建了，而绮云世伯也已搬到北角去了，倒不禁有些沧桑之感。

顺便，还把一段关于“锶九零”的剪报寄给你，也许你已留意到这一类的科学知识了罢。祝
康健！

葆

五七，六，廿八

给妻子郑云卿信

（一九五七年八月九日）

云卿：

前函两封想都收到了。

湘几时能抵达这里仍未接到消息；究竟是否已离开了北京南下，仍未见信到说明。也许她只直接给你写信，也未可定。

此间本定八号闭会，因此本打算九号回来，现因延会改在十号开会，所以只好于十一号与子诵两人回来了。其他各人则早于昨天回港了。不过如果今天能得湘的消息，在这一两天抵穗时，则我或需改变主张，退十一号的车票，再在这里等她一两天耳。那么，你便要自己坐火车来了，云玉想是不容易请假了的。

此间反右派运动正做得烈热不过。想不到丁玲也如此堕入右派的毒雾中，而叶主席也被牵涉到。玉老的兴趣自太广泛了，也正如章行严所说他的，所以难于辨别真是非，自然有许多利用他，捧他的了。不禁为之一叹！

关于气管炎事，省三说不见其症很难下药方。这是他一向很慎重的地方，也正如我所料。不过从别的友人方面也学了许多关于治伤风的秘方或基本的治疗法。回来时告诉你罢！

祝好！

葆

五七，八，九日

附：剪报一则，为我留起来。

给女儿云玉信

（一九五七年八月二十七日）

云玉：

前两封信想都接到了。廿五是星期日，邓文钊副省长请我们到经济饭店去午餐，十折十扣地是“合府统请”了，不但梅枝，蔚与剑雄都去，我，蔚和湘都吃了个“大餐”，妈和剑雄稍为客气点罢，各吃了个中餐。在进膳时，妈和邓太太所谈的自然是抱孙，购奶粉，保婴这一类的问题了，从这自然又谈到从香港带些东西给婴孩们吃的问题了。她说：“这些都是很自然而合理的要求，因为国内牛奶粉的需求大了，不够供应；而且像我们这样的人，来往总是带着百多至数百元港纸进来，一看便知并不是水客一类人物，税关人员是眼睛雪亮的，难道会特别通融的道理！”当然，检查严是为了水客多，并不是因为正当的旅客。

昨天，妈的农历生日，这里自然不会是大摆筵席，而仅仅在蔚这里略为加一点子菜，便算是替她做生日了。三姑姐和华兴带了德玲和国荣来吃饭，还送一只自己养的鸡和一只烧鸭来，虽比不上全聚德的烤鸭，却也摆满了一桌面了。国荣听见妗母住在沙面，是“高楼”有“楼上”的，因之高兴非常，非来“上上楼”，看看“电灯”不可了。要了解小孩子的想法是十分有趣的。星期六，我们三个人在傍晚四点五十分左右坐了一只艇子从沙面到五眼桥去看三姑姐她们，艇便泊在“五眼桥”脚等我们。我们约六点到那里，和华兴们谈了二十分钟便离开那里，赶回沙面来正七点，因顺流的关系，蔚已在等我们吃饭了。湘是五四年到过五眼桥去的，这次她还能记得那时候的情景，辨认得出位置和方向。记忆力可算是不错。

湘这次南来，也自己带着葡萄糖来的，她似乎需要这些，大盖学医的总有一种信仰，以为葡萄糖有若干种益处。我自己也吃过不少葡萄糖，不过总体会不出什么不同或特殊的地方来，就是吃了和没有吃总差不多，无可无不可。可是湘对它却似乎心悦诚服，各人的体质需要也许各有不同罢。妈曾把已给了剑雄的一罐给她先拿去用，但她坚不肯要，又复退回给剑雄。我想：如果你能带一罐来，自然问题就解决了，不过，这是会麻烦的，而且你的都是手提的行李，累赘的东西，不带也罢了。

本来打算与湘去一登六榕寺塔的，但她每天都要到省图书馆去读书一个上午，所以空闲的时间也不多，她这次和几个同学一同南下，自然一起游玩也不应无伴侣了，妈说：湘这次来没有像上一次那样的太觉无聊，出入也不需要我陪伴着她了。妈大概忘记，整三年的时光已过去了，并且不只如此，妹治也正如许多人所均承认的是高了一些了，比诸我们去年在北京看到她时真是长了一些。

这里也把几段剪报寄回来，为我保存：计马前卒的《螳臂录》和《左叶事件教训》。正写到这里，接到达从沈阳的来信，说要到鞍山，大连去一走。关外，简直就是秋深的天气了，他说。

祝好！

葆

五七，八，廿七

给女儿云玉信

（一九五七年八月三十日）

云玉：

来这里一段时间，得如下的几首诗：

与曾靖老游越秀公园二绝

不识西来路几千，明湖草色绿云连。又来树下临风语，寂寞人间五百年。

倒影垂垂树作花，绿荷深处又秋华。高枝漫学寒蝉唱，笑共凫鸥喋浅沙。

六榕寺

九级浮屠认未真，千年史迹亦成尘。六榕不见他年树，一塔能留不坏身。

流花桥

草色春光入梦频，绿杨低舞斗腰身。流花桥水纤纤月，曾照昌华旧苑人。

南汉昌华宫旧苑，流花桥河自此流出，蜿蜒经现在市西北区荔枝湾入珠流。

另附在这里的两张剪报，一关于刘绍棠，一关于冯雪峰的批判，都是应该存起来备参考的资料！祝健康！

葆

五七，八，三十日

给三儿文达信

（一九五七年十二月十日）

父君葆字示——

文达：

上月廿八日给你的信想早已收到了。忽忽差不多两个星期的光阴又过去了，而今天却是农历的十月十九，也就是你的农历生日，想你大概不会忘记了罢。妈猜想你多半是会忘记的，因为我们用的是新历的关系。这也不去说它了，最考究的是刚在今天我们接到妹治四日的来信，在信里，她说到怎样在刚下过雪的星期日去访你，几乎把她冷坏了，然后你急请她到大同酒家去吃了一顿，才觉得好一些。今天，我也和妈妈到这里成和道口新盖的“愉园大厦”楼下一家叫“金匙餐厅”去喝了一顿下午茶，就是“公司三文治”这一类东西，仍是妈爱吃的。当然，如果我们大家在一起，那一定会更加高兴的了。湘的信没有说她是否决意放寒假时南下，她只告诉云玉，如在圣诞节前后往穗，要先期寄信通知她。

我们本来打算这时候已在广州，但因为等十二号看乌兰诺娃的芭蕾舞，所以只好改在十三号才去。大概在广州约五六天左右，太久也怕妈妈受不惯天气的影响。

是你集邮么？抑或是你的同事？前回曾附两个槟榔屿的邮票，不晓得已有过没有？这里夹上的倒有四种：法国的，新加坡的，香港的两种。原来香港现在废弃了两分的那一种了；这里我还寄来两分的、一分的各一枚，也许你会感觉到，这才是真正的古董呢！

这里还有两小页剪报，是四号见报的几首诗！又今日的一张。

你们那里原来靠近国棉二厂，那去年我们是去过参观的，不过云玉那次倒没有同去，因为她和另外几个都去了参观新华社。

曾接到过璧魂的信，她提到博，自然啰，姊弟相隔那么远，不免挂心了。她说博有点骄傲，不晓得是否真的如此。我想，你不妨留意一下，或者往探问他一次，或者星期日约他出来谈谈，因为你比汉方便一些，是不是？当然，我是应该写信给他的！

顺祝

健康！

五七，十二，十日

给三儿文达信

（一九五八年二月二十五日）

达儿：

许久没有收到你的信了。自然我也许久没有给你写信。翻开日记，上次给你的信，一封是一月十日，一封是一月十四号，那隔现在已超过了四十天。你给我们的信，是大除夕收到的，那隔现在则更久了，可能想像，你们的工作一定很忙。到了农历年底，也就是春节的前几天，妈妈因为盼望了许久还没有得到你的信，不免有点焦灼的样子，其后得到一两封妹治的信，很简单，讨论的是寒假她准备南下与否的问题，信内也没有怎样说到你，我们猜想你工作一定十分忙，还有那时候刚好一连几个寒流继续南下，可能一般地人们出门较少，所以你去找湘的机会也略稀疏一些。春节来了，是年初二，我们收到剑雄的一封拜年信，里边又附一张晶晶给“祖父祖母和姑妈”贺年的红色金字的咭片，这喜得你妈妈眉开眼笑了，她就是这样无日无时不挂心儿女的事！本来这次春节我们打算到广州去过的，其后还是云玉临时提起不但天气冷，而且还有被服铺盖的问题，都不是沙面方面所能解决的，曾公处依据了前两次冬季的经验，也不能说是十分理想，因此便改变了计画没有去。

妈的病可以说有两个源头，一是心理的，如对于子女的挂虑，一是她身心体质也的确差。这一次经过一个中医诊治后，最初服几剂药似很好，但继续便不十分对，仍转回找西医，目前严寒的冬天总算过去了，她差不多天天都要服牛肉茶，才能觉精神好些。昨天是“人日”，同时收到几封信，一封是广从乡下寄来的，一封是蔚的，写得颇长，另一封信是梅枝的，也很长，三张纸，中间也说到你和汉来。看了这几封信，妈妈真有形容不出的喜悦。同时，天气暖和了，她身子也好些。

前几次寄给你的剪报和诗，想看到了。这里还有几份寄来，按它发表的先后如次：《阿尔及利亚四爱国女青年》《题马家宝画》《长江大桥三首》《看春城秋色》。马家宝是个油画家，他曾替我画了个油画像，很不错，改日天气好的时候，我把它拍个照，各寄一份来给你们。《长江大桥》一影片在这里上映，很叫座，到现在仍在国泰的银幕上，同时配着映的还有一幅写昆明的《春城秋色》，所以我写了那三首写大桥的七律之后，又复写几首七绝，讲那我完全未到过的云南和滇池的景色。滇池湖畔大观楼上那一副有名的长联，共一百八十字，雄壮沉郁，真是空前绝后，自己又没有到过西南去，自不免更加梦寐欲一见。影片虽然相去何只一间，但还胜于无，而且即作卧游，必不无是处！那长联更觉不能忘，为写出如左：

五百里滇池，奔来眼底，被襟岸帻，喜茫茫空阔无边。看东骧神骏，西翥灵仪；北走蜿蜒，南翔缟素，高人韵士何妨选胜登临。趁蟹屿螺洲，梳裹就风鬟雾鬓；更苹天苇地，点缀些翠羽丹霞，莫辜负四围香稻，万顷晴沙，九夏芙蓉。三春杨柳。

数千年往事，注到心头，把酒凌虚，叹滚滚英雄谁在？想汉习楼船，唐标铁柱；宋挥玉斧，元跨革囊。伟烈丰功，费尽移山心力，尽珠帘画栋，卷不及暮雨朝云，便断碣残碑，都付与苍烟落照。只赢得几杵疏钟，半江渔火，两行秋雁，一枕清霜！（作

者：孙髯翁）

近来颇写了好几首诗，不过其中没有十分特别意义的，也就不剪下来寄给你了。但最近阿展下放到了粤北连山县的农场和林场去工作，这不但是光荣，而且也正如干在他的来信所说，对展自己是她真正进步的开始。连县一带历史上是咽喉要地，它的西面不远，便是广西的贺县，钟山等地，那是我一九三四年曾去过的地方，所以更感兴趣，因此，我立即写了几首诗由干转给她，也是鼓励她的意思。这诗曾交了给文汇报，如果他们替我发表，我便寄一份来给你也一看。

晶晶侄儿的照片，你大概从梅枝那里看到过了。这里寄来给你的三张，一张是她坐在手推车上，苹果样的脸儿，坐得太神气了。另一张也是坐在车上，地点大概是沙面公园，这幅最像她。车是云玉买给她的，是国货，其余一张，剑雄抱着她，似乎她怒气还未全消。妈妈还说，她脸上本来还有一点泪珠，可能是给那冲晒的人"执"了去。这很可惜！这一张，她的神态最像文蔚，当他发怒的时候。晶晶的确是个可爱的孩子，前几天剑雄来信说，她已会叫"亚大大"了！顺祝

健康！

君葆

五八，二，廿五

再者：这里的几首诗，也许有一些意思还要解说一下。如题马家室的《劳动者》，他画的是一个挑东西的女性苦力，另外一个衣裳楚楚的"高贵"妇人从那里走过，便"掩鼻而过之"，极

其厌恶的神气，所以我诗中才有“绮罗香满袖”那句话。

《长江大桥三首》晴川阁在汉阳那边，到现在仍在，但黄鹤楼则已毁，有待于改建了。

我自己仍最爱那《春城秋色》几首。昆明的气候全国最佳，周年都像江南的春天一样，惜未曾履其地。广阔数百里的滇池，即在昆明城西，大观楼即在湖畔，从影片看得很清楚，湖的西便是“西山”，像一个睡美人，龙门即在西山上。我在去年的一个日历牌上也看到一幅“龙门”的图片，很美丽，颜色鲜艳，跟影片上所见的可能同一个版。

昆明一带寺宇不少。徐露客的《滇南游记》记载的就很多。你还记得当你还在大同时，我就寄过一篇徐霞客的《恒山游记》给你，你看他记载山水，寺观，庙宇的笔墨，描写得多么详细，文字又多么简练美丽！近来写游记旅行文字的，也经常详赡，而又能通俗，高手的又每每脱胎于他的点著。你有机会不妨找一部他的“游记”随时浏览，一则可以习惯一些文言文的句法，一则增多些地理的知识，另外则足以帮助使自己的文笔简洁。圆通寺是一个名刹。昆明城内东北隅有圆通公园，那圆通寺在其内，而园是由圆通寺得名了。

碧鸡、金马二山在昆明城外。很有名。

《海外轩渠录》：Gulliver's Travels 英（五八，二，廿五）

《图名著》，写的是“大人国、小人国”的讽刺故事。林纾译。这一句我本来是要写作“卧游不续轩渠录”的，这样造意是不是较好呢？利用这里还有些篇幅，我就把给展的诗钞了给你罢！

闻侄女云展下放粤北连山县林场，诗以壮其行，并寄示干侄二首

汝弟书来报岁闲[1]，欣闻下放到连山。十年树木非余事，百里储材岂畏艰？待看天梯成绿化[2]，好凭湟水载春还[3]。迎头赶上怜霜鬓，我亦同过社会关。

岂尝归梦废幽寻？桂北郴南有旅吟。行处定疑云漠漠[4]，重来应见柏森森。六千里外繁征战，七百年间变古今。林木千章经画意，莫教辜负岁寒心。

注：一九三四年，余曾与林霭民、郑健庐、吴君飞、胡茂青至广西，漫游桂北钟山、富川、贺县诸地，过望高，履湖南境，远望萌渚岭，欲登而未能。此一带地均在连山县以西。

连州历史上为岭南北噤喉要地，汉武帝对南越用兵，遣伏波将军路博德引兵出桂阳下湟水。宋初潘美取南汉，则自连州进兵径趋英韶，可见其地之重要。今代四宇晏清，不复言兵，然地理上之形势自在。连县去京六千里。

孔子：岁寒而后知松柏之后凋也。

五八年，弍月

〔1〕广来信，因知展下放粤北。

〔2〕连山县北境百五十里有天梯山，高险而无草木，行者难若登天。

〔3〕湟水从英德注北江。其上游有双溪水，双溪之一源出连山县境。

〔4〕连州以北入湖南境为郴州，迤西一带为九疑山脉。

给三儿文达信

（一九五八年三月二十三日）

达儿：

像是很久没有寄信给你了。上次的信是二月廿五的，那里边除了几首剪报的诗外，还有几张你的侄女晶儿的照片，想都收到了，觉得怎样呢？春节时我们没有到广州去，一则因为你妈妈的身体的确受不住那寒冷的天气，而一连几次南下的寒流，一个接着一个，的确把我们旅行的兴致打击了不少，一则我们后来也想到，如果我们都到广州去，剑雄那里的被服铺盖便会显得不够，南边又没有暖炉的设备，曾公那里在过年时又一定有戚友来探亲啰，所以想来想去，还是取消了那来和妹治一会面的前议。当然，这么一来，妹治又不知要到什么时候才再有南下一次的机会了。但是，还好，她因为假期留在北京，所以到生病时倒可以免掉增上途中跋涉困顿的痛苦，不过她拔牙的事，恐怕又因此要阻迟了，怎办呢？

从你二哥处得看你廿八号的信，也觉得十分快慰。你们的工作是一定相当紧忙紧张的，一个跃进跟着一个跃进，在十五年间赶上英国工业水平，也可以想像已不是空想了。

展下放后，我做过两首诗去鼓励她，似抄过给你了。还没有接到她的信，不晓得她能否克服困难，连县一带是粤北山水秀丽区域，可惜展文化程度，不足以言对风景文物的兴趣耳。不过能行万里路，纵少读了万卷书，也还可以抵偿的。干到了向灵山庄去实地参加农作了，在他倒说不上怎样下放罢，因为还是本行的门类呀！不晓得他可有信给你！

这里我把剪报的一些诗和别人的关于知识的文字寄来给你，那些只是关系知识的，看过后便可以扔掉了。其余我的几首诗，是否保存那你决定好了。

诗有这几篇：《闻侄女云展下放连山》、《和黄雨宁春节下乡之作》（黄即黄荫普，前年你在西郊宾馆见过的）、《干部下放二首》、《杂吟两首》。今年养的两盘水仙很好，其中有一箭长出了，至少廿朵花来，只有一朵夹在中心绽不出来！

祝你健康！（又：别纸一张释词）

君葆字示

五八，三月廿三日

给女儿云玉信

（一九五八年四月二日）

云玉：

接到你回抵港寓后来信，大家也释然了。本来并不是怎样了不得的事，经过解释，摆明事实，自然什么疑难都可以解决了。不过，你的快邮来得正好，否则妈妈又会多作几天无谓的挂虑，那是她的脾性使然！

我已接到省政协方面通知，可以参加下乡参观团，选定的是湛江专区，出发日期定在四月七日，因此，我建议妈妈先于五日或最迟六日先回港，免得我每所挂虑。我觉得她多留此一天，许多方面她都感到不方便，来了这里几天，仍买不到牛肉给她制牛肉茶饮，如果气弱下去，反而变得拖累了，所以先回港去实在比较好些。另方面，我如到湛江专区去旅行，大概可以不必要等全部旅程完毕始回来，如果因事尽可以先期回穗的。这样便不一定要去足一个月了。顺祝

健康！

君葆

五八，四月弍日

五八年四月二日发自沙面

给女儿云玉信

（一九五八年四月四日）

云玉：

昨天给了你回信，想收到了。今天出席了参加下乡参观团第一次学习座谈会，整天都在外，下午六时冒雨回来，妈妈开门，出乎意料之外的，出迎的人却是文蔚，他刚于下午到，比我仅早两小时。蔚是到北京去开会的，因此可能妈妈还多勾留两天，到七号晨早才回港，大概我们送她火车后，在当天下午，我和文蔚也分别离开广州，一个坐夜晚的火车晋京，一个坐轮渡往江门转湛江专区去。我们到湛江下乡参观的，想像也要实地参加劳动的，虽然不是全部分，最少也会是大部分。这是要配合着整风运动的，因此和以前的参观有很重要的分别。以前的大致上是视察，这次到湛江去，可能要一个月的时间，不过我可能因为工作的关系需要早一些回来，换句话说，就是不能继续参观到一个月。

梅枝的信看过了，现在把它附在这里寄回来。这封信和上一次信贴的“塔”的邮票，要替我保存。顺此

祝健康！

君葆

五八，四，四日晨付邮，三日灯下书。

给妻子郑云卿信

（一九五八年四月十四日）

云卿：

十一日抵湛江这里后，曾给你一张明信片，想收到。那天我们发觉这里吹很劲的东南风，初还以为是滨海的缘故，但随后下了两天雨，并且温度也降了，比在广州下雨那几天还要冷，原来大洋面的风吹来却带了不少重的雨量，一时这里郊外的农田都是青绿绿的，极其可爱。睡眠却睡得很好，但不是杨景纯所说的那样！冷起来了，把厚毛布衫毛冷衫，雨衣都穿起来了，但当时冒着大雨到湛江码头去看那些五吨、十吨的起重机，看码头工人从“南海号”轮船起载从海南岛运来的铁矿矿砂时，觉得冷得直在发抖！参观过码头后，便转往参观还在建筑中而未十分完成的黎湛铁路车站。这车站很讲究，很新式，比广州的好得多了，比北京的也要好，设备新。据说还没有大连的那样的规模，不过我们前年没有到大连去呀！明天，我们要去参观南山海岛上群众性的造林，而这里的防风林地带，今天也看到了一些了。今天还看到养猪场和奶牛场，以及大面积种植番薯的北月农业合作社，这些都启发了人们对群众积极性的认识。这里湛江专区从前是个灾荒区，所谓地瘠民贫，人民都逃到外边去当兵的“下四府”或“南路”，但现在却是个逐渐绿化的地区。这里倒不是“不毛之地”，土壤是好的，因为冲积层，但地势则冈陵起伏，所以要搞好水利，建立起灌溉系统，就会成为富庶之区。这一点真的要自己亲眼看过，才能领会。云玉当年避祸时，曾经过这里往桂林，但因为是逃难，可能没有留意到那时这里的地理和经济情况。这一次，我倒是自己到这里来参观，又看到这样的成就，感觉到非常愉快。比如说：解放初期，这里粮食缺乏，要从广州和广西调配粮食进来，达二千至四千万斤，但现在却情形倒转过来了，每年可以把二千至四千万斤粮食外调了。这种事实是令人兴奋的。又：湛江不但是很幽静、很闲雅的都市，固然这也因为这里人口仅十八万，但也有别的因素，而且湛江现已被评为第一清洁的广东范围的城市了。街上都没有痰盂，苍蝇很少，旅馆里虽挂着蚊帐，但事实上没有蚊子，乡下地方如何我不知道，不过湛江市真是令人悦爱的！就写到这里吧；下次的信再谈。顺此

祝好！

君葆

五八，四，十四日

给三儿文达明信片

（一九五八年四月十六日）

文达：

你哥哥来京想看到了。我来此已好几天了，十号离开广州，十一号抵达湛江这里，虽然是短短的几天，但已看到了不少东西了。这次我是随同广东省政协下乡参观第二团来的，参观的对象是湛江专区，因此到后第二天便开始参观，计看了湛江的新码头、铁路车站、地下水的自来水厂、湖光岩，（将来工业区所在地）、养猪场、奶牛场、大面积种番薯的北月社，昨天又乘皮船到广州湾口去看灯塔岛上的防风沙的林带，以及南三岛的把十一个小岛连成大岛的成就。这些只能在发动了群众力量的积极性，提高了群众的认识，并且在正确的领导下才能得到的成就，而这成就是了不起的。湛江是广东以清洁第一得奖的城市，我们亲自来看到情况，真是名不虚传。今天我们还去看过离这市仅十三里的赤坎，那里也十分干净。我们也看到一些下乡生产的干部，他们真干劲，完全以忘我的精神来干一件事。两天来，我们也以参观者的资格，实地参加过一些劳动；昨天我在灯塔岛海滩种了几株木麻黄树，今日下午，我们参加了湛江市府附近的挑泥工作，我也挑了六担，继续着还干了些锄泥和铲泥工作，直至下午四点半才收工，晚饭时吃饭增加了半碗。南路一带现在已逐渐绿化，人民的生活也大大改善了。以前这里生活苦，人们每到外边去当兵，现在水利逐渐搞好，人民便可以安居乐业了。

祝好！

五八，四，十六

东郊红庙电基四处工程技术科陈文达收阅

（并转湘一看！）

湛江市湛江旅店 218 号房陈君葆寄

给妻子郑云卿信

（一九五八年四月十九日）

云卿：

十四日曾寄给你一封信，那时这里还微微地洒着几点雨，海风吹来带点润湿，风力仍很劲，但第二天便放晴了，这一天，我们刚要出海，坐电船到一个叫灯塔岛去参观海滩上造林的成绩。太阳是亮晶晶的，在海滩上行走，虽然有海风吹着，天气仍是很热的，我一心以为天气转热了，衣服可以少穿一些了，谁知道晚上回到湛江市来后，风虽没有前两天那么劲，但仍要穿上毛冷衫，才稍觉暖和，睡时仍要盖较厚的棉被，因想这近海的天气也奇怪，高纬度不及香港，天气却比香港冷。夏天的天气不晓得怎样。不过海面上吹来的风，倒有些像澳门的南湾和东望洋的模样，而规模气派则更伟大些。“祖国的河山何等可爱！”每每这样地不断想着。湛江水浅作为一个天然海港，它的条件不如香港，但现在则是祖国唯一的大港了。随着广东西南部资源的逐渐开发，它的重要性是日益增长了。假如有个机会，我还要到海南岛去看看呢！湛江市之成为广东省最清洁的城市，这真是名不虚传。我们住的旅店没有蚊子，蚊帐是挂着的，但放下与否，没有多大关系。街道多是两边植树的，在市中心区，每隔两棵树便放一个有盖子的痰盂，间以一个果皮箱，这样，一条林荫道中一眼望去便有数不尽的果皮箱和痰盂。但是湛江倒是一个很闲静的城市，街上不会像广州那样闹，熙往攘来。因为湛江人口现在仅为十八万余。在市区内的十一万，其余的都住在郊区，这大概是闲静的缘故。店铺晚上一到九点便把铺门上了，所以特别幽静。我极爱这样幽静安闲的城市！

几天来，除了参观外，我们还参加过劳动，实际的劳动，与群众一起工作。十五日我们去灯塔岛参观时，在海边沙滩上，很广阔的平沙，种木麻黄树，我种了两株。这是较轻易的工作。木麻黄树容易在强风沙漠的地方繁殖，能受咸水，长好成林后，可以防风，更重要的是防沙。海岛本来就是沙岛，这里还是冲积层，每每海风一起，便把沙吹起像北京的刮大风一样，人要用手巾罩着才能走路。岛上有的是沙，我们看到不少良田，却被沙盖了，变成不可耕的硗田。而据农民讲，这有时仅是一夜间便造成了的灾害。把这些沙岛一个一个利用林带把它转变过来，绿化起来，成为可耕腴沃之地，便是这里的人民群众所要造的事。群众认识了一切是为了他们自己的利益，他的积极性一发挥出来了，便什么都可以干得来，什么艰难困苦都可以克服。在这里我们亲眼看到这样的成就。十六号，我们又参加过另外一种劳动，是在湛江市府附近为修路做的担泥工作。我的挑了六担，每担重量不过三十多斤，继续着还干了些锄地和用铲铲泥的工作，那个下午直干到四点半才收工，这样才体会到什么叫做“三个肩”和“五个肩”的分别。往时你们挑青砖，不知曾否用过“五个肩”的办法。湛江市和它的近郊的参观现在告一段落了。昨天和今天大家在“交心”，交得很起劲，这是思想改造过程的一个重要环节，我也写了三十多条，在它的前面还写了一首诗：

体会交心事认真，批评自我涤污尘。犹开“三省吾身”语，赤裸还他第一人！

明天，我们要离开这里到廉江化县去，在那里大约两天，便转到茂名去了。在茂名准备住他个四五天，然后到电白、阳江等地，这样看来大约要到下月十号左右才能回香港来。这样做并不是贪恋风景，而是感觉到中途脱离队伍总不大好的。十四日的信想收到了。专此并祝健康！

君葆

五八年四月十九日写于廉江之行整装往发中

给妻子郑云卿信

（一九五八年四月二十三日）

云卿：

在离开湛江转往化县去的前一晚，曾匆匆写了一封信给你，现想到达。那时候我又写了几首诗，抄寄给李子诵，可能也在文汇报登了出来吧？在化县寄了三个晚上，曾抽了一些时间去踏看了出化州橘那个园子，还买了一个橘型的盒子和几个橘皮，不单是名产，而且橘皮也是作药用的。

在化州时也做了些诗，别的不录寄了，等回来后再看吧，现在单抄关于化州橘的一首：

四月廿一日访化县赖家园看橘树

千头嫩绿疑梅样，芳圃停车访赖家。依旧橘山成小隐[1]，井栏西转径初斜[2]！

在化州住了几日，看过蚕桑事业，看过甘蔗良种垦殖场，还看过了一些农村和“引鉴工程”，把鉴江的水用河渠引导来灌溉没有水到的丘陵地，这样把荒山改变为耕地、为果园的工作。从

〔1〕赖家围内进门上有横匾写着“橘山小隐”四字，字体颇佳，不知出何人手笔，暮色未能辨也。闻赖家年中靠售橘皮所得不下三四百元云。

〔2〕注：据化县人言，赖家橘子效用所以特佳，是因为地近此井云。

鉴江上游引水到化州县的河渠长达三十余里，此外还有支渠，为之灌溉。看了这些才感觉到我们家乡的“龙山水库”工程简直是小孩子玩的事情，如何能和这里发动群众义务劳动所干下的成绩呢？无可否认，龙山水库的不成器皿，完全是觉悟程度不够，“不用力焉！”的缘故，群众的积极性没有发挥出来的缘故！

下四府，从前是以贫瘠区域见称的；现在已逐渐绿化过来了。人民生活已大大地改善了。当然，我们不能以珠江三角洲地区的生活标准来衡量，而应就这里的实际情况，解放前和解放后的，来作比较。解放前，这里的水旱灾害简直无从解决，政府也不真正地过问。那时农民吃的是野菜，树根，萝蔸树心等等，现在则已能吃大米饭一顿，番莳和粥两顿，穿的也能每年能制新衣服了，这能不算是改善了么？下四府人民从前都常见逃荒到外处去当兵的。现在国家统一了，已经没有“逃出去当兵”的可能，因为没有内战，便没有那种需要！人民现在安定下来，努力于自己的生活，这是如何巨大的转变！这给我以很深的印象。

今天早上，我们离开化县到茂名这里来。茂名与化县虽相隔不远，但我们团员是分两批先后到的，所以下午还是大家休息一下，到明天才开始参观。大概要后天才到油矿地区去看，因此有时间写封短信。蔚已否回茂名来，要到工地去看过才知到。我们留茂名大概五天，在电白住个三天左右，然后约在五月一号二号左右到阳江，在阳江时间较长，大约七天，因此，你接到此信后，如要写信给我，可写“阳江县委会劳查转省政协下乡参观团第二团交……收”递寄，总可达到，不必经广州托省政协秘书处转了。要嘛，还加上“如接递不到，请寄回港……”便妥了。天颖寄给曾公的信是这样寄的，很快。

我们在这里的一个农村社里还看到一些城市里如佛山下放来

的干部。青年干部，像干和展那类性质的，他或她们的工作情绪都十分好，很起劲。尤其重要的是：农民们很爱护他们，敬重他们，有不知的细心告诉他（她）们，而他（她）们也耐心，有兴趣地去学。这是一个重要的事实。

到茂名虽仅几个小时，但已看到市上买来的缅茄；我自己又登过城中对河的“观山”和山上的寺庙，不过现在什么观，什么寺都变了，林业部的学生们在那里讲习了。缅茄，我自己打算也买几个。顺此

祝好！

君葆

五八，四月廿三日于茂名潘州旅店 308 号房

给妻子郑云卿信

（一九五八年四月二十六日）

云卿：

廿三日到茂名这里来，当天曾写了一封信给你，想已抵达。在这里不觉又已住了四天，前天曾去参观过石油城，还仅在开始建筑阶段，除了那个像爱群大厦那么高的干溜〔馏〕炉外，其他一切都只在初起阶段，十分荒漠似的。我们参观时，由伍锦文介绍情况，同时也知文蔚在京开会还未能回来。昨天参观了一个模范山区的村乡，逐渐改善生活，远景是美好的，这乡叫新峒，因写了几首诗，这里钞出一份给李子诵，接到后，着阿三持去给他，可加一个信封？旧的都不要紧，但这里贴有纪念邮票的要保留着。离开湛江到化县去时还有一首忘写给你，是《次靖老韵》为题的：

昨夜楼头话海滨，今宵微月忆闺人。却愁春草黏天末，犹作秋山认未真！

茂名潘州公园即景〔1〕

绿被江田水护沙，潘坡何处野人家？绕堤看尽相思树，池北池南数落花！

---

〔1〕 茂名，因潘茂名故亦称潘州。公园的潮堤上尽植台湾相思树，风来拂面，花缤纷落水中。

明后两天还要进行开会讨论参观所得后，才转到电白去，在那里住个三两天，然后到阳江作总结。预计此信到你手时，当已月底了。

祝好！

君葆

五八，四，廿六日

给妻子郑云卿信

（一九五八年四月二十八日）

云卿：

在茂名住了五天，看了不少事物，虽然住的环境不十分理想，但就市郊来说，倒有不少林〔木〕深郁，名胜风景的地方，足使人留恋的。潘州旅店建筑旧，所用来建筑的砖头，恐有不少是从拆旧屋或甚至旧厕所转过来的，所以住房内总是一股臭味难闻；加之以旅店里的便所就夹在客房中间，而隔壁又是邻家的厕所，更加增大了熏天的臭气。此外左邻又是一家咸鱼铺，这更使得气味是腥夹臭了。茂名以一个重要的地方，附城一带房屋恐非大加改建不可，旧的气味，甚至影响到思想生活；居民的头脑也应来一次大大的革新！但这究竟仅是美中之不足，茂名县城的大环境，自然环境，是值得留恋的，山清水秀，怪不得多产文人学士，城南还有个笔架山呢！

今天早上离开茂名。那时是六点半左右，我们仅在候车时吃了一件松糕和一杯豆浆便登车。车行两小时，渡了河抵电白县的水东，刚好八点卅五分，于是就在水东住下，吃过早饭，才到市街去逛了一回。我在写这封信时，海风正从大洋面吹来，很凉快。我们是住在招待所里，我的是七号房间，窗明几净，倒和茂名大异。说也奇怪，茂名是个县城，而且从前又是一个府城，高州府，然而竟连一个招待所也没有设立，可知那里的人们不可以说是思想上有了大跃进！当然，也有很多比设一个招待所还更重要的事情；不过，行旅往来，搞一个比较清洁整齐的住所，也是需要的呀！

水东比电白旧县城更加繁盛，更重要了，也许因为海运以及海产渔业的关系。这里有好〔几〕条街，而且街道也很长，店铺和住屋都十分干净，家家户户的门口都摆两盆花，分列左右；骑楼底街心都扫得干干净净，几可说是一尘不染，有的就是海风吹起的沙尘，所以觉得很舒适怡人。天气和环境都有点像湛江，两者都是海滨的地方，只是这里水浅些，不能泊大船，就是几千吨也须远远的停泊在远远的海外，上落货运不易，可以说这里不如广州湾，因为港外没有几个岛屿利用来构成一个海港。如筑的海堤，规模不够大，要大规模来筑堤，海水不深，又似不值得的。我想，水东将来最多也不过搞成像波得申或毛立那样的港口而已。

往看石油矿时，伍锦文告诉我，文蔚时时去冲凉的那一条河，是有吸血虫的，因此不好在那里洗澡，这事我本待要告诉文蔚的，但他还没有回茂名来，改天我还是要写信去告诉他的。再则经过矿区的那条小河，既不是鉴江本流，也不是注入鉴江的条支流，可能文蔚他们是弄错了。那一条小河是属于另一个系统的，我以为。

我们在水东这里大概只住两天，然后转到阳江去。两星期以来，大盖因为天天不断走动的缘故，吃东西有定时，食量每顿必两大碗饭，菜虽不能说很好，但真也是饥不择食，朵颐大嚼了。这里清洁运动做得不错，饭店里吃饭时没有看到一只苍蝇！顺此祝好！

君葆

五八，四月廿八日

附诗一首：

水东才到寄家书，历历游踪兴有余。未得粤西山看遍，依依时傍野人居！

廿八日下午

给妻子郑云卿信

（一九五八年五月五日）

云卿：

“五一”劳动节那天，我们于薄暮时分又回到阳江来，原来阳江是一个并不小的城市，前次初过时，匆匆住了仅一夜，没有留心到这一点，昨天在搭电船去海陵岛时，自己掮着行李从城东的招待所走到城西外海边的码头去下船，足足要跑半个钟头，这才知道以豆豉和皮具著名的阳江，以面积和人口言，却比湛江还要大。

昨天去海陵岛。这岛面积比大屿山还要大，从阳江去，要坐两次电船，中间夹着一次汽车，所以清早七时出发，到午间十二点半才抵达其地，颇觉转折，不过听说将来准备移山填海，把这大岛和大陆联成一片，促进自然界的“沧海变桑田”的过程，然后筑一条公路直通岛上，到那时候，海陵岛不但是个渔业重要集散中心，而且也是一个重要的海港了。岛上的渔业合作社有一百二十多艘渔船，中有两艘是机动帆船。今天清早，我们都到两只机帆去参观，还参观过与渔业发展有密切关系的制冰厂。海陵岛南端和东西两端往外望，便是茫茫巨浸太平洋的深蓝的海水了；这境界在澳东南望，颇有点相像，但没有那样的规模，因为从西到东，海天相接，作成了一个半弧形，在那条很长很长的线上仅有几点孤帆，此外就是碧空，什么都没有了！这真令人感觉到心旷神怡，“宠辱俱忘”一种很难描摹的境界。

在海陵岛闸坡镇仅住了一个晚上，还赏了一阵昨天三月十五极其美丽的月亮，今日下午便仍回到阳江这里来。这旅程是颇吃力的，太阳也相当厉害，但是虽辛苦却很值得。曾公留下在阳江，没有同去，因为怕他跑不动，而且还要携着行李同走！

旅程发展到这阶段，大概整风参观的目的可说已经大部分达到而应该告一段落了。因此，打算明天再在阳江这里参观一两个农业合作社后，便在后天（六号）转回广州，大盖回广州后一两天，待做总结后就可以回香港去了。统计从去月底到现在，不觉离开港寓已二十五天，时间过得真快，不过也觉得离开了你像很久很久的样子了。从水东寄给你的一封信，想已收到。这四五天来，日日在路上跑，信少写了许多。便是诗也不过做得一两首！

海陵岛上的居民，过去的生活自然很苦了，但现在已大大地改变了过来。就人民的体魄、颜色和肌肤看起来，他们都是强壮的，这大概与海滨的天气、出海打鱼的勤劳、不断活动的生活有很大的关系。渔民的生活改善了；入社的渔民，平均每人每年的收入，照目前的指标计，约一千元，这就大大地超过许多人所能想像的了，尤其是香港方面的渔民和一般人士。我们去参观过渔民新村，已经有许多幢一楼一底的砖瓦房子建起来了，地方很干净，门口还左右分搁两盆花，如玉绣球之类，据他们说，这样的房子，约值二千元左右。所以一般来说，渔民的生活是改善了很多很多了。他们做活都有一种干劲，觉得自己做的事情，是为了国家为了全体民族，为了人民，为了社会，感觉到这是一种莫大的光荣。他们都了解过来了：像渔业这样的事业，只能合作，大规模来做，集体来做才能做得好，才能获得最大的收获，最高的成绩，单干户是永远比不上，而且也无多发展的可能了。海陵岛的海鸥社是全国第一个渔业社，也不是凭空得来的，一靠渔民自己的苦干，干劲才能跃进，二则是正确的领导和正确的政策。现在海鸥社的渔业成绩，已能达到国际标准，说不定短期内可超过日本！这里可喜的。

在海陵岛上时，我们住在闸坡镇。前天晚上从一家门口走过，看到一个小婴孩放在一具木盆里坐，肥肥白白的，像晶晶那样，可爱之至！他（或她）舞手舞脚，一手扶着木盆边，怪有趣。只那时我还想着去开会，不然也要驻足看一会的。这样，便联想到晶晶，也许过几天再到广州，她大盖会认不〔出〕我了罢！她该是长得更好的了！想象她们的一代，是更幸福了，不觉心里得到许多安慰。顺此

祝好！

君葆

五八，五，五于阳江招待所

赘言：信写好了，正待寄出。可是早饭后今日参观岗列乡的合作社，路不从邮局经过，只好放在衣袋里等回来再去付邮。回来吃午饭时，县委会已把云玉廿八、三十的两封信一起送来了。我读到那几首诗，传给大家看了，有人还把诗抄去。更使我感兴趣的是晶晶的两张照片；手抱着的固然好，但那在沙面花园里摄的也不坏，因为是眼急手快得来的镜头！

君葆又及

午后一时，五日

给三儿文达信

（一九五八年九月七日）

达儿：

两封来信，前一封夹着大小照片十多张，后一封夹着照片四张，都依时收到了，可是你不会奇怪我这许久还没有给你回信罢！第一封信是八月八号到的，都算快，那时我在顺德，到了十六号我和妈妈从广州回来才读到，那些相片也正如你在信上说的，妈妈是要利用扩大镜才能看得清楚。就是这一封信，我读后很受感动，同时我想妈妈应如是，因为你在这里提起妈妈年底在西郊宾馆，曾问过什么是工地一事，而你还记得她问过这么一个问题，仍记得那么清楚。也就是这一封信，过了两天我约了叶灵凤和《金陵春梦》的著者严先生到家里来夜饭，给他们看，后来严先生说，要拿去把它摘要在报上发表，我只好让他了，不过到现在仍未见刊出来，我想大概因为当前有几个问题，如国际的局势，正如本港的培侨校长杜伯奎被解出境、中华中学校舍被封闭等事件颇吸引着一般的注意和占着文章的内容，所以闲的问题便暂被搁下了。大家都承认你的文笔相当流利而有力量，所以我想你不妨在这方面多放一点工夫。我还在这样地等着。而你第二封信，十六日的，又到手上来了。这一封信比前一封更占篇幅，从而也知道一些关于梅枝的跃进情况。你前一封信还提到工地的图片，那我在七月七日的人民日报找着了，妈妈也比以前更了解她以前在沈阳、在鞍山参观时差不多都看到过的一般情况了。

你在后一封信里提到“敢想”“敢做”的问题，也提到各地的生产大跃进情况，广东在很多方面似乎落后些。但我在新会时就和周汉华同过席，谈过稻谷亩产十五万斤的可能性，而前几天嘛，粤地连县都出现了六万零四十一斤的新纪录，那么广东也不算怎样落后了。

关于照片，在第一批的四幅中有一张，你站在一条很长的马路上，在那一端远远地立着一幢三四层高的建筑物，那是不是梅枝的学校呢？抑或是你们的厂房一部分？看样子倒像是个学校区。

在顺德时，我还看过白昼放映电影，不是在田头，因为那天下雨而是在县府里，在开着光管明亮的电灯下看的。这是顺德人的发明，所以他们觉得是以骄傲的。顺德人也的确聪明重点会落问题。参观回来后，我还写了好几首诗刊在文汇报上，剪下了一张寄给你二哥，叫他看完后转给你，大概过几天你可以收到了。本来寄了好几份报来剪的，但剪下来分别寄出给顺德县长、副县长等，不觉都用完了。说起顺德县的首长们，那位顺德县长陈燕山，不但能诗，而且也很会讲话很会演说。那晚在县人委招待我们的宴席上，他讲的一番话，虽然内容很平常，并没有非常奇特的地方，但他善于安排一段话的层〈程〉次，那些先说，那些后说，安排布置得能够取得最大效果，而且富有力量，这真是一种能干！他的一席话的内容不见得怎样特别，但措词句句都具有很大的煽动性，说服的能力，我想当时孙中山也大概是这样的人！他是个典型的群众运动家。做群众运动的人大概主要能说几句话，才能鼓舞起群众，推动群众，并取得群众拥戴罢。当时，这位县长颇给我很深的印象。

前几天，妈妈到了广州去，是四号，和云玉去的。云玉去了两日昨天又回来了，妈大盖在那里还有一个时期，自然晶晶是一种吸引力量了。

信暂时写到这里罢，下次再谈。

顺便夹上几个新加坡来的邮票给你那汇集邮票的邻居。假如你自己不是在集邮的话！也许你已知道罢？云玉的老师，□慕华先生，在新加坡南方大学教书呢，有时他也有信来。

祝好！

葆

五八，九月七日

给三儿文达信

（一九五八年九月十二日）

达儿：

七日的书信想收到了。不觉又快一星期了，而这里简直什么跃进都谈不到。那封信我不是提到你七月廿六日给我们的信，我给《金陵春梦》的著者看过，他饭后拿着走，说是要给它在报上发表了吗？今天上午他把你的原信送回来了，附函写道：“信奉上，已排件，当在日内刊出。”可是下午晚报出，你的信已赫然在目，并且还排在第一张第二版头栏很显著的地位。我细细一看，并且即给云玉电话，叫她多买两份剪寄，我察觉除了一两处如妹治下乡工作和妈妈问你关于工地的几句话，其余的差不多一字不改地给全刊出来。自然，那些笔误的一两处，他是替你改正了，像“撒”字应作“撤”，也即撤回，收回的意思，又像“保不住”一语用在那里也不适当，因为说的是以我们为主体，应该说“五年也用不着了”才合语气，否则变了说对方的话了。除了这一两点之外，那真是一字不改给登了出来，而且也不增不减。

我想唐人，《金陵春梦》的著者的意思，是除了使亲友们和读者高兴之外，还带一点鼓励你兼向写作的途径发展的作用，希望你不要辜负他的一番美意。平心而论，你的写作能力是很不错的。回想起来，我有些痛恨香港沦陷的那几年，没有很好地利用这些日子，抽出一些时间来指导你关于写作和学业的修养。固然，那时你年纪还小，而当着捱饥抵饿的时候，天天走警报谈学业修养也有点不容易的。不过刚和平后的几年，我也好些光阴荒废在很不值得的路子上，如办那《新生报》等等活动，所以回顾起来，总不免追悔。但我总仍然有种愿望，你终于能在文学或写作或艺术上有多少建树，多少成就。外国，像英，像法，有许多文学家是以书札见长的；书札写得好，有时候简直可以当作一个人的传记读，从这发展为长稿的小说、传记，在文学史上并不少这样的例子。让我也给你一点鼓励。

就我自己来说，现在也总已加入了写作的生活，虽然写的并不多，而且也写得不能“多”和“快”，不过我每每觉得自己对文章的能事，并不能有所见长。旧体诗也写了一些了，但旧体诗也正如柳亚子先生所说过的，再过五十年是不见得会有人再做了，这样，迷恋于一些快被唾弃的东西，只有什么意思呢？不过尽管这样说，自己对于所已用熟用惯的表达工具，一时抛弃也不是容易的。对于散体文，我更无不觉得有时候遣词用字甚至于造语造句，比你反略逊一筹；这不是故意称誉你，自然咯，也想鼓励你，那是用不着说了，但姑举些例子来说，像你信里“自从给家姐那封生日信以后，就一直没有在信笺上动过笔”和“这一切不能用‘忙’字来形容”这一类的句子，我曾一时赞叹过，而云玉也不止一次地提到过了。这不是偶然的。所以许多朋友们都对你怀着在文艺上有若干成就的期望。

这里我把今天的《新晚报》剪下来的几页给你，除了你那封信之外，还有关于启德机场的新跑道和关于国产毛织品消息的两张。国货源源到港，价钱廉东西好，而蒋美反动份子在造谣挑拨，说我们恶意倾销，这真是“黑心肝”，也正如大成行的经理所说的（附今日大公报刊载的一篇《来论》），但实在也值不得一哂。但这一段新闻也足给你知道国产在香港所占的地位。至于启德机场的新跑道，那是为着什么目的呢？便觉得有些不堪问了。不过，我们姑拭目以待罢！玩火者终自焚的！这两者可以说是从两个不同的角度来看今日这个“东方之珠”的面貌。

另外还有两份剪报：一是贺文汇报十周年纪念的一首截句，一是参观顺德建设后写的几首和韵诗，都是旧体诗，都是癖好，和柳亚子先生所谓一时不能割弃的“结习”了，但姑存之以“聊备一格”罢。

事情有时候也很难说的。你在信里问道：“你们是不是也起码来一个‘敢想’呢？”不过像有些人以为粤省的农业生产已落后一些，其实也不尽然。像最近突破了稻谷亩产六万斤大关的奇迹便出现在粤北的连县了。宣安县还有晚造三十五万斤的指标的提出呢！另方面，新会县有了个周汉华，我跟他同过席，顺德人发明了白昼放映电影，都是足自豪的，是不是？顺德的诗，我写了一些了，新会的诗还没有付刊呢！就写到这里罢。顺祝

健康！

葆

五八，九，十二日

附：剪报六张。

给妻子郑云卿信

（一九五八年九月二十四日）

云卿：

昨天才寄给你一封信，今天又写这一封，也夹上若干页剪报，也许你会觉得奇怪，为什么忽然间又有这许多话讲。其实，事情多起来的时候，忙得不可开交，便会连吃饭的功夫也没有，遑论写信，所以我每感觉到，很难去责备达和梅枝的。这有闲空的时候，提起笔来，一写千言，倚马可待，那也是常有的事。

昨天的信不是提到，今天我们要去参加暨南大学的开学典礼了么？今天我们清早就去了。地点在石牌，就在华侨补习学校的邻近，将来华侨补习学校还变成这新开的暨南大学的附设中学一类机构呢。校长是陶铸，不过还没有正式发表。

今天我不但参加了暨大的开学典礼，我还演了话。不过我去前是没有准备讲话的，到那里后，在台上坐定了，校方才对我说，也许是陶铸主席的意思要我讲几句，于是我终于讲了。自己又曾这样地想着：在华侨教育方面也服务过许多年了，似乎也应该说几句话。自然，因为时间关系，许多想要说的话，还没有说得出来。

这里，我把今天的羊城晚报纪载这开幕典礼的一段剪下来寄给你，从可看到报道陶铸书记讲话的举要。暨南大学成立，对海外华侨教育将会发生重要的发展的。在我看，它的使命是很大的。

祝健康！

君葆

五八，九，廿四

给三儿文达信

（一九五八年九月二十五日）

文达：

我到这里来已一星期了，来的目的是列席省第二届人民代表大会的第一次会议，这次会议开过后，本来还打算接续着开省政协〔会议〕，但现在政协会议决定延至十一月或十月底才召开，因此我便定于后天星期六需返港寓去了。那边，华侨大厦我来时住了两天，就搬到爱群这里来，同行的都觉得爱群这里较凉快，晚上睡也好一点，大概因为较靠近江边的缘故，不过我倒随遇而安似的，华侨与爱群都各有好处，爱群较幽静些，也比较干净，价钱是双人房每天九元，又似比华侨大厦更便宜了。

我想，你如果再到广州来几天，不妨径到爱群来，单房限住两人，即加一张帆〔布〕床之谓，双房限住四人，也即是可加帆布床两张的意思。这样一来，倒不算怎样贵。饭菜每客每餐六角，一菜一汤，这就很可以了。这次，我住在五楼，吃饭均在十一楼，电梯上落，我倒蛮喜欢饭后从第十一楼缓步回五楼，同行者如中国银行、交通银行、中国保险公司的几位朋友，都受到我的影响，饭后步行下来！在香港的人们，坐汽车坐电梯惯了，我疑心他们的两条腿会日就退化。这些劳动都害怕，还怎样培养劳动观点呢？

昨天，这里的暨南大学行开学礼，我也邀了去参加并且还讲了话。这也就是说，我们从香港来的几个人都被邀参加。他们要我讲话，我想，我曾在南洋许多年，参加过那边的教育工作，说几句话也是义不容辞的，并且也很乐意于说几句关于华侨子弟的教育的话，于是也就说了。可惜他们是临时叫我发言的，我来不及准备，作一个较有系统，较有意义的讲话，只求应付得过去便算了，这有点不大好。本来无论什么场合，无论人家请你或不请你演说，但自己想要作些准备，预定一套话，以应付万一，这倒是应该的。我想你们也应该如此，不要“临渴而掘井”！

附一张剪报，是今日南方日报的纪载，陶铸的话本来是一篇很长的讲话，但报章上仅简单地纪载了握要的几句。我讲的一席话倒不算坏，不过略带应酬性质；话分三点，第一，我自己曾服务华侨教育界，凭这点关系，也感觉到应该说几句话；第二，“暨南”这二字是旧名称，现在的学府是新型的大学，“旧瓶装新酒”怎样使这旧瓶变化它的气质，保持稳固，达成任务，这全在教师与同学的努力；第三，暨大学生真幸福，因为能在这教育结合生产劳动的一间崭新的大学栖息生活，是一定可以培成共产主义风格的。当我说到，我自己倒愿意能到这么一种新的环境呼吸新的空气，从新做一个学生，“与各位共同学习，改造自己的思想”时，大家报烈热的鼓掌声，我一时也为之十分感动！这是一个足纪的半天的事。

昨天晚上，何贤——他是从澳门来的，是暨南大学的筹委，曾捐了很多钱来支持暨大的开办——请吃饭，席间听他说，北京大同酒家的广东点心倒很平常，广州菜也平常，窥其意大盖以为总比不上北京的北京菜，如全聚德的烤鸭之类。我想：人总是以自己较少得到，较少机会接触的东西为稀奇，便是吃食的东西也一样。像你们每次和梅枝去吃点心，总不离到大同去，很少听到你到什么“康乐”或别的馆子去吃川菜，或北京菜，或东来顺去吃羊肉等，可能你们日日尝着北方的食味，便觉广东的东西有一些家乡风味罢。不过各处地方总有它的特别风味，这倒不可不一尝，否则真的所谓“失之交臂”了。

今天倒去参观了“民主党派，民主人士工商界整风运动展会”，倒觉得颇有意思，而且也组织得颇不错。本来还打算明天到近郊去看一个人民公社，但不晓得时间是否来得及。

晶晶虽然略疲些，但精神很好，也很趣怪，喜欢自己歌唱，而不要人打扰她。她大概属于“长脑不大长肉”的一类型，所以现在倒不是肥肥白白的孩子了。

梅枝不知是否已回校里去？剑雄寄给她和分给你的月饼想已寄到了罢？今年的月饼在质的方面怕比不上去年的了！

暂就到这里，余容下次再谈。顺祝

健康！

君葆

五八，九月廿五日

再者：如果你记得的话，最好把这个信封上的邮票或整个信封保留起来，写信来给我们时，顺寄回给我，好吗？

九/廿五

给三儿文达信

（一九五八年十月九日）

达儿：

前些时我在广州有一封信寄给你，想收到。目前，妈妈仍在广州，不过再过一个星期可能她就要回这里来了，因为到了秋凉，较暖的天气于她更适宜。

另邮寄了两本刊物给你，是《乡土》第十九期和《文艺世纪》十月号，在两者里面都有我的一篇关于柳亚子先生的文章。本来那些文章是配合着一个“柳先生的纪念会”而写的，但因为日期迫近国庆节，所以没开得成功，只好暂时按下，而文章却已付印了，也只好随它。

发表在《乡土》上的一个图片，是柳先生给我的一封信。在柳先生给我的信，他总问到云玉来，在桂林逃难的时间起，他就非常关照她，这一点真使我们永不忘。我在“悼亚子先生”一诗中也止不住要提到这点。柳先生真是个肝胆照人的男子！

前几天寄华革的《国庆特刊》，想也收到。

前几天又在报上看到毛主席的“送瘟神”二首，是非常好的诗，寓意甚深，于是乎解的人也就不少了，如这里剪下来的一张刘逸生的就是，不过大家都没有明白解释“坐地日行八万里，巡天遥看一千河”这句。我想两句大概指中国的山河大地言，中国的河流以千计，那是很可能的，牛郎是农夫，也是天上的星，那么，巡天遥看是十分自然的了，不过这仍是我很初步的领会。

你的同事们也有谈到这诗的么？另外还有几张较前的剪报和诗，一并附来。郑辛□是中山人，写作很勤，青年人不可多得的一个，他写杂文，也写短篇故事。

昨看到朱副主席在太原视察讲话一段，他提到军队中的供给制一问题说："近几年来部队军官才改成薪金制，现在比较起来，大家觉得还是供给制好。"记得你初转业时，也说过这样的话。不过，现在我们在办人民公社了，又已跃进了一大步，是不是？

顺祝

健康！

君葆

五八，十月九日

给三儿文达信

（一九五九年三月二日）

文达：

正要提起笔来给你写回信，邮差把梅枝二月二十日的信送到了，匆匆把它打开读完了才着笔写。梅枝说：十五号你去看过她一次，也吃到了一些南边带去的东西，她也等待着廿二号星期日你再去看她一次。那么，那时候北京的天气还是很和暖的呢。不单只梅枝在信里有这样的表示，就是廿三日这里的报纸还是报导着“北京今年春暖得特别早”咧。可是过了不两天，是廿四罢，首都不但见雪，而且是六十年来这个月份很少见的大雪，据报载，深达尺许。这也许很多老北京都没有料想到罢！我在廿一日接到梅枝刚回抵北京后给我的一封信，在廿六号给她回信时，我就提到这关于下雪的消息，她带回到北京去的一件丝棉袍大盖是用得着了。这几年天气也变得有些奇怪。就像那一年你南来过的那个春节一样，下的雨也有点特别，高州那一带还酿成灾呢。

你二月十日的信，十八号就收到了。本该早给你写回信的，但跟着湘和蔚的信纷至沓来，便只好拣要紧待复的先寄了。你想趁春节的闲空到十三陵去游览的计划，终于未能实现，那么，聊待异日吧。不过，我的经验每每是这样：要去逛的地方，如果是值得的，就要抱定目的，非达到不可，一次计划不成，就要进行第二次，不要冷淡下去。有些地方，自己以为近在眼前，去总不难的，但每每年复一年，而终于没有去得成，像我之于大屿山的凤凰山顶，就是这样。不过，近年来，踏看的风景名胜也多了，未登凤凰山，也不觉得怎样的。十三陵虽密迩京畿，不过也有些路程，我以为如果要去，还是拣个春和景明的星期日去比较好，不一定拣那大家认为最要去消遣一下的热闹节日。随便一个星期天我以为比较便利的机会多些，是不是？我几次到北京，都没有去看十三陵，很可惜。不过上月廿三日那天，文汇报的社长请吃饭，大概是春茗罢，当场放映了好几张短片，当中有一张是“定陵”，题作“地下的宫殿”，的确名副其实。我不知你看过这张片没有？上面所表现的，如你寄来的那些图片一样，不过更玲珑，更富于真实感了。最见精工巧妙的，是那顶镂通花的金制皇冠，那工作比诸三张图片之一的那个金香盒的盒子，更为精细。真为之叹观止了！那些瓷器自然更精巧了，釉色均疑是清代乾嘉时代的产品。当然咯，这些东西，将来如果能够到那地下博物馆去领略，那就更好了，在这方面自然是住在首都机会较多了。那定陵出土品物图片，除已寄来的三张外，不知还有多少张。这些在香港的书店里似乎不见有发售。

我也是不大喜欢凑热闹的。热闹场中很少有我的份儿。湘大盖已告诉你了，除夕那天，我才离开广州回来香港过春节，就是买水仙、蟹爪这一类的工作，这几年来都是你家姐去干的了。说起水仙，今年倒连写几首诗的兴致也淡了许多了。农历年初一那天，叶灵凤来拜年，我还高卧未起来，事实上，当我在广州开会那几天，睡觉的时间很短呢。不过叶先生来过后！我倒做了两首诗呢；这里我剪下来一份寄给你，是在大公报发表的。另一张关于在中山张家边（离石岐约五公里）看山洞养猪的几首，则在文汇报发表。在文汇发表的都题作《水云楼诗草》。过年时的花，何必一定要在元旦那一天盛开才算得称心满意呢！而且我们又不是做生意的商人！四枪花一齐开，总算难得。怎能这样齐整呢？是不是因为室内的天气、的温度，比较画一呢？话也得说回来：梅枝为你带到北方去的那盆茉莉，经过一场大雪后，受得起考验吗？你没有忘记在“天欲雪，云满湖”时，把它放在温室里吧。自得消息，说你已开始要上课，加强学习之后，我觉得非常快慰。湘南来，把你的情况说得更具体一点，因而也有了更深切的了解。她称呼你们的学程叫“夜大学”，那我想是辅助性质更高一层，对不对呢？能达到学与做并进，这是很合乎理想的。当然，不进大学也未尝不可以成为真正有用的干材，仿佛听说过米高扬并未进过大学，而电学发明家佛兰克林也似乎不是有大学学位的。真正人材不在于大学不大学，现成的例子是周汉华。反之，许多到外洋漆过金的，却除了爬上更高的位置以外，不见得有什么建树。不过，我们仍不能低估大学教育，尤其是研究院、科学院一类的历程的重要性的。像钱学森这样人材的造就，是不能单靠自己努力，而不讲条件和设备的。大家谈起你们的六年课程时，妈妈笑道：达大学毕业时三十多岁了。她大概没有了解“活到老，学到老”这句话呢。记得香港大学初开办时，驻港的荷兰领事进去念医科，而他年纪已届六十了，一时传为美谈。年龄有什么关系呢！宇宙间要知道的多极了！人们所要知道的事情如此之多，所要尽的责任如此之繁重，可是寿命又如此其短暂，真也怪不得曹孟德有“对酒当歌，人生几何”那样的悲感！曹操也真是历史上一个杰出稀有的人物。虽然在事功上他不能达到统一中国的大业，但他的成就，把与他对抗的那几个势力集团都计算在内，究竟是可观的。毛主席在《沁园春》一词里没有提到他，可是提到的那几个，秦皇汉武，宋祖唐宗，他们所遭到的都是贬词，甚至“一代天骄，成吉思汗，只解弯弓射大雕”，仍是不满，余子碌碌，更何足论呢！不过毛主席对曹孟然却真的另眼相看也似的。他在另一首词——《浪淘沙》——却提到他，写道：

大雨落幽燕，白浪滔天，秦皇岛外打鱼船；一片汪洋都不见，知向谁边？往事越千年，魏武挥鞭，东临碣石有遗篇；萧瑟秋风今又是，换了人间！

毛主席这首词，我至极钟爱，以为英雄气概，含英咀华在“北国风光”之上。不过自然咯，也有人不同意我这说法，对文艺作品，各人有各人的看法的。曹操的《观沧海》篇，开头便写道：“东临碣石，以观沧海。”起句气势异常壮而豪旋。中间更有句云：“秋风萧瑟，洪波涌起”这也就是“萧瑟秋风今又是”一句的前身，不过已经过“换了人间”那样的大转变了。这首词造意之妙，简直不可以言喻。因谈起曹操的诗歌，竟这样一扯，扯了很远，觉得有点好笑！

不过漫谈也是怪有意思的，不拘形式，流水行云，何尝不好！

就是这样，我以文艺的陶养对于一个人的个性，品格的形成，是有很大关系的，我们不应该忽视这一个问题。我们自然拣选自己兴趣之所在以及国家需要攸关的来做研究的对象，可是我的意见仍以为不应该废掉文学的修养，因为这里包含着文化的很大部分。这一点我不但期望着你，也同样地期望着梅枝。

梅枝在广州曾告诉我，说你的鼻窦炎虽然说是治好，但到冬季的时候仍会流鼻涕和伤风鼻塞，因此我想你要随时留心，当不断地继续服用适当的药品。如果进医院调治的话，应该告诉医生，当你幼年时曾塞过一次海边拾来的一个小贝壳到鼻孔里去，后来医生用钳拿出来时，曾用过蒙药，并似曾弄损过鼻骨，以致微微发见过一些血痕。后来的鼻窦发生毛病，是否由于有些不洁的东西被带进了受伤的鼻骨去，似乎是个问题。这一点我以为应和医者详细地研究一下，倘有这样的可能和便利的话。我也和湘研究过这点，不过她究竟未完成学业，经验容或未足，但意见是可作参考的。以前黄省三开的仅北芪和粉甘草的两味方子，似乎应与北京的中医研究一下。黄省三对我说：北芪和甘草两味药都有化脓和消毒作用，这点是足注意的。如果有提炼剂，那末就更方便了。分量如何，我记不得了，不过需要时，可查旧单和我的日记。但药的分量，用时可以加减的，医者就明白了。这事应多与湘交换意见。你自己不宜忽视之，要紧。在寒冷的季节，既发现鼻水鼻涕之类，便应该趁那时没法应付了，不要让它滋蔓成患。

这里我把从大公报剪下来的治鼻窦炎两条方子寄来作参考。也许当中说的什么“过敏性鼻炎”情形和你的以及这里卢松辉医生自己所患的，有些相似的地方。前些时卢医生来看晶晶的病，也是拿着手帕不断擦鼻涕的呢！他也是最怕冷天的。

这方子我也把它抄下来在日记里了。

人总是这样对自然不断作斗争，唯一的办法是随时检查自己，加强自己的抵抗能力，所谓“自强不息”，一面制伏，一面适应环境就是。

让我多听到一些关于你们身体健康和日常生活的消息。你不要因为怕我们担忧挂念，而不敢多谈这一类的问题。其实明白实在的情况，反而容易得到深切的了解，挂虑反而得到一些慰安似的，好像你们所感受的，我也替你感受到一部分那样！

其他的问题，下次的信再谈吧。关于晶晶，梅枝已把她从云玉口中听到的一切话都应有尽有地告诉你了。现在玉正等着晴朗的天气（事实上自年卅晚以来这里都是阴雨的天气，今日虽雨停了，但仍冷得可以）的来临，好到海边去拍照呢。

附剪报诗三页，医药顾问一页。

祝健康！

君葆

五九，三，二日

又：湘带给你的那枚缅茄，你觉得怎样？此后这玩意的东西已不容易再得到了。前几天蔚来信说：据闻全部由农校收去，作种籽为繁植之用，市面已绝迹，因此，物以罕为奇，你的便要好好地保存起来了。湘也有一颗呢；她大概告诉你了。

给三儿文达信

（一九五九年四月二十二日）

文达：

明信片想收到了罢？这里寄给你的是两本《乡土》，不是一连的两期，而是第五和第八两期。第五期内图片页上有一张题作“乱石丛中寻古碑”的速写，是主编陆无涯（晦庐）画的。他除掉将他的作品刊出外，还送了我一张原画的照片，在信里他又说：“那画中策杖登山走得最先又最高的就是您了！”这你细读图片是看得出来的。那山坳再望过去便是布袋澳，从那里渡海再跨过山便是对着筲箕湾的茶果岭。这是佛堂门那边的形势。佛堂门那边你也是去过的，那是一九三八年的事吧！你也许还记得有一次我们和许地山先生、巴尔福，佛朗思几个人坐了一只小汽船到鲤鱼门外去，回来时风浪很大，但你仍坐在船头，浪溅湿了衣服也不怕那种经过罢！如果不是风浪大，而且时间也太晚——那一次我们先到西贡去泅水，记得吗？——我们应该早在那时候便发现了这佛堂门大庙后便的宋代石刻了。在16页有魏艾的《探古小记》。我们去的那天是一月卅一号，第二天，我便到广州去，似乎给你的信有说到这件事。

第八期有我的一篇《谈鸭馄饨》的短文，文中提到《霜红室随笔》的作者霜崖就是叶灵凤先生。顺此道及。

四月廿二日

又：有一张我在石刻前与叶先生他们拍的照片，改日寄来给你和梅枝。

给三儿文达信

（一九五九年九月十八日）

十一号寄给梅枝的信，想已收到并为转给她了。那刚刚是星期五，今天又是星期五，不觉已一周了，而今天上午接到梅枝结婚后第一封来信，说经过颇详细。由信里，我们知道她要到十月二号才离开北京往宁夏，这真好了，因为我前天才接到通知，今年要到首都去观礼呢，那么我们的观礼团抵达北京时总在月底廿七廿八左右了。我还可以看到梅枝一两面，说不定还可以去送她火车到宁夏去呢。这样，你就把我来的消息告诉她吧。我本想迳寄信到十三宿舍去给她的，但不想她在月底或出发之前是否会搬到别处去住，所以信息仍由你转比较好些。我大概廿一号左右离开这里到广州去。这次到京去的，颇选择，闻仅二十多人，比去年少得多了。这次去，我可能于观礼后到大西南一带去看看，主要是川滇黔。费时大约一个月左右。顺及，并祝
健康！

又：梅枝与她的爱人是不是到同一地方去工作呢？最好详复妈妈。免教她挂虑。

梅枝均此！

君葆

五九，九，十八日

给妻子郑云卿信

（一九五九年九月二十一日）

云卿：

今天早上到车站时才知道，原来要服务社到家里来收取行李，每件要另计手续费九元，这一来要多开支三十六元，幸而黄雨亭先生来送车，便从他那里挪转三拾元，否则我准备带进来沿途零用开销的一笔款，又要减去一笔了。原来如知道如此，拼成小件作大件，岂不省俭了许多，无论怎样，这倒长了一个经验了。我事先没有向旅行社的人打听得十分清楚，也是自己失察的地方。不过话得说回来，小件行李，改天回港时倒会觉得没有那样的累赘，利害相衡，也会得个平过的。像那大皮箱，进来时不要自己拿，自然方便，但将来出去过罗湖一段，便有些麻烦了！

我们约两点廿五分左右平安抵达广州。到来接车的多工商界人士，此外便是港澳接待办公室的同志了。检行李的手续倒相当简便；我的只看了大小手提包两个和妹治的书包，大皮箱和另一手提它都没有开过。自然，很多人都认识了我了，有些同志还说："好几个月您没有回来过了？"你还记得那位穿军装的河北同志吗？就是他，一远远看见我便跑近来扳谈，还提醒我已经有七八个月没有回过来了。他姓李，我现在记起来了。

这一次一道来的，有高卓雄夫妇，邓典初夫妇，林霭民，有夏梦，朱虹，陈思思，还有那次工联演出《搜书院》时扮演翠莲的女工友温文，我们对门的蔡先生，一共也三十多人了。料想旅途不大会寂寞，虽然文教界人士略少些，仅有黄建立，吴炳昌和香岛的潘副校长几个人。

昨晚睡得不大好，精神稍觉困倦，所以他们吃过晚饭后去看戏，我就打算不去参加了，一待把毛冷的围巾送回给文明路去，我就要回来睡了，因为明天还有参观的节目呢。

依照现在的安排，大盖我们要廿三号晚车离开这里北上。这里天气仍很炎热，比较起来香港凉得多了。不过一路北上过长江后恐怕就渐感凉意了。

祝好！

君葆

五九，九，廿一日

于广州华侨大厦606室

给妻子郑云卿信

（一九五九年十月七日）

云卿：

团昨晚上六点多到了洛阳来，大家住在国际旅社。起先我们以为洛阳虽是古来不少朝代的国都，可是自宋以来就不是政治的中心了，因此我们以为吃东西大概不会怎样好了，谁想并不然，这里的饭菜，味的美，量的多，比广州的华侨大厦固然要好得多，便是北京的华侨大厦，连我和文达去吃饭的“大同酒家”在内，也远远比不上。这真有点出乎大家意想之外。青菜是碧绿色的，那些毛豆像翡翠一样的颜色，很嫩！固然，洛阳虽不复是国都一类的重要性，但它的经济重要性逐渐起来了，在这里有拖拉机厂，有矿山机器厂，有滚珠轴承厂；所以在解放前人口仅五万，而现在则增至五十多万了。

今天上午我们去看了“龙门石窟”。古时这地方叫做“伊阙”，是伊水通过两山的关处向北流的所在，所以也就叫“龙门”。这里风景也很不错，我们看了很多石窟，并在高达十七公尺最大的佛像下拍了照。这里的石刻，是世界有名的，五一年我曾想要去，因为解放未久，交通不大便，没有去得成功。这次虽也不免走马看花，但已看了不少东西了。

在北京时，太紧张了，所以仅简单地写几张明信片寄给你，平均是隔一两天一封的，都收到了罢。前天乘车到洛阳来时，下午接到湘自大同的来信，我看完了便着文达把信寄与你也看看，不过也许她会另外有信寄给你的。据她说，塞外已很冷了，而这里现在还穿单衣，夜里也不凉，天气似乎变了，大家在说。

在妹治离开北京前，我们谈起晶晶来，也引为谈笑的资料，妹治谈起“平脚板”在生理上有许多不相宜的地方，而应该设法纠正一问题。譬如担任技士或其他机械工程的工作，“平底脚”踏工地便会觉得困难或甚而引起不良的影响或毛病。妹治说：应该及早纠正，方法是不要平底鞋，像中国式的布鞋，而要穿鞋底带拱形的，最好是革履，而且也可以视需要在靴里面把近脚板底中间部分，用棉花或其他软性物质垫高一些，如此则脚板的形状可以逐渐改变过来。我想晶晶应该及早注意此点，不宜等闲视之。因为如果现在忽略了，到她年纪大了，出来做事，假如因为有一种缺点而不能担任某种工作时，便会抱怨我们了。当然，还有美观的一方面，不过在我看，那倒是次要的。

忽然想起这一问题，所以趁记得向你一提。

刚才写到这里，大家要出发去看“洛阳市十周年发展展览馆”，因暂搁下笔，现在参观完了回来再写。展览部门当中，有拖拉机制造厂的产品介绍。这个洛阳拖拉机厂，我们还要待明天才去参观，不过就展览会中所展出的东西，已足推想它的内容了。举一点来说，它所制造的就是那很有名的“东方红”牌拖拉机；这个厂已于今年国庆日正式投入出产，它每十九分零六秒钟出一部机，这样每年便可以产出一万五千部拖拉机了。但要供足全中国的需求，以及供世界很多个国家的订购。我们国家计划要建四十五个这样规模的厂。由此可以想像出这样的计划实现后意味着什么的了。

暂写到这里罢。在洛阳拟参观两日半，到十号晚转西安；我已收到璧魂的电报了。大家健康！

君葆

五九，十，七日

于洛阳国际旅行206号房

给妻子郑云卿信

（一九五九年十月二十二日）

云卿：

前日，二十号，离开重庆时曾写了一张明信片给云玉，想收到了，那是寄航空的，离开重庆那天晚上，大家都记着第二天天亮便开始看到三峡了，所以许多人反而睡不着。昨天我清早便起来，还不过六点多，船已抵夔州了。略为梳洗，又多穿了一些衣服，然后七点多，船便望见白帝城了，这里已是瞿塘峡，下江的第一个峡了。风渐觉愈劲愈冷，因为从峡口吹来的缘故罢。唐诗人写的什么“瞿塘峡口冷烟低，白帝城头月向西”，可以想像那种景致；白帝城正在峡口，是在一座尖峰的山上，三面都要峭壁，而那从峡口或峡门起的两岸的高山，更是峭壁如削，高数千尺，入峡时只能仰视，船行过，还时时害怕它会一幅泥墙那样忽然塌下来，那就不敢更往下想了。我们经过时，斜月还在天上，风很冷，真是那诗人所写的景象，不过倒听不到猿声，三个峡都是一样，不晓得是不是猴子已捉捕尽了。记得杜甫的写过“夔府孤城落日斜，每依南斗望京华。听猿实下三声泪，奉使虚随八月槎。画省香炉违伏枕，山楼粉堞隐悲笳。请看石上藤萝月，已映洲前芦荻花”这样的美丽句子，可是猿声现在却没有了，时代的变迁，也真大啊！从前人下江是“朝辞白帝彩云间，千里江陵一日还”，江陵是荆州，而我们晨早过白帝城，通过了三峡到宜昌时是下午两点，到沙市是晚上八点，想想十三个钟头，心想古人顺流而下，早发白帝，暮宿江陵，不知是否有些夸大，虽然顺流而下是相当快的，但当时还有很多危滩呀！这些危滩，人民政府已经把很多最危险的炸去了，或者改善，所以现在夜间也一样航行了。瞿塘峡较短，半小时已过完。从八时略多一点起，一直到差不多十时正，这一段时间都在弯弯曲曲的巫峡里走，这个峡首尾约长七十五公里，两岸山岳连连绵绵，只或高或略低，山或大或小，但略带间断；风甚寒，峡又长，像吹筒里吹来的风那样，是一贯的。于是我夹衣、毛绒衣穿上之后，又加上了雨衣，最后又戴上了那顶雪帽了，刚好，把脸都包着了，仰望那头顶的山峰尖巅时，在甲板上也不怕眼镜为山风吹落。杜甫说："玉露渊伤枫树林，巫山巫峡气萧森；江间波浪兼天涌，塞上风云接地阴"。情景也差不多这样。不过巫山十二峰，怎样数也数不到，因为人在江面，如在瓮底也似的，坐井也似的，怎样观山呢？所以从来人数来数去，也只数得九个，其实九个也未必靠得住的，所谓"巴东三峡巫峡长，猿啼三声泪沾裳"也便是指这里了。过了巫峡才到西陵峡，这一段费时间约从十一点到十二点十五分，也是很多滩的，据说最危险的滩石也在这里。峡都是分段而各有名称的，如这里西陵峡，内分兵书宝剑峡、牛肝马肺峡、黄牛峡、灯影峡、空舱峡等。

到一点多，江始出峡；前人所谓"江出西陵，始出平地，其流奔放浸灌，与海相若"者也。自昨天至现在，走的都是平地，如"荆江分洪"区一带，想你还记得那时所见的情况。昨晚八点到沙市，靠码头时只远远在黑夜中想见七年前的景象，谈起来还有多少回忆的滋味。

今日舟过洞庭，望望城陵矶；现在已是下午了，大概还要晚饭时间才到达汉口呢。

这里附照片：一张是在重庆游南温泉时买的，另一张是同行者在灌县游都江堰在李冰庙前拍的。

祝好！

君葆

五九，十，廿二日

于“民众”船上

给三儿文达信

（一九五九年十一月二十二日）

达儿：

也许久没有给你写信似的了，除了九号写给湘与你同看的一封，那想早已收到并为转了。是的，旅行西南时沿途似乎都曾给你信，到穗时还把什么“洛阳”和“都江堰”或者“离山”的小册子寄与你，想都看到。你的信倒不多咧，仅是夹上梅枝大同寄简一同寄来的那一封，那当然家姐早已复你了罢。梅枝的信，这一向倒多了，十一号那天我给了她一封回信后，跟着叠二连三还收到她好几封呢。这大概一方面显示了她是初到了一个地方，许多事物和生活习惯都未免觉得生外，因而有时感到枯寂；另方面，她刚离开了许多年所习惯了的学校生活，骤投身于建设事业的行列里，而且又是大西北的环境，这转变是相当巨大的。我想逐渐安定下来，她是会觉得好一些的。

湘在好几封里都提到她在计算着我什么时候会回到香港，因此我在十一日给她的信里，便把当天刊出的《题静静的顿河四首》剪寄给她，那诗现在应已寄到了，而我现在在十天以后才寄给你，还连同别的好几首《国庆观礼吟草》。这里我略为要介绍一下内容和有关连的几点：与《静静顿河水》同一天发表的《雁塔题名》，作者任逊即任真汉，是个聋子，但是个有名的汉画家，你看他那一幅“大雁塔”的插图，多有意思，又多像，我在剪寄给梅枝时也特别对她提到这一点，并且向她指出她三哥也不难做到呢！北京观礼时，他与我们住在一起，在华侨大厦的八楼；不过他到西安去参观时，比我们略后一些。我在《吟草》里，还有和他的一首《浣溪沙》的词呢。在同一张副刊上有余翁的关于“插图”的短文，是极力赞着任真汉的绘画插图而写的；他即包天笑先生，是上海的一个老小说家，已八十多岁了，文章写得很有趣。任也有《细雨鱼儿出》的一篇，是写成都的杜甫草堂，那情景与我所看到的，趣味一样；文与我的《观礼吟草》第二批也在同一版，所以也把它一同剪寄。任逊的画很可爱，有点像从前的版画，优美的现实。这两页的诗，我自己觉得最好还是十三陵水库那几首，你以为怎样呢？

汉已结婚，你想已知道了；新人原来是你二叔的老朋友敏叔的女公子新蕾，这样这一头亲事是再理想也莫过了。昨晚，二婶在坚道家里摆喜酒，到的不少客，你三叔三婶、七叔七婶都来，驹却没有到！我和你妈妈、家姐，又带了晶晶也同去赴席；晶虽仅食了些鱼和一点蛋糕，点心项里的莲蓉饼仔，但她真是很乖，出乎意料外的乖！她还和许多人谈话，坐定后便一点不畏羞，和袁耀雄（二叔的老朋友）爷爷拉拉手，“拜拜”，kiss，又说袁公公很喜欢她，称她“做明星”呢！她和璧霞二姑姐很谈得来，璧霞一路抱她到晏提 May May 的车上去时，她们一路“倾偈”，滔滔不绝。这一天她是破例了，晚上散席后十点多回来才睡。

这是昨天的经过。我们大家都觉得非常欢欣满意。你如见到汉、新蕾他们，不妨把情况报告报告，或者打电话告诉她们。

十九号，也就是农历的十月十九，是你的生日，你大概没有忘记罢，妈妈还对我们提起呢。

北京的天气怎样？开始冷了没有？梅枝那里已零下了，她来信说。那么，春节前后还不知道怎样呢！这里，寒流南下时，只略为冷了一两日，但也不觉得怎样。

祝健康！

葆

五九，十一，廿二日

给三儿文达信

（一九六〇年二月十九日）

文达：

自从去年年底“圣诞节”那天接到你从下花园寄来的一封信，随于大除夕给你回信并夹上几页“十载观感散记”的剪报以后，就没有给你写信了，一直到现在，不觉已个半月有多了。这当中也有些特别原因，容往后再说明。

五九年年底给你的那封信，仿佛曾提到要想把下花园的一封信发表，因为前前后后的事，一搁下来就是一个多月。前两天我才把它找出来，抄出给李子诵先生，又加了几句关于“下花园”考证的附识，今天已在《文汇报》的副刊《新风》登出来了，于是就不能不赶快剪寄。像《下花园寄简》这样的文章，能多写些发表吗？

关于“独鹿山”等几个地方，我提出了一些疑问，但不全载在“附识”里；这里把它写下，也许你有供参考或再根据来探讨的需要：

（一）来信提的是“独立鸡鸣山”，是两个山呢？抑或是一个山呢？如果是两个山，那末《读史方舆纪要》上“涿鹿山”条下这样写着：“州（保安州——是原来的保安州，不是官厅水库建成后的新保安州）西南九十里，一名独鹿山，涿水出焉；相传黄帝破蚩尤于此。”你的“独立”是形容词否？

（二）“沙城”条下：“瓦窑山”在卫（万全左卫，也就是宣化）东南五里，以陶甓所在而名。这大概也就是你信内过去老百姓干缸瓦活的地方罢。

（三）洋河：“州西南十五里，自宣府界流入，经州城西南，又东南入于桑乾河。”你再到下花园去时，也许可以利用机会访问一下。

很久以前曾把几页《国庆观礼吟草》寄了给你，继续发表的一直放着没有寄出，现在都把它付邮，计由第（三）至第（十）共八页。没有寄的理由是：一月份那个月妈妈的病突然因感冒而严重起来，后来得曹聚仁先生介绍了一位庄育民医生来看她，用针灸兼用汤药丸药，才逐渐医治得日有起色，现在仍继续隔一日到诊，希望把病根本治好。详细经过改日告诉你。

至于《十载观感散记》也积得很多了，因为每周三次，不过改日才寄了。

八号收到你一月卅一号的信，那时我去了广州，是十一号回来读到的。

祝健康！

葆

六〇年弍月十九日

又：湘来信，问曾否收到你的相片底胶片等，是什么相片呢？

给妻子郑云卿信

（一九六一年十一月二十九日）

云卿：

开了六七天的会，很少休息，大家似乎都有些累倦了。我们这里有些人已回香港去，有些则等待是否有参观的活动，到附近如新丰江、七星岩等地去逛个一天两天。新丰江我去年去过的，不过今年又多了一部机发电了；但我既看过，于是就想看看星湖，自然目的是风景游览方面偏多了。不过是否组织得成功，仍要看人数来决定。

几日来，出看过明哲两三次，也去姆伯处两次，匆匆中却未有去看看曾公的家人他们。而几天来，天气也由微寒而转变为潮湿闷热，登云台一望，珠海云山，薄雾浓云，倒好像是黄梅时节的景象，人们说：春阴漠漠的景象倒得太早一点了。不过天气变幻无常，乍晴乍暖，也不独这里为然，也不独今年为然罢。天气变换，感冒的人也多了，所以慎寒暑是必要的，有时早晨起来闷热，但到待中午时间反而作薄寒起来，也是有的，前几天有一个早晨便是如此。

这里谈诗的人也逐渐多了。就说，连贯还拿了一大批旧体诗去求郭老指出“疵谬”来，郭说替他改了很多。不知怎的，近来这里倒兴起旧诗运动似的，大家趋这一途了。侯甸对此甚感活跃。这里附一些剪报的诗给你。

“大跃进”是有它的成果的。从副食品供应可以看出。不能急！好转是肯定的。

今年广东自然灾害比去年大，但农业收成还比去年有所增加，这是足以引为欣慰的。其实广东得天独富，人力如果运用得好，制胜自然，是一定可以做得到的。

广东省的气候和丰富的资源，都是有利于发展纺织工业，虽然不适宜大量种植棉花，但适于种植多种麻类，经过不繁难的脱胶过程，即可纺纱织布，又有大量的农副产品和野生植物，如甘蔗渣、稻草、桑枝、毛竹、松针、龙须草、茅草等，都可以作原料以制造粘胶人造纤维。五八年计划的日产三吨的人纤工厂，据闻不久即可投入生产。这也是一宗成就，足庆幸的事。

广东又有大量质好的石灰石和廉价的水力发电制造电石生产乙炔，以乙炔为主料，可制造卡普隆、聚丙烯腈、维尼隆等合成纤维；如维尼隆，它的物理性能近似棉花，但强力比棉花好，吸水性能接近棉花，又具有抗酸、抗碱、不怕虫食的优点，在制造比其他合成纤维的工艺简单，成本低廉，适用作舒适的衣料，可以代棉花，还能纺制鱼网线。广东有条件、有需要大力发展维尼隆化纤工业，以解决人民穿着的问题。目前上海已有此种工业，广东应急起直追，大力发展。

每每说是“成绩是很好的”，才说着，又来一个“但是”，这样的文章使人看得不十分开眉，我们要做到取消了这个“但是”，要不需要“但是”。要贯彻“调整，巩固，充实，提高”，不要“但是”。

暂写到这里。

祝健康！

葆

十一月廿九日

给三儿文达信

（一九六二年九月二十二日）

文达：

中秋节，也就是十三号，给你的信连同照片八张大概收到了。昨天收到你自怀柔写来的一封信，读过了，甚慰。今天，这里寄来的，除了你们在乡间摄的照片七张而外，还有八张的一批，是晶晶在生日茶会上拍的。这八张，那在比雅道的天台上摄的一张，晶晶照得不十分自然，我想是因为她怕那些强烈的阳光的关系，其余室内的都很不错。

乡间拍的几张，对于十四号，我弄不清楚那是什么地点，已去信问幹哥，正等他回信，所以问他是因为他较熟识乡间家里各部分的情形和称号，而他距离我们这里较近。

你回抵京后，事情更加忙，那是可以想像得到的。学校也开学了，功课也紧张起来，这是一定的。当你在穗时，不知曾否到曾公处去访问他们一次呢？照理，这是关系乎礼节的。

农业情况我相信是得到了好转。今天还在报上看到陈毅的几首诗，那写北京的说什么“可能有丰足，心喜不须瞒”，也就是写你所也看到的情形了，至于那题作“广州”的，还有这样的两句：“预卜有大秋，中国不畏难”，显然大家都有了信心。这是可以互相告慰的。自然仍要努力。

祝好！

葆

六二，九，廿二日

又：怀柔本密云、昌平二县地，唐太宗贞观六年始划出二县地建怀柔。这样，已有千三百多年历史了。

给三儿文达信

（一九六二年十一月五日）

文达：

是上个月了，我把晶晶的一幅参加燕子舞剧照寄给你，想已收到，在那上面在右手边数起，第一个就是她，认得出来吗？这里我又把她的两帧在生日会上留影寄来给你，本来有四幅的，选两幅寄来就是，寄给她爸爸妈妈的是全套。

梅枝调职到湛江，这对她们俩是称心如意之至了，从此他们不但对于健康有所裨益，而且滨海地区也风景宜人，因此他们就可以安心工作，作出更大更有效的努力来从事建设社会主义社会的伟大事业，这是每一个中国人所决心要作出自己的贡献的事业。荣衮教学，梅枝在医院工作，这样的分配，在妈妈看也是最符合她老人家的理想，梅枝应多得些临床诊症的经验。

听说她路过首都时，你们还欢叙了两天，梅枝大盖总有点舍不得北京，是不是？她们南下，取道沪杭，我最羡慕她们能抽出时间，虽然仅是几小时的，在无锡下车到太湖去看了一下，那真的不只是“有山有河，风景甚佳”，而是，用梅枝自己的话来说：“沿着湖滨游览，尽可以饱受波浪打击岩石的声音，这声音最使人喜欢，正好我们到时是个雨天，因此正好碰上的是太湖烟雨的景致，真好看呀！”梅枝们真是雅兴不浅！太湖面积跨苏浙两省，游两三点钟时间仅能得其一小角，不过已能略窥见其涵虚混茫的气象。一九三一年，我在无锡，曾想从那里坐船横过湖面到浙江的湖州，也就是吴兴，可惜为友人们劝止，说路途不稳，盗贼多，因此只得搁起念头，而今回首不觉逾三十年了。

现在梅枝们到了湛江来工作，那么前些时你想到那里去一看而终于因为阻于风雨而没有完成的愿望，是可以很容易实现并且取偿的了。如果去的话，还可以像在茂名那样，住它个十天八天，连利息也赚回来吧！一笑！

今天这里也来了不少鸭梨、莱阳梨，味甜肉嫩，大家也吃个痛快。不过，一般这里吃到的鸭咀梨，所谓“天津雪梨”的，略小，不十分大个子，以为是最好的，肉嫩，味甜而香，无渣，称上品。但今年来的鸭梨，却多了好几种，有的个子稍大，好看，也很香，但肉带粗而不细，像广东的沙梨那样，味甜之中而带点微酸，弄不清楚它是天津地区那里来的。你知道这种梨吗？又，前次你到密云去吃到的梨又怎样呢？

我相信许多果品都在选种改良，是不是？

祝健康！

葆

六二，十一，五日

给三儿文达信

（一九六三年三月三十一日）

文达：

十九日发来的航空信，廿七日收到；这里也感觉到许久没有接到你的信，因之而像“家书抵万金”也似的了。是的，我这里也很久没有给你写信了，最低限度，不是不想写信，而是每每想拿起笔来，又为别的事牵着，一搁再搁，竟然过了几个月了。可不是吗？正如这里的附寄的一页大公园剪报，那上面有几首关于《花儿朵朵》一影片的诗，是在春节时便放在信封里打算写信一同寄给你了，可是直搁到现在！

事实上，好几个月或者大半年多以来，我也的确觉得“俗务缠身”，忙得不可开交。从去年下半年以来，晶晶改到廖恩德医生处调理，于是每隔一天我便得带她到廖公公处打钙针；早上还要送她去上学，和放学时接她回家，虽然立本幼稚园近在咫尺，但一往一来，不知不觉也仿佛“大半生涯在路途”似的了。有时候忽想起明哲，又不免过海去看她一次，最近她也长得很不错了。今天她跟她的爷爷和嫲嫲到凤辉台来看我们，妈妈、家姐招待他们吃点心糕饼，我问明哲：“呢啲係乜嘢点心？”她说：“係干蒸烧卖！”她对茶楼的路数，知道的竟比我还多呢！她身体比晶晶强健得多，现在已不是“粒粒”的模样了。便是这样，我倒觉间隙的时间不多呢。

妈妈的病也是多时以来使我坐卧不安的一件事。几年来，医者都一致认定她的病源在呼吸器官以及肾气不足，但在用药方面总是不得其窍门。最近，由于好几方面的朋友的介绍，找到一位张覃启医生来为她调理，他是一位专家，毕业于加拿大和美国，曾在玛丽医院任过职，据说是世界性医生，能在任何地方挂牌执业。十九日——也就是你写来信那一天，他到家里来看妈妈的病，因为妈妈气促，上楼落楼行动很不便，经过详细的检查身体和左右两臂血压，又化验过小便与血液，发现尿有蛋白质和脓，于是根据打“土微素”针，打针张医生吩咐由梅枝执行，因为她是医生。原来张医生是上海医学院毕业的，这是他们“会诊”时告诉梅枝和妈妈的。服过张医生的药第二天后开始觉得见效了；妈妈自己说，从那时候始，也就是廿号廿一号间，逐渐觉得气促减少，逐渐觉得身心舒畅一些，逐渐能够转左侧方面睡——四年多以来，她仅能挨向右手边睡，右边身已睡得痛苦不堪了，逐渐她在睡梦时呓语减少了，而这十多天，她已不复像从前那样，白天要伏在床沿来睡，而且也只能伏在床沿睡了。她自己在打过第二针治“肾盂炎”的 Terramycin 后说：“我从来都没有过像现在的心情舒畅!”现在就是希望钥匙找着了，终能把她的病治好。

提起治病，不禁想起用药与对症下药一些事迹。你记得那年你到了朝鲜去的时候，广西大学校长杨东莼先生遣人来问医治鼻窦炎的验方，并嘱向黄省三先生请示加减分量，黄先生说非看过病者，不能妄拟药方，于是我只好将情况回覆，但同时却抄了省三先生开给你的方子连迭次加减的分量给他作参考，也就是北芪壹两至壹两五钱与粉甘草壹钱至壹钱五分那方子，叫他酌量自己负责使用。其后杨东纯听说果然据此医好了。省三先生曾对我说过，两味药都有化脓作用，而粉甘草更是药引，少它不得的，鼻窦是药力最难到达的地方，北芪于此起了别味药不容易起的作用。这样，事情已过了很多年了。前几个月，我有一天到景光街美佳去理发，适那姓李的理发师不在，我问："回乡去吗?"他们告诉我说："不是，他陪老板肥佬到玛丽医院施电疗。"我问："什么病?"他们："肥佬患鼻窦炎，已电疗了几次了。"我问："觉得成效如何?"他们："愈电愈觉得头痛欲裂。"我说："如果仍不见效，叫他试依那北芪粉甘草煎汤一验方服几剂也好呀；横竖那两味东西，无论怎样都不会吃坏人的。"果然，那天肥佬回来，头痛更剧，铺里的人把我的话告诉了老李，老李告诉了他，立刻买药来煎服，服了一剂，痛稍轻些了，于是继续服下去。过了两个星期，我再去理发，李说肥佬已好得多了。又过了一个多月，肥佬也病愈复工了。不但如此，他还介绍了这方子与另外两个同样患鼻窦炎的朋友，也治好了。这样，我就想把这事告诉荣衮，因为他也患鼻窦炎，虽然情形不十分严重；不过据梅枝说，这方子虽好，但内地现在买北芪，纵使是寸芪，实在不太容易，因之也是个问题。但是，无论如何，北芪配合粉甘草能治鼻窦炎一病，这是应该值得注意的，尤其是研究药物学的不宜忽视。

帝国主义者寄挽救自己灭亡的希望于社会主义阵营分裂，这是很自然的事了。面对着目前的局势，我们第一重要的是求其在我。中国要做到一个自力更生，不倚赖别人的民族，以我们"六亿神州尽舜尧"这样的人民，与夫广大的土地以及丰富的物产，对于一定能够这样做到，是具有信心的。帝国主义，尤其是美帝国主义，是我们最凶恶的敌人；不过，拿帝国主义来和现代修正主义两相比较，就我们来说，我总觉得现代修正主义尤为危险。我又常常觉得，"物莫能两大"，这句话里边是含有至理的，不过这问题我不打算在这里来谈了。

许多时日以来，社会主义阵营里边发生歧见，这已是无可讳言的事实。东德共党大会前后，攻击中国共产党十分表面化，更是众目共睹了。何以要这样做？何以有这样的表现呢？自十二月三十一日那篇《人民日报》的社论发表了以后，跟着大家也明白了“分歧何从而来”了，最近把所有可能看到的“兄弟党的言论”都读了，于是乎谁是谁非，便也昭然若揭了。最近，我还把一月三十一日的《马来亚箴言》报的原文版也从伦敦找了来一阅。我的感觉是：正在争取解放、争取独立的民族，也就是说许多东南亚洲的人民，许多拉丁美洲的人民，以及一些非洲人民，他们对于什么才是马克思列宁主义，似乎有着更深切的了解。我读过印尼共党主席艾地的报告和副主席约多的讲话，我对于他们的见解与论点以及他们在南斯拉夫时的观察所得，很受感动。我们现在要十分注意的，是在东南亚洲一带民族主义运动的发展，其中一事值得细细玩味的，是所谓“马来西亚”这一政治组织的酝酿与发展以及它的背景。在这方面谈与帝国主义者和平共处，那简直是与虎谋皮。

这些话真是说来话长，非一两言可尽。去年大部分时间，我觉得自己简直在积闷的重压之下透不过气来，尤其是当加勒比危机发生那个期间中更其如此，真是一方面痛恨帝国主义，另方面厌恶现代修正主义的乏气骨；其后也逐渐看清楚形势了。有一次，我对华革会的会员们说，自读到了十二月三十一日《人民日报》那篇社论以后，真觉得它起了“愈头风”也似的作用。不过，问题似乎仍然存在：意见分歧是看出来了，但陶里亚蒂、多列士以及许多其他共产主义者，何以他们竟有那样的转变呢？这现象将如何解释呢？有时不觉掩卷以思者再而三也。

暂写到这里吧！

祝健康。

葆

六三，三，三十一

给三儿文达信

（一九六三年五月二日）

达儿：

三月底给你的信想收到了。正盼你有信来，但到现在仍不见你的回信。而现在已过了“五一”，梅枝也于四月廿九离开这里回湛江去了。时光过得真快，她到这里来盘桓一个期间，不觉转瞬间竟已一个半月！

一套列宁装，春节后不久早已做好了，梅枝说料子和手工都是高级的，很不错，可惜我那期间总没有抽得出时间到穗垣一走，而现在嘛，又已春去夏来，渐入炎炎长夏的天气了。这样，又得稍等候一些时候了。

几次想问你，但总是临写信时，未免又复置诸脑后了；那是：你现在修的课，是什么科，什么门类部分？这些能教我们知道一些也好。譬如说，专在那一方面呢？

再则是：预计何时可修毕？还要继续深造吗？能继续求深造总是好的，我想。

这里寄来的几张照片，经放大了的。还有几张，晒好再寄来，你看剑雄是胖了好多了。照片计四张，原样的一张，放大的三张。

暂写到这里。

附几枚香港邮票。新华社经常把它的新闻发稿寄我一份，因此这类邮票愈积愈多了。还集邮么?

祝健康!

葆

六三，五，二日

给三儿文达信

（一九六三年五月十一日）

达儿：

二日给你的信，附偕仔他们大小照片四帧，想已收到。近来国内邮递似乎又逐渐恢复以前那样的迅速，如梅枝二日自湛江发来的信，六号便收到，跟着剑雄五日写来的信，也于昨天十号便抵达，总算是十分快了。

这里我再寄来两帧偕仔的照片，都是放大为半波士咭大小的。梅枝这次返湛江，是取道茂名，先到那里住一晚，然后翌晨赶早车六点多回湛江的。据她来信说，子偕“真是白，又白又红，又好看，长得圆圆胖胖的，像个财主佬相，很乖”。不过剑雄的信，却有这么一句话：“按云湘的评定，还是贞最靓。”这我想并不是说给她侄女听，叫她欢喜的罢。

刘少奇先后到印尼、缅甸、柬埔寨去访问，到处受到那几国的人民的盛大欢迎，开未曾有过的局面，对于这帝国主义者自然会惊惶而感到极度不安了。而那些现代修正主义者与反马列主义者则更为局促惶兀，不知如何措手足了。人们读过印尼共党主席艾地的报告，读过他和约多对南斯拉夫所听见和目击的情况的描述，便会感到替铁托之流涂脂抹粉，实属徒然。新西兰共党书记的报告更为这一切作了注脚。而目前南共修改宪法，所表现的、所说明的又是什么呢？

今天的新闻，看到北京派定了邓小平和彭真赴莫斯科进行两党会谈，希望这样的会谈能够起“拨云雾而重见青天”的作用。

今年到处都发生天气的特异变化，这里的旱象是六十多年来所未有的，目前如果再不下雨，次一步制水便到要隔日才放一次了。有人归咎这样的天气转变于连续的核子试验，我想不是没有理由的，如果核试验目的在于和平用途，倒用得着这样多的疯狂的爆炸么？

暂写到这里，下次的信再谈。

祝健康！

葆

六三，五，十一

附：剪报二页，示香港近貌。

给三儿文达信

（一九六三年九月二十日）

达儿：

像是许久没有给你写信了。八月七日收到你的一封来信，似乎还没有给你回信，而时间一天一天地过去，现在不觉又届国庆节的来临了。这些日子以来，梅枝、荣滚曾先后到过这里来，在一个沉闷的孤岛上，给约莫半年的时光热闹一热闹起来，这是当时所没有预先料想得到的。事过情迁，自然他们都觉得有不少值得回味的地方罢。

她们各自回到任所，自然都有信写给你，详述这里的情况啰，我想。

几个月来，我多少总为办一个新的出版物一事稍为忙了一些，因此关于家里的事，总想由梅枝她们大略在信中告诉便是。不过，听说梅枝她也很忙呢。有工作做，系住心，我以为总比闲着无事好得多，你说是不是？

国庆节快到了。这里人们自然如往年一样忙着筹备庆祝。华革会今天被邀派赴京参加观礼的有一个人，当中有一位叫林英的，工作得非常的好，搞我们这里的总务，井井有条。他这次来京，我托他顺便带几件内衣裤之类的衣服给你——计开蓝斜袄一，线背心二，毛布唐衫袄一套，竹纱衫袄一套，线袜二对——这些当中也有不少是慈母手中线的啰！林大约是廿四号离开这里北上，抵步后可能是住在华侨大厦，那么他大概会写信或由电话通知你去取件的；同时，我也告诉他，如果你出差到别处去了，遇他要离开首都时，就把东西按址寄给你就是，我想这是没有问题的。

几个月来，世界上并没有怎样足大惊奇的事情发生过。莫斯科停止核试验条约的签订，那打开天窗说亮话，只是递“降书”的一个瞒骗世界人民的方式而已。比较上，值得深切注意的事倒有两件：一是毛主席八月八日呼吁支持美国黑人反对种族歧视的斗争的声明；二是毛主席同月二十九日发表的反对美英集团侵略南越和屠杀南越人民的声明。当我读到那八月八日的第一个声明后，我在日记里写道：“这是对美帝国主义种族歧视者下的一道讨伐令，义正词严。”现在事实证明了，肯尼迪内之不能遏止黑人如火燎原的斗争，外之不能更换得动吴庭艳业已失了作用的一条走狗，真是左右拮据，进退狼狈之极了。

修正主义者继续叫嚣，那是意中事了。中苏共两者间的意见分裂，的确是一件不如意的事，不过这也是无可避免，迟早必爆发的！现在的情形也恰如六十年前列宁在伦敦时的情形！

祝健康！

葆

六三，九，二十日

给三儿文达信

（一九六三年九月二十五日）

达儿：

前几天给你的信，告诉你有一位朋友林英到京来国庆节观礼，便托他为带给你一些衣物，那信现在想收到了。老林前日已北上，此时在来京途中，大概不日可见到面了。

可是那次的信，却忘记告诉你一件主要的事情，就是我曾请叶慕绰即叶誉虎先生为你写一条幅，留他的宝墨。叶先生住在灯草胡同三十二号，电话是五二七〇〇，他写好后是会送你处的或着你到他处去取。这一事的原因是这样：我听说叶老多病需药物，而晚境又颇困，因托黄荫普先生为搭汇港币二百元给他，恐他不肯接受，所以便请他为你写一条幅，即以此为笔润，一以留此老诗书画家的宝墨，一以资你辈对此艺术家学者的景仰，便是此意。

顺祝健康！

葆

九月廿五日

又：你收到件后，去函道谢或踵府面谢，随你了。

给三儿文达信

（一九六三年九月二十九日）

达儿：

前两封信，想都收到了，来观礼的林君想已看到，或者他带给你的东西已寄或交了给你了。叶誉老因知你我的关系，闻尚多写了一两张东西送给你，以酬答我的“盛意”，那末你收得后便拾袭而藏，或者寄来给我们这里装裱，任你决定就是。

今天华革在高升戏院预祝国庆，我曾作了讲话，但讲话内容，与见诸这里通讯特刊的《在克服绝大困难中跃进》一篇稍有不同；在今晨的讲话，我曾引用了你信里这样的一段话：“总结了几年大跃进的经验，肯定了成绩，正确的巩固下来，错误的坚决纠正，同时在各方面继续提高，从而又前进了一大步。这几年为了坚决顶住修正主义的压力，在自然灾害的严重困难面前，党和毛主席坚定地领导了全国人民勇敢挺胸前进，终于渡过了最困难的时刻。事实证明：中国人民不愧为伟大的人民，中国人民是压不倒的！”这一段话博得响震屋瓦的掌声。这里我把特刊寄一份来给你也一看，内里有一幅“海珠县香洲渔港”的图片，我看了后不禁诗兴动了，题了一首五言律诗其上：“最爱香洲好，闾阎咫尺间。蠔田风日丽，渔港白鸥闲。远挹浮山翠，平添黑海患。向来迂棹处，曾几避沙关！”

香洲密迩我们的家乡，因为隔一个湾便是唐家湾，那里离三乡也不过是三十里路而已。香洲埠在民国初元曾创议开埠，你祖父是倡议最力的一个，曾无数次到香洲地面去踏勘过、计划过，当时目的兼在抵制澳门。澳门是赌埠，万恶丛聚。祖父说：香洲建成港埠后，子弟们便不必经澳门返家乡了。当时的意志如此；去年我去访问香洲时，曾为那里的同志们细述当年的事。天高气清时，从香洲隔珠流大约隐约可望得见罗浮的苍翠的。澳门的水域，从来有“红黑海，飞沙关”的喻语，上句指那咸淡水交界处，下句指拱北关一带的积沙地段；葡人据占后，又添上了“铁面银牙”，那是指非洲征来的黑人了！

在这里，我还把一幅放大了的“子偕和他妈妈”的照片寄来给你。顺

祝好！

葆

六三，九，二十九

给三儿文达信

（一九六三年十月二日）

达儿：

廿九号才寄出了一封信给你，昨天三十号，也就是国庆前夕，接到廿四日来信，这封信给大家以说不出的欣慰，尤其是妈妈，当她猜到着你大概已结了婚的时候，她真的高兴得难以形容。不过，她同时倒免不掉有点生你气，因为既然有了对象，既然到了要结婚的阶段了，为什么不先期告诉她一声，好叫她预早寄些应该寄来的东西给你们，或者甚至托人带来，因为这次到京来观礼的，华革会被邀来参加的当中有一位是女的呢。这些如首饰之类的礼物，由女性的带比较方便，是不是？

妈妈是假定你们已结婚了，那么，她要知道的是：何时结了婚？日子是那月那日？女的姓什么？何方人氏？也就是籍贯等等。妈说，这不是查家宅，不过照道理这也是要知道一些，要知道是何处人，诸如此类，不然，说起来有时就有点莫明其妙了。回信时，最好说明白、说清楚这几项。再则，来信说顺便告诉我们要买些什么？要不要寄些布来？因为有好些地方，布是可以寄的，像家姐就曾多次寄过布与健仔等了。倘需要寄这些物品，又应该寄至什么地方？什么地址呢？

上次的信，寄了一张子偕的照片来，想收到。

收到你的信那天，刚好黄荫普先生有过电话来，说收到叶恭绰的信，说条幅写好了，当即就近寄到电基一处去给你，但未见你回信表示收到，因此黄老提议你收到件后，宜写信给他（东四灯草胡同三十二号）并表示谢意，这也是很应该的。叶誉老为人很精明，做事很快，而性子很急，不像我这样的短处，性情缓慢得很。我自己知道，是应该像古人那样，“佩弦以自急”的。那么，你如已收到那些条幅，就马上回信给他罢，信要写得恭敬一点。

这几天我们正忙于校对工作。《文摘》一刊物不日要出来了，本打算“十·一”国庆那天面世的，但来不及，只好延十天八天了。这事可能梅枝跟你说过了罢。我记不得上几次的信曾否提及。

华革会廿九日那天举行国庆预祝，附剪报一纸，当日的，备一浏览。

祝健康!

葆

六三，十，二日

给三儿文达信

（一九六三年十月三十一日）

文达：

黄博士下月十号左右来开会，昨已把一套北机绒国产料子列宁装托他带来给你，附带着还有一套毛布内衣服，料子也国产出口货，这些看来倒还不错。他抵京时会通知你到他寓所去取的。

记得有一次你在信里问到有几件衣服的料子是否日本鸭巴甸之类，那你可猜错了，它正是国货呢，是在这里的国货公司买来的。国内来的各种工业品，深得人们欢迎，到国货公司或裕华公司购买物品的，外国人每每充斥其间呢。

那些毛布等衣服，妈妈说，都是裁剪前洗过水的，因此不会怎样再缩了。再则，被袋要不要再寄一个或两个来，如果合用的话，可早来信一说，因现在寄这一类东西，是被允许的，如需要，应趁这时候寄，一旦规程改动，便又不易了。

妈妈说，托人带点东西给你，是至不容易的，因此吃食的东西她不麻烦人家带来给你了。不过，她又说，作为一个母亲，有一些关于儿女们的事，如婚姻问题，她总是想知道一点的；“最低限度也要得个‘知’字”，她说。关于这点，上次有一封信我已提出过问题，到现在仍在等候你的回答。

林君已把东西交给你了，这里也已得到他的信息以及参观行程。但直至现在仍没有接到你的信，一说曾否收到叶恭绰老先生交给你的为写的条幅呢，这是什么缘故呢？八十多岁的叶先生，他已多次来信说及了，而你连复字也不提，是何道理？最低限度，这也于礼节有乖，大非对待长者的礼法。我真百思不得其解。关于此一事，计前后在九月廿五号、九月廿九号以及十月二日的一封航空信都提到；如果非属重要，我不会连续几次写信，为什么总不复我几行字呢？究竟什么原因？你上次的信到手是九月三十号，整整一个月过去了！如果再见到黄荫普时，我怎样对他说呢？

这里，第一期的《世界文摘》月中面世，业已全部寄出到世界各个角落去了。现在正忙于校对第二号的稿，也就是十一月号，这在十一月中也应该可以寄出的。关于这一件事，我曾在给梅枝的信说得很详细，也许她们看后会把信也转给你一看的。

祝健康！

葆

六三，十，三十一日

附：照片放大了的两张：①蔚与子健；②剑雄、子健、子偕三母子。

给三儿文达信

（一九六三年十二月十九日）

文达我儿：

昨日伍锦文适由茂名来穗转赴京到部开会，我特托他为带些衣物给你，这些衣物，许多都是所谓“慈母手中线”的成品，妈妈打算我要在这里付邮的，得锦文来京之便，于是就改变了寄递的计划了。

各物计开为：毛布睡衣袂一套，恤衫二，方格仔短袂二，纺毛袂二，背心笠衫四，羊毛内衣（英国制）一，方巾三条，红茶一包，阿华田一包，连同本作寄包裹用的大毛巾一；这样一大包，我便只好连那小皮篋也交锦文带来了。这附带来的小皮篋，如锦文需要，可给他；否则你可留下作己用或交给阿博也好。我也许久没有信给博，十分思念他。不知他生活状况怎样。

前天我把东西打发给锦文后，本有一封航空信寄给你的；人们说，上面没有贴上那“航空”纸标，不晓得能否作算，而那时邮政处刚挂上“休息”牌了，因此今天等那里开工了，我取了那些纸标，再写这封信给你。

我们在这里开会，今大是第四天了，预计要到廿八号左右才能结束。几天来，曾详细阅读了这些文件：

《中共中央关于目前农村工作中若干问题的决定（草案）》；

《中共中央关于农村社会主义教育运动中一些具体政策的规定（草案）》；

《中共中央关于厉行增产节约和“五反”的运动的指示》。

然后始晓然于目前的形势，晓然于马列主义者与现代修正主义者的斗争的形势。毛主席说得对：“阶级斗争、生产斗争和科学实验，是建设社会主义强大国家的三项伟大革命运动，是使共产党人免除官僚主义，避免修正主义和教条主义，永远立于不败之地的确实保证。”这意义是重大的。

暂写到这里。

祝健康！

葆

十弍月十九日

给三儿文达信

（一九六四年一月十二日）

文达我儿：

去年年底开完会从广州回来，不觉又半个月了。离开广州前，记不得曾否写信给你；但是在那以前，也就是在到了广州未很久的时，曾先后写了两封信给你，都是航空信，相信一定收到，我还以为在离开广州回返港寓之前，是一定会得到你的回信的，可是到了廿八号仍是消息全无。

那么，你看到了剑雄的姊夫伍锦文没有呢，托他带给你的那些衣物，收到了没有呢，这是我所很想知道的，尤其是妈妈，费了许多“慈母手中线”辛劳的她，而且许多线针都是在他扶病中完成的，他自然十分想知道孩子收到她寄的东西作何感想了，好歹给我们一个回信，免得她牵挂，朝夕悬望吧！她现在仍在病中；张医生说：她的病最怕的两件事，一为秋冬间天气的突然转变，每一次寒流南下便是对她的一个袭击；一为情绪不良，或愤怒，或忧虑，都立刻足以影响她的气促加剧，带来的便是咳嗽，胸部痛疼，不能睡。因之，你久久没有信来便足以引起她挂虑，而收到她寄给你的东西又不回信，只字也没有，便更加使她生气！如最近几晚，每每听到她在睡梦的呓语，说：“不孝子，我也忧错了他了！”试想，作为一个旁边听着的我，听到这句话，多难过呢？她不说“爱错了”，而说“忧错了他”，显然是怒中而带恨了。我想，达儿，纵然在百忙中，从一顿饭里挤出几分钟来写数行短札，总不能说是办不到的罢。

要罢就是锦文北来时，你出差别处去了不在京！是这样的情形吗？

祝好！

葆

六四，一月十二日

给三儿文达信

（一九六四年一月十五日）

文达我儿：

盼望了很久的来信，终于今天收到了。这使我们大家都非常欢喜，尤其是妈妈，她先不给我看信，而是拿出照片问我试猜猜是谁，当我送了毛织冷衫给明哲，才从她家里回来刚进门的时候。妈妈觉得非常满意，她说慧莲无疑地是个聪明伶俐的女子，从她的一双眼睛可以看出，再则大耳兜是长寿之征云云。一句话，她觉得异常开怀就是了。如果问她看出有个什么特点的话，我想她应该说是，慧莲看来不像个北方的女孩子，倒有点像广东人。这自然是她个人的看法了。她又说：人倒是很有人缘似的。这“人缘”的一句话，怎样解法，我也不十分了了，姑照述罢。

有一点，前些时有一封信曾问到慧莲家的地址，看可以不可以告诉我们，好寄给她，或者她的弟兄姊妹们名字收，一些布料或者合用的东西；既然是亲戚的关系，那么一些馈赠不单只是免不掉，而且也是很应该的罢，国际间如此，人与人之间也是一样。但来信没有提到这点。敢情是忘掉？自然，打税是需要的。我们寄到大同去给你妗母她们的布料，是寄了件后，再寄回款给她们抵偿回税款的。这办法可照做。因为邮局关于包裹寄量的限制，一般地说，要两个人收到的寄件，才足够一个人每套衣服所需的材料。为了这，所以最好把多几个人的名字寄来。慧莲家里住在西城吗？

再则，你们结婚，需要我们寄一点钱进来给你罢？多少呢？大略给我们一个数字，就汇来。要知道：娶媳妇，那作为翁姑的是应该花一点钱的，这不但是老规矩，也是正大道理。不见贺礼都写着“新翁之喜”或“叠翁之喜”吗？

在春节后举行婚礼，一方面又要顾到工作忙迫，那么南来一层且慢一步提罢。妈的意见是：到了暑天的时候，或者夏秋之间，如果你们能南来，也许你兄嫂们也可以到广州来一齐叙会一下，而如果妈的健康条件允许的话，她也希望能到广州去一趟呢。秋冬季的天气，给她一个很严厉的考验，目前她正在受着这个考验呢。当然，如果妈妈的病能够治得愈的话，待她身子恢复，我想到茂名去一趟，看看两个孙子，也是可以的。像坐船到湛江去，便不十分劳顿了，是不是？现在主要的，是她要理好身体，极力平抑情绪的激动，便对她的健康恢复有很大帮助。

读了你的来信，深感十二日写给你的一封短信是错怪了你了。我没有想到你是那样的忙，还为开会议准备材料，又是那么的紧张！不过，妈妈没有收到你的信时，竟是那样地行坐不安，挂这样，挂那样，这却不免影响到我的情绪也起波动了。适当这时，又是入冬以后第一个剧烈的天气变化发生的时候，她受到考验了。可以说，每一个南下的寒流对她都是一次严重的袭击，尤其是在秋末和冬季的时候。这一次对她的打击是这样：一时不小心着了凉，跟着发烧，感冒未清，气管炎缠绵着，咳嗽多更使气促加剧，于是睡梦时便发生呓语，而平日压抑在意识里的不如意的情绪便在呓语中透露出来了。这一情况，以我刚从穗开会回来到写信给你时那一段期间最为紧张。

今天虽然也冷，而且又是阴阴欲雨的天气，不过也许是冷定了，对她倒没有怎么样的，希望受得住便可以说是些进步了。

又：刚才我听见妈妈持着照片对二姑姐说："她有几分像阿楚，你说是不是?"她们在议论着，是不是这就是你所指的看得出来的特点呢？得告诉你：善淮前几天生下了一个"麟儿"呢。今天二姑姐来我们这里，为的是替她的女儿制"糖米"，还动员了三婶来帮手，一时厨房热闹起来了。不过，你知道"糖米"是什么吗？

写到这里，云玉刚下班回来，她看了照片后，表示的意见倒与你妈妈她们的不尽相同。你姐姐说："莲完全一个北方女的模样。"我说："她们说她像云楚!"玉说："唔似!"真是各人的看法。

这儿我赶快给你写回信，因为明天《文摘》第四期印好要送来了，一包一包点收了，又要立刻打开分别寄发出去，这总得要上下人等忙它个把星期的，有时还要动员到晶晶来把杂志一本本放入封袋呢。我自己虽不亲这种事，但也不免要作个监工的样子，"睇头睇尾"，一如广东话所说的。

说起《文摘》来，得告诉你这点点。也许说出来不相信：现在每期寄到美国去销售的竟超过一千份，为各处地方之冠！第三期的内容最引起阅读者的兴趣，它的封面标题是："赫鲁晓夫的经济危机；铁托的'社会主义'；莫斯科—华盛顿轴心"颇惹人注目！而刊载的有《赫鲁晓夫在北高加索农业工作者会议上的讲话》，以及几篇美国的关于苏联农业生产的文章，颇说明了《莫斯科部分禁止核试条约》为何是对美帝屈膝的真相。此外，还有《人民日报》与《红旗》编辑部《新殖民主义的辩护士》和《南斯拉夫是社会主义国家吗?》两篇文章。《莫斯科—华盛顿轴心》原为《法兰西观察周刊》的文章。另外，还有几篇英国、美国，以及《巴西工人阶级》月刊和乌拉圭共党前总书记戈麦斯的著论，这些在好多地方看来，又就很多方面来说，都是别开生面、一新耳目的。可以想见：这样性质、这样编排的一本杂志，把世界上各种思潮或甚至完全相反的见解，众说纷纭，汇于“一炉而共冶”，不表示编者的倾向，让读者从客观的排比中得出自己的结论，在这方面，可能这本东西还是破天荒的创举的。我看，我们这个刊物很有前途。

我说这刊物有前途，因为它能应一种需求，一种迫切的需求！前几天收到新加坡南洋大学的学生把叻币放在信内来订购，而南洋方面来订阅已不算得怎样突出的了。昨天竟收到一位加纳的大学生汇款来订阅的呢。埃及一家书店，一起要每期五百本，大盖要销全中东，这点林经理还在与订立详细办法呢。孟买方面一家印度书店也要每期订二百本；泰国也有来订阅的。

明天出来的一期载有一篇古巴的格瓦拉《论游击战》的文章。这篇也刊出了在英文版的《北京周报》是本月十日的，比我们仅先五天！许多这些文章，我想你们在北京的各报刊也看到的，是不是？

在广州开会时，大盖是廿六号罢，在《南方日报》看到周杨关于“哲学和社会主义科学工作者的战斗任务”的讲话，我读完后，舍不得弃掉，把它寄给梅枝，黄博士又把他看完了的一份也交给我，我便把这一份又寄给文蔚他们；这篇讲话，在反对现代修正主义的长期斗争中，是一篇很重要的文字。我希望他（她）们能好好地把它一读，而且不止一读。那篇讲话，我想你一定看到过的咯！

巴拿马反抗美帝国主义的斗争突然其来也似的，但也应该可以说是无可避免，终于有一天要爆发的。这次美帝国主义者横蛮不讲理的行动，正好给予现代修正主义者赫鲁晓夫之流以当头棒喝，究竟帝国主义者是否已经变好了，究竟是否可与谈和平共处的。且看约翰逊如何掩蔽凶狠的真面目！且看被掌了嘴巴的赫光头如何继续哓哓其谈，如何自圆其说！

好吧！暂写到这里。祝

身体健康！

葆

六四，一，十五

附：中旅日历牌一张。

给三儿文达信

（一九六四年二月十一日）

达儿：

你一月三十一日来信，昨十号收到了，不算怎样快，比较上湛茂方面这个月来的几封信快得多了，有一次蔚寄来的一封仅五天，似乎已恢复五七年左右的邮递快捷了。附的剪报也收到了；当然，平时我们看《人民日报》，比较少注意到第四或第六版的。

谈起学“石油”的干劲和革命的工作方法，记得在广州时曾看到话剧《年青的一代》，是在黄华路后勤部的礼堂看的，使人真受感动。这是社会主义建设希望的所在，资本国家和反动派如何想像得到呢！

梅枝也的确有她的过人的地方，不过也不全在于特立独行的倾向，像喜欢单独出门而不感觉得怎样惯不惯那样的表现，她是个有主意、个性强而意志很坚定的人，如果能更加强和加深文化的陶冶，我想是个有用之才的。人各有所偏长，长于彼未必优于此，倾向于艺术或许不耐烦于搞数理化一类的科学研究工作；但也不宜偏废，如何调剂于两端之间，使得维持一个均衡，便是问题所在，人们所要致力的地方了。便是孔门的弟子也讲分四科呢。以前人们爱这样说，其实也有很大的道理在。

关于寄东西一事，妈妈想对你说，你大盖是误解她的意思了。她的意思并不是指那些两造订婚时要过礼的一套；这些也的确是过时的老规矩，谁还是希罕那些“繁文缛节”以及带封建社会烙印的东西呢？妈妈的意见是比这一切要现实得多的。在苦战三年多的实际环境中，又是连续几年的自然灾害，我们所遭遇到的物质缺乏的困难，那是无可讳言，也不必讳言的。像去年农业生产有了好转，粮食问题可以希望解决了，但衣着的问题要解决，恐怕还要等待一个时期，这是实话。实在的情形的确如此。我们棉花生产纵继续丰收，穿着的问题，一时还未足达到“丰衣”的程度啊！为此，妈妈的想法便是这样：在寄包裹办法规定可能的条件限制下，为什么不把一些衣料、布料之类寄些进来，给成年人做衣服也好，给小孩子们——如莲的弟弟妹妹等做衣服也好，总言之得其用就是，想这也是应该的，也不会被讥评为太过罢！妈妈的意思只是这样，十分现实，不是什么送礼、过礼！

记得你还问过袄的料子是不是日本鸭巴甸，我几次忘记对你说，那正是国货，上海制造的呢，是出口货。当然，打算寄的不会是这样好的料子，但也是本国货！

不过，现在来说，寄这类的东西似乎又有了新的限制了。去年年底，妈妈寄了两个包裹布料，粗布料，合中年妇女用的和一些合小孩子用的，给晶晶的外婆们，过了一个月后，到前几天，都先后退回来了，这未免给人们一点失望。因为另方面，这里楼上的程妈们，她们寄布料等物到上海去，总是收到的，很少见退回来，一般的印象是上海方面的执行政策的人们较通情达理一点，会照顾人们的愿望、需要。不过政策是时时改变的，一时很严，一时又放松一些，也有此处紧而彼处松的。有些地方打税，而且打得相当重，如大同方面妗母们，寄了些布料去，很用得着，可是打了十余元的税，她们有些觉得重了，于是妈妈又汇了港币五十元给她们，作补缴税之用，我想也只好如此。北地更是较寒的啊！

北地较寒，今年天气不晓得怎样？前天收到梅枝的信，写道："十多天来，一直是冷冻冻的，室内也冰冷得很，还是北方的室内舒服，暖阳阳的，有时还得烤烤煮煮，弄些东西来吃!"显然，她是有点舍不得北方的，尤其北京。

至于婚姻的旧礼节，妈妈不太讲究，但也不是完全不讲。儿女方面，她总是十分公平待遇的。两个女儿，据我所知，每人像是有同等分量的金镯子或金鈪之类，梅枝面份的不是存在她自己处，便是存在妈妈这里了，家姐的则全无所谓了，不过作个纪念性而已。孩子们有了媳妇了，妈妈是每位媳妇总要留给她一些东西，剑雄的大概早已在沙面时交了给她了——是否这样，以及是什么东西，金链，金鈪，我不知道，也从不过问，便是说过我也从不紧记在心里的——莲自然也要给她一些东西了，但不会是要寄进来的，是打算托便人或者自己带进来的，所有由邮递方法寄进来的物品，倒不属这一类！这样说，明白了罢。

并且不只女儿们，孩子们，荣滚〈衮〉嘛，妈妈也从当家省俭下来一些钱已打好一条金表链预备送给他呢。去年，她已和荣滚〈衮〉这样说了。今年，她手头又丰裕了些，而家姐过年又出双粮，收进来贰仟多元，这也使她做母亲的相当开怀了。妈妈这种见解，你以为是陈旧吗？我以为问题看法不是这样。《汉书 · 韦贤传》写道："人遗子黄金满籝，不如一经。"（三部红皮书的《人之初》上写道"人遗子，金满籝，我教子，惟一经"出处便是这里。）这用现在的话来说，便是：政治挂帅，思想第一，钱财不足齿数，粪土而已！妈妈并不是不懂这道理；她的见解只是留个纪念而已，而这倒是值得接受的。

《文摘》逐渐为世所知了。新加坡方面来订阅的，日有多起，印度也不少，而且也在增加。两星期前，加纳的几个大学生寄来了订单。大学教授方面有伦敦的 NuaRam 和纽西兰的某教授；捷克的和匈牙利的，忘其名了。因此，我们的读者“朋友遍天下”，有个以前没有注意到的收获，便是邮票由四方八面飞来，款式之多，启了集邮的新兴趣！这些邮票自然有许多是不断重出的了。现在我要问：是你以前有兴致集邮的那位朋友，是否仍继续活动，对此道仍感兴趣？

说来也有趣，加纳来订阅《文摘》那封信寄到那天，正是周总理到加纳去访问的时候，这不禁对我起了一些鼓舞的作用。现在周总理“万里之行”已胜利地结束，成功回到中国来了。这所给予美帝国主义和决意向它投降进行献媚的现代修正主义以如何一种有力的掌掴，实不难想像。目前美国的政策事实上是处在无可自拔的困境：南越的“有限度战争”它陷入了泥淖中，小小的巴拿马正在批它的项下逆鳞；法国已粉碎了它对欧洲的计划；塞岛它想法沾手，居然要派兵，但现在要撤侨了，眼见又是一次失败！（其次，中法建交了，英美的关系看来会趋于接近一些，英首相霍谟赴美，目的想是把莫斯科核试条约的三国关系扣紧一些，这样来对抗中法以及压制世界其他各部罢！且拭目以观其发展！）从这一切看来，美帝是套上了绞索，注定要失败到底，而现代修正主义者还要投入它的怀抱，与它沆瀣一气。寄语赫光头：要勒马了！

暂谈到这里，附两张中旅社日历。

祝健康！春节愉快！

葆

六四，二，十一日

给三儿文达信

(一九六四年三月二十八日)

文达爱儿:

我又到了广州来了。不是为什么开会，而是为了领带四十九个华革会的工作人员，大半是执委或常委来参观学习，虽是趁“复活节”的短短三四天的假期，但也希望有所收获回去。

是昨天下午到的，准备明天去看附城的一个公社。这次住的是南方大厦。

来时，妈妈告诉我要带几件衣服给你，是卫生衣一件，纺毛衫两件(一件是在火车上穿着过的，因为昨天来时仍有点冷，收到时应给它行下水礼)，袜子两对，裤带子一条，外用一条毛巾包着；这是几件今天顺便到隔邻邮政总局寄出给你的东西，收到后给我来信。

你的信收到了，是十九号收到的吧。于是妈妈便在二十二日在家里摆了三席酒请了亲戚们来吃喜酒，闹热了一阵。妈妈对于你们结婚一事，看得很重；自然咯，她觉得又了掉一个“向平之愿”了。不能笑她这见解怎样，总之婚姻也的确是一件大事。

她们说，要给你起一个“大字”，于是我便拟好了作“广善”，也就是取孟子所说的什么“达则兼善天下”的意思，不会说口气太大罢!

关于一个多月来的一些事，这里不能详细地谈了。待回到港寓去后再写。这里我只把廿三日那天在迫急的情绪中所写出来的一篇文章《看了李流丹版画预展之后》的剪报寄给你。那首集王荆公（王安石）句子的诗，是有所感而发的。你大盖还记得叶誉虎先生写给你那条幅上面的诗，也是王荆公的呢。那天喝喜酒时，我特意把这条幅张挂在客厅里给大家欣赏欣赏，八十四岁的老翁，仍能有这样的腕力，的确不容易。

暂写到这里。祝你们好！健康！

君葆

六四/三，廿八

给三儿文达信

（一九六四年五月二十四日）

文达我儿：

“五四”的来信，早在十二日收到了。当时本想急给你寄回信，因为也差不多一个月没有去信湛江了，所以先寄给她们的一封，然后打算付邮稿后回来寄给你的一封，谁想到外边一散步，回来便也“我倦欲眠”了，这样一搁便是十天以上，多好笑！给她的信寄出了两天，便接到梅枝的信，她颇表示不满意，因为许久没有收到你的信，而结婚又没有通知她，大概是要备办贺礼的原故吧！怪你是没有道理的。

虽说调职，那岂不是关于私人生活便利方面，许多时要从新起炉灶，再计划一番？广安门在那一角落，我一时也弄不清楚了，隔红庙远吗？路怎样走？近来记忆力也真差。这样说来，新办事地点去慧莲工作的所在，便利与否，路程远近又如何呢？两方面各不能相就，弄成了“大半生涯在路途”，也真有点浪费时间呵！大都市的生活每每如是，即就香港这里来说，情形相类者，大抵比比皆是！你记得潘佐华么？他跟我们于一九五六年到北京来，住西郊宾馆，想曾见过他。他从英国学了三年文学专科回到这里来后，在拔萃教书，因为住在北角，每天要过海，得与几个同事约好一辆在九龙尖沙咀码头的候车，这样乘车，才能保证依时到校上课，靠搭巴士电车无论如何是挤不进去的，而的士在上班的时候又最难找！说起潘，他现在到了新加坡南洋大学去教英文了，那是陈嘉庚的老弟陈六使创办的，比年以来颇出了些问题，但学生方面是很有希望的，因为一般地都能向前求进步。这一点可从很不少那里的大学生向我们这里直接订阅《文摘》看出。目前《文摘》在星洲比在香港的读户还要多咧！不过，潘到那里去后，到现在仍没有信给我呢，想是为谨慎的原故。

一连下了一个月的雨，在北方来说，这真是反常的了，不过这次反常的天气还是世界性的呢，中国所遭遇到这样的暴雨，历史上不是不曾有过的，而我们的史书又记载特详，不过比较还是像“五九”“六〇”那几年的连续大旱更难对付。那一年，我离开北京一路经洛阳到西安，转川鄂而至汉口，一路所见，无非旱象，那时候真是“于我心有戚戚焉”了。水利大兴之后，对付雨较易为力，跟着进一步也许终于能够一并战胜旱灾的。事情一步一步来罢！

照片收到了，慧莲如何，我们无从去根据脸是否方了一些，不过你倒像是瘦了一些，是不是？还没有给你二哥和梅枝她们也寄一张吧？我说，为什么不把底胶片也寄来，让这里多为你们晒印几张分别寄派呢？

妈妈对照片很发生兴趣。但是她也有别的要知道的事实，提出问了，希望来信给她一个明确的答复，也就是慧莲生年的岁、月以及时辰，像你出生的时候是下午三点至五点间，那便是“申”时咯。她这样地想知道，并不是想算“八字”批命那一套，她是不讲那一套的，不过自己的人，大家的生年、月日、时辰，知道一些，也是十分应该的，是不是？你自己的，你是知道了的，我想。慧莲的父母大概也会问到的，不清楚的地方，可来信述所需要的问个详细。你的农历生日是辛未年十月十九。这你也记得起来罢！

要来问问你们的组织系统了。你们的建设公司，施政范围是华北？整个华北？那不是太广阔了吗？而电基一处扩大了，是否活动范围仅限于首都？又是否一同在体制上隶辖于电建总局之下呢？再者，我看北京所建的都是热电厂，那末水力发电的可能性又如何呢？密云等新水库怎样呢？“十三陵”看来是太小器了。

国际风云的变化，半年来颇有些注意的发展。这些我早想在这里一谈。自中法建交以来，这变化也越来越急激，目前大家都集中注意在东南亚，这是一个极堪注意的地方。现在且拭目以观美帝主义如何去应付南越泥淖里的泥足，怎样把它拔出来。目前美国朝野上下都为这事伤透脑筋。美国《新闻周刊》十八日一期的以《奠边府：历史将会重演吗?》为题写道：“不同于十年前法国，目前美国的事业并非不可避免注定要失败的，因为当时在那边的法国是为了要在越南赖着不走而战，而美国现在则是为了怎样能够离开那里而战。”然则美国的下场可知了。东南亚的巨大转变正在开始呢！

在这一切的转变，民族主义思想的倾向仍然是一个最不可轻视的力量。越南、老挝固然了，此外还有人口几达一亿的印尼以及拥有几有一千万人口的所谓马来西亚，这当中不可忘记的是马来亚的人口，华人与马来人数几不多相等，而新加坡的人口则中国人占百分之八十八以上！未来的发展将如何影响我们的同胞呢？这是大家都关心的问题。我们诚然唾弃狭隘的民族主义倾向，但是我们不能禁止别国走狭隘的民族主义的路线，而当这样的民族主义倾向是被大国沙文主义挟着以俱来时，那便是使人头痛的事了。想到一个社会主义的国家，在这样的思想倾向领导之下进行邻国关系的政策，如何不令人“宵衣旰食”！外蒙古共和国，在曩时南京的是个反动政府，为了保卫第一个社会主义国家的存在，谈缓冲是有道理的；到了现在竟有人想利用它来起超过“缓冲国”以上的作用，这是何种居心呢？中国之大患在西北，似乎现在难免人们又想起历史的事实了。

中国之大患在北边，其然乎？岂其然乎？历史重演之迹，能否改变？曩时读《前汉书》，最难忘的是关于匈奴的几篇文章。哀帝时杨雄上书说：

“臣闻六经之治，贵于未乱，兵家之胜，贵于未战。二者皆微，然而大事之本，不可不察也。今单于上书求朝，国家不许，而辞之。臣愚以为汉与匈奴从此隙矣。（事实上，终汉之世，数百年国策的最重大问题，在于怎样对付匈奴！）本北地之狄，五帝所不能臣，三王所不能制，其不可使隙其明。臣不敢远称，请引秦以来明之。以秦始皇之强，蒙恬之威，带甲四十余万，然而不敢窥西河，乃筑长城以界之。会汉初兴，以高祖之威灵，三十万众，困于平城，士或七日不食；时奇谲之士，石画之臣甚众，卒其所以脱者，世莫得而言也。（这是说白登之围虽解，汉高祖得逃脱，但说起来究竟是不怎样有名誉的！）又高皇后尝忿匈奴，群臣庭议，樊哙请以十万众横行匈奴中。季布曰：哙可斩也，妄阿顺旨，于是大臣权书遗之，然后匈奴之结解，中国之忧平。（这时所采的是刘敬的结和亲之约的政策，所谓为强弱之势所迫，不得不这样做。）及孝文帝时，匈奴侵暴北边，候骑至雍，甘泉京师大骇，发三将军屯细柳、棘门、霸上以备之，数月乃罢。孝武即位，设马邑之权，欲诱匈奴（这是想雪平城白登之围的耻辱了），使韩安国将三十万众徼于便地（这是设伏想擒单于），匈奴觉之而去，徒费财劳师，一虏不可得见，况单于之面乎！其后深惟社稷之计，规恢万载之策，乃大兴师数十万，使卫青、霍去病操兵，前后十余年。于是浮西河，绝大幕，破寘颜，袭王庭，穷极其地，追奔逐北，封狼居胥山，禅于姑衍，以临瀚海，虏名王贵人以百数。自是之后，匈奴震怖，益求和亲。然而未肯称臣也。且夫前世岂乐倾无量之费，役无罪之人，快心于狼望之北哉！以为不一劳者不久佚，不暂费者不永宁，是以忍百万之师，以摧饿虎之喙，运府库之财，填卢山之壑（这一段话，证明一劳永逸的计划，是必要的，为了民族，国家，宁可忍痛也要实现长治久安之计，因为这是根本的）而不悔也。（推杨雄之意，是认为这是无不避免的，后世每谓这是汉武帝穷兵黩武，好大喜功，这样说是不公允的。要知道，他的错误，在于贯彻、执行计划的时候，没有照顾得周遍，没有注意到条件，基本条件与辅助条件，是执行政策的错误，不是基本国策的错误！）至本始之初（汉宣帝的年号），匈奴有桀心，欲掠乌孙侵公主，乃发五将之师十五万，骑猎其南，而长罗以乌孙五万骑震其西，皆五质而还。时鲜有所获，徒奋杨威武，明汉兵若雷风耳。虽空行空反，尚诛两将军。（这徒事耀武扬威，多少中大国主义之毒，殊不足尚，也咋现实！）故北狄不服，中国未得高枕安寝也。逮至元康神爵之间，大化神明，鸿思溥洽，而匈奴内乱，五单于争立，日逐呼韩邪携国归死，扶伏称臣。然向羁縻之，计不专制。（这是古代自治区的政策了！）自此之后，欲朝者不距，不欲者不强。（是民族自决论之滥觞，英国自治领联邦制制所本？颇值得一商榷。）何者，外国天性忿鸷，形容魁健，负力怙气，难化以善，易隶以恶（即只认识威力），其强难诎，其和难得（最不讲信义，条约墨渖未干，说消毁便销毁！）；故未服之时，劳师远攻，倾国殚货，伏尸流血，破坚拔敌，如彼之难也，既服之后，慰荐抚循，交接赂遗，威仪俯仰，如此之备也。（这是通西域，断匈奴右臂之后，才能谈得到的成就，吾人读史不禁为之掩卷而三叹焉!）往时尝屠大宛之城，蹈乌桓之垒，探姑缯之壁，籍荡姐之场，艾朝鲜之旃，拔两越之旗，近不过旬月之役，远不离二时（两个季节）之劳，固已犁其庭，扫其闾，郡县而置之，云彻席卷，后无余灾（对付其他民族，比较易，不至旷日持久）。唯北狄为不然，真中国之坚敌也！（我们于俄国亦可以这样说!）三垂比之悬矣，前世重之兹甚，未易可轻也。（实行了社会主义制度之后，俄罗斯民族的思想感情，是否有所改变呢？对于这一问题，我曾写过信与现在中大的陈寅恪教授辩论过，我的意见是应该有所改变的，否则人类思想便说不上什么进步了！问题在什么是最基本的，永恒不变的。这问题容后再详细的谈。）今单于归义（用现在的话，这有类于与资本帝国主义谈和平共处），怀款诚之心，欲离其庭，陈见于前。此乃上世之遗策，神灵之所想望，国家虽费（几乎可以置诸赫鲁晓夫口中来对肯尼迪、约翰逊说的话），不得已者也。奈何距以来厌之辞，疏以无日之期（哀帝建平四年，单于上书愿朝，至五年时犹未接纳），消往昔之恩，开将来之隙！夫款而隙之，使有恨心，负前言，缘往辞，归怨于汉，因以自绝，终无北面之心，威之不可，谕之不能，焉得不为大忧乎？夫明者视于无形，聪者然于无声。诚先于未然，即蒙恬、樊哙不复施，棘门、细柳不复备，马邑之策安所设，卫霍之功何得用，五将之威安所震？不然，一有隙之后，虽智者劳心于内，辩者毂击于外（像五个月前周总理访问亚非十三国，今则赫鲁晓夫不避溽暑，泛舟尼罗河，大放厥词，所以者何，实足深味）犹未若未然之时也。且往者图西域，制车师，置城部，都护三十六国，费岁以大万（即百万）计者，岂为康居乌孙能逾白龙堆（在新疆天山南路）而寇西边哉？乃以制匈奴也。”（见《前汉书·匈奴列传》）

前代对付外族，用心良苦；不能谓之无策也！

还有班固的《匈奴列传赞》，亦极值得一读，文字尤佳。

谈起与外族打交道的问题来，往往不免联想到历史与过去，这固然由于我国有长远的历史，什么阶段都几乎经历过，但也由于个人的思想习惯使之如此。自清代康熙以来，俄人与我们相互间的关系，便成了历史上一个重大的课题。目前，中苏间存在着一个思想分歧的问题，意识形态的问题。我们诚愿希望这是暂时的，但这个意识形态的问题是否最基本的，没有比它更基本的存在着呢？

就苏联的对国际关系政策所采取的步骤来说，似乎不能不令人担心到他们的民族主义思想是一个巨大的力量，而如果这一力量逐渐抬头，甚而至于成为统治或领导集团的核心力量，那么在社会主义兄弟国家看来，这将是一个什么局面？假如说，苏联之所以如此热心于援助印度，不单是为了要立意与中国闹翻，而是更想在印度洋上找个暖水港，求出路，那又将会怎样呢？赫鲁晓夫飞到埃及去，眼在望阿斯旺的湖水，心在盘算着中东的油田，谁能说他不是在打着艾森豪威尔、洛克菲勒尔所打过的主意？果真如此，他岂不是仅仅披了社会主义者的外衣，已厕身到资本主义国家的俱乐部去，与艾森豪、肯尼迪、约翰逊之流平起平坐了，而他国内的人又复视此为荣宠，为增加了声誉，为“大丈夫固当如此”，那局面又将怎样？我很怀疑俄国人终会走这条路线发展。

一位列宁格勒的物理学家告诉一位英国记者说：“中苏间的思想纷争，除了哲学基础之外，也有它的种族根源存在，我们与中国人，在传统历史上，在文化上并无共同之处，这次纠纷更加使我们感觉到我们是欧洲人。”既然是欧洲人了，那又怎怪得第二届亚非会议的筹备会中，人们不让莫斯科加入呢？像这样的争论，我们诚不愿意在兄弟国家的关系上看到，但事实是事实，我们对于一件要洞烛先几，怎样去“留意于未乱未然，以遏边萌之祸”呢？

总括一句说，好些时候以来，已感觉到民族主义之为物，确是一种巨大的力量，这种力量，在领导抗日战争的年代，毛主席曾利用它来作原动力推进抗日反帝的解放战争，从而实现了以建设社会主义社会为内容的革命理想，其威力至伟大，成就最卓越，是一个明证。我想：民族主义倾向与社会主义理想，看来两者是相反而又相成的。实现社会主义的理想，以整个世界为对象，是国际性的，因此到了共产主义阶段，不再需要国家，而国家也就要消灭了。但中国在抗日战争阶段，也有似乎列宁那样，当白俄军队向莫斯科和圣彼得堡进兵时，他便要唤起民族主义的爱国思想呼道：“为社会主义的祖国而奋斗！”这样做，便是把民族主义思想作为鼓舞浪漫主义革命运动的原动力。目前，广泛地在东南亚展开的抗美反帝的民族解放战争，所谓中间地带的斗争，如火如荼，其无坚不摧，无隙不入，可以说大部分是得力于民族主义的爱国倾向。另一方面，在一个社会主义制度已经建立起来的国家，像苏联，如果领导的集团是醉心于大国沙文主义的表现的，那么，辅之以民族主义妄自尊大，恶劣一方面的倾向，发展下去，到最后会不会危害整个国际社会主义运动呢？吾为此惧！

得再说一句：这不是过虑！试想：如果单只是为了思想分歧，为了意识形态的辩争，怎会弄到要彻退专家，怎会搞到撕毁了一百多个合约？兄弟国家尚且如此，同一阵营的国家尚且如此，若在社会制度迥不相侔的国家中，又谁能保今日珍同拱璧的什么“三国条约”，转眼间不作废纸扔到字纸篓里去！

事态发展下去，如果到了一个阶段，那兄弟国家间已不复兄弟国家的关系，那我们将怎办？撤退专家，撕毁合约，这所给予我们的工业建设的打击，是够重大的。对于这，我们中国人永远不会忘记。在目前说，我们就只有埋头再苦干下去，不但仍然要自力更生，还要加倍的努力。我们再不能够轻于相信别人！前人有过一句话，“非我族类，其心必异”。以前，当我要想应用这句话来说“日本鬼子”也好，“美国佬”也好，我总觉得矜矜持持的，而现在兄弟国家，同一思想路线，同一主义，也出现了同一类型的面目，那么我对于这句古语，真的要从新估量一下它的价值了。究竟什么才是最基本的？这问号萦回于我的脑际，已经好久好久了，我仍在找它的答案！我终于要找到答案！

暂在这里搁笔。祝

健康！

葆

六四，五，廿四

给三儿文达信

（一九六四年七月十二日）

文达我儿：

上月十日来信，自石家庄寄发的，二十号收到，似乎还没有给你回信，照片三张收到不觉逾三星期了，时光过得真怪快了。

这里把梅枝们寄来晒印放大的照片两张寄来——想她还没有把六吋的寄了来给你看，那是太大了一些的——一幅是湛江赤坎的桥，另一张则为霞山也就是湛江市旧称西营的海滨公园附近。

你说慧莲的生日是在腊月，那我想是指农历的十二月，不会是指公历的十二月罢，虽然借用来指，如“元旦”等，也示尝不可。倘真的是指公历十二月，那最好来信说一说。

最近读了胡耀邦的报告，又看了节录的阿尔巴尼亚《人民之声》报的《彻底揭露赫鲁晓夫集团所谓反对“个人迷信”的危险阴谋》的文章。全文还要等待一下始能看到。这篇《人民之声》的社论提到《纽约时报》四月三日的《莫斯科的山芋烧牛肉的共产主义》一文，是讥讽赫鲁晓夫的妙文，我们曾想把它收进上一期的文摘，已得《纽约时报》的同意了，但后来仍没有用它；但那文章倒是写得很不错的。

《人民之声》的社论也提到“民族主义”一问题。这也正是我们要注意，要加深研究，要讨论的一个重要问题。好多时间以来，我都在注意这一个问题。上次给你的信，提到了一些从《汉书》上摘下来的材料。关于这些，我们可以说，我们有悠久的历史，在这方面，独可以说“得天独厚”，有比其他任何民族都要丰富的经验，而且这些经验都是好好记载，保存在写下来的历史的。

民族主义的思想，以爱国的热诚为基础，而不是以发展大国沙文主义的倾向为目的的，那应该是有益而无害的。在我们与俄国两个民族之间，应该可以在这一方面看出一些分别来。

你到石家庄去，是否从那里转到太原去，抑或活动仅限于河北呢？祝

健康！

葆

六四，七月十二日

给三儿文达信

（一九六四年十月十二日）

文达：

这儿给你的信，本来上月在穗开会时就应该写的了，一事紧接着一事地应付过去，便觉得时间从指缝间像水也溜走了似的，终于待回到港寓来，看到你八月底的来信后，仍不能即给你写回信。而时间过得真快，现在又已过了辛亥革命的纪念日了。

事情经过是这样！上月八号我到广州，适荣衮因病假仍留在那里，因此来接车，当晚发了个电报给梅枝，着她来一见面，她回电说即来，跟着又打了个电报给你二哥，他们回电说要十五号才能来；于是十六号大家都来了，湘最先于十一号晚到，蔚他们十五号晚到，剑雄和偕、健都一同来，十分闹热。那时候，我本来想打个电报约你们也南来一趟的，但后来想到国庆节期间车上相当挤，而且路程长，没有事先好好准备，慧莲也许不习惯，所以就没有给你们电报，免得动脑筋。不过尽管这样，除开会，开小组外，空得出来的时间都利用来和梅枝他们谈问题了。有一次，是星期日下午，还和衮他们两人趁公车之便到过白云山顶去逛了半天——也许你还记得，我上次登白云山是一九三六年十二月，那年你是第一次到广州，但没有跟我们一块儿到白云山上去，因为那时路不好走，而现在则驱车直到山顶！十六号午间，大家团团在爱群十一楼吃一顿饭——这次开会我们住爱群，因为华侨大厦那边都给各处回来的侨胞住满了——当天下午五点，衮、湘俩便搭渡取道江门回湛江去，因为文明路也□形桥起来呢。而我也在翌日十八日下午赴东莞县城，以便一看石马、塘头厦一带的东江——深圳供水工程。蔚他们呢，也于十九日搭飞机先到湛江去，据他们的信说，在湛江住了一晚，会到了梅枝她们，第二天便回茂名去工作。一次大家团聚，总算是胜利地完成。

小孩子坐飞机，晶晶应该说是自叹不如了。

我们十九号在东莞樟木头参观建抽水站工程时，天色尚早，到了午间便遇大雨，接近深圳一带公路都是一洼一洼的水，十分难走，同时还有台风的威胁，但也终于十九日晚抵达港寓，赶上下午最后一次过罗湖的车。

二十号我写了《踏看东江深圳供水工程》的诗给《文汇报》发表，夹上一份剪报给你。另外还有十月二日参加新闻界庆祝国庆宴席和黄新彦的诗也剪出一份寄来，黄博士说，最嘉欢"旋转乾坤第一人"这一首。你们看过后以为如何呢？今年诗的材料很多，可惜我诗倒做得比较少！

正写到这儿，台风"黛尔"据说要袭香港了。七号风球已挂起了，这是说风已在香港东南一百四五十哩处，但稍前一些时间，今晨八九点时，天文台报告还说在东南二百七十浬处，以时速七海里向西移动，预计下午五时左右将从港西南一百五十浬处掠过本港咧，何时竟转了方向朝着北面吹来呢？现在正严阵以待它的来势。晶晶已从学校回来了，七号风球例要回家的。

前些时听蔚说，你们还没有写过信给他们，是不是这样？他们很想得到你们的照片，你何不把底胶片给我，待为你们印出多几张来寄呢。

慧莲是学医的，这样妈妈也觉得可以少挂心一点，不过需要什么呢，你可以写信来，可以寄得进来的，总寄。当然咯，南北人们的生活习惯是有许多不同的，这一点妈妈明白。

妈要我告诉你：梅枝寄给你们的长棉袍，是丝棉的，这就是说，如果她有这样的一件衣服寄来的话。

暂写到这里！附两笺剪报，都是诗。

祝健康

葆

六四，十，十二日

给三儿文达信

（一九六四年十二月二十二日）

文达我儿：

正要提笔写信给你，你的信来了，十三号的；那天恰巧和黄博士在一起上茶楼吃点心，因他次日有北上之行，故托他带点东西给你们，也就金器首饰之类，自然是因为你们完婚了，作为妈妈的她要交给儿媳一些东西了。用不着指出，大部分东西是给慧莲的，但也有你的分儿，那便是你用得着表链或者金戒指中的一只吧。不过，据我所记得的，各物当中，有一只金牌，是贺小姐送给你的，上面镌着字。那时候，她从上海来，住在我们这里，我们摆喜酒时，这是她的贺礼。贺惠琼，你还记得她吗？香港沦陷时，是她为带几个樟木衣箱和其他衣物到澳门去给你们。那时她多在李崧伯家里走动，所以认得。她丈夫姓尹，所以便得以小姑视慧莲了，多有趣！

这些给你们的金饰，我早听到你妈妈说过多次，要找便人带给你，那天我匆匆忙忙过海找黄博士，随手便拿了两个盒子走，也没有细看内容，那么，他到京后有信着你去领取各物时，他交什么给你，你便什么，不必点收，点收便有些失礼了，因为他是长者。也许是黄太太交给你，那也是一样了。

这一件琐事倒写了一页多，多费笔墨！事实上，黄博士启程那天，我已挥了一封数行短札给你，因为很匆忙，妈妈每到冬天的季节便觉支气管的毛病更剧，同时又骨痛眼蒙，医者谓是白内障病，尚属初期，但已够使人烦闷，所以那天的信仅寥寥数语。

你的信昨天收到，昨天是子偕的生日，因此你妈妈便觉得开怀了一些。而今天也就是冬至了。再过两天便是圣诞节，记得九年前这时候我刚在北京呢。然子贞说，她还有圣诞贺年咭寄给你们呢！小东西，她念英文了，还讲得一口英语。你猜她在什么地方念书，在玛利诺呢，这因为地方较近，就在蓝塘道顶，谢幼文她们住的房子的后面。妈的眼疾，每使她情绪不好，这也难怪。我呢，也说不上眼神怎样特别好，不过看书和写字，我总得把眼镜褫下，这已经是很多年如此，不是临时“装样子”的，而且那看的是一本《生活》杂志，看的是那些画。说来也凑巧，下一期的《文摘》，我们就要登一篇从Life杂志拣来的文章呢。

赫鲁晓夫坍台了，可是莫斯科仍存在着没有赫鲁晓夫的赫鲁晓夫主义，这是足以叫人担心的。如果没有赫鲁晓夫了，而赫鲁晓夫主义仍然屹立不动，这问题便不那样简单了。从前听说反修不是那样容易的事，少则十年八年，多则或至二三十年亦说不定，初闻此语，好大怀疑，近来细观密察，此中大有这样的可能存在，逐渐领会过来。不过这问题讲起来就话多了，不是两三页笺纸可能说得详尽的。

谈到爱不爱喝汤水。这习惯可要养成。妈妈从前最不爱喝汤水，是一个缺陷，近来则一变旧习，要多喝汤水了。有益的汤水是要喝的。倘怕影响睡眠时，一顿汤可在早午或中午的期间，更或者星期日呀。不过北方人所制的汤水，似乎和广东人弄的有些不同，是不是？像我们广东佬早饭备的那一种“清补凉煲猪肉汤”，好处极多，我想北方人膳单上不会有，而且也不一定喜欢呢。固然，气候不同，也是一个缘故。

暂写到这里。祝
健康！

葆

六四，十二，二十二

又：慧莲的令尊和令堂的名字，记得没有告诉过我们，那么来信时请告诉我们，或者通信，或者写个拜年咭，必需要称号呀，是不是？又：他的地址，或者图书馆的地址，也要略知一二也。

又及。

又：送几枚邮票给你们的集邮者，计：尼日利亚二，南非二，多米尼加二，英国二，连信封面上的，那是刘殿爵从伦敦大学寄圣诞咭给我的信封。殿爵在伦大教书不觉已十多年了，他不大愿意放开那里，专心他的工作。

给三儿文达信

（一九六五年二月十六日）

文达：

刚刚好一月二十九、三十两天分别收到你们的贺春节咭片，那大家都异常欢喜，而昨天我们又收到你九号发来的信，一切情况都理解了。不过有一点，黄博士回来后，曾说我给他的信，他已面交徐部长，而徐部长当即交待着叫你来一谈，了解情况，这一层不晓得曾否办到？念念。

妈妈的身子，今年看来抵抗力较增强了一些，但她又每为患白内障一病，而影响得心情不好，不能看报纸，不能读信，甚至看电视也觉得只朦朦胧胧几个影子，因此不免引起情绪恶劣。也是因为这样，所以前次才有写信给黄博士那一回事，希望你能南来省亲一次，见见你的妈妈。治白内障一病，中国医道，想也有特效验方，首都地方，见闻较多，不审曾否听到，足作为参考资料耳？

孩子叫什么名字，先前我以为你们也许早已想好了，如果要我们提意见，那么是这样罢：妈妈建议，如果是女的，可叫“子芬”或“子莊”，两者从“艸”字头。至于“芳”“华”等字，她嫌太俗，别的又嫌易与人雷同，这建议我同意，并且“芬”字也十分响亮。其次，如是男的，我建议用“子蘧”二字，“蘧”读若“渠”或“蕖”，亦为“芙蕖”的“蕖”字通用；“芙蕖”，莲花也，这是你们知道的；妈妈也十分赞成用这个名字。不过选用“蘧”这一字，我还有别一意思，也就是它不只是“艸”头，而且还带个“辵”字的偏旁，如“达”“通”“逢”等字，这是它的特殊的地方。其他字如“蓬”，如“蘧”读“蔫”，同“藹”，如“蕸”（荷叶），似亦可用；但“蘧”出《庄子》一书《齐物论》：“庄周梦为胡蝶，栩栩然胡蝶……俄然觉，则蘧蘧然周也，不知周之梦为胡蝶欤，胡蝶之梦为周欤。”（蘧蘧，惊觉意；我作“觉悟”解）；又《大宗师》篇：“今一以天地为大炉，以造化为大冶，恶乎往而不可哉，成然寐，蘧然觉。”意义取此。其实，作为名字说，用之男子和女子的都是一样适合，不必区分，这是我的意见。你们酌量拣选好了。

其实，女的用“艸”字的部首，男的用“辵”字，也只是偶然想到而已，不必拘泥的，如你二哥你们，女的拟用“贝”字脚，如“贤”，如“赞”，如“贽”，也是偶然想到，跟着男的用“人”字偏旁，因之“健”字之后便想到“偕”字，如此而已。是一种限制！

祝健康！

葆

六五，二，十六日

给三儿文达信

（一九六五年二月二十七日）

文达：

昨天到广州，会齐了参观团体的人员，今天上午去看东江供水工程。现在供水工程的在马滩和堂头厦枢纽部分都看过了，也就是去年九月间和十多位省政协来看过的那两部分，自然两次相较完成工作的程度进度是容易看得很清楚的了。下午三点多，大家到深圳这里来，经过两日的苦寒天气也随着一场春雨的停止，而转为暖和得多呢。供水工程分为八个抽水站，我们虽然只看过两个，但都是重要的，而既到了深圳来，我倒想明天去看看雁田站，这是整个工程最高的一个站，水闸在这里离东江河面的水平已达四十多公尺，从雁田水库的水便向下流注入深圳水库而供香港用了，因此我很想看一看这部分工程。自然，今天要在深圳住一晚，还看戏呢，看的是解放军空军政治部剧团演出《江姐》。

在广州，我们住的是羊城宾馆。从那里，我昨晚饭后便把妈妈替小孩儿织的两件毛冷的东西——两件仿佛都是红色的，一领似乎颜色较深，但我实在记不十分清楚的了，放在一个胶袋里，然后又用一条冲凉毛巾包起来，外面用条洗面用的毛巾裹着，这样寄了给你，收到后告诉我们。妈妈眼力日告衰退，以后要她织毛冷衣服，怕是很难得的了。

祝健康！

葆

六五，二，廿七

深圳华侨大厦 211 室

给四女云湘信

（一九六五年三月二十八日）

云湘我儿：

顷收到你二十日来信，还附信和邮票，都给了子贞了。

廿一日，我写了一封信给你三哥，寄出后又写了一封给你，那文汇报发表了我那两首诗，也剪报附寄给你了。我写给你三哥的信，是心急想知道一下邢台区地震的情况，也担心他二月底到邯郸去，那时不知已否回京。三月廿三日收到他自云津寄来的信，说到地震时的感觉，那时他在京了。这几天听说河北地区又发生强烈地震了，正不知详细情况怎样。

你三哥的信还附两张照片，一张是子函自己的，一张是她和你嫂嫂。子芬这小东西，像个男孩子，不只你这样说，玉也说她是个男仔头，晶说她唔似个女仔。不过中华儿女是这样的！就是子贞，她每天在家就是打皮球，大的小的，不然就是舞剑，什么“神剑”“伏魔剑”等等，名称多得很！在厅玩完，又到楼梯去。

晶的兴趣很多，年底时不知怎的竟搞起木刻来了，把一个小木箱拆开了，不知用什么小刀，竟雕刻一小幅“屋”来了，窗、门、屋背，都很中式，像比笔画的还更有意思，具有一种简单美。她审美力强，喜欢批评人。前天带她去看李流丹的画展——李流丹的木刻很好——她很喜欢他很多幅，而最爱的为“马滩闸坝”（东江供水工程一部分）和“小桥流水”。今天《大公报》

副刊一位欣赏李流丹的画的写道："李流丹的油画以稳重见长……热火朝天的建设场面'马滩闸坝'和'小桥流水'的抒情画面，构图与设色固然不同，但我们仍然看到画家的稳重之笔，在不同内容中取得风格一致。"如果作者迢见晶晶，也许要互相说句"英雄所看略同"罢。

廿三日我又写了一封信给茂名他们，信写得颇长。而稍前一些时，蔚来信说，晶晶的外婆因病去世了，所以得安慰他们一番，不过我仍然没有写信到娘伯那里去。也不知姻伯，他曾否到茂名去走一趟？

闻云展两口子也到了茂名他们那里去工作，是打理图书馆事宜，倒是好工作。知识分子下乡工作，这倒是很重要的运动。上周从外国报纸报导的消息，阿尔巴尼亚也在展开这样的运动，不但要教师，教授们也懂得农业生产的重要，而且这也是结合着"自力更生"的政策，所以意义是很重要的。你三哥颇有农村生活的兴趣。他每到一处，总有多少述说是关于水利建设，关于抗时积肥等工作；此外他也很注意去看一些名胜古迹，去研究一下历史，像到新乡时，曾到过潞王坟去探看那些建筑陵墓的工程，在西安时又去参观过半坡博物馆，不单只登过骊山，凭吊过烽火台呢。这当然是个人的兴趣。可是历史传统，文化艺术，一个民族的爱国思想也就是从这些所以油然而生的，所以十分重要。目前，这里有人在提倡一种青年运动，说是"要培养良好的青年人需要，有事做，有去处"，叫做"香港青年"，我看来，实际上与那些"窄筒裤，长头发"的行径差不多，恐怕是有特殊作用的。这运动如果还得官方，或缙绅者流的赞助，那倒是更不堪设想了。现在许多地方，紫湾、北角、红磡、老虎岩、荔支角、葵涌等等，都设有这青年中心，影响如何，作用何在，是堪注意的。我看它的一个目的，是在改变中国青年的爱国思想，使它外向，而不是在矫正“阿飞”的恶风气。香港人口在四百万以上，比联合国里好几个国家的人口还要多呢，因此有些人便在提倡什么香港自治，盖别有用心了。这是足注意的。

这些话，我本也想更详细地写一写，好也给你哥哥们看看，作参考的资料。不过写起来恐怕要不少笔墨，要把这里整个社会都写上了。

这里我还是先把几张照片寄给你，打发了一种放在手边已多天的任务罢。照片是驹在今年的春节日在风辉台上为摄的。这里选来的共四幅，你看过后留起一幅外，其余的寄给二哥二嫂，并告诉他们也留起一张（我猜想最合宜是我们爷孙和姑妈最全身的一帧罢，因为它可以给剑雄看出她女儿最近的长度），其余两帧寄给三哥他们，这样好吗？全体的一幅还可以看出跑马地的外景和仿佛是圣保禄女校的一角呢。

这里天气也很不平常，这个星期又冷起来了，整天阴阴绵雨，气温十七或十八度。我的感冒早愈了，而那什么“带状疱疹”也消除了，只是仍多少有些余痛，不过已不要紧了。勿念。一般地说：我身体已有了不少进步了。

锡祺大盖准备到他父亲那边去了，这你想知道的。顺此祝健康！

葆

三月二十八日

又：这里还把子贞的木刻画拓印一本给你一看，共印两张，一张墨较多，连门都给涂掉了！

我手腕作痛现在已不觉得了。早上起床，路上行走，体位转向，要很慢慢地来，也已从医生的话及从经验体察得出来了。不要急剧是有很大道理了。

以妻子郑云卿名义给三儿文达、儿媳慧莲信

（一九六五年三月三十日）

文达、慧莲：

爸爸寄给你们的信，想收到了。小孩用“子菡”这个名字也很好，就依了这样吧。何时方便的话，照个相回来，给我在眼睛还能略略可看得出来的时候，看它一个大略也好。

近来眼越来越朦胧了，这是最是使人生气的。要想用衣车缝几件小孩的衣服给小孙儿，现在也不可能作这样的尝试了。眼睛简直不能做这样的工作。便是吃饭时，菜放在面前，是鱼是肉，是骨是皮，也分辨不出来！

因此，车缝不能够，寄点布料来给小孩子，好不好呢？可以寄吗？

再则，孩子是吃人奶呢？还是些牛奶，或乳粉呢？倘是吃炼奶，我倒想从这里寄些炼奶给她，如何？一向茂名的两个孩子，都是由这里寄炼奶去给他们的。幸来信一说。

妈妈年纪老了，眼睛又看不见。平时自然也盼望你们多些来信，以破破十分沈闷的枯寂，便是数行几个字的短札，报报平安也好。间或达你事情忙，来不及寄，由慧莲秉笔写，也是一样。茂名方面的信，大盖大部分是由你嫂嫂写的。我想你们也可以采取这办法。“家书抵万金”，也不一定要很详细的，详细的固然好，即不然，像梅枝那样，在百忙不得开交中，便是在登茅厕的短短十数分钟的当儿，草一封数行短札，只“平安”二字，而

对我这里所起的作用倒是无限量的呵！达，我很希望你们稍为留意这一点。

祝健康!

母亲云卿字

六五，三，三十日

附：你父亲在东江供水工程塘头厦留影；另二帧为文驹于春节时在九华迳文叔家里摄的。

给三儿文达信

（一九六五年五月七日）

文达：

上月二十七日给你们的信，附相片五张，想收到了。现在，把第二次晒好的，计四张一套，共两套，寄来给你们，其中第二、第四两幅，我打算放大为明信片大小的，看放出来怎样，后再寄一两帧来给你们吧。茂名和湛江方面，都寄了一份给他们了，不过，乡下阿婆方面，是要寄一帧放大得更清楚的才行。便是妈妈，也是要看放大的才能看得见。

前天接到你哥哥来的一封信，说那边工作紧张，而随着国际间形势紧张一点，一切工作都趋于更紧张起来，自也不免了。说起来也有趣：你哥哥初到东北去未久，接着美帝国主义就在那边肆虐，开始猖獗，侵略朝鲜，国际风云也就紧张起来；现在他到了西南这一边来，而且到这边来也有七八年了，国际风云又在这一边逐渐紧张起来，看来他又面对着这可恶可憎的敌人，非把他痛痛地打下去不可！是的，我们怎能够放过这死对头！

最近，看到美国作风家拉铁摩尔 Owen Lattimore 写给《纽约时报》的一封信（这封信我们在下月号的《文摘》将把它转载），在信里他批判了美帝国主义所作所为，正步着以前日本军阀黩武主义三十年代政策的后尘，一模一样钞了日本帝国主义什么“共荣国”等等的本子，而不知正是覆辙重蹈，走上了灭亡的路子上。他这警告不知能否唤醒约翰逊、麦克纳马拉这些疯子的迷梦。不过绞索已套上在美帝国主义的脖子上了。我看：白宫住着的正是希特勒第二，约翰逊没有希特勒的一些聪明才智，可是比希特勒更坏，具有更恶的心肠，为人更残忍，更凶狠。

美帝国主义也该是走到它的末运了。伦敦观察报最近刊载了英国著名历史学家汤恩比 A. Toynbee 所著题作《美国与共产主义》的文章写道："也许它自己没有觉悟到，美国事实上已使它自己成为英国、法国、荷兰及日本殖民主义的继承人。"他又指出说，"美帝国人看待亚洲人，一如以前的殖民主义者看待所谓'土人'那样，这就使亚洲人为之大为动怒了"。Arnold Toynbee 指出，美帝国主义所面对的是被压迫民族对西方殖民主义国家的反抗，是民族主义爱国思潮的可惊的力量；用他自己的话说：America is up against the determination of the non-western majority of mankind to complete its self liberation from western domination. 过去二百年间，被压迫民族受西方国家支配，现在正决心要完成自我解放，推翻新老殖主义的统治，这正越南民族解放阵线所做着的事。汤恩比这样地用历史解释，是对的，美国的立场完全站不住，它泥足日益深陷了。

且暂写到这里吧！下次的信再谈。顺祝

健康

葆

六五，五，七

又："五·七"记得今天是胡志明的生辰吧！

给三儿文达信

（一九六五年七月五日）

文达我儿：

妈妈突然病逝，这悲痛的事发生在五月廿二日晨早的时分。我知道你们听到这个恶耗的消息，总是霹雳一声，觉得难以相信。当日我就有华革会的会员为分别打电报给你们，却不知怎的，除了给茂名的之外，你和梅枝的均没有收到，甚觉诧异。

妈妈是廿二日那天凌晨约六时左右至八时之间气绝的，等到张覃啟医生从过海赶到，已无可救药了。张医生还是廿一日那天来诊视过她一次的，测她血压，虽稍为高些，但以有了年纪人来说，据谓也不算得怎样，心脏还好，脉也没有怎么样；替她打过一针，要减少胸膈部分痛疼。打针后，我便亲自赶到张医生的医务所去取药，取药回来后，她说打针服药后，均不见发生效力，于是我又打电话告诉张，又赶出再改换多一种药丸回来给她。这次总觉得有点怪异，服的几种药，有的还是常服用的，但总不见效。（前些时，一年多了，张覃啟曾力劝她，她的病，骨会削弱，逐渐无力，须要服 Halotestin 和 Premanin 两种荷尔蒙丸，否则会影响骨骼日就衰弱，结果就日渐不易医治。但她用过后，发觉恢复行经，非常“倔突”，讨嫌，终于张医生屡次劝她，她也不肯依就他的劝告，命令少服一些也不肯。她也真的有些固执倔强！）她自己似乎怀有一种坚硬脾性，完全相信或感觉到自患的病比癌更恶劣，发作时更难抵受，相信是不复可以区区药物能医治的，徒服药也无益，而今年又比之去年更坏，得了白内障一症，到了五月初时似已不大能看得见东西，报纸标题用放大镜也看不见，觉得辛苦，这每使得她忿火中烧，觉得心灰意冷，因为她是那样的活跃、喜欢做事的人，为了这样的心情，于是她连药也不大肯服了。每说，服了药又中何用，眼已经看不见，事一点不能做，完全一个废人！她今年的性情变动了多少了。今年三月底，张医生因为应特邀到美国 Cornell 大学召开医学界专科会议，要去出席一个月，到五月初才回来，他去时为妈妈开定了几等药应特殊需要，服后也不觉得怎样，有些也不觉得十分适用。到五月初张回港后，我建议应该要请他来看她一次了，同时也要检查一次身体，可是她总板着面板，一点不肯让请他来，我当时真是没办法，改请另一医生来看她一次，或者换一位中医试试，她都不肯答应你做；她说，她自己已积有六年的患病经验，甚么医生都看过，什么药都吃过，已深知所患的是不可治、不可断根的症。三年前，张覃啟初开始来看她——那时她已觉得十分辛苦，不能卧，不能食——当时便私下问过我说，她是不是有心事或情绪紧张、忧心多故的人？跟着也明白告诉她说，您的病要留心谨慎注意仅为两事：一是谨慎天气变迁，乍寒乍热，尤其是潮湿的恶劣天气；另一事就是不良的恶劣情绪，一时忧心顾此虑彼，心绪不宁，也便是谭世傑医生曾对她说过："陈太，你患的是有钱佬的病，不要劳作做什么，要万事不关心。"妈妈很信他这句话，但她的性格，怎肯依他的话行呢？她常说："这样做人又有什么意思呢，简直是个废物而已。"这样的人存在又何用？这是她的人生观，是她的工作见解——她病一稍为好一些，便为小孩子们裁衫，织毛冷衫，现在仍存在着一领为小菡未曾织完好的毛冷绒背心呢——这是她如何立身行事，有时劝她休息一下，可是总是

“一息尚存”，你怎样也劝说她不过来的。我曾说过一次：“她如果是个有些宗教信仰的人，倒还好办，可是她却是绝顶聪明的。她有时也拜神，也按食斋，但是从来不佞佛。”在得病时不久，她曾再三再四吩咐一定要用火葬仪式。这样的见解出诸个妇女界，并不是很多见的。

五月，张医生开过学术会回来了逾两星期了，她病痛得稍为不十分像样了，骨痛也更厉害一些，像不是仅仅风湿的模样，于是我不断苦苦劝告她，她才肯让他来诊视一次，也就是五月廿一那天，回想以来，似乎就救急施治来说，属为时属迟一点了，而她又更无论如何总不肯进医院。张医生来看过她后那一晚，他有一个香港医学界的叙餐，他特自把叙餐的地点电话告诉了我，以资连络；上半夜在服药后还觉比较平静一些，但至下半夜以到天亮前便发生变化了。初与张医生在电话商量，还相信药力要等待一个时间的关系，但随后想来，回想当时的情状，大概已是油尽灯枯的时候了，虽然当时测过，脉好，心脏也还不坏，然而玉树终埋，情何能已？哀哉！

前年张覃启第一次来诊他病时，就曾表示说她的病是不可能完全治愈的，只要谨慎天气变化，留心提防，此其一，再则留心不要给情绪发生冲动，什么事都要放下不要受它影响；只有这两个原因，其他都是次要的。张医生说得很明白，妈是个聪明人，也已猜得八九，并且也对我说了多次，她的病并不同于哮喘，是不可以治得好的。之后去年，马鉴的儿子马临医生介绍港大医科主任教授黄长治来看她，看过后他不肯开什么真正药方，主张介绍她到玛利医院去试一次用养气呼吸治疗法，以训练呼吸器官，增加氧气呼吸，这有类于气功，可是妈妈又像是年高体弱受不了，而且她也缺少耐心！

我又曾与张医生谈论过，他说妈妈患的学名叫作 Emphysema，也就是他拟译的为“肺泡纤维化病”的，一般人称它作哮喘之一种，只是简易化教人易晓而已。去年一本医学杂志，张医生交了一本给我看，杂志载的一家专家写的文章，说这病症现在仍无治疗方法，只有靠增强呼吸器官的训练。黄医生正是这样地提议，但张医生便看得到，就年纪论，就体格论，在她是不容易办得到的，除非在医院长期休养一个时期。所谓“肺泡纤维化”，那本医学月刊写道：Emphysema is a disease in which a very large proportion of the lung's air sacs are permanently damaged. This interferes with the ventilation of the lungs and with the supply of oxygen. 肺的气囊既有了毛病，而“纤维化”可能越来越重，这也许是张医生曾考虑过的，方法能否施行。妈妈既极厌恶到医院去，尤其是这里的医院，像去年有一次谭医生要她进医院住几天，到了第三日，她便自己个人走回来家里洗澡，洗澡后仍回医院去，弄得看护长也没她法！所以应付这类问题也便不容易，而她的情绪又如此板滞！我亦曾考虑过和她到国内或广州去调治，她也有似愿意的表示，但问题一则在怎样找个人服侍她呢？多少总有些事件要为料理的呀。二则她自己又怎样放得下心离开个家呢？此外还有一点，罗湖、深圳一条路线，要步行，又要检查，又要等候车，即使风雨不谈外，如果忽遇突然气促，或因事情绪不良时，该如何应付呢？因此，原意也想等待到秋高气爽时间，潮湿天气低减之际，再计虑这办法，又谁想到竟这也等候不到呢？可伤也已！她自己也对我提到几次，如可能的话，也希望能再到北京去一走，慢慢等到根治白内障一症。现在，则也许只有她的心灵能到达首都那里许多旧游之地了。

这些年来，既然妈妈看过了许多医师，中医西医，服过了几乎凡是知道过的药，察看医者的施药方法，以及听他们的言论，她也多少得到一些结论，认定患的是不能根治的症，比哮喘还困难。所以就最近半年来说，自去年从养和医院再次出院后的八、九个月以后，她性情就改变了好一些。九月时，我依据过一些医学专家的指示和意见，也和老友邓典初先生谈过他自己住医院的经验，和他的医生实际意见，曾与妈妈略为谈过一下，试试停止吸个时期卷烟，看有无多少效果。她勉强似的答应停吸三个月，但声明如果停吸了三个月或者最多四个月，气促并不见有好转，那么她就要恢复吸了。自然咯，不吸烟并不一定能医治气促的，不过邓典初在广州医院终因听了医师的话戒掉纸烟，结果觉得没有吸烟的必要了，现在经过十多年，他也七十多岁了，身体健在。妈妈我每觉得似乎性情固执，强项一些，不肯假借；我自己有时不想和她辩论太过，怕冲撞她。她常常说：我一生无甚么嗜好（这自是事实!），只吸几支纸烟，此外就是打几圈麻雀仔，这两者都不让我，做人还有什么乐趣呢？这样，我只好让她去，勉伤她的意了。搓麻将，我担心这对于她会伤神，会伤身体，因为久坐无甚运动，但她似乎不了解我这意思。有一次，当我到张医生处取药时，他问我陈太太的生活情况怎样，我告诉他说有时到楼上三楼去搓几个钟头麻雀，但并不太多。但张听了乃竟这样说："您太太也喜欢搓搓麻将吗？"言下之意好像表示这对她是不十分适宜的；应该试行到外边走走，慢步晒晒太阳好些。但我怎去对她说呢？坦白对他说，她便有些"不豫色然"，而且也会迁怒了张医生了。妈妈，她是个主观力相当强的人，这是她的强点，但有时也是她的弱点。对于严于教导子女，训诫儿孙，关心儿女后辈的教育，即使不是自己的亲人，事无大小，都预想得到，都不吝惜发议论，知无不言，言无不尽，想得到，虑得周，何曾多见到过这样的一个做母亲的呢！

香港沦陷于日寇手中的那几年，她是受过如何的危险，抵受过如何的牺牲，你和梅枝都是知道的，目击其事的，这里不再去提它了。

今年春令以来，她大盖对于她自己的疾病，对于她自己的身体健康，能留存得多久远，大概已经起了一种新的固定看法了。在闲谈中她也常常讲道，但我也每每觉得只能用些安慰略似空洞的话来回答她，对她这样聪明灵慧的人，这是不够也不中用的，但我可怎样说？她的倾向，好像是对于想做成而仍未能做的事，要尽量的完成，要想见的人尽可能的看到，要想说的话尽可能的透露净尽。例如五月十五号那天，明哲的祖父大生日，摆生日酒在对海龙珠酒家，她坚决地要过海去赴宴，虽然那晚下大雨，回来时落得淋漓尽致，但是她非常高兴，食东西虽然不多，她要戒口，但也选择些吃。回家后第二天，一清早便分别逐个打电话给我们曾去赴宴的几个亲人，如二婶三婶，大姑姐，二姑姐，阿髦五姑姐等等，逐个问讯她们宴会酒菜如何，对脏腑作用怎样，合适与否，这表现也似乎有些特殊。她单单和二婶谈，从宴席酒菜谈到自己家乡的旧事，百数十年的老问题，人情物理，足足谈了一点四十五分以上，是我从来没有听到过她讲过这样长的话。我当时有点吃惊，也有点诧异，也怀疑想象过了一下，但也没有忧念到别的方面来。她讲话时，虽然已好几个钟，但声音嘹亮，一如常日的洪亮差不多，谈话无倦容，这使我十分诧异，但却也总不至于怀疑什么。间或她又说上两句“人之将死，其言也善”，这是句古语，很多人都知道的，而她又每每自言自己地说，便也像是习惯的了。过海赴宴回来到了第四天，她吃东西像来有些任意，有些随便，也表现有些不关重要的感觉，便是这样，于是我坚持要张罩啟过来看看她。那时，她表示不肯服药了；是不是一种反常的表现呢？不过，就我观察，五月十五日后那几天，她患的痛苦虽然仍厉害，与从前有点相像，但和先几年张医生未来看过她或初次来诊治她时左右，病时忽而在地板上扒伏，俯伏转徙，或者竟欲将头颅向墙壁撞去，有时甚至竟想向窗口跳出去，痛苦情况虽然有些相似，但事实上已没有那两年前时候的可怕。是她体力已较前弱了多呢？抑或她病已加剧，肺部气泡纤经化更加恶化了呢？也难以知，难以说了！假如我自己当张医生甫归来时，便硬作主张请她过来看她，也许还可以援救一个时期罢！呜呼，此恨真是绵绵无绝期了！

那天凌晨前，她在痛苦中问我："君葆，你对于我有什么感想呢？"这句话你说我怎样答她呢？我的眼泪迸出来了。最后我说：你是个绝顶聪明的人，不过我觉得有时你实在也成见太深，主观太强一些呢！她也没有反驳我这话。

悲哀惨痛的事发生了，张医生来看过，到得已太迟，她已气绝了；他只好签定医生证明书。幸而云玉办事有胆量，有主意，有主张；同时又得她的朋友，她的同事肯帮忙，不惜效力，急速弄理手续，把遗体立刻移到北角万国殡仪馆治丧，采用的是简单的佛教仪式，但没有念经、打垒那一套仪文缛节，所以稍为特殊一点。治丧既着手进行工作，定于翌日即廿三日在殡仪馆大礼堂举行大殓，本来大殓后即行出殡，可是因那天是星期六，跟着又是礼拜天，要等到星期一得到海事处的许可证，才能送灵柩到歌连臣山上的火葬场始能举行火葬。便是这样，棺又在殡仪馆的大礼堂内多停了一夜，至廿四日才运出。歌连臣山的火葬场，用雹火举行火葬，火葬礼是由云玉执行点仪仪式，我牵着子贞跟着在旁边看着灵柩送进那钢制的电火焚化箱，那钢箱的号数也十分凑巧，恰恰是第四号，也就是她生时住的地方的号码，于是大家亲戚朋友们对于这一点，又啧啧称异的谈论一番。

歌连臣山下望，便是柴湾的海滩和乡村。东海沧波，朝暾暮叆，风过月上，风景绝佳，云玉也屡次说，妈妈一定很喜欢这个幽雅清静的地方。不过那火葬场寄庄的厝屋，现仍在建筑中，未完竣，要完竣后始能迁进去，所以骨灰取回后现在安放在个整巨云石琢成的箱里藏着，存放在家里，以待将来迁去，大盖还要有个时期。

当日妈妈弃养，移入殡仪馆后，当即在新晚报、星岛晚报刊登了讣闻，新晚报并为发表了即日下午的讣闻消息。第二日，大公、文汇、华侨、星岛日报均刊载了讣告；入殓那天，南华早报并为来电话采问了新闻。廿三日，由清早至午后大殓时，来祭吊的亲友戚谊知交各界络绎不绝，约计总在六五百人以上，送花圈的，整个殡仪馆门前的东西两边墙壁，都陈列满了，摆得迷迷密密，几无虚位。堂内则有好几张祭帐，以及曹聚仁先生的一副挽联以及我自己的一副。曹的是："舞鹤自空临，骖鸾腾汉去；白忧环漆室，一线系楹书。"这对联写得颇有意思，也得体。用的事是如此："春秋鲁漆室邑女，过时未嫁人，倚柱而啸，其邻谓曰：'何啸之悲，子欲嫁耶?'女曰：'吾忧鲁君老，太子幼，一旦鲁国有患，君臣父子皆被其辱，妇人独安所避乎?'"事见《列女传》，言的是你家姐。我自己写的是哀辞："也知终有此一日；肯道缘尽卜来生?"大殓时来吊祭的更多，大礼堂坐不下，还要加西边的偏堂始能容纳各宾客。宾客的佳名仅一部分著名的由大公、文汇的记者刊载，其中略去的也不少，如华革会的会员，各银行，各学校的代表。我们对于这些姻友戚谊的铭感，真是无言可喻。

妈妈的丧礼举行的虽属佛教仪式，但棺木采用的却是外国式的，似乎比较美观，没有那样可畏，计值壹仟伍百元，这比中国式的棺木像是中看一些。

又妈妈逝世的消息刚传出，华革会的会员即派人来助理办事，当即立刻由他们发出三通电报分别给茂名，北京与湛江，为什么你和湘的一通收不到呢？莫非人民医院用的地址不便？又或者你的以前惯用的“电基一处”的旧址现在也已不适宜？有些觉得不得其解！不过事已过去，也不用重提了。

妈妈今已撒手而去，在大殓之前很多次，我曾瞻望过她的颜容，亲友们都承认她并不一点瘦削的面孔，颜容并不觉得有一点枯败，一点也没有难看的模样，是一种十分自然、雍容自在的样子，这是所有瞻仰遗容的亲友们个个都这样谈论的，同时也是我们自己都听到觉得心慰安慰的。事实上，我们的解释是，当那潮湿的天气极不好的时候，她的气促毛病极恶劣那个时期，她的食量仍不十分坏，鸡肉、海参等仍照样吃，只是赴宴时他才不敢随便吃外边的东西。也许因为这样，临终以后，她容貌仍然十分自然，融和可观，一般人都说是她的福气。

这件哀痛的事，述得仍未够详细，但握要的地方，大盖也略终于此了。本来火葬的礼节完成后，我就要提笔来写信给你们说说一切了，谁想到那天廿七号晚上忽然晕仆于地，阿三听见才扶起我来，这样才知道经过的危险，之后廖恩然医生亲自到凤辉台来看我——这是我十分过意不去的，因为他年事已高，又体魄关系，而我们的台阶石级又那样麻烦，不易上落；无论如何，他看过后，每日派位女护士来替我打针，经过差不多一个月，然后稍觉痊愈，现在已能找个人陪着自己便可以到他医务所去了。不过虽算渐恢复状态，但仍要长期打针，按时检查呢。这你们放心就是。

治丧殓殡之际，曾摄了一些照片，全套计共三十八张，因仅取得一部，计值六十余元，所以只好待有机会到国内来时携来一看就是。

一月来收到你来信好几通：计六月五日的，六月十七日的一封，夹有四张照片，今日又收到你六月廿七日的一封，欣知已结束了毕业设计，跟着便是举行毕业典礼那一套了。这套仅是仪式，真正工作还在将来本诸经验逐渐求得进步呢，达儿，“罗马不是一天建成的”，革命的工作也更不是吆嗟可就，这是个长期的斗争，岂赫鲁晓夫、约翰逊之流的愚夫俗子所能了解于万一？

君葆

六五，七，五日

又：像是还有几张较大的照片，因较不得闲，改天找着才寄来罢！再及。

病中记忆力极差，想不来，每多错字，如“讣”字每误作“诉”字，别的错字尚多，不可枚举了，又赘。看时为改正就是。

给三儿文达信

（一九六五年七月二十五日）

文达我儿：

妈妈去世后所收到的你们的几封来信，都一一地再把它们细看过一遍；最近寄来的四张相片子也交给云玉编入相簿子了。从七月九日的信，知道你们夜大结业了，正在利用业余的时间编排额外活动节目，采取了游泳锻炼，这是十分有意义的，不过最要紧的，是要找清洁的水源的地方，这一层一点不能随便。

报告小子菡的生活情况的一节，如果她祖母现在仍存在的话，这信读给她听，她该是怎样地喜得眉开眼笑，可是现在呢，纵把信念它万千百遍，她也听不见了！到现在，我每每在中夜醒来，在寂静中想忆六七年来的事，越想越觉有许多难过的地方，这样才感觉元稹的“悼亡”诗中“惟将中夜常开眼，报答平生未展眉”这两句话的滋味多酸辛！当日本鬼子占领了香港那个期间，你们曾避难到澳门去过一个时期，但住了几个月，妈妈又带了你和梅枝回到香港来，这当中有着一个苦痛的原因，妈妈一直都没有对我说，直至前年，才与我透露出你们当时住在高地乌街过的是怎样受限制、受压迫的非人生活。得告诉你：妈妈病了这么多年，三姨只来看过她一次，大约是一九六一年的年初罢，但也不是专来看她病的，而是因为别有一事来，这样才发现她姊姊病倒了的。最近几年，她住什么地方，地址总不给我们知道。妈妈去世，她自己没有来，也没有派一个人来吊丧，也没有打一个慰唁的电话。当时，我也怕她们会不知道，所以讣闻消息，讣文不止登在文汇、大公、新晚，便连华侨、星岛也登了，便是因为有这个意思的存在。

我知道：这在妈妈是一件伤心事，极伤心的事，而她本来是不打算让我知道的，事实上如果她不说，你们做子女的也不会说，那我就不会知道了。人间世乃竟有这样的伤心事！

那上面一段简直像是插话，无意中说起把它也一提到。这里我要问的是月之七日我曾寄出一封长信给你，大约十二页，详细叙述妈妈病逝的经过以及治丧的情形，附还有一些剪报。那封信如果收到，我希望你们给我一封信，最好表明是何时收到的。我也有一封信写给你哥哥和梅枝，不过没有写给你的那一封详细，因为有些事是较后执笔时才想起的。你看过信后，感觉到还有什么问题，或者不明白的地方，可以在回信里提一提。

在这里一同寄来的是妈妈的一幅照片，去年十一月一日在浅水湾酒店的艺园摄的；摄后，幼文又经妈妈自己从许多幅中选定后，才把它放大，而治丧时所用的遗照，也就是这放大了的一张。你在六月十七日的信里说“拿起去年九月一日妈妈照的几张照片”，那恐是记错了，因为九月那个期间，她身体还不十分好，到了十一月左右，正是“秋高气爽”的初期，她也感觉到精神好一些，也高兴，也自动地提议，所以才陪她到外边去郊游一次。十一月这一批照片共拍了十二幅，可能寄出给你们的不是全部，但其中有一张颇值得注意：摄的近影是我在翻阅一本杂志，想为《文摘》选定一篇文章，而远景便是妈妈，她在织毛冷衫给她的小孙儿。如果你所指的那几幅也有这一幅，那么，它们便是十一月一日的一批了。顺便在这里一赘说。

你的岳父、岳母和同事们的深情厚谊的慰问，我们十分铭感，幸代我们这里几个人致意，要紧。暂写到这里，大家注意健康！

葆

六五，七，廿五

附：妈妈的照片一张。

给三儿文达信

（一九六五年十月十五日）

文达：

很久没有给你写信了，而这封也许仅是一封较简短的，原因不完全是腕力要较为谨慎一些。纪念册收到了，稍觉安慰，但那上头的题签写得不好，字不佳，而体裁也不无问题，将来再写一张贴上去吧。子诵到各处去，还未回抵香港呢。

你到西安去回京后给我的那封信，读过后本来有许多话要说的，就是因为手腕欠灵活才搁起笔来。我去过骊山，但没有能踏上烽火台去，输你一着了。华清池没有进去洗过澡，不算什么损失，并且实在也没有什么意思，我倒从来不看重这些。

对于李宗仁开的记者招待会，我对事对人的看法也和你一样。我不能同意《真理报》社论的理论，那是偏见，且另具作用；不过话得再信详谈。

小菡吃了些不常惯吃的食品便闹肚子起来，可能是肠胃不好，我们的一家人不少有这样的毛病的，要小心谨慎。晶晶还是到今年，也就是到这一学期才算是正常一点；这像是在她出过麻以后才转变好的，所以妈妈当时对于小孩子出麻疹一事是十分看重的。又，晶晶是有了牙齿了，但她的牙是容易腐坏的，医者说是缺钙质。养一个小孩子真是不容易的事啊！

你的同事的照片已为放了每样波士咭大小的一张，因为是横的，也难说是四吋成五吋了，底片仍暂放我这里一个时期，看他们是否仍拣张好的再印一两张，横竖待你下次的信说说就是。放大点晒又如何呢？

你看这信笺：是《文摘》搬了家，到新的社址去，也就是从前黄省三先生住的地点，不过现在已改建为十多层的“大厦”了。我们的同事也增加了；那位经理林先生还来过参加李宗仁的招待会呢，不过那时候我已把册子早交给李子诵了。我每天清早步行，都要经过礼顿山道绕跑马地一圈的。

祝好！

葆

十月十五日

给三儿文达信

（一九六五年十一月二十二日）

达儿：

正要写信给你，接到你的来信和五张照片。

我说正要写信，因为要寄你的那位同事的再印的几张照片和底片；事情是这样：许久不见回信，不晓得前次寄的曾否收妥，所以索性再晒两套，是三英寸的，希望尺寸减少一点可能更玲珑多少。照片是前天取回来，打算今日寄出。

五张照片很有趣，尤其是站在凳子里边那一张。就几张照片来说，子菡她倒像个男孩子，不大像女孩，性情恐怕也是这样罢。她的头发疏疏落落地几条，更不显出女性来了。前几天已接到梅枝的一封信，是接到相片后寄的，也说小东西很好玩。

前些时候你不是说，国庆节左右，这小东西吃过了一点糕饼之类，有点受不了吗？其后怎样？她的肠胃怎样？弱一些吗？小孩子肠胃是要小心谨慎的，不过慧莲她是知道一切应该要知道的了。

李先生回来已很久了，虽住在隔壁，可是仍没有去看过他，只在电话上谈过一下。他有几首诗在报上发表过，我曾把它剪起，但不记得夹在那本刊物里，改天找见寄你一看罢。

同事王君，他们是不是与你们住在一个宿舍里呢？照片中是不是就是宿舍？那里远处一望，风景倒像不错咧。

暂写到这里。

祝健康！

葆

六五，十一，廿二

又：你们还集邮吗？附几张英国邮票，随每日《卫报》寄来的。

给三儿文达信

（一九六五年十二月十日）

文达：

上月廿二日罢，把你同事的照片连同底胶片寄回交给他们，想收到了。不觉又是两旬了，时光过得真快，可是还没有过去找李先生与他谈谈首都近貌，虽他住在隔邻，但他的北游诗草却找到了。

前次的信刚寄出，你家姐忽然问我说，打算要把一些晶晶的旧衣服——年纪大了，不合穿的，她现在高度已到了姑妈的肩膊，与它看齐；而明哲也高得很快——寄来给子菡，不晓得你们以为如何？或者寄到城西她外婆家里，交给她表姊妹收后转交，只要把表姊妹们的名字以及地址告诉我们按照寄付，打税若干再寄进来，如此办法，不知可行否？你家姐很想要知道。来信简单说说或者着慧莲告诉她，如何？

这里把七张英国邮票寄来，大概十九枚吧，正记不起以前曾否寄过？你的旧同事，集邮的那位还是在东郊那边住，抑或已转到广安门这边来呢？集邮的成就怎样？这里晶晶也学人集邮呢！真是火麒麟一名了！

除了邮票，我还把李先生的诗，两页剪报也寄来。近来我自己写诗倒少一点了，因为伤脑筋，搜索枯肠的工作，每以为苦。

《文摘》已出了二十七期了，过了年底便开始发刊第三卷了，时光也真过得快！社址已于五月中搬迁到礼顿山道去，我记不得曾否告诉过你这一事，原因是由于发展得不错！风辉台这里地方不够用了，而且人手也增加了，添了一位副经理，一位打字员，所以不能向外求进展。迁到的地方，你猜是什么所在呢？也就是以前黄省三先生在港时住过的地方，不过现在已改建成十多层的大厦了，我们《文摘》也就〔占〕了十三号的四楼全层，正面对南便的球场和跑马场，风景很不错，而且每天我来视事也十分方便。这一发展，想也认为惬意的罢。

暂写到这里。

祝健康！

葆

六五，十二，十日

又：菡儿能诗话了没有？她如此跳皮要小心她攀窗口楼梯等处，要紧。

再者：我手腕现在已不痛了，可能因为每天早上步行绕跑马地一周的好处。身体也逐渐恢复健康似的。

给三儿文达信

（一九六六年四月七日）

达儿：

上月二十三日收以你自军粮城寄来的信（军粮城以前不是叫运粮城么，不知何时改今名，抑或二者互用），那时我正在写信给你哥哥他们，所以就在信内带上几笔，说收到了你寄来子菡们的照片，同时也告诉他刚于廿一日才写过一封信给你，是一封短札。的确，那时，我正想一两天内就再给你写信，但事一搁便是两个多星期了。当时我十分关心的，是不知邢台地区发生剧烈地震的时候，你是否已返京；之后又想说，就在廿三和跟着的几天，邢台和华北地区，还继续发生了几次地震，不过据报导情形没有初次的严重，因之而稍觉放心了一点。现在，不晓得你是否仍然出差在天津方面；给你的信想看到了。

今年各地的风雨似乎不大调顺，欧美两洲的风雪有些成灾害，苏联和印度均看来缺乏雨量，印度且闹起饥荒来了，困难不是容易解决的，且看资本主义的国家，个人主义的社会怎么去应付这一切越来越多的困难。前些时候，看到一家英国报纸报导阿尔巴尼亚的情况，说是也学中国那样提倡知识分子、教授、作家等下乡参加实际体力工作，增加农业生产；报导带着稀奇的口吻，其实这正是中国大革命所得来的宝贵经验，拿给在争取解放独立的其他民族的示范，是所以积极进行社会主义教育的意义，西方国家对此，正是斥鷃笑大鹏的态度。可笑亦复可怜。譬如印度闹饥荒，且看约翰逊怎样帮它解决经济！三百万吨谷物给印度并不是不要钱的，而且这对四亿多人口何济于事！而阿尔巴尼亚学我中国，最重要一点也是在自力更生。并且“四体不勤，五谷不分”，这正是我们古代的哲人指示过我们的话。靠人可耻的。昨读伦敦每日电讯报，说印度总理甘地夫人到莫斯科去请求助粮，结果失败，得不到柯锡金切实答应，柯锡金说苏联一连几年歉收，苏联事实上办不到输出大量谷物给人，或者普通一般的帮助，倒可以考虑，真是牙烟之至了。

你去过邯郸，那里丛台的古迹，不晓得现在怎样？京剧或者豫剧似乎有《丛台会》一出戏，我看到过汉剧和广东客家戏的《丛台会》，别的倒没有看过——昨天正写到这里，夜饭开饭了，只好搁下笔先吃饭。饭吃完了，觉得困倦似的欲睡，于是便就枕略睡了一觉，谁知一觉醒来，已是夜半已过，一点多两点了。再睡一阵，凌晨五时起来，到跑马地去绕行一周，经过体育路香港防卫军总部，发见那里已集了很多防卫军服务团团员在报到和准备拔队出发的模样，正在感到疑惑，不晓得曾出了什么变故。步行毕，回到家里，开了无线电听七点钟的报告，才知道原来九龙发生了纵火抢劫大骚动。暴动范围由尖沙咀〈嘴〉、油麻地间的弥敦道起向北延至旺角一带，暴动者闻曾攻击过警署，攻击过旺角消防局和旺角电话公司，那已很近黄博士所住的地方了，也很近明哲的爷爷他们所住的地方，不过扰乱的中心不在那两处。事情是这样，我们昨夜竟一点不知道，于夜深时分，香港总督已颁布了宵禁令，情形竟如此严重。今晨阅报，才知暴动至凌晨三时才渐复常态；读纪载，还以为是在看西贡、岘港、顺化这边进行示威暴动纪载的翻版呢！现在看来大概已渐趋安静了，赘上一句：

这次骚动使人回忆到十年前十月十日的一次九龙大暴动，也是在弥敦道至旺角一带发生的。在这次骚动的前两天，本发生过青年游行示威，反对天星过海小轮加价的事，想不到跟着竟来了这样的暴动！

看来，世界多处都在动荡，西贡、顺化、加尔各答、意大利、罗得西亚、加纳、美国加利福尼亚州、日本、印尼、澳洲，几乎到处都有事情发生，这表示了什么呢？

——打发过去以上一插曲后，现在继续谈谈上面被打断了的一段话吧。《丛台会》的戏，留给找到戏剧专家再谈。且谈谈邯郸罢。我路经邯郸很多次了，都只是从火车上远远望望而已。所以这次接到你从邯郸发来的一封信，心里觉得很兴奋。又想起庄子所说的“鲁酒薄而邯郸围”的故事，以及庾信《哀江南赋》所写的“楚歌非取乐之方，鲁酒无忘忧之用”那两句话了。鲁酒薄的一个说法是这样：许慎注《淮南子》说：“楚会诸侯，鲁赵皆献酒于楚王，主酒吏求酒于赵（也好像富马亲王得百万美金自白宫那样吧），赵不兴，吏怒，乃以赵厚酒易鲁薄者，楚王以赵酒薄，遂围邯郸。”所以说“鲁酒薄而邯郸围”。邯郸被围显然是嫁祸，然亦焉知非如帝国主义者的专制造借口呢！酒薄一点就要危害到邯郸的人民，那岂不十足和因为要夺取铀矿的利益，便不惜把卢蒙巴干掉一样的可耻行径！邯郸那一次被围，据说还是梁惠王干的事，从那个时候以后，邯郸更不时遭到兵祸了，所谓用兵必争之地，秦以后更加明显了。现在到邯郸，蔺家河可能还指点得出，不过蔺相如故宅地点岂能重认？汉高祖的儿子赵王如意建的邯郸宫，汉光武住过它的温明殿，现在想只能指点其故址罢！至于丛台，记称是赵武灵王所筑，现在我们所知的，怕只有汉光武刘秀曾于拔邯郸后，与马武登丛台在那里置酒高会过罢。政治重心渐转到这一边来，所以国都便改在洛阳，以镇压反侧力量，这我想也是情势使然，未必全因为长安经过变乱残破的缘故。去过邯郸后，感想怎样呢？

读志书，邢台也有百泉水，恐与新乡所见者同，然相距甚远，何者？我意以为太行山麓，出泉水的地方甚多，不止一处，你以为如何？

子萘周岁照片，甚有趣。她姑妈一看到，就已经说像个男仔头，既而又收到她四姑姐来信，也说她不像个女孩儿，可见她的跳皮相，大家都认得清楚了。她现在太不给留意气管的毛病是不成的，不过太放任，太娇惯也不相宜，顺时而动，逐渐习惯，想抵抗力会增强的。茂名他们来信也说今年小孩特别多咳嗽，而且一咳便历时很久都不能治愈，事甚怪。二月中我到广州，染流行性感冒，仅住了三天，赶回港寓来，把感冒清理了，不料跟着竟患起带状疱疹病，这看来像是无足介意的小皮肤病，竟缠扰了我一个月有余才治好。写信问梅枝，才知道这病“是与水痘一类病毒所引起，在皮肤及神经出病（廖医生也对我说它是血神经发炎），初时表现有伤风气管炎等不适，更重要的神经觉痛……老年人觉疼痛尤甚”；她的一段话，正写出我所经过的情况一模一样。这病需要营养，也如流行性感冒也一样需要营养，廖医生给我打 B12 时说。

盱衡世界形势，美帝国主义的日子越来越不好过了。在南越它不但从泥淖中拔不出来，而且恐怕非在那里为绞索绞死不可。大西洋条约国组织，法国撤出，它的命运也就如十九世纪的神圣同盟，形同虚设。因之，美国图霸世界的美梦，也就如昙花一现了。看来越南的战争，约翰逊此时要撤出，又怕太失面子，大概想暂捱下去，找一些南韩、澳洲、纽西兰无辜人民来当炮灰，作替身，然后等待下届选举，把失败的责任推给“杂排军”的作战不力，推给同盟诸国的不合作，于是就索性把事情堆给下届总统，由他来收拾残局，一如杜鲁门之于艾森豪威尔的故事。这样的生意算盘，约翰逊大概是会打并且也在打的。前些时约翰逊派汉弗莱到处去拉拢，汉弗莱表现的完全是个丑角的姿态，有时直令你发噱。檀香山会谈，约翰逊亲自去会阮高其，简直是一幕丑角当正的滑稽剧。比卓别灵演的《大独裁者》异曲同工，还要出色！

天下事且暂谈到此罢。附件是几首诗词的剪报。一是上月发表的给张友仁先生的两首诗；一是次韵和曾靖老的两首采桑子，同时也把曾老原作制版登出。过了不久，张友老又和了我的诗，并写得极好的字，还未在报上发表，倘也在制版登出，也给你寄一笺就是。顺祝

健康！

葆

六六年四月七日

又：广安门是否在城西南角？崇效寺还建筑存在吗？

又：附几张邮票和一张日历咭给你。

给三儿文达信

(一九六六年六月二十四日)

达儿：

是五月二十日了，已一个多月，收到你五月十四日的来信，本想立刻给你写回信，同时也把一份剪报的文章——《一些回忆，一点印证：为孙中山先生诞生一百周年纪念而写》——寄来，可是事情一搁再搁，竟到现在，不但“伦敦桥下的水”流去了很多，而且香港这个岛上也发生过不少动人心魄的事！

这个月十二日那天，清晨五点醒来，便觉得大雨如注了，到了六点以后简直是倾盆的泻，这还不打紧，从屋后窗口望去，上凤辉的石梯滚下的竟是黄泥水，就像我们过郑州桥所看到黄河水一样，我就诧异起来了，这是住在凤辉台廿四年来都不曾看到过的，难道上凤辉的后面山泥倾塌下来！既而又听到碌碌卜卜的声音，夹着洪水般的滔滔声，发生在台前山村道一带，原来山水从那边，山村道、宏德街、宝善街滚下来滚下去的也是黄泥水，而且推涌着无限的沙、无限的石块、无限的垃圾、破烂的器物等等。逐渐省悟到了，这是一场雨灾，比一场台风的灾害还大，而原因则无疑的，是山上面大挖开地面，不顾一切地肆意建筑十多层、二十层的高楼大厦所致！那时只是下雨，完全没有一点风，大家只打开窗看雨，看洪水。计从六点起，或者是七点起到八点正那一点钟内，便下了4.6吋雨量，据说系破香港八十四年的纪录。而全日的雨量，竟达15.6英寸。正当最大雨时，我们竟嗅到树叶的“青”味直触鼻观，不问已知为屋后瀑布区的大树不晓得多少棵被冲倒了。稍后，便听到电台的陆续报告灾情的可惊形势。洪水把城市很多部分淹没了，电车巴士均不能行走；湾仔石渠街路面为水推翻掀起，汽车被冲下堆塞着，叠搭起来，整条大道东淹了数尺水，中环的大马路被淹没。但最可惊的是北角，赛西湖的堤崩了，水从名园西街奔流澎湃而下，各种汽车，新的半新的，被冲下来，连泥带石，一辆叠一辆地堆起来，高至四、五架，形成一座七十多架的车山。英皇道一带惟有用沙包堵水自卫。至于山上呢，坚道尾忌连尼利道那里就成了一道瀑布，山上石崩泥塌的，从花园道沿坚尼地道、宝云道以至黄泥涌峡，到处皆是。此一带为大厦建得最多的范围，了无计划的，也不照顾大众普通的需要，审度其危险，所以受害最甚。而远处地方，反不至如此集中地悲惨。于是乎山顶缆车路翻轨断了！山顶区四周山泥塌落，交通断绝，要靠直升机交递粮食以至 ice cream 冰淇林、雪茄等物！香港仔全条路面掀走；赤柱似乎较完全无事；但钢线湾等处的情况则好多时似乎仅放任由它自理了。九龙方面因为平地多，受害较浅。跑马地这一带，那天下午雨稍霁，我便自己去踏看一番，成和道的路面为黄泥涌下来的水整个掀起，跑马场本身成为一个大湖，周围的一条黄泥涌道都积了尺多深的沙和水，电车搁住在那里，这些情形，也只能走上养和院的兰园从石栏杆处看到。

据随后的通日报道，约计死亡的不下百人，包括失踪的三四十人在内，灾民约千余二千人，其不登记的自无从知晓了。至于木区塌屋，损失多少，更无人去估计。目前雨过已十多天了，但便是跑马地的沙泥到现在仍然未清理得干净呢。

这一场雨灾的事，且略述到这里罢。

你的信提到邢台的地震，前几天阅报看到一段消息，说西藏的同志送了五百匹骏马来慰劳邢台的人民，兼有救灾恤邻的意义，那是使人十分感动的。

你的信又提到曾从一些材料看到我关于第三次核爆炸试验的

讲话。你的材料刊载详细如何，我不知道，当时这里《大公》《文汇》两报取舍详略便各有不同，讲话分三段，两报对第二、第三、四段，便各有取舍：

昨日我国成功地进行了一次含有热核材料的核爆炸。这是我国在前后不过二十个月的时间第三次进行的核爆炸，它是我国为了加强国防和保卫世界和平，一次新的重大成就，是我国人民一大喜事，也是全世界人民都为之额手称庆的喜事。这次高空热爆炸成功，更加证明我国科学技术的进步。

这样的重大成就，并不是轻易，侥幸得来的。它是自力更生，奋发图强的成果。新闻公报说得好："这是党的社会主义建设总路线的伟大胜利，这是阶级斗争、生产斗争、科学实验三大革命运动的伟大胜利。这是毛泽东思想的伟大胜利。"现在人们都认识了这一点了。

中国成功地进行了这次商业热核爆炸试验了，但是中国仍再一次郑重声明对核武器的根本立场，主张全面禁止和彻底销毁核武器。中国声明绝不会首先使用核武器。中国发展核武器，完全是为了保卫自己，为了世界和平，为了免被核讹诈，核威胁。中国绝不会拿氢弹、核武器去进行讹诈别人；拿核武器去讹诈别人的，自有人在，但不是中国。对于这点，世界人民眼睛是雪亮的。

这谈话在报上发表了十多天了，到那个月的月底，马可勃罗会叙餐开会，由于陈丕士到了北京去，我得替他作主席主持开会，不免要讲话了。那天预定是饭后映《大闹天宫》一片的，于是我开场白时便说：

二十个月前，也是因为丕士先生离开香港，我得代他主持开会，讲话，那次我讲的是中国的第一颗原子弹。今晚，我又来对各位讲话，很凑巧也是在一次核试验成功地进行后不过十多天的时候。真巧合！不过今天我要讲的倒不是那个题目……今天所要说的，是我们要看的一部影片——《齐天大圣大闹天宫》，因为没有准备到说明书，不能不介绍一下它的内容。

这是因为参加餐会的，很多是外国人，各国驻港领事和商务专员等等，而影片没有英文说明书，倒真是很不方便的。我的讲话自然要用英语了。那上面的几句话，也自然可以说是那五月十日发表谈话的余波了。

来信夹上了几张小菡的照片，我们看过了觉得很有趣。可是提起小菡，我倒想你们告诉我，她出生时是不是冬至那一天，是什么钟点？记得清楚罢！

文化战线上的大革命运动很多时候以来都在紧张的注意着。记得还是在去年秋闲，我最初读到林彪国防部长的文章时，便仔细再看了好几遍，并且也在国庆节在华革会讲话时引用过他的文章好儿节，在周末报写纪念文章时也引用过它。目前他的文章已传遍了全世界，为许多人加以重视了。这话说来要稍多一些篇幅的，让以后再谈罢。

祝好！

葆

六六，六，廿四日

又：崇效寺是在北京城那一角落？是在西南角陶然亭体育场那边吗？便幸一说。

附：剪报《一些回忆，一点即证》。

《文摘》的办事地方已搬到礼顿山道去，这是旧信笺，而且电话也改为七二〇二九四了。

【香山文库】

陈君葆全集

书信集

下册

陈君葆 著
刘秀莲 谢荣滚 主编

SPM
南方出版传媒
广东人民出版社
·广州·

图书在版编目（CIP）数据

陈君葆全集．书信集／陈君葆著，刘秀莲、谢荣滚主编．—广州：广东人民出版社，2018.12
ISBN 978-7-218-13297-6

Ⅰ．①陈…　Ⅱ．①陈…②刘…③谢…　Ⅲ．①陈君葆（1898—1982）—全集②书信集—中国—当代　Ⅳ．①I217.2

中国版本图书馆CIP数据核字（2018）第287474号

CHEN JUNBAO QUANJI · SHUXINJI
陈君葆全集·书信集
陈君葆　著　刘秀莲　谢荣滚　主编

出 版 人：肖风华

出版统筹：柏　峰　张贤明
责任编辑：张贤明　李沙沙　周惊涛　陈其伟　刘露露　赵　璐
装帧设计：彭　力
责任技编：周　杰　易志华　吴彦斌

出版发行：广东人民出版社
地　　址：广州市海珠区新港西路204号2号楼（邮政编码：510300）
电　　话：（020）85716809（总编室）
传　　真：（020）85716872
网　　址：http://www.gdpph.com
印　　刷：广州市浩诚印刷有限公司
开　　本：787mm×1092mm　1/16
印　　张：50　　插　页：15　　字　数：650千
版　　次：2018年12月第1版　2018年12月第1次印刷
定　　价：230.00元（上下册）

如发现印装质量问题，影响阅读，请与出版社（020-85716849）联系调换。
售书热线：（020）85716826

丁篇　环球寄趣

（一九六九年）

给女儿云玉明信片

（一九六九年三月十一日）

云玉：

这张明信片所从寄出的地方，恐怕是你们不会想像得到的。它是南太平洋上的一组小岛，在南纬18°至21°间，东经175°左右，总面积仅269方哩，人口六万，而这样竟在英联邦体系内是一个独立自主的国家。看它的历史，部分有似近于神话，或者怀疑是唐代李世民做了皇帝后，虬髯客到这里来过，因而写这一页的。

据说，英女皇'65年曾来过这里一次，在国都Nukualofa住过一夜，因此地方便成为胜迹了。明天船经过那里，就在离岸不远的地方寄椗一个半天，让游客到岸上去逛一逛，我也想去一观光，看与“海客谈瀛洲”的究竟相去多少远？就这样，看过后再谈。祝好！

葆

Miss Bonnie w. y. Chan, Dao Heng Bank, 7 - 19, Bonham Strand E, Hong Kong

3/11 日

给女儿云玉明信片

（一九六九年三月二十日）

云玉：

我写此明信片时还没有抵达悉尼，但信是要到悉尼后才寄出的。现在船已绕过了吕宋岛北部——那是一九三一年时我们赴马尼拉时没有取道经过的——正转向东南偏北向着 yap 岛进发，然后便转南通过所罗门群岛直趋悉尼。所罗门群岛，如果不是二次大战，人们简直不知道西亚以外，亚洲以东也有个所罗门呢！应教子贞也多认识一些古代史。

今日下午首次下了一场海上的骤雨，使人回忆到在南洋时所常见到的海面热带骤雨。三十八年了！好！

葆字

三月二十日，傍晚

Miss Bonnie Chan, Dao Heng Bank, 7 – 19, Bonham Strand E., Hong Kong（香港文咸东街道亨银行陈云玉小姐）

给女儿云玉信

（一九六九年三月二十一日）

云玉：

舟中几日，今日才正式持笔写一封长信。因为几天来大部分时间多在几层甲板上行走，多吸海洋的新鲜空气，很少时间放在大客厅、接待室、音乐跳舞厅或酒吧里走动；只有昨天中午，船的管驾开派对，请鸡尾酒会，于是也得到那间 Island Room 里面去谈笑了半个钟头。所以称为“岛室”的，是因为厅的正面画的一幅画是日本富士山，由此也可以看出日本人和日本文化在海洋洲、澳洲这一带所发生，以及将来可能扩大的影响了。同船的搭客一千四百多人，日本搭客实不少，当中单是由一位叫村松乔教授领导，于春季假期内去游历打一个圈到檀岛，然后从檀岛转回日本的一班大学生，男男女女的一群，计一百三十余人。他（她）们有些功课，还在这船上，我初透过玻璃望进去，还误以为牧师在传道，但看黑板上的图绘说明又不像！昨天酒会上船主介绍我与村松乔教授 Muramatsu 谈了好一会，才知他是主持日本文化历史、教育问题这几门的。

今天船逐渐由向东南转而向南行了。午间十一时绕过 yap 岛，下一阶段是要穿越所罗门群岛 solomon is.，而向悉尼了。绕过 yap 岛时，船驶向岛岸颇近，能看到岛上房屋景物，近岸处泊有两艘货轮，另一艘为日本轮。计离开香港以来，除十九日那天在海天相接处看到一只货轮外，这是第二次所见到的船了。至于鸥，从未看到过！昨天写了一张明信片给你，不过那是用平邮寄出的，抵达恐怕要比这简便邮笺迟。明信片表示的是“坎培拉”号泊悉尼时的夜景；它泊九龙海运大厦时的风光如何，我倒没有注意到。可是我船上的同房安特生君——Anderson；他是苏格兰人，在香港大盖任律政司副手，这 A286 号房舱，在现在这阶段，就是我和他两个人住，因此也十分舒适，到了澳洲和新西兰，是否有另外一两个客加入，可难说——他倒摄了两张当“坎培拉”号进泊海运大厦时的照片，采得很好的景，可惜他的底片留在香港。

那天“坎培拉”号开行后，船身移动了好些距离了，我还隐约望见你和贞，以及在大厦天台的七叔、七婶、文泰他们，仍在冒着强劲的东北风招手扬巾，那可能是晶晶第一次送别的经验。舟缓缓地驶向鲤门，出了鲤门，鼓浪前进，在苍茫暮色中，遥望歌连臣山角，那一列石屋，约略还可以辨认，其他就只能从想像中得之了。

大概那时候，因为经过一个期间，连日收拾行李，摒挡一切，所以不免有些困倦，于是大家来送船时，我也觉懒洋洋的，不能抖擞精神陪大家到船上各处去巡礼一次。船开出大洋面，风浪转大，东北风劲，一望无际都是白头浪，像是向我的白头发作竞赛也似的。我既有点倦，便于才用过晚餐后，即就枕了。这一夜总还算睡得不错。

旅行这一段五十多天的路程，开始了不过四天，便已有同桌的说吃不惯西餐要改换中国菜了。这也难怪，真是“口之于味也”！不过我早已惯了随遇而安，处之泰然，想食味两字，不会难倒我的。黄博士送船，带了一瓶 Horlick 来，我想拿到伦敦去才启用。卢松辉说船上的茶叶不能饮，我却不感觉到如此。侍应者给了我一包红茶叶，内有若干一小小包分别用的，又送了一只小壶来，这样我何时口渴，就可以自己拿壶到走廊中间的 pantry 去转一转开水龙头，不管是半夜三更，或凌晨四点，大开沸水都供应无缺，省了许多管事的能力；而昨夜一时，我到那里去增加开水时，还见一个做母亲的为她的婴孩热牛奶呢。洗熨现在很多都是“贵客自理”的了。这也可以说是科学进步得来的结果。

昨天下午茶话过后，那在午间开鸡尾酒会的蓬岛厅——想这样称它似乎较雅而好听——已在教跳舞了，由船上的一位任管事的女郎教导和领唱，于是乎 1—2，2—2，tsa，tsa，tsa 的声音，洋溢于耳，尚胜于“丽的映坛”所得到的，而参加跳舞的又多为东洋学生以及各种披头四式的青年，如果我说句“叹观止矣”，那简直是违心的话！今日下午，在同一的地方，上映一部关于“新几内亚”的影片，我只略为看了一下，但却写了这么几句诗：

昨夜孤舟向关岛，今朝南望所罗门。可堪几内山前月，曾照闺人梦里魂！

暂且写到这里。音乐厅透送过来的音乐，悠扬中听来有些娓娓醉人，是时代精神？

祝好！

葆

六九，三，廿一日（春分）

给孙女子贞明信片

（一九六九年三月二十三日）

子晶：

我写这张明信片时，船正在通过新几内亚东新 Britain 岛与新爱尔兰 Ireland 间的一条海峡，逐渐驶入所罗门海 Solomon Sea. 海峡并不很宽，约像港岛到荃湾间差不多的距离。岛上像有不少与富士山相类似的山，大小不一。靠近岸的约六七百呎，水至千尺，较远的可能很高。因此，想起船上的 Island Room 大盖指的是这些已不复喷烟的火山，而非指 Fujiyama 了。岛上据说白种人约千二百人，亚洲种六千余人，而土人约三千余人。从望远镜可望见种植了不少椰子树。暂写到这里。

祝好！

君葆

三月廿三日正午

Miss Jane Chan（陈子晶）

4. Fung Fai Terrace Happy Valley Hong Kong.（跑马地凤辉台四号式楼）

给女儿云玉信

（一九六九年三月二十七日）

云玉：

写此信时是踏上南半球的陆地上来的第一天（以前在新加坡时也坐小舟越过赤道，但究竟是在外面，并没有步上陆地上去），而且还是自己独自个儿，携着那枝已贴上了自己的名字的手杖，头一次使用，于近黄昏时候，踱出了码头——也如海运大厦的规模式样，但没有它的金碧辉煌和那讲究的酒楼茶室——问路登上了那度很有名的悉尼大桥，缓步由桥南踱到桥北，在北面的桥脚处的市街逛了一会，然后又沿桥北沿路踱过桥，仍回到桥南来，这样一走，约需时一个小时另十分。单是在桥面上行走来回约略计约3500步，从这也可以估计得到桥的长度了。桥端的四个塔，有一个在塔顶层设有茶楼和眺望室，能望见悉尼四周，可惜来不及攀登去眺望一次。第一，因为悉尼今天天气觉得很热，午间达85度，所以我等到下午四点后钟才出码头开始散步，跑到桥北的那家New Sonth Wales银行已过了时，换不到澳币，所以不能登电梯到塔顶茶厅去。第二，回程再踱过桥面，时已过了午后六点，塔的茶室和电梯都“停止办公”了，于是只好踱回“坎培拉”船上去。

在桥上遇见了一两个认识了的乘客，他们问问累了吗？其实，也和绕行跑马地这一周也差不了多少罢。

我对于这座大桥，颇感兴趣。同房的安特生君，他是苏格兰Perth（王白思）人，住的地方也就是在那座驰名全世界的Forth

Bridge 的北面的桥脚相隔不远，因此他约我到 Perth 去住时，一同去看看新旧两座大桥，那自然比悉尼桥要大了。

晚间从“坎贝拉”船上眺望桥上的灯光很有意思，今晚大概是初八或初九了，桥顶上的天空又挂了半规明月，更增加了景色的美丽。

今天船是于晨早十点左右进港，缓缓驶进，约正午十二时许才泊定。定到乘客登岸时，已是两点左右了。游客是可以从另一条出路进出的，我本来可以早些登岸，不过天气热，所以我还是等待慢一些走。而悉尼午间虽至 85 度，但晚饭后，当我在看月亮时气温已降 20 度到 65 了。这情况有点像青岛，青岛是在北纬 30 度，而悉尼则在南纬刚 30 度，看来悉尼还较冻一些，由于太平洋海面吹来的海风影响。今天廿六，如此。

廿七日，清早起来，已觉有些炎热；阳光照耀是可爱的，但如到大街上去走动，逛百货商店，总怕回来时弄得汗流浃背，因此还是在甲板眺望一会好些。刚好这时，从墨尔本开来的 Orcades 号轮正在进港，眼望着它穿过桥底到内港去停泊，也忘记了朝阳的烈曝了。澳洲、纽西兰，地在南纬 40°，距南极的大冰帽——被称为第七大洲的——事实上已很近；这块大冰帽，以前人叫它南冰洋，面积现在确定为 5.5m 方英里，比中国的面积还要大，约为澳大利亚洲的两倍，然而不能住人的，不像北冰洋，那接近北极五十哩处还可以住人，可以着陈子贞问问密丝特冯看是否如此！这第七大洲，外国人称为 Antarctica 的，事实上是数百万方哩的一块大冰漠，底下是沙，是泥土，是冰琪淋雪糕，或金刚钻石呢，可能没有人知道；也许就因为这样，所以《海底历险记》里的什么“辛朴”，什么……队长等一干人就拼命去寻找去发现吧。现在科学家相信，全世界的淡水量的百分之九十是储藏在这顶冰帽里边。数学家估计，如果把这些冰雪搬到澳洲上去，把澳洲做成一个蛋糕，那么这层冰雪的“忌廉”帽可能是两英里厚！也是“信不信由你”了。

人类怎样利用这顶冰帽呢？到这里来，读到澳洲日报 The Australian 一篇文章谈论这问题写道：一个美国人提议打仗时，可以把这块冰融掉，造成一个巨大无比的浪潮，把敌人的国家完全湮没。这是关公水淹七军的战法；前人用得，历史上有人用过，自然美国人也可以用，而“持之有故”了。不过这美国佬没有指出：潮是会倒退的；当退潮时，把潮起的地方都一样不留情地淹掉，将怎样呢？

也有人建议把这“明月清风不用一钱买”的冰块凿成一个个的冰箱，冷藏器，可以售价很便宜；更有一一个“为食家”说这“取之无禁，用之不竭”的冰制成无限量的廉价“ice-cream”，尽叫美国孩子吃，一万年也吃不了！

这些话说来也像有点好笑。

这信写来是打算要在悉尼寄出的。明天下午四点船就开行到纽西兰去了，因此今天傍晚时候我攀登了——事实上是乘仅半分钟的电梯，像坐火箭般地——那座圆塔式的摩天大楼，到了它的第48层的望台去，环绕眺望整个悉尼市一回，东望大洋，西望 Blue Mountain 的云气，北望大桥，南望飞机场，都历历在眼底，这是悉尼市的最高建筑了。

晚上，我被邀到悉尼的一个海员组织——Mission To Season——去参观，看他们的晚会，跳舞多近古典式的，那里有好几位牧师，英国的，印度的，中国的，日本的，其中有一位卢秉良牧师，他却认得我，战前在过香港青年会，与我谈过儿童电影。世界真是太小了！

祝好！

葆

六九，三，廿七

给孙女子贞明信片

（一九六九年三月二十八日）

子贞：

今天我们要启椗离开雪梨到纽西兰去了，船下午四点开行，昨天傍晚我到了这图片所示的这里最高的一所摩天大楼的塔顶去走了一趟。楼高五十层，走到上面的玻璃眺望室，四周一望，可以望见东面的大洋面，西面的 Blue Mountain，南面是市街和机场，北面的大桥，它旁边的“坎培拉”号倒像是一只过海小轮了。

葆字示

暮登圆塔顶，遥望太平洋。蓝岳疑欲雨，似秋天气凉。（廿七晚）

S. S. “Canberra”

三月廿八日

To Miss Bonnie Chan（陈子贞），7 – 19，Bonham Strand East（Dao Heng Bank），Hong Kong

给女儿云玉明信片

（一九六九年三月三十日）

云玉：

离开悉尼后，昨曾写了一张明信片给幼文，但因为匆忙间忘记贴上“空航”标识，可能要迟到了。

悉尼风景，使我最难忘情的，倒不是那摩天大楼的圆塔，而是大铁桥。在南半球，月上的时候，走到中天，却在北面了，刚好在桥顶，这本身是个景致。因有这一诗：

悉尼纽西兰道中望海月，雨中若隐若现，
回忆前夜大铁桥望中天月色处

秋心如海复如潮，谁伴东行折翠条？明夜月明应更好，独依南望拱辰桥。

注：明晚是夏历二月十四了。

这图片示的是内港在桥西，看落日别有佳趣。

祝好！

葆

六九，三月三十日

Miss Bonnie w. y. Chan（陈云玉小姐），Dao Heng Bank, Ltd.，7－19，Bonham Strand East，Hong Kong.（香港）

给女儿云玉信

（一九六九年四月三日）

云玉：

离开香港到现在差不多就半个月了，今天是夏二月十五，而我上船那一天是二月初一，这提醒了我，半个月的信都没有添上登记号码以便引称，这点疏简要改正，所以现在从新把这封信登记为第一号。

船经过两日水程，于卅一日天亮，由悉尼航抵奥克兰，停泊了刚一夜，即于今晨六时启行，转向东北行，约9：30a. m. 左右才算驶进南太平洋水域。

船停在奥克兰的一日，曾沿市中大街走到最高处去眺望了“后海”——也就是渃那边的海湾——觅铁桥，说是长桥不能行人，只能行车的，只好折回船去，而且午间也天气炎热了。遇到一个居纽西兰已多年的人，与他倚船舷谈了差不多一个钟头，关于各种关于澳洲的问题。他说：年青的一辈，尤其是念完大学，有些知识的，便嫌这里工资低，要到加拿大、美国去找事做了，不是那边有席位等着他去就，是先去到那里去找，碰运气。别的呢，意大利、希腊人，都跑到这边来找。［今天，四月二日，船上要先搞妥经过美国国境，檀香山，三藩市，洛杉机的过境登岸手续，排长龙时看到一个女郎，入境事务员问她有无入境签证证件，没有；看来是要在表上填上“TRWOV”（transit without a visa）的字样吧。站在我后边的一个搭客说：“她大盖是个吉甫赛女郎”。想不会错。］是的，这是个动荡的世界，人们大盖总难做到“一动不如一静”吧。同船的，有三个星加坡去的女子，据安特生说，是三姊妹。她们旅游到了香港去找生活，住了一短期间，大盖看见人浮于事吧，于是又顾之他，到悉尼，更转而要到温哥华去了。还有两个台湾一间大学的毕业生，一个来自马来半岛的柔佛，一个则是台山人，他们都是要到温哥华、托仑多去的，先探探亲友，机会就，便留下工作，不则更要设法搞到美国去了。这些例子，想船上要攀谈起来，可成个统计。

经过了悉尼，纽西兰后，餐桌上与我同坐的几个到澳洲去的同胞都分别上岸去了，换来的是一个离开英伦已十多年而要回去看看亲戚故旧的英国人，一位正在周游世界的荷兰女郎，一位到纽西兰去已经四十多年，发已斑白，儿女都已结婚，而他自己正要回到祖国去看看的捷克人——这样地四个人一桌正形成了一个国际俱乐部！这个小小的“宇宙俱乐部”组织，发展下去怎样很难想像；不过就我的直觉，最令人讨厌的恐怕是那位英国绅士！同房的安特生君——他是苏格兰人——问移居过来已有些日子的朋友们关于 Australian 意见怎样？答话是坏透了。那么，你们对于美国人呢？美国人比澳洲人更坏！这可能不是一般的公论。因为嘛，安特生，他母亲是苏格兰著名的民族诗人 Burns 的后裔，而 Burns 的一个孙儿，不知怎样地跑到澳洲来干活，发迹蕃殖起来了，经过几代，现在他的一族，开枝散叶人口竟已超过一千了。于是乎悉尼一地竟有个“布恩斯”俱乐部，安特生抵悉时，他们接船设宴招待已不在话下，而船开的一天，会员们还打算要组织一队苏格兰乐队到“海运”Terminal 去送行，大吹其 bag-pipes 苏格兰笛管一翻，大概终为安所劝止了吧。于是我向安特生说笑道：“然则那天下午在九龙海运大厦前大吹大擂的不是为我而是为了你了!”好一个误会!

不过那个在奥克兰码头跟我谈了很久的澳洲人也有很多话是值得注意的，不能全指为道听途说。他指着对岸泊的两条驱逐舰说：当日本南下的时候，我们这里全部武装所有的，就是像这么大小的两条战舰，日本人如果真的来，真是唾手可得。陆上兵力仅两三百人。当年如果不是美国，真是“吾生为鱼鳖乎!”我们是真的不能感恩美国的。他们到这里来训练士兵作战，学打热带战，以及一切一切。自然咯，their young men，they had a very good time here，of course！真的，这也是中国历史上不只一次听到说的：“子女玉帛，则君有之”，也不在话下了。不过那位澳洲老翁的话说来，倒像有不少悲感成份在内的。

船进入南太平洋海域，今天已是第二天了，时钟每一日都要拨早了一小时，因此就时间来说是赔了一些的。不过，论天气，昨天天气挺好，海无波，像一面镜子，波光云影，简直以为身是在西湖湖上的小艇里。到了晚上，月亮最初时候是最美丽可爱的，“海上生明月”，我想李白所看到的未必比这更好。因为又是贰月十五呀。然而到了夜半以后不止云渐多，而雨也下起来了。

昨天波平如镜的时候，午饭刚完，倚舷闲话，忽看到一条鲸鱼，鼓浪游过，鲸颇大，看来总有百余尺，一路走过，一路喷水，一时惹得乘客都到甲板上来看，除了那些还在吞咽第二度午餐的。鲸逐渐也向船后面浮过，相安无事地分道扬镳，各奔各前程了。

这是“万愚节”第二日的事了。

舟中“乘桴浮于海”的朋友提醒我：明天晨早要登陆到Tonga岛Nuku'alofa去一游，发信得在这里船上邮箱寄，省得到岸上找邮局去投递。这意见很对，于是立刻到邮票处去买了一枚一块多钱“唐卡”币 T $1.60 的邮票，贴上一张“坎培拉号”图片的明信片，还贴上“航空”的标识，然后写上一段关于 Tonga 的简单几句话，赶快付邮。目的是从这里“海外神山”寄出的邮票，而由香港人们收到的大概比较少，物以罕为奇，集邮的陈子贞当能领会。就是这样，我这号称为“第一函”的尚未写完，便需先来个“号外”了。不过这“号外”，寄“航空”的，却要载到新西兰去寄，唐卡没有飞机场；因此那提前写寄的“号外”到你们手里时，恐怕要在一月或廿多日以后。

昨天是四月三日，大家都到 Tonga 岛的 Nuku'alofa 去玩了大半天——从晨早九时坐救生艇登陆，到下午三点多才回到船上来，是最有意思的一天；不过这一天的经过要另一封信谈，所能在这里先说一句的，是风景自然界十分像新加坡和马来半岛巴双、波的申所见到的。

今天仍然是四月三日，因为已越过了东经 180 度了。船报说：“We have crossed the International Dateline and in consequence today（E. April 4）is repeated as Thursday 3rd April.”

祝好！

葆

六九，四，三长日

给孙女子贞明信片

（一九六九年四月五日）

晶晶：

这幅图片上所示的也就是我在一封信里说的什么“蓬莱厅，在那里曾看过船上的 hostess 教乘客‘1－2，2－2，tsa－tsa’的舞蹈，歌唱”，倒有趣的。

昨天晚上，船上举行了第一次 Quiz 问答游戏，我被邀参加了安特生组织的一队，而那位教“查查舞”的金发女郎又是三位主持评判员之一了，这样船员是一人而兼有众长的，多方面活动。问答游戏，我们的第 4 队虽没有争到第一，但成绩也的确不错，我提的几个答案，一个杰出地中了，赢得他们握手道贺，二个只惜犹疑了一下答得迟一些。最初，他（她）们还以为劲旅有 professor 在，锦标是十拿九稳的呢！于是乎我想如果 Jane Chan 在场，也许旌旗变色了。

昨夜，我们又越过赤道线到北半球这边来了。船约在七号晨抵达夏威夷群岛，而昨日下午，晴空烈日之际，我们登上船主的吊桥那里去参观了。负责人讲解仪器和设置很有意思。我们站在吊桥上的地方离海面达 110 尺，而探测器示着船那时，离海底 3000 fathams 那么，你算算是多少尺呢？

祝好！

爷爷，四月五日

Miss Jane Chan, to Miss Bonnie w. y. Chan, Dao Heng Bank, Ltd. , 7 – 19, Bonham. Strand East, HONG KONG.

给女儿云玉信

（一九六九年四月五日）

第二号函

云玉：

那第一号函放进邮政箱里去后，便着手写这一封。信统通都要到檀岛去后才转航空寄出吧，因此便些时间了，而这信也就先谈谈 Tonga 群岛之行说起吧。

四月三日——也就是说还未跨过 International Dateline（可以说是子午线吧！）那个四月三日——晨，船抵 Nuku’alofa 港下碇，泊在近岸约半哩的水深处，于是九时罗文保（船上管电影机的，上海人，有家在礼顿道礼信大厦，妻在伊利沙伯医院当护士，姓蔡）陪同我登陆，几乎是“坐霸王车”似地挤上一辆游客长途汽车去，环绕全岛一周，大盖很多应到的地方都到了，包括了 Captain Cook 在 1769 年登陆的地方。所过的村落，人们争着买那些贝壳编织的手袋、草麻制的手提包等等。我见那些什么“图腾”刻木镂刻的艺术倒也平常，而且香港也常可以看到，没有花钱买。我所注意的，倒是这些平坦坦的海岛，他的景物倒使人联想到热带地方像新加坡、波的申和槟榔屿的风味。椰树、香蕉最普遍，随地皆是，其次就是波萝、水瓜。住的房屋多“摩地楼”四周种树木，植花，情形极似曩时南洋一带。人们生活简单，容易得食，土地肥沃，蕉、椰子出产大宗，几可说是不劳而获。杧果树有是有，但像生产不盛，或者移植不久。土人长得个个都是肥肥大大的，有很多竟是硕大无朋的，像到船上来参观的，椅子竟坐不下去——安特生说看他的两条腿，简直比我的全身还要大呢！因此，我想这些土著，他们的先代是从别处移过来的。身长八尺，力大如牛，食的斗酒肉十斤（可能他们食的多是鱼、海龟、介类），不识不知，也就胖起来了。讲的话，间中带点马来语音调字眼，那很可能是虬髯公，当他看到李世民的事业已成就了，也不想与他争天下，于是就“入海”去另创世界吧。这“入海”很可能，也可说是只可能是通过东南亚洲的万千岛屿展转，并且也可能带了些马来族，而到了新几内亚、所罗门岛海以东的这“唐家”Tonga 的地方去开基创个新局面的意思。便是就中国史乘，读说部的《虬髯公传》，你的推想也可能得到这一结论。入海所走的路，可能还越南、马来半岛、苏门搭腊、爪哇这些地方走，更转而东向的。你看，Toaga 与马来语的 Tungu（如东姑拉曼等，我们在马来亚也听 Tungku 这名词听得多了），多少总有些关系，从而发现它的根源是与“唐”有血缘的也未可定。这是在环游 Kingdon of Tonga 的那个大岛时萦回于脑际的一些想法。要知道：capt. cook 于十八世纪所能做的，没有理由虬髯公这样的人物不可能不先于千年前已经做到。而徐福于秦时已能日本都去过——说不定还像你们那样登过富士山——谁能说虬髯公或其他“李唐”人物，不能于八百年后到得南太平洋水域！

离开香港前，李子诵来送行，说要我写游记给他报纸登载。我想，回港后把这些材料写成一篇也可以。

就是因为这个地方的风景宜人，完全热带椰林风月的情调，所以老罗就说，再干几年的海员的活，他就想到这样的地来归隐，来种百几十亩大的香蕉椰子园，恬恬静静地过日子，是最符理想的。不过他选择的地方不是 Tonga 群岛这一边，而是较北在所罗门群岛那一边；那边地域较广，物产更多，而经营得更久，据说每个月总有六七条船从香港开到，可想见商业关系，不止交通相当的便利。罗有个谊父在那边，无子，因此要养罗为谊子，继承他的许多产业，但罗不想只随他人的余荫——他们都是上海人——他只是要借重一下已成的基础作个便利，以成自己的事业而已。看来，扰扰攘攘当中还有不少有志之士，要造出他们自己的一番事业，像在表示不虚此一生的。你说他个人主义思想也好，你说他忘记了宗邦也好，不过这倒是全世界各国都一样的趋势，要追究到这问题的本身出发点，不能不先问问超国际性思想的理论与价值。

与我同食桌的那位荷兰女郎，她是业护士的，她到了新西兰去住了几个月，大概是要转换一下环境，找职业，找席位吧，但看情境不对，于是想着还是回荷兰去好。她已到过了南非，那里荷兰人多，而且政治组织还是跟史末资 General Smuts 的理想创造出来的，但也找不到机会，要到 gohawnesgmgh 去，而那里闹的种族问题更厉害。她说：以前英国人、欧洲人移殖到纽西兰去的络绎不绝，而自去年以来，出口超过进口人数，已超过一百以上。白种人移殖到澳洲、纽西兰去的越来越减，而离开澳、纽的，因为嫌找不到高薪资的职业，又越来越多，这自然是近来澳洲、新西兰政府改变政策，多欢迎中国人和日本人进来的理由。纽西兰如果不把自己的工业建立起来，它的经济是没有希望的，这话说得对。所以这位荷兰女郎，说还是回到荷兰去好，因为荷兰的 economy 强固，也如北欧几个国家，瑞典、丹麦一样，它们的经济好，比英国坚固，“甚至我们弄几味菜，调味也比英国人好，你们英国人的烹饪术，是越来越不像样了”，Van……说。那位英国绅士 Fred 说：这我也得承认。

是的，水向低处流；人望高处去。然而鸟倦是思还的。罗文保还年青，他不会感觉到这一点；要知道虬髯公之“入海”是另外的一种心情。像那位在纽西兰已住了四十多年的南斯拉夫老翁，儿大，女大，都结婚了，他现在自己要回到铁托统治底下的故乡去看看，探望儿童时代所撇下的亲友、总角交、竹马青梅的旧好，看几个还存在。他说：“你到奥地利去，也到 Dalmatia 去走走吗？是的，我回 Dalmatia 去，不能坐飞机的，因为带的东西太多，太多了，只能坐火车。”试猜想，他回南斯拉夫后，会不会再越重波到南太平洋的第二故乡去呢？谁也不能答。可能他的是一种“富贵不归故乡，如衣锦祖行”思想在脑子里作祟。可是纵使是项羽，你也不能怪他见解陋的。因为“威加海内”后而“归故乡”的箕踞骂人的老家伙，他又为“安得猛士会守四方”的念头搅得寝不安席了。谁才是最占便宜的，也难讲。

这张纸也快写完了；暂得在此搁笔。

信是四月三日（2）着笔的，而今天已是五日，复活节的第二日，船也于昨夜子夜时分越过赤道线回到北半球这边来了。祝好！

（另简寄子贞。）

葆

六九，四，五日

给孙女子贞明信片

（一九六九年四月十日）

子贞：

这幅图片所示的是澳洲风景，但是我现在已到了北太平洋，在距离温哥华还不过七百多浬的地方来写寄这信了。后天清晨就抵达加拿大了。船上的气温，今午报告是 18 度，那差不多是我离开香港那天的天气了，不过倒像风没有那么劲。晶，你们要给我信，是可以还寄到船上 A286 号房来的，只要写明“抵某某埠时的船上查交”便得；自是简便航空信笺，并查明要船抵达该地方前寄到，这船有□□，是一种好玩意儿呢！那你考地理的成绩怎样了？好吗？

爷爷字，69－4－10

S. S. “Canberra” 船上

Jane Chan，to Miss w. y. Chan，Dao Heng Bank，Ltd.，7－19，Bonham. Strand E，HONG KONG.

给孙女子贞明信片

（一九六九年四月十四日）

晶晶：

这是从三藩市写寄的。

今晨抵达后，早点乘坐汽车走过这度大铁桥，然后才到别的名胜去游赏。约一时左右回到船上来，正想进午餐，突闻船上电话传达处说“有电话找 K. P. ”，于是急到大客厅去接听，却想不到原来是锡祺！于是到码头闸口去与他见面，之后更一同去逛逛唐人街，并在大明星戏院对门一间粤菜馆吃了一顿午饭。饭后与他同回到船上来参观。这是意想不到的欢喜。见信后，烦为打个电话给明哲爷爷，多谢他们关心我。船明日下午开赴洛杉机，并及。祝

大家健康！

葆字

六九，四，十四

To：Jane Chan，To Miss Bonnie w. y. Chan，7 – 19，Bonham. Strand East，（Dao Heng Bank，Ltd.）HONG KONG.

on board：S. S. “Canberra”

给女儿云玉信

（一九六九年四月十五日）

云玉：

这一个星期以来过的日子倒像是快了一些似的，不像从吕宋岛到澳洲、纽西兰，更由那里转到萨摩阿群岛，又再转向夏威夷群岛进发那一段漫长的时间，日日天连水，水连天度日如年也似的，有些令人感到闷。还没有到达火诺鲁奴的前两天，曾寄出新的编号第二函给你，还有给子贞的一张明信，想此时应该收到了。到檀香山那一段时间，所看到的，所接触的，一闻一见，本有很值得一述的，但泥于别的一些活动，如“有奖问答游戏”之类，因此有些要做的事，不免又搁置了。旋而人们又忙于温哥华登岸准备的讨论了；我也不能只作“袖手旁观”的，有时还要猜度登岸时应穿什么衣服！

既而温哥华抵达了，胡润光看到了，vi－mo、伍冬琼也看到了。那一天的经过，到下午六时船开后，我急忙地写了一张明信片给二婶（照润光告诉我，写的地址是山光道 28 号四楼，不晓得我会不会记错，可问一问二婶），跟着又有一封信给幼文，从这两者，你可以较早一些得到关于温哥华方面的报道。

一连几天都注意着不止温哥华，而是世界各处凡为“Canberra News”所刊出的天气报告，如十三日温哥华的气温为 45 度之类。十一号，船上正午的气温为 49 度，甚冷，雨。

十二日，清晨六时起来，船已在靠码头了。显然我还在睡梦中，它已穿过了“狮子门”桥下，静悄悄地驶进港内了。天气也的确有些冷，使人回忆起那年圣诞节前，在北京的时候。望Lion’s Gate苍茫中看不见，而望古崂Grousis mts诸山，则已盖上了皑皑的白雪了。七时，领到了我的登岸证了。略用过些茶点，正要上码头的海运大厅去看看接船的曾否能来，就在这时候P. & O. 办事处交来了一封信，是润光说叫送来的，打开读，信说他不能这么早进船上来，要我在八时左右先到码头的会客室去看他们。于是我急急忙忙地到码头上去。刚出码头——这原是昌兴公司著名的“皇后船”的码头——远远看见宝云、润光、伍冬琼三人已在那里了。于是相见之下，知道三个人都是第一次见面，因此照例地替他们介绍一番，然后才进行到润光家去。碧瑗没有来接船，只润光自己驾车来，因为康仔感冒，要留在家看他，所以只杰仔跟他爸爸到码头上来。伍冬琼也驾了自己的车来，不过那是辆小福特车，倒是杰仔对这类车最感兴趣。回到碧瑗的家里，在那玻璃的大门上写上很大的2958的号头，大盖怕风雪时戴眼镜的人看不清楚吧。地方在温哥华西区，那是较富裕之家的住宅区，去温哥华大学不远，街名是W. 20lh avenue，与伍冬琼所住的第十五街，相隔的仅几条街位，于是她们现在是近邻起来了。

坐定后，又谈了一会，观察一过地方环境，Vi-mo说，怕忘记了，先要把预备好送给May姐和晶晶的两串Tonga贝壳球链交了我带，塞得大衣的两个口袋满满的。也就在这时候，她忽然地记起来了说：“嗳唷！我记得这些，却忘记了把云玉姐寄给你的信带来给你！（我心里一怔！）更加唔该的，是我接到信，只见有我名字便拆，拆读才知是给你的，但既拆了便索性把它看完。”我这时听到说，心里的确觉得有些不愉快，但仍极力不形于色地说：“唔要紧，信既拆了，公开看没有什么问题的了。不过，信究竟说些什么呢?”她说：“没有什么要紧的话，只是说晶晶很乖，叫你不要挂心，要保重身体。”我问：“没有别的话吗?”她说：“没有了。”我很疑心有些字句她看不懂。所以枉拆！我说：“今日我要空可能利用时间多看这里的风景名胜；那么，你还是赶快邮，把信寄到靠三藩市岸或落杉矶岸的‘坎培拉’船上去给我，那就最好了。”她说：“我知道，一定寄到的。”（不过，今天十五号，下午二时未见有信送来给我，而船已开行，说不定她还寄到落杉机或 Nasau 去罢！）

碧瑗们的房子很不错，式样有点像南洋时的摩地楼而讲究些；主要是一层楼的房子，而底下还有一层地牢式的睡房和工作室或食饭的地方，通常这个地下室部分有个奇怪的通称名字，叫 in - laws，顾名思义，大概不外是给外母或家婆这一阶级人物之类来住的。二婶到加去的时候，可能对这样的地方，思想上也不习惯；其实核子武器时代，可能将来整个人类都要住到地窖里去。屋后边有个小花园，种的剑兰、水仙、杜鹃，还有 tulips，那是要自己动手的，但地方弄得很整洁。园的一角落有个车房。

十点，我们开始游览参观了。润光驾他自己的车带我去，两个老伍作陪，碧瑜要看着两个小孩子没有参加。于是我们先参观温哥华 B. C. 大学，因最近，由伍冬琼领导，参观了校内各部分，包括了英女皇曾在那里十分讲究的餐厅吃过一顿午饭的教职员俱乐部，之后又在图书馆面前以及很多别的角落拍了不少照片。之后，又参观士丹利纪念公园，更到狮子门大铁桥南端的“辽望角”地方（Prospect Point）——惊险的情趣，可以和南京的燕子矶相比——倚着危栏，拍了一个望洋兴叹的照。在当日即写给幼文的信，这一段情节似有更详的纪述，似乎还有一首诗，不知怎的写起来的。参观到这里，觉肚子饿了，而 vi - mo 又因身体差，一路多只能坐在车里等候，最过意不去，于是才转到华侨酒家去吃点心、炒面等等。到了下午两点多，才再去游览，参观了 Simon Fraser 大学的超新式 ultsqmodesn 的建筑。全部建筑还未完成，不过也的确新颖，批评有待异日了。正在这时候，天阴欲雨或甚至雪了，远望着——其实也不远——古崂诸峰的皑皑白雪，意兴悠然，于是就倚着那大学的露天大礼堂——那是变通古希腊建筑的形式而加以新意的——的石栏，让润光一连拍了几个留影。空空山上雪，要上去踏着看，那是不切实际的，首先时间不容许，而且尺多深的雪，没有足够准备，像安特生那天，雪已透浸了履袜，回来时刚好遇着那场雨，于是当晚又说感冒了。所以雪，只是远望欣赏，这时已天阴欲雨，并且也四点钟了，于是急转到船上去，带他（她）们几个人一同到船上各部分去参观，计由船头到船尾，由游客间到头等都看过详细尽致，瞭望室和游泳池都踏看了。润光还分别检讨了他们来加时坐的“喜马拉阿”号与这艘轮相比，批评了好一顿。而也就在这时候，雨下得愈大了，天气也愈冷了，于是他们也就在船开前五点二十分左右离船上岸去了。一天的欢叙同游，毕竟是足纪的。船六点开，隔了一天，到昨天晨早十四号抵三藩市，而意想不到的，午间来找我的竟是明哲的哥哥锡祺，所以写了一明信片给子贞。现在船又在向落杉机的途中了，明晨抵埗后，再写关于夏威夷以至昨天在三藩市一日游的经过罢。

祝好！

葆

六九，四，十五日

又此信要待船离开落杉机后始能寄出，因此会迟到一些了。并及。——十六日“坎培拉”舟上。

给女儿云玉明信片

（一九六九年四月十五日）

云玉：

在苏莱世住了一晚，昨晨离开了那里的湖光山色，计差不多整天的时间都在分隔瑞奥两国的阿尔卑雪山重峦叠嶂中行走，直至下午三时始跨过高达千八百公尺的隘口，俯视午前所经过的重重冒雪诸峰，都在脚底了，然后至傍晚六时三十分才抵达，这仍在雪山包围着的旧奥国皇室陪都的恩斯勃禄克古城。我们住的饭店就在这图片中所示向北更右手边一些的旧皇宫。博物馆、剧院等建筑物紧接附近，因此也更近雪盖着的山的麓脚了。然而这里竟是盛暑的天气也似的，比伦敦那边差远了。从瑞士那边到这里来，单就看雪岭飞泉方面来讲，也真如奥领所说的，我也觉得“风景这边独好”！

今日上午自由活动，下午才趋向维也纳走，因此趁空儿写这短简付邮。

葆

四/十五

Miss Bonnie w. y. Chan（陈云玉小姐），Dao Heng Bank（道亨银行），Ltd.，7－19，Bonham. Strand East，Hong Kong（From：K. P. Chan. Hotel □□□）

给女儿云玉明信片

（一九六九年四月十五日）

云玉：

今晨在 Cnns'orock 寄出一张明信片，吃完午饭动身到 Kitzliihel 这个小市镇来，不到三点便抵达，住在一间村乡式的小旅馆，规模虽较小，但洁净淡雅，幽静闲适，无别处可及，并且厨师又弄得一手极好的烧牛肉，和一盏令人赞羡不已的杂果冰淇淋，吃完后我还取了餐单作纪念品。不过我想仍是地方名胜所致，使人心旷神怡，欲忘记了一切。这个地方已去了 Cnms 河谷，但仍是四面重峦积雪未消。我住的房间，窗口对着狼牙山似的屏障 Wiedil Kaisel，我窗口望下去不二十尺便是一条山溪，雪水滔滔地流着，景致非常雅淡。晚饭后写了一首诗："是处溪声好，真堪老一生。窗含西岭雪，风送寺钟清。逝者如斯去，栏干昨夜情。（嫲嫲遗照常在身边）狼牙山北望，坐对几人曾？"照发转意大利去了，并及。

葆

四/十五日

Miss Bonnie w. y. Chan（陈云玉）Dao Heng Bank Ltd.（道亨银行）7－19，Bonham Strand，East，（香港文咸东街）HONG KONG.（From K. P. Chan Hotel □□□）

给女儿云玉明信片

（一九六九年四月十六日）

云玉：

这是从落杉机寄出的，船昨日下午两点由三藩市开出，今晨六时许抵达这里。早点后到十时许，和老罗一同出去，步行绕过所谓“长滩”这个地方，看了一些住宅区，也采风问俗了一过，在晴天丽日下走了约两个多小时，才回到船上来吃中饭，对落杉矶总算得到了没有如初时所想像的坏印象！船快开了，写此。

葆

四，十六日

Miss Bonnie w. y. Chan，Dao Heng Bank，Ltd.，7－19，Bonham. Strand E，Hong Kong.

S. S“Canberra”——on way to Acapulco

给女儿云玉信

（一九六九年四月十七日）

第四函

云玉：

船已开出落杉机向南行驶了，走向墨西哥西海岸 Acapulco 的地方，据说那里的海滨景色，为各地之冠。不过要看到才能说。从 LA 到那里有两日夜的路程。

逐渐向赤道线走近，船很快就会和夏威夷群岛同一条北纬线了。因也就想起在檀香山登岸所见的事物。到檀香山来，我所要注意的，倒是那四万多的中国人的生活问题怎样。于是那天——四月七日——早饭吃过后，与罗文保两人踱到街上去走一趟。夏威夷虽是亚热带地方，但穿像香港的夏令衣服是不够的，在太阳晒着的地方很热，但一走到墙阴或一转树荫的所在，便立刻觉得凉风习习，有如晚秋初冬的天气了。我们先经过了日本人街，然后转到唐人街，拐过了一些角落，看到了一般商业、开小食馆情况。远远望见是一所像是日本人神社的建筑，而在它的对面另一边，隐约看见是一间中国人的庙宇——观音庙。于是急进去一参观。要知道，船上印发的介绍所经过的地方的风景名胜，每经过一处便发一本的小册子，对于这些庙宇并没有提到的。所以我要进去一看。庙门的横匾，是民国初元赵恒惕题字的。进去看，地方倒很清洁，全不像香港的庙宇。里边在拜神并求签的，谈起来差不多都是中山人——除了那女住持，她是南海人，前几年才离开广州转到这个檀香山的岛上来。她是个女尼了，不肯多说话——石岐的、隆都的、南大涌的，还有我们三乡平岚的。而最值得一提的，是那位替人拜神求签的，她竟是平岚第七堡洪山头——我们东堡是第八堡——的人，这样应该说是最近邻舍了。于是，我便问起她关于我们旅居火挐鲁奴的同乡或亲族的情况，如陈洪的一家、阿炳、阿赞、阿彩等等，或者如宝邻叔的舅父或舅公陈宝岂，或堂兄如郑晓，都给你如数家珍的说一番。不过住居情况，可就不怎样画一了，久旅居而现在富裕了的人大抵都住到郊区去了。因之而当庙祝的对他知的自然较少了。跟着现在随着大时代的变迁，而辗转到檀香山去，或者更像到温哥华，多伦多等地去的人，看来都不是从前“斩荆披棘，阋草莱”一类的人物。

船停泊在檀香山港那天下午，许多搭客都上岸去了之后——包括了那每日新闻社主办的“海洋大学”学生和教职员百三十余人，以及早稻田大学员生十八人在内——檀岛加入的乘客中，有十七名是拿得钱出来作周游全世界的华侨，其中有好几个是夫妇同行的。说也特别，大多数是中山县人。不过领队的却是一位已经退休的中国总领事，名梅景周，台山人，岭大毕业，与黄新彦、廖恩德都认识。他当了十多年檀香山领事，现在退休了，也像麦克纳玛拉或约翰逊那样，做起国际旅行社的华务部经理和旅行指导理事来了。前人说：学而优则仕，现在则可以说是仕而休则“鹤”了。我想，教人学揸车，与教人去周游世界，学旅行，“腰缠十万贯，骑鹤上杨州”大抵理无二致的。这些到时来“叹世界”的人物——其中有几个是开餐馆发迹的，一个姓王的四间餐馆都分给四个孩子的，所以自己可以去游——一登船第二天便要搓麻雀了，竟带了她们自己的台面来，套在 Island Room 的小方桌上去。也别开生面。谁还能说中国文化不要发扬到整个世界各个角落!

离观音庙不远，有一所“天后庙”，称为林西河望。是姓林的人办的，因此也放着林森的遗像在那里，并奉祀比干。楼上除神像香炉外，还挂着一副对联，对尾不十分好，也忘记大半了，对头是“历唐宋元明清，十八个状元三宰相”，颇看出我外祖父的族人的自负不凡咧！看起来，檀岛的广东同乡实不少，而中山人仍占骨干。

日本的数字多少，没有调查的清楚。不过珍珠港事件后，美国对日本人是不是不会有戒心的呢？也最难说。看来日本人从他们本国到夏威夷群岛来移殖，是没有禁止的，不过要到美洲大陆上去，就不是那么受欢迎了。种族问题究竟是一个结症的所在。同房的有一位是由悉尼要回到落杉机去的美国人，他是一个办传教出版事业的，满口都是道德、救世的话了。可是跟他谈起美国现在面临着的许多困难问题，如嬉皮士，如大学生闹罢课，巡行示威等等，他倒像是把一切归咎到千错万错，不应该让黑种人住到美国来一点上。这一见解引起我们对他严厉批驳。葡萄牙人摩勒斯说：“那么你们把两千万黑人送回非洲去好。不过你们要知道，当时是你们把黑人当牲口一样运到美国来的，不是他们愿意来的。”安特生指出说：“英国保守党的 Enoch Powell，他并不是反对有色人种，而是反对让有色民族大量移到已患人满的不列颠联合王国里去”。也的确，英美两国的问题，性质各异。其实，美国人的罪责——我说——还有比这所指出更无人道，更惨重的。我是指红印第安人，也就是所谓红番的问题。据说：红印第安人现在存在的仅四十至六十万人，其余给美国白种人用种种方法把他灭绝的，实无法统计。然而记得当白种初踹足到这“新大陆”来时，这里全是红种人的世界啊！现在嘛，把这六十多万死剩的局限一个禁区里面，让他们自生自灭，还说是为顾全他们的人道主义，天下宁有这样无道的吗？是红印第安人犯了什么天条，以至遭此惨酷的谴责！

也真是印第安人不胜自哀而别人哀之了。

别人哀之，想来也没什么方法挽救，因为才剩下不过六十万人口，以应付一亿多白种人，式微已极，穴居野处，何以图存，像那些黑人，数目在二千万或以上，问题便不同了。

所以到了落杉机，远眺望着那个广阔无边，纵横 452 方英里，住着六百万人口的新近代都市，往来交通筑了像古代罗马运兵用的驰道式道路，你能对美国的文化使命会有什么真正的希望呢？

而且历史有过炫耀的日子的文化，如巴比伦，如埃及，如亚述利亚，如希腊——罗马，如今又安在？以古喻今，也不觉为美国今日的文化前途担心。什么“the city without fowndany linsa”的荷理活，什么“a place for people of all ages to find happiness and knowledge”的 Disneyland，不知怎的，总生出一些悲感来说：余不欲观之矣。不错，美国是拼命在创造一个崭新的文化，利用科学成就和新知识，来与古代的希望和罗马文化争个更高的地位的。这一点未可厚非，也值得钦佩。成败利钝如何，自难道出。不过，一般来说，豪迈有余，而深厚不足是其大病耳。暂且说到这儿。

祝好！

六九，四，十七日

给女儿云玉信

（一九六九年四月二十日）

第五函

云玉：

到现在，离开了香港到船上来过海洋生活已足一个月了。前信也写了多封，但仿佛很少谈到我个人的生活感受情况，这里想不妨谈一谈。

初上船来那个星期，也就是说从香港到澳洲去那一段时间，我总觉得右肩膊和背上隐隐有些疼痛，而以在夜间为然，心想这可能是年纪关系，风湿骨痛又侵袭了，然而也揣测着可能是收拾行李那几天过份运动筋力所致。无论如何，初登上船来那十天八天，多少总埋怨船上的空器调节不十分给我方便。晚上又有些嫌毯子不够暖和要加上领毛背心了。可是，从南太平洋转到北太平洋来这一阶段，也不知是从“唐卡”抑或是从火奴鲁奴起算，隐隐的痛却渐渐减弱也消失了。是海洋空气的好处吧!?

我住的是贴近船旁的房间，我的卧榻又贴近舱壁，墙壁外便是大洋面的空气，或者如果在低层的甲板就简直是水了。整理我睡房床铺的侍应生对我们说，紧靠船边墙壁的那张床位是最冷，最容易使人感到风湿骨痛的，比较上夹在中间的房舱，也就是所谓 inside cabin，是少有这种顾虑的。这可能是对的，但也可能是单方面看法，从其一而不出其二的。这条船的好处是它全部用空气调节设备，因此中间房也好，船旁舱房也好，对于冷暖，不是像人情那样，是可以自己来控制的。

同房的安特生，空带的产品，自然是过惯冷天气了，因此最初他每每要把调节器的栓塞子提高了；我虽觉得有时过凉了一些，但还可消受得住，不甚要紧。可是过了一下，他白天晒太阳，游泳一阵又曝日一阵，大概总想取得标准的 Tan 黑像鞋皮那样吧，晚上呢，自然总□一阵，浴一阵，才穿着去进晚餐了。过不几天，说是感冒了；而且不止他，全船许多人——船员似乎除外——男的女的，都感冒了，咳嗽的，碰到面多都是，年纪稍大一些的女性则更多。于是，有一次我掏出手帕来擦擦眼，他们便叫道：你也伤风了？其后他们察觉到我不是那么容易感冒的，于是就恭维不迭地说你是“老而益壮”，胜过年青的了。其实只要做到“慎寒暑”就得，没有其他妙诀的。便是杰仔他们感冒，我也是这样告诉碧瑗，什么“香港 Flu”传到加拿大去，那简直是废话。在悉尼，他们也归咎过香港人带来感冒。

古董玩具摊之外，又还有什么呢？而这一些五花八门所孕育着的也就是所谓英国文化了。船从 A 港开出航向巴拿马了，昨天到岸上一走，买了一张明信片，先写了给你寄来，船，邮票，地点的风景，是“三位一体”的表示。就此祝好。

葆

六九，四，二十日

写到这里，记起一事。歪谟终不见把你的信赶寄到船上来，也许她完全置诸脑后了！也许寄失掉！

不过，我究竟不知信说的是什么，如果有重要的问题要说的，那最好请你再写一封寄到刘殿爵处给我。寄他住的地方或寄伦敦大学的 school of Afican & Oriental Studies 都可以。

海洋的空气的确给我不少好处。虽然重量不见得怎样增加，依旧是 108 磅，但精神又像是好了些了。到船上来，上上落落，到上层甲板眺望散步，到 E 层甲板的餐室去吃饭，不出多少次了，但我只有坐过电梯两次。余统通是靠双脚健步的。

一般来说，我坐到书写室里的时间比较多些，或则到几层甲板上去“行千步”——走 promenade deck 七次便是一英里，而在这样的散步，每看到风浪稍为大一些时候，那些外国人总是走得七歪八倒似的。在这方面，我倒算得是个健者了。

关于食一方面，我是可以随便一些的，也已不是西菜食得惯或食不惯的问题了。自然，饿不择食，那是无可辩驳，放之四海而皆准的原则。从这所派生出来的就“少食洋味多”的理论。初上船的时候，我还习惯地点一汤、一鱼、一肉、一甜品。其后，便觉得最合适是一汤、一菜、一甜品，此外便是水果了。这样，纵使是西菜，你不会觉得怎样不合口味的。经久冷藏的鱼，比鸡肋更无味！所以少食一些。间或伺机换一盘加厘饭，或添几片“芝士”夹饼干，这倒是我们自己家也可以吃到的了。不像许多人那样，下箸无方想腐乳，咸鱼青菜胜牛扒，我要是像张翰那样想起鲈莼菜来，就走到老罗船头那边船员 Meas 那里去吃一顿，临时炒几味广东菜，加上他们自己带上船来的咸鱼腐乳，那是没有困难的，并且也“黏餐”了多次了。

船上的日常生活大概如此。换来的是一种舒适的带闲放的过日子方式。在我来讲，倒不会感到刻板。然则那做海员的又如何呢？这倒是另一问题。对它，我仍未敢忙赞一词。枯寂、空虚，这倒是事实。像老□就是有这样的感觉。小说、电影都有把海员生活做题材写过不少作品。不过这些作品目的究竟是什么呢？似仍未见明确。就是说，这类小说是不是所谓 The Novel of Purpose

呢？还有，其实写这类小说的资料，俯拾即是。

踏上北美洲的土地以来，感觉到最清洁宁静可爱的城市仍是温哥华。尤其爱它的白雪皑皑的山。三藩市在这方面没有它的好，虽然天然的金门海港，别有它的足以傲视香港的地方。可是夜景，十万家灯光，从山顶下望，这一种景致，连緜不断，简直是三藩市所不能比拟的。这一点，我曾在写给松辉和 Eva 的一封信里指出过。甚至那落杉机的市街、市区、驰道，说是什么加利福尼亚的人口，有六百多万住在 L. A. 市区里，我只觉得这实是“大而无当”，是美国文化——如果有这样的东西的话——的夸大狂的表现。美国要步武埃及、巴比仑、希腊、罗马他们的历史成就，要建立些比金字塔、空中花园、Parthenon 神庙“道广十丈，三丈而树”还更辉煌的驰道，要迈越往古，彪炳百代，这志是可嘉的，然而，埃及、巴比仑、希腊、罗马又“如今安在哉”！想到这里，在我看来，像落杉机这样的城市，平直无资，实无甚足观者，尚其次要的一点也。

就像 Acapulco 这一个所谓 best harbour on Pacific coast of Mexico，而它的能存在，能稍稍繁荣，就只是靠所谓 the modern tourist industry，靠游客，犹如澳门之靠娼、靠赌一样，沿海滨一带，除酒吧，酒店……（缺页）

船上本来有个搞广东菜的厨子，可是他一到火奴鲁奴，便登岸而去，溜之大吉，弃职不干了。说来这人有些来历，他姓吴，斗门人，也是我的同学，这话怎讲呢？因为他也是汤聘臣先生的及门弟子，日人占据二灶时，他就读于汤的私塾。而我在育才书社念书时，汤是我的业师。也真是“天涯何处无芳草”（船航向坛岛时所书诗句，曾写了给黄博士）了。告诉晶晶告诉阿三：说爷爷已学会机器洗衣服，自洗自熨了！

给女儿云玉明信片

（一九六九年四月二十日）

云玉：

十六号晚，船从落杉矶开出，第二天早上，就看到迎面而来向右边驶过，正是“意大利”号这邮船，色白好看极了。昨天我们抵 Acapulco 后，上岸游览，便在一家铺子里买了几张风景明信片，其中这一张更觉亲切有味似的，因为才是前天看见过那条船，地方呢刚好是自己在踏勘着。“坎培拉”号也是在同一地点下锚的。墨西哥太平洋海岸这是唯一的深水港了，去墨京百多哩，街道、屋宇旧也多欠清洁，繁盛还比不澳门，而经济上全靠旅游事业。因为两天后要经过巴拿马了，信要在那儿寄出，贴的是巴拿马邮票。祝

健康！

葆

六九，四，二十

Miss Bonnie w. y. Chan. Dao Heng Bank（道亨银行）7 - 19. Bonham Strand. East Hong Kong

给孙女子贞明信片

（一九六九年四月二十三日）

晶晶：

船从太平洋通过巴拿马运河到大西洋去，这便是第一度水闸了。闸口望过去那边，再往下一些便是太平洋的浪潮了，不怎样澎湃，像是很平静的。每条船不用自己的汽力航行，而是用四匹电动铁驴子（donkey）也就是拖拉机车，拉过去逐渐升级的。昨晨七时开始进第一闸，急起来看，早饭后八点进第三个水闸了，再过的一段，水路很平，是一派湖光山色，凿运河时所成，到两点时，船已像在长江出西陵峡似地通过了Gatun locks的三道水闸到大西洋的洋面来了。下午三时已在Colon的码头靠岸了。

葆

六九，四，二三

Jane Chan，To Miss Bonnie w. y. Chan. Dao Heng Bank. Ltd. 7－19. Bonham Strand. E HONG KONG

给孙女子贞明信片

（一九六九年四月二十八日）

子贞：

刚从逛过迈阿米市街回到船来写这明信片，因曾迎大雨，弄得几乎满身湿，但对着我们的船对开不远，便泊着豪华的“伊利莎伯王后”号，心有所感，便写它几行字寄回来，以作雪泥鸿爪之忆记耳。这邮片所图虽亦为巨舶写照，但地为运河的大西洋的入口处；图得诸巴拿马，而记于佛罗里陀海湾波荡处，亦不常遇事也。写此，并为一语幼文姑姐。顺祝各人健康！姑妈不另。

爷爷字

六九，四，廿八

Jane Chan（陈子贞）To Miss Bonnie w. y. Chan. 7 – 19. Bonham Strand. East,（Dao Heng Bank. Ltd.）Hong Kong

给孙女子贞明信片

（一九六九年四月二十九日）

晶晶：

图片所示便是那骚，记得就是好几年前英首相麦美伦与美总统肯克迪在开过一次会谈的地方。海港看来波平浪静，这是因为是在防波堤内。“坎培拉”号不能停泊在港内，只在堤坝外下椗，而且那天风浪相当大，我们是要乘很大的驳船才能到岸上去的。到岸上，看了两间教堂，和温莎公爵曾在那里住过很多年的“总督府”。群岛中之一，为哥伦布首先登陆处。现在看来，英虽守此逾三百年，然那骚亦仅恃游客事业以维持繁荣存在耳。廿七日，船启椗时，远望故垒萧萧，亦觉不无感慨也！船昨已离开了迈阿米港口，此邮，东要到里斯才付飞行了。

葆示

Miss Jane Chan，To Miss Bonnie w. y. Chan. Dao Heng Bank. Ltd.，7－19. Bonham Strand. E，Hong Kong

给女儿云玉信

（一九六九年四月三十日）

第六函

云玉：

廿一日付邮给你的“第五函”，现在又四天了。这段时间当中，我们已跨过巴拿马地，从太平洋到大西洋这边来了。所以昨天我把运河的第一度水闸图的明信片寄发了给晶晶，用的牙买加邮票。

通过了巴拿马运河到大西洋来后，逐渐有“催冬日子快”的同样感觉了，离开了牙买加（昨廿五号晚）后，更觉这样。可不是吗，到南咸普敦上岸的“登陆须知”发来了，闻同桌吃早餐的都在讨论；可携带多少枝香烟、多少瓶酒这类的问题了，或者什么东西可以免税，什么可带和不可带等等。对这些，我虽不感兴趣，然而冷眼旁观，也看出不少人类的弱点与强点来。尤其是自私与个人主义，的确非来一次或者连逐多次的思想革命不可。处处为全体大众设想，不要为个人的利益关系设想，或者多为大众设想，少为自己设想，天下的纷争扰乱总可以减至最低限度。便是为自己想也如此。老子说：少私寡欲，终身不辱。大半的麻烦，都是由于不能去私，更由于多欲。有了一辆汽车不够，还要多几辆，多几种牌子的；有了汽车不算，还要有游艇；有了房子不算，还要有别墅、有离宫；于是乎，生之者是这许多人，而用之者就是那零星的少数，则财用又安得不枯竭，天下又安得不乱！不要以为只要做到生之者众（个个都有工作做，无失业者），为之者疾（一切用机器，快到不可思议，什么都用计算机），一切问题便得到解决。我到落杉机的住宅区去走了一趟，街道宽敞、干净，是值得羡慕的，家家门前或左右都有个小花圃，主人便在那里栽花剪草，很清闲似的。可是不少家的舍旁空地却堆栈似地堆着五六部或甚至十多部半新不太旧的汽车，放在那里生锈、晒太阳，车轮底下有些已长满青草了，而在这场地上显然树着一个 No dumbing is Allowed 的木牌，皇皇告示，只少了“如违送官究治”数字。同行的告诉我说：这些车，林肯的，柏克尔的，和其他什么牌子的也好，只要给它币值等五百元的美金，便是你的，立刻可以运走了。然则车主何以如此疏爽，如此慷慨呢？然耶，否耶？事实是这样：他是利用了分期付款的方法已成了一部崭新的最新款的汽车的主人了，因此这一部只能放到乱草冈的地方去了。是靠这样，汽车厂才能继续不断地生产、制造，继续找到销路，继续维持它的存在和扩展；有时也只有扩展才能继续存在，像个气泡那样！这无形中已解释了美国生产制度的情况。

为维持这个汽泡的不爆破，你能想出什么办法呢？

也同天体那样，星球膨胀不已，爆破而为一团星云，又历若干恒河沙数亿万千年，再凝固而为一个太阳星系？此孰吉孰凶，何去何从，殆阙疑尽智而终不得其解。

即在此一舟中所见，已觉种类分歧，良莠不齐，黑白异趣，偏正曲阿，不可究诘，又何放之四海，期于六合而易言于准绳规距，揆守正法耶！忆舟泊悉尼港，忽闻有船员欲罢工的传说，一时颇盛惶惑，然旋复置之，舟过唐卡后复渐渐淡忘了。这是一个动荡而至于动乱的时代，什么事情会或不会突然发生和何时发生，实难预定。一艘豪华巨轮，就是一个超级的小城市；其中一天所发生的事，有时是五花八门、光怪离陆的。像电影片子上所看到的，如谭西□所主演的什么国际间谍案或盗卖名画国宝事件，许多都不是虚构，而是实有此事，实有此人作蓝本写照的。船上有自己介绍为珠宝商的女郎；我对她说，到香港可以找森美的珠宝商，找阿 kaye，看谁的眼光够！也有几个是在写作的，可能在写小说，或者在写关于东方的书，以骗骗不曾到过远东的美国或欧洲人。但有的是著名报刊的通讯员，他们对国际动态十分通晓，对我来说，有时觉得还可以谈得来的。但有些就简直是头脑糊里胡涂的阿木林了。

开始写这封信时，是廿六日，那时船已离开那叫牙买加的大岛驶向那骚，但现在又过了四天多，船已到过了那骚——当时曾赶时间，先后寄出了两张明信片给你们，一张是关于“伊利沙伯王后”号巨舶，一张是关于那骚的——和迈阿迷的长海滩，正在鼓轮过波涛汹涌的大西洋，向里斯本迈进。因此要说关于巴拿马运河——关于巴拿马运河，倒有几首五律，先已寄出给廖医生和黄博士——牙买加和西印度群岛那些话，就只好暂时搁置一下了。这里还有赓续上一节的话题谈谈人物罢。

船上与我同房的乘客，有一位乘客叫“莫思古”的，他是落杉机登船的。他原是第一次世界大战前的匈牙利人，现在他的故乡则已属于罗马尼亚版图了。因此我称他为罗马尼亚人。他今次是要回到罗马尼亚去探亲。他是十七八岁的时候便到了美国去，在那边讨生活，自然也就取得了美国国籍，久已是美国人了。因为现在他已是一个七十五岁的老头子，白发皤皤，比我的还白得澈底，不过比我的疏落得多。还有，他很羡慕我走路比他快。他有五个孩子（女的在内），十三个孙儿，还有曾孙三名！他的太太是前年底去世的，所以他也是单身“独行踽踽”的了。这个老翁很老实，很爱谈，很有趣。他身裁矮而胖，有点像个赫鲁晓夫，因此常以此来笑他。他把带在身边一同旅行的生活照片给我看，如“全家福”之类，有的是他的房子、香蕉园，以至所经营的电油站——自然是他所住的附近的一所，是个人的了——等等，也真表示了一个贫困起家，经过苦斗，然后才“养子教读书”，给他的第二、三代去求上进的机会的历程似的。有一张照片很有趣，他比他的太太高几乎一个脑袋，可以他们的儿女比他更高，到达了六呎差强，而他的佳婿则更高若干寸，于是乎成了梯形的级数了。Mesku 少年时看来很英俊，所以我对他说：“你比 King Kanol（或 Canol，罗马尼亚王）还更漂亮呢!”我给了我许多常欲批评时世而不常吐露的话都对他说了，因为他是个老实人。这几年来，他已回故乡去过多次了，这一次像是第六次渡过大西洋了，但他并没有感到月亮的是美国好的。

他给我许多照片看，于是我也拿出嫲嫲的遗照给大家一看，那是我唯一带在身边的照片，除了我的护照片以外。

莫思古真正是个老实人。他从洛杉机登船来到今天，已经半个月了，但仍不知道，我们的下午茶是设在大餐厅的左偏厅一部分，而每天总是到 Lounge 那边大客厅去等，看到终没有什么动静，便以为自己是后时了。他今天当我问吃过下午茶未，才说出两周以来天天的遭遇，于是我只得自己陪他去走一趟，让它享受他的第一顿 afteroon tea!

说这是一段笑话也好，说它是世故人情也好。

船正在大西洋洋面，鼓轮向阿速里群岛前进，风浪比太平洋那边澎湃得多了。

祝健康!

葆

六九，四，三十

给女儿云玉明信片

（一九六九年五月五日）

五月五日漫游里斯本市街登圣乔治古堡罗文保偕

水绕孤城江岸回，大洋西望失林隈！冈陵极目遮云树，墙檝存遗付蜃灰。薄哂金门桥上月，未窥玉局七丛台。登临故垒萧萧雨，废井谁曾拂砌苔！

葡京里斯本新建大铁桥，飞跨退嘉斯河，葡人深感夸耀，以谓高于三藩市金门大桥；至冈陵七阜，疑与罗马古城较，尚相隔一间耳。

追记

楮贵沽春易，终成未寄书。石头城下饮，还共忆蓴鲈。

Miss w. y. Chan

4. Fung Hai Terrace, Happy Valley.

Hong Kong

给孙女子贞信

（一九六九年五月六日）

子贞：

明日清晨我们的船就要抵达葡萄牙的海岸，就在 Tagus 河口停泊，而我也打算登岸到葡京里斯本的看看风景，看澳门的街道有多少是那里的翻版。天气就几天是冷了很多了，便是在海洋面上也感觉到有点像那天离开尖沙咀海运大厦时所感到的，因此想着到伦敦时可能更冷一点，不过也许不会冷得太厉害，因为今日听报告说是摄氏十七度，而当我们抵达温哥华的时候，那里的气温也仅是十四度，虽然城市后面的山还积着皑皑的白雪，这我想姑妈是同你说过的。这封信是打算船离开里斯本后才把它寄出的，因此可能是从伦敦而不是从法国的 Le Navre 港付邮。

是的，到葡萄牙的首都里斯本去逛过一次了。虽然看的不很多，但我主要想去看的也看到了，所以觉得很满意。因为逛的地方，多半要步行，而且也看了大半天，回到船来，又赶着要看船开行，看它怎样穿过大铁桥的桥底出海时的雄姿。一天的旅行，不知不觉于饭后感到困倦一些，所以信延到今天才继续写。在这之前，曾把一张明信片——表示着在大铁桥的一张，是在里斯本买的——写寄给你，讲个概略。一句话，里斯本虽有很多新建筑，但它的可爱的地方，仍在带着古香古色的一个城市这一点。它的很多街道是用鹅卵样的黑石砌成的，这情况十分像澳门，这类街道很窄，多半弯弯曲曲，依着地形，小山高阜的高高低低情势铺筑，对门对户只隔一竿晒晾衣服的竹竿的距离，差不多就等于我们后边晒衫那所地方的宽阔，而每每电车就从那里走过，两条铁轨看来十分“牙烟”，但却没有看到行人为电车撞倒的。

这次看里斯本，花了较长的时间看那古旧的 Castelo de S. Jorge 古堡，它俯瞰整个里斯本，那些繁盛的市街、商业市场、银行大商店、食物馆都在它城脚再伸展开来一些的那一掌蹠地面。我几乎踏遍了那全个城头的雉堞。想像着古时人攻城时用的什么石炮弓箭，也是很有趣的。现在呢，地方已成了风景游览名胜，在堡垒里边的平地已开了花园、水池，养了不少鹅鸭供人玩赏，间或还有一两只孔雀。这个地方是值得流连竟日，以消永昼的，虽然我们来游时，晴天丽日，但仍不怎样热。

这儿把那古堡的一幅图片寄给你们看，姑妈也许会告诉说地方的屋栉邻比，是的确有点像澳门的吧。

关于这古堡，还有一张图片的，不过怕寄空邮过重，还是带回来给你们看吧。

船已驶进英伦海峡，渐逼近法国的港口了。明日稍停个大半天，便于夜间转向英国的 Southampton 去了。现在呢，我正在悬想着，到英国时是不是会很冷呢？渡过大西洋时与航经 Biscay 湾，幸而风浪还不怎样恶，只浊浪排空，都的确没有像太平洋那边的安闲太平耳。

祝好！

葆

六九，五，六日

给孙女子贞明信片

（一九六九年五月六日）

子贞：

船抵达葡萄牙之前，曾拟写封信给你，说逛过里斯本后，来告诉你那里的风景怎样。昨天游过了那个见有古香古色的城市了。我们看了它的公园，参观了一间阴气沉沉的礼拜寺，它的忽高忽低的像澳门的石子路，而最有意思的是那叫做 Castelo de S. Jorge 的古城堡。城墙上的每一个垒、每一重雉堞几乎都踏看过了，想像了中古时代如何用弓箭、用石炮打仗，是很有意思的。傍晚船开时，是通过大铁桥（图片所示——那巨大的耶苏像是在河口的右岸，不，是左岸，高可想见）桥底向右平边驶出大西洋的，据说这桥比 Golden Gate 的铁桥还要高。这样说，月余来所看到过的桥自以这一桥为最讲究的了，结构也特别精致。自然凡事总是后来居上嘛！

祝好！

葆

五/六日

Miss Jane Chan，To Miss Bonnie w. y. Chan. Dao Heng Bank 7－19. Bonham Strand. East HONG KONG

给女儿云玉信

（一九六九年五月十日）

云玉：

八日下午已到伦敦来了，火车，搬运，行李，检查，找的士，这些都没有香港较便利，因之抵达后要休息一个时间。刘殿爵来，携了你的信来，一切均悉或者可从想像中了解一些情况。晚饭后，与刘殿爵逛了一阵街，是晚也休息得较早。昨日整天都在办签证一事，从内政部跑马外交部，外交部的护照处还要上两次，今天又要再到通济隆一处，相隔路也孔远，需的士四司令六辨士一次；巴士又恐走错了路，无可如何！而明天早晨就要登程往欧陆了。所以信到现在才能抽空写。三天来，每天晚饭均与殿兄同往，谈的由哲学、文艺，谈到现代英国，有时也不免慨叹一番。渠对伦敦也有“长安不易居”之感。“月是故乡明”，奚独杜甫才有此一怀感！

暂写至此，时已中夜了，抵欧陆后再写信。

祝好！

葆

六九，五，十日

给女儿云玉明信片

（一九六九年五月十二日）

云玉：

昨日上午乘飞机渡过英国海峡，到了欧陆来，昨晚在比京宿。今晨离开比京，经过滑铁卢地方，不无感慨系之。这一张图片所表示为卢森堡政治中心。桥面是交通通衢，我们车往法必走的道。宫殿式的建筑物下瞰的是一道深数百呎的深谷，天然的守城堡的池沟，真所谓天堑。据说欧战时比利时守军曾据这天险抵挡德军好一个时期，才不敌撤退。我曾在桥面对过的地方，倚栏坐在树阴下的椅子眺望谷底园林，差不多半个小时才离去。而今晚到了南斯 Nancy 来了，明晚便要到苏莱世去投宿了。

葆

六九，五，十二日晚　Thiess 饭店

这明信片也就是在摄影者取景的地方一个售卖亭购买的。卢币四法郎。附识。

陈云玉小姐

Miss Bonnie w. y. Chan. Dao Heng Bank Ltd. 7 – 19. Bonham Strand. East，HONG KONG

给女儿云玉明信片

（一九六九年五月十七日）

云玉：

这帧图片本是要寄给晶晶的。要告诉她的是我们的旅程这次没有准备到罗马去，因此她要购买的东西可能在别处找不到。不过，可以告诉她说，经过悉尼时，曾买了一只袋鼠皮制的小熊回来时给她。这事在船上写的多少封信总忘记提及，而现在却想起来。

昨天下午到了威尼斯这里来了，这个在一百年内要下沈两三吋的威尼斯！想起十二三世纪以后几百年间的威尼斯，想起了莎士比亚写的《威匿士商人》，这和一切，而现在陆沈的地方，好些房子水已浸越了门限。又如美术展览馆，也有“水侵扉”的感觉，继续住下去已成问题，重修古寺恐一时要束诸高阁了。这是整个西方文化的问题，不单是“陆沈”一点局部的问题已也！图片购于次 Cartina 时，信写于 Venice 旅次。

葆

六九，五/十七日

（请告诉子贞，邮票要和明信片一齐保存。）

Jane Chan, To Miss Bonnie w. y. Chan Dao Heng Bank, Ltd., 7－19. Bonham Strand, East HONG KONG

给女儿云玉信

（一九六九年五月二十二日）

云玉：

这里是瑞士洛桑了。昨天晨早离开北意大利的Stresa，整日都在阿尔卑的雪山区蜿蜒走动，至下午六时才到湖光山色这里来，不过暮烟朝霭，倒不觉得怎样醉人的景色，也许是春老了吧。

得写写昨天的经过。那是在意大利北都Maggiore湖上Strese地方住的第二天，晚上梦见了嫲嫲。今晨起来赶程又跨过一次阿尔卑山脉回到瑞士去。九时许开始转入山区向高达六千六百英尺的Simplon Pass隘口前进，至十一时三十分始达雪地冰天、四周白皑皑的隘口最高处。即在那里的Hotel Bellevue饭店午膳。此地下望数千尺的深谷，隔着深谷那边群峰罗列，正对的最高一峰为Oletsch horn，高达4182公尺，其余诸峰3807m、3748m、2473m相次，不一而足。对此妙高境界，一时忽有所感，即以指书“云卿”二字于雪岩壁上，约经八寸左右，书毕指冰冻不可耐，于是于另一雪壁上用手杖力书径尺余的大字，同行者问写何人姓字，亦已语之。抵洛桑后有词两首记其梗概：

过尽征鸿来去燕，故园消息新晴，晓风淡荡暮烟轻，几回芳草地，人待月华生？　　雪意冰心情未了，梦魂依旧飘零，玉山高并数峰清，据鞍书小字，名姓孟云卿。

——调寄临江仙（孟谓孟母，嫲嫲似云）

万里征尘未洗，吟边岁月初新，饮冰踏雪句应匀，何处先生小隐？　　宝剑沈埋笑语，湖山携手伊人，指书云字唤真真，名姓他生重认。

——调寄西江月

信是要在洛桑写的，匆匆未购得邮票，所以转到巴黎来付邮筒。自在南咸普敦舍舟登陆后，除了从伦敦写了一封简直航空便邮外，便只有这一封是正式缄寄函了，想来应该是“第八函”了罢。余外每到一处，居停稍定，总有一笺明信片寄回，那是不打号码的，想应该都收到。余不赘，巴黎印象如何，到抵英后再写吧。祝

健康！

葆君

六九，五，廿二日

给女儿云玉明信片

（一九六九年五月二十五日）

云玉：

十四日在欧洲大陆旅行算胜利结束了。前天晚上到了巴黎，住了一个夜，昨日午间飞回英伦，午后抵达伦敦，改住 Ragent Palace 饭店，正收拾行李，明天开始北英和苏格兰之行。欧陆旅行的末段，曾在洛桑写了数行短札，本打算在日内瓦寄出，但参观了国际联盟大厦，和欣赏了一下湖光山色，信的写就终于索性到了巴黎才付邮筒，计此时应可以到达手上了。我想我的行程和旅途情况，明哲应该告诉过她妈妈了吧，这是最好的。两月旅途中，实不时想念着她们几人。好了，祝好！

葆

五/廿五

Miss Bonnie w. y. Chan. Dao Heng Bank, Ltd.，7 –19. Bonham Strand. East，Hong Kong

给孙女子贞明信片

（一九六九年五月二十七日）

子贞：

昨天离开伦敦，开始这苏格兰山地与英北湖区旅游前，曾寄出一张明信片——应说是第（1）张了——前张她已收到了。昨天上午抵牛津，午饭后看了它大学的古香古色的建筑；下午到莎士比亚的出生地 stratford，看了那间木头建的房子，in which Shakespeare was born on after 23，1564，还看了这诗人的太太，anne Hathaway-s Cottage，是一间茅檐的房子，所谓 a picturesque that roof dwelling 的，很有诗意。

不过到了英伦来，却比欧陆冷，朝晚都落雨，凄雨寒风，现在已春末了，比瑞士与意北那些雪山区还难耐，毛衣也穿上了，缩骨遮要常常在手边的。今天下午到了 thesten 这个市镇，冒雨踏看了著名的公园，还步上古代罗马筑的城头——图中所示现在利用了作过马路的天桥，又加上个钟楼的就是它的一部分——走了一趟才回来。他们说，走遍全个城头，约四英里，可是因为下雨，没有把它走完。城墙脚下来，再过来一些的一个街口便是我们居停 Blossoms hostel 的所在。据说，它是在 1650 年开张的，那真是老客栈了。祝

大家健康！

葆

六九，五，廿七

Jane Chan, To Miss Bonnie w. y. Chan Dao Heng Bank, Ltd., 7－19 Bonham Strand, East, Hong Kong

给女儿云玉明信片

（一九六九年五月三十一日）

云玉：

游踪转到苏格兰来后，今日是第三天了，觉得与英伦比，山色湖光，都是“风景这边独好”。图片所示就是那以“Loch Ness Monster”著名于世的大湖。可是我们沿湖边走了一个钟头，却没有看到那百年前的怪物。是神话？是子虚乌有之说？今日下午到了 Inverness 这里来。

途中写了一首诗《湖上》：

匹马西风未陆沈，佳人拾翠意萧森。百年斗草阶前事，千里横戈梦里吟。苔藓啮余秋鹿涧，英雄劫后野猪林。据鞍鹰集君回望，三十明湖春水深。

注：说者谓英伦的 Lake district 计大小二十一湖。以余度之，苏格兰又不止十湖也。祝

健康！

葆

五/三十一日

寄于 Inverness Station Hotel 旅次。

早发 Dalmally

一夜潇潇雨，烟横望欲穷。尼山（Ben Nevis，4406ft）不可见，惆怅又苏东。

Miss Bonnie w. y. Chan. Dao Heng Bank. Ltd.，7－19 Bonham Strand. East Hong Kong

给孙女子贞明信片

（一九六九年六月四日）

晶晶：

游过了苏格兰北部，到了它的首都爱丁堡这里来，觉得城市的建筑，特别妙，城市中有山林交错在一起。这里天气较寒，现在已是夏天了，而人们还要穿着像香港我来时的衣服，寒风有点透骨似的，正不知是否几天雨后关系。然而风景宜人，晚间很幽静，是个可爱的都市。我住的饭店，窗口正对着图中那个 castle，晚间电灯照亮。极好看。前天到这里来的，今晨要转南下了。

葆

六/四

R. 510 Caledonian Hotel，Edinburgh

Jane Chan，To Miss Bonnie w. y. Chan Dao Heng Bank，7 – 19. Bonham Strand E，HONG KONG

给女儿云玉信

（一九六九年六月八日）

第八函

云玉：

到了欧洲来后，还不曾真正写过一封详细的报告信给你们，除了一封是数行短札写在刚离开伦敦的当儿，到了欧陆以后，就简直是几通明信片了。因此，这应该是第几函？便有些弄不清楚了。

到了欧陆来，就所闻所见，对于旅游这一种事业更有了一些新认识了。

刚写到上面的一句话，忽因事而搁起笔来——那大概是在Lausanne的时候吧——以后就时过情迁，一直就把书笺冷落了，改写简单的明信片作报告，以至到今日。而现在，看过西欧一些国家，踏过汉尼堡和拿破仑所曾踏过的雪山了，也探望过北地人Norsemen侵入苏格兰所走的一些路径了，又重回伦敦这里来，于是上头所要说的话，更需暂且按下了。也因为现在更增添了一些认识，要说的就更多了。举一点来讲，在欧陆旅游的一段，同车的26人，而这次Scottish tour同车的21人，数目上差不了多少，但人物气质的不同、阶级成分之差别，就有很多值得注意的地方了。这且待再说。

昨天刚从苏格兰之游回抵此间，因为许多天没有吃到中国菜了——在爱丁堡时是和安特生与他的一位同事，姓岑的，田土厅任职，一同到过一家广州菜馆吃过一顿饭的，炒一两味，还不错，笋和马蒂很新鲜，味可口，一问原来是大陆码头货，但虾冰得太硬了，而白饭也蒸得我想晶晶也认为是太硬了一点，不过也可见这里到处都有中菜馆——于是行李安顿好后，便到一家叫泉漳居的去餐一顿。说也奇怪，坐在我后面的一座，竟是一位熟识的朋友，谭国始，在战争初复原的几年，马鉴和我们几个人搞戏剧运动，谭是有份参加的，还像有陈有厚等几个。不过现在谭在这里是做生意了，搞的是什么 Q. & T. Textile Co，谈了一下，真的觉得世界究竟太小了，怪不得有些人要到月球或别的行星去活动!

这次旅行，我先选欧陆，回程再转苏格兰去，这一择定，我认为最高明。因为过了英伦海峡先后到了比利时、法国、瑞士、奥地利、意大利几个国家，并没有那一处是很冷的——固然我们行走时总是在白天的，下雨时间也很少遇到——即使在雪山区，也觉得披襟当着寒冽的空气作深呼吸也只能是一种痛快。可是到了苏格兰山区时，有些时候便觉得“高处不胜寒”了。到了苏北达尔马里那一段以后，开始下雨，一连三天都有雨，烟雾迷漫，看不见苏格兰的最高山峰 Ben Nevis，直至到了爱丁堡 Simpson 教授邀我到他们家里去饮下午茶时，虽然已经转晴，斜日照耀着，但当我们参观爱丁堡大学的当儿，仍觉有些寒风透骨似的。越住在冷的地方的人们，似乎越不能耐寒，越容易伤风感冒。不过，这也似乎不可以一概论。

但我很喜爱苏格兰的山湖区，更觉得它比英伦的 Lake District 可爱，虽然湖上诗人是指那一区的。我最早读的英国长篇诗人是指那一区的。我最早读的英国长篇诗是司各德的 Lady of the Lake（自然比它更早的还有 Cowper 的 John Gilpin，即辜鸿铭译的痴汉骑马歌；不过这不算在内），其后才读 Wordsworth 的诗集。因之这次有不少关于这个所在的诗作。有《湖上一首》，曾写寄了给殿爵：

匹马西风未陆沈，佳人拾翠气萧森。百年斗草阶前语，千里横戈梦里吟！苔藓啮余秋鹿涧，英雄劫后野猪林。据鞍鹰集君回望，三十明湖春水深。

注：说者谓英伦之湖区，大小二十一湖，余以为苏格兰之湖泽，殆又不止此数也，统称之三十，亦言其大者耳。诗中言“百年斗草阶前，”我意指 Wordsworth 妹 Dorothy 恋 Coleridge 事，亦柯烈兹似不知觉也。柯烈兹写“古舟子”，名震宇内，固然，而其写“in Xanadu did Kubla khan”，传说他正默坐沉思，得此神来之笔，刚欲继续写下去，以完成旷古所无的篇章，冀与 Ancient Mariner 共为两美双绝，乃忽有客造访，阍者传达，诗人出迎与语片时，回书室后而灵感已失，神思不可复得，惘惘然天下间遂仅留此数行短笔云。记得前几年我在一次“马可勃罗餐会”讲话时，虽提到此诗，正不知当时解意者有几人耳。湖上诗人谈鹿的也不止 Wordsworth，我从苏格兰湖林经过时，清晨曾两次发见小鹿，十分有趣。《劫后英雄传》，司各德撰，而现则比之夜奔的林冲又如何呢？是亦有如“后人哀之而不鉴之，亦使后人亦复哀后人也”矣乎！诗以言志，其略如此。

甫抵爱丁堡那天，接到伦敦通济隆当事人的信，说为我订购 Cathay 的船位，票值为£ 354.00，另£ 1.816d port tax，值拟法轮为昂，但恐因只有头等位关系。以所持有的 Qantas 机票兑换，自然仍有差额，但旅行支票事实上我购东西不多，用得很少，想能应付得过去，倘有不足，从刘兄处挪移，并不困难，你大概不必担心罢。船是在六月廿六由南咸普敦开出，我六月十五日游完威尔斯回伦敦来，因此还须住上十天才登舟，这个短期间，如刘殿爵需要到他处监督考试的话，我便要住在旅店，而不能到他家里去住了（因为他的家是没有用人应使唤的，所以我想殿爵终于要回到东方去的，可能也如许多人一样！）不过这问题不大，可以容易解决。如果须用得着多汇一些款子来的话，我便从刘这里移转，然后再用信通知你汇回给他就是。

船上理发，理得太差，太不像样，英国发匠手真笨！在欧陆每到一处，总是理发店已收工了，因此头发看来许多人认为我住在伦敦已很久了，真好笑！今天到“中华理发店”去理了，真是舒服极了，理发匠是个云浮人，因和他谈了一下“留英过活，今不如昔”的话。原来不止“月是故乡明”，理发匠也是上海、香港的好呢！并及。祝好！晶想已考试了吧！

葆

六月八日

（告诉子贞，明信片的邮票，要连明信片一同保存，不要撕下来。）

给女儿云玉明信片

（一九六九年六月十日）

云玉：

九号离开伦敦在 Cheltenham 住了一晚，今日到了 Landrindod Wells 这里来，是威尔斯地方了，名字也怪不容读呢。这张图片是在看 Tintern abbey 时买的，五十年前读到 Wordsworth 的诗句：

That after many wanderings, many year
Of absence, these steep woods, and lofty cliffs,
And this green pastoral landscape, were to me
More dear, both for themselves and for thysake

极为神往这甚似我们陶渊明的田园诗人，而今乃得履他写的 Tintern Abbey 其地，断碑残碣固然，而山林之胜尤著。书此以志不忘。

葆

六九，六，十

于 Glen Usk Hotel 旅次

Miss Bonnie w. y. Chan. Dao Heng Bank, Ltd., 7 - 19. Bonham Strand E. Hong Kong

给孙女子贞明信片

（一九六九年六月十五日）

子贞：

刚从威尔斯游罢回到伦敦来，收到你姑妈五日的信，知道你正在温习功课预备考试。五号那天我正离开了产煤著名的新城到 Durham 去，并参观了那间有名的礼拜寺建筑——也就是邮票图片所示的。又过了几天，到了伦敦后，才决定订“国泰”的船票回港，并写信通知姑妈，想她也告诉了你内容了。明信片中所示是莎士比亚出生地 Stratford-upon-Avon 和故居的风景。上月底我们启程往苏格兰时经过，在那里住了一晚，这次游完了威尔斯省又从其地经过，再宿一夜，翌晨还看了莎翁的妻子 Anne Hathaway 的 cottage，邮片也就是在那儿买的。

爷爷

六九年六月十五日

Regent Palace 伦敦

Jane Chan, to Miss Bonnie w. y. Chan. Dao Heng Bank, 7 - 19, Bonham Strand E, HONG KONG

给孙女子贞明信片

（一九六九年六月十七日）

子贞：

这里图所表示的是伦敦的圆塔，据说是大列颠岛上最高的，但比之悉尼市中心那个圆塔，那个高些，你再看看寄给你们的明信片比较一下罢。这个邮政局高塔，距伦敦大学和伦敦博物馆不远，离我现在住的一家饭店，也不过3/4的英里，不过伦敦的街道是有名的曲折，找地方有时是很不容易的。这个塔最高的一层是间酒家，灯红酒绿，望之样子，有点像明哲家里不远的一间大厦顶楼所设的情况差不多吧！经过巴黎的铁塔时，那天下起雨来，在烟雨朦胧中只望塔，记不得其后曾否寄一张邮片给你。不过你们觉得这塔的样子怎样？

爷爷

六九，六，十七日

伦敦 Regent Palace 饭店 179 室

Jane Chan，To Miss Bonnie w. y. Chan，7 – 19，Bonham Strand，East，（Dao Heng Bank）HONG KONG.

给女儿云玉信

（一九六九年六月十八日）

云玉：

刚于今天收到你十二日的来信，说是收到我的信后，曾立刻通知蔡君，关于我回港船票的差额，着他与伦敦总行接触，由香港方面支付。不过我这里已于从威尔斯省回抵伦敦后，因得通记的信，便自刘君处挪转，翌日即交付了；而刘君也于下月初要飞返港寓渡假，约留居几个月，我们大家会面时璧赵就是。已说好如是，所以补额之款可不必寄来了。我想蔡君如有信来，总行当事人是会覆他，数字已全付，不需架床叠屋的。

是的，旅行支票，我还有不小数字，这一层你也不必担心。过锡兰时，说不定我还要购买一些东西呢。那末，钱是足够的。一句话，可不必为此事太动脑。

前信说得对，我这次旅游，欧洲大陆方面是看得较少一些。自然咯，搞手续，有时候是会遇到若干困难，但主要的还不在这一点。一般地说，到欧陆去旅行的，从这个月的下半月开始，才是“旺月”时期，携儿挈女的要等他们考完试放假，赴南欧享受阳光的，也要等太阳真正煦和一些，例如辛博森 Prof. Simpson 夫妇，我到 Perth 时，他打个电话到旅馆来约我于抵爱丁堡后，到他们家里去饮下午茶，而他们在过一个星期后才动身到塞浦洛斯去避寒；家里没有用人——辛太太对我说，你如果能从香港替我找个女用人来，那就太好了——自然是锁埋门去了！因此，可能想像，这个时候到欧陆上个月我曾游过的那些地方去，住旅店是如何的挤拥，找地方是如何的困难。当然，这个时候到北欧去，如瑞典、挪威、丹麦、波兰，想天气来说，还是最理想的。不过得注意一点，饮食不便宜呵！殿爵的堂兄弟刚到过那里回到伦敦来，说在哥本哈根住的时候，独自个用一顿晚餐，花了四十多元港洋。

就我自己所体会的，到欧洲大陆去进行旅游，我这次自己订的行程是很不错的，能够提前一个月，于四月中左右在阿尔卑山上踏踏雪，则似乎更理想；延长了的时间，初段可以包括了罗马和维也纳，后一截可以包括荷兰以至北欧，这样一来看，欧洲也就差不多了。不过，这点意见还是给后来者去作参考资料吧。我这次到欧陆去的目的，主要还是在欣赏自然风景的美丽，如意北与瑞士的雪山——其后到苏格兰去，还可以看到山中的积雪，以及领略到解冻的不十分寒的天气，与时间配合得相当好，相当紧凑，然亦恐不十分为别人所喜爱的，嗜好殊酸咸呀——至于历史人物、风俗习惯、文化艺术，则恐怕非走马看方式的参观所能认识得多少了。自然也不能说是全无所得的。

伦敦的水是硬水，含有多种矿物质，对身体有益，我喝了也觉好，但味不如苏格兰那方面的水，每每凉透心脾；而格拉斯哥的水还带有一种甘味，不过人们则说这种“甘泉”对心脏有坏处。意大利人比较不爱洁，威尼斯尤其脏，我住的一所旅店房间，大概接近茅房，竟同厕所一样臭味，一连两晚都睡得不好。而日间饮料只能靠樽头的矿泉水。雪山区的水是甘美的，但也只放心到了真正山区才去喝，那也真的透心凉了，同饮冰一样。还有：Thoo Cook 发下带着同行的指南也写着：到欧陆去，每人最好是携带自己的浴巾和厕纸的，恐怕有些地方连这些也不能供应。

西方人爱洁，其实这话也不大可靠。法国人比较脏，那也是尽人皆知的了。在巴黎时，早起到饭店侧一条街去散步，垃圾桶之多，堆积垃圾的分量和臭味，竟比每天七点多从养和院门口所看到领略到的要多十倍，或数十倍，因为走的十分钟的整条街两边家家都是。而在这里所看到的也有同一类情形，不过程度稍为不同。一般来说，英国民族也的确是暮气沉沉的了。在现在的情况下，如果他们当中有个智者，要想“改造思想”，重振一番，又将如何着手，如何做起呢？

暂且写到这儿罢。

祝好！

葆

六九，六/一八

给孙女子贞明信片

（一九六九年六月十九日）

子贞：

这里的几幅图片，那第一幅是伦敦的国会大厦，上面挂着的大笨钟有时在香港也听见叫，那不必说了。

第二张是一个有名的广场，高高站在柱顶头的纳尔逊的像，他的事迹，你问姑妈便会告诉你；也许你也已知道。而这个广场，当五月初我刚抵伦敦所住的 Strand Palace 饭店，也就距离那里很近，仅不过这里到蓝塘道那么远。而我现在住着的这 Regent Palacel 呢，它的正门刚可以看到图中第三幅所示的五枚灯和八角台的铜像，这地方也就通称为 Piccadilly Circus 的广场，整日到夜（图大概在清早摄的）人来车往，仿佛如到东兴楼去祭五脏神时所看到的情形差不多，就是六条街集中到一点在造成的挤迫闹热。在这个环境，我还要住几天才能叫“鼓柑海师”扬帆东指呢。白兰成荫未了？花曾勤浇水吗？

爷爷

六/十九

又：为我打个电话给明哲，问候她爷爷、嫲嫲。

小诗一首：

我到伦敦来，伦敦桥未折。含笑问行人，不知身是客！

Jane Chan, To Miss Bonnie w. y. Chan

Dao Heng Bank, 7－19, Bonham Strand E, HONG KONG

给孙女子贞明信片

（一九六九年六月二十三日）

云玉：

这幅图片的景原也就没有什么出色的，不过也因为是由于地形事物所限。但作为一张旅游纪实的借影来说，倒很可为我用。这是英伦与威尔斯最高山史诺顿峰（高 3560ft）腰下的一道隘口，我们也就从湖边的饭店坐车到峡顶来，越过那条山脉，便仍转回到海滨叫 Llandrindno 的地方去再宿一晚然后才再到 Chester 去。这个 Llanberis 山口，望向图上去，左手边原是那三千尺的高峰，但图画没有表示得出来；右手边的危岩峭壁，看来也只鹰巢可居，然而英国人每天必有不少爬山壮士到那里去扳垂厓、缒断石，锻练经验，作为他日攀登喜马拉亚诸峰的养成所。于是我们经过时，沿峡停车聚观，盖络绎不绝。登山者有时要留居岩石中，是精神亦足嘉者。然而登泰山而小天下，此峰虽奇秀，然与瑞士诸峰比，又非特小巫之于大巫已也！其峰下湖泊泉瀑之胜，则当另以纪之。

葆

六九，六，廿三日

又：船票已取来了，是 C113 号 B 床云。

Miss Bonnie w. y. Chan. Dao Heng Bank, Ltd., 7 – 19, Bonham Strand E. Hong Kong

给女儿云玉信

（一九六九年六月二十五日）

云玉：

昨寄发了一张明信片给你，因船票已取来了，所以就添上了一句话，舱位是C层113号B铺，那也是四个人一间房了，自然要看客多客少，方能说情况好坏。（早一些时候，还有一张给明哲的明信片，大概会同时到达。转给子诵的信，投邮筒后始发觉少贴了寄费，那看来是要补罚的了。）像来时坐的是“高高在上”的客位，应是闲言了，但到了悉尼，却添了第三位乘客，是一个回到落杉机去的美国人，这个美国佬是患哮喘病的，因之我们的其余几个同舟共济者便一连半个多月每晚总不能够睡得好。而且，还不止此，还有第四个乘客，他是澳门的副警察长，葡人，他本是在E层舱位，嫌那儿住得不好，并且船公司对处理他的客票也有一些不公道的地方，于是坚持着要搬房，这样开的玩笑也就落到原仅有两人住着的房间的两个搭客头上来，而倏忽之间，那A286室竟成了个典型的联合国大会！

这样一搞，公私的问题也就来了。澳门警长已经坐到了上乘，但还是争论，要船公司补回一些款项，手续经手不清楚，保留着要向香港代理人方面争。我的问题是，通济隆给我办的本是两人的房，给我的信也是这样声明（可惜那封信我是放在香港，没有带在身边，没有想到需要拿出来作论辨根据，所以在船上我抗议他们把房间住客增加时，也没什么法子可想），平白白把两个人的房间增加到四个人，于我实在有许多不方便，而况添进来的又是一个病号。安特生所了解的，也是他有的也是两个人的房，但他似乎不敢怎样坚决抗议，看来他的舱位大概是香港政府给一半钱的，而他自己也是不十分明白所以，——大少爷的脾气——因此他也不敢多说话。这样，舟过太平洋时的一场“内战”，直至船抵达洛杉机后才告烟消云散。其后一段时期，局面改观了，而人事方面也是重要因素，因为以前的信不是说到过了吗，从洛杉机上船的，却来了一位罗马尼亚人的老头子，他倒是良善的长者！

这一事件，在以前的信，我并没有提到过。这次“国泰”轮票搞妥了，我才跟通济隆这里的负责人一提，他说既然信件不在手边，而且事的出发地点是在香港，那末还是等回到香港去办理，似更方便。他这话是合理的。那么，你得信后，请找一找信是否在，如然则看看是有可争持的理由，或与蔡君商量一下。也就是说，看有无把握。或者，看是否等我回港来论更好。

这一事谈起来，乃用了这许多笔墨，不禁发笑。

不过还有类似的一件事，不妨也一述。欧陆之行，本来给我订的是到一处都住的是单人房，但到了启程的一天，大家动身到了车站时，负责导游的才对我说，因为人多关系，有三处地方，就是苏来世、威尼斯、巴黎我要和另外一个人同房，而通济隆愿意补回我一些钱，这我本不十分同意，但也不便硬予拒绝。于是回到伦敦来以后，我就提起这个问题，结果公司同意退回£ 1.16/给我作为赔偿。数目是多是少，也难去计较了。昨天在领取船票时，我便利用这退回的款之一部分（照他们的办事手续，款还要寄回香港通济隆去来交回给我呢）来购买 Prudential Assurance 的保险一千镑，保费为18/t，由上船之日起计，保单的号头为 Coupon Series 58 A，No 14977 这样做也是应该的，而且也合理。因也在这里一提。

购船票，我先交去了机票（Qantas 5053427 号去换，如何计法，算得是否公道合理，也许仍要问港方蔡君才知，值是美元 $553.40，计法各地略有不同）对换，船公司说要补上 £ 107.16/10d，款交付后好领票。因此我从刘君处移转了其数交去，回到香港去后还他。今天，因为快要离开这里，饭店的钱也要结账，便又从他那里挪转五十镑来应支，那么，他下月初飞回东方去后，你便将这两柱数计为£ 157.16/10d，璧还与他就是。他在港寓所是蓝塘道 59 号四楼，也就是他兄刘德爵的地方。他们的电话一查便得，可能兼写他哥哥和他娣刘沅爵两人名字。

我还托他带回一张关于 CATHAY 的“Postal Information”给你，是一张航程表，可以根据寄递信件到船上来给搭客的。表上列得很清楚，什么商行，代理可为转递等等。如果当时早找到了这样的关于“坎培拉”的行程表，那么你托“歪谟”转给我的一封信，便可以不烦她而径寄到船上来了。当然，没有什么重要的话，也用不着浪费笔墨的。

这次旅游程序，虽先后回到伦敦三次，但对伦敦本身的地方，究竟每次涉猎的不多。因此，从看了威尔斯省北部回来把弄船票，黄热症打针纸，以及护照签证延长留英期间一些等手续均弄妥之后，便得趁空闲的时间到太晤士河岸去观赏风景几次，计先后散步走过的京咸宫门前的公园、圣詹姆斯公园，参观过西敏寺、国会大厦一部分，还沿河岸跨过好几度桥，也进到 St. Paul's Cathedral 去参观过。至于特拉法尔加广场、唐宁街更是走过多次了。伦敦说它是闹市，在我体会得到的，也只以像 Piccadilly Circus 这些地区为然，这类地方差一些也就可以和九龙城砦那些情况相伯仲，也可以说几乎是全世界的文化的末落征象的表现；至于沿泰姆士河岸一路东行到伦敦桥附近，地方却十分幽静，行人不多，全没有熙往攘来、车水马龙的情况。有一天下午，大约有点天阴欲雨的境界，我跑到 Queen Victoria 街那边去，要看看圣保罗礼拜寺。当走过皇后街，竟整条街很久都看不到一个人。风微微觉得有点冷，一时间倒回忆起童年时，于南北行街冬夜里远远听到街尾叫一声“热蔗”的况味。几度大桥底，有时从那里经过，觉得阴森森似的。不难想像，著名的福尔摩斯侦探案，要描摹造境，这些地方正是现成的素材，是电影制片场的不假外作的场地。这对伦敦，自然是又一看法了。

这里的玫瑰花是没有什么香味的。公园里种得满园都是，就是没有香气，要行近花丛，并且走得相当近才微微嗅到一点点；然而同一样的玫瑰移到我们楼下毛太太的小园里去种，只开一两朵，便觉芬芳馥郁，整个台都嗅到了。这一点我同这里的人说起，他们才感悟得真如是，也许他们实太忙于“揾钱”，不及其他吧！于是乎“月是故乡明”也较少的人留意到呢。又如梅花，这里人很少提到过，更何况“暗香”“疏影”的妙思妙语！

好罢，暂写到这里。要收拾收拾行李了。

祝健康！并为问候友人们，谢他们关心我。

葆

六九，六，廿五日

附：一页今晨的 Times 剪报，关于巴力门庇厦的文章。

给孙女子贞明信片

（一九六九年六月二十五日）

子贞：

我明天上午就要离开伦敦这里到南咸浦顿去坐船了，现在还正在收拾行李。刘殿爵先生是下月四号坐飞机回港寓去的，因此他抵达香港时，我到南非好望角那一程途还没有走到三分之弍呢。他抵港后会打电话到我们家里来找姑妈把一些东西交给她的，如果是你在家里接电话，记得说话会有礼貌一点。前一张明信片，着你打个电话给明哲，你有打给她吗？你们放假了没有？考试成绩怎样？你如果写信给我，可以寄到船上来的。姑妈会告诉你怎样寄。

爷爷字

25. June. 1969

Jane Chan，to Miss Bonnie w. y. Chan，Dao Heng Bank，7 – 19，Bonham Strand East，Hong Kong

给女儿云玉明信片

（一九六九年六月二十六日）

云玉：

已到了船上来了，最初时为工人问题未知何时始能启航，但现在一切得到圆满解决了，船仍是今日开行，只不过改迟了一些，在下午五点而已。不过货不载了，只是空着舱走。

有一点很不错，房间只我一个人住着，真正成了一个宽敞的单人房了，情况自然又比“坎培拉”那时候好得多。

祝好！

葆

六月廿六日午后四时

船上，Southampton

Miss Bonnie w. y. Chan. Dao Heng Bank. 7 – 19，Bonham Strand. E. Hong Kong.

给孙女子贞明信片

（一九六九年六月二十八日）

子贞：

离开伦敦那天，因为船改迟到午后，五点才开行，所以我还赶得及写了张明信片给姑妈，报告行程，现想收到了。

船航行了两天了，现仍在西班牙的海岸以西，大约今晚夜半左右，可以越过与直布罗陀同一道画分南北的纬线，更向南进直趋 CANARY 群岛的辣斯巴马了。我们预计后天晨早到达那里，届时我打算登陆作一次旅游的。地方是属西班牙的，我到过里斯本，但那虽是 Iberia 半岛一部分，却是葡萄牙国境，而到了 Las Palmas，也可以说是履过西班牙境土了，是不是？地方情况如何要看过始知。船上预先买来的邮片，也像邮票一样，先示意风景而已。从 L. P. 到岬当，要走十一日的水程，4461 海里，是这次行程中最长的一条路线，下次的信要到那儿去寄了。

爷爷

六九．六月廿八于 CATHAY 船上

云淡天高日丽晶，轻波荡漾远帆明。已行二万三千浬，重话南飞第一程。

舟向南非洲进发时作，三月时初启碇向澳洲。

Jane Chan，to Miss Bonnie w. y. Chan，Dao Heng Bank，7－19，Bonham Strand，East Hong Kong

寄廖恩德医生伉俪诗作

（一九六九年七月二日）

西来昨过阿速尔，南下今经康纳梨。
万里征帆春梦远，百年归约故山迟。
虬髯入海谁先路？马革冲空恐后时。
薄笑广寒争鬻地，岂从二顷问鸱夷！
——舟泊勒斯巴马过康纳利岛作，出寄廖恩德伉俪

笑指丹崖触眼明，东南地陷未全倾。
仍留火焰山前月，曾照阿兰海底萤！
罗马人来岩穴士，科仑布礼寺钟声。
桃源洞里花千树，输与沙宣道上行！
（辣斯巴马城西有圣安娜礼拜等。）

浮海人称敌万夫，汉尼拔岂误修国？
空藤闻有龙蛇骨，乔木争落猿鹤居。
涧壑笑应藏洗甲，洞云今更惜当垆。
风流伊斐总余子，得比西洋下舳舻？
（伊后，斐立普王）

茫茫何处是沉洲？一片汪洋没白鸥。
暮霭无情看落日，飞云绝顶忆罗浮。
湾流不识古舟子，汉女空思明月楼。
我欲因之问秋雨，蕉林可许隔青丘？

此指高峰，高达六千四百尺，船启行后二三小时，仍可望见。

注：史家谓阿兰地洲沉没后，唯余康纳利。阿速理斯诸岛星列于大洋面，亦有谓沉洲在地中海。

六九，七，二日

给孙女子贞明信片

（一九六九年七月五日）

子贞：

与这图片同样的一张邮便片曾寄了给姑妈，想已收到。这张寄给你，试猜爷爷船上住的房间，是在那个角落呢？你细看图，也就是在那圆圆的小窗上，我画了一粒小小的红星的地方，那位置和在“坎培拉”时刚相反，是在船的右边，不过是在较低的甲板层就是。上面的一层甲板，我最喜欢在那里散步，从船尾走到瞭望室对下的两幢起重机的支柱附近，再绕到船那边仍回到船尾去，如此绕行很多圈，便等于绕跑马地一周了。船有的客位为二百五十余，而这次搭客仅一百五十余人，因此船上比较恬静。不似“坎培拉”时的喧杂。

因为吉隆坡情况，船在巴双港口减短停泊时间，因此大概于八月七日正午便可以抵达香港，比原定早一天。

爷爷字　六九，七，五日（第12张）

又：这船是在比利时建造的，后售与英，与“CHITRAL”为姊妹船。

Jane Chan，to Miss Bonnie w. y. Chan，Dao Heng Bank，7－19，Bonham Strand. E Hong Kong.

给女儿云玉信

（一九六九年七月六日）

云玉：

已依时——说依时，事实上是迟了五分钟——到了船上来，并且也进过第一次午餐了，但大家的行李还没有送到船上，还是放在火车的行李车卡里，据说要等工友们开完了会并且饮过了茶后才送上来！而船呢，听刚才的报告，说是已改于下午五点才开了。

这听来倒像是一幕谐趣剧。

趣事也得从头讲起。那是星期一，午前我到通济隆去找那位叫 Walker 的要船票，随便问他如果船忽然改期开行的话，我怎样会得到通知，他只回答我说那是不会有的事的。分明他是个新就任的“初哥”，不大明白我的话的用意，所谓少不经事者。第二天下了几乎整日的雨，偶然仿佛听到广播说，到南咸普敦的车路，有些路段坏了，正在赶着修理，有些车班可能迟到阻延。于是星期三——这一天工党有些地区进行投票选举——我到旅馆楼下的通济隆的分枝办事处就近购火车预售票，我顺便问那办事人说：万一火车因故停开，我赶着去搭船的怎办？他回道：“如果真的‘罢工’起来，那末公司是会临时派巴士来运载你们的。”说出“罢工”来，我是第一次听到，而也是完全出乎我意想之外的。于是今天我提早一些到滑铁庐车站去，进车站时运送行李的推着小车向着一列闸口走时，我问他道：“是几号闸？”他说：

“是十三，不大好意头的数字了!”我回道：“日日都有‘13’这号闸，而你们也天天用着那个月台呀!”事情也像就这样过去了。于是行李放了在月台上，那 porter 我给了他两个“司令”，也就走开了。火车，也就是送到码头去的 Boat Train，要 9：47 分才开，我们要在闸外等。本来说是九点二十分车来了就可以进闸了，但是十五分已过，没有消息，既而又二十分，廿五分，三十分了，人们有些着急了。坐这班车的，有些搭客不是要到码头去的，只是在中途站头下车的，因此九点半已过，扩音器播道，不是去搭船的和赶时间的最好改搭别的车。这一来，引起狐疑的总不只一个人了，我想。又过了一阵，九点四十五分，才听见到码头去的列车终于到站了，是施施然来似的。客匆匆忙忙地登车了；行李搬上车上去了，坐个铁笼似的行李车。九点五十五分车也缓缓地开动了，总可以说没有误点了很多!

“十三”，那个运送行李的老头子的话!

开车了，一路也很自然地转注意到浏览风景那边去了。的确，到英伦三岛来以后，也只有在 Lond-Soulh’ton 这一条路线上坐过两次火车。来时一次，去时一次。还有，在欧洲大陆时，本想也试坐一次火车，短程的，但时间不容许，也难得安排，终于没有去一试。不过，这样倒惹起了一些感慨来了。火车，夜里看到像一条火龙似的火车，曾有一个时期真是“天之骄子”啊!皇帝，总统都有坐驾列车，第一次世界大战告终，福煦将军对德国投降的受降典礼是在火车上举行的，而希特拉指挥作战也多是在火车上的。而现在的，很多列车都停止行走了；在到苏格兰去的差不两周的游程，沿途两线交叉的地方不少，但我只两次看到过火车列车蠕蠕而动的驶过。今日在火车驶近 Southampton 车站时，趁着车上比较闲静，我得细细观察，车场附近的不少屋宇、屋盖穿的穿，墙壁塌的塌，玻璃窗空的空，竟像经过战火似的，路轨生了锈，枕木间长满了草，“掬为茂草”也似的，触目皆是。一切情况是在显示着一种文化已为另一种新的文化，或者说一种经济生产方式已为另一种新的生产方式“所压倒”推出和逐渐地取代了。每个人都有一辆汽车，那么还有谁去等月台的闸口开坐火车呢？听说美国就有这样情况。然而话得说回来，伦敦有的就都是披头四，有的还是衣衫褴褛的，面目满污垢的极难看，女的还有的不着袜，只穿望去似中日合璧式的“屐板”，而上面横着一条有个铁圈的皮带，脚趾已积满了泥污了，然而趾甲仍涂上一层彩色的趾甲膏，这些人清早起来，你可以看见他（她）们挨着未开门的洋行的门口倒睡或并肩而坐。大概没有人敢以市容两字提出问题的，因为这是个人的自由，是“德谟克拉西”的精粹！

便是这样地想着，突然车已慢慢地驶进船坞码头区来了。稍隔不远已看见那艘“依利沙伯二世”巨轮停泊着，在同日午后开行了。于是，一时兴奋起来，收拾起手提包、手杖下车，经过检查船票、护照等手续，终于踏上船楼上面来了。这时刚大约是十一点四十分的时候。然而，回望，不见行李跟着来。问那在码头检收船票的，他说行李是会送来的，你不必着急。不是我着急，而是我觉得奇怪，为什么整个码头，泊着这样万五千吨的一艘巨轮，竟是“鸦雀无声”也似的，起重机的铁手臂动也不一动，痉挛了也似的，人也不多一个，我自己踱着，前头的一位客刚走到船的梯脚，大盖交船票与看守员检看，他与我相隔已二十多丈远，而我顾后面，却阒无一人，这究竟是什么一回事！

然而总算是已经到了船上来了，也让它去吧！管房的把我带到我的房间，他说行李等它到了，我会把它搬到房里来的。我问：何以这样久还不见搬到船旁来？他：英国人总是懒，现在大概看见是中午了，所以要饮完茶才动手搬吧！我说：不是因为别的事吧！

皮箱等既然一下子没有希望能立刻搬到船上来，于是只好踱到C113房间去看看和休息一阵。首先一望，是个四个人住的房舱，比“坎培拉”的A286两个那么大，虽然仅有一个圆的窗口，但是空气调节的，而且“国泰”没有lnside Cabin，这是一个优越的地方；听管房的说，一直到好望角，就只有我一个人占有这个房间，这样一时总觉得心里是畅快了一些。走到小小的四桶柜桌面一看，已经放着一张通知单和几本“欢迎乘客”一类的印刷品。那张油印的通知单写道：

Due to a labour shortage at Southampton, which could not be foreseen, the company with regret have to advice that it has become necessary to delay the “Cathay's” sailing. Further information will be promulgoted as soon as it is neceived.

事情很显明，所谓“劳工缺乏”就是罢工的别名。纠纷事件随时爆发的可能性，未离开伦敦时已微有所闻，而在英国人也是见惯了的。许多人如船上的一位英国较高级的船员对我所说的话所表示，是不大同情于罢工工人的所作所为的，以为不会搞好生产，他们指荷兰与西德的例子所说，说他们这两个国家没有罢工，而生活搞得好，没有失业，反之英国倒搞成这个模样！他们怪首相威尔逊，以为非推倒他不可。以为他只晓得加税。说什么都需要有人人拿出血汗去工作，没有incentivo，谁还去干！这又搞到思想问题上边去了。很多人似乎厌恶了工党政府了，但换个保守党就很把问题搞好了吗？有些人也怪英国人不争气，民族特性有些惰败、腐朽，养尊处优惯，也难得改变过来。

我问那英国船员说，目前的问题怎样？他说：船是一定依期要开的，宁可不载货就是了。现在看工人纠纷问题大概已解决了，船改迟一些于五点开行，大家用了午餐后，把行李搬上船来就是。果然，两点后，行李陆续送到房舱来了。人们也不必担心到要一两天没有衣服换，和可能妄白白地吃一两天不用计钱的大餐了！

船既然改开五点，所以我还赶得及写张图为“国泰”号轮的明信片给你，说明这一日的遭遇，以见事也有点不寻常，如果作为解嘲起见，我想也不妨说句“贵人出外招风雨”这样的话罢。不过，风雨总是难搞的，也不容易预期，有时朝来一阵，晚来一阵，乍雨还晴，种种恼人天气也闷人的。

船开行了，也总觉松了一口气。

南咸浦顿总可以说是个旧港。我坐在瞭望室的沙发看“国泰号”出港，计从五点到七点十五分，一直看了两个多钟头，才等到它慢慢离开领港的区域，把领港的放走，然后出 Solent 海鼓轮向西南航驶，进入比斯开湾水域。若果是新筑的港，像米阿美的 Everglades 那样，海港就在距大洋面不远，只筑一道很长的堤坝，船只便停泊在防波堤内，一出防波堤便是洋面，那是省掉多少时间呢！

不过英国人总是思想落后的。也许这是稳健！

离开英国不觉已一个星期了。这信本来想赶快把它写好了就从 Canary 群岛的 Las Palmas 寄出，后来因为感到还有些话要说，于是改先把一幅明信片，第十一张，付邮，俾知地方的风景的大略，以及那长达两多英里的防波堤的壮观。信仍是要待到好望角去寄发了。

那是六月最后一天的清晨，船已于破晓时寄椗在港外，但要八点才能进到防波堤内的码头来停泊，而我们也是在早点后才从那很长、很窄的码头登上旅游车去进行游览。这 Las Palmas 地方，街道很窄，也有点像里斯本和澳门，都是那一样作风。地方本无甚足观的，但有它的特点。名胜是在于它的山区一带。我们于晨早船靠码头时看天色，是云翳阴：沈沈的眼看就要下雨的模样。于是我着了干湿褛，也带了雨伞，然而业导游的说，不会下雨的，这时候到十一月是旱的节季。他话像是实在的。看漫海来的黑云，一堆堆集结到岛上去，整大半边天看去是难免要落一场雨的了，但云到岛上稍远一些的那一带高山去时，却像给一道什么力量堵住也似的，再不前进了。因之而那些崇山峻岭，在强烈的阳光照耀之下，竟像是另一种境界，骤眼望去，倒以为红色的雪——得指出，中午时候，或者夕阳映着的时候，阿尔卑雪山的雪，也会作红色的——所掩盖着的山。不错，那倒是高度很不小的山呢，最高峰拔海达 6400 英尺，我们坐游客车只到出海面约 1400 英尺的一条村子里从远处望望它。同时我们到那村，主要目的是要看看那几个熄灭已久的火山喷口。据说，那些火山喷口，从边到底垂直线约六百余至七百呎；底下已作了耕种地区，鸡犬相闻，成为小村了。这些火山口，看来风不吹到那里去，纵有也不多，雨水又很少，靠什么来耕植呢！岛虽风物不错，但雨量少，大概到有雨的季节，一阵如热带的暴雨，一时山洪暴发，自然是漫山满谷而来——因此山沟都是挖得深深的——但雨过后水大概又注到海洋里去了，所以岛上许多石筑的蓄水池，大大小小不一而足。整年的林木花草、农作物，恐怕就只靠这一点灌溉了。在我观察，岛既然原于火山地带，想地底层是相当燥涸炎热的，情形有点像我们《西游记》所描写的“火焰山”那种情形，因之普通的“漠漠海云”一吹到山区较高的范围，便渐渐失去了它的润湿力量，于是形成了一段晴雨分岭线，如我们在海滨远望所见的。这样的情形，这些群岛的农作物，虽然什么都可以种，有蕉有柠檬，各种果，橄榄，木瓜，但不能说是很蕃殖。花的种类也多，似乎勒杜鹃比较普遍。屋宇建筑，多为西班牙情调。

人们说：英国人到岛上来住，筑别墅，作“海外桃源”的为数不少。自然，很多英国人都想这样做的，如果可能的话。也如知识分子外流那样。至于卑下的工作，如贩夫走卒，则何妨让外地人，如西印度群岛来移殖的，到三岛来干呢！也真正如此，如我在伦敦住过的两间饭店，它的女侍应生，不是从西班牙、爱尔兰来的，便是从意大利来的。在英伦其他城市，苏格兰、威尔斯，意大利女子当侍女和餐厅接待侍应的也一样普遍。渐渐地，英国男女们对于某种侍役工作，是卑视，敝屣弃之而不干的。尖头蛮和 ladies 大概是应该另有一套的。

罗马人很早就到过这些岛上去；还有他们住过的岩石间的窑洞。据说：这一带地远古时代还有一个叫 Atlantis 的洲，不知何时，地层发生变动，Atlantis 洲竟然下沉了，剩下得在大洋面的，便是 AZORES 和 CANARIA 这几群群岛，星罗棋列着在西班牙和北非以西的大西洋面上。这些话说起来倒是蛮有趣的，不过不比人事变迁的更为冷酷！

逛过了 Las Palmas 回到船来以后，我写了一首寄给廖恩德伉俪的诗，是一首七律，写道：

笑指丹垕触眼明，东南地陷未全倾。仍留火焰山前月，曾照阿兰海底萤！罗马人来岩穴士，科仑布拜寺钟声。桃源洞里花千树，得似沙宣道上行！

史地学家谓古 Atlantis 洲陆沉后，唯余阿速理斯和康拿利等几系列群岛星罗拱布于大洋面已如上述。而今日市城西则，仍有圣安娜礼拜寺存在，闻科仑布当年扬帆西指时，曾先至其地礼拜、祷告，始启椗出海，故句云。写上面那首诗给廖恩德，是因为他感觉到多处多动乱，“寄足更无干净土”也似的，故着留意有无“世外桃源”的所在，为我察觉像康纳利这些岛屿，如英国人的故家遗族，因以为可以“稳驾”矣，则又如何呢？舟中所遇，如星洲来客，坚以为纵或不免还有如发生于半岛上的种族不幸事件，而狮城依然是个乐土；不过岛国已人满到饱和点，还能容许若干人插足呢？而且其本身固亦殷忧未已也。于是一般人多数结论，仍以“There is no place like HongKong”——这是我在港大读书时，同学们撰的一首歌，联欢时必唱，一时十分流行——为最可信的。许多外国人都有此看法。殿爵在伦敦虽置有屋业，但现在则有倦鸟之思，欲弃职而来归矣。刘尚如此，他更何论？若引车卖浆者流，又何处不可栖息！真也如陈子昂之“念天地之悠悠，独凄然而泪下”耳。

昨日寄了一张明信片，略叙舟中的生活，信末并提到船公司的当局，因吉隆坡方面继续发生暴动事件，船改定于经过巴双港口时，仅停泊数小时，所以可能提前一日在八月廿日中午抵港。接船运行李一层，不必担心我，两次自己搞掂南咸普顿与伦敦间的麻烦，其他当然可以应付了。

暂写至此，祝好！

葆

六九，七，六日

——写于已越过赤道线后

给女儿云玉信

（一九六九年七月十日）

云玉：

上一封信，大概是第十一函罢，是在六号写完于船上付邮；那时船已越过了赤道线向南半球航行，天气变化情况和在太平洋跨过赤道时差不多，只那边气候似较炎热些，而长波巨浪也没有像大西洋这一边的汹涌连接十日八日不断。这封信，虽迟写多日，但看来一定会和前一封同时寄到手上。

船上月三十晚离开康纳利群岛的辣斯巴马航向好望角，计明天清晨可到达，前后十一日，是一段历时颇久的程途。沿途观察所得，大概从离开西班牙西海岸和摩洛哥起到赤道线那一带海域上，可以说是来往的船只较多，真是帆樯虽不如织，也是迭见不少，一时倒好像灵机一触似地想道，这样的繁密交通，是否与尼日利亚内战的一类事件，如供应军火，如运送救济药品与比阿法拉等等有关呢？不过再想，这猜度也过当了一些。非洲西北角这一个地区，环绕着索哈拉大沙漠，海滨一带，北起卡萨布兰克，南过达卡尔，大小非洲新兴国家，栉比鳞次，有若更仆难数，则舟车所至，人力所通，又何有于扬帆鼓枻，往来如梭织呢！此又观物指事，不可不全面，而不宜于只凭片面也矣。自赤道以南，则为西南非洲，为南非，其昔日之殖民面目，多仍未改，文化、经济等发展，盖别具肺肝，殊风异俗，殆不可同日语也。要之，罗马人当日浮海西行，何日不逾赤道而南，先葡人而至好望角，是又续史者所应寻因一究耳。游辣斯巴玛后寄怀廖医生伉俪一诗，前函似已录，但此意仍未入篇章也。容再韵一为发挥。

舟中生活似刻版一些，但恬静少却烦嚣，正好适合我性格。若在“坎培拉”时所遭遇，合千六百余客于“共济”中，直比孟尝之珠履而过半；饭分两台，下午茶分两次排长龙而入，挤拥于扶栏甬道中，呼吸有时为之窒塞；每复为之吟人而终亦自笑！此间则不复有同样狼狈矣。

统观各种情况，颇得出一种结论，就是旅游事业的企业者，是从 Tourist 级旅客进行一种剥削，以养头等旅客的优异特等享受，这种歧异次等的游客是不容易或者懒于去窥看出来的。这事说起来也不少资料。很可充茶余酒后之谈助。又菜式食品都是这里的好！

“国泰”号轮虽仅置头等客位，但即此一等，也分不同几级的。如楼上一层，房窗是方的，不是圆的，即所谓 portholes 的一种。那里边的设置自然是较讲究和较整齐一点啰，同时又是双人房或者单人房。但有一点是我不会喜爱的，就是它外边就是“走马”骑楼，天天散步的以及船员工作往来，都是通衢，因之住客整日整夜都要把窗帘放低，怪没有意思！这些房有的有浴室的。

不说倒不知道，CATHAY 这船，和它的姊妹号“CHITRAL”都是在比国船厂建造的，本来是给比利时与比利时刚果经营货运的。刚果独立后，形势已变，于是 1961 年，遂售与铁行公司，曳残声过别枝亦且十载了。它载重量一万三千八百吨，船长 558′宽 70 英尺，比之“坎培拉”号，大小轻重，约一与三之比。船时速可达 19.70 海里；单叶。然而根据这次自己的经验感受，包括一切衡量计较，二者何取何从，仍觉有舍熊掌而取鱼之倾向耳。“坎培拉”船大，备有镇定器，有多少怕晕船的人也可以搭，这是它的吃香的所在。但乘风破浪，千里扬帆，如果总感觉一些波涛汹涌之势，鹢首低昂，凫鹭摇摆之姿态，那就简直不是八月星槎、乘桴浮于海的企想了。

这次乘回“泰”轮，爱它船上生活恬静安闲，这固然是因为船上客位少，因而分子不会太复杂，但也因为它客位仅 250 多个，而这次载客又仅得一百五十名，所以觉得优悠闲放，如果满二百五十个额时，也恐怕散步时每人所得的平均步履面积，要减低不少了。不过这是多余的话了。

话也得说过来。铁行公司的客运事业，看来光景也不大好的。便是这艘“国泰”号，听说走完了这一水船，年底十一月左右再回到伦敦去时，就要办结束，转售与一家叫 E. A. 的公司，改走东亚与澳洲做货运生意云云。

航运事业，现似已到末落阶段，往后如何改变，也难蠡测。其实一切都在转变，空航也蜕突中，何况其他。不过，这我何必替人作杞忧呢！

船在波涛澎湃中转绕好望角了，信暂此搁笔，下次再说。祝好！

葆

七，十日

(rounding the Cape)

给孙女子贞明信片

（一九六九年七月十一日）

子贞：

今晨破晓时分，船到了喼当这个地方来了，还是风雨料峭中到的。九时许，早餐后，我们冒着雨登游客车，沿大西洋方面的海岸线走，一面看着狂涛巨浪震撼江城岩岸，仿佛如台风冲击香港海的情况，一面眺望左边山上的景致，如是历约一小时转到半岛东面的一个湾，那里是属于印度洋水域了，据说水是暖的，我没有用手去探过，不晓得是不是。不过坐汽车走了不少路了，到 Fish Holk 一个渔村的地方，绕了一个大圈子，绕过了 Table Mountain 那边，仍回到喼当市区，赶回船上中饭，刚是时间了。

这样一走，仍没有跑到好望角最南的一点咧。那是要等今晚午夜时“国泰”开行，约于凌晨三点绕过，到时我会起一望的。到了明早八点，据估计，船将绕过 Cape agulhas 地岬向东北航行，那便是南非最南的一点了。午后两点了，但 Table Mountain 仍在烟横雾锁中！

祝好！

爷爷

七月十一日

六九年

（明信片第 13 号）

Jane Chan, to Miss Bonnie w. y. Chan, Dao Heng Bank, Ltd. 7 – 19. Bonham Strand E, HONG KONG.

给女儿云玉信

（一九六九年七月十八日）

第十三封信

云玉：

上一次信是在到达喼当前寄出的，那现在应该早已收到了，它是第十二函吧！之后，似乎还寄过一张风景明信片给晶晶，想也收到了。

十一日晨早抵达南非首会，那里还是在好望角之北。因此仍是在大西洋水域，是日半夜船才开行离开喼当，我本来要等它绕过好望角时，看一下波涛汹涌的情况才去睡的。但因为白天游观了不少时间，颇感疲倦，又下着整天的雨，夜半船出海后，就坐在房舱的窗口看了个多钟头，等到船于黑夜三点绕过好望角时，我已呼呼入睡了。不过，到第二天，也就是十二，晨早起来早点，当船经过非洲大陆最南的一点 Cape Agulhas 时，却可以在烟雨朦胧中相当清楚地望见。仿佛在给子贞的明信片上也提到过这一点。

在喼当游览时，因为落雨，没有到那著称的 Table Mountain 去看，整日全山都在烟雾中，也看不到山下景物；但沿海岸线绕过数十里山区，却看了不少波涛澎湃、云舍渔村的风景，那海浜的所见，又迥非石澳、白沙湾之所能企望呢！船在绕过了 Cape Agulas 时及以后所遇到浪涛，又比在大西洋沿着非洲西岸时所接触的更觉惊人——当然，在这时候，大西洋还不是它的惊涛骇浪最可怕的季节，据舟子说，今年还是较安静的——这是因为过了Agulhas这个岬，船便迎受着一方面从南边涌向北来的大西洋与印度洋的两洋浪潮。另方面又有一股浪潮正从非洲东海岸与马达加斯加岛间的莫三鼻海峡自北而南地流下，这样便形成了一股暗涌，情境成因正像香港沃门间过“九洲洋”时一般，觉得容易晕船的一样！这儿也正如此，那两三日，船上甲板的热闹减少了不少！十四日船抵达嗲本，又开了，但出海后浪潮的情况还继续维持着，但已逐日减退了。过了Mombasa后，那明天晨早可到，那就是印度洋方面的季节风，较多的常遇到想是热带的风暴和雨了。

非洲这片陆地，结构有点特别，如□□地的似乎所在多有，不只喼当一处，这样它的动植物所以特殊也不无关系。

十四日，到了Durban，船上的人写它作“爹本”。这个地方，我事前都没有想到的，竟然作了竟日之行，但仍觉得是很有意思的。（登陆手续，事实上比太平洋那边简单得多。）九点，游客车由码头开出，一直到晚上六点才回来，前后九小时，取费£2.10s，包括了午餐一顿饭在内——这午餐是在Zulu族的保留区内一家叫Ben's Den的酒店吃的，不过菜式制法很差，但也算了——想来是颇值得的。九时开车，先经过市中心的一条大街，因为是Family Day的节日，行人较少，稍出市区，这条大街便东西两面划分了有色人种住的与白种人住的两个不容逾越的住宅区。从建筑的优劣与园地的干净污秽自然可以看出上下分别来，也用不着说了。问题在那样的分歧维持下去，结果会怎样。此外，我们还看到一个纯为印度人的住宅区。约十时许，我们进入了一个山区，这个山区是从靠近海边一带的丘陵地带逐渐发展而成，也就是像梯型那样，因此我们已登越到二千多呎的地区了，而仍不觉得，只是天气倒觉得稍为凉快了些。这里也就是 the Zulu Reserve，我称它为狙卢族保留区，他们住的都是像蜂巢式的草屋。所被称为“千山谷”的 The Valley of Thousand Hills 也就是在这区内，据说马克·吐温 Mark Twain 曾到过那谷去，“相看两不厌，只有敬亭山”也似的，坐对过那些重重叠叠的 Table mountains，因此我就写了一首诗，并寄了给叶灵凤看。诗是：

知是沉洲是古原，赤厓重叠涨痕存。游人指点千山石，坐对曾称马吐温。

看过了狙卢区，又用过了午餐，然后转到 Lions Pank 狮子园去逛了约两个多小时。进园时显得很紧张，守园的先把一铁线网的门加在巴士的闸口处，以防不测，各个窗口则由乘客分别把它关窄了一些。这样进园，历了很久，只看到了犀牛、小鹿、长颈鹿、斑马、鸵鸟等这类动物，最后的半小时才转到“狮子林”那一区去——中国的“狮子林”是在苏州，那是个风景地，是个园——这时人们是聚精会神了，尤其是儿童们。这豢养狮子的几个山头，是用较粗和更高的铁线栏网围着的，车到网里边去，狮子就在车外走动，或卧或立，或仰向过客一望，或者看到你坐着走过的是较大的一辆车，因而它从路边站起来，移到树脚去卧伏，表示让路。总之，看到的先后约八头至九头狮子，都不是呈露凶恶的相貌的。也许它们都是吃过午餐之后。看过了狮子园之后，回来时又转到“南湾”去看了一回浪潮，才回到船上。

前天，船上当局对我说，说是接到公司的电报，说马来西亚和新加坡有很多客要到香港去，因此从庇能起的一段路程，要我让出四人的较大房间给他们，而把上一层 B deck 的 26 号单人房，备足浴室厕所的，给我；他们也带我去看过了，房间面积较小，但设备较更方便，因此也自然表示同意了。这样，到香港时，如果来接船或吩咐人来通话的话，请勿走错门路，是 Port 那一边，不是（100 + 13）而是（2 × 13）的二十六呢！这样说，因船上曾有人 100 个 13 来跟我讲玩笑呢。

葆

六九，七，十八

给孙女子贞明信片

（一九六九年七月十九日）

子贞：

今晨船到了蒙巴沙 Mombasa 来，早餐后还登岸去逛了几个小时，并买了两个木雕的狮子和长颈鹿。本来肯尼亚是产象的地方，从这里就地买象牙，据说可以便宜百分之三十，那么如果我大量地买回到香港去发售与人，周游世界的旅行费是可以找回来的了，是不是？肯尼亚这边有个动物园，规模比 Durban 那边所看到的那一个还要大，但离 Mombasa 六十多英里，来往时间很长，没有去。当地的明信片也没有买到，这儿寄来的一张还是南非那方面买的。暂写到这儿，船傍晚要开往孟买了。

爷爷

六九．七．十九

“国泰”船上

Jane Chan，to Miss Bonnie w. y. Chan，Dao Heng Bank，7－19，Bonham Strand，East HONG KONG.

From：K P. Chan，C. 113，S. S. “□”

给女儿云玉信

（一九六九年七月二十四日）

第十四函

云玉：

抵达肯尼亚的口岸 Mombasa 之前曾寄发了第十三函给你，那时候船是快要通过了莫三鼻海峡进到阿拉伯海水域，这样深以为印度洋，这一区应该是更平静的了，谁知不然。十九号晚，“国泰”号——我曾迟疑了好一会，这船名应该译作“震旦”呢，抑或依它的另一个命意，翻作“契丹”，不过“国泰”两字，似乎更得人喜爱——从蒙巴塞开出了，沿着海岸线离岸不过五十哩处向东北偏北航驶，沿岸的水舍渔村的灯火，至晚上十时许仍隐约可见，但船乘着西南风和潮头后浪的推涌，渐觉比较嗲本的一段路要簸荡震动得多了。这本来是没有什么的。船员们还说，这是平常的了，过比斯开湾和好望角，每每还不止此呢。我也这样相信。

不过又想着，这样的浪潮汹涌情势，大概一两天走出了它的范围也就过了。船上的报道说，海潮乘着西南风的力量，每日估计可以走五十哩进度的；于是“国泰”号顺水乘潮推进，因利乘便，据说是每日可以省掉五吨油的，不，是八吨油！还不只这样。“国泰”号的航行时速曾达到过 19.70 海里，但是离开蒙巴沙的第二天，它在廿四小时竟走了水程 537 海浬，时速达到 22.38 浬，自然，比诸“坎培拉”还相去很远，但在它自己来说，已经是破纪录之尤者了。当然，这也有如司马迁的说汉高祖得天下那样，“殆有天助，非人力之所及者”也。

然而我们离开肯尼亚水域，到阿拉伯海面来航驶，已经是四五日了，而风浪仍不见稍静下来。前天，天气晨早还是清新的，阳光也好，但暗涌已相当表示了威胁了，既而波涛汹涌澎湃，渐渐天边的水天相接的一条线，失去了它的线的形状，而远远地看起若伏地升起了如画图中的小雪山来了。稍近的前景，巨浪如山，怕是夸张一些，但此起彼伏，“一波未平，一波又起”，重重叠叠的浪花，长的总有二百多呎，小的也一百呎不相上下，从船头望向船尾去，有时因为船首低昂的角度，每每觉得更使你吃惊。因之，在舱里走路，便要靠扶栏了，而常常可以看出，船身与垂直线之间，每达到15°度角。而当碰上一个较大的浪，除了晚上在睡着时不察觉或不理会，在餐室里每每弄得杯盘狼藉，羹汤酒水，都倾溅四散，砰砰嘣嘣的声音，一时引起了一些骚动。昨天午间，正当这种骚动方兴未艾之际，而食堂后面厨房的警钟不知怎的竟又响起来，一时有些人便也仓惶失措似的，略过了一阵才安静下来。像这样的风浪震动，簸荡摇摆，波涛汹涌，是此行中第一次遇到，并且又一连四五日这样久！而且一日中又常有几场雨。所以当时写了观浪：

晓光浮巘绣成堆，浊浪排空第一回。海燕孤飞向何处？暮云朝雨递相催。

当日下午，因乍雨还晴，便独自个儿踱到船头，那边那两座起重机支柱下，借着船楼的阴影遮荫着，躺在一张马报上去望巨浪的景致。当时仰望起重机的支柱和船桅左摇一摇，又右摆一摆，看来像要打下到自己的头上来也似的，而那在青空中的半规淡明月又在跳跃着戏弄人。这本待继续看下去，但海风吹着，自己又觉欲瞌睡起的，深恐睡着了，一个巨浪打来，把我连人带椅都抛到碧波中去，那就吓坏那几个油漆的工友了！于是也就走回房舱里来了。

那是前天的事了。昨天整天，全个大洋面都是白浪滔天的景象，而一个浪接一个浪，汹涌澎湃的频度更复增密，于是到甲板上的游戏的少了。舟子说，幸而船行是顺风顺水。如果是迎面着打头风，逆浪而进，那就没有这样的优游自在、舒泰的了。的确，像昨天的风浪，而船上的一名搭客——他是吉隆坡的 Dato 尤荣福，是马来西亚的一个州官了——请鸡尾酒，大客厅的光滑地板上，铺上一层帆布，以防有人滑倒，人持着杯子，一手扶着椅背，但仍是行若无事、处之泰然的。

今天的浪涛的频度虽然稍减，但“潮头五丈高”一时想仍未肯低下去，而明日午后，船且要抵达孟买了。希望抵岸时，浪没那么高。不过，听说，孟买地方，很污糟不洁，参观如何，且看吧！

过阿拉伯海时浪涛如此凶恶，我在酒会上告诉人们说，这大概因为过赤道线时，这次却没有祭海龙王 Neptune，所以他发怒起来吧，说得大家都笑起来。当时，我曾问总务处，他们说是因为刚从蒙巴萨开行，而且人力物力都感不够，所以阙举行了。这怪不得经济学家的门人要取消“告朔的饩羊”，而孔子就说“你爱其羊，我爱其礼”了。

非洲东海岸还风浪如此巨，虽然印度洋这方面的季候风已经开始，普遍地受到影响是合常理的，但因此倒感觉郑和的带着数百艘船，舳舻千里下西洋，的确是一回壮举，伟大的事业，而其后葡萄牙人才绕过好望角呢！历史的笔墨，似乎要把这一页重写呢！西方人对大西洋知得的还不够多，而况于印度洋、太平洋，更如远远的南冰洋！前天望洋观浪时又曾写道：

大江东去念奴娇，旋转乾坤事一朝。休羡“暖流”关世运，只今应看太平潮！

而事实上大西洋的Gulf stream本身也似在发生莫明其妙的变化呢！如美国东海岸的逐渐多飓风，西欧的风雨又逐渐失调等等，而伦敦说是也渐往下沉呢！其他的暂时且不说了。
祝好！

葆

六九，七，廿四日

给孙女子贞明信片

（一九六九年七月二十六日）

子贞：

“国泰”号昨日下午四时许抵孟买，但我没有登岸，而且又下雨，上岸去的人许多都弄得衣服沾了泥污。今日正午船开，沿印度半岛海岸向南偏东航行，顶头迎着西南风和浪潮，想像汹涌簸荡的程度比上一周所遇到的更为剧烈。大概过了锡兰岛后会转来好一些的情况。

锡兰有个佛牙庙，是很出名的，不过因时间关系，想怕来不及去参观了。

从锡兰哥林堡到槟榔屿水程是1500海里，而从新加坡回到香港则为1440浬。那么从三月中旬起，爷爷环绕了全个地球一周，到回到家里来时，估计水程约走了三万六仟七百海里，以每海里等于1.1515英里算，得42217.6英里，也就是说等于126652.8华里了，是不是？而这和孙大圣的十万八千里的一个觔斗云，又像是超过了，对吗？你这次考试，算术的成绩怎样？试拿这一算题来比较精细地计一计，看有没有要修校的地方。

船在频密地簸动着。

C. 113. S. S. “Cathay” 在到锡兰岛程途上。

爷

六九，七月廿六日

给孙女子贞明信片

（一九六九年七月三十一日）

子贞：

船明天早上七时便抵达槟城了，槟城应称作槟榔屿，因它是个岛，也称作庇能。我大概是要上岸去看看的，如果方便的话，更环岛一周，看看极乐寺、蛇庙几个风景名胜。我尤其爱登那高2735英尺的西峰，那离市街六七哩的海边那去处的春潮馆，也是我最欣赏的地方，我到槟城总在那里住一个时期。

这张明信片所示的并不足以代表槟榔屿的特点，不过船上所能购得到的，也就仅有那几张了。

今晨八时，船航经苏门搭腊北端的海岸，那岛的一个高达八千英尺的山峰隐约可以望见，但大部为云遮着。这里孟加拉湾方面的波涛比阿拉伯海那边稍逊了，今日所过都是波涛浪静的。香港据说几受到台风袭击；船上人对我说，香港方面遭受飓风威胁时，印度这方面的情况是安静的，到了年底香港方面安静，这方面便紧张了。无论如何，我们这船也不多天就抵港了。

祝好！

爷爷字

六九．七．三十一

Jane Chan, to Miss Bonnie w. y. Chan, Dao Heng Bank, 7－19, Bonham Strand E. Hong Kong

给女儿云玉信

（一九六九年八月一日）

国泰号 B26 号房。

云玉：

昨天写了一张明信片给子贞，说是到了槟城打算登岸一行，重游旧地两三处；但今天抵步，当地当局不许可我登陆，情形一如在过孟买时所遇到者，因此我只好把原意打消了。记得船停泊孟买时，我呆在望雨和集于码头货仓屋顶上的寒鸦，曾寄下以下的诗句：

浮海西来欲叩关，印洋徒见浪新翻。先生不得登香岛，我亦舣舟孟买湾！

记得孙中山先生一九一二年自欧洲归国就任临时大总统新职，路经香港时，香港政府不允许他上岸出席欢迎会，我们呆在洞天酒楼直至下午三时等候，此情此景，我始终不忘。而今次自己经过印境，又得同样遭遇，故不禁感慨系之。然不料今次重履旧游之地，又复如此也。质以理由，则两方面均谓缺少其本国在港代表签证，此直托词耳。我到澳、纽、加、美国的三藩市、落杉矶、米阿美、南非、肯尼亚、甚至葡萄牙的里斯本与西班牙的康纳利群岛，均无特别签证需要也，奚独于“印度的西方大门”——孟买登岸处有一度建筑若凯旋门式的The Gateway of india，是一九一一年，也就辛亥革命那一年，建以欢迎英皇佐治五世和玛丽皇后“幸印度”作纪念者也——的孟买却如此“巴敝”紧张，个中自亦有故，非只关个人问题已也。而今马来亚又且效颦然，实无聊之至！

事实上，这次两个地方拒绝登陆，我事先似亦有了些预感感预兆。不过，当然咯，什么叫预兆或预感，可信不可信，如何解释，亦自难说。是这样，大约离卉望巴塞才一日，便开始感到食欲有些改变，过了一些时间，认为消化器官有问题，然而直至抵孟买的前日仍不见改好，虽然已减少肉食了，于是乎来了一个消息，孟买印当局不允许我登岸。当时我感觉到愤怒了，但也无可如何。不过幸而是这样，就在他们许多游客冒着雨登岸去了时，我就觉得肠胃毛病竟发展到闹了肚子起来了。于时自己这样想：当时如果我也一同登岸，在路上途中需要找“公如厕”的便利，那有些那个了！所以那一次是坏事变成好事，对我自己是如此。也就所谓失马得马，谁知祸福之所在耶！

这次，刚抵哥林堡和离开哥林堡时，都是身体很舒畅的，可是一到接近庇蚀时，又觉得胃口差，要改吃两餐稀饭——是由海员工友弄来给我的，他们这里有海员福利部，他们又送了些药品、甘和叶和埠上买来的中国报纸，和甚至有一位还买了些岸上的炒粉炒面回来给我吃，这真是少见的情谊了。因此，他们不给我上岸，我也只好在船上多休息、多作散步运动一些了。

就写至此罢。船快要开往巴双港口了，这信要早递信箱的。祝好！

葆

六九，八，一日

戊篇　晚年寄望

（一九七〇年至一九八二年）

给女儿云玉信

（一九七〇年七月六日）

云玉我儿：

那天晶送机回来，已差不多七时了，自然整晚都在说着：你估姑妈现在到达了酒店未？在做些什么呢等等。

我患的关节痛，看来也不全关于拾落花时扭伤了腰脊骨。陈老英医师来过了，为我搓按了背部节骨，说是关节神经痛，敷了药，并称属于风湿毛病，可能是首尾长些的。这又像是五十年代的旧病，重告威胁了。

昨又因此想起来，你月中到三藩市，依旅游程序，大概要去一游红木公园的。我得告诉你，去年我进园里去时，那时国外虽是烈日当空，穿件单衣已够了，但园内的气候竟相当寒冷，真是侵人肌骨似的。今年你们如往履其地，虽是较处中夏天气，但我想也应多带一件毛冷衫才稳当耳。就记忆所及，那里不止山中气候，而且阴森森的，于有风湿病痛的人，尤应小心一点。

今日星期一，晶刚要把812针药拿去寄时，突接到她妈妈来信，说暂不要寄了，因最近规矩改了，该药需要医生证明，而剑雄不是那里的病号，因此要弄好了手续才能通知寄的。这样只好等着看了。

这信到你手时，想你刚抵达檀岛。记得我在“坎培拉”船上时认识一位叫梅景周（King-Chau Mui）的，他是你们岭大的先后同学了，曾任檀香山总领事和古巴公使，目前为国际旅游社（International Travel Service）的华经理；我们船抵里斯本之前夜，他曾设赠别宴，邀我参加，盖一好客之士，友情深厚者也。他与黄博士为同学。入春以后，曾数以书至，并寄诗作。你倾盖檀岛时，说不定会与邂逅，则烦为致候问，否则于檀岛起飞前——如不惮烦及方便的话——指名拨电话为道候问，亦是一样；不过不知彼业旅游指导，现是否已外适耳。其住处为：1519，Nunanu Avenue，Honolulu，Hawaii，电话：96817；办事处为International Travel Service，930 Fort Street Mall，Honolulu，电话为533 - 6011云。

祝旅途愉快。

葆

七零年七月六日

给女儿云玉信

（一九七〇年十月四日）

"十·一"国庆第三日

云玉我儿：

今日收到你九月一日在牙买加湾飞机场候机赴欧时写来给贞的一张明信片，屈指时间刚逾一月，而贞何止已开课甚久，而且已考过了第一场历史试验，信片递到时，她刚已携了两个羽毛球拍到学校里去进行体运了。研究一下原因，大概航空公司并没有依照他们所一口答应的，说是替你贴上足够邮票寄航空信。这种事体是常有的。记得五月初我在希尔顿酒店午膳，同在座的有港大旧同事总务主任梅洛，桌上列着那广告性质的明信片，梅洛写了一张寄到意大利去，我也写了一张寄英国给刘殿爵，均说明是寄航空信的——信在顾客方面说，是免费的优待——梅洛的怎样我不知，我的呢，据殿爵不久以前来信说，是隔了一个多月才收到！这类事使人想到"生意佬讲话"那一句通俗话来。

前天开完会回来后，有位赵太太打电话来，说是她曾与你同游欧陆，抵伦敦散队时，你托她为带回来的几筒菲林，她已为交到道亨何先生那里；昨天我打电话给老何，他说正为交给人家冲洗去，待竣事后始送来给我云。

晶虽也急于要看到照片晒印出来怎样，但她更急于想知到她姑妈回来时坐的是哪个公司的客机，又是哪一班机，因为她很想去接机。当然，机抵达时，要是她还未放学，就有些困难了。她每日下课回到凤辉台来时，总是四点多了。是哪一班机，我想最好你早些打个电报来。

你在一封信里说是要过阿卑斯山看看我刻在雪壁上的字，那我曾写过给你说是不会看到的，因为你走的路是奥地利的阿尔卑斯山，越过那里转到意大利北部那被称为多罗蜜提 the Dolomites 的，然后趋威尼斯，所以不会经过 Simplon Pass 山隘，不过穿过 Arlberg Pass 那一带，两边“雪山高并两峰寒”想也够饱看了。说在瑞士坐对雪山，虽可说是“相看两不厌”，但仍比不上溯莱因河而上，路转峰回，两岸风景看之不尽的有意思，这可能是的。记得那年从重庆乘坐下江的船到汉口，领略到“两岸猿声啼不断，轻舟已过万重山”的况味，那也真是“人生能得几回”的了。莱因河上游怎样我不十分清楚，只是在法国境内所见到的一段，就清流变了浊流，泥浆油渍，真有点不堪入目。工业把天然美景戕贼了。而且这又不特一两条或一两段河流为然，许多地方像曼徹斯特，像格拉斯哥，那渠水运河是黑臭而不只污浊的，那也真是不可以久居的。不过，像英伦之南想好些。

《周末报》这一期提前于国庆节那天出版的，黄承粲先一日在酒会上已经告诉我，说诗已刊出来了。这里我把那第八页剪寄来给你，看过后如果没有别的用处的话，便把它转寄给刘殿爵，这样比从这里径寄一份，似乎邮费省些。

那诗，我本意仅写一首的，但不知怎的，像下笔不能自休似的，竟写成了三首。第一首的格调，原是黄山谷的一首七律给我意兴启发的。山谷的《次韵元日》写道：

会朝四海登图籍，绛阙清都想盛容。春色已知四寸草，霜威从此霁寒松。饮如嚼蜡初忘味，事与浮云去绝踪。四十九年蘧伯玉，圣人门户见重重。

你看，句也几乎全套用他的了。剿袭别人的诗句，本是不足尚的。不过，黄庭坚这首《元日》倒是我深为神往，时挂在口边的。至其余的两首，倒似乎可以看出不少杜诗的影响，像工部的《秋兴八首》那些如“昆明池水汉时功，武帝旗旌在眼中”如“且看石上藤萝月，已映洲前芦荻花”，说它不曾给予过洗礼，似不可得，而当时写的时候，倒是不知不觉地模仿了，写成后，吟咏一过，才悟到它的渊源！

刘殿爵已搬了家，好像曾于一封信里说到过，他的新址是这样 D. C. Lau，82 Moreland Court，Church walk，London，NWZ，他已新升了教授，担任了伦大中文部主任，去年看到他时，他多次表示要东归，我曾对他说，还是暂缓作想较佳。恐怕现在新履职务，责任较重，也不能不暂时打消归计了。

暂写至此。祝健康愉快！

父葆字示

七〇，十月四日

给孙女子贞信

（一九七三年七月三十一日）

子贞：

我们到了哈尔滨来了，一九五六年，与你姑妈等一大群人同来想到而终于阻雨于长春而没有到的地方。这个中国最北的大工业城！

廿九日离开首都前，曾写了一张明信片给你，是赵州桥的风景图片，写的是两首诗。这信到时，想已收读了。

这里也有几首诗，并在杂诗之列吧：

北来南雁太匆匆，輭语输他细雨中。豪气未除诗格在，百瓶谁送夕阳红！

娇花尽道春无赖，湿意差堪浅酒空。太息换书人曷去，琳琅十万问孤鸿。

陂塘新见柳毵毵，积雨浮光浴晚岚。凉热渐窥同此义，重来风景胜江南。

防洪过后看分洪，千载犹怜舜禹功。见道松花江上雪，明年还共转秋蓬！

诗暂录这几首。料想寄到手上时，可能姑妈也看到过了，而我还在宁沪道中呢。的确，我们的旅程也经过了一些伸展，最近的酌定是这样：

今日去大庆参观；

三号坐火车赴济南，4 日 5 日在济南参观；

六日往青岛，参观后，八日回到济南；

九日转往南京，十日转坐火车到上海；

十五日才乘飞机飞赴广州，下午抵达。

这样看，十五以后，我还得在广州多住一两天才回港寓的。情形也要看同行的陪伴而定。

对了，我来时忘记了我们还没收到水费单，如果收到，便要速交，免致割水管没有食水用。这点想你会搞掂罢！

祝好！

爷爷字示

七三，七，三十一日

给二儿文蔚信

（一九七五年十一月二十八日）

蔚儿：

听到你曾到广州去过，接收国家新购的丹麦油轮并同时骑船回到湛江去，这消息真使我喜形于色，感到十分欣庆。当时我正在南鸦岛宝华园的天台上散步，迎着东山初升起的十月十五夜的月亮，突然听见电话铃声，赶快下楼到楼梯转角处拿起听筒来，原来是你家姐打来的，她告诉我说你曾到过广州去，于是把剑雄的信的内容详细告诉了我。信自然要待我回港寓后再读了。

说起船，你当然还记得在吉隆坡时你最初买来长知识、观兴趣的是一部“船书”呢。现在那本船书仍在，不过已经过一些虫蚀了。可不是吗？五十多年了。那时你是在欣赏图画中的船，而现在呢，竟是自己骑船了。固然咯，那时惹人注意的“百看不厌”的是客轮、货轮，还没有现在庞然巨舶的油轮呢。时代变迁得十分急速，目前竟是个“燃油”时代了，几年来原油竟发展到几乎掌握一切经济命脉的力量了。

“油船”使我联想到一个关于“乘桴浮于海”的趣话。孔丘说：道不行，乘桴浮于海。而现在却是道行了，不是道不行；不过行的是“油道”不是“柔道”，乘的是油，跟从的也可能不是或仍会是子“路”。一笑！

这信本该早要写给你了，但不知怎的，一事盖复一事，纷至沓来，总使人感觉到忙个不了。如早些时，去过从化、七星岩回来后，曾寄过一本简易汉英字典给你们——只是简单的，那详细较大本的商务没有重印，待有始能买寄——当时好几次要写信问书是否收到，但忽而忘记，忽而又暂且搁下笔，于是延至今日。固然，要写起信来，说的是不止这样的小事的。暑假期间，贞考试完毕后，便想写信报告她的学业成绩了，因稍有所等待，便把事搁起来。她会考成绩很不错，未放榜时她自己满意，以为一定会得到两个优异 distinctions 的，两个也就是英国语文与中国历史两科，但公布出来倒只是一个，不过这倒是较稀罕的一个 distinction，它是“英国文学”的优异，她们全校的应考者仅有五人获得这荣誉，而她是五名中的一个！我知道：她对于莎士比亚几种作品的研究，曾得她本校中的教师另眼相看呢。自然她仍觉心有不甘的，历史，中国历史，她认为最出色的，英国语文也不认第二的呀！不过，当然咯，得到英国文学的优异荣誉，是更值得夸耀的，而她自己也说是料想不到。她比较无可奈何的是数学、物理一类，对这又不感兴趣，没法！

上面有一点说错，是“近代史”，不是“中国历史”。

她对于品评近代历史人物，兴致颇远，见解也特异。

考试后，榜上成绩看到了，她曾想要转读别一间中学，说这样学科教得好，那边的先生教师高明、学科完备等等，如她姑妈所说的，标准的火麒麟一头，并且还要去教人补习，赚点零用钱，还打算要到大会堂去做个图书馆管理的见习生或助理员。试想，一个月的暑期能做得几多个脚色呢，于是最后活动了一回，便仍到本来而且又是最近住居的地方的学校去上学。但从暑期策划下来的工作活动也竟很不少呢。新的学期还未开始，便看到她的工作忙个不了，从她与同学或学友们通电话的情况看，她是在主持学校刊物的编撰，要选稿、拉稿与选择材料，是在计画以至参加一个圣诞节的演出，是在准备出席参加一个校际学生辩论会，因此虽还是一个学期初开始的时候，她也每每弄到要至十二点或一点才能睡。——正写到这里，她从凤辉台打个电话（我宝华园这里的电话是982803号，属香港区，因此从跑马地打来，可以不必拨冠头的“5”字。）来说：“爷爷，你是不是在写信给我爸爸？”我回她道：是呀！她说：“你有没有替我吹一下？”我说：“大吹大擂的就没有，小的倒吹嘘了几句。你想我怎样吹呢？”她说：“那会考的成绩，我获取了‘英国文学’的优异品题，你应该说到了，那差不多已是过去了的事，提提便算，还有那最新鲜的成就呢！（我插口道：什么喇！）就是在华仁书院前几天的学生辩论会，我们的一方不但取得压倒的胜利，我的辩才还得到两位评判员的特别嘉许呢！这请你不要忘记讲。”“我记得！”我回她道，贞就是这样的好胜心！

是的，那天晚上，也就是十四日罢，她“舌战群儒”似地辩论胜利归来，兴高采烈分别打电话给关心的同学报告经过。我们让她吃完晚饭再讲，她回道：很饱！怎的呢？她说：华人学校他摆茶会招待，三文治饼糕，大擦一餐，吃得太饱了。也可能。她并又解释道——颇有着‘三月不知肉味’的丰度——“今日论辩的胜利，的确值得骄傲，比那次考试取得“英国文学”一样的荣誉品题，还更感到鼓舞！”她说。然则当时辩论的又究竟是什么问题呢？你们会问。

论题是：Women Liberation is not desirable in Today's Society也就是说“妇女解放是不适合于今日的社会的”。贞参加这次辩论，是站在反对这种论调的一方面的，据说辩论得非常激烈，不但取得了压倒的胜利，而且也很使侪辈感觉到要刮目相看了呢。于是乎她胜利归来，表现看乐不可支了。

华仁还是达的母校呢，地点不远，只在摩理臣山附近。

声名一播，于是乎圣保罗书院、学联以及其他许多学校单位，都不断打电话来要她参加各方面的辩论比赛了，这样便一时忙得不可开交。自己饮水，冷暖自家知的。

正写完了上面的一段话，还想要继续写下去，因为觉得有许多话要说的，万事起头难，既然起了个头，便想继续落去，以完成一件事业，可是不知怎的，感觉到有些困倦了，就只得仍踱到天台上去看看月亮，借此以舒展一下筋骨，然而缓步得久，到了夜深，疲倦未除，反而感到北风凄紧的一些威胁，不能不下楼早点睡，便是这样一搁起笔，没有继续写下去。

第二天早上，云玉打电话到南鸦岛来，我因为要看一位友人，于是马上便赶回跑马地去，写信的事也就暂搁置了。连日以来又忙于他事，于是信直到今日才能再动笔。

而今天又是十一月廿八日，因此这封信我建议你们看过后，不妨也寄给文达一看，想其中很多话也是他们想知到的，而我也很少可能再多写这样的长函絮语了。自然，信读过后，仍要寄回给你的。

为了新购置了的自己的房子，为了还要多少增添修葺和移栽园树等工作，云玉每到周末便要来南鸦岛一次，看看进行的情况如何——也因为凤辉台旧居，虽然住上了三十多年，虽然柳亚子先生曾为这个地方写过“凤辉台畔陈君葆”的诗句，不过看来迟早都是会被迫迁而不能不放弃的。也正如“天下无不散之筵席”那话所说的一样——现在经过了半年多，已增添了不少的东西，平顶的屋面，加上了铁梯和栏杆，需要时可以加篷帐备用，可以赏雨，也可赏月。屋后接连山的斜坡，属公地，利用辟为一个小规模的后花园，打算栽柏种竹，疏松短菊；簕杜鹃、洋紫荆编作篱笆，以御台风时，暴风狂雨的吹袭。这样的计划，大致上实现已差不多了。是玉出的主意：这所房子，虽然仅是两层的楼房，楼下是客厅，楼分上层为向南和向北的两间睡房，都是单边窗朝东，因此卧在床上就可以看日出和皓月东升，极有意思。因为房子坐北向南，隔壁合掌屋属别一家的。由于此，玉建议要称之为“水云楼”，真正属于我们自己的“水云楼”，你们看这意见怎样？

可不是吗？吉隆坡咖啡山的旧居，只望到云和远峰而望不到海；跑马地往时还望到秋云，而看不见海；现在连那瀑布百丈飞泉的水声也听不到了。而南丫岛这里，房子建筑在一个小山丘上的近顶部分，北面遥望，为香港的太平山，也就是赤柱峰的面南海部分，形似一个三尖的笔架山；西北、西、和西南方面均为大海——西北望，隔重波便可望见屯门青山的尖峰，稍左便是大屿山的山脉；西望为长洲，其南则为汪洋巨浸的大洋面，我们前望为榕树湾的对面形像一头睡狮的小山，东南望则可见土名为“洪圣湾”的一角海滨，迤东一带与北联系的呢，则为蜿蜒起伏的冈峦。所以自云玉提出过她那个建议之后，我便经过多次观察和构思，拟就了这样的一联：

五管云连，四望翠峰三面海；
九州南尽，一江春水半轮秋。

联文“四望翠峰”一语，本作“数点青峰”，后改为今四字，然终未能决定是否原作较佳。五管[1]，谓南岭山脉自萌渚

---

〔1〕《唐书·地理志》：永徽以后，以广、桂、容、邕、安南皆隶广府都督管辖，谓之五管。

以至大庾的一带，南北分水，派衍至罗浮，过樟木头，即子贞辞别剑雄处，则为新安县的丛山了。从南鸦北望，真有云连五岭之感想，前人登观音山五层楼有诗句云：“五岭北来峰在地，九州南尽水浮天。”〔1〕我极喜爱这诗句，现在从岛上闲眺，尤其觉得亲切有味。望大洋，镇海楼还未逮这里呢！试想：珠江口还要西上一些咧！

这联如何用，还有一段句法采用的往迹。记得五一年我和嬷嬷到济南泛舟大明湖时，嬷嬷很爱读《老残游记》的描叙，游湖时尤喜欢何子贞所写的“四面荷花三面柳；一城烟雨半城湖”一联。我大盖没有记错了那联语罢。如今望着四周风景，每每怀念及之。现在正足深秋季节，这里每每独自个看月亮，因之而更不住想起李白的诗句：“娥眉山月半轮秋，映入平羌江水流。”深秋这里天气最佳。

写到这里，也差不多是“月落乌啼”的时分了，还有许多话待下次的信再说罢。“下次”，也究不知是什么时候！祝大家身体健康！

葆字示

七五，十一月廿八日

〔1〕清初岭南三家诗人梁佩兰药亭诗句。

给三儿文达信

（一九七六年九月八日）

达儿：

这信本该早写了，这要写封详细的，但终于只能写封短札。

是八月十九，我在均益大厦住了两天仍回到宝华园去时，收到你十六日拍来的电报（是十七日递到的了，只那时我不在，因存放在信箱里），读到“平安”两字觉安慰，急转电话告知云玉，那时大家的心情，是可以想见的，过了几日是八月廿八了，接到你十七号写来的信，更知道较详细的经过情形，读后我在信末写上“识语”道：

读后不禁想起地震发生后（那时每日必分别收听各处播音报道及论述）美国著名记者阿尔斯他尔柯克 A. COOKE 一连几次在“美国寄简”所说的话，以及英国伦敦《泰唔士报》里察德·哈理斯 R. HARRIS 所发表的关于中国政府不接受外国赈灾救济的评论和看法。我认为哈理斯比较了解中国人性格，懂得中国问题，若柯克（事实上我很听柯克每周星期一晚的 Letter From America 谈吐与持论风格，时流与专栏作家似乎很少能出其右；不过这是另一事）则我以为应像早上几年的雷斯顿 Reston 那样，到中国来一行。

的确，救灾恤邻我们宁肯后人？不过，我们总不能忘记有忍心用“氯气战”“细菌战”这样的民族或者这样的阶级。最近有人提意见，反对利用天气、气候、潮汐战，殆非无因。

与这次唐山大地震一事差不多同时，可能无什么关连，我得追述一些自己个人的遭遇，住了四十多年的凤辉台四号，终于说定于七月三十一号，交回与新业主去拆卸了，于是廿七便把最后的一批书籍也搬出，跟着过一两天便携同自己的铺盖剩余的行李也决定迁离那里了。傍晚时分送一个客人离开，回转身关闭铁闸正欲拾级上楼，不意就在那一刹那间，不知怎的，莫明其妙地竟跌倒在楼梯脚的地板上，仰卧着片时，自扶起来觉得头部后脑骨节撞伤了一下，背部骨骼也多少撞碰微痛，右臂手静皮肤被擦破流血了。定神回想一下，仿佛当时是突然晕倒，旋即省觉起来的，醒来后不禁想道：是一种预兆？是一种对我个人的警告，要我提高警惕，当机立断？抑或是一种安危所系的预感？于是那一夜总觉得不安，又是自己一个人睡在整座四号楼房，楼下三楼早都搬走了；我之所以久留，自是为了书的关系，最后的一盒书籍送交给港大的，还是廿七号那一天的下午，才叫图书馆着人来提取的呢！

第二天，廿八号，我还在正准备起来的当儿，忽听到电台报道：北京东北破晓前发生过剧烈地震！一时心为之一怔，这一天事情稍过，我还得依约陪同梅枝与滚两人往见廖公公的女儿，为的是因为要在港执业，参加考试，需要她签份证明书作介绍，这琐碎和其他麻烦的事应付过了，经过一些考虑，便即于当日晚饭后，着云玉到跑马地来，一同把猫儿“奶奶！”也搬到均益大厦十九楼去居住。十九楼现只我一个在居住，家姐和贞二人则在八楼，那里地方实太逼窄，摆了七个书橱，剩下的只堪“容膝”了；十九楼二号这一室也是大姑姐的物业，空着不租给人，大概是预备求善价而沽之的作用吧，无什么陈设，不过地位更高，空气较好，更宜观海，于我更适宜。不利用电梯，饭前饭后，由八楼往来，每每拾级登楼，权也作补充运动工作，当日比不上跑马地那时的“晨运”了。便是这样，终于赶急离开了凤辉台；过了两天，重回去一看，隔邻三号，已有挖泥机在转动铁斗了。

于是我又想起来了，七月廿八这个日子究竟对于我应该作怎样感情上的看法？记起来了。一九一四年的七月廿八日，奥匈帝国约瑟夫老皇，因他的侄儿菲迪南大公爵被杀害，对沙威阿王国下最后通牒战书，遂引起第一次世界大战爆发。那时，我刚考进皇仁书院，以免费生资格入学，开始留心国际关系问题，于是进校后第一篇课题的文章《欧洲战役》（*THE EUROPEAN WAR*）便以“文章超卓”的誉语博得主任英文老师 Ralaston 当堂把文章对全班朗诵一番，这无疑地对我自然感到一种骄傲，也许从那时起，特别注意写政治文章，留心国家问题、国际关系。不过全面来谈，七月廿八日毕竟给人们带来了一些坏结果。过了七年了，又是一个七月廿八日，那是一九二一年，我接受了星洲华侨中学的聘书，到那所学校去就任英文主任教员，坐的是“支那”号轮，船甫驶出港口，便遇到飓风来袭击。吃过午餐后，便渐感到有些支持不住，而需躲避到房舱内，如是者三日。那时的船很慢，待过了“安南口”，风浪才开始平静一些，这样的晕船滋味，免不掉要怪“七月廿八”这个怪特的日子了。我不能说它是个“不祥之日”，虽然德国的旧威廉皇或者看法不同。因为坏事是可以变好事的，这大半在乎人为：忧劳可以兴国，敌国外患足以使你发愤图强。今年的七月廿八日，一次大地震的发生，恰在我自己于无缘无故的情况下，不是在践踏着什么如蕉皮果衣之类，又不是自己头昏，竟摔倒了一交之后，这总可以说是一种

“发人深省”的警觉。我的终于要撤离凤辉台，本来也是经过一场斗争的，我之所以每每念念不忘凤辉台旧居，一部分原因，自然可以说已反映在柳亚子先生“凤辉台上陈君葆”那诗句上面，但终于感觉到破旧立新是不可避免的，而且目前保存得严，新建得成的凤辉台几家四五层高的建筑物，仗处在四方八面廿多层高大厦当中，后面又为上凤辉台所压着，正像井底之蛙也似的，挡得台风的袭击，却看不到以前东山的月出，吸不到从前带山村野味的新鲜空气，难道还有什么值得留恋的呢！

因之解释七月廿八日，就我个人的经验来讲，也具有一些特殊的意义了。

这里得告诉你另一件事。就在南丫岛读到你十七日写来给我的信那一天的下午，新华社打电话到宝华园来说：接到国内来托为转给我的一封信，因此他们要派人来把信面交与我，约好第二天派人来，是这样地郑重其事。他们又不知道宝华园究在哪里，因此我得增加一着，约定第二天我自己到榕树湾码头去接派来的陈文、麦芝两人。唔谈后，信看到了，你猜想是谁写来的呢？原来是二婶的侄儿钟耀源从南京写来的。信内还另附两封，托为查交式婶及他的亲妹。他不知他姑姐已搬离了坚道，又不知她们近住在何处；并且也不知道文汉曾作南京工作过一个时期。耀源，他是在周总理和朱委员长逝世时，从报纸上看到我在港曾参加吊唁仪式的消息，因而知道我人仍健存，但不知我的住址——事实上我们还未见过一面呢——所以想到托新华社把信转给我这一办法。他现在：南京汽车制造厂工作，担任翻译英文俄文，信可以寄到厂去给他，我想不但汉和博都应该知道这一点，璧云他表姊也应知道呢。

八月十三号那天，用挂号邮件寄了本《辞海》给你，想收到了吧，顺及。并祝健康！

又：尹姻伯他们府上各人，并为问候。

君葆手示

七六，九，八日（中秋节）

给三儿文达信

（一九七六年九月二十五日）

云玉：

前几天给你的信，告诉你有一位朋友林英到京来国庆节观礼，顺便托他为带给你一些衣服，那信现在想收到了。老林前日已北上，此时在来京途中，大概不日可见到面了。

可是那次的信，却忘记告诉你一件主要的事情，就是我曾请叶恭绰即叶誉虎先生为你写一条幅，留他的宝墨。叶先生住在灯草胡同三十弍号，电话是五二七〇〇，他写好后是会送你处的或者你到他处去取。这一事的原因是这样：我听说叶老多病需药物，而晚境又颇困，因托黄荫普先生为塔汇港币弍百元给他，恐他不肯接受，所以便请他为你写一条幅，即以此为笔润，一以留此老诗书画家的宝墨，一以资你非对此艺术家学者的景仰，便是此意。

顺祝健康！

葆

九月廿五日

又：你收到件后，去函道谢或踵府面谢，随你了。

给三儿文达信

（一九七六年十二月二十三日）

达儿：

你的信早已收到看过了。

“四人帮”的事，原来如此，那年我到京时，总觉得有些异样，但原因却是形容不出来。我到哈尔滨去的车上看到一篇名为张铁生的写的文章，论考试，读了令我莫明其妙，心里有许多怀疑，但途中找谁说呢！而且许多年来讨论问题，发表意见总不是从前的一种风气了。那篇《人民日报》上的文章，除了题目惹人注意之外，首先使我另眼一看的缘故是因为“张铁生”这名字的熟识。四十年代，他在香港一个时期，还曾常到我们凤辉台的住处与谈坐呢，怎会因考大学从事学习而引起问题来也！读完及掩卷一思，才理解到：那大盖是另有其人，仅同名同姓，其后心才稍为释然。

现在吗？事情大概可以说是明白一二了。

听说李淑一同志，如果今日到京来去看她，就完全不是三年前那个“闷闷不乐”的表现了，这使人听到，感到快慰。于是前几天，也就是十四号罢，我交了一本《楚庭稗珠录》影印本。书是我藏的，抗日战争期间，由□□□先生送给我。前些时，此处“香港中文大学”十周年纪念借去影印一千册，作为纪念，列该大学丛书第三种，也送我自己计廿余册，以分赠知交文友。托新华社为寄首都查明李淑一住址为交去。我知道的，李的住宅，我去过，不过忘记了，她那时已从城外复兴门搬进城里来，住处像是和廖梦醒的相隔不甚远，不过总记不清楚，而北京的确也太大了。书既托新华社为寄，何时寄到，我不能知，不过如果你看到李淑一，或者看到你同事抑同志，顺便为我一问如何？

该书，我也想寄一本来给你呢，怎样！

昨天，我们这里开了一个座谈会，听负责同志对于“四人帮”的罪行，作了更详细的报告，听了才更清楚地了解经过的情况。当然，许多事实，先后我们也从报章上看到过的。不过，总比不上口头讲述的好！

还有一件事，假如你见到李淑一同志，或者她的儿子，我想你为我一查询。一九二一年我到新嘉坡华侨中学去任教时，校长为涂开舆先生。那年我看到李淑一，是一九五九年那一次了，我们曾谈到过他，他也叫涂九衢，是他的别号了。仿佛李告诉我说是涂还健在，是长沙文史馆馆员，到文史馆可找到他，我没有问他的住址，而今又隔这些年了，不晓其人情况如何，倘仍存在，倒想寄一本《楚庭稗珠录》与他，权作候问媒介呢。至于李仲思，那是李淑一的妹，我在吉隆坡做事时，她是坤成女校的校长，解放后她也进长沙文史馆了。不过前年看到李淑一时，谈话中淑一告诉我仲思已过去了，那真是使我良久心为戚然。李仲思，你母亲也是与她很熟识的。

这上面的一事，如有消息，像涂开舆之仍否存在，及倘存在，住处能否找到通信，有消息的话，请来信告诉我。

暂写到这里罢，已过了“冬至”呢！

惠连和孩子们怎样？

祝健康！

葆字示

七六，十二，廿三日

给三儿文达信

（一九七六年十二月二十九日）

文达：

我们到了厦门来，这信是在厦门写的。

我说我们，这是说我们四个人，云玉、子贞、子健与我四人。

我们是圣诞节那天，从香港乘搭“集美”号客轮出发，中午时分离开大角嘴码头，于第二天早晨六时许抵达厦门港，住在这里厦门宾馆，当天便游过了南海普陀寺，和驶车过了十里长堤参观了集美学校、集美纪念碑、陈嘉庚先生故居以及鳌园等地，然后回宾馆，渡过住厦门的头一夜！

厦门我是停留过的，那是在“九一八”后，我从上海回港，舟停泊在厦门港内一个时期，我趁机参观厦门，以及攀登鼓浪屿的一些山石。那时很欣赏鼓浪屿这一小岛的好处，就是只许步行，不能走车，因此保持着一片宁静，原来到现在仍是这样，所以特别悉识。

这次来，在我们这个四十多人的旅行团，其中我们四个人的小圈子，是全由云玉计划的，她安排一切，策划得很好，时间和一切。子健从学校来参加，刚好考完了试；子贞也大概看完了试卷；云玉她自己则适当圣诞节放年假；我则行所无事，只南丫岛的花卉，总记念着多天没有人浇水，未免时时不能忘怀，靠的就是梅枝星期日到去淋一次水。这么，我们“嵩山四友”应说

“中山四友”罢，祖孙三代所构成的小集团，来游闽南初地的一瞥情况。

鼓浪屿有“海上花园”之称。我此游还攀登过日光岩，抵达那石上的解放亭，俯瞰厦门全景，郑成功纪念馆、菽庄花园等地都历历在目。

昨日我们又到了泉州，参观过开元寺。寺前有东、西两塔，子贞、子健两人还上到过东塔的最高层去，那是第五层，你家姐就只上到第二或第三层，而我就只在塔下门外花附近等着拍照留念。开元寺建筑古朴，历史价值是数一数二的，出色处就在此。西塔不能登，因还在修理。

除开元寺外，我们还在“老君岩”的石上拍过照。

这一带山上的枫树，“满山红遍杜鹃”，枫叶盖另具一格。

昨天由泉州回厦门时开始有春雨。昨夜一夜，“小楼一夜听春雨”；今朝雨仍在下，我不爱购物什么，只留在“听雨楼”上听雨罢。此雨后，我们明天就要回香港去了。

“小楼一夜听春雨，北地梅花长几枝?”不禁为赋!

改“寒梅着几枝”似更宜!

葆宇示

十二月廿九日

给三儿文达信

（一九七七年五月十日）

达儿：

上月廿九日收到你的信，过了几天，五月三号我才到商务印书馆去把《辞海》买了来寄给你。廿九日是周末，而“五一”又是星期日，云玉总是要到宝华园来浇花以及刈草的，而云湘又总是到了午间便带了志韬和小平到南丫岛来玩个半天的，因此到星期一这段期间，我总得住在园里作个“留守”也似的。

《辞海》又是替人买的，那么你们自己也得找一部放置案头了，改日我再买一本寄给你们，如何？子菡们升中后，或即在高小阶段，也应该能够不时翻翻作参考和增广阅读用途呢，是不是？早些时，我曾寄了一本与文蔚，想他们是应该用得着的。它是一种类书，如百科全书，很方便于学习，辅助自读，而有它的特长地方，譬如在“唐”字下，你可以找到“唐”是姓，“唐书”是一部历史书名，“唐突”形容词，“唐三藏”“唐太宗”“唐明皇”是人名名称，“唐古刺山”地名，“唐僧取经”是一段故事，而每条都有简单扼要的注文，如详其史略一样，因此你像读一部史册也似的。所以我每告诉子贞不妨多用此书，也买了一本寄到茂名那边去。倘你那方面，还没有买到为自己用的一本，改天我就寄给你们一本，好吗？幸来信告诉我。

关于《楚庭稗珠录》影印本一事，最初我托新华社为我寄出两本，一本与李淑一同志，一本与新加坡华侨中学旧同事文大衡先生，文大衡的一本退了回来，说是地址查不到，那可能其人已不存在，也就算了，而给李淑一的一部，是肯定已寄到了的，因不见北京方面把它退回来。至于关于涂开舆和陈友古两旧交，随后我托新华社李菊生（此间分社的副社长，他又是你殪叔君文的华中时同学）为我设法把书径寄到长沙文史馆去查明地址送递，如无法送达，则把书赠与湖南图书馆存藏。这样，经过一些时候，长沙方面有信来了，说是涂开舆、陈朴二老已经辞世，书已为赠与湖南图书馆与长沙师范学院云云，于是赠书一事，遂有了它的结局了。

影印的《楚庭稗珠录》我这里还剩了两本（中文大学影印为他们的“第三种丛书”后，送了三十五本给我作酬借的意思，我多半把它赠给友好作存念备传览），或者我打算过了些时候，分寄给你们两弟兄的。

李淑一到了上海去住，我是从她在三月间写的一篇关于“四人帮”的文字看到的，至于关于《稗珠录》的事，由于上面所述过的，大概已不必再作查询了。有烦柳同志就是。

姻伯母、慧莲的令堂，春节期间摔伤了髋骨，现在已出院，在家休养，要小心调护，为我候问，至要。

《毛选》第五卷我这里也领到一本了。

“七十年代”的《周恩来纪念册》，钟明写的那篇文章是刊在《大公报》上面的。此外，纪念周总理逝世一周年《广角镜》，这里的一家月刊也为着刊行一本纪念册借去了一张一九五六年我和港大师生到北京观光时，我们的敬爱周总理与我们在怀仁堂摄的照片，刊在他们的杂志里，那是一张至足珍贵的照片，因为那一次参加观光团一同到京参观的还有你妈妈、你家姐和你二婶，而一同拍照的国家领导人方面，还有方方、曾昭抡、胡耀邦和现在已任教育部长的刘西尧等。

小毅身体健康发展情况，似乎有些特殊。不过我以为不必过份操心的，要时时小心谨慎就是了。他的发展情况，多少和倬仔相类似，大家都是少子，又大家都是脑部发达比较进度更速，这好像是个生理学上的问题，专家或者能够找到更明确的理解。不过我以为随着年龄的增长，一切发展是会趋于合理和正常化的。像就我自己来说，幼年时也总是多病的，“提携养护，畏其不寿”岂独为我的妈妈？而口念着经，手挥舞着驱邪的剑——真的一柄东洋剑！——还有我的祖父呢。至于患什么病！大家也说不出，不过五六岁以后，我的病也就少了，逐渐健康，日趋于正常，像几个弟弟们了。又像子贞早年真是多病的，转趋好还是最近一两年的事呢。惠莲身体没怎样吧！

贞这个小妮子也忒怪特，她已注意到研究为什么在幼年时，她自己那么多病，而且病又多特异的。她喜观书，研究指纹学，谈生命线，进而谈“睇相”，不过得出什么结论来，还没有听到说。譬如就指纹学，她进而论到甘地夫人的手掌，测她的一生休咎呢！

小菡的书法，看到一些了，是从汇款的回条看到她的签名，字法还工整，照理，我看如果稍加督促，她是应该像她的爸爸写得一手好字的。顺祝

健康！

葆字示

七七，五月十日

给三儿文达信

（一九七七年七月十一日）

达儿：

数日前，大概五日、六日吧，次递寄了两封信给你们，其中一封主要是寄子贞最近拍的一张照片。

贞她们的旅行团，华革负责办的“港粤旅第191队团”已订于十六日启程前往穗，于十七日下午班机到北京，在北京逗留五日（在北京住什么地方，现尚未明确，你方或需一询中国旅行社或华侨大厦），大约廿二日离开北京，火车南下，先后到南京、无锡、苏州、杭州、上海，每个地方勾留两日，上海则三日，然后于二号（八月）飞返广州转回香港。因此，贞是先到北京来看你们，然后南来一历江南名胜了。由参加的人安排上，这次团队计廿一人，由子贞担任团长，另一名女的，姓张的，为德爱中学教师，当秘书。本来，如果我健康许可能参加这次旅行，则团长一职是要由我担任的；可是今年天气太热，而我的抵抗能力，较七三年，又多了五年的差别了，所以终于要酌量一下。

贞与你们见面的，会告诉你们我的状况。

匆此并祝健康。

葆

七月十一日

于南丫岛宝华园

给三儿文达信

（一九七八年二月二十日）

达儿：

很久没有收到你们的信了，前几天刚于春节第十日，也就是所谓人日，回到南丫岛宝华园没很久，便接到你二日的来信和一幅子毅的照片，真是非常欣慰，尤其是对于横枪作跃马状的小英雄，他姑妈也很喜欢这张照片所表现的姿势。

是的，也就是较前的三两天，贞也从银行汇给你五拾元，本来想寄给惠莲婶娘的，因不清楚她的地址，究竟应写同仁医院抑或家里，所以只得径寄与转交并致问候云，要告诉你，贞也有点月入的，她于大学功课余闲的时候，还教几个预备考大的补习中学生，因此她总是整天忙个不了的。自然，她自己是在说，愈忙，功夫愈多，越觉愉快，小孩子们收来的“利是”钱，除玩具外，是可以拿来买“炮仗”放吗？在香港来说，自“六八”年以来就不许烧炮仗了，因此“爆竹一声除旧岁”的联语便等于虚贴了，可是南丫岛倒不同，小户人家，村居民舍，和小儿童们〔大店铺不在内〕却依然旧习惯，随着舞醒狮的，锣鼓喧天炮仗自放的，但是尽管这样，过年的几天，南丫岛还是很幽静，很恬净的地方。

从这里一同寄来的几张照片，你可以看到我们在宝华园所住的那所房子的一些情况，几张都是从“水云楼”天台上拍摄的，第一张我们倚栏干站的地方，背着南面，隔着仅有两行铺位的地方的水面，便是榕树湾，图上面翁薇左手指向的地方，另行下去约三百级，再走一百步左右，便是来往香港榕树湾小轮渡码头的所在，从这点可以感觉到在我们来说，交通往来实在相当便利。湾的左手边，连接着湾头的一列市街店铺——参看第二张图片——就是天后庙和村民的健康院。再过去，行完海滩，便是对面村的民居，在山凹或山谷那里，也建有不少房子，建筑也和我们在宝华园所差不多少，都是两层的房子。而那山的后面再走下去，据说也有一个“张保仔洞”，不过我倒没去过。这一屏山和看图的左手边较远一些的像迷迷蒙蒙“山耶云耶远莫知”的山峦，两者之间，显然又是一角海滨了，那事实上是较大的、约莫浅水湾的大小的一个湾，这里人们都称它作“洪圣湾”，大概因为附近有所洪圣庙罢。传说：洪圣爷是天后的哥哥，我在宝华园住的期间，每天总要走约一千六七百步的路到洪圣湾或邻近的地方去一趟，望望湾的海波乱石，想像一下诗人梁药亭“九州南尽浪浮天”的妙句！不，他用的字眼是“水浮天”。从南丫岛高处远眺真有此景色，不需攀到扯旗山上去！

在第一、第二两张照片，我们都站在屋顶天台上同样的位置，背南向北，屋前的一列同样建筑两层楼的房子，它的天台栏干清楚的可以看见，但再低的一列楼房便看不到了，因为他们的几幢房子，没有像宝华园二号一样，是没有屋后的通道，自己筑的，以及后花园的，不过那所谓后花园，是利用公地来辟成的，异时如政府要收回，也只好割弃了。

这第二张照片，杨洁瑗，妹治的老友，所站的位置，和第一张，洁瑗的大孩子彭日斌所站的，同一样，是我们的屋正东南角（而另外一幅，第三张，洁瑗的爱人，彭耀坪，所站的位置，则为屋顶的东北角，那里纵目越过秋草黄时的山坡，远远望见的青嶂高峰，便是隔一衣带水的南丫海峡的港岛太平山了），从照片隐约可望见在小阜上一间白色房子，那是南丫岛“差馆”，警察分署，那里遇到台风时挂起强风或其他讯号，从我们楼上的窗口，可以清晰地看到，不须等听报告。

这样，宝华园二号，我们从凤辉台搬迁来住的房子，它的形势环境，便可略见其概了。搬来以后，住上了一年，主要是我自己住着的，因为云玉要上班，不能住得离市区太远，贞要上学校功课，住近港大较觉便利，倒感觉到“迁地则良”，语有道理。

也大概就是这样，从这寄来的几张照片，你们约略可以领会到我们迁到南丫岛去住的房子的形势和地位，也就是从外表来看的大致情况，以及屋前的小园，和屋后自己辟地来种的后花园，都没有摄在景内。楼下的客厅，以及楼上两个睡房，虽也有它的别致，但比起凤辉台四号来，便觉得小巫见大巫的分别了。不过，昔人说的“虽是陋室，惟吾德馨”，何况我们室虽小而并不能说是“陋”，自宜安之矣。

你说哥哥寄给你的两幅，似是宝华园附近摄的，远景看来想定是大屿山，那不晓得是谁拍的，可能是荣滚，我像是没有看到过，荣滚采景不大高明，平庸而乏味，早些时在赤柱海滩为我摄的几幅便是这样，因此都没有寄来给你。

又寄来的三幅中的第三幅，也就是小山顶上有电话局分站的那一张，是大公报社长费彝民的儿子费大龙替我们拍的，当中站在云湘后面的彭君，而更右手边一些的便是陈灿耀，以前办 *Global Digest* 时的同事，是他拍摄这里的第一、第二两幅。

十二月时在广州开会，贞曾陪我去，因为那个时期，忽发觉血压颇高，快发生意外。

小孩子身体差，多病，有时随着年纪逐渐长大，病也每每逐渐减少而至消失的，如子倬，初时得到他们来信，自然担心，而多次向廖恩德医生求教，问这问那，以作参考，廖医生除提议治法和药物外，还曾提示过说，这类小孩儿的疾病，年长大后会逐渐减轻而消失的。

掉眼泪一现象，说来有时也觉得有趣，可能有时候是由于一种激动，我自己每每容易在看戏时看到一些情节，由于一种激动而淌下泪来，也不一定是悲剧，便是喜剧，泪也会随着笑来的，可以说是感应的不同方式罢，自然方式也是随人的性质而殊的。我尤其容易于听到感慨悲歌的时候而掉几点泪来。

“四人帮”的事，我似乎很早便有一种感觉了，这不可能仅是个夺权的问题。那年，我离开北京在赴沈阳的火车上看到张铁生刊在报章上的一封信，便十分怀疑，这怎样是一件可能的事？不过，问同行的人，他们似乎都不十分留意到。又，仿佛比这更早的，我曾主张过不应以阶级观点来批评贝多芬的艺术作品。而我也并不喜欢样板戏，要冯友兰批判他自己的著作《新理学》，承认他自己的错过，这又是什么理由？有什么好处？而“四人帮”，我以为应称它为“四凶”，它的余毒恐还需要一些时间才能消除净尽罢。

革命的确是一件不容易的事；何况又是“文化大革命”！

《辞海》，收到了，很好。这一类的应用书籍，放在案头书架上，无论如何，无论对于学生、成年人，有时总得到它的用处的。诚然，就子菡她们这一辈年青人来说，日下所常接触到的，是简体字；但正唯如此，可以一部《辞海》是有它的备参考的作用的。中国文字，有它的很长的历史。有些简体字，其实是很古老的，如“□”字，这个写成为“国”字，一样经过很多增减，加个“或”字，表示着疆域土地，加“王”字，表示领土权，加“玉”，取其音，其后到废专制制度建立民国时，又改而加上“民”字为“圆”了，现在写成“□”了，是回复原来的写法，是复古，而不是标新立异。完全改成简体字，我看来，不需要，也未必可能。废弃方块字，改为拼音，这我从前也曾赞成，主张过，但其后思想也改变了，汉字要保存，有它的历史与中国文化两个理由。

是否需要一部新的《辞海》，这又是另一问题，可就简易和用处着眼。

好吧，暂写到这里。

祝大家健康！

葆字示

七八，二，二十日

给三儿文达信

（一九七八年二月二十日）

再者：

来信提到省政协开会事，是的，那是我以政委身份参加的，那时屈指一数，政协不开已十二年了，所以接触到的，也有许多转变和不同的事物和情况。

那次开会，我是由贞陪同我来参加的，自然她没有出席会议，我们出席会议时，她便自己去看她外祖父，或者等到她爸妈从茂名赶来时，便和她们和倬弟一同去逛附近的名胜，在这方面的活动，你可以看出贞的性格、好尚和思想的倾向。她公开表示说的，她不喜欢逛动物园，看猴子和鳄鱼、蛇这类东西，我看，她比较地爱看静物，或物的静的一方面，所以她可以说是比较喜欢接触思想或思想活动这类的问题，类如她总喜欢参加辩论会。她说，她自己是会说话，是能言而善辨的，是善于讲话，雄辩滔滔，而不一定笔下写得很好文章的。在广州那个时期，我们住的宾馆，地方很接近越秀公园和流花公园，尤其是后者，因为流花公园仅在我们宾馆的后面，相隔只一条马路，贞多次到越秀公园去参观过了，只可惜没有进去镇海楼（因为那时楼刚在修理），步上五层楼去领略会味一下“五岭北来峰在地”的形胜。但是，看来，她仍是更喜爱流花公园的，因为园林更近自然，地方更静，林木更深邃，似乎更适宜于爱幽静、涉思想问题像她那样的人。有一次，她竟在那园里消磨了大半日的时间，等到我开完了会回到宾馆去后，还不见她回来。她的性情风格的确有点特殊。

有一天，她忽然地问我道："人是有个生活目的底！爷爷，您的人生目的是怎样的?"

这我要怎样答呢？一时仓猝也没有想出妥善的话来，只说，待我想一想才能答你。她提的也的确不错，是个大问题。想了一下，我只能在一生行事上作答了罢，我说。

这样地说，也就等于我在写我的"自传"了。可不是吗？这看来是我应该做的。

时代思想给予我对人生观有很大的影响，一如它对其他很多人所发生的影响一样。抗战年代，尤其是解放战争后那个时期，你们姊妹弟兄都先后到了祖国的山河大地那里去活动，东西南北分散各处，在这样的情况下，我并不是从"父子离别"、兄弟不能团聚在一起这样的观点来看问题，我的看法是"天下一家，中国一人"，凡是圆顶方趾所能够共处的，就是家，何分汝我内外，分胡越人而视肥瘦，这便太局限、太地区性化了。我这样的思想倾向，是从顾亭林得来的。因此，假如你们几个人，生活和自然环境许可的话，梅枝仍旧在贺兰山下，蔚在鉴江河上，汝在昆明湖畔，各有各的"浴乎沂，风乎舞雩"的闲趣，何尝不是一件使我微"笑逐颜开"的事呢！现在我自己一个人住在南丫岛，浇浇花，种种竹，星期日梅枝们来看看我，谈生活目的，大概还可以说过得去，因贞突然提出问题，却因而多写了这几百字。

葆再字

七八，二，二十

给三儿文达信

（一九七八年六月九日）

达儿：

五月一日收到你四月底寄来的信，用不着说，要写回信也已经过多次展开信笺和提起笔来了。有时从南丫岛到港岛均往来匆匆忙间，又泥于别的事；或者贞贞搞几味精致的小菜要款待一番，于是谈笑风生，或打开电视看看戏，这样又过了些时候了，回信直延到现在。

现在得赶速寄出这封给你们的信了，原因之一，是子贞已计划好于七月十六日参加华革会一个观光旅行团，趁机会到北京来看你们一次了。这个旅行团成员绝大部分为教育学生界，酌定的日期为七月十六日从香港出发往穗，至八月四号返抵港岛，前后历时二十天。参观的范围包括了首都和华东一带以至上海、杭州、苏州、无锡、南京等地，然后如行程先到北京，则当于参观过东南后，搭飞机从上海或杭州飞返广州，一般行程，大概如此。确定情形，要稍迟一些，才另写信告诉你们，如在北京勾留大约四天，但住在何处，要稍后或临时始能决定。

与贞同来的有一位是她的旧同学，玛利诺的旧同学，姓关的，因此可以说是有伴，旅途不寂寞了。我也可能同来的，但健康是否容许，恐怕仍是个主要因素，无论如何这也待稍后写信再告诉你罢。

你是何时听到说我是政协委员的？“文革”前，我们到穗开会较频，而且那时身体似乎也较好；六五年以后身体也较差。事实上，到去年年底开的那次会，休息期间在我来说，已超过十二年了。

不错，寄给子毅的一点钱，是为他的生日的。但我仍要明确知道，以便登记起来他出生时的钟点。仿佛在北京时你们曾经告诉过我，但历时尔久，记也记得不十分清楚了，当时也许曾记在日记的一页上，但多年后寻觅已不易，来信幸一述。

子毅身体比以前较好一些。听来稍觉安慰，小孩子身体，年纪小时多病，但长大后逐渐疾病减轻减少，亦是有的，如我少时，依据自己记忆所得，大盖幼年时总是体弱多病，当然依靠长时间的抚养调护，终也走过难关，至入学读书时便能步趋从众了。就一般人所相信的，长大后身体渐次转弱为强，是自然之道，想应如是。我曾将你的信交给云湘一看，她看过后，也没有什么说的，可能她认为倘有意见，会直接通信与你。盘尼西林一药，用要十分紧慎，牙医给我用过一次，几乎弄出毛病来，那是多年前的事了。卢医生曾告诉我说，此一药很多人是受不起的，大盖三万人当中有一个人受不起此药的，用是一定要医者诊检过。

治病，一般地说，用中药较稳当，这话是有道理的。

得问一句：子菡们似乎还没有一乘脚踏车；大概毅长大后也要会乘坐脚踏车了罢。可不知要买一辆，或分期付款购买一架需要多少钱呢？可告诉我吗？惠连身体不好，是否功作过劳、操心太过呢？到了一种年龄，人就要更加谨慎了。

似乎还有好多话要说的，但姑且等待下一次的信罢。

祝大家健康！

葆字示

六月九日，七八年

给三儿文达信

（一九七八年七月六日）

达儿：

昨天刚寄出了一封信与你，今日又在写这数行短札，理由是昨天的一封忘记了夹上贞的一幅照片；照片不是最近摄的，而是在去年冬季的时候，她的同学为她在港大运动场上拍的，她穿的还是玛利诺的旧校服呢。惠莲还没有见过她的侄女，子菡们还没有见过她家姐，这张相片便可以作为来一个预先介绍了。

港大运动场在西区薄扶林道，从香港仔那边的山道上，现在渐渐地建成许多高楼大厦，来往车辆日形挤迫，已不是以前的林木苍郁、清阴可爱的境界了。这里尚如此，遑论海傍一带的尘嚣，挖地工程连年累月不稍休止，那种令人讨厌的一切！更何能谈自然景色！来信提到一位同事看过了越秀公园的感想，是的，越粤有共同优点，我们常有与西子湖比美的想像，“海国红楼”也觉得风景似江南呢，可不是吗？不过，越秀公园还似比不上“流花桥公园”的幽静更可爱。去年冬天，我与贞到广州，住的就在这公园的邻边，仅隔一条广阔的马路，之后发现后，贞有一次就当我们开会时，她独自个儿到那儿去游逛，闲坐了大半天，等到我们开完会后吃中饭的当儿，才回到宾馆来。贞爱好大自然风景，倒可以说是“饶有祖风”咧。

这里附件寄这一帧照片时，便添上面的一笔。

贞贞她们离开广州时，可能会先打电报给你们，她们的团的名称是“港澳旅第 191 队”，依这名号也可以容易向中旅社和华侨大厦或其他旅社查询的。这点前信忆曾提到过。

祝健康！

葆字示

七八年七月六日

给三儿文达信

（一九七九年二月十日）

达儿：

收到你廿九日的信，开始的一大段，还从他们寄给你的日历牌，看到三十多年来香港改变的形态，那是相当巨大的，自不用说。不过从新的发展，想到再过二十年后，想到经济特区的成就，想到其他所带来的许多问题，便有些使你不能够安枕无忧了。自然，还有十余年的时间，我们可以从长计拟的。我们还没有忽略西班牙人对直布罗陀半岛的看法。

我没有看到那册日历，所以对于图中所示，不敢妄下评语。

子毅年岁增长了，逐渐要让他自己去上学也是应该的。不过时时要警惕他，否则不小心，便会危险。这里，每逢健仔从太古城回沙田去，我还要告诉他要小心谨慎，一眼三关！

说子菡放假时也“回到家里来住，平日每人独霸一方”，现在“两霸相遇，少不了吵吵斗斗”，这倒使我想起赫鲁晓夫当日叙述北京与莫斯科间的咀语喋喋不休状态相似，能和平共处自然是好的，人们还不时时想像到“五项原则”在雅加达宣说时的情况与远见呢！

子毅的日记一则、信一面、成绩表都看过了。云玉还说，贞特别看重子毅，也许气味相投。

住在距太湖阁不远的那位你的同事的太太，到现在还没有去拜过她，真是有失仪之至的所在。其实我们这里，每天差不多都是“门虽设而常关”的，你家姐每天七时便要赶船上环去，贞在宝山道上面宿舍，健则在沙田中大，我则每周大半时间在南岛，于是约友人来或往友人处谈叙，都不是容易的事。记得往日还在校里念书的时期，每逢放年假或清明、复活节期间，常于清早搭八点的船到澳门，转搭码头的单车尾，约于午后一时许左右便抵达平岚的家里，故要简单的藤笈行李，还赶得及喫“晏昼”的一餐，看看园里的玉箴花。而现在从南岛宝华园，连准备，锁好窗户，回到太古城来也差不多要同样的钟点了。因此，可想见约人与往访的确非咄嗟可办。不过尽管这样，我仍是爱太古城与南丫岛这两个地方。

你记得我仿佛同你说过，我们这里华革会的一位蔡渭衡吗？他现在是华革会的副主席，其余的一位副主席便是黄祖芬，以前中华中学的校长，蔡渭衡现在当法国兴业银行——是银行也是贸易公司——的顾问，我想也是华经理的现在名称，驻京办事；春节时他来港渡假，回京时电话问你的住址及办事处，要去看你，我告诉了他，仓卒时不能备介绍信，而他的驻京办事处及居住地方则如下：办事处为和平门鸭店大楼四楼406室，电话为：330364，又：330987号，而他的住处则在北京饭店5033号房间。有电话可通。他又告诉我说，办事的另一地方很近宣武门区，那说不定是法文出版社，我有旧朋友，孙源，从前与我一起在港提倡新文字，他现在法文出版社任翻译，那可能蔡常见到他，他也问到我来，这样蔡、孙二人常会见面。我在电话弄不清楚的一点就是宣武门西大街16号208单元是兴业银行的写字间，抑或是法文出版社，也就是孙源的办事处。无论那一机构，也许在宣武区范围内，总与你们管理处相近了。这样，烦你问一问蔡渭衡，打电话给北京饭店或兴业艮行，如何？

蔡说他银行办事的地方在和平门鸭店四楼406室，那里是不是著名的烤鸭馆子厚德福所在地呢？如果不错，那我去过了，是那年内政部付部长陈其瑗请我吃过烤鸭的地方，快三十年了。

蔡为人精警能干，长于讲话，演说不用稿，为少有的干材，我亦每愧不如。曾写过一本小册子，论商业经济常识，也是心得之学。法国商业〔机〕构能重用他，亦是有眼力了。如认识了，不妨与他长谈。顺祝
健康！

君葆手示

79年贰月十日晚

又：近年来，因为年事渐老体力较差，出外活动亦不得不减少。如上次到厦门、泉州旅游，由云玉、子贞、子健陪着，实也觉较为放心，而同时也想借此一检查自己的魄力究竟还保持什么程度，抵南普陀寺时曾拟攀登寺后山上，然未臻绝顶也，得任功亏一篑适可而止，非为已甚也。之后，游泉州开元寺，正达半山，亦谅力而进。最后登鼓浪屿，登解放亭望南海，至极巅，同行者均称赞，然度高处亦三四百级而已，未可喜也。行动如此，实已与当年健步如飞不可同日语了。

并及。

给三儿文达信

（一九七九年六月二十九日）

达儿：

给你的回信现在要动笔写了，可不是吗？两封年头寄来的信一月三日和一月十九日的两封，来往太古城与南丫岛间的时候，每次都一定要放在文件袋里面，携带在身边，说是要等到那边去时，抽个空儿写数行短札的回信，才干别的事；但不知怎的，每次到达了所谓“那边”，便又泥于别的应付，把事暂且落下，稍为等待余闲，于是来往穿梭式似的，一个一个“待到那边”去串连起来，不知不觉快半年的时间要过去了，墨池的水干了又注，注了复干，也不知多少回，而信还没有写。也许人生的过程，就是这样？抑又何解于花开花落于春秋！

有一次，是早在年初的时候罢，正想动笔作书，而你又说过新址搬定了，但虽然确定下来，毕竟还没有通知各人，也没有接到过别人来信，通讯方便的可靠性为何，也还难说。这时候，我们刚由邮汇寄了一点款子给小孩子们，于是要动笔而又暂搁下来，稍有所待，然而过了不久，银行的回条取来了，看到了印鉴，“可靠性”是没问题了，可是写回信又一次一次地牵于别的琐事。

自春而涉夏整半年了。

记得那年，我们到北京来观光，我们一行人，有你妈妈，有云玉，有黄雨亭，还有好几个港大同学，当中有个姓梁的，梁尚滢，女的，我们住在西部宾馆，大概你也见过她，梁尚滢后来到美国去，转入 Berkeley 大学，在那里当助教，她研究地质学，曾参加过月球岩石剖析的研究工作；目前她在纽约州大学任教，去年我们国庆节前后，她利用每年假期的一年时间，回到中国来工作约一年左右，在地质学院地质矿床研究所工作，参加研究与分析，到这个月才工作完毕仍回美国去。我本想介绍她来看你，但一则因为你搬居未久，一切布置又未十分确，而且北京城又的确大，大家工作想也会忙过不了，遂没有写信介绍。子贞到北京来看你们时，尚旦费许多时间才找到宣武区；何况当梁来京时正当你们搬家的时候，不过我应该着梁来看看你们的；她的性格是不怕麻烦辛苦的。在北京时，她也几次到陶然亭那边去逛过，如此到朝阳门外去一走，可能想像是不会成关的，她还到印度、尼泊尔去过呢。

小孩子不喜欢人批评，这一方面来说自是个弱点，但可以说原本于自尊心，善于指导它是会趋于向上的，若果不加以正确指引，让它发展为妄自尊大，那就不好了。而人自可以从实际经验、行事取得教训的，善导之就是。打斗，出诸小孩们，也是很自然的。成人们总会觉得有些淘气，要看事情环境，要有适当的方法来处理，像子贞，她到现在仍每有自言自语的习惯，我每问她："贞，你这在讲什么？跟谁说话？"她说："不，我这是在自言自语，是 soliloquy！"她并解释道："我这是在幼小时便如此的了。因为我没有兄姊，从小时便和自己一个人玩，所以便养成了独语的习惯。"从这可以看出幼稚园教育的重要性。贞是喜欢观察和批评自己的，她不像子健的富于科学头脑。她喜欢音乐、文学、艺术，倾向于搞思想问题，爱谈意识形态这类学问题。她现在读比较文学，感觉到欧洲大陆文学比较英国文学又较高一筹。

喜欢论辩，我说她要多些、更广泛些研究中外历史；不过这是需要时日的，不可一蹴而就。

对于治学问，我是主张让子贞自己去作抉择，不强加指引。

看来子菡大盖倾向于文艺、音乐这方面发展的罢。至于毅（你说他能吃，不过我想这方面也需要医术上检查一下，看他合理的食量怎样，不要让过量的吃食养成他日的一种习惯，要检查出他真正需要的食量，这点我认为颇重要），好勇斗狠难道会是天性？长大后看他思想倾向如何，也许多读些各国民族斗争史这类的材料如何？社会发展就是一场长期的斗争，司马迁写《史记》，是一部斗争的实录；字里行间还有自己的斗争在内，阶级斗争！

小孩子们每每说“三岁定八十”。因此，如果发现有一种倾向，文艺方面的、音乐方面的，如音乐、绘画（如丰子恺）、歌唱、书法（是毛笔的书法！）这样的才干，不妨鼓励向该方面发展。艺术的观点，我们祖国丰富极了，触目皆是，写字要鼓励用毛笔。这有很人作用。不可忽视；从事艺术方面发展，不一定为借以养活，也应作业余的活看。艺术家多长寿的，这可以说是愉情悦性，一种修身养生之道，可从小时养成。

自去年年底以来，便觉得为中越边疆的问题担忧不少。边界用兵以后，越南的好大喜功者虽然受到惩罚，但狂妄的思想，是否已接受了教训，仍是问题。这问题本身有很多因素成份：有民族性本身的质素，如诸葛亮所遇到而感到棘手于对付的孟获，恐仍有他的苗裔，纵使有兄弟手足的友谊，而受到居心叵测的强暴者的挑拨离间与威迫利诱，因而欲逞螳臂的力量，以称霸一方，为东南大长，这种企图亦就不可以想象的。另有一点：印度支那殖民统治时候，南北越、老挝、高棉都在一个政权底下，胡志明领导革命战争成功而后，想恢复旧日山河一统局面，那大概是说得过去的，但二次大战以后民族求解放，政治向往于“独立自治”，难道不要计及，更何况于越南寮与高棉相互间的种族的历史关系。这一层，我们不能说它不是持之有故而亦言之成理；但是如果河内的领导阶层，以为取得副好身手，便可以偷得卡斯特罗的教提，不惜为虎作伥，替克里姆林宫的新沙皇张目，那就不是真正社会主义思想者所要看到的了，有一个时期，曾为此而担忧，不过现在看来，国际方面形势似向好发转了。

历史发展，现在仍是在民族主义思想阶段，恐历一个很长的时期，仍停滞着不肯向国际主义阶段迈进。今年年初，香港中国回教协会成立三十周年纪念，会长白洁之要我为他们的特刊写题词，我写了两首诗给他，是这样：

贾客传灯迹未湮，伏波横海始椎轮。援夷入墨非关变，用夏容回讵乱真！思想独归民族义，斗争时与战功浑。抱残十诫辞埃及，曾是今人愈昔人？

汗简韦编并作尘，能源未解靖妖氛。且看塔影摇光处，犹记舟人望海门。

回教传布到中国，从海路来的，是与贾客商人同至的，也如别的传教士一样。广州有光塔，去佛教的“西来初地”不远，那都是江岸近海处，可见佛教徒与回教徒均取海道来的便利。“讵”我原写作“岂”，“战功”，回教教主，一手持刀，一手持可兰经。我写此诗时，柯米尼刚在发动伊斯兰革命战斗推翻伊朗国王。在我看，这战争还有很民族主义思想成分存在，与这 Islamic Revolution 同时，埃及与以色列间的战争，则在通过大卫营的樽俎努力，谋取签订和平条约，埃及本为回教国家盟主，而《出埃及记》，写的都是“摩西双手捧十诫”的以色列人逃离埃及的故事，这里边显有很矛盾与复杂因素，而贝坚 Begin 又岂是今代的摩西！

写到此，为时已不早，暂且搁笔，话也真是说不完的呵！

子菡、子毅的外祖父、外祖母们想好，幸为问候，顺祝健康！

葆手示

七九年六月二十九日

给三儿文达信

（一九七九年七月二十三日）

达儿：

大约是上月廿九号左右，我写了一封信与你。那想应该收到了，看过了。

现在这儿又给你们写又一封信，不到一个月的第二封，这是因为陈子贞又打算来北京一次，看看你们，看看她的叔叔，同时自然看看大好河山的风景。机缘是这样：今年这里有个旅行的组织，要为港澳青少年安排一次类似夏令营生活的旅行活动，到国都附近来一次，计划是由八月二日起至八月十六日止，一连十五日，活动地点范围为北京，约四天，旅大和北戴河几个地方。这当中有几个地方，从前多半被视为避暑的好去处，很少被列入为普通一般的旅游胜地的，因此这样的新安排，可以说是多少具有别开生面的意义，从而使人觉得十分值得参加的，尤其是旅大两地，风景而外，还有历史意义。

像秦皇岛，我出关、入关，曾经过好几次，但总没有一次机会，能真正领略到“大雨落幽燕，白浪滔天，秦皇岛外打鱼船，一片汪洋都不见，知向谁边”的真正诗味，风物只从想像中得之，勉强去捉摸领会，更何况于“萧瑟秋风，今又是，换了人间”这样词句的体会呢！所以我和云玉都特别赞成贞要去参加，不要错过机会。在北京的四天，据安排的节目，大多数为贞前次来京时所经历过的，这样，大盖贞可以利用方便的时间来多和你们一谈了。

至于这次旅行，如果子贞决定参加，又计划如果没有什么变化，那么在京将在什么地方，到时才会通知的。

提起旅大，那你是去过的，记得你还有过一封信述旅程经过。我们家只是你的祖父在日俄战争时去参观过什么“观战”活动，这当然是不可多得的经验，而那时他居留日本，为横滨商会的重要人物，所以可能是得到特殊便利的，不过“观战”的地方，是据说是距离炮火颇远的，而且又是过去七八十年的事了。

匆匆写数行通知，余情发展如何稍后告诉你们。并祝健康！

君葆手示

七九，七月廿三日

又：文蔚家里装了电话，前些时还直接拨电话到我们这儿来与大家一交谈呢，葆又及。

给三儿文达信

（一九七九年八月四日）

文达我儿：

上月廿四日左右寄给你们的信，想应收到了，那是要告知子贞要来京的一封信。

贞是前天，二号，清早六点离开这里北上的，启程过海时还仅挂一号风球，有细雨，她自己还说："贵人出门招风雨"，但雨还未遽至的；她姑妈笑她牙擦擦，然而当她火车还未从深圳开出前，约中午的时分，风球便转悬三号，被号为"河伯"的台风竟以百浬以上的时速从吐露港、大埔一带冲进新界和港岛地区了，这时她们想尚在深圳待火车启程，而风球竟由八号、九号迅速间转为十号了。我们，由云玉、云湘送她车回来港岛后，便免不掉有点挂虑了。无论如何，她们的火车可能是在大风雨中开出的。

而我们在港九新界方面呢，则是大家在紧紧关好门窗，屏息以候带 65 浬至 120 浬时速（就过尖沙嘴的一时曾达 128 浬，台风似在半岛以至荃湾、元塱横扫而入珠江口西向）的飓风无情地刮过。风来得快，走得快，仅从下午一时至傍晚七时，以七小时还不到的时间便已刮过港九新界，越过珠江口，从澳门略北，据说吹向台山、广西方面。不过风过后损失，还要三四日始能清理得好，估计得出。电灯停，电话不通，交通瘫痪，尚是余事，幸而伤人尚不太多，死十一人，伤二百多，九十余人尚在医院家园农畜一时尚未可计算。

今天是风过后第三日了，我因七月三十一日已离开南丫岛，现在接受云玉劝告，仍留在太湖阁。

今晨一想，她们“港澳青少年旅行团夏令营活动”的一群人，依照她们的旅程所订定——贞是第二组的组长，想工作是较忙一些——今日八月四号，活动的程序，应该是夜车从京抵达北戴河以后，已开始由秦皇岛登山游观山海关，履长城，礼孟姜女庙胜迹等活动了。记得你已出入榆关多次，我也经过了两次，因此便有了不少回忆的感想，今晨写了几首诗，其中一首是：

风雨西南尚极边，榆关东望记当年。重来讵少登临意，不与前人竞后先。

记得越战发展到一个时期，谈到老挝的使命，你还说过一句话，我当时颇不解，现在思之，信然，世事也真难预料。

贞她们大盖要逛过旅大后，才重到首都来逗留几天的，这样你见到面时，不妨把这首诗给她一看，也许还可说得“清新”呢。至于留京时住在哪里，大概她是会以一封简短的信告诉你们的。

专此顺祝

佳胜！健康！

葆手示

七九，八，四日

给三儿文达信

(一九七九年八月二十四日)

达儿:

子贞回到港寓来已多天了,她在秦皇岛与旅大两地所得的印象,想已在见面时互相谈到过了。你们新迁的地方,远胜城内旧居,这点也告诉过我们了。不过,可能如果我再到首都来一次,要去找你,从北郊转往朝阳门外,怕比不上她的灵活呢,虽然同是靠轮动。

她说:这次到京没有看到天坛祈年殿,是美中不足。

听说,子毅记性特别好。这仿佛你也曾说过。

这里,我得告诉你一事;是你的旧同学刘永章,也许是与你同进京去读书的同学。有一天,他打电话到华革会去找我,也就是问讯如何找得到我的意思。因为我没有见过他面,他也没有见过我,所以华革只问明他的电话,才通知我与他通话。通话后,才知,据他说,他和你,由叶启芳先生的介绍当年一同晋京考进育英中学,你到朝鲜去后他则考进哈尔滨师范,大概是在哈尔滨吧,这样你们便分别多年,也没有通信。现在,他是接到叶太太汤慕兰的委托——叶启芳已逝世多年,现在叶太太和她的儿子孟德已由三水迁回到广州去住,地址为广州中山五路檀香街良家巷二号——托她们迁居的信息告诉我,并致候问,所以找我通知消息。我们已通电话,但仍未见过面。刘现在香港工作了,住在新界方面,工作则在九龙新蒲江东方国货公司,任职是什么部主任，我忘记了，找他就是由电话的。刘说：他也想知道你的通讯住址；我就因为你们迁居未见，而且朝阳区又远在东郊，究竟要他去信应写城内办事的地方呢，抑或写朝阳新居的所在处呢，哪个方便，这我想由你去信给他时字里行间决定吧。信不妨寄来我这里为贴五个邮票为转去的。其实也想自己见刘一次；他说要到南丫岛去找我呢；不过总要有假期才容易云。

你是不是也要写封信给孟德呢？也加上一点，替我问候叶太太就是。

叶太，也就叶老太太，至于孟德的爱人，则已回到美国去了，据所知。

香港来了一次飓风，就是那次子贞们坐车，车开出深圳后便在中途停着避风的一个叫“荷贝”（Hope）的风姐。又几场雨，现在已可以领略到秋意的来临。

祝你们身体健康，精神愉快！

葆手示

七九，八月廿四日

给三儿文达信

（一九七九年十二月十三日）

达儿：

这封信主要是告诉，我们要到广州去开会，广东政协，会期是十五到月底大约廿七号，因此我准备明日便要广州去，到流花宾馆大会报到处去报到，至于到穗后是否住在流花宾馆，仍未决定，待到穗后再函告知就是。

这封信并附上一张照片，是与刘永华兄在我们南丫岛宝华园二号窗前（向南部那一面）摄的，那大约是中秋节左右，他和他的爱人和几个女来看我。那天云湘也刚在，因此他们认识了。

照片还有几张，改日连同一封早已要写完的一封信一同寄来给你。

近年晚，可能也南下一行吗？子毅好吗？

你哥哥处已有家里电话，是他们总局支线：255 号，曾打过电话给你们吗？他们有过电话到我们这里了。

就此并候

近佳。

葆字

七九，十二，十三日

给三儿文达信

（一九八〇年二月四日）

文达：

这信笺是子贞写信给青年朋友们用的，但是也不管，现在我也少留意到某种笺用来是否适当这些小问题了。贞到北京去过几次，有一次回来，买来了很多十竹笺、徽墨、毛笔这类东西，也不知她何时始拿出来一用。她现在正醉心于哲学与思想的问题，颇喜欢品评人物，明是非、别善恶等等，如昨天我们忽提起伊朗宗教领袖柯米尼，她家姐愤然地说：这个东西要拿他去枪毙！贞立刻回答道：我不同意这看法，柯，并不能说是一个坏人。正要问她，却有电话！

是的，你来信问旧同学刘永璋，名字是否笔画写错了。事情是这样：有一天刘给我来电话，说孟德的母亲有问候语托为转达，因此想来看我一次。在电话上，他告诉了我你们的同学关系，以及他的名字为文章的“章”字，于是我把字写得比较小的，在我的小日记簿里，磨擦多了，又是铅笔细字，比蝇头更小，日久自己追看，也就把“章”字看成“华”字起来了，至于他何以不用以前的“璋”字呢，大概因为节省笔画的需要，商业用途易想易记，更何况现在盛行简体字，多少也受到影响罢。梅枝在京时没有见过他，她说“很面善”，是因为在我们“相本子”里看到过一张你们在京摄的照所得的深刻印象，因而记忆起。永璋为摄的照片，寄了给你的几张，连同寄去给茂名的为看过转寄的，想都收到。

我在穗时，还去过竹丝冈一次，在那里过冬至，是与幹同去的，他来接我。

这里得告诉你：本月二号，从交通银行分行（分行就在我们这里楼下，走几步去寄款，便是下雨也不需带伞的，十分方便）寄了五拾元给你，分别给予子菡与毅两人作春节利是钱的就是。又信寄到太古城太湖阁八楼 H 座，似较快，较无雨湿。

毅的健康需要小心谨慎调护，但不宜操之过急，慢慢地体察出病的结症所在以及用药的缓急尺度、反应情况为宜，可能我自己小小年纪时也有过相类似的经历过程，弄得我祖父也担心不置。

需要什么药物，要从外取的，告诉梅枝为购，如何？顺祝好！

葆

八〇，二月四日

给三儿文达信

（一九八〇年二月二十五日）

文达：

我到了广州来了，因为要参加开会，现在住在流花宾馆六楼六零三号房间，大盖要到三月五日才开完会，会闭幕后便归返香港，过那南丫岛寓所的生活。

到穗后，子毅来看我，因知文蔚于前几天到北京去出差，想已见到他。他刚从日本回来未久，又要晋京去一次，风尘仆仆，听说油厂新建的工作已开始了，因此更显得紧张一些。四个现代化要早日见效，需要大家通力合作。

稍早一些时间，我曾汇了壹百元与你，为我奉给子菡的外出作举杯邀明月的小助的，想已收到为转达微意。记得那年我到首都，曾奉赠过一瓶酒给他，现在我大盖少有机缘再履燕堂旧址了，否则再从南中携带一樽九江双蒸想也不成问题。尹家老太爷健康想佳，为此各致候。

子菡的成就，要放眼以观“尝试成功自古无”，似乎是陆放翁的诗句，我们遇事似要放开怀抱一些，不宜心急于一两次的成败或挫折。还有呢，人各有长短，允武允文，未必一定集于一身，适于此而异于彼，亦寻常事，勿介介于怀。年青人，待时加以鼓励帮助就是。

子毅身体近来想会有进步；随着年龄，定会好些。

常到天津去，这个北方大港，近来人口密度，恐更快速增加，不审与我们五一年过那里时程度如何？事隔三十年，变化更大了。

北京闻近来水的供量不足。其实一个六七百万人口的都市，只两个密云水库的供应是不够的。

蔚到京当与谈过日本的建设情况。

祝健康！

君葆手示

弍月廿五

给三儿文达信

（一九八〇年三月二十七日）

文达我儿：

本月中，大概十三四号左右，有过一封信给你，表达了我想申请你们到香港来住的愿望，这信大盖已经收到并看过，这个期间当中，我也写过一封信与这里的新华社社长王匡先生，请他为向当局说明理由和我的生活情况，以及年事已老所引起的种种问题。

自然，关于这事，我只是提出了我个人的愿望，在给你的信，我想说，事情还是你们考虑一下，酌量问题从长计议一过，才可决定的。记得你妈妈在世时常说到过一句话，就是：你们已是国家的儿女了，“中华儿女”，因此一切都应该从整体大的方面，国家民族方面着想，而不应该于着眼在一个小圈子里，而沾沾自喜为满足。譬如说：“人生不相见，动如参与商”，自有它当中感到不足的地方，但“海内存知己，天涯若比邻”这句话显然具有深意、真理，而不是聊以自娱自解，消一时之块垒于胸臆中的。或不然，应用省亲、探亲的方法，亦未尝不可以两全其美的需要。再说，尧时，有九年之水患，夏禹受命治水，三过自己的家门而不入，历史称道他，因就徒以为美谈也。不过，人有个时候总作这想法。

假如申请而不获许可，那么，到来探亲住一个短期间两三个月又如何呢？你离开香港也很多年了。我打算在此久居的地方，大概你也想一看。

记得有一件往事，当时不知曾否对你讲过。那是中日战争爆发了，日本鬼子的铁蹄蹂躏了半个中国，香港也落入敌寇手里，于是你哥哥也得随着大众逃到内地去避祸，那时我写给他的一首诗，中有句云："近识生儿悔教迟"，我当时的意思是说，如果蔚年纪较大，那应该可以执干戈为国家效力了，然而他还仅为一个在求学的少年。二次大战结束了，又到了解放战争也告一段落，于是和平曙光中，你也到北京去呼吸新的空气了，然而谁也没有预想到，新的战争会这样快地爆发，你参加了出国作战，我们是事前全不知到的。

韩战结束后，你妈妈曾多次说，希望你能进大专，学好一门学问，为国家，为人民服务，这是过去事了。

"文化大革命"的评估，据叶剑英论道，这要待日后历史家去做，不过"文革"时期"四凶"所作所为，罪恶已无可道，其对国家、对革命所造成的重大损失，也正如日前胡耀邦所说的，这也暂不去说它了。

前些时候，我们在座谈会上讨论过叶剑英和邓小平的报告，大家讨论到官僚主义与领导干部制度应如何革新等问题，这是一个重要的新发展，关系匪浅，希望做得好，则转机容易。去年，一位港大旧同学而现在美国纽约州大学任教的矿物学专家（我的旧学生，姓梁的），她利用长假的便利，回北京来为我们在矿物研究所服务，期满后过香港，就对我说过关于领导干部制度的话，那时，我们还没有真正切实讨论过如何实现四个现代化，如何纠正错误这些问题咧。不过大家也明白问题存在。

我们总希望制度革新，改正能够早日实现。

在外间的人，总是面向祖国的，不特是思想文化的中心在那里，首都又意识形态之所丛集，众心所系。因此“冠盖满京华”一语，实非仅就达官贵人的生活方式着眼，而那时的社会制度所限，思想总不免作那种倾向的。但就文物言，你亦不能离开这一切；也正像草饮食篇，你就不能撇开北京填鸭一样，首都思想文化中心之所在，所以前人的著作有《两京赋》《两都赋》，有《三都赋》。

你在北京住了已有相当长的时间了，这是很不容易的，多少场合，你总会感觉到没有像杜甫赋“每依北斗望京华”那样的诗句的必要。不过我常想一问，但每临执笔时又复忘记了，那就是要知道，你们现在居住的地方，是不是到本人退休后仍可以住，并且让后人仍照样继续住，抑或本人退休后，便须把屋交回与政府或机构，一如在香港那些住政府屋的那样。你知：这一点是值得考虑的，为眼前计，与以后一代打算计。听说，我们为实现四个现代化，在深圳、珠海等地，设几特区，并引进外人投资，将来大概欢迎侨胞在特区，建置房产，这在发展工业计划上看是极足注意的，因特区与港澳，将打成一片了。建设特区，与引进科技，引进外资，我也有我的看法、见解，但那是另一问题。

但在北京住久了的人，每每会乘着季节的变化，如春天的来临，一下子绿叶青枝，而感到怀念的，梅枝就这样。

港穗间现在计划着开发电厂，以应两地将来的增广需要。假如你的申请得上头许可的话，或得可加酌量的时，提出支援建设调往的要求，以达成双重目的底有利作用，这是否可行呢？记得璧魂南来帮忙，在广州计画设人民或陆军医院时，曾拟提议本人南调以支援计划。但其后怎样，我不知其详，只听她曾说过。这样说，如能获得南调工作的许可，则一举两得，特区与港澳间，直一苇可航，旦夕相望而至，你以为如何。

自然，还有小孩子们受教育的问题，不可忽视。

说了一大堆话，问我自己，归根到底，倾向，思想，仍是“北望觚稜心欲寄”那句话所欲说的，当然咯，“九州南尽水浮天”，这一带地域，终久还是属于我们的，且不必说租约满期后的“新界”与南丫岛了。

暂且写到这里。顺祝

健康！

葆手示

三月廿七日，八零年

给三儿文达信

（一九八一年八月七日）

文达：

收到你的信。第二天，也就昨日，健仔背了背囊，晨早天还未大亮，就过海赶搭第一班车去广州。听说到穗后仅留宿一晚，大概今晨已到茂名去了，别了几年的茂名！

子贞呢，她即于廿九日，晚上十时许飞往英国去了；九时二十分左右，她从飞机场打电话回来太古城，我们才知道，因此没有去送机，而她是学校宿舍直到机场去，所以要免我们一切不必要的麻烦，她用的是优待的免费飞机票，大概是特别给研究生的。她离开香港那一天，正是英太子查理斯王子与戴安娜公主结婚那一天，伦敦自然是车水马龙，“冠盖满京华”的一种情况了，不过她到了伦敦也是住在教育机构的招待所里，也许不会受到什么影响的。但无论如何，我们总是等到她于三十一号拍来的电报收到信才觉安心呢。那电报也十分简单，仅“安抵，住定了”几个字。贞就是这样，一切爱特立独行。

贞要在英国勾留三个星期。据她计画，除费多少时间，参观伦大与伦敦博物馆和其他大学外，可能还要到苏格兰一走，并要到巴黎去一看，以及法国其他地方。也是学习为主。

你的信，提到贞、健她们的暑期活动，如上面所报告，健可能会来北京的，但也说不定。

信提到宋庆龄主席病逝北京时的报章纪载，并看我的一首挽诗。那个时期，不知怎的，身体总觉得不太好，大概当初夏来临时，对于天气感受应付，常觉有点困难，像台风在香港东南七百至八百浬左右结集向西北移动时，便感到不舒服，以前说是风湿骨痛，但自六十年代以来，身体似有所改变，渐觉风湿的毛病消失，不过天气影响，仍是有的。也像前几年，也是当初夏的时候，游七星岩、从化，都在感冒不舒服当中度过。是的，正当那时候，听到宋庆龄病重的消息，心里觉得不愉快，之后《大公报》记者钟明来访问，告诉了她关于宋在香港时主办“保卫中国同盟”等活动的事迹，这些事迹，能述其详的，想也无几人了。因为怕天气对自己的影响，所以如可以避免，我便少冒风雨暑炎出门。宋庆龄病逝的消息传来，我于痛悼中写了那首诗，《文汇报》记者电话来问，我即在电话上告诉他，诗句中有几个字，与第二日《人民日报》专访所录的不同，想是那人在电话上错听了的缘故。诗中第六句是指那年宋请吃饭，介绍与孙科认识的一事，请的除我而外，还有陈翰笙，诗句说“黄卷秋怀楫鲤庭”，宋与孙哲生为母子关系，这一层《大公报》记者在文中提到，但南京的一家报纸转录，似乎略去了这一笔。宋当时住在加林边道，我因未到过其处，故得携柬入席，以趋鲤庭（鲤庭、鸿泪、鸥盟、駃舌四种动物，一起排列在诗联中的第六字地位，还是子贞眼明，问我是不是有意地这样做？其实是无意的，倘不是她指出，我还没有察觉呢。贞习比较文学，这也可以看到她特长处，观察力强。我近来每感手颤动不稳，作书常患笔划走样!）。就是因为天气对自己的关系，所以出门要谨慎，自己知自己的事！三号的哀悼会仪式举行是在新华社的礼堂，新华社的新址，现在大道东与黄泥涌道交界处，也即与回教坟场前后相对。举行仪式时，可看到人数的多了，各社团，各机构，各单位，默许排队进去，要经过天主教坟场、红毛坟场，以至养和院门口，是我是应该领华革会队的，因此要依次而行了。而那天早上刚刚下雨，我不敢冒“冇瓦遮头”的危险，因此那天便没有去参加追悼仪式了，是这样！

培英的救国捐款运动，是否与“保卫中国同盟”有关，我不敢确定，但旨在抗敌救国声气相通，亦是意中事。分头并举，各行其是，如一碗饭运动，扩延到孔圣堂，则学校方面，更无此界彼疆了。记得当时黄炎培到港，我还介绍过他与周寿臣老翁互谈捐款事呢。

写《宋家三姊妹》一书的作者韩美利 Emily Hahn，我也与她谈过，但不甚喜欢那本书。

京中有二人，俱旧交，你如机会与方便的话，不妨去拜访一下，并为致候问。一为陈耀真，是眼科的医学博士，毕业于美国 John Hopkins 大学，抗战时在华西。他是我在皇仁书院的同学，他的太太，毛文书，四川人，也是个医生。前些时陈耀真，英文名写作 Eugene，所以有人误以为“友仁”二字，其实不是，他被邀到美国去讲学，路经香港，特约我到“利园酒店”午餐一谈叙，谈次告诉我她们现转在京工作，已离开华南医学院了，在京的通讯处及住宅是：“北京辰光街 10 号红霞公寓 105 号”；或“北京中共中央办公厅转中央保卫局毛文书医生转”。当时我告诉他们，有儿子在北京，可能着他来候问；现在又已过数月了，可能他们已从美国回来了，这里先告诉你一声，下一次的信可能把介绍信或名刺寄来。另一个朋友为许乃波，港大时旧同事，他是搞工科电气学系的，曾留英，并在伯明罕工作过，他与我同时帮忙宋庆龄主席搞“保卫中国同盟”的工作。不过，说也奇怪，也差不多成为笑话，廖梦醒南来时问我关于宋庆龄留港时的旧友或帮助过她工作的还有几人存在，我说：还有许乃波喇！（Ksu Nai Po）。廖梦醒说："不认识！"后来我再说明一次，于是她记起来了，"是，是 Kvh Nai Poh。"她叫道。许是福建人，生长南洋，名称用闽语，一向廖也未问过他中文名字；直至与我忆谈后才知道。廖在写回忆宋的文章内，于是便砌上"许乃波"的名字。许乃波在天津，也是我告诉她的。去年，许乃波的弟弟过港，乃波托他带一封信给我，他还以为我仍在港大教书，所以才找到学校，自然找不到了，于是信又从新加坡转回港大来，托为转，才由阿弼叔交给我。从信中始知大家相别已多年，而他在重庆，在台与在伯明罕，我都不知道。现在得他的信，知他在天津，搞科研工作，位址为天津电气传动研究所，在天津津塘公路二号桥，不见他已这么多年，想他也白发皤皤像我一样的了。因此，前些时候，我回了他的信，并在信内提到你，可能也着你趁常到津的机会，顺便去探看他，问他好。自然，下次的信，我也要把介绍函及名片寄给你的。而这封信，已写得篇幅很不少的了。

毅是个"三好学生"，这自然使我听到很开心。子菡对于历史，也许因为兴趣所在，不可以强求，而且老实讲，历史不是一门容易的功课，如就子贞来论，她对于文学艺术，兴趣十足，成就大半在这方面，对于历史，感觉到它的重要性，像我们总是"文史"同时说，而章学诚也有《文史通义》一著作，双提并重。是的，贞知注重历史，还是最近两年的事。一般人对历史，要记忆，每感到枯燥乏味，也是事实。要之，读历史要耐心，要慢慢来，不能一蹴而几的。写历史，有风趣笔，于司马迁为然，若班固则莫及了。

电视，我想也有很大的教育工具作用：如习外国语文、英语、日语等，我在广州各宾馆时便利用到，不只听蔡文姬的“胡笳十八拍”也。是的，小孩子们，让他们多看些课外读物，总是好的。我记得读书时《福尔摩斯侦探案》《劫后英雄传》《山恩仇记》《三国志》等等，总是在暑假或课余时间看的。

贞到了伦敦后未久，听电视报导，前两天英国遭到暴雨，淋漓尽致，伦敦的街道也被水淹，为多年来所少见，电灯又失明了一个时期，也为少有的现象；而你们在北京，又闹着闷热；可是我们在香港又担心到“制水”。足见天下之大，各处有各处不同的感受与待遇！

暂写到这里；照片看到了，你是不是瘦了一些呢？

祝健康！

君葆手示

八一年八月七日

又：国货中有一种一包二卖的“清补凉”剂，用来煲瘦肉，供饮啖，颇益肠胃，滋补；我们用来助菜羹，子贞尤其爱好它。京中想有。试试。

给三儿文达信

（一九八二年三月一日）

文达：

我又到了广州来开会了，已到了好几天，曾着手给你们信了，但春雨连绵开会稍忙，又到番禺市桥宾馆去参观了一次，以致搁下笔来，复不止一次。现在大会开过了，我们打算在三号那天便回港寓去，因此得给你一信，报告旅程经过。

来穗前几日，曾写了封信与你，其中一段是想介绍你往看蔡渭衡一面，他是华革会副主席，帮助我处理会务不少。现在任一个法国银行机构兴业的顾问，等于以前的“华经理”职务，多住在北京，住在北京饭店，以不熟北京地方人事，所以想和你一见面，相认识往来。那信想已收到。

我也告诉了他你管理局的地址，但我不知你们的电话号码。那宣武区有一所法文出版社，大概蔡的办事处也与相近。出版社有我的一位旧交，同我共提倡拉丁化新文字的孙源，在担任译述，因此与蔡新认识而有来往，也常说起我来，所以我也乐于看过你们大家互相认识来往。

提倡新文字拉丁化已是多年前的事了。

到了穗垣来后，曾拨个电话给文蔚，前天他来看我，谈了很久，昨天也来过，稍详谈了些大家的问题。

前天在这里檐下听春雨，徘徊于杜鹃花前不觉历时颇久，因惹起朋友们的着意，曾敏之委员问我是否在吟诗，我说觅句未成，尚待始能交卷，其后写了一首是这样：

雨后一首

一雨望江浪拍空，百花解语未全通。阑干倚遍知时节，木棉初发杜鹃红。

这可以说是最近的一首；还有较早的一首，也钞在这里给你一看：

寄答蓝彦哉湖北黄石

故人词句动乡关，卅载闲居识远山。侧想停桡过黄石，尽瞻鸿宝驻朱颜。曾期羽檄飞千骑，未许琱戈谕百蛮。今日水深仍浊浪，益思雄略济时艰！

自注：三十年代，余客南州，与蓝彦哉相识于马来半岛中路，倾识如故，彦哉于中路一华校，而余寓吉隆，时相过从。既而时异势迁，旧交各复相散。一九五二年，余履鄂参观荆江分洪工程，历荆门，因至沙市。五九年，自陕入蜀，旋出三峡，遄回夏口，是曾两经湖北地区，而未知彦哉昆季乃税驾黄石也。今年始得彦哉赐书，屈指不觉历时逾半世纪了，不无感慨系之。又一九六九年，余重过马来半岛，舣舟巴双港口，时值风云陡变之后，停桡问讯，而慷慨悲歌之士，不可复得其梗概者，盖十居八九，即巴双树胶公会诸彦，亦莫能道其详，滋可慨也，每为恻然。并识。

诗第三句，写去忆作“停车过黄石”，此处误写了。

第二编

友谊长青

甲篇　鸿雁往复

贺无荞遗诗序

（一九四〇年十月十三日）

客冬，友人羊父偕贺老无荞过访山村敝庐，袖出无荞诗集凡五百首，属为绍陈叶老遐庵，一勘境界。行阴迁流，忽忽数月，贺老遽已作古。闻羊父言贺氏本江南名阀，少从游于琴南林先生，渊源湛远，诗画皆造诣殊俗，而重有爱国伤时之思，竟以投老逃兵，客死香港，亦可悼也。兹由此老难友冯梁先生转寄其最后遗作“海曲残春”四首，盖前集所未及录入。回念雅属，耿耿于怀，亟为发表《大风》月刊，用将同调骚人共鸣悱恻云尔。

陈君葆序

民国廿九年十月十三日

复简又文函

（一九四六年八月十七日）

又文我兄：

两奉大函，均未即覆，罪甚。清理战时文物损失登记办法六条获教后，当即发出通稿与此间各报，翌日便刊出。目前来接洽登记者仅寥寥两起，至疑为何寥寥至是。又，清理委会组织大纲、各处代表人选等材料，不知能否见示一二，俾应各方之咨询。弟此处效劳，又复蒙国家眷念至卒马之资，弥增汗颜也。前寄示待查书目，除在当时秘藏别所若干册外，其托季明先生为带往渝者，日前季明先生自沪来港，具道当时实尚有若干部留港未带走，容日间汇齐一并呈报便是。存东亚银行之二箱已移至冯馆，除有确实妥善运载法，目前似以无动为大耳。

专此并候

著安

八月十七日

简又文致陈君葆函

（一九四六年八月二十日）

君葆吾兄：

来示拜悉，通稿刊出，此间亦已过目，广州方面登记损失者亦无多，大概因广东人“阔佬不计较”之心理使然也，只有尽力做去而已。清委会组织，弟亦不甚了了，各省区代表亦不知清楚，所知者北平有沈兼士，上海有徐森玉而已。前托代查书目事毕，希一并示及为幸。专此即候

道祺

弟简又文顿首

三十五年八月廿一日

国父在港毕业证书能否代摄影一张归本馆收藏，能由港大捐赠最好，否则可备价送还也。又及。

复李应林函

（一九四六年九月二十日）

应林校长：

先生来示敬悉。关于李仙根先生寄存敝校冯平山图书馆之一批图书，查前系由敌日军调查班强自李仙根夫人住宅移出，转置冯平山图书馆者，以是似仍交由李仙根夫人领回较形便利。现已将此事转商本校当局，一俟有所酌定，当据奉达耳。专此顺颂
时祺

弟陈君葆顿

九月二十日

李应林致陈君葆函

（一九四六年九月十日）

君葆馆长吾兄大鉴：

李仙根先生前附存贵图书馆之书籍，经李夫人将该项遗书送赠敝校以纪念李先生，经由敝校校董会接纳，特此函达，希为鉴察是荷。敝校不日拟派人来港，将该书籍运回广州，但未知于何时派人到领为适合，敬祈示复，俾便遵照办理为荷。此颂
台祺

校长李应林

卅五年九月十日

李应林致陈君葆函

（一九四六年十月四日）

君葆馆长台鉴：

接读大教，敬悉一切。兹接李仙根夫人来函，仍嘱敝校代为将书领回，以归简便，附致台端函一件，谨拾附寄上，敬请查收。对于收领手续仍祈见示，以派员办理是荷。专此并颂

文祺

弟李应林上

卅五年十月四日

复国民政府军事委员会委员长广州行营主任函

（一九四六年九月五日）

谨复者：前奉到办穗字第二一八号公函一件，一切敬悉。查李故参政员仙根先生藏书，系于民卅一年二月间香港沦陷后，由敌军调查班长肥田木中尉因何品楷嘱托之介绍，强使李仙根夫人“寄赠”与“香港图书馆”。最初移置万国银行大楼，旋改移入港大冯平山图书馆后，始更用寄存名义重加整理，并制就目录若干份，共得书七百〇一种凡五千二百七十件册。光复而后，虽未及再为点核有无损失，惟除在日占期间曾有若干种移至所谓市民图书馆外，其余殆大致无患，可称完璧。倘李夫人孙佩莪女史欲领回该批书籍，窃意以为若由贵行营发给证明文件，交渠本人或嘱代表到馆商定提取手续，俾得转为呈明此间大学当局，按照现行办法发还，尚易办到也。

谨呈

国民政府军事委员会委员长广州行营主任张。

香港大学秘书兼冯平山图书馆长陈君葆

九月五日

国民政府军事委员会委员长广州行营主任
张发奎致香港大学冯平山图书馆函

（一九四六年三月三十日）

国民政府军事委员会委员长广州行营　公函办穗字第二一八号

中华民国三十五年三月三十日

顷据故国民参政员李仙根之夫人孙佩莪女士来函称，先夫仙根先生生平酷嗜典籍，所藏甚富，且多珍本，惟自香岛沦陷，藏书共四十箱全落敌手。现经查得大部分在香港大学及冯平山图书馆，敬乞俯赐设法向香港大学及冯平山图书馆交涉提回，俾免散失。至仙根先生藏书，多盖有（一）秋波琴馆、（二）小容安堂、（三）草草草堂、（四）望洋楼、（五）秋波父、（六）李蟠仙根立固等印章，最易识认，合并陈明等语。查属可行，除分函外，用特函达查照。如贵处确有李故参政员藏书，敬希悉数交回李夫人孙佩莪女士，以重原主物权，仍希见复为荷。此致

冯平山图书馆

主任张发奎

国民政府教育部清理战时文物损失委员会
致陈君葆函

（□□□□年十月二十五日）

君葆先生大鉴：

前见报载，香港中央社电，先生谈话称："北平大学图书馆寄存贵馆图书一部分共六十箱被敌劫运返国，其中有善本书约三万余册，又敌图书馆管理者岛田取去其他贵宝图书甚多，包括汉口图书馆所存若干珍本。"按此，北平大学是否指抗战前国立北平大学，抑另一文化机关，原文意颇不详。是项被掠书有无目录可稽，包括善本书三万余册？又汉口图书馆是否系湖北省立者，抑系国立大学图书馆或何文化机关？该机关书运藏香港经过如何，有无目录可查？又敌国岛田取去珍贵图书亦有目录可稽否？均乞拨冗详示为荷。匆此奉托，敬颂

研祺

教育部清理战时文物损失委员会启

十月廿五日

致李光经函

（□□□□年一月十六日）

光经先生足下：

径启者，关于寄存冯平山图书馆之南方中学一批书籍，现已依来示所称理由与敝校副校长商决（副校长史君近始返任，以前对于此事无人作主意，至尔稽延，甚歉！）准予发还该校负责人，为此函达，希早日派人到领。或就近由万机兄代行领取，亦佳。日间本校校长当另函奉达左右，知关注念，谨先奉尘。此候

时祉

弟陈君葆

一月十六日

李光经致陈君葆函

（一九四六年八月十九日）

君葆先生道席：

关于南方中学图书领还问题，日前承嘱，取具香港教育司汉文视学官证明书，证明弟系该校原目负责人，当可发还等语。当经弟走晤梁、余两视学官，以港变前香港东区学校系由梁视学官视导，特由梁视学官以 I. V. S. 名义出具证明书，证明弟系南

方中学 manager 兼 headmaster，负责校务。迄一九四一年十二月八日战事爆发，兹特检同该项证明书，函请台端发还平山图书馆代存之南方中学图书。其理由如左：

一、南方中学之校主兼校长有处分该校校产之全权。

二、南方中学图书为该校校产之一部分，当然得由该校校主兼校长领还，自由处分不受拘束与限制。

三、平山图书馆搜集该校图书存贮，缘于日军侵占香港，当时该校负责人业已离港，对于图书之搬走绝未同意。

四、目前该校是否恢复不成问题，须知该校就算停办，校产亦无越俎代庖交由平山图书馆代管之理。

五、依物归原主之义，该批图书应返还该校之校主兼校长。

综上理由，请台端不必问该批图书系以何种情形搬放平山图书馆，只须证明弟系该校校主兼校长确实无，即乞以该校图书交还该校之主人，如何之处，仍祈惠复，不胜盼祷。此颂

道祺

弟李光经敬启

卅五年八月十九日

通讯处：（1）广州惠福西路国民大学。

（2）香港宏兴行三三六号粤汉铁路转运所黎万机先生转。

附送梁视学官世华签发证明书乙纸。

致叶恭绰函

（一九五七年六月九日）

誉虎先生：

前阅报载，知国家有创立国画学院之举，先生荣任院长一职，聆讯之下，曷胜雀跃。先生提倡发扬国光艺术，早已领袖群伦，蜚声海外，今艺人具见物望咸推，尤喜权舆有自，从此丹青老手，呈异彩于众妙之门；尺幅天机，得陶甄于物象之外。合一炉而共冶，不碍超新；集众卉以成芳，宁分南北？盖其盛事也。弟等迹寄炎方，心怀故国。青山得趣，时披素月之图；白鸟忘机，□□浮槎之望。谨修短札，聊表寸忱不尽意。

并候

杖履！

谨启

五七，六，九

叶恭绰致陈君葆函

（□□□□年四月三十日）

君葆仁兄左右：

久未通书，顷接到《清秘录》新印本。此书猥承鼎助得以出版，虽无大价值，亦聊资艺林考索，实非始愿所及。惜早经佚失各种，已无法寻记，不成全面。烟云过眼，亦只于斯，耄及所能，百无聊赖，有负公等殷勤之意矣。今年衰孱更甚，耳目聋瞆益增，勉用毛笔，泐此尊谢。

附颂

道祺不一！

弟遐上

四月晦

叶恭绰致黄新彦、黄雨亭、陈君葆函

（□□□□年六月二十四日）

新彦、雨亭、君葆三兄大鉴：

九日示，悉画院之设，本属时需，以人选为难，遂滥及老朽，其实谈何容易，且创始尤艰，弟亦姑为前马耳。承远贻勗语，更非所克，当愧悚！别纸已询主者，尚未得覆。绿绮事请询确至低估值，索价若干，以免往返行迟。如非确有意，弟亦怕作媒介，因前此曾闻有居奇之意，其实物已朽败，仅能做史料耳。

专复即请

大安！

弟遐上

六月廿四日

叶恭绰致陈君葆函

（□□□□年八月七日）

君葆先生左右：

彝民来件昨始由夏处转到。弟近眼矇日甚，而罗函文义晦隐，诵之数次，虽能辨字句，而莫悉旨归。执事亦无任何表示，无法据以进行，转有欲速不达、爱莫能助之憾，或此君及费君亦有同感，则笔墨邮资亦徒虚耗矣。愚本不预此事，无取拖泥带水，如前途有意，似以先谈水浒为佳，否则弟亦致谢不敏矣。尚祈询实确复为盼。余致

新安

弟遐上

八月七日

二乔墓事近似有希望，可否托艺林一鼓吹之？

叶恭绰致陈君葆函

（□□□□年九月十五日）

昨匆匆忘答。惠简所云柳君见询屈翁山《四朝成仁录》事，兹奉复示于下：

此书编次系以叶本为根据，以其校订较早较详。但各本之文

有出于叶本之外，此又叶本亦间有讹误，势下得不按年月重编，请阅例言自悉。至叶目、张目及静嘉目，因客中携书不备，且各稿亦未集中，容再抄奉。其静嘉目则在谢国桢《晚明史籍考》中，北平就近可查，恕不另抄（谢书所纪亦有误，不能全以为据）。柳君之意未知是否欲考订史实抑仅补订篇目字句，当盼惠示。弟于此书致力四五年，颇尝甘苦，可备所贡献也。

以上请先复柳君为□。

此上

君葆先生

弟绰上

九，一五

叶恭绰致陈君葆函

（□□□□年□□月□□日）

君葆先生：

前奉托转复亚子之语，计已达知。兹有一函，祈转其通信处，乞不以免琐渎荷荷。又检出书若干种奉赠贵馆，□点收赐覆，为未开单，希谅其衰懒。比年藏书星散，故有所得，顺手即送与图书馆。嗣后对贵馆当可续送也。

此颂

秋安！

恭绰上

叶恭绰、郑振铎致陈君葆函

（□□□□年九月二十三日）

君葆先生：

前国立中央图书馆（现改名为国立南京图书馆）在抗战中，曾寄存一部分善本图书在香港大学冯平山图书馆。李宝堂先生赴港时，又带上了一批。这一部分的书籍（还有若干部存在马季明教授家中），我们现在要运到北京来。希望先生能够清理出来，准备启运。原来是许地山先生经手的。许先生故后，由先生保管多年。我们心里非常的感谢！并请便中向季明先生致谢！即颂

秋祺

叶恭绰

郑振铎

九月二十三日

致黄般若函

（□□□□年二月四日）

般若先生：

昨得祖风兄来函，称古琴“暂未有出售打算”。此事虽不必亟亟，然总盼足下能随时为加意，俾得玉成，则不至怀宝迷邦，幸甚！

艺展事，既定仍沿用I展地点，迁就环境，实属无可如何，抑亦不欲过时流之意。顷已接到仁涛翁来札，附出品目录单数纸，计古玉三十品，兵器廿余件，铜炉约百具，字画去年已陈列过，兹似从略云。足下方面所为罗致者，必更有可观，藏家如高翁，想已为先□。惟各出品目录，筹委会拟于十五日付印，以此极切望能于十日左右编就见掷，以便加上总号码交去，关于此点，足下能于日内拨电话见示一二，实不胜感激耳。

当代汉画家作品，闻已另有经画，由一杯君主持，似此卸却一肩重担，倒微觉轻松也。

再则，陈列橱蒙足下担任向各方借来，实省却不少烦恼。不过有一点请为留意：该原工展地点楼下入门右手边一室，仅长五十英尺，宽十五英尺，陈列柜不宜过大，亦不宜太多，鄙意以为最多只能容五个至六个，不审尊见以为如何？

余容面罄。专此顺颂

时祺！

弟君葆手上

二月四日

又：目录以简明为佳，仅品名、年代、作者或出产地，藏主等顺带说明足矣，多则□民及编辑两方面均感应付不易，反贻讥笑！

详细说明书可放在物品同时陈列，自另一事。

致柳亚子函

（□□□□年正月十日）

亚老足下：

大札拜悉，乔迁九龙安履，想更适宜为慰。《□□本命宣言》已抄出一份，原稿日间当差人奉还，以邮便未大放心也。“国党中监会报告”已由马老阅毕送来。以本次文件弥关重要，现正着云玉为抄存一份以备参考，稍稽时日，知不以为过也。学校已复课，葆每日上午十时三十分至午后一时多在图书馆中，如见枉驾，以此期间为较宜耳。

专此并颂

春禧！

弟君葆上

正月十日

陈君葆补抄《图南集逸稿》竣事题两绝其后即寄南史

（一九四一年一月二十八日）

索居无意更搜奇，吟罢君诗读杜诗。
且喜书来征逸稿，蠹鱼闲箧未充饥。

小胥抄罢北征诗，言皋时怜杜牧之。
奚事薄游归去后，置身犹隔凤凰池。

附南史和诗。

柳亚子致陈君葆函

（□□□□年九月十九日）

君葆我兄大鉴：

别来无恙。前蒙代抄《图南集》及《南明纪年史纲》两种，非常感激。抄费四□□元，已交云玉小姐所，仍不够，请告我，当再补奉也。尚有《南明宗藩传》一书，想亦在兄处，并希设法觅人抄一副本，挂号寄弟上海大兴路（即□□德路）五百五十七号弟收为盼。弟双十节后，拟作收封也。现在近住处，为“重庆沙坪坝津南村十一号”。得便□□□□□为盼。启芳兄闻在澳门，□通信，本以弟近状转告之。□□□□广□四□闻处，

□□自领□□□后不知下落，甚为□□，未知兄有所闻否？
匆颂
安
俪福

弟亚子上
九月十九日

（《南明宗藩传》抄资，并乞将来告我。）

柳亚子致陈君葆函

（□□□□年十一月十六日）

君葆我兄大鉴：

一别六年，岂无田海之感？弟重来旧地，裕老季老，均已晤面于马公馆及文字学会席上。如所以为，兄必到，后竟杳然，不无遗憾耳！兄近状容□，图书馆藏书都无恙否？此兄之丰功伟业也。弟暂住“坚尼地道二十五号楼下□□馆”，早出晚归，劳尘轶尝，颇感疲倦，然天责所在，是六一衰翁，犹不敢妄自菲薄而放弃其前务，兄将何以教我不类如“夫子犹有蓬之心欤”，一叹。学会旧人，裕民兄见面时最多，但无暇多谈。季老亦仅晤一次，大至则无意中相见，惜匆匆别去，未及询其通讯地址，希兄见告为幸！□源在南京法国新闻处，有信来说代讯故人无恙。闻大□兄言，张□在港，而不知其地址，兄如有所闻，亦希阅示也。来信寄上开地址可到。旬日或半月以后，弟才稍闲，为设法拜访兄于图书馆，并送还旧稿《南明后妃宗室传》及《南明纪年》等。此来亦极感兄□□□□□□□也。女公子好否？桂林一握，各已□□□□矣。

匆颂

道安

女公子以此不另！

柳亚子□

十一月十六日

柳亚子致陈君葆函

（□□□□年十二月九日）

君葆先生：

李君带来弟草稿一册，收到，谢谢。弟有《南明后妃宗藩传》一册，是否在尊处？能设法觅人代抄一份送下否？念念。马先生处曾□一信，不得还信。货主中已□友人，并请令媛与此友直接通信，度令媛当有字报奉闻也。匆颂

道安

弟南史上

十二月九日

柳亚子致陈君葆函

（□□□□年十二月十四日）

君葆兄：

前由令媛处特奉一笺，度兄督入。拙诗蒙抄惠一册，非常感谢。惟顷取检视，尚缺民国三十年一月十日《国民日报》所载《图南集》诗若干首。尚希补抄见惠。由令媛处封寄，千万感谢之至。此拜。弟尚有诗稿数本、《南明宗藩后妃传》一本，未知亦在尊处否？如在，能否觅人录副，设法交下？并以为祈。
匆匆不尽，即颂
近□

弟南史□
十二月十四日

白先生曾否赴东？如能一并告我，尤深感祷也。又及。

柳亚子致陈君葆函

（□□□□年一月十三日）

君葆兄：

一月十日信到。初知兄星三（明日）来九龙请弟等饮茶，昨晤启芳兄，知展期。顷晤云彬兄，有星六（十七日）举行之说。惟弟星六有他事，最好改下星期三（廿一），希望兄将《笔谈》《时代文学》《大众生活》等刊物有拙作者带下，则大妙矣。扶余诗社第二次茶会拟廿五日（星期日）在九龙半岛酒店举行，一切办法，亦甚愿与兄一商也。

匆此候复，即颂

俪安

嫂夫人万福！云玉女公子进步！

亚子

一月十三夜

柳亚子致陈君葆函

（□□□□年二月四日）

君葆兄：

昨晚启芳兄来，收到《华侨》一份，感甚之。弟昨日上午托《华商报》奉上一份，并扶余诗社小册子若干本，度系□入矣！兄与季老入社事（□□□□□，□□。），务恕填就□下，感甚之！弟所为“九龙白加士道转角宝灵街一号四楼”，如邮局寄信，不写“白加士道转角”六字，亦无问题。《图南集》补抄成完璧本（稿纸须一律，字迹能□不多，最妙。）《三□》《华侨报》如能免费，最佳。（如能照常揩油报纸一份，更妙。）并希代为□□，千万所托，所托千万！弟近患目疾，午前尚能工作，过午（尤其傍晚）即昏昏欲睡，时觉苦闷也。

匆颂

道安

亚□

二月四日上午十时

兄与□□有来往否？能代索报纸否？（揩油）或代为广告否？(免费)

柳亚子致陈君葆函

（□□□□年七月三日）

君葆兄大鉴：

别来无恙。拙著《图南集》是否尚在尊处？前托录副，云玉办妥为念！最好请兄设法觅人写就两份，一份留兄处，一份托便人带来，则感谢不尽矣！如何，如何？希即□版为幸！

匆颂

道绥！

弟亚子

七月三日

夫人万福！女公子□□□！

内人附候！

来信请寄信封上所开地址□到。

季明先生处，乞此不情到。

兄托□□□兄带来文森兄□□□□两本，已到，就此为谢。

抄费若干，乞示，俟汇款□□，即□超不误！

柳亚子致陈君葆函

（□□□□年十一月十四日）

君葆兄：

别久甚念。无一音报我，何也？拙稿在兄处者，最好请抄成两份，一份藏兄处，一份寄弟为盼，如不可能，即抄一份挂号寄来亦无不可，祈兄□□□□，千万所托之至！兄近况如何？嫂夫人、女公子度都康健□□。

匆颂

道绥！

弟亚子

十一月十四夜

柳亚子致陈君葆函

（□□□□年七月二十二日）

君葆我兄大鉴：

七月四日奉上一笺，度早詧入，希□□□□，兹处有乙事专托：叶誉虎先生辑印屈翁山《皇明四朝成仁录》业已出版，弟欲得一部，未知渠现在何处，有人传其在港，又有人则言在广州文明路文献馆，未知究以何者为确。奉上一笺，请为打听，并设法□去，千万所托之至！通讯处暂借兄处，希勿罪为幸！

匆颂

俪安！

弟□

七月廿二日

通讯借兄处，□□在广州不方便也。□已抵港，则□□□□□□地告渠，更好。

柳亚子致陈君葆函

（□□□□年九月二十五日）

君葆兄：

别久念甚。弟自去年七月初起，即患脑疾，不与任何人通信，迄今已逾一周岁矣！近日始稍痊可，适从北京饭店移居北长街八十九号，整理行箧，得兄去岁两笺，抱歉无似。遐翁已来北京，晤面两次，但尚无暇谈及南明史事耳！遐翁述兄近况清嘉，甚为欣喜。季明先生闻已辞港大讲席，未稔能□精著作否？晤时代道相念可托。弟有第一次到港诗稿数帙，寄存兄处，托代觅人录副，未知已妥办否？如有两份，则请以副本设法寄京，原稿仍存兄处，为名山之藏，可否？如何之处，尚希示复，千万感激之至！

匆颂

俪安！

弟柳亚子

九月廿五日

抄费若干，乞示，当托人到奉也。

嫂夫人万福。

云玉女公子近状如何？示我为幸！

尊居是否仍在风辉台四号？通信以何处为便？并示我也。

柳亚子致陈君葆函

（□□□□年一月二十九日）

君葆兄：

□□餐室之会，既为季老□□所阻，昨日扶余雅集，兄又以事不见来，怅甚之！隔海相望，想念万绪，何时得一握多谈邪？拙著《礼蓉招桂龛缀语》，吴兄言已交兄处，未知能在《华侨》发表否？如发表，请将报纸留下一份，千万感谢之至！昨又托启芳兄带上《图南集》一包，因纸式大小参差，殊不称意，□□兄言觅大纸，设法将《甲辑》各卷另抄一过，与乙丙丁各辑配合，告知事如上，可能办到否？抄费若干，见示我，他日奉还不误。《大风》《大众生活》《时代文学》中有拙著各册，仍希设法找出，使弟得保存。感甚盼甚。

匆颂

道安！

嫂夫人万福！云玉女公子姐弟均此！

弟亚子

一月廿九日

柳亚子致陈君葆函

（□□□□年十二月十一日）

君葆兄：

马先生的剧□小说二册，由兄转来，我已收到。那末，我放在此□□□兄的一本书，想来兄也收到而转交给马先生了吧？是不是？希能给我复信为盼！因我这几天不想去看此兄也（他到青山去未还）。太平洋战争以前的《国民日报》（□□系国民党的机关报），图书馆有吗？如有，请查一月到三月中，有《夏□谈□》一文，是我做的，希能抄出给我，有重要用处，需求甚急，请兄立刻就办好送我，千万所托之至！因须争取时间，故愈快愈好也。

此致

革命的敬礼！

嫂夫人及女公子、世兄均好！

弟亚子

十二月十一日函

柳亚子致陈君葆函

（□□□□年十二月三日）

君葆我兄先生大鉴：

□□□书。各稿均完璧归赵，感谢无极！南明烈士在天之灵，实感慰之矣！函约星六□夜饮，并请云玉女公子来迓，感极之！届时自学在□［星（期）六下午五时左右］恭候女公子云车下降也。

匆复。即颂

俪安！

弟亚子

十二月三夜

嫂夫人万福！女公子进步！

《南明诸王传》希即能找出。星期六由弟领归为好！《笔谈》《大风》《大众生活》《时代文学》《时代批评》有拙著者，并乞代找，感极！

柳亚子致陈君葆函

（□□□□年一月二十六日）

君葆兄：

别久甚念！《笔谈》□本□登，谢谢。正托觅人录副，函来着手也。《大风》《大众生活》《时代文学》有拙著者，仍乞设法去找，找出有后带下为感！弟有《图南集》四辑三卷，甚想托兄重抄，与乙、丙、丁辑配成一部。又想亲诣图书馆。一找《国民日报》□□□□，并阅馆中书目，苦少机缘，又独行不识路，奈何！兄其何以致我？

匆此候复，即颂

道安！

弟亚子

一月廿六日午刻

前托吴兄奉上《礼蓉招桂龛缀语》，请兄采入《华侨日报文史周刊》，未知用否？

柳亚子致陈君葆函

（□□□□年一月五日）

君葆兄大鉴：

别久甚念。弟已迁都九龙，住白加士道（与弥敦道平行线）转角宝灵街一号四楼前座（由志成学校对面小弄内入）。来信请送寄为好！前兄借去《旧新革命宣言》一文，如已阅毕，请即饬人送还，千万！千万！马老借去的《国民党第六届中监会报告》书，倘看完编系抄出后，亦请代李送还为感！（此中文件极重要，如云玉无暇抄，请兄在图书馆中觅人一抄，保留起来。将来修中华民国及党史，均为极有关系的重要材料也）。民盟开会一星期了，一月十一号起，拟到兄处看书报，未知兄本星期在图书馆的时间如何（最好请兄约定一时间，弟当遵命前来也），希解示各事。还有，倘由尖沙咀过海叫的士到冯平山图书馆，是否容易找到？并希告我也。

匆匆不尽，即颂

双绥！

弟亚子

一月五日晨六时字

嫂夫人万福！云玉女公子及其他世兄、世妹均此。

季老处请代□□以信可托！

山村道畔喜晤陈君葆先生奉赠一律

凤辉台上陈君葆，羝乳海滨苏子卿。大节临危能不夺，斯文未丧慰平生。萧何劫后收图籍，阮籍垆头证性情。更喜谢庭才咏絮，老夫眼为凤鸾明。

（后主要学文?）

亚子兰草

西域张骞致石榴，东陵门第种瓜侯。穷冬合抱坚贞节，珍重瓻羊北海头。

龙威万卷对庭榴，南面依然小子侯。卌载南明青史在，凭君还我旧阳秋。

甘苦何须别柘榴，由来尝胆胜封侯。宋皇基下沧桑泪，记取相逢一段秋。

君葆词人　粲正

南史奉稿

赠陈君葆先生，君为冯平山图书馆馆长，并香港大学教授

孔璋湖海士，豪气最难忘。柱下犹龙子，寰中马季常。瑯环罗典籍，庠序焕文章。愿借燃藜读，期君发秘藏。

柳亚子

附乙篇　友朋来翰

□□贤致陈君葆函

（一九二一年十月二十八日）

君葆仁兄如晤：

去月会弟晋省，藉知兄已作南洋之行。每思驰书一道相思，而又苦昧尊址。云天在望，窃系鄙怀。间得惠书，快同觌面。时适小极而把玩一过，窃深阿瞒之感也。南洋之行兄早告我，方以为届时可以把臂欢谈，藉杀数年来相思之苦。虽小聚之时为远别之始，然亦胜于复加此数年相思于远别之上如今日者也。兄以龙蟠凤逸之才，于结缡未久之日远托异国，宁无感怨？所幸善自调摄，暂韬厥光，以待时机之至耳。贤自先严慈弃养以来，毫无生趣，区区此意，港居时兄已共鉴也。然以家计关系，责不能辞鹿鹿人寰，身难自主，受职分所，而后虽家难稍纾，而自顾则毫无长进。回忆当年风雨联床之夕，高谈雄辩之时，壮志激昂，雄心起伏，其视今日为何如也！兄苟思之，应亦同声一哭矣。然兄年少于我，而才高于我，前途试望，犹抱乐观，若弟蚩蚩瞠夫其后，止戆直之气无已，有加于此。此道消降流之时，我辈容足其间，宜夫久处而无长进。所幸旧时面目如明镜之被磨，弥彰其亮，足差堪告慰耳。今夏家兄为贤定婚于茭塘黄姓，富家也。夫贤之不愿结婚，兄所知也。今者幡然复计，且作偶齐之想，毋乃与贤初心剌谬乎？即兄亦觉其感也。殊不知黄女士者生于豪富，志特恬澹，不以贤之贫为可鄙，而反以为可怜，贤以志合道同，感天赐之不可违，复兄命之不敢拂，尤女情之不欲负，故甘从其议而有此定婚也。兄闻之当亦为贤幸得妇焉。

寄来佳什，一一拜读以后有得，希时赐观，幸者有怀凤坡之什，曾步原韵成口占一首。崔颢〈灏〉在前，敢题黄鹤？贸然上渎，诚以知我亦欲假此韵语聊寄吾意，使故人亦知，仗枥之马尚未忘夫康庄耳。倘幸进而教之，不胜大愿。

病中搦管，词字都鄙。幸垂原宥。临春怅望不尽，愿言谨承勒定。

弟贤顿首

中华民国十年十月二十八日

李凤坡（景康）致陈君葆函并诗

（一九四六年二月七日）

君葆学长：

如晤。前覆一函，计已得达，年来厕身军旅，除公牍及吟咏而外，长篇奉命之作不得不从俗，为白话文，仿佛徐娘老去尚效时装，不无可哂，惟在长官部数月，常任庆吊之文，多作雕虫小技耳。农历元旦休暇，偶尔倚声聊为遣兴，兹顺附博莞尔。报章伟论，想多得意著述，尚希惠示一二也。此候

撰安

弟景康顿首

三五，二，七

望海潮　春初曲江军次用元礼韵

马嘶春草，旗开五岭，江山如画新收。雪灿梅林，翠分松巘，烟云万点韶州。绿野驻貔貅，看鞭丝掩日，剑气凌秋。浈水狂涛，武江骇浪，未归舟。　飞觞暖袭貂裘，笑沈腰瘦却，身尚兜牟。六代名都，三湘废垒，梦驰楚尾吴头。览胜独登楼。正近瞻海甸，远望瀛洲。不觉长空雾合，天外月如钩。

君葆词长印正

弟凤坡稿

熊希龄赠陈君葆诗

（一九三六年冬）

四十三年割地羞，谁知国难复临头。遗民血泪流成海，海有枯时泪未休。

丙子冬道过基隆作，写奉君葆先生两正。

弟熊希龄承

李仙根致陈君葆函

（约一九四〇年六月二十二日）

君葆仁兄鉴：

道中未及细谈为歉。近以友人属校二王帖，故欲在平山馆暂借《淳化阁帖考证》（聚珍丛书内）一用。可启请复示。敝藏失去三分二以上，此种普通书亦须润借，真可怜也。《二樵诗》两册，本系李上铭所有，后以弍百金得之，今如有问钱之人，弟亦愿割让，典到琴书事可去也。仍请掷还为幸，专请

近祉

弟仙根顿首

六，廿二

李仙根致陈君葆函

（□□□□年三月十四日）

君葆吾兄鉴：

二樵诗家藏稿不知曾抄竣否？劫余之物，请代为保全，用毕仍希掷还。弟藏有散册署二樵山人稿者，如当足下意，可分送数页以留纪念也。专颂

刻安

弟李仙根顿首

三，十四

再探《海灯》连期载拙作《楚庭书风》，请赐正，落植恐疏忽耳。

陈寅恪致陈君葆函

（约一九四〇年四月一日）

敬启者：

友人张向天先生前毕业于清华大学国文学系，品学兼优。复在港曾任民生学校教员，经验颇富。近日失业，生计窘乏，闻贵图书馆现正整理书籍，张先生若承遴任以充整理员之一，必能胜任愉快。特此介绍，即希鉴酌任用是幸！专此顺候

君葆先生　撰祺

弟陈寅恪敬启

四月一日

陈寅恪致马季明、陈君葆函

（□□□□年五月十日）

季明、君葆先生同鉴：

近来时局日紧，将来广州情形如何尚不得知。弟于万不得已时或有赴港一避之举，然决不轻动也。惟闻香港当局颁布一规则，将来入港境者须预先请求许可登记，并有于本月十五日以前截止之说。此项传闻不知确否？但为预防万一起见，兹将像片四张附上，敬请代办将来入港境之手续。若非有家庭及亲戚在港不可者，则弟无家庭在港，只有曾昭抡夫人俞大絪女士，系弟之亲表妹，现在香港师范学院任教，亦两公所熟识者也。此或可引为亲戚之一例证，倘若有其他方法，亦请代图之。耑此奉恳，并祈赐覆为荷。顺颂

道祉

并祝

俪福

内子问候嫂夫人。

附像片八张，如不用，请仍寄还。

弟寅恪敬启

五月十日

陈寅恪、唐筼致陈君葆函

（□□□□年十二月四日）

君葆先生大鉴：

尊函昨日始由冼玉清女士交到。盖学校正在院系调整紊乱中，新邮差同志将尊函放在收发处，迟迟无人过问，幸冼女士见着持来舍下，以致久不知详情。关于所带之药品及墨水笔两支，昨由梁君面述经过情形如下：药品因扣压海关很久，俟得到医生证明书始发还，但罚款100%，因无证件入口之故也。墨水笔事，上税每支17万圆，共340000圆，您交梁君60元港币，当天折合人民币220000圆，尚少120000圆。由叶先生付或弟付皆可，请不必为念。惟叶先生不住校内，每上课后即回城中，故与梁君极难晤面。梁君每早入城，至晚始回校，医学院学生在城内上课，而住岭大校舍，故找叶先生数次不遇，而叶先生找梁君亦不能晤面。今将墨水笔置于弟寓，俟叶先生来取。一方面留一字条在中文系办公室，请叶先生来舍下坐坐，不知此方法可否能达到叶先生也？最好您写一信与叶先生（弟不知叶先生府上住址），请其来舍，方不致再误。弟等因院系调整关系，自动让出前住之三层楼房，而迁入东南这一号二楼，只一层楼，比较紧凑。近日大寒流到穗，天气骤冷，为数年来未有之寒冷。香港不知如何？今年文学院学生增多，上课仍在舍下，历史系学生弟班上亦多过往年，大约廿余人。组织只要寅恪开一课，此亦照顾之意也。今年所开之课为“唐诗证史”。季明先生、北郊兄均此，

乞代致意，恕不另函。弟之药品皆已收到，乞忽念。专复，即请
俪安

弟寅恪、唐筼同启

十二月四日

黄炎培赠陈君葆诗

（一九四一年五月）

不知巴蜀几离堆，涌左苏台右郭台。天半三泼青入暝，此行忍为看山来。

君葆先生两正。

黄炎培写旧作

民国三十年五月

许地山赠陈君葆诗

（一九四一年二月二十八日）

奉答君葆同事惠赐瓶树并小诗

小雨丝丝绣绿，层云片片凝青，生机虽茬犹旺，爱护无烦系铃。圣树诚堪供养，横枝尽作虬形。幽岩他日归去，托命何嫌瓦瓶。

赞堃未定草。

卅季二日廿八日

张一麐赠陈君葆诗

（一九四一年八月八日）

时危一发系千钧，腕底风涛笔有神。东海来寻钓鳌客，女真犹是汉遗民。

注：上年过安南海防，舟中之作。“九真”误作“女真”。

君葆先生两正。

辛巳立秋张一麐

许太谷致马季明、陈君葆信

（一九四二年十一月二十五日）

季明、君保先生均鉴：

日前舍弟地山凶耗传来，不胜伤悼。其身后诸事幸蒙先生等照料，深为感慰。舍侄女懋新现肄业中大，颇知用心性。因环境欠佳，身体孱弱异常，前曾嘱彼往中央医院检验，彼以有款检验而医治无资，还是不检验不知病症为愈。此是实情。就重庆目前生活高涨不已，在在须款。彼莫名一文，日坐愁城，徒唤奈何。弟又未能充分接济，常以为憾耳。想先生等与地山知交有年，其家庭情形谅知一二，恳请在懋新应得之遗产内先设法筹一部分与懋新，以济眉急。至于其遗产之分配，就可能范围内想先生等爱屋及乌，当能为此孤女筹谋也。此不但地山含笑于地下，而弟亦铭感不浅矣。匆匆。即颂

教祺

弟许太谷

十一，廿五

赖恬昌致陈君葆函

（约一九四三年七月四日）

君葆我师赐鉴：

别后阅载，想起居佳胜为慰。兹介绍舍侄鹤年拜谒，恬之一切，渠知之颇详，承询必当缕陈也。文慧世兄在韶坪培联攻读，恬在韶时亦常会晤，现常有通讯，渠甚能自爱，勿念！同窗刘殿爵留柳、李衍绮在韶，徐家祥居惠，金应熙仍守澳，董梅真、姚柏春均在渝。知注顺闻，伏望以时珍卫。赐书由舍侄转便妥。专肃。敬请

崇安

晚恬昌顿首

七．四

冼玉清致陈君葆函

（一九四三年二月二十六日）

君葆先生：

阔别以来，时时驰念。令嫒云玉肄业此间，常有见面。此女对我依依，我亦以侄女之谊相待，食饼一个，可分半边，煲汤半盂，亦分一碗，穷乡僻壤之中，无客气少言也。上月开课，汇款不至，亦借与仟元矣。李凤坡已抵梧州，常有通信。黄国芳在桂林，亦有职业。至于马小进，则在曲江广州大学授课。陈萝生、刘叔庄皆就职桂林。他乡遇故，别有一番情味。陈寅恪任广西大学教授，常有通讯。柳亚子亦在桂林云。此间生活清苦，比港地有天渊之别。惟学生来者必肥，大约因空气充足、早睡早眠之故。云玉在注册处打字，每日工作二小时，月薪一百二元，既不阻碍读书，亦可弥补杂费，请纾远念。春气渐湜，诸惟珍爱。

即请

大安

冼玉清拜

卅二年二月廿六寄自曲江岭大□

冼玉清致陈君葆函

（□□□□年二月二十九日）

君葆兄：

抵澳翌日，即访嫂夫人，相见甚喜。渠今日适接尊函，讲及大女返乡之事，甚赞成也。托李崧医生带交贺小姐之表，仍未收到。马先生十八始去，在澳耽搁足十天云。何绍基君带回罐头食品，三连信照收妥。夫人谓诸孩到澳后，因转换空气，不须劳心读书，又有运动，故比在港好得多。母亲则不免井臼之劳，然精神则甚舒适云。所居有大天台，凉快阔大，无怪孩子乐之也。

此连即请

大安！

冼玉清寄自澳下环围一号

二月廿九

冼玉清致陈君葆函

（一九四七年一月十日）

君葆兄：

由敝徒带来法帖已如数点收。阅报知足下荣膺奖章，可喜之至，而当日之沉着忍耐、委曲求全亦不为孤负矣。前示谓约编《文史周刊》，未知何时要稿？玉清拟自写广东文献，亦吾粤人所欲看者，未审尊意以为何如？黄慈博先生去世，作手又弱一个，奈何！

冼玉清拜

卅六年一月十日

冼玉清致陈君葆函

（一九六一年四月三日）

君葆兄：

来信悉。我并不知你春节来过广州，返港后亦并无来信，何善忘之甚也。今早即去访华嘉，他不在局。我出门时，适杨奎章副局长归，见我的留字，即追我回头。他说："华嘉在路上遇见君葆先生，匆匆未及细谈端的。北京方面认为全国不打算花这笔款买了。若果地方能买，我们是同意的。至于广东，也不是绝对无钱。不过在此增产节约期中，做事有轻重缓急之分。目前恐不能买，俟形势好转，是可以考虑的。"

后来我把斑园之为人向他介绍。说明物主不是商人，更不是做买卖的。他当日"奇书古玩不论价"，故收得这么多好东西。恐怕他日流出外国，就会后悔。他说：当与华嘉谈谈。

根据以上情形，你觉得这事怎样。斑园亦曾来过一信问我，我觉得当时热辣辣，如今冷冰冰，亦很不好意思，你作何看？

有闲不妨将目录整理一下，多复制几份。我这份不知被谁借去，现亦找不到矣。即请

近安

玉清

61.4.3

杨意似更注意这批革命文物。

四月十日到

冼玉清致陈君葆函

（一九六五年五月二十七日）

君葆吾兄：

得雨亭兄信，惊悉夫人仙去，深为悼念，而足下情深鹣鲽，痛益可知！回忆夫人勤俭笃实，妇德之优，况儿女成长，各能克家。无遗憾于生前，应长荣于逝后。伏冀节哀顺变以先灵。即请云玉妹等礼安

冼玉清

65. 5. 27

冼玉清致陈君葆函

（一九六五年七月十五日）

君葆吾兄：

天气炎溽，止为郊游。顷定本星期六下午五时在青山道清凉法苑薄具伊蒲饭，候光此地此斋非熟人不能享受，万望勿却。是日下午三时请在季明丈处齐集同去。地山夫人驱车相接

即请

大安

冼玉清

七月十五日星期六

孙述万致陈君葆函

（一九四五年八月三十日）

君葆先生赐鉴：

过去以敌人在港横暴，未敢通音候，不过时在系念中。弟来渝后，即在本公司服务，均托庇粗安，藉堪告慰。今日寇已无条件投降，抗战结束，八年苦战，得见胜利，举国狂欢，在笑靥上淌下泪来。

台端及留校港大同仁，被敌人迫在铁蹄下从事地下文化工作，港大校产得以保全，祖国文物不至散佚，论功绩不亚于前方浴血战士。在过去三年半沦陷中，无时不在水深水热之中呻吟，痛苦莫可言喻。今特驰函慰问，并致敬意。守和君于今春赴美参加太平洋会议，并代国宣传，今在英伦，闻不久返回，或将假道香港。

关于台端留港劳绩，前已与蒋慰堂馆长谈及，并请其与朱教部长、杭次长，转请我国来港受降大员特予保护与慰问。关于敌人在港掠去之书籍文物，闻政府已组失物委员会赴东京追还，料定台端将有东征之一日。

不尽欲言于此，致颂

阖府均安！

弟孙述万拜

八月卅日

马鉴致陈君葆函

（一九四五年九月二十一日）

君葆先生左右：

别经三载，时切驰思。我兄处此环境之下，终始辛勤，海南献文保全尤多，此间同人无不同声钦佩也。战事突结束。诸事未及筹画，即个人行踪亦未知如何定计，瞻望南云，殊深焦虑耳。闻香港受降已竣事，不知市面如何治安如何。港大同人谁先返校，此后是否复校，均在念中。弟以交通困难，一时尚不能赴港。适近日来渝赴全国教育善后复员会议，晤李崧先生，云其夫人即将返港，用特草泐一书托其带上，以慰阔别。倘祈得书后，将三年以来生活状况详示一二，是所至盼。再，弟所存般含道寓中各物及中文学院书籍均乞代为留意，并希转托国蓁兄同为照料，俟交通恢复当即赴港一行也。

匆颂

大安！

弟马鉴谨启

九月廿一日

国蓁兄均此。许太太近亦在渝任职战时生产局。嫂夫人乞代问候。

马鉴致陈君葆函

（约一九四六年二月五日）

承示刘君之书，当致函张君凤举在东京设法运回李宝棠带来之书共有几种。叶玉甫函询此事，弟拟作一简明报告，并促其来取。再，地山之书闻有目录，能见示否？拟俟暇时为之估价也。“西安”轮失事，古物遭殃，弟于今日下午拟至尊古斋探听消息，并予慰问。现在卷未阅完，须四时以后始能去也。祇颂
君葆先生时绥

弟鉴谨启

二月五日

马鉴致陈君葆函

（一九四六年六月九日）

君葆先生：

昨晚出门，忽失足倾跌，面部、手、足均受微伤，致林君之招，不克践约，不知有无特别事项，便乞示知。

兹有北方友人携来《碎金词谱》样本二册，乞察阅。全书计十六册，索价每册五十元，价嫌太贵。此书之价值，在将词调合以工尺，于研究词学大有用处，流传不多，若有款购置，当可介绍前来，当面议价。书样附上。即颂
大安。

弟鉴谨启
六月九日

马鉴致陈君葆函

（约一九四七年二月十四日）

君葆先生左右：

前拟定中国文化讲坛讲员，弟当即分头接洽，只有卫聚贤允于三月二日演讲西南古物之发现，其他尚未商妥。适有冼玉清女士来港，允于十六日讲招子庸与《粤讴》，想蒙同意。惟冼女士须向图书馆借招子庸之《粤讴》及金文泰英译本一用，敢烦代借。伊十六日至弟处取用。琐渎至歉。祗颂

大安

弟马鉴谨启

二月十四日

伊尚拟向罗原觉兄借招子庸画一二张，可否属馆员转告罗君？感甚感甚。

马鉴致陈君葆函

（一九五〇年代八月二十一日）

君葆先生左右：

许太太来港，拟为地山先生修墓，前所立之碑系用薄片合成，难以耐久，亦拟更换。兹特奉上硬黄纸（大小如石碑，共三张，请选用），敢烦我兄转求邓尔疋先生赐题（如能早日赐之更好），毋任铭感。祇颂

大安

弟马鉴谨启

八月廿一日

附邓尔疋赐题

无双许叔重，汉学此儒先。祭酒如南阁，说文兼梵天。道山归忽久，化雨润常宣。下马陵依旧，[1] 书碑近十年。

庚寅之秋，许地山先生墓重修，今子书来属为写碑，前此初葬碑亦拙书，忽忽十年，口占一首。

东官邓尔疋稿

---

〔1〕 董仲舒墓律令禁樵采，官吏至此，例须下马，与帝王陵同，俗呼为“下马陵”。“下马”二字，唐时误作“虾蟆”，不知为董墓。

蒋复璁致陈君葆函

（□□□□年十二月十日）

君葆先生大鉴：

敝馆存港书籍，屡荷协助，毋任心感。现在寄存冯平山图书馆部分，拟仍恳请继续代为保存，一俟运输情形转好，再图北迁，兹托徐伯郊兄趋洽为荷。赐一存书目录尤为感纫，有劳清神，铭沕无既，专此奉托。敬颂

公绥

弟蒋复璁拜启

十二月十日

蒋复璁致陈君葆函

（□□□□年十二月二十一日）

君葆先生大鉴：

前上两函谅已均达，典签敝馆存港书籍，前荷关垂协助，毋任铭感。兹接遐老函，称简又文先生经手之书业已交由先生代为保存，深庆托付得人。兹拟恳请台端惠将简先生交存部分书籍及前存各书一并赐一目录以便查考，毋任企荷。专肃敬颂

公绥

弟蒋复璁拜启

十二，二十一

蒋复璁致陈君葆函

（一九四六年三月十六日）

君葆先生大鉴：

前承惠示敝馆寄存贵馆图书十九种目录，并承惠予将该批图书转交简又文先生接管，高谊云深，已于二月廿一日专函申谢。顷查李宝棠先生当日由沪带往香港之书都计五十一种，除开示之十九种外，尚有三十二种。此三十二种中，已有《甲申记事》《鬳斋考工记》《老学庵笔记》《鹿门诗集》《韩诗外传》等五种，于民国三十年由马季明先生带至重庆交付敝馆。此外尚余二十七种，不知有无踪迹可寻。谨抄奉该二十七种之目录一份，敬恳费神惠予查询，并恳拨忙赐示。诸劳清神，不安之至。专此，敬请
大安

弟蒋复璁谨上
三月十六日

附目录一份

《安南来威图册》三卷，《安南辑略》三卷六册　明隆庆刊本

《裔乘》八卷六册　明万历刊本

《东夷考略附东事答问》不分卷三册　明刊本

《万历三大征考》不分卷一册　明刊本

《辽筹》不分卷二册　明刊本

《纪古滇说集》一卷一册　嘉靖刊本

《交黎剿平事略》四卷六册　明嘉靖刊本

《边政考》十二卷六册　明嘉靖刊本

《九边图说》不分卷二册　明刊本

以上各种，本馆皆有影本，此所开者，乃其原本也。

《宣大山西三镇图说》三卷三册　明刊本

《鬳斋考工记解》二卷四册　宋刊本

《岳阳古集》一卷一册　明万历刊本

《宗元先生集》二卷一册　明钞本　钱曾校

《全荃集》七卷一册　汲古阁本　陈帆校

《老学庵笔记》十卷三册　穴砚斋抄本

《孟东野诗集》十卷四册　明弘治刊本

《孟襄阳诗集》三卷一册　汲古阁本

《宋之问集》二卷一册　崦西精舍刊本

《皇甫冉集》三卷，《皇甫曾集》二卷一册　明活字本

《戴叔伦集》二卷一册　明活字本

《张说之集》八卷一册　明活字本

《唐僧弘秀集》十卷四册　明万历刊本

《后村居士集》存三卷二册　宋刊本

《皇明印史》四卷四册　明天启刊本

《古文苑》九卷八册　明刊本

《惠山集》六卷二册　弘治刊本

《石湖志》六卷二册　弘治刊本

刘向《说苑》廿卷四册　明刊黑口本

《新序》十卷二册　明刊黑口本

以上共计式拾柒种柒拾陆册。

蒋复璁致陈君葆函

（一九四六年三月二十日）

君葆先生大鉴：

十五日寄上一航空快函，计登记室。该函所称马季明先生带往重庆之图书五种，其中《韩诗外传》一书，兹查乃敝馆在重庆所购，非季明先生带渝者。以是存港之图书中，仍当有《韩诗外传》一书，书凡五册，合以日前寄奉目录中所开之二十七种七十六册，共计二十八种八十一册。谨以奉闻，敬乞亮詧是荷。专此，敬请

大安

弟蒋复璁谨启

三月二十日

蒋复璁致陈君葆函

（一九四七年十月十五日）

君葆先生馆长大鉴：

去春在港，得畅聆诲教，快慰平生。教公归，藉悉敝馆在沪所购图书悉寄贮贵馆，并承惠予协助，尤深感荷。除由馆另函道谢外，专函布悃。敬谢高谊。并颂

时祺

弟蒋复璁顿

十，十五

金应熙致陈君葆函

（一九四六年九月十日）

君葆我师座右：

生于九日晨乘“西安”轮返省，十日入康乐村。因学校放假，未能即将通报交回图书馆主理人。顷返家过节，明日再往，将可交妥矣。岭大定廿三日上课，生俟宿舍布置完好后即返校。此次在港，钞集若干材料，承吾师与以襄助，至深铭感！港岛为生钓游之地，印象甚深，此次劫后重游，所遇一草一石，亦时起感触，惜无才抒写而已。冬季或将重至，行程定后，再当函告。吾师余暇，望时赐训诲。专此。敬叩

教安

生应熙谨肃

九月十日夕（中秋夕）

母校书籍二种，已检出，将邮包寄上，敬请点收。国芳先生书刻正整理中，完毕后再列单函告。

金应熙致陈君葆函

（□□□□年十二月二十七日）

君葆我师座右：

赐谕文已收到，因课忙稽覆，望勿为罪。生在康乐功课颇忙，此学期每周十四小时，另选修英国宪法史三小时（讲者为包令留教授），钟鼎文三小时（容希白先生），致再无暇从事课外修养，颇以为苦。刻板讲书，久之令人不耐，刻学期将尽，遂并准备之心情而亦缺乏。寒假约十二月底（农历）开始，拟再返港，仍欲在母校图书馆从事阅读，未知得蒙允许否？望吾师暇时在雷馆长前一为先容，不胜铭感。母校图书事，书价因购入时未登记，已忘却。生意不欲索回书值，或作为捐与学校，未知可否？望吾师斟酌办理。如需指定书值或照国芳先生所提每册一元之数，请代通知雷馆长为盼。圣诞学校只放假一天，但学生多自返港，上校者寥寥可数矣。《岭南学报》即将出版，本期有庄泽宣、吴尚时、罗常培等先生文字，俟印出后当寄上一册奉览。国芳先生书籍，因邮递困难，需至寒假时方行带上，各书以前未曾阅读，现拟于暇时阅读一遍，方交回国芳先生，庶不虚代为保存一场也。母校下学期有无恢复开设高年级可能？从吾师来示中，似见目前仍有因陋就简之意。此间医学院学生，不少为旧同学，极盼母校能恢复医学院高年级，俾返校研究。殿爵在英，想与吾师时有通讯，渠曾两次来函，谓近对西洋哲学深感兴趣。家祥、恬昌则尚无信息，仅由彼等在岭大攻读之戚属（家祥一妹，恬昌

一甥女）转告已平安抵英而已。专此敬候

教安

　　并贺

年禧

生应熙谨肃

十二月廿七日

致季明先生年咭请代致，并恳代此名请安。

孙佩蘐致陈君葆函

（一九四六年九月二十三日）

君葆馆长大鉴：

敬启者，香港失陷时，敌人将佩蘐家藏古今书籍五十余箱征用，存放贵馆。兹际国土重光，佩蘐由渝返粤，经将该项存港书籍赠送岭南大学图书馆，如该校派员到港接收，请照贵馆原日接收目录如数点交。先生素为先夫知交，谅必赞同也。专此奉恳。即颂

文祺

李孙佩蘐拜启

卅五年九月廿三日

陈达致陈君葆函

（一九四六年十二月二十二日）

君葆先生：

汤武杰、廖宝昀两君俱述先生妥为保管弟前存贵处书籍两件，不胜心感。抗战初期弟经香港往昆明时，曾将两木箱书籍存于亡友许地山兄处，至今未取，不知有否遗失，敬祈示以概况。弟明年四五月间自美国归时拟取道香港，自行带回北平。如蒙略告存书情形，无任感荷。顺颂

冬祺

弟陈达谨启

三五年十二月二十二日

吴仁义致陈君葆函

（一九四七年一月一日）

君葆夫子尊前：

元旦阅报，欣悉吾师因战时护校有功，得英廷赐与 O. B. E. 荣衔，以三年八月在暴力下委曲周旋，卒能保存其精华，南国文物赖以不坠而母校复兴工作得以早日完成，在吾师实应受此赏而无愧色也。谨此驰贺并祝

年禧

受业吴仁义谨上

三十六年一月一日

李幼成致陈君葆函

（一九四七年一月五日）

君葆教授座右：

顷悉先生荣膺英廷勋衔，甚盛！甚盛！忆昔岛夷肆虐，倭刀南指，炉峰变色，阊宇半墟，而港大图书琳琅邺架，尤所鹄的。端赖大力之艰苦支持，此文化渊泉、民族异宝，得以巍然不坠，此功此德，何止胜造七级浮屠已也？上赏颁来，理固然矣！我闻在昔，玉轴扬灰，龙文折柱，人所穷心。大兵之后，都人士重得徘徊容与于书城之间，可谓幸矣！幼成趋步是中，春秋数易，一花一草，倍加亲切，浏览之余，每每自念，微先生之力，曷克及此？传曰："不有留者，谁守社稷"，若斯使命，卒底完成，责任之重，磨折之深，应付之苦，境况之危，可以想见！谨上寸缄，藉陈贺意，并候崇安弗缕！

生李幼成谨上

卅六年一月五日

周俟松致陈君葆函

（一九四七年二月一日）

君葆先生：

昨接季明先生函，欣悉尊状甚佳，阖府均吉，至以为慰。地山遗物存港，多承关照，近又劳代为设法安置，感激不尽。以现在局势及个人能力，存港遗物实不知何时可移运，实为一心事。故凡能出脱者，请乞代为设法（已寄马先生）致副校长王清为泽交并望代为好言。地山遗著俟出齐当一并寄奉。

岑仲、燕吉均在教会学校肄业，似较之国立学校为佳，虽负担重，亦只好勉力为之。

令郎嫒仍在原校否？最小妹想亦入高小矣。余容后续，即颂
俪祉

周俟松上

三六．二．一

尊夫人均此候。

周俟松致陈君葆函

（一九五〇年一月一日）

君葆先生：

在港承蒙款待，多谢多谢！回南京后，以所事纷忙，未能奉候为歉。前在港为地山遗书事迄未得结果，昨吴椿先生来函谓有图书馆愿全部承受，且已代为议妥。事虽如此，心实怏怏，实不欲该书之离贵馆，既失去纪念性且易散失。但事实所逼，亦莫可如何。即请费神移交吴君为感，容当后谢。又先父“周大烈存书”遗书亦请交与吴君，但有部分为遗稿及文件，请暂留贵馆，稍缓当另设法移出。屑事劳神，歉仄之至。耑此。即颂

年禧

周俟松上

一月一日

尊夫人均候。

周俟松致陈君葆函

（一九五二年十二月二十一日）

君葆先生：

去年圣诞节时曾经写过一信给您，迟迟未发，匆匆又是一年，想必尊状甚佳，令郎、嫒亦必学有成就，为颂。松仍在原校任教，苓燕在北京，毕业在即，今年暑期从汉口家姊处，将家老姨太接来南京住家，现时全国市面转繁荣，正准备迎接明年的大建设，大家都忙甚为愉快也。

兹寄上港币 210 元支票一张（支票：NO. $\frac{A}{2}$645338 号），请费神取出，将 50 元送平山图书馆刘先生及工友，40 元请送马季明先生，20 元请送坚道若瑟台四号二楼左士琨之小孩，其余 100 元请代购酒物为贤伉俪贺年。历来烦劳各位之事太多，区区微数，聊以表意，幸哂纳为盼。此致

敬礼

周俟松上

1952. 12. 21

现住南京莫愁路侯家桥六号。

（文化部为地山出选集一本，看到否?）又及。

周侯松致陈君葆函

（一九五六年十一月三十日）

君葆先生：

南京别后又将半载，昨接来函，承代寻得地山梵文文典卡并代转移寄存，此不独个人感谢，亦为国家研究东方哲学出了一份力。曾将尊书寄北京，得北京科学院来函谓：对此稿极感兴趣，研究印度哲学必要懂梵文，也要训练青年干部来搞梵文，故字典特别重要。卡稿请寄南京我处，科学院再请专家研究如何使用之，因此还须烦劳您代为邮寄，寄费包扎运费若干请示知，以便设法拨兑归还。

尊夫人近日可好，有暇乞赐好音为盼，此致

敬礼！

周侯松

56. 11. 30

令嫒均此。

忘记府上门牌号数，故只得由冯平山图书馆转交。

周侯松致陈君葆函

（一九五七年五月四日）

君葆仁兄先生：

前后两接手书及照片，达侄成长如此高大，在我记忆中还是三尺之童，刻想已学成业就。

梵文卡片得兄之助得以寄回，感激无既。前月因民盟开会，在北京遇陈叔通先生，亦曾询及此事，彼即去信香港《大公报》请其协助，或曾与兄联系，现既蒙转辗设法办妥，快慰之至。

今年全球气候都有些异常，闻香港有因而冻毙者，前月流行感冒也是欧亚同病，不知香港波及否？在北京时有许多学校，因而停课，全市精神紧张，回南京后又逢高潮，但终于幸免未传染上。

香港消息盛传“国共第三次合作”和平解放台湾，是有些先声的，也是众望。

“百花齐放，百家争鸣”的号召提出来以后，都在放、鸣，群情兴奋，不知香港人士作何看法，余容后叙。此致

敬礼

周侯松

5.4

云卿姊均此不另。

春节时所寄一函未收到。

五七．五．十三

周俟松致陈君葆函

（一九五七年八月二十日）

君葆先生：

暑期不知在港，抑去他处避暑？前接来信，知已与统战部联系，托运梵文字典卡片，不知有无问题，运费可以拨付，因有同事之兄在港，每月须汇款来宁也。

北京科研曾几次来信催询，急待整理云。

今年暑假大部时间将参加反击右派斗争，中等学校右派分子亦不在少数，有清除打击的必要。此致

敬礼

嫂夫人均此。

周俟松

8. 20

谭干说：已寄交穗文化局发转了。

五七．八．十二日。十三日复

周俟松致陈君葆函

（一九八〇年九月十八日）

君葆仁兄：

接到来信，欣慰之至。但不意嫂夫人已去世多年，令人怀念不已。您一人住南丫岛，该岛离市区多远？来往方便吗？只云玉在港，大哥大姐想是在内地，您已是儿孙满堂了。

昨有香港中文大学讲师卢伟銮和一位中学教师来访，带来地山在香港时一些活动记录（从报纸抄的），比较详细，对我写回忆是有帮助的。她认得你，说你很健康，疾步如飞云云。

承诸位纪念地山，多次往坟场扫墓，存殁俱感。刘弼兄想仍在港，便中代为问候。家五姊虽年已83岁，但还健康。有骞67年已去世，曾昭遹亦早已去世了。回忆我们从香港往江西、湖南、广西参观，虽隔近一世纪，但还记忆犹新。世事沧桑，不胜感慨。

您73年过南京时，我虽已退休，但仍住莫愁路侯家桥6号，那年你和夫人及令嫒曾来过此居，我从重庆46年来到南京已三十多年，估计此生不会他往。小儿周苓仲、小女许燕吉54、53年在北京农业大学畜牧系毕业，分配在陕西武功工作，都有儿女，常时回来探亲，或公出。最近统战部为了贯彻政策，拟调女儿来宁照顾。现有一女工陪伴，我虽已80岁，除视力稍差外，还能自己行动，堪以告慰。

最近北京人民文学出版社与香港三联书店定合同出版《许地

山散文选》，上有我写的一篇回忆，如看到时，请提出宝贵意见。明日开始开人民代表会，为期六七天，特匆此写复信，以免久望。暇时望多来信，以慰远怀。此致

敬礼

问候云玉姊。

周俟松

80. 9. 18

香港总督致陈君葆贺函

（一九四七年一月一日）

Government House,

Hong Kong.

1st January, 1947.

Sir.

The Government of Hong Kong would wish, if it were possible, to express to every individual concerned its high appreciation of the countless acts of courage, self-sacrifice and devotion to duty that were performed by residents of Hong Kong both in the course of the hostilities of 1941 and during the subsequent occupation of the Colony by the enemy. In very many cases lack of information prevents this recognition from being given, but, seeing that your conduct is known to me to have merited commendation, I take pleasure in expressing to you, with my personal gratitude and appreciation, the thanks and the approbation of the Government of Hong Kong.

Mark Young

Governor.

Mr. Chan Kwan Po, O. B. E.

陈达致陈君葆函

（一九四七年二月十一日）

君葆先生：

战时弟存书两木箱于亡友许地山兄处，去年曾请汤武杰、廖宝昀两先生前来与先生接洽。今请查明该两箱是否尚存贵馆，以便设法运返北平，应用费神之处，无任心感。专此顺颂
时祺

弟陈达谨启

三六年二月十一日

弟于二月末离校赴美，盼能于离校前得复示，以便亲到如何将存书运回。对于此事，去年曾作书两通致汉文学院，谅俱未收到。

樋口武彦致陈君葆函

（一九四九年十二月三十日）

陈君葆先生：

没有认识的一个日本人，写信给你，这个虽然冒失，请您特别饶恕看罢。

在 Singapose espesantisto（世界语同志）Jang Henjen（邓根人）先生，前几天写了给我信，才知道贵会的住址，就写这封信。

我是 1920 年生的，现在住在 Jueima 的医生。从前日本以外的哪儿也没出过洋，我可有关心中国文化。那是也许先考很爱做诗（在日本所谓汉诗）的缘故。

败战以后，因为越发痛感理解贵国的必要，近来请一位先生给我教贵国话的初阶。偶然我是素来主张简单化日本字的（尤其是罗马字化），所以听见拉丁化中国字运动的事也就中意共鸣了。我喜欢着想要研究这个，可是无奈没有材料，焦急的很。那个时候，幸亏知道贵会。

贵国拉丁化运动的理论、历史现况，出版书本的目录和初阶的课本什么的，您若不嫌弃我，请您送给我，以便研究。那时一并请写您要的东西，在敝（敞）国能买的，一定送您，以答您的厚意。

敬祝先生的康健！

Higuti Jakehiko

（日本国爱知县津岛市本町 4TX 樋口武彦）

四九，十二，卅日

简经纶致陈君葆函

（一九四八年一月一日）

君葆教授足下：

弟为方便筹捐，曾举书画百件，以义卖所得，全作捐款。今经粗就，犹未够自信，特请足下驾临评阅。舍所故定于元月二日即明日下午四时整在舍下薄具鸡尾酒叙缘。得时当约殷商数人，俾便将来认购，专此奉约，恕未一一祗奉勒定。

弟简经纶拜启

卅七，元旦

钟敬文致陈君葆函

（一九四八年一月八日）

君葆先生：

不见忽又经旬。新年想多胜致。

蜗庐谈诗，本周当已刊完。兹奉上小文一篇，用供补白。

附奉近作数首，乞纠正！

扶余诗社，亚老说将于十八号再开会，届时当可畅谈也。

专此。并颂

年禧。

弟敬文上

一月八日

报纸收到。谢谢！

钟敬文致陈君葆函

（一九四八年十一月四日）

君葆先生：

前星期四云彬兄来上课，说先生近替《华侨日报》编一《文史周刊》，叫我也写点稿子凑凑趣。现在匆遽奉上散文集题记一篇，未知合用否？稍迟当钞点诗话之类呈教。

草草。顺祝

学祺

弟钟敬文谨启

十一月四日

通信处：九龙、屯门新墟、禄宁堂二楼林寓转。

钟敬文致陈君葆函

（□□□□年八月三十一日）

君葆先生：

久不领教，心驰无已。

数日来校事稍忙，加以精神欠佳，未能常给《文史》效力，愧歉而已。

承嘱为“杜甫专号”字稿，信收到稍迟，不能细思，草草执笔，乞恕宽宥！

诗久不作。偶有诗情，亦任其自生自灭。承下问，益感不安。

《文史》近期，极想拜读，倘能尽量检赐，心感不已！

拙文中第二页引《冷斋夜话》中“遂使沈存中自差以乌鬼为鸬鹚也”的“自差”两字，恐有讹误，手头无书可查（弟根据的是旧抄笔记），乞左右费神，代为检校，以免贻笑。谢谢。

草草。祝

文安

弟敬文拜呈

八月末日

黄绳曾赠陈君葆诗

（一九四九年六月三日）

小极半月近将少瘥，亲教益未审何时为便？或踵府奉谒，或茶座小叙，敬候示悉。专上

君葆教授老兄

愚弟黄绳曾顿首

卅八，六，三

附俚句乞政

怀璋医师以某君伤时诗二首见视率和却寄

剩此幽悰对夜阑，忍将文字误儒冠。妻梅未许同君复，煨芋真成负懒残。杯酒尚浓心意澹，经书犹易世情难。卷帘独抚前尘影，耿耿明河梦可安。

整衣容复诵椒聊，浅注茶瓯遣此宵。理乱益纷宁欲问，看朱成碧未堪描。开池武帝灰为劫，窃药姮娥月亦娇。阖目冥寻千载事，江河可峙岳能摇。

卅八年端午

杨士端给陈君葆函

（约一九四〇年代九月二日）

葆兄有道：

儿妇寄食澳门，所主将行遣散，昨接呼吁，望公栽培！幸开复用之门，俾免穷途之哭，闻得馆员李君，日者辞职，若荷嘘植，正当其时。树德务滋，在此一著！

仆混迹市廛，计算日短（原由茶栈支用百元港币，今不足饱一人），岂只拙荆，病陷肠热。即幸可治，费煞支持，脚下如水益深，周急有赖知己，于待裁耳，呼寄儿曹，恃爱径白。

九月二日端手上

杨士端给陈君葆函

（约一九五六年□□月□□日）

葆兄有道：

前日得靖侯兄书，益附致候泽南乙简，当即传送旅馆，却无踪迹，未审究竟何在？我的毛病，吴医生据照片诊断确定“枝气管扩张出血”，语“目下西医对此器官变态尚无实际药效可施，但凭休息自愈。惟预后不良”，即谓证不能断根，急时治其标，亦只注射维他命，尝日未有苦药，亦不允受诊金，叨兄谊也。

目下自觉精神恢复七分了，血亦止了七八天，暑假随来得充分休息，也许皮囊尚堪竖著，看看民族大业展进为快。

旅行消息批回否？病体堪附随否，尚难武断。因稍旋动即感头目晕眩，迄今未好，但穗垣咫尺，谅总可能“颠沛以赴”吧。

瑞祺最不幸！咳嗽阅月，曩经友好西医诊察，照片所示左肺上部三份一表现甚坏，既受严格制约，不得起床两周矣，再予诊察，认为仍须阅月闭关，方有三个月告痊之期望，彼目前生计实要自动张罗才得，势迫裹足，忧虑相当的苦也。

昨老妻往九龙看彼，带回消息是：拜托你老折简介绍其长女翁盈盈投考香岛小学（佢现在民生小五级），彼若非病倒，还可自找黄校长谈，今禁足不许动弹，必须大函先容为要，乞赐简片寄由我处收转。

瑞祺在□□□□工作，有了交代负责者吧，我看情形，须于秋凉之后这鹤形分子方有飞鸣气力耳。

草草奉候您俩

夏祉。

杨士端给陈君葆函

（约一九五〇年代□□月八日）

君葆兄：

奉笺示一绝，即物比兴，雅喻遥深，不胜感慨，乃以职务处□有改弦之忙，致稽告复。昨以手简示草衣，亦亟称风人神理，时流莫至也。

曾老消息回来否？倘可邀约，则我挟刘尔携曾聚首一谈何如？我想时日在周末午间，地方在山村饭店，不烦主客，亦属轻松。于意云何，顺颂

逸趣

士端

八日

杨士端给陈君葆函

（一九六六年十一月九日）

靖老八十掉臂而行，亦不失一健者，但当革命新阶段之始未及多参，世子又不无微憾耳。昨承电示，仓卒心病无以对白，继念无畏处境，想可悯也。缅想人事种种，口占一联，非欲轻出，聊与你老对话罢了。

身家产业，儿孙十年前既献宗国；议政歌诗，服役毕其生钦若尧天。

端气枝管出血病甫静止，晤谈尚待天凉，谨草草布复。

君葆兄

六六，十一，九日

杨士端给陈君葆环游世界壮行诗

（一九六九年三月□□日）

昨闻壮游在即，快慰之至！只以老伴在过关中，不克访话，夜来大床独卧，胡诌八句，若得会心，亦发一笑耳。

十五端草上

闻道将骞翥，低眉亦一伸。远游殊杖国，问禁莫惊心。世阅三丕变，情怀七不堪。（嵇康语之）乘桴乃渔唱，梁父未忘吟。

凤辉居士吟席

曹聚仁致陈君葆函

（一九六七年八月二十一日）

君葆我兄：

奉教及惠诗，感谢！感谢！

弟三年久病，到了去年年底，肝炎胆炎并收，一年之间，瘦了四十磅。到了今年五月间，饮食俱废，已经十分声□。五月中，进了广华医院，月底动了手术，割掉了胆囊。年老体弱，恢复不易，七月中才出院，回到寓中，迄今仍在休养中，上下楼十分困难，只有楼上高卧耳。

奉上《鲁迅年谱》一册，乞正。原定纪念鲁迅逝世三十年的去年该出版的，拖延到今夏，迟了半年了。

“斗争”事，迁延已久，怕还要拖下去，兄意以为如何？弟意，开头就该做大问题的文章，那就可以振奋人心，题目太小，港人又易于苟安，便不容易使对手屈服了。兄以为然否？

待弟身体稍复，再图快晤也。

即颂

□□

弟曹聚仁顿首

八月廿一日下午

杜定友致陈君葆函

（一九六二年八月二十七日）

君葆兄：

来书奉悉，拙稿不售，有劳清神，至为歉仄。原件请交锡琪收存。何日台驾莅穗，容当趋谒面谢。

杜定友敬礼

62. 八 27

王季友录词

（一九六一年□□月□□日）

浣溪纱

辛丑仲夏与君轼载酒夜游即事

又遣当歌度小艭，宵游载酒不寻常。情忆无奈苦低昂。　水调听来还惹恨，珠帘窥处总回肠。不知心眼为谁狂。

尽拟横堤当断桥，无风无月可怜宵。短蓬来听雨潇潇。　一曲棹歌长短句，中年心事去来潮。小红休复为吹箫。（是夕邂逅歌者曰小红）

君葆词丈属录并希郢政。

季友

张友仁和陈君葆诗

（一九六六年二月□□日）

得诗次韵即寄

崧生岳降百周年，曾执长鞭学祖先。莽莽风云开国史，文章难望籍人传。

见面已难深话少，北园无计醉红儿。词人病起能传稿，摇曳东风百丈丝。

君葆词长两正。

友仁呈草

一九六六年二月

胡希明致陈君葆函

（一九六五年六月五日）

君葆先生：

前奉惠书，迟迟久未报，主臣无似。

刘先生拟赠予省文史馆之旧书，已经上级指示可以接受。顷因费公来穗，用请其与先生一商，请将该书汇交《大公报》，由其顺便带到广州。运送需款，我馆照付。惟重渎台驾，不胜惶悚耳。

请向贵友先致谢意，俟书运到后，再由我馆专函致谢。

溽暑，谨祝

起居多福

胡希明

六，五

在东亚费公处

胡希明致陈君葆函

（□□□□年二月十二日）

君葆先生：

梁金锐先生惠赠书，承费彝民先生协助，即将运来。先生爱护我馆之忱，凡我同仁，均深感奋。谨函致谢。此致

敬礼

胡希明

二月十二日

俟书运到后，再肃函以馆名向梁先生致郑重谢意。乞代达。晚胡希明谨启。

郑彼岸、胡希明致陈君葆函

（□□□□年□□月□□日）

君葆先生：

盈盈一水，顾未能时接清辉，甚怅惘也。

潘先生返穗，藉知尊况。侨胞拟将线装书捐赠我馆，深感良谊。若何手续，仍盼示告。渎神之处，期之面罄。谨颂

时祺

彼岸、胡希明顿首

马万祺致陈君葆函

（一九七五年七月十六日）

君葆老师：

从陈校长转来大作七律乙首，拜读之余，益增对祖国江山如此多娇之念。谨奉酬律诗乙首答谢故人寄念，并共增热爱祖国之情。

蜀陕曾游十六秋，宝成巫峡已非畴。长城内外千重树，汉水东西万倾洲。大庆风光酬教授，燕京豪迈醉同俦。意将余力迎新献，却负班门礼未周。

请陈老师指正。并祝
近好

弟马万祺复

一九五九年十月与陈君葆老师参加国庆十周年典礼，赠陈老师七律乙首为念

满腹经纶负盛名，香江卓立誉高清。多年奋斗苍松劲，作育英才树木成。爱国坚贞荣辱共，帝英迫害也休惊。知交不只为诗意，更报同行万里情。

马万祺

颇多盛会得与君葆老师相逢，今次北上观礼又得同行，特为诗乙首为志

东风强大胜西风，港澳难分意志同。写到文章思故友，幸临盛会总相逢。

马万祺

一九五九年赴京参加十周年国庆节观礼有感

祖国光辉建十年，工农跃进劲冲天。人民公社如成就，万载鸿图现眼前。

马万祺

君葆老师雅正。

马万祺致陈君葆函

（□□□□年□□月□□日）

君葆老师：

前承介绍，罗教授到舍，得承教益良多。经介绍本活、培道、濠江、广大等校长与之见面。吴怀庭老师亦介绍见面了。本应很久修书奉候，因弟近月健康略为欠佳，现基本上已复元，幸勿为念。素慕先生诗章墨宝，特托佘先生带上扇面乙把，敢烦一挥大笔以留纪念。另一迹是否可托任真汉先生代画一面。统请代办，然后通知佘先生到取回是盼，如承惠赠，不胜铭感。

□□

弟马万祺

□月

刘殿爵致陈君葆函

（一九七九年八月一日）

君葆师：

兹寄上《心经》现代语试译初稿，本来不懂梵文，其实没资格作这样的尝试，不过即使不能登大雅之堂，于初学不得其门而入的读者或许仍有多少用处。前年回港时对佛学可说一无所知，因为与颜法师偶然见面的机缘，才发心看一点介绍佛学的书籍。看后如认为并非完全痴人说梦，便中可送给颜法师一看，等他知道当日见面后竟有如此后果。译文中纰缪之处定必不少，望惠函赐正。专此即颂

时祺

殿爵

七九，八，一

冯平山图书馆致陈君葆谢函

（一九七六年六月二十八日）

敬启者：

蒙惠赠珍藏《人民日报》《人民文学》等书刊杂志共百六十余种，厚爱之意，实深铭感，该批书刊现经整理完毕，其中罕见期刊及绝版书籍不少，本馆馆藏，增益良多，故特肃函奉复，藉申谢忱。敬祈垂鉴为荷。此致

陈君葆先生

冯平山图书馆

一九七六年六月廿八日

白景如致陈君葆函

（一九四七年二月二十八日）

卅六年二月廿八日九龙

馆长先生赐鉴：

敬函者。港埠沦陷时，弟之私人书籍三百余册于离港时承蒙贵馆代为保存，迄今全部无恙，大德盛情，永矢勿忘。此项书籍皆为弟在美时参考所用及读书笔记，公余执教治学，亟需参考。年前曾函恳凌署长道扬兄洽乞赐还，承蒙慨允，不胜欣感。

贵馆于兵燹变乱之际保存文化，泽及个人，惠福学子，尤属难能可贵。愧无为报，谨函片笺，聊表寸心，兼致谢忱。以后贵馆事业发展，如有弟可效劳之处，务祈不弃，当尽棉薄，以报万一。该项书籍原本收据，于去岁曾寄凌署长，俟以公忙，一时误置，尚未寻得，当即作废。经凌署长在副本上签字证明，即可作为正式收据，乞赐附允。弟以公务匆匆抵港时天晚，翌晨即转湘桂，不克如愿造谢，引为深憾，尚望鉴原。容日有暇，再行踵谢。该项书籍恳即赐交曾局长广智先生，便中代为运沪，至为铭感。函此。敬候

大安

弟白景如谢启

书已于三月二十移出发还。葆

邓义持致陈君葆函

（一九七六年八月二十六日）

敬启者：

顷接校外进修部赖恬昌主任电话，嘱将《楚庭稗珠录》重刊本十五册奉赠，并请《大公报》陈凡先生代转。本部新任主任潘光迥博士嘱代问候，并对阁下捐出本书重印以广流传甚表钦佩。

本部谢赠阁下册数计本年五月十二日送出五册，六月十日送出五册，连同本次共廿五册，谅全部妥收。为避免嗣后本校赠书重复起见，如能将贵处赠书名单便中示知，则不胜感激。顺此并问

近安。此致

陈君葆先生台启

出版部主任助理邓义持谨启

一九七六，八，廿六

敬烦《大公报》陈凡先生托转，附《楚庭稗珠录》十五册。

孙源致陈君葆函

（一九八一年二月十五日）

君葆先生：

好久未奉书问候，但常在想念中。想老师身体安康，如有便，恳请惠赐几行，示知近况为感。

晚在此尚告平安，仍在外文出版局做法文书籍编、译、审工作。为照顾我年老体弱，只上半天班。家中子儿五人均已工作，除最小的儿子（亦已 28 岁）未婚外，均已结婚，有了子女。拙荆多病，惟仍健在。总之，三十年来经过各种运动，特别是“文化大革命”后，我今日之情况也算得上“中上”，略堪告慰老师，请释悬念。

谨此遥颂

玉体康安　寿如南山。

孙源

81/2/15，北京

北京宣武门西大街 16 楼 208 室

张铁生致陈君葆函

（约一九五〇年十月二十七日）

君葆先生：

兹介绍吴荻舟兄趋前面会运书事项，请拨冗接见为盼。特此。并请

撰安

弟张铁生顿首

十月廿七日

萧隽英致陈君葆函

（一九五一年四月六日）

君葆先生大鉴：

穗垣别后，瞬逾半载。比维近履佳胜，覃第咸宁为祝。兹有托者，弟于一九四一年旅港期间，曾为文在《世界知识》《东方杂志》及《时代批评》等杂志发表。其后十余年来，东奔西走，所藏书籍散失殆尽。素谂贵馆书报收藏丰富，用特函请先生饬属将左列各题，悉为抄录寄下。有渎清神，容日面谢！专此奉托，并颂

道安

弟萧隽英敬启

一九五一年四月六日

十三日复

黄永玉致陈君葆函

（一九五一年十月二十日）

陈先生：

前日寄上一信，不知收到没有？念念！

晚现住九龙山谷道十号二楼（红磡附近），来信请寄此。

去京事颇费力，个人去京，不如团体方便。且广州只能代办至广州证明书，北京方面朋友并不知我尚未回国，最近已知道了，答应直接寄证来，希望最近能一走了之。

因生了孩子，所以很忙，有空当来看您。

您有两件毛衣在我处，如等急用，天气也冷了，是否要交还您，另外托人先带去？请覆。

祝好

晚永玉

十，廿

师母处均此。

若有事相约，请拨《大公报》编辑部电话33912刘芃如或严广澍二兄转，我每天上午都去送稿。

黄永玉致陈君葆函

（一九五三年四月六日）

陈夫子：

我们前天接到北京工作机关寄来的通行证，决定本月十日晚由澳门往广州去京。时间十分匆促，又要料理杂务，如果九日下午四时半—六时您没有特别事情外出的话，我们准备带孩子来府上辞行。

匆匆

敬请

安好

永玉、梅溪同叩

请代向师母问安。

四月六日

林焕平致陈君葆函

（□□□□年八月九日）

君葆吾兄：

启芳兄抵沪，知寄存尊处图书尚安然无恙，兹接林玲兄来函，又知已领回转送至弟之堂妹处放存，无限欣慰。我等书生，别无所求，惟爱书如命耳。今蒙费神，数年如一日，妥为保管，感何如之！弟来沪已三月，计划一切，一筹莫展。颇有返港意，又恐生活上不安定，未遽成行。港地近状何如？暇希告及。

专此不尽，即祝

大安

弟焕平上

八，九

林焕平致陈君葆函

（一九五〇年十一月二十五日）

君葆吾兄：

游艺晚会于廿九、卅日晚举行，南北名星及马师曾、薛觉先等均参加，名誉券分两种，红色一百元，黄色五十元，推销分三方面，其一为电影界本身，其二为工商界，其三为本会赞助人。吾兄介绍曹日昌、梁文华、叶启芳三先生为赞助人（马先生已送去二张），特送上五十元券五张，百元券十张，敬希力为销，并乞于廿八日中午以前见示成果。

关于校舍问题，教育司已有复信，称此事非彼管辖范围。且本院有缺点，故不愿予以支持云云，顺告。专此即祝

晚安

弟焕平

十一，廿五

曾靖侯致陈君葆函

（一九五四年一月十二、十八日）

君葆友长如晤：

新年前尝寄覆一函草草贺禧，并顺提有关沛儿的出处问题，当经接得他的覆函，这件不过交契为念耳！既暂非急须解决，姑俟迟步稍暇再答之，如晤面时请兄转达。弟梦想不到，自然是友好的提挈，组织的关垂，于前天（似是十日）《大公报》上发表了。省政协特邀参加之一员，未审港报有无照登耳。兹以是早祁同志由电话约国老（熟友瑞公、冷君、国老等皆同侣）转约过其寓所谈谈，于是与国老同去，原来尚有两人保留，未同发表，而于吾兄，还待斟酌。撮要分报如下：

黄博士与黄省公亦属特邀人员，黄方面已酌定由君冷转知，不赘。省公方面虽已托由马万祺转达，承说省公尝将所著医学托由马转送研究，早经当局认为实用之学，但仍问我有谁可就近转达者，我则以兄对。盖谓省公，我虽有些交旧，但一别十余年，其思想情况殊欠了解，马或与他稔熟，但倘或有些考问之处，自然不及吾兄系统地、辩证地、有充分事实理论。向省公解释，且彼此皆学者，意气一定相投吧，结果祁同志认可，国老同意，因嘱我即驰函转托吾兄过候，此间借重之，诚转为详达。其所以未于公告发表者，以黄黄两家在外故也，兄当体会一切，似无庸絮之矣。

至于吾兄实亦一样借重，但祁说当时协商在座者，颇以兄一向犹有港大教务，故卒未决定云。弟乃微将兄之最近情况及内心素所韫藉者有所陈说，祁同志即又委我向兄同时征求意见，倘承同意，并嘱转请于春节前即本月底尽快（省公和你即付来照片各三张以凭办通行证）命驾赶上，以便决定日期。前还有预备会。关于大会开会前（本月廿七日即旧历所谓年初四），更有文件的学习讨论等，亦要有充分的时日准备。祁再云来此同渡春节也，极高兴等语，如此我切望兄同意接受更多添我的师资。大约兄亦一样地暂不发表的，接函后请先见覆，并希打点行程。

此函另托专人带上，取克期可到之意，顺闻。即颂

俪福

弟靖侯

元月十二日午后

十五日复，晚续复

附白

弟有旧的收音机，内附唱碟机，桌形的，经向海关请准退回，今日已有船期，特交联兴船务行承运，写寄干诺道我会游乐部收存，此是弟送赠游乐部的。蔡望远兄先前看过，倘能修复最好，否则姑作多件家私陈设，亦胜过我存而累赘也。想承诸同志不以为嫌呢？请即摇一电话转知为盼。我的电话 12978，你可忘记否？

省公如能与公同来最好，否则公可先命驾，卅晚我当同国老到站迎候。

弟靖侯敬礼

元月十八下午

曾靖侯致陈君葆函

（一九五六年十月十五日）

葆公：

港九时局竟有此突然奇变，似奇而非奇者，所谓其所由来渐矣。谁令致之？此可理解者也。当此形势之下，弟适因旧同事（前为周作民所主办之太平保险港分公司经理我是付理兼金城银行付理）李楠公先生（镇江人）现当联合银行广州行高级干部，因要事必亲自到港处理乃可的。当时据港方报说，移民局可能批准，乃起程赴澳，不知到澳后滞留将廿天，竟不得准。弟接信知此，即函托马万祺兄代大力协助解决。顷再悉：马是转托费公彝民的，其法是由费公觅一太平绅士作保，而李兄自觅商号为证，申请移民局照例核准到港。我现已亲再致函费公，加请他分神协助并由学尧兄转也，托学尧从旁鼎力。但费公在此时候果能兼及此求否，尚在顾虑中。

我则形格势禁，难于为力，公当理解。因此想累及我公，如费处不得要领时，公能否找一太平绅士（如秉芬兄之类）依例为保？特介绍楠公兄亲友亲持我函进候指导之为感。公原有此身份而不适用，我能体念因此必需转求之烦。楠公人极负责，滞留在澳，自然焦急，而他有些血压，新愈未久，诚恐过于焦燥，影响健康，故特为之多方请托，实亦不得已耳！否则我正为公一家悬系，而各处亲友尤其九龙方面更使我一家焦挂，写信慰问，真

又写不了之多，愤慨万分，容日再谈。并请

珍重

兴居

弟靖侯

十月十五晨

曾靖侯赠陈君葆诗

（一九五七年一月十三日）

附名。弟曾靖侯敬祝葆公春祺百集，诗与长江通乎不通请看如下：

好诗叠奉到，新旧已两年。入幕喜通韫，晤与朝夕前。日值两公干，风雪更夹便。春色喜十分，得之不费钱。莲驾行就通，为报平安先。今晨起床早，呵冻通一笺。想到即写到，知你必渠轩。何当西窗烛，痛快话连篇！

我回来后至开春来，虽没有一定的事情，然憧憧往来，殊难为什么弄到常有余忙也者下一解说，只有一些不敢太玩□的，并有一些必要答复的，尝草草寄□片楮，还多所未及，尊夫人他日自晓补达其未尽之处。

丁酉一月十三

曾靖侯致陈君葆函

（一九五八年一月八日）

葆公：

兹特函介绍吴美珍老太进候。吴老太是已故的吴东启伯之次女，启伯原是美洲归侨，最热心社会事业，因之创办华洋织造厂于油麻地，为人老实而无网索的，后乃破产。说起来是靖四十五年前在香港四邑轮船公司任书记时，启伯为司理，实为世谊，因我们省协副秘书长又即省参主秘苏同志与她是姊妹至亲。谈及启伯过后遗有土地（约四万多英尺），在油麻地或旺角？实是最后期按了何东二十三万贰千余元，后人（皆弱小）不知其事，任人宰割，至今始于衣箧底里发觉有些文件关于此件的，遂不得不追究底蕴。我们协商所及，非托丕公去搞不利，然此事又非烦公约定老丕时间，带同美珍过谈，则断难细致。

我现忆及一九二六年间是港大罢工期间，不知是否就是港政府拨出三千万大借款，救济当时经济危机，而启伯把地出按的？因最初契约所载是港督为债权人（借款不过八万元耳），此间未得原契约参考，文内条件如何？非到田土所查抄，无从辨别。此件还有追究余地否？

我们义不容辞，可能的话，应予尽法帮忙，请更为丕公言之。其余详细处，须指导美珍老太，否则恐难得要领耳。

诸事费神，知公必乐于协力挚好，道谢可免，一笑。顺候

俪福

弟曾靖侯

一九五八年一月八日

林泽圃来时，面请我为华革会写医疗所招牌，容日间稍闲静时试为之。但是否“香港华人革新协会医疗所”这等字样，实还须明示，以免写了又有所不合。

三月五日吴因□女史交来始读

吴东启遗产事

在亚皆老街与广东道交界处，地约四万余尺，有上盖屋及货仓。多年前按与香港政府八万余元，继转按与何东两次达三十万，并把前按数转入。在罗文惠律师楼办手续。东启死后由其妾做承办纸手续，在廖亚利孖打处办理。各种证据，久已遗失，近始由其女在吴东启在广州遗下槓箱内搜出一些。前者何东方面曾登报作过声明，现在有无可能追提其事？介绍信两封：

省政协曾靖侯；

省政协副秘书长胡希明。

曾靖侯致陈君葆函

（一九五八年二月十七日）

葆公：

早经读接所惠的《乡土》和新见的《文艺创刊》，甚谢长赐精神粮食。新成七律，愈见愈造愈沉厚、老辣，但《借张琴》曲，我实茫然耳，得便指示我。

昨闻尊夫人已遄回港，想当无恙。

现我主要的欲为公告者，是索费我的心神。省协是省委统记领导下由民革、致公两党为基干，大搞炼铁、炼钢这件急迫而突出的一件艰难而又光荣的任务。我们忝充委员，年老力弱，当不可能请缨作战。同在炉边，因斯老卒不能成行出视韶关专区，留在三元里省政学校里，新建的“红专钢铁厂”，备顾问，挂帅的是郑秘书长，省参省文史馆首长成员多充这个战役。而说到我个人，看领导层的精神口吻，大抵要我支持的工作，是对港方有所推动而已。但这事之先，市工商联早已于九月初自动地大搞钢铁，并在山村（花地西南）赶建基地。经过种种艰困摸索，已喜闻本月 14 日已能出钢若干矣。我们对外联络委员会成员当初各须向港方亲密友人中，找可能一问即得答应的对象，而起码以壹千元的捐献为言，并承交带于对象要审慎，倘没有绝对把握者，则不宜开口，以免反招不好的影响。这是正确而又应该的。总目的要求初不过五万元港币，借此外汇为购买“马达”“钢板”（结炉用）等等必需材料，如有能捐出这些东西的，也等于现金看。但最近据报已得四万金之间，但还须再搞三万始可敷衍。他人公所不甚识的不说，泽南、五颂献各自捐港币伍佰元，其他经手的我还不清楚了解，总之已得四万元间。最难为情者是我个人，委员意态中，微似以我为不起劲，指我交友最广泛，连报数字（指劝捐言）甚至对象的人名一个都不敢报出，从现场气氛上看，更不是促进派。这是我个性太自知、太老实而致这个模样的。我内劲本有的，但荷包在人，一开口就必得的，自问安有这等潜势呢？既无把握，何敢乱报对象所可指拟的呢？有损于人而无益于事，只求加重一时气氛，作模作样，我宁受人讥我为没作用罢了，我实不能如连东生这些人，乱指一通的，如他说高露华可得，就由他去信可也，我又何必再加一把力呢？高果答应伍百金，是连的成绩之一。我也何尝不写过信呢？但我的方法，是函托某友同是认识的那个对象，请他从旁探商，得则有卷可交，何等愉快！否则便算了。然而果不成功，虽递白卷，自问何伤？但在组织方面，未免以我为太不尽力了。

公到来时，我也何曾给你告诉过这宗事情呢？

然而今日为着省协也搞这宗光荣任务，我似乎不得不为你一说吧！

省协委员在港不少，我知得大略如黄宽成、何贤和马万祺等，自然不欲以此小额筹捐惊动他们，留以为将来大举之用。（他们捐献者过去不久也多见不鲜矣。）纵使要动，也不用我们去干。我所拟的如廖恩涛、李崧之流（李已有人提过了）和交通银行程慕浩、郑铁如等等，可能想象否？此皆公所深知，公可否和萨甫兄加以考虑，有什么办法从中推动，各尽微力以支援省协呢！原来有钱人家，支援国家大建设，只拔荷包实何等轻松之举，只出劳力者惟苦耳！然所请大亨之流，我数十年来阅历太深，胆子愈小。感情虽有，然此中微妙，打荷包而可能得心应手者，必于平昔常多经济关系或最好而共同在此中干活过的。我则生平与人来往，关于经济方面，谁尝得我的一些作用呢？

我原不是厚于省协而薄于市联，为的是市联还有多数本来大亨相互的关系，而省协所属则总是不同，是港方，我们不稍作动，他们真是莫可指拟矣（指多军政人言）。因此，我也当尽情归公一商之。

我写此信，苦于吟诗，因这是极伤脑筋之事，心病里矛盾重重。[1]

大练钢铁是之后长期之伟业，有可能支援之处，时时需要，急能济事，何在烦言，否则能与萨兄筹个方法，如何作出小小贡献，到可能时，再请示组织所需者为何可也。

尚望有所覆示为荷。

最近，商品出口交易大会15日开幕，我们奉了“市联”和“华投”双方任务，向港澳的大亨们一面为着支援钢铁元帅，而另一面为着募股，我真感自觉无聊，愿与力违。我本与港工商界素少联系，来的多不识，识的他人比我交情更好得多，其间还有不必因公再加把力的，组织对人使用的措施实未结合具体的实际情况。省协里确非工商业者的属性，从来没有硬派任务的，真能知所从事的，故我更以为应为它费些精神吧！顺祝

俪福

弟靖侯

Feb. 17 下午

〔1〕读循陔老人此语，辄书一截：展读君书语若丝，详于奉奏苦于诗。百花采后蜂成蜜，岂问辛勤究为谁！

曾靖侯致陈君葆函

（一九五八年二月十八日）

葆公：

我昨天正发了一函，是由渭兄转的。因精神不好，竟忘却要通知尹时中先生决定请你为买电子带一事。

靖再白

Feb. 18

曾靖侯致陈君葆函

（一九六〇年一月十七、十八日）

君葆友长如握：

关于省公之有所徘徊，仍待此间进一步的见覆。弟经同国老得了切实回话说：一切不必考虑，来是欢迎的。并承委转知，烦将照片迅予寄到，自然赶办付下，若过急不便就道，则稍迟些亦无妨。从年初四起，一连有四日的盛会，在这春节最欢欣同庆中，总不宜失此伟大之良会。切盼，切盼！此函拜托友好带下，取快捷促驾之意，诸烦转达。甚幸。

午前拜覆数行，藉纾绮注后，过候祁兄于其寓所不遇，转约国老再往又未返，乃又过其办公处，初晤开山兄（工商处长）。开固洞悉此中过程者，因祁开会当中，开将尊函转达，并转覆谓省公之有些怀疑之点，全无关系，能来总是欢迎，即承交托驰覆我公转知迅将影片寄到即办证件（公的证件大约今晚可能交到云）付下，最好能与公同来，否则比公稍迟亦无不可。大会开会在本月廿七（即年初四），连开四日，但廿二及廿三日先开学习会（国老所知的），所谓学习会大约是期前应有准备耳。省公与公未及参加，当无关系。黄博士未知可否联袂偕来，要否预期一约（博士住太子道 104 号二楼）听便可也。弟以为省公之谦逊，自然是其夙所修养。今天是人民的任务，总是人民所需要的，义不容辞。何况来此体察实际情况，吾信省公之聪明一览无遗矣。晤面在即，倘省公与公能同来，则先给我以长途电话（前已通知一弎九七八），俾好偕国老到站欢迎。如公独先来，倘不改期，预有通知，则卅晚我仍当同国老到站候接。御寒衣物总要带够，不审港方最近两旬天气是否多在四十六至五十几之间耳。余容面罄。即候
君老俪福

弟靖侯
一月十八下午

除此已另书一函托大公专人，如能尽早带下更好，顺闻。

顷再奉到惠覆，早料省公不难有所徘徊，故特介绍我公转过谈洽，相信当有成就。弟现定中饭罢，即转尊覆过访祁兄，如约得国老，则偕国老同去也。

昨午前一接得见覆，即着天畏儿亲持过谒国老，但不遇其在家，交下他的爱人。及晚饭前，国老电话来报，已即交给祁先生并即赶办通行证了。现俟见过祁先生再函奉告，倘通行证交来时即照前托此间大公专人带下，至于开会需时日若干，尚未问及，大约不过一连串，至多四五天耳。此间天气一连冷了十余廿天之多，将来行李当须加重吧。再谈。

十七日十一时X8分

曾靖侯致陈君葆函

（一九六二年二月十三日）

君老：

叠奉手翰，藉悉春游诗兴之浓，佳句随处即得，殊堪循诵。独惜港行归到，以离穗日久，人事纷集，益云疲倦之余，最感不如从前者，是视力日渐减弱，多写多看，很像眼镜度数似不适应，其实不关这个，年事来了罢，拟试唱和，徒叹无能耳！

在港时虽频相聚首，然总是限于时刻，彼此蕴于中者确未尽所欲吐。公本月一日所示各节，循诵书词，多补面时未及，于我殊多启发，深感同情，诚所谓“他人有心，予忖度之，夫子之谓也”。所以我尝读公和醁村诗，借题发挥我此行的感触耳。闻苏老五曾于华侨大厦遇公，公也给他提及我有一好诗云，想当指我这首吧。但此首诗第三句有三个字实未妥叶（余无态），一时未能改，现再录呈如下：

谁道梅花冷岭云，春光先占自缤纷。冲空蕴藉浑无意（替余无态），傲雪纵横不着痕。客路繁华知暂局，家山风日动诗魂。他身倘是重来此，旧国新生事不分。

“浑无意”自然许多，实亦如此，但当时意想不到，无怪古人说：“吟安一只字，撚断几条须。”公又以为如何？墨水笔嘴有病，因请恕我别用红笔。

公所给胡希老的上品胰子，当经他归后来舍一坐转妥了，云湘四姑娘来此小谈，至至未再到，我也不遑过马老府上回候，虽遇马老于道中，也不见他来，可能是他知我忙的关系吧。我此归对好友多未及辞行，且失了许多接待，虽明知无礼，然多扰人实心所不安也。正写到此，又遇客来，姑拖住，留待下次再谈。

即贺　乘春双福并请嫂夫人

抚时珍重，内子同时嘱笔请安

弟靖侯

62. 2. 13 晨起后

曾靖侯致陈君葆函

（一九六四年五月二十六日）

噩耗传来同泣下，夫人贤惠感人深。平安正好时闻讯，痛悼难堪哭失临。

是早自医院电疗归家（十天来以腰骨版痛），接黄达巨先生函报，当时同内子不禁潸然泣下。事变竟有如此之突然者，因即写出如上一绝耳。

正喜闻公侍即领队来游星岩，竟遭此大事之后，尤为玉姑所以侍父晨夕者，即所以喻公之难过也。我真难为公唁，惟望公善自珍重而已。夫人之变出非常，大约是一时气出不顺，想此危险关头，过去似已屡见而复安耳。疗养之周到，夫人自摄之得宜，人事诚无遗憾矣。公须勉学庄子，并所以小解玉姑和诸儿媳之哀伤，实亦可奈何哉！

内子即过候尊马亲家，闻他亦不过仅于昨日接文蔚兄电，一时未遑转我矣。近两天来腰版略松，再电三朝再看，行动有碍，小坐也可，惟眠下则无恙也者，欲言难尽。即请

珍重珍重

弟靖侯

五月廿六上午

曾靖侯致陈君葆函

（一九六四年六月五日）

君老：

迭奉诗章，玉饶兴味，惜心有常忙，未遑报答。市工商联的执委改选经托朗老疏通，加我个人向主委们函再申请罢免候选人提名，卒不得摆脱，复选如旧，真所谓天公阨我，重作劳人，可奈之何？最近省协不断的参加干部同志的检查展开批评和自我批评，虽似观察员（主持者和我们起的名称）得深入省协工作情况并学得许多事理人情，然委员中也何可自勉于自我检查呢？（所谓破西瓜）故此两日内，必要写好交卷，而此中早已于交心时，既将事实内容及思想活动等等，在我个人说，已尽力写出，及今又是炒冷饭，至多再一次加油加醋而已，实感难于入木再进三分吧！

我寄下的诗草，只有一峰复我一章耳，甚至华革也无消息接到。

老丁处至今没有回音，不知消息，子诵兄处，已寄了一份给他，是写寄风辉台六号三楼的，惜当时不托公转耳，现无多存，不能应命了。我由邮给省协秘书处的至今还未交到，正托邮局复查，倘失了，更难应酬，但亦何所关系呢？不过也算尽了些心血之谓罢了。

有一事最足告慰我公的，是畏儿终蒙党英明伟大，恕其一时无知，且以事后于企业工作，表现尚属积极不错，因而不予以右派处分，所扣帽子已揭了。但小儿还不感愉快，我已深深责教他。他则云，得失早置度外，始终不是对党有丝毫抵触的情绪，但在这光明社会中，还有构陷他人以图立功的不正心术的人，所以感不到愉快。此等创伤正新在心里，自难深怪。然我经向他大发议论上下千古，我也信得不久自然情随事迁，淡然梗矣。我心灵内始终交心不交这条，就是深信事不属实，党明见万里，洞彻人们肺腑，所谓严肃与宽大结合，一贯地是正确伟大的，历历可证，与其首先自求极度进步，严划敌我界线，并求先洁其身，以父子之情勿论不忍，且亦是非的不白无间于父子兄弟，则遭之者内心如何更甚痛伤，鲜不志更消沉，再恐难于振奋，须知一般都是平凡之辈耳！故我之不写，浑然无痕，倘因检查而有人提问此点的话，吾将口头答复之，盖将以微罪行可也。公又以为然否？尚待便中教我。

颜世亮所存之书，积年未解开，不知此中有生虫否，最怕是白蚁，究竟应如何处理，寄回香港，请访明示复。我本欲为它解开，但又怕冷地方如旧保存得好。写到此间闻高露华夫妇驾临，就谈至此。祝你

俪福

顺问子诵好，倘摇一电话问问

弟清漪

June 5 下午

曾靖侯致陈君葆函

（一九六四年十一月二十九日）

君老：

奉诵手翰，闻公竟以素健之躯而顷至一时仆倒，可云奇出现象。幸经廖老视督，断定无碍，原亦根基稳健，自然之理，战术不能不重视，则服药后，当必早告精力如常矣。康健人而偶遇此种一时的现象，亦于人有益者，盖不敢自恃其强，则从此当知谨小慎微，不流于自放也。

书辞含义甚深，滋多启发，容日再函领教。近日我也渐感疲劳，故拟偷息。关于稿费承转汇到，历致烦扰。当经签好寄下李老总，并烦代慰问。稿费如许之重，殊出意想，既承刊布，如旧雨新知有或得看到者，庶知我老况，亦足为慰，是于我私心里尤为高兴，又岂但物质刺激而已耶？

关于赫氏下台之作，前后有些矛盾，不如放于废纸笠可也。

学习等等紧张、严肃，非读书思维不可，因此，心有余忙，此老境侵寻之明证耳。

顺此奉候

俪福

华记近况，久未接蔡林兄们来信，甚念。

弟靖侯敬禀

64.11.29 午

曾靖侯致陈君葆函

（一九六五年二月一日）

君老斧正

恭读周总理一九六四年政府工作报告后即值新年

又春回大地，因喜而为歌成四十四韵

一九六五年，人皆更奋发。一年新一年，年年胜往昔。东风至多情，吹春开紫陌。气壮新山河，英雄励本色。中华虽旧邦，新命日昭绩。政从中央出，端赖毛主席。鸿文挥四卷，五洲争翻译。革命滚洪流，旗海尽变赤。国际统战线，龙腾虎添翼。垄断核讹诈，心劳笑日拙。美帝悲日暮，走头无路觅。新修告破产，祸首早辟易。翻云覆两手，越弄越力竭。马恩列斯后，韶山丕谟烈。三楚信多才，群伦尊汉阙。欢欣鼓舞余，低回思往日。井岗山烽火，延安时雪月。中间突重围，金沙浪热拍。飞越大渡河，岷山过奇特。险阻何艰虞，印象何深刻。图强自更生，竟不忧涸辙。间关反围剿，辗转抗外敌。大捷平型关，暴寇魄为夺。胜算决淮海，姑迟渡江艓。和谈许提请，任它偷整息。伪局骗不逞，游魂海隅匿。台澎义必复，暂且容反侧。擒贼先擒王，聊放此丑逆。国是有权衡，革命首团结。阶级明斗争，是非天下揭。功期垂万代，辅世长民切。三教启千秋，实践非难识。一必分为二，规律辩证晰。相求多总结，经验自累积。立场须自觉，命运须自惜。灭资须自矢，稍纵自陷溺。三宝听跟走，坚抱朝与夕。既往不可读，来者严儆惕。东方正当阳，照透心千亿。旷观亚非拉，竞相共休戚。冤亲别殊途，终登大同域。放眼看春秋，昂头瞻燕北。云霄一羽毛，谁不歌盛德。党和我领袖，寿祝天无极。

敬贺春节

俪祺

曾靖侯初稿，时年七十九

六五，二，一日

曾靖侯致陈君葆函

（一九六五年七月二十九日）

君老：

久未奉书函敬候，以心所言者，难于为敬。然华革诸子迭有进来得晤，虽均匆匆，未获畅谈。幸闻公贵体早告安善，此心一慰。而最足使我放怀者，当接公函，未加细看，急于展读，手展下，惟有挽黄省公诗，具见精神清爽。情能分念故人，此旷达之一明证也。

嗣此还望多访知友清叙，俗事可了者了之。翁瑞祺七月一日被邀到此看《东方红》时，来我匆匆一谈，当经托他转公一语。自得读挽省公诗，对公健康我已大放怀矣。不知翁有无打了我的斧头耳？士端已形成闲云野鹤，不知他近多过水云楼雅叙否？

云玉姑想当如常愉快，膝下孙儿怎样？谁为照顾？均愿有闻。弟尚饮食睡眠均好，日常写字读书算有常程，皆自娱耳，绝无心得体会。时代剧每看也感非常兴奋，编与造确大进步。暂谈至此。

候安

弟清漪

65. 7. 29

最近一峰作甫各有七律见示，未暇一和，晤时请转语之。

曾靖侯致陈君葆函

（一九六五年十月十四日）

君老：

经月未奉手翰，知已日复平康足矣，乃奉祥云下降，尤感快慰，公挽冼子诗，适于将动身出门前接到，即好携去粤光公祭处，（七日下午三时）文史馆中人马上录上一张大纸，反得高悬最当眼处，可谓后来居上。联和诗词颇不少，侯过老先生独不见，我认为张友老三首绝句甚好，但中大教授们竟不见有，到祭者虽不少，但不算多，我得晤她两个侄儿祖源、祖光，实初识而他们认得我，我和他们的父亲原是老友，且同他来的有陈姓者是和我有姻谊关系，我也不识他，他识我之故，并深许我的挽联其中之一句。联云：

交逾多年，玉润见冰清，晚节自珍，丰厚娘家终忍弃。别才两月，孤芳忘病困，诗心有托，梦竟祖国至堪依。（实半夜醒后得之而已，初实不欲劳恼。）

他们就是赞赏这一句上有圈的，我甚以为怪，是怪他们何以能赏及此句呢？原来事前由秦萼生诗人给他解释的，冼子逝时在二号，我完全无闻。及六号下午学习会散归，偶见文史馆办公室有人写东西，好奇的我，进去看看，始惊悉冼子之丧。随即返找秦萼生一问，我给秦说，来不及挽词了，只对他说，我过去尝赠冼子五律一首，头两句是“不为病所困，忍别老娘家”，极为冼子许为她最得心并谓非知己不能说出。秦因而给她的侄子说明所由来，以久别遂借以为谈柄耳。我近月极忙于学习等事，此外留待下日再谈。你挽冼子诗，我已抄起。你从前赠冼子诗，她经寄给我看过，并且抄起，然后璧还。以胡希老给我说，冼子所遗钱银、书籍文物，均没给谁交带过，如何处置，还未分晓云。冼子之逝，真如俗说，升仙一样，饭后往小便，忽不通，转头溘然而逝，医生抢救不及。然而她已感近日不如前舒服，且并失了信心云。

祝你健康，仍请多多节劳，行兄如此健壮忽引出惊人现象，可鉴也。

弟靖

65. 10. 14 日早上

曾靖侯致陈君葆函

（一九六五年十一月十二日）

葆公：

去月十九手翰早经拜悉。当时为学习“四清”，结合实际正在紧张时，不能不认真而每周加班，凡一三五六，公约非不得已均须出席，有时二四间还更有一节加班，真是严肃对待，故精力确感难于别顾，足足搞了两个月，现仍继续深入，至年底为止。最近我请了一星期假偷息，以免疲劳过甚。本星期三始复出席。公后来之书接在三号，翌日为罗梓材委员公祭之期，但张泊泉适未暇参加，因交统记办公室张平主任妥转耳。未悉公有无接到回音。老妻下港，为着舍不得外家来往，主要换妥回港证以备不时之需，她亦未审年事日高，否在最近三年内独自成行否。弟嘱她凡我平昔挚好，必当从电话致以亲切慰问，等同和我亲晤，但不必过谈，反捺彼此麻烦。现所未放心者，如未能碰有友人陪同返穗，她耳既不聪，神经衰弱，辗转过关，自必深感吃不消。然不能不使她一试也。至弟个人打算，就快八十，挚好如公至少年必一晤。端老虽无时不念，但如欲来游，易于借火。且必有人作陪，惟仍望他不避麻烦就好。

说到见示《文艺世纪》百期纪念绝句五首，意新词妙，八面玲珑，总出实际，故真则美矣，何奇之有。公尚多闲情逸致，于此足征，平昔一定修养为最可属者。

张友老于冼子挽诗，弟曾将公信给他同看，手民之误，公已于函内多已解决。至索我《平英新史稿》，公亦当知“素”字是误的。“玉女洗头盘”，我也因而得解，就是公此次函内所说登华山一事，张老说当时冼子同侯老联登，侯老终未达顶峰。“玉女洗头盘”，而冼子独能之，此真出色也。说起此事，当年冼子特来约我同游，本符所愿，但弟一不知此游所费若干，闻侯老带备五百金，若不足还有接济之把柄。第二，同游者均高年人，万一事出一些意外，谁帮谁甚成问题。因而谢却耳。我出游省外是在前一九六十年同冼子偕行，她和侯老故记不起者，共似五人耳（登华山言）。

弟近无暇写诗，但迫于交谊作过几对挽联，均不录。兹惟有近挽罗老梓材两首绝句可录呈粲正：

却喜趋陪日渐亲，纵横高论座生春。老成自是波澜阔，党正视同席上珍。

翌日忽惊归道山，宵来共赴吕家谈。风神烂谩相欢甚，四首灯迤孰与堪。

星期五同在省协学习“四清”，罗在楼上第一组无党无派，我在楼下第二组。小息时罗下来转知我，云吕老鉴周约我两人散班后同过他家晚饭，吕太精烹调，吃得非常滋味，彼此高谈阔论，而罗老谁也知他一发言如长江大河，至十时稍过，我感倦极，即兴言告退。罗亦同说开会后确感疲劳，临出门时我还和他讲笑，而后各乘车归。翌日下午各回省协学习，以小息时，忽闻罗老暴逝于中一院急诊室而未及抢救，眠下即已瞑目。闻他正发言滔滔，对请酥村提意见，坐下忽感不适。胡希老陪他下楼乘汽车去医院，还殊清明的，所以胡的挽联只记得最后两句云：

口角生风多善语（出比）；车萨一起各（?）人天（对比）。

对比意是他陪下楼见他乘车去。

我同吕鉴老选的挽联（一比）：

策动叹不成，义首广东，奈何栈恋南天[1]，知子毕生惟最憾；

箴规钦至切，情兼师友，谁料星沉珠海，使吾今后总长愁。（对是吕老自己的）

就此作为话柄。顺祝

吟安

最近陈一峰兄寄赠我两巨册（公当有此），是陈协之《读岭南人诗绝句》，杰构也。惟协之为人不必谈矣。

弟靖侯

十一月十二晨

李宗仁招待中外记者一影片中，看见费彝民、李子诵于中甚活跃，而李侠文在座位上听宗老发言，仅一瞥耳，于此乃见好友甚兴趣。

---

〔1〕 指余汉谋、罗与余自小同学同事，闻劝之至切，原亦至交云。

再《平英史稿》张友老答算已写就，交中大史学专家陈锡祺审阅。陈也搞这套史事也。我经请他将来可否借阅，闻出版问题还未解决云。补上漏复的一节。张友老同组学习的。

曾靖侯致陈君葆函

（一九六六年三月二十日）

葆老：

奉诵手翰，至用快慰。我们此后欲获一畅所蕴者，势似颇难。当然彼此同感矣。带状疱疹就函内所述情况，似比我过去尚轻，因初起来势甚急，痛痒交剧。一院黄主任即主张送二院留医打针服药，经至紫光电疗又时时药水外搽患处，所以求止痒苦者，非常麻烦。我胃口素强，竟致任订所嗜之午晚两餐也，不甚滋味。捱了廿一天始出院，所处理之药物多不知名，总之每次所服各式小丸凡四五六片，承医者所说嗣后可告免役云。佳作有意有情，铿铿可诵，一二字之推敲，视人之各自使会耳，实不成问题。我准备明天星期一下午恢复回省协学习，张友老一向同我同组，近闻侯老也转入我组，一峰亦近有七律一首为中山先生逝世四十一周年纪念作志，一并转两大诗人。公的我另抄存。

昨早上我偶出行买些东西，归到城隍庙前，碰着潘老惠自港归来已三四日，我现约他和太太于廿一星期二先来我家，同去北园午叙，先问问他华革是否于复活节由老师领队来游。承答：分两批，一批往新会的当然不到广州，另一批往武汉当先过广州，是否老师领队往武汉（我以为可未必再愿此远行），或新会及大蔡们如何，潘说均未了解。

本月四号午间，我正在家吃饭，文钊忽独登楼，邀往泮溪午叙，原来港上旧友、律师楼的老师爷黄建康（早已发财退休）

初到我们贵境，是泽南为主请的，到泮溪门前又碰应湛，他因请丕士午吃，另有家人陪，所以未加入，始知丕到了。翌日就是文钊请游白云，因顺约老莫转请丕士同行。泮溪吃罢归家，又接到市委罗培元部长来函，说明即晚请丕士于南园（河南）并请作陪，到时陪客另有老莫和宾馆一个翻译，文钊因泮溪午叙后，当时去电话，云尚未归家，该晚实得五人共席耳。我初时实有多小怕见老丕，怕他会说及华记事情，结果终席只有老罗提出问题，都关于香港对备战看法等等。老丕自然答得颇聪明的。席散，老罗独自送我回家，并登楼小谈片刻。我尝给老罗微露老毕一些思想近向右转，华记委曲求全，争取团结，港新华社负责人都了解，盖免他完全蒙在鼓里云尔。尚未知我情不自禁地有无错处耳。翌日白云之游，文钊一家大小同去，午宴于山庄旅舍，客人除我和小女秀端外，泽南夫妇、老丕、老莫就是新客老黄。席上文钊与老丕绝少直接交谈，只吃而已。吃罢就相得阶返。我同小女、老莫三人一部小汽车，中途各未关照，就各别而归，以此再没有机会复晤老丕，省却多小麻烦。闻老丕翌日往温泉就返港了。

我虽给老丕说过，昨年我未同老妻下港换证，此后即不可能再作港行矣。他说的甚漂亮，“我可给你换证”，这岂符事实吗？我答我年老，怕烦而已，何再敢劳君。此是和老丕一晤的情况。烦转大蔡、林英各位知照。

复活节究竟大蔡林翁们各位会到穗得一良晤深谈否？烦转请他们抽空给我示明为幸。光阴如驶，转眼就是复活节。早报好音为祷。

弟靖侯

三月二十早

曾靖侯致陈君葆函

（一九六六年三月二十七日）

葆老：

月二十日奉复一函，内附学隶试写拙作《采桑子》一阕，料达文几。《采桑子》第二句“却喜晚晴”的“晚”字读作平声，按唐宋诗初期的词和近体诗并没有多大分别，词中一般寻常通行的调子，例如唐五代时所制的一些小令亦不甚严格，我尝举此问教于张友老，他也说可注明“晚”字作平声读，这岂不是形成画蛇添足耶？公以为何如？

友老已有和作，他六一年珠江夜游后，曾应我之请为我写过一张册页，作寸楷字，是钟体，方知到他原来那样好字的，但还不知他写小字如现在和公作的那么好。我即给他说，不但诗好，字也那么难得，葆老竟得宝矣。我也一见贪心呢！他还另笺用红墨水似是钢笔，比和作更小的字复我两三行，着代寄君。内说《平英史稿》印就，当请教。且于署名之左方更有蝇头小字说明。函未发，复得寄来《文汇报》剪出前诗及跋语，云友登华山。当时，我未到陕，只赞玉老（即冼子）《儿女英雄》，又索《平英史稿》。正当作以书下酒而已。友乍又及，此事我知得公是误以侯老作友老咏。当年作华山之行，冼子原约我同行。我当时主要以所约同行者似是五人，皆老者，其中一人是归侨（住湖北者），冼子说明靠该侨老引路者，我不放心，万一路上中或有一人遇些意外，谁可能有力照顾？因而婉谢之耳。

再，公诗为《大公报》十八周年纪念写的有：“整顿乾坤日，宁□刍秣时”，宁字下一字，我既看不出，张老也看不出，并以为“整顿”（上句）二字与下句“宁□”字似勾不起下句“刍秣时”。现特向君请示明晰。我因偶然习隶，一时意兴，又写给我的《采桑子》寄一峰。今早引出一峰再寄他的七律为孙中山逝世四十一周年咏的，又是隶书，且是三分小字，足见他也早曾习隶，不过久荒如我矣。顺候

近安

痛痒想当早告不药矣。

弟靖侯

三月廿七下午

君老再鉴：

张友老已题初曦楼图次《鹧鸪天》原韵：

化蝶人生可有涯，骨销残梦觉初曦。卅年湖海空余子，三月莺花笑阿迟。　　窗渐曙，发纵晞，琴弹海上有钟期，层楼更上穷双眼，东海扬帆日丽时。（现正函寄下去）

同时他并为我写了一张小册页，诗云：

喜谈星际恣游翱，弦管声谐唱愈高。提笔苍茫珠海窄，如公真算是诗豪。

1961 年 6 月，在珠江夜游船上同赋录呈靖侯词长两正。

张老是书法钟，甚古雅厚重，甚少为人写字，初实不知他书法之如此讲究也。

他给我这首绝句，极尽捧场好意，心实愧之。顺续录此，作一谈根耳。

当时汉剧团黄桂珠等在舫唱，而同人索我即席题句，果算得四首又命朗诵，都邀赞许。

曾靖侯赠陈君葆词

（一九六六年三月三十日）

家登八十难为老，却喜晚晴，正爱晚晴，千载谁逢此盛明。　　东风鼓劲春开处，红遍苍生，企看苍生，四海争歌北斗横。

——调寄《采桑子》。

去岁冬末春初、养疴山虜无一是处静读。主席诗词得所启发，仅成诗一阕，志五月所感云尔。久未习隶与写画，长病后检旧纸试笔，尚觉新愈后健。

一九六六年红棉未放，春正酿寒，循陔老人并记。

君葆大兄词长一粲，三月三十日检出寄呈补款为仰。

曾靖侯致陈君葆函

（□□□□年□□月□□日）

君老：

接奉手翰，自然同感。多月未经函候，而心常凝念，只以人事纷繁而精神又照顾不及，心有余忙，晚上视力益弱，既怕写字，更怕读书，偷闲时开了收音机，闭目作聆音赏曲之娱，此中生活料公当能谅解吧。

学习实常严紧，为益亦归来后所未得的丰富收获，以故初拟农历十月中旬偕老妻下港约留一月间，迫得作罢，候之春后再算，因之侍教延迟了。去年十二月十号晨，起程赴惠阳观访洪水奇灾后农村面貌如何，共留在西湖酒店（西湖湖畔）头尾十五天，至廿五日下午始返抵家中，跟紧又复开会，复要写体会心得，克期交卷，材料太丰富，问题甚多，须结合自己个人的思想观点，从事实情况联系自己过去不正确的认识，说明问题的存在，解决得若干等等。自愧个人学习多疏，一句话，百沸未融，屡易其稿，非常吃力，才能交稿，所以大有招架不来之势，可叹。

兹奉报并烦转大蔡，关于同一问题是春节假期，华记组队来游之件如下述：

我打一正式报告是在本月九日晨起写正的，亲自交去统部，得以求晤海外处负责人，谁知一病而一外出，最高的自然忙不及见。（当时我只将大蔡手写的信交托转给统部改核而面加洽商的。）但该处有女同志面答我：处长虽病了，而你的报告等当即交部长看过。他很重视，且经即批下交与有关单位联系了。大约再候三两天好吧！

就我个人的意见，把这次请求专志统部处理，不欲向旁的打点，试看它如何结果。所以结合我的报告，希望“挂钩”实为不可免的目的要求。否则遇事都须试探门路，不但各感麻烦，且多阻碍。兹将我的报告稿子附请察阅，便可明白了。前借过省工商联礼堂作居停，而食则安排在“占元阁”（今日是回民食堂），我都于报告尾附明了。

目前惟有坐候消息，许它忙个不了，或情势有什么难于安排宿食地方，宁愿阻迟或至不可能依期来游，延候到复活节天气较和暖，易于打点时，总须统部作出一次专力的照顾，成为实例，华记以后就可用公函直接请求，不庸通过谁来搞，这是关键在此。上函保留未发，候下午谈过补充一些始发邮，谁知许（诒松）竟先到访。是罗部长着他来谈清楚的。据说罗很重视而又妨安排食宿或有不恰当之处，不但于你们来者不习惯，尤恐于我不好过，所以要更求进一步了解云。我说：主要是边参观边学习，与一般的游观名胜不同。大抵关于人民公社灾后的面貌和大炼钢铁土洋结合的两条腿走路的事实和理论皆愿闻愿见，加深信心，提高认识，好好对外作些宣传。对内的工作方式方法也有密切关系，此是我素知该会会员的愿望。但应如何安排，实望统部酌宜处理，最好事前能将所拟定的分日程度预先通知，给他们心中有数，名单和简历等待此间有切实安排回复去当必会寄上来的。

我所提及前借省联礼堂现在当无可拟议了，因非如前之多出间，且铺盖市和省也复存在，足供应了。

在老许口吻，除恐安排住所（即部长意思）欠不舒适外，问题均不大云。我也解明，会员们也非不可能担负三四十元港币的，看后不过作大序式安排，则不但不合且也不应该，会员们早经声明，一向也是如此，只求有食有宿而已，其志实在提高认识，所谓百闻不如一见之谓。

老许遂告别，并说，那末，即可复明部长，可能两三天复我，转前途云。

幸午饭后赶补充这个消息。你们初未说明每人打算用若干钱，使人难于代打算耳。

大蔡的来信早交统部，我仅记得并再声明，本月廿七早（大除夕）车来穗，初四早回港，总之留穗三整天四个夜晚。

融熙法师给杨士端、陈君葆诗

（一九五五年□□月□□日）

乙未三月廿九怡保道中口占柬士端、君葆词丈吟正

仆仆征途十丈尘，垂杨虽系转蓬身。（借前人句）雨花许见空中坠，犹是江湖卖解人。

临济儿孙半野干，禅心无那又春残。山花赤白犹争艳，欲说谁妍也大难。

融熙初草

张元济赠陈君葆等朋辈诗

（一九五六年十一月十一日）

余九十初度，远道朋辈各以文字相贶，深感盛意，谨口占一绝，聊表谢忱：

正叹年华逐逝波，颁来美意故人多。愧无佳句还相答，聊作琼瑶远拜嘉。

张元济

一九五六年十一月十一日

丁波赠陈君葆诗

（一九五六年五月九日）

跃进来观试验田，田头绿浪稻初香。三千六百斤增产，诱出梅花异样妆。

陈君葆先生词。

丁波写

一九五六年五月九日于广州

罗慕华致陈君葆函

（□□□□年一月八日）

君葆先生道鉴：

敬启者。香江一别，于兹四载有余，每忆高风，辄深驰想。日前有孙君者，抵此谈及港地情形，藉悉尊况一二。所得虽少，亦足慰矣。华自卅二年到徐，以小女患骨结核不获他去，遂仍事教读。后在一天主堂学校任教，当称相得。胜利后即进而主持校政。唯以体质不佳及习惯关系，于今春告退，在省立江苏学院任国文系讲师。半年暑假改组，乃专任省立徐州中学国文教员，每周十小时课，颇为清闲。居常忆及南中师友，尤对香港风物不容置忘。近成绝句十首附呈郢正，当不以别久疏之也。内子执业接生，在徐又生一女，一切差可，唯居此环境，终感局促不舒耳。奈何奈何。夫人暨男女公子谅均平安，近年情况如蒙见示，以慰渴念之忱。当所至祷。季明夫子是否回港，亦时所蒙念者。如仍在港大，希代为问候，临款神驰，余不一一。专此，敬颂

铎安

罗慕华拜启

一月八日

绝句十首寄呈君葆先生

局促连年久自伤，镜中华发欲成霜。此生合是风前叶，飞遍天涯无故乡。

天南每念旧京华，好把湖山胜处夸。偏是欲归归未得，故宫老却太平花。

满目风沙说古州，黄云落日大河流。终年远近无芳草，心似枯田四季秋。

道是名山山不深，百无聊赖一登临。几时化作山人鹤，飞向白云无处寻。

社鼠才除鬼影新，多年好梦竟成尘。情知此后多风雨，何处桃源可逊秦。

蕉雨松风绕梦边，海山佳处几留连。关情最是春三月，啼鴂声中闻杜鹃。

鞞鼓忽从海上来，云山无主鸟声哀。可怜一样芳菲节，到处山花不忍开。

客里登楼思悄然，耳边温语自缠绵。谁知蝶尽莺藏后，劳燕分飞各有天。

前辈风流见而今，乱离时节更情深。自从隔却云泥路，每展瑶章取次吟。

瞬息参商几度春，万端心绪托鸿鳞。披衣言笑皆前事，无翼晨风空苦辛。

罗慕华致陈君葆函

（一九五五年十月二日）

君葆先生：

前蒙提示写“过故居”，归后自思亦颇可一写，乃是成二十首，兹录请斧正。因纪实殊多俚直之处，盼予指教，随时见示，至所企幸！敬祝

近安！

慕华谨上

十月二日

过景光街故居杂忆

承君葆先生提示成绝句廿首呈政并以纪念港变十四周年

此地当年好避秦，暖风歌舞四时春。忽然鼙鼓来天外，何处重为逃难人。

学子匆匆负箧归，虚堂冷落掩门扉。檐前紫燕怜雏幼，伫守巢边不敢飞。

中宵火网正当头，妻女相将共下楼。且向梯隅低处坐，嗒乌无语亦无忧。

炮停处处见创痕，弹片拾来到手温。恨彼殊涂侵略者，曾供钢铁肆鲸吞。

邻户横来飞弹穿，一家毁尽一家全。居高无恙低遭害，生死方知亦偶然。

消息传来已退兵，白旗渡向受降城。阛阓鼎沸成何用，百万人民待割烹。

仓皇焚稿且焚书，热泪纵横落烬余。为恐斯文轻贾祸，变装偷活意难舒。

大陆烽烟何日休，旧仇未已更新仇。铁蹄踏进山城夜，碧海无声水倒流。

可怜噩梦醒来时，到处横飘旭日旗。十里长街人似水，惶惶奔走尽驱饥。

检视箪瓢眼下空，彷徨何意计穷通。且将玩好囊衔卖，镇日奔波市井中。

世变偷闲偶论诗，水云楼外雨如丝。相知何似陈夫子，推解高情未敢辞。

云天漠漠海苍苍，家散人离只暗伤。幼女无知犹惜别，船头遥望泪成行。

沧海横流陆欲沈，着鞭徒抱祖生心。空楼寐寞残冬夜，家国风光梦里寻。

已逢两度杜鹃开，无复闲情骋目来。入夜灯前怜瘦影，未知何计戍轮台。

旧病侵寻犹未终，那堪新病更相攻。乍惊肠断三更后，两月缠绵床褥中。

无端暴疾苦相煎，求得良医始幸全。生死辛劳不图报，施君高义薄云天。

兴学行医两伉俪，树人济世著声名。奏刀除患全生后，不尽般般关注情。

友道时衰愈可珍，分甘共苦不辞贫。病躯朝夕慈云护，笃义无多让古人。

五月薰风日渐长，病回虚室意彷徨。更深无寐凭窗立，满目繁星夜色凉。

无限离情绕梦边，思同妻女庆生全。一肩行李乘航去，回首炉峰色黯然。

一九五五年十月二日录

刘西元、吴学谦、孙孚凌致陈君葆、姚德怀函

（一九五七年一月十五日）

陈君葆、姚德怀两同志转香港大学师生观光团的全体同志们：

自从去年九月间接到你们的来信到现在，又是几个月过去了。这段时间里虽然没有听到更多的关于你们的消息，但都很关怀你们回去后工作、学习的近况。

国内青年今年要忙好多事情，其中有：青年团召开的第三届全国代表大会、全国青联召开的第三次全国代表大会，在莫斯科举行的第六届世界青年学生和平友谊联欢节等，要选派代表、文艺创作比赛、排演节目等。这一切也许你们也在报章上看到了。你们今年有些什么计划和活动呢？希望你们能经常和国内青年学生联系，随时交换大家的意见。也欢迎你们有更多的同学随时回来参观、访问和工作。

随信寄上《中国学生的光荣传统》画册一本，作为一份小小的新年礼物。希望你们能继承中国学生的光荣传统，在新的一年中取得更大的团结和进步！

刘西元、吴学谦、孙系凌

一九五七年一月十五日

二月五日覆

谢松山致陈君葆函

（一九五七年六月二十二日）

君葆先生：

承除君剪下港《新晚报》副刊载大作谈拙著《血海》文章，手持口诵，实感惭怍也。拙作初无问世之心，以和平后曾读到不少英国人所著有关日军占领星马后残酷政策之实录，如《双十惨案》（十月十日）一书（叙述十余名英有地位平民，因涉嫌收藏无线电收发机，被提审拷打，结果多惨死狱中，生存者只数人）其尤著此也。反观死难最多之华侨竟无是等著作，实在愧对千千万万之死者，乃将存稿《血海》付梓，初不料获如是之响应也。大作提及书中对英当局投降没有负起保护责任未加指责，这并非有意漏掉，事实上谁都料不到日军占领后，竟对吾侨胞进行如斯暴行也，以香港来比，则没有是种事发生，未谂先生以为然否！临笺依依，不尽欲言，南风有便，常赐教之，幸甚！草此特颂

福绥！

弟谢松山

五七，六，廿二

书成待发，接奉今日明信片，新诗一绝读罢，感荷无□。

廿二日下午三时

谢松山致陈君葆函

（一九五七年七月十三日）

君葆先生赐鉴：

上月廿二日曾寄涂光国君转上芜函，计陈座右矣。最近由商报转下六月十二日及廿二日所发，大教并《新晚报》茶话两则，读之甚感惭怍。拙著承阁下在报上吹嘘，友好纷纷索阅，益使不安，感奋莫名。前日适有□赴港，因捡《血海》十五本，《忆语》两本（家中仅存此数，已问商报索取存书，容后再寄）邮寄《新晚报》代转，谅可照交。书中有署名，此烦代致送外，余请尊意转赠。此外，又附上陈少苏先生遗著《生春堂集》二册，亦请检收，词集中有一阕系和阁下者，阅之便知。

江晃西君遗子二女一，长子维民卒业高中后，任职槟城某树胶公司；次子尚在钟灵中学读书；女维娜去年结婚，现在霹雳某小埠任教职；江君夫人前年逝世。拙文所述《结婚三十载》乃根据江夫人所陈述，或许作整数计也。

兹有恳者先君遗著《梦草轩诗存》近在港付梓，敢乞阁下作序，兹嘱敝友潘澄石兄代付上拙文《后记》，或就近索阅诗集，因潘先生代核勘也。倘蒙许诺，实感荣幸，如何并乞复示。耑此即请

大安

弟谢松山拜上

五七，七，十三

再，弟已离开商报，以后赐示请照右方住址付邮便妥。

陈彬和先生寄赠两书尚未接到。

谢松山致陈君葆函

（一九六〇年十一月二十九日）

君葆先生：

廿一日惠函诵悉，关于“林明港”地名事，乃前承彬和先生寄示前著《林明港与林明其人》，拜读后甚感兴趣，于回彬和先生信顺带提及，不敢云“指出谬误”也。马来亚各州地名人名译音大多数乃根据其居留地吾侨众之方言为准则，新加坡则五方杂处，有厦门、福州、潮、客、广府及海南等语音，不论其人，如读其英语译音即可知其原于何处人氏也。马来亚华人拓殖事迹尚未有人著述，所以一切很难稽考，不若新加坡尚有一些信史可征也，弟亦曾将林明港之名询之一些对马来亚颇有研究人士，亦无法答出。

陈少苏先生遗著《生春堂集》，弟处尚存十数册，昨经由海邮寄上三册，由彬和先生转交，并请抽出一册赠与彬和先生为荷，耑复并颂

著安

弟谢松山拜上

六〇，十一，廿九

卜少夫致陈君葆函

（一九五九年八月八日）

君葆先生道席：

敬启者，本刊前为编印中文本《世界华侨名人大辞典》，曾专函寄呈调查表一份，敬恳填覆，惟为日已久，迄未接奉。想系公私丛脞，无暇填写所致，兹以排印在即，用特再函奉恳，祈于最近期内拨冗填就赐下，不胜感祷。耑此祗候

旅祺

新闻天地社卜少夫敬启

一九五九年八月八日

廖梦醒致陈君葆函

（□□□□年三月五日）

君葆先生：

前些时候接到惠书，知道一九二四年十一月的《南华早报》（谢缵泰之文章）在贵友 Braga 君处尚存有一份，但须等其返自印尼方能翻阅，费神之处，至深抱歉，亦至深感谢！想 B 君已经返港，但不知是否曾找着该文章耳。

我已于二月初返抵京寓，因在粤时奔驰过剧，返京后，心脏症状不住发作。现在仍须静养，不敢妄动。以致迟迟至今，始行奉覆，迟慢之罪不敢辞，但望老友海量恕之而已。

京寓住址为“史家胡同25号”。赐函请直接惠寄此处。如果大驾来京，亦希惠临增光。史家胡同即在“灯市口”之东口，“东单”之南，“东四”之北。25号地近胡同之西口，从灯市口来，转入胡同几间即是。

谨此奉覆，并致

敬礼

廖梦醒

三月五日

廖梦醒致陈君葆函

（一九六四年三月十四日）

君葆先生大鉴：

日前奉上乙函，想已收到。发出后不久，即接到新华社转来惠寄之谢缵泰文章之影印本（全文及附件一页），不胜雀跃，不胜感谢！但不知影印过程中，所费若干？敬请示知，俾得如数奉还。谢著文章，非常宝贵，已交博物馆妥为保存。兹寄上旧照乙帧，此亦已成为具有历史性之文物之一，敬请查收，留为纪念。谨此致闻，并致

敬礼

廖梦醒

三月十四日

廖梦醒赠陈君葆照片题字

一九二三年十二月廿一日，中山先生偕夫人赴广州康乐岭南大学演讲，我与校长到码头迎接时所摄。

君葆先生惠存

梦醒敬赠

六四年三月

曾幼荷致陈君葆函

（□□□□年一月六日）

君葆先生清鉴：

十一月十二日我们的船抵港，十三日才算起程，沿途路遇马尼剌、日本神户大阪等地。途中遇着台风，我们除了躺在床上看书之外什么也不能作，幸好有拒晕船的药支持，总算每日三餐都可以起来吃，直晃了廿二日，十二月六日到了檀香山。艾克于第二个星期便开始上工，我为了种种方便，预备在旅馆内长住下去，纸笔已经开箱排在桌上，还没有正式画，当然这新的环境，总须要点时间让身体头脑来容纳。檀香山的天气确是得天独厚，既不冷又不热，也不潮湿，花果树木及岛上的风景也不昧虚传，一般人情风俗甚佳，尤其土人，因为他们的好心纯朴，人人都爱和他们来往，但觉现在剩下那么少的土人，所谓的一些土人美术品也都由美国人替他们做了。这里有着大量的日本人中国人，东方风味甚强，房子的建筑，室内的装置，多多少少的都东方化了，虽是不纯也不实在，有时简直可笑，却也不嫌讨厌。我们时常去杂碎馆吃汤面，这里的饭馆，较之香港可差远了。

我们是新来的，颇受当地人士欢迎与款待，一般人也都对国画十分景仰，不久我将开一班中国画的课程在美术馆内，所谓本埠第一流的画家们都要来研究中国笔墨，未卜将来会有何效果？也许很多不三不四、非驴非马的东西会出来，在美国内地已有很多处有人在教中国画，想来是这些新派画家们在找出路。

香港近日如何？国内消息简直太少，大学的东方学院内有香港报纸，都是由船送到，极慢的。

想起在港时，承蒙您各种的帮忙，不仅是展览会的成功，同时给予了不少的鼓励，我实在羞于啰唆的来感谢，只有努力自己，以期不负您及别位的厚意。至于在这里有什么我可替办的，请一直告诉我，我一定会尽力去作的。

马教授处我要写信问候的，其他各位先生处请代问好。邓先生的扇面一定画好寄来，林千石先生嘱购日本纸也将寄上。拉杂写来，请勿介意。敬祝

新年如意！陈太太小弟弟妹妹等都好！

曾幼荷顿首

一月六日

美术馆及大学东方学院的图书馆材料相当丰富，这也是可幸的。又及。

卢荻致陈君葆函并诗

（□□□□年二月二十六日）

君葆仁长：

久违雅教，时切驰思！此次政协开会，得悉驾临，特造访，一叙契阔，适驾外出，未遇。改日再趋谒。我亦参加政协会议，住交易会招待所462号，但晚间多回家。此候

晚安

弟荻

2.26

乡村雪意图

皑皑雪盈野，乡村几人家。千峰一望白，淡影抹天涯。

寒禽烟渚

老树迎风雪，寒禽动暖心。烟光笼远渚，幽影入清衿。

卢荻诗

李镜池致陈君葆函

（□□□□年三月九日）

君葆先生：

覆示敬悉。许、马二师存书安全，至慰！至谓所编《道藏子目通检》卡片尚存，更为喜乐，但颇有怀疑。因该种卡片约四叶，闻之许师，拟交商务誊录备印，或者当时未交，故存。该项卡片稿纸较薄，许师另有《道藏辞典》卡片，纸厚，存卡箱内，未知先生所见为何种？颇有怀疑，惜未能抽暇到港一视为歉。许师追悼会曾出纪念小册，未知尚易得否，有请代觅一册，以资纪念。

听马季明先生有回港讯，未知确否？

有书数百册，寄存圣士提反堂，惜为蚁蛀，所余无几，未知尚有若干。嘱钟仁立牧师就近检视。或该处无地寄存，拟请先生代为保存，放置许师遗书之一角，亦未尝不可，未知此事可行否。若能代存，至感！若所余无几，亦可与以前放许师处之书共置。

顺颂

著安

弟李镜池

三月九日

陈此生致陈君葆函

（□□□□年三月十五日）

君葆先生道鉴：

久不致候，良用歉然。

去年底在京晤何香凝先生，她属弟向先生请求一事。一九四〇至四一年间，她在香港报纸上发表过几篇文章：《斥汪兆铭》《再斥汪兆铭》及《全世界青年联合起来反抗法西斯主义》——原稿早已遗失，希望先生向图书馆的旧报中检查出来，托人抄录一份，寄南宁市明德街八十五号，或直寄北京王大人胡同华侨事务委员会费振东先生收转。祈先生诸多费神，铭感于衷。专肃并祝

道安

弟陈此生顿首

三月十五日

三月廿四日到

陈鹤琴致陈君葆函

（□□□□年三月十三日）

君葆先生大鉴：

日前过港，藉得识荆，异地同志，倍觉亲切，又蒙竭诚招待，或扰郇厨，私心铭感，言无所容，别后于本月六日安然抵沪。知关锦注，特此函达并致谢悃。专此敬问

旅安

陈鹤琴谨拜

三月十三日

杭立武致陈君葆函

（□□□□年三月二十一日）

君葆吾兄大鉴：

前函计达左右，关于追查一百一十一箱书籍事，务请费神即为进行。简又文兄闻已赴港，祈与取连系，是所企荷，专泐祗颂时绥

弟杭立武顿首

三．廿一

曼思诗二绝

（□□□□年三月二十三日）

见被除铜像，戏成二绝录呈君葆先生，藉博茶余一粲：

高台雄立几多秋，孰意今朝伦楚囚。俯首道边何所忆，世情灵影两悠悠。

几生修得到金身，体自青苍目有神。拌伦令威归去后，一坪芳草为谁春。

曼思

三月廿三日

袁同礼致陈君葆函

（□□□□年三月三十一日）

君葆吾兄：

兹托沈乃正先生面交寅恪兄及弟返沪之申请书，请费神在保证人格内填写大名并盖章为感。又介绍人方面，拟请在友邦军人中代恳绍介，俾能提前登记，无任欣感。屡渎清神，感谢不尽。专此顺颂

道安

弟同礼顿首

三，三十一

徐伯郊致陈君葆函

（□□□□年四月二十日）

君葆先生：

自揖别后不觉已近一月，想近况佳胜如前。弟此次回国，在穗留三日，即返沪省亲，家父一切甚好。对于先生于弟在港工作热诚照应，甚多感谢。在沪住一周于七日又抵首都，公私一切平顺，诸请释念。托带手表在深圳纳百分之八十进口税，现已妥交令侄女陈壁魂医师，令嫒云湘亦已见到。闻功课甚有进步，且能说极纯正之国语矣。托致曾副部长之函，本当面致，惟曾副部长每日开会甚忙，只得托传达处将函先行呈上，并留下弟之地址，如有回音，当可通知。锡根兄之款，于弟离穗时曾托友人由中国银行汇至舍亲王琥文处转交，想已收到。见到锡根兄时，请致谢忱。西谛先生每日相见，惟“三反”正在总结之时，甚多忙碌耳。弟在京或留旬日再行返沪，国内如有何事相委即请赐函，并望不必客气，专此布达。

即上

敬礼！

陈太太前代名致意。

又托带书，因北京图书馆正在“三反”运动中，未能细查有无，现暂存弟处。

弟徐伯郊上

四，廿

赐函请寄上海延安中路632弄47号较妥。

徐伯郊致陈君葆函

（□□□□年六月二十日）

日昨在季明先生座上，得与畅谈为快。今将托购书目附上，共五种，其中一种无出版处，便中请寄伦敦为感。又学文纪念刊亦请代索一册。琐事有劳清神，殊为不安，容谢。此上

君葆先生

刻安

尊夫人前代多致意。

弟徐伯郊长顿首

六，廿

曾昭抡致陈君葆函

（□□□□年四月二十一日）

君葆先生：

三月廿三日来信收到。关于香港大学英文系讲师玛瑟女士请求在国内大学任教事，因目前各学校均不需要英文教师，请向该女士婉言解释是荷。

此致

敬礼

曾昭抡

四月廿一日

何焯贤致陈君葆函

（□□□□年五月十四日）

君葆先生：

电话得聆教益，深感愉快，刻将钊老答谢四首录出送上，供欣赏也。专叩

大安

弟何焯贤拜

五，十四

答陈君葆

谋国天生干济姿，仗他西伯善扶持。水滨今日尊南海，大老归来又一时。

南来得意会豪英，半为时艰半世情。茅苇森森殷一望，却从雅颂见承平。

书生建策有渊源，形迹无妨似举旛。声教朔南如此日，低头仍自拜陈蕃。

声诗歇绝古中原，海外谣吟出一源。求野不须忧礼失，廿年教授老虞翻。

谢扶雅致陈君葆函

（□□□□年六月十七日）

君葆先生有道：

昔年岭大在港开课，得挹芝缘。其后弟辗转内地，久违智教。春间启芳兄为言台端主政《新生》，宣扬文化，甚休甚休！弟于五月初曾寄启芳兄一文《中国学术文化的前途》，旋接其复信，谓已交执事，于下星期日发表于贵报。以后一月有余，杳无音息，不知启芳兄是否已赴沪滨，上述一文如已早承登载，敬希将该版剪裁寄下，因此间既无贵报可得，而拙稿则未有自己录存，不嫌敝帚，专以奉渎。祇颂

著祺

企候

惠复

弟谢扶雅教启

六，十七

重庆歇马场，乡村建设学院，弟收

七月十日接到，十二日通知丙峰兄

费彝民致陈君葆函

（□□□□年五月十九日）

君葆兄：

日前接获饶彰风兄来信，为上海毕云程先生所托，征集邹韬奋先生过去在《华商报》所写《抗战以来》长文。我报未存旧报，饶兄嘱向您处呼吁，请设法代向冯平山图书馆或其他方面找寻，倘能倩人抄写或收购旧报，均无不可，一切费用由弟负担。拜托，候复。

揖手

弟彝民

19/5

附毕老原函

二十日复

毕公函今日附信寄还。

廿五日

容庚致陈君葆函

（□□□□年六月十三日）

君葆先生：

惠函敬悉。关于绿绮琴事，邓氏原无出售意，故不必急急。如有同好，不妨一谈耳。四舅诗稿由弟携回整理，现仅得三分之一，间有不识之字，传抄颇为费事。兄如到穗，希来小叙。复颂

道安

弟庚上

六月十三日

杨奎章致陈君葆函

（□□□□年六月二十三日）

君葆先生：

久违雅教，孺慕无时！敬维崇体康健，道业如意为祝！

新政协筹备会在平召开，举国同祝。《光明报》拟出专辑，特请先生惠赐鸿文，以光篇幅，至感至感！晚因忙于□务，不克趋候，待暑期稍暇，当再趋前请益。

专□

著祺！

晚杨奎章叩

六月廿三日

赐教请寄：九龙深水埗长沙湾道 241 号三楼。

唐祖培致陈君葆函

（□□□□年九月二十五日）

君葆尊兄教授道席：

迭承大力相助，永铭五内矣。续古逸本《孟子》尚乞拨冗提前饬办，以北海制版费尚待此款凑足，再将原拓取出奉呈故也。培前教西北大学，得城固泽碑唐公新拓片，兹谨奉赠一份，即乞鉴赏留存是幸。匆祝

秋祺

小弟唐祖培顿首

九，廿五

商承祚致陈君葆函

（□□□□年十月七日）

君葆先生鉴：

数年未晤，想念为劳。近年虽知大驾两度入广州，以不知安游所在，以至无缘握谈，甚怅惘也。尔疋先生物化后，弟念念其旧藏绿绮琴及今释上人《绿绮琴歌》卷子，此二物其后人必不能嗣守与共，将来不知落于谁何人之手，不如归之国有。前闻其家人不肯售，迩晤希向，谈及谓先生曾为作缘事几成，而学友作古，此事本拟托希白代为进行，继思人事过熟，反而诸多不便，且函札不能即复，易稽时日，不如奉托为速，最好将曩所洽情况见示，以备考虑。省文管会征赠文物费用不多，如先生能晓以爱国大义，取值较廉于私人，固所□也。如何？鹄待佳音。

敬颂

曼茀！

弟商承祚拜

十月七日

十四日复　中大东北区九号

萨空了致陈君葆函

（□□□□年十一月七日）

君葆兄：

大示奉悉青记书事。星期六当派人来领。此事诸荷帮忙，无任感谢。

再者，关于新会学院事，有需兄为助之处，谨由梁若尘兄来面领教益，敬祈不吝惠助为感。

专此颂

大安！

弟萨空了拜启

十一月七日

叶启芳致陈君葆函

（□□□□年十一月二十一日）

君葆我兄大鉴：

香港沦陷后，弟牵眷走国内，一别多年。前日由渝返广州，阅《华侨日报》，知兄主该报《文艺》栏，虽未晤面，而老友健在，近况谅必安好，无任欣喜。然数载在敌人劫持之下，所受苦痛当复不少矣。弟前年在桂林与友人谈，已悉兄留港艰苦支持，无非为保存及监护图书馆中典籍，焦心孤诣，无限钦佩。弟于港陷后翌年一月十一日，冒险携眷突围走马交，二月经广州湾入桂转曲江，先后执教岭南、东吴及中山三大学。

江返广州，此为弟数年来之经过。间关万里，辛苦备尝，所幸顽躯尚健，家人安好，堪以告慰。劫后余生，颇愿仍执报业，为人民大众说话。而在港办报似更为方便，但未悉最近港中报界情况何如，兹乘函候之便敢恳略告一二，倘有港报需人主编撰者，更望吹嘘弟前编《星岛》，港中情况尚称熟悉也。

地山夫人现服务重庆战时生产局，其子女均至渝，现不知有回港否。地山之四兄敦谷先生现就昆明中正中学校长职，闻最近拟返粤闽一行。寅恪先生在成都燕大，健康颇弱。陈乐素兄在遵义浙大文史系，弟去冬过遵义曾痛饮终宵。李镜池兄现执教岭大。此诸友之近况也。兄近况如何，乞为赐示。《华侨报》岑君之戚江民声君现想仍在港，盼代达近况，并为问好。弟暂寓戚

家，来示希寄广州一德路紧急救济会吴文伟先生转。专此敬候

撰安

　　并祝

潭福

弟叶启芳拜

十一月廿一日

李景康致陈君葆函

（□□□□年十一月二十九日）

君葆学长：

敝校迩日因一教员得病去职，弟以是代课甚忙，接兄前函，仅查得《通鉴》辑览"或以山川土地为名，或以军容强盛为号"两句解释，而日昨又值参加敝校旅行，未暇及此。今晨再检范书《光武本纪》，始知章怀太子注亦无评，细训《释名》义，不如颜师古注《史记》之精细，然以意测之，铜马（或指以铜夹马），铁胫（或指其胫如铁），大枪（类似近代红枪会），青犊（或以牛代马，或属旗号），五校（或分队属五校官），五幡（似指分为五旗），必所谓以军容强盛为名，其余则以山川土地为名矣。鄙意如此，兄所查未审有异否。敝校今秋会考教署试，有七名及格，内有六名拨入英皇中学，弟已预嘱各生，仍考高等中文，其拟考经史为：（经）请看附条，（史）问题请看附条。但一九四十年拟请贵处于大学考试章程预标两年课程（如英文用书一式），则彼此预知，且除敝校外，他校有欲考高级中文者，亦知所预择，似较完密也。当否？请与许、马二先生酌之。此候
兴居

弟康顿首

十一月廿九日

李景康致陈君葆函

（□□□□年七月十一日）

君葆学长：

拙稿昨经奉领，惟原稿内有沈仲节赠诗套在页里，敢乞掷还。亦似有代余长官题某女士纪念亭稿，则请投之故纸堆中可也。日来检出未录拙作两首，兹特附后，聊博莞尔。并候

兴居

弟康顿

七月十一日

仲元科长见告铁夫孝廉噩耗（应列在饯仲庸之曲江之后）

大阮论交早，军前小阮亲。何堪遭踧扰，犹复表斯文。公向词坛老，吾同汗马呻。人天原一瞬，东海已扬尘。

策马出迎美大侠馆马武官（应列在杂咏六首之后）

踏尽芳丛为底忙，鸟声花影暮春凉。据鞍尚慰山川险，报国真惭袜线长。

围赵原知能救魏，学苏自笑欲排张，参军忍作娵隅咏，身世年年两渺茫。

再者，昨聆兄谈马先生已返港，但未悉陈长乐教授已被约回港否。此君若回，真须让其出一头地。倘此君不回，则弟拟投函尝试，亦即弟自曲江致函我兄之初旨也。如何之处，惟孤竹之途是瞻，尚希示教。倘若有成，对于文化宗旨，尽可各行其是，除功课外，各守藩篱，各行心之所安可也。又顿。

李景康致陈君葆函

（□□□□年三月十八日、四月二十四日）

君葆学长：

敏仲太史演讲改用“禹贡质疑”题目，想已通告宗熊兄。宾名社同人雅集，以“夹竹桃”命题，顷刻忙于拟就交卷，然后赴席，仓猝间挥就两绝，顺博一粲，希转呈徽师愬棠哂改。

弟康顿首

三月十八下午四时

夹竹桃

露井淇园共一家，青衫红袖见风华。无言独倚湘妃笑，此是人间惹恨花。

万绿丛中意倍妍，重来崔护怨华年。绯红阵阵琅玕翠，盍咏陶苏唱和篇。

文牍一并掷回，以便检查之需。至于杜鹃诗，朋侪唱和甚众，现已共得数十首。弟拟请名手绘一杜鹃花图，将各诗附入，裱作手卷，亦一乱离中之纪念物也。倘有诗兴赐和，不拘体韵，亦可为异时一证鸿爪耳。此候

兴居

弟康顿首

四月廿四日

俞叔文致陈君葆函

（□□□□年十一月三十日）

径启者：

查敝书楼所储书籍，在沦陷期间，承贵馆长爱护，全数移存贵馆，幸无损失，同人等至深感佩！兹敝书楼经由董事会议决，克日恢复，并推出梁季典、雷荫荪、卢湘父三先生及文共四人为接收图书委员，用特函达。

台端请拨一时间俾文等诣商接收，至纫公谊，专泐候教。
即颂
时绥

承董事命义务司理俞叔文谨启

十一月三十日

任真汉致陈君葆函

（□□□□年十二月十九日）

……之请：拟于本周末（廿四日）下午三时至五时屈驾光临集古斋画廊（大道中都爹利街口，中和行二楼），晚将检近作若干于此地乞求品评。诚知涂鸦劣品，难登大雅之堂，一经汝南月旦，自当叨光增价也。幸勿吝至，不胜企踵。

敬礼

晚任真汉

十二月十九日

郑振铎致陈君葆函

（□□□□年十二月二十日）

君葆先生：

十五日来信收到。承捐赠吴宽《东庄集》，至为感谢！现此书已盖上尊章，送交北京图书馆善本部收藏了。尊章“水云楼主曾藏”一方，正欲送交叶启芳先生转。现在附上，省得一番转交手续了。因忙，未能奉访，歉甚！何日离京？致

敬礼！

郑振铎启

十二月二十日

宋云彬致陈君葆函

（□□□□年□□月二十八日）

君葆先生：

尹明君（即李果）因急于筹款赴内地，两星期前交来文稿两篇，托为较交足下，意欲得稿费以克旅途之需，两篇约三千余字，似尚可用，惟必须代为修改。兹已改定一篇，先送请台阅，李君已于四五日前离港，临行时向弟取港币三十元，出有收条，拟即以稿费抵还（收条附奉）。如勉强可采用，乞提早登出为感。

亚老稿交尊□带上，即请詧阅。

本期因事忙，札记只写两节，极短，请指正。弟拟撰《戊戌政变五十年》一文，约四千字，能于下期文史中预留地位否？

此请

大安！

弟云彬拜上

二十八日

何永佶致陈君葆函

（□□□□年□□月十八日）

君葆吾兄惠鉴：

阔别多年，畅叙为快。

昨乘原轮回此，尚未见及各人，惟该事当相机为之。

兄处若有消息，望不吝先以示知为盼。专此即颂

学安

弟何永佶书上

十八日

伍何宝芳致陈君葆函

（□□□□年□□月□□日）

冯平山图书馆陈馆长台鉴：

敬启者，本港沦陷期间，本人有中西书籍壹批存于九龙私宅内，后该屋因扩充启德飞机场被拆毁，现悉此项书籍由日人搬入贵馆，兹拟领回，未悉手续若何，特此奉函，敬希查覆为感。

此请

公绥

伍何宝芳敬启

覆示请寄坚尼地道二十二号地下。

陈凡赠陈君葆诗

（□□□□年□□月□□日）

酷忆冲寒共一舟，佛堂水碧洗人眸。攀藤附葛还歌啸，搜史摩崖校是否。万里山看同北拱，极天浪喜揖东浮。非关身世江湖意，偷拟良时近鹭鸥。

君葆大雅先生两正。

晚陈凡敬呈

叶次周赠陈君葆诗

（□□□□年□□月□□日）

奉题，《新生日报》开幕录呈君葆社长雅鉴并希正吟：

语妙莲花粲舌根，散为咳唾落珠尘。普将物我同仁旨，唤起人天再造因。生事似逢春有赖，好音如与岁更新。抟风伫展扶摇翼，水击南溟导九垠。

叶次周拜撰

刘草衣赠陈君葆诗

（□□□□年□□月□□日）

莫怪如诗瘦，吟边秋又生。视今何异昔，欲住为难行。一叹怀宁尽，三年劫几更。艰难今日聚，真悔别离轻。

香岛话旧呈君葆先生吟正

草衣初稿

附丙篇　职务来函

三藩市中国新文字研究会致宋庆龄函

（一九四一年十月十五日）

香港新文字学会会长、国母宋庆龄女士：

我们得到你为香港新文字学会会长的消息以后，我们是如何的喜悦呵！今天，我们——海外的语文运动的同志们，要以挚爱的热诚和无穷的愿望，通过数万里的途程，来向您致敬！

我们知道，过去，你为民族解放的事业，怎样尽了伟大的贡献，为团结抗战的统一战线，怎样尽了推动的力量，您是站在大众这一面的，您永远地为着民主和光明而奋斗！

今天，您不惜以发扬民族解放事业的精神，来推运中国语文革命运动，我们相信：中国的语文运动的同志们，得先生的鼓励，必然有广大的努力，中国的语文运动的工作，得先生的赞助，必然有速速的进展！同人等谨以万二分的热诚，冀望先生的谆谆指导！

专此，敬致

语文运动成功的敬礼！

美国三藩市中国新文字研究会全体同志启

方方、林平为朱德总司令祝寿请柬

（一九四六年十一月三十日）

本月三十日为敝党朱玉阶总司令六十寿辰，先生尽悴革命，功在人民，爰发起征求诗文，用伸纪念，并谨订于是日下午五时设宴庆祝，敬请莅临，曷胜荣幸。此致

陈君葆先生

席设：湾仔英京酒家五楼诗韵厅

时间：十一月三十日下午五时正

方方、林平谨订

黄庆云给黄宁婴便条请陈君葆便饭便条

（一九四九年五月十三日）

宁婴兄：

明天见到陈君葆先生，请叫他在四时仍要来，我们的会仍未散的，恐怕开到五时许，至要至要！

晚好！

庆云

五月十三日

陈先生：

（一）明天晚上请到卢狄兄家便饭（桃李台三号地下）。

（二）那天请你写的关于《满江红》的文章，可不提到清洁运动？

遒上

郭沫若给陈君葆聘书

（一九四九年五月十八日）

兹聘请台端为本院董事会董事，谨致

陈君葆先生

中业学院董事长郭沫若

中华民国三十八年五月十八日

中华全国文艺协会香港分会会议通知

（一九四九年六月六日）

兹订于本年六月十四日（下星期二）下午二时在尖沙咀半岛酒店茶所举行第二次理监事联席会议商讨会务进行事宜，届时务希出席为荷。

此致

陈君葆监事

中华全国文艺协会香港分会启

38年6月6日

陈先生：

同时并举行筹募福利基金之结束会议，先生募得之款项及捐册届时希一并带来，至盼！

又本会再行登记注册事已准备领表填写，为先生对此事有何见示，乞面告庆云姊转知，为感！

黄宁婴

陈翰笙致香港新文字学会函[1]

（一九四七年二月□□日）

1.（A） How is China to achieve 100% literacy? （B） What bearing does the Chinese script have on this problem? （C） Will China's written language in the future continue to be based on Chinese characters? （D） If so, what factors are expected to overcome the former difficulties in achieving universal literacy through the use of characters? （E） Will the characters be simplified, restricted in number in published materials, or accompanied by chu-yin tzu-mu 注音字母 to show pronunciation, as in Japanese? （F） What changes in the language are considered necessary if characters are to be used?

2. （A） If it is considered impossible to make all Chinese literate by the use of characters, what other ways of writing Chinese are proposed? （B） What are the attitudes toward the use of a phonetic system of writing, such as Gwoyeu Romatzyh or Latinxua? （C） What are the relative merits of the various systems which have been proposed? （D） Is a phonetic system to replace characters completely eventually, except for the literature which is already published in characters and must be preserved as part of China's cultural heritage? （E）

---

〔1〕 该会理事长是冯裕芳先生，信末有萨空了的签署。陈君葆是该会主要成员，此信由陈君葆保存收藏至今，应有文史价值。

What steps are envisaged for the transition to a phonetic form of writing?

3. (A) What is the history of the creation of Latinxua and its use in China? (B) What are the chief dates and events in its history? (C) What were found to be its advantages and disadvantages? (D) Was it a success or a failure? (E) Why is it not being promoted vigorously now? (F) Will it be reintroduced? (G) If so, under what conditions?

4. (A) What have been the attitudes of scholars, students, peasants, shopkeepers and other social groups toward Latinxua? (B) Are any groups generally in favor or against Latinxua? (C) What reasons do they advance for their attitudes? (D) Are these attitudes likely to change in the future? (E) If so, what changes are anticipated?

5. (A) What has been the attitude of various groups within the Kuomintang toward Latinxua? (B) How has opposition to Latinxua expressed itself? (C) What concrete examples are there of suppression of Latinxua publications or interference with advocates of Latinxua?

6. (A) At one time the view was expressed that there should be some half dozen forms of Latinxua for the Mandarin, Cantonese, Shanghai, and other dialects. Is this view still held? (B) If not, what is proposed as the solution of the problem of dialects? (C) If it is, how many dialects need their own form of Latinxua?

7. (A) In another generation or so, if characters are no longer used except for historical research and if the main dialects have their own forms of Latinxua, is it possible that China will have not one but a

number of distinct written languages? (B) If there are several distinct written languages in China, is there any possibility that a separate Cantonese language, for example, may eventually form the basis for a Cantonese nationalism that will demand not only its own language but also its own territory, government, and other attributes of a nation? (C) Even if there is no basis for the rise of a separate Cantonese nation, is it possible that the existance of Latinized Cantonese may in the future turn the Cantonese into a linguistic minority within a Chinese state which is composed in the main of a Mandarin-speaking majority? (D) How is it proposed to deal with these possibilities?

8. (A) What is to be the role of Mandarin if Latinxua is used? (B) Will it function, like Russian, as the primary language of the country as a whole and as the second language in areas where the majority of the people speak another dialect, like Cantonese, which in its Latinized form is the primary official language locally? (C) Or is everyone, including the Cantonese, to learn Mandarin in Latinized form and abandon his own dialect, so that everyone eventually speaks a uniform language throughout China?

9. (A) Is a Latinized form of writing to be created also for the Tibetans, Mongols, Koreans, and other minority groups in China? (B) What is the linguistic future of the Miao, Yao, and other peoples of China? (C) Are these people to have their own language and culture or to adopt that or the Chinese?

10. (A) Has Latinxua shown itself capable of expressing technical and scientific ideas, or merely, as its critics contend, only simple materials for children and uneducated adults? (B) To what extent

have homonyms been a problem?（C）What other technical difficulties were encountered?（D）How is it expected to deal with these problems?（E）How does Latinxua compare with other schemes, such as Gwoyeu Romatzyh?

11.（A）Who is T'ung Chen-hua 童振华, the author of 中国文字的演变?（B）Who is T'o Mu 拓牧, the author of Chung-kuo wen-tzu la-ting-hua ch'uan-ch'eng 中国文字拉丁化全程?（C）Who is Chiao Feng 焦风, who has written several chapters in the latter book?

12.（A）What have been the official Communist pronouncements concerning Latinxua?（B）Have Mao Tse-tung, Liu Shao-ch'i, Chou En-lai and other Communist leaders expressed an opinion regarding Latin-xua?

13. I would appreciate very much receiving any materials in or about Latinxua. I should also like to know of any comments or reactions to an article which I wrote and which appeared in Chinese translation as Lun Chung-kuo wen-tzu-ti kai-ko 论中国文字的改革 in Kuo Mo-jo's journal Chung-yuan 中原 vol. 2 no. 1, pp. 23 –34. March 1945.

裕老：

陈翰笙兄由美寄来此信请新文字学会答复，弟拟先复一信，再另由学会复信，再请学会将此函抄送沪新文字学会，其答复可交弟转。

弟空了

香港团体慰劳解放军献金收据

（一九四九年十一月三十日）

兹代收　　　　　　　　　　　　　　　　　　〇一三五号

《华侨日报》、《学生周刊》、陈君葆先生、宝号，交来劳军献金港币壹佰元〇角。

正此据。

十一月卅日

新华社香港分社

经手人吴琼

中央人民政府文化部社会文化事业管理局致陈君葆函

（一九五三年五月二十九日）

四月二日来函祗悉。李绳毅先生所赠的《晋会要》确系二十册，已经点收无误。因覆函时笔误，写为十册，以致发生疑问，已责令各该主办同志分别检讨，改进工作，不得再犯。请转覆李君，并致歉忱。又该书已发交北京图书馆入藏，并此附告。

此致

陈君葆先生

中央人民政府文化部社会文化事业管理局

一九五三年五月二十九日

英皇颁授陈君葆 O. B. E 勋衔证书

（□□□□年□□月□□日）

George R. I.

George the Sixth by the Grace of God of Great Britain, Ireland and the British Dominions beyond the Leas. Kung Defender of the Faith, Emperor of India and Sovereign of the Most Excellent Order of the British Empire to Our trusty and well-beloved Kwan Po Chan

Whereas We have thought fit to nominate and appoint you to be an Officer of the Civil Division of Our and Most Excellent Order of the British Empire. We do by these presents great unto you the Dignity of an Officer of Our said Order and hereby authorise you to have hold and enjoy the said Dignity and Rank of an Officer of Our aforesaid Order together with all and singular the privileges thereunto belonging or appertaining.

Given Our Court at Saint James's under Our Sign Manual and the Seal of Our said Order, this First day of January 1947 in the Eleventh year of Our Reign.

By the Sovereign's Command

Grand Master

Grant of the dignity of an Officer of the Civil Division of the Order of the British Empire to Kwan Po Chan

外籍友人给陈君葆贺信（选登）

（一九四六年至一九四七年）

CENTRAL CHANCERY OF
THE ORDERS OF KNIGHTHOOD,
ST. JAMES'S PALACE, S. W. I.

Dear Mr. Chan,

With my hearty congratulation for your recent honour.

Yours sincerely,

□□

GOVERNMENT HOUSE
HONG KONG
31st December, 1946.

The Secretary has the honour to transmit a Warrant of Appointment, under The King's Sign Manual, to the Most Excellent Order of the British Empire, and to request that the receipt of this Warrant may be acknowledged on the attached form.

The Secretary would be glad to receive notification of any change of permanent address, and in the event of the decease of persons holding such Warrants Executors are earnestly requested to notify the

Secretary.

Kwan Po Chan, O. B. E.

St. Georges' Building.
Hong Kong.
2nd January, 1947.

Mr. Chan Kwan Po, O. B. E. ,
c/o The University,
Hong Kong.

Dear Mr. Chan,

It gave us great pleasure to read that His Majesty The King had bestowed upon you the O. B. E.

We take this opportunity of wishing you every happiness and a long life with more honours to come.

Yours sincerely,
Lawrence Kadoorie.

UNIVERSITY OF HONG KONG
OFFICE OF THE REGISTRAR
TELEPHONE NO. 28056
CODE A. B. C. 5TH ED.
2nd January, 1947.

Dear Mr. Chan Kwan Po,

On the occasion of your being honoured with the Order of the British Empire, please accept my heartfelt congratulations and my greetings of the Season.

Yours sincerely,

□□

General Office

UNIVERSITY OF HONG KONG

OFFICE OF THE REGISTRAR

TELEPHONE NO. 28056

CODE A. B. C. 5TH ED.

2nd January, 1947.

K. P. Chan, Esq. O. B. E.

Dear Mr. Chan Kwan Po,

It gives me great pleasure to tell you that His Majesty the King has been pleased to confer on you the honour of Officer of the Order of the British Empire.

I congratulate you most heartily on this well merited award. It will be published on the 1st January, 1947.

Yours sincerely,

□□

Mr. Chan Kwan Po,

Hong Kong.

附录一：《陈君葆书信集》序言

曾德成

最近听到一个令人哑然失笑的成语——言而无信——的新解。

原解不必说了，新解则是：在当今电子通讯发达的年代，千里咫尺，有事可以立即拨通电话交谈，甚至可以通过视像电话“面谈”，信件被淘汰了——只有言而无信了。

香港是当今世界通讯科技最普及的地方，手提电话人均一点三台，几乎家家户户都有电脑上网。手写书信，千里邮递，在这个万事讲求效率的城市，似乎无法想像了。现代通讯科技带来的便捷、畅快，令人很快便忘记了亲笔书信的优胜之处。

然而当我们重温以前“烽火连三月，家书抵万金”的书信，即使不是来自自己的亲人，仍然可以感受到那种通过笔和纸传递而来的温情。

在珍惜通邮机会的时代，写信时会把思绪、文字酝酿好，一字一句郑重地写下来。收信人仿如接过浓情厚爱沉甸甸的凭证，一字一读，再三回味。

纸和笔能有这种感情的郑重、厚重，而电子传过去的讯息，可能少了酝酿，来得太匆促、稀松，往往轻了、虚了，真似属于虚拟世界，易于消失得无影无踪。

在内地，近年因费孝通、季羡林等名人的倡议，掀起了一个不大不小的民间家书抢救潮。这些名人认为“家书承载着中华民族生生不息的血缘文化，维系着人间的亲情，展示了个性的光芒，也真实地记录了时代的变迁”，认为民间家书在受到电话和互联网冲击之际，要留住，要抢救。中国国家博物馆也参与行动来了，还有人在筹建中国家书博物馆。北京已收集了数以万计的家书，并分时分类，挑选出版，以作为历史见证。广东方面也有响应，举行过家书展览。《陈君葆书信集》就是这个民间家书抢救热潮中的一个成果。

这本书收集了陈君葆先生自二十世纪二十至八十年代的往来书信，分为两部分，即家书和非家书。家书是给妻子、子女、儿孙的信，非家书则有公务的书札，主要与陈君葆担任香港大学冯平山图书馆馆长时的图书保存事宜有关，其余更多的是与朋友辈文牍叙情、诗文唱酬的书札。

陈君葆是香港著名学者，在香港大学除主理图书馆事务，亦系中文学院教授。新中国成立后，陈君葆位列政协，参与商讨国家大事，议时论政。几十年间，往来多鸿儒。书牍往还中，发信人自然不乏私人个性、情愫的抒发，亦多对社会、国家事务情势的观感。

个人书札，最可贵者是真性情之流露，这是个人书札有别于其他文学形式、最吸引人之处。它本不作为文学而创作，而亦因此素面示人，直抒胸臆。而文化人就更以尺素传情了。陈君葆对亲人，无论是妻子、子女还是孙辈，信笔写来，都是一往而情深，一泻而直下，动辄千言以至数千言，所言家里琐事固可窥见亲情伦理，论及为人修养、国家大事，更可得见学养风骨。

中国人的书信，据说可以追溯到两千年前。现在可以见到的前人墨迹，包括很多知名的法帖，不少就是时人的书札。不久前，香港特别行政区政府康乐及文化事务署为庆祝特区成立十周年，举办了“国之重宝”展览，从故宫运到港展出的国宝文物书法作品中，不少原来就是私人书札，例如著名的王珣《伯远帖卷》。

书札与书法的密切关系，也从《陈君葆书信集》中得到显示，集内不少当时文人名士的信札墨迹，大部分能展示中国书法艺术之妍丽秀美，不少更有大家风范，可堪欣赏之处，所在多有。

本书信集的出版，除了可以为读者提供美好的阅读材料，更可为历史留下珍贵的研究资料。胡适早年曾经大力提倡写传记文学，提倡通过传记文学把个人做事的立场动机赤裸裸地写出来，“给历史添些材料”。这无疑是非常好的倡议，而书信又比个人传记有更多可以发掘的研究材料。这正是陈君葆书信结集出版的可贵之处。

二〇〇七年十一月十日

（本文作者系香港特别行政区政府民政事务局局长）

（原载广东省立中山图书馆编，谢荣滚主编：《陈君葆书信集》，广东人民出版社 2008 年版）

附录二：朱德总司令在香港的寿宴

谢荣滚

朱德（1886—1976），字玉阶，是近代史上令人敬仰的军事政治家，是我国卓越的国家领导人，他虽已逝世三十一年，但他在历史上留下的赫赫战功将永世长存。

这里叙述的是中共为他在香港举办祝寿活动的珍贵往事。

中共领导人是不提倡祝寿的，但有三次例外，一次是一九三七年一月，毛泽东在党中央会议上提出，为徐特立庆祝六十大寿，那是红军长征到达陕北的时刻。通过祝寿活动，以表彰他投身革命和以超人的毅力克服千难万险完成长征的壮举；第二次是一九四六年十二月一日为朱德总司令祝寿；第三次是一九四七年一月徐特立的七十大寿，后两次时间大致相连，都是在延安举行。但唯一例外的是朱德的祝寿活动，除延安大规模庆祝之外，在香港也隆重举行，为何在香港举办这一空前绝后的祝寿活动呢？相信当中有着特别的时代意义和政治意义，很值得人们回顾。

从战略相持到战略反攻

到底当时的时代背景怎样？我们可以从新华社的电讯中找到一些启示：一九四六年新华社延安十二月五日播发的《解放日报》社论，对当时的时局作了概括和精辟的论述："全面内战截止至十一月份即第五个月，中央军已开始转入被动，而人民解放军则开始转入主动。十一月中央军被歼六个旅，连七月至十月的三十个旅，共计为三十六个旅。十一月份中央军占领了十七个县城，人民解放军则收复与解放了十五个县城。这说明以后的情势已开始转变，以往的情势是中央军以重大的有生力量损失为代价换得地方，而十一月份则不然，中央军依然付出重大的代价，但已经连地方也换不到几处了。”

《解放日报》的社论，十分具体又十分全面地说明当时的军事和政治形势，表明中国人民的解放战争已由战略防御、战略相持而转入战略反攻的阶段。这个具划时代意义的重大转变，是以毛泽东为首的中国共产党领导下的胜利，当中更凝结着朱总司令的巨大功劳。如此重要的胜利信息，应该让全国人民，全世界人民有所领会和了解，以迎接新时代的到来。在这胜利凯歌频传声中，借为朱德祝寿这个特殊方式将上述资讯传播开去，实有其深层意义。

远离延安几千公里的香港，当时亦躬逢其盛，也参与举办祝寿活动。朱总司令在港的寿宴，由中共中央香港分局书记、中共华南分局书记方方及中共广东省委常委兼省军委会书记、中共东江特委书记兼东江军委会委员、广东省委临时书记、东江纵队政委林平（又名尹林平）联合设宴并具柬邀请各界人士出席：

本月三十日为敝党朱玉阶总司令六十寿辰，先生尽悴革命，功在人民，爰发起征求诗文，用伸纪念，并谨订于是日下午五时设宴庆祝，敬请莅临，曷胜荣幸。此致

陈君葆先生

方方　林平　谨订

当日宴会席设香港湾仔英京酒家五楼诗韵厅（英京酒家是当年香港较豪华酒家，颇负盛名，十多年前已拆卸改建高层大厦——笔者注），柬请亲友、民主人士、文化界人士共六十多人，到会的有何香凝、彭泽民、陈铭枢、丘哲、张文、陈其瑗、陈君葆、郭冠杰、李伯球、黄精一、冯裕芳等。中共粤南省委书记梁广、香港市委书记杨康华亦当在出席之列，外宾侯利嘉副主教、路透社记者威尔逊也应邀出席。

将奉寿宴　献诗祝贺

宴会开始首先由方方致词，略述朱总司令一生为人民奋斗的事迹，以及他的平凡而伟大之处，继由彭泽民代表来宾致祝，以寿如松柏为喻，并遥为朱总司令称觞。最后由何香凝先生发起致电驰贺朱总司令，电文如下：

延安朱总司令玉阶先生鉴：欣逢六秩荣寿，普海同饮，同人等躬逢盛会，遥申庆祝之诚，谨电驰贺，并祝民主胜利。

诸来宾纷纷在贺电中签名，以示郑重和敬意！整个酒会觥筹交错，盛况空前。中外来宾更即席题诗撰文为寿。政界及文化教育界知名人士陈此生先生当场赋律诗一首为贺：

寿玉阶将军六十

三十五年十一月二十九日，为朱将军六十寿辰，民主战友应征诗文及余以此报之。

一自红军起赣边，垂危革命复安然。人民气壮三千倍，皇帝头昏二十年。陇上胡儿师不直，朝中狐鼠梦难圆。将军信是无双士，伟业长龄两者兼。

中共元老董必武先生，也在中共驻南京办事处慨然赋两律祝贺：

诗寿玉阶将军

民国三十五年十一月卅日为朱总司令玉阶将军六秩晋一寿辰，延安及解放区人民以朱公坚持敌后八年抗战，解救人民倒悬，又复协助农民分取土地，功业彪炳，德望崇闳，特张筵祝贺。余于役南京，不能躬与其盛，率以俚句两首奉祝，聊表微忱，朱公其阅而哂之，为勉进一觞耳。

虎略龙韬尽革新，半生戎马为人民。河山破碎劳收拾，田土纠纷要试均。欲挽狂澜于既倒，不同流俗与偕沦！存雄是谓能行健，合有春秋似大椿！

革命将军老据鞍，豺狼当道敢怀安！骨头生若铁般硬，胸次真如海样宽。要作主人不作客，甘为民仆齿为官。乌延黎庶欣公健，此日江南一例欢！

两位诗人以真挚激情，非常生动地概述朱德的一生，表彰他钢铁般的革命意志和高尚的政治品德，令人对朱德总司令更肃然起敬！

朱德六十寿宴，在愉快和欢乐的气氛中取得圆满成功。如此具有重大意义的祝寿活动，又能在香港隆重举行，当亦为香港历史留下荣幸、光彩和难忘的一章。

（本文曾载二〇〇七年九月二十日《文汇报》、二〇〇八年一月六日《大公报》、《广东党史》二〇〇八年第一期）

附录三：《陈君葆全集·书信集》部分人物简介

二　画

丁波，湖南衡南人，曾任广州市文化局局长。广东省戏曲研究会副主任，广东省文联副主席。

卜少夫（1909—2000），江苏江都人。上海吴淞中国公学肄业后转入上海中央艺术大学，后入读日本明治大学新闻科。后任《国民日报》《真实报》《中央日报》编辑主任及香港《立报》《大公报》等多家报馆编辑、记者。曾任复旦大学、香港联合书院教授。一九四五年创办《新闻天地》等杂志。著有《受想行识》等三十种。

三　画

马万祺（1919—2014），广东南海人。东亚大学名誉博士。历任澳门中华总商会副理事长、会长，镜湖医院慈善会副主席、主席，广东省第二届人大代表，中国人民政治协商会议广东省委员会委员、常务委员，澳门立法会议员，东亚大学董事会主席，濠江中学、培道中学、镜平小学董事长，大华行、新中行、中国国货公司、中国土特产公司、大生建筑置业有限公司、新建华建筑置业有限公司等董事长，中华全国工商业联合会执行委员会常务委员，广东省工商业联合会副主席，中华文学基金会副会长，政协全国委员会副主席。第六届全国人大财政经济委员会委员，全国人民代表大会常务委员会委员。著有《马万祺诗词选》等。

马鉴（1883—1959），浙江鄞县人。曾留学美国哥伦比亚大学，后任燕京大学教授，一九三六年起任香港大学教授。精通国学，并在香港任多间学校校董，知名教育家。

四 画

王季友（1910—1979），广西桂林人。早年曾创办多家通讯社及为杂志撰稿。抗日战争胜利后，在香港从事文化工作，创作大量小说及发表评论文章。著有《塘西金粉》等。

方方（1904—1971），广东普宁人。一九二六年加入中国共产党。历任中共南方工作委员会书记、中共中央香港分局书记、中共华南分局书记等。一九四九年后，历任中共中央华南分局第三书记、广东省人民政府副主席、中共中央统战部副部长、中侨委副主任及党组书记、全国侨联副主席。著有《广东的光明面与黑暗面》等。

尹林平（1908—1984），江西兴国人。一九三〇年参加中国工农红军，次年加入中国共产党。历任中共中央南方工委委员、中共中央香港分局副书记、中共中央华南分局副书记。一九四九年后，历任中南军政委员会委员、中共广东省委常委、书记处书记、广东省副省长、中共广东省委书记、广东省政协主席、全国政协常委、全国人大代表、中顾委委员等。

邓尔雅（1884—1954），生于北京。曾入读广雅书院，后赴日本留学，攻读美术。曾参加南社，创办画报及三余印学社，在香港参与组织国画研究会、艺观学会和南社书画社。一九三二年任中山大学顾问教授，全面抗战爆发后居香港，擅篆刻、书画，精鉴赏，善诗文，著有《绿绮园诗集》《邓斋印谱》等，并藏有唐代珍贵文物“绿绮琴”。

五　画

叶次周（1875—1952），广东番禺人。叶恭绰堂叔。岭南著名诗人、书法家、学者。曾任广州卫生局秘书。抗战前移居香港，任汉文中学教席。著有《孽饧盦诗钞》。

叶启芳（1898—1975），广东三水人。曾就读燕京大学，后任东吴大学、中山大学、国民大学等校教授。在香港参与复办中国新闻学院，并曾担任《新生晚报》总编辑。著有《社会斗争通史》等。

叶恭绰（1881—1968），广东番禺人。晚清任承政厅厅长、铁路总局提调。民国后历任铁路总局局长、交通部总长、交通大学校长、国学馆馆长等职。一九三九年在香港发起组织中国文化协会，一九四九年后任中央人民政府政务院文教委委员、中央文史馆副馆长、中国国画院院长，著有《遐庵词》等。

六　画

伍何宝芳，民国政要伍朝枢夫人。

任真汉（1907—1991），广东花县人，又名瑞尧。两岁患上耳聋，后有“聋仙”之称。少年及青年学习绘画，师承冯钢百、胡根天。后留学日本。一九三二年回国。一九三七年起居住香港，为香港著名画家，对古书画鉴定深有研究，中西画皆能。中华人民共和国成立后，曾捐献给国家三百多幅古画和三百多件古陶瓷。除了绘画、文物鉴赏，亦擅长写作等。

刘西元（1917—2003），江西吉安人。一九三一年参加中国工农红军，一九三二年加入中国共产党，历任八路军及中国人民解放军师长、政治委员等职。中华人民共和国成立后，任中国人民志愿军第二十八军政委，共青团中央书记处书记，中华全国青年联合会副主席、主席，总政治部组织部部长，兰州、南京军区副政委，全国人大代表、政协常委。

刘草衣（1896—1976），广东番禺人，名君卉，号抱雪。岭南诗人。著有《草衣诗钞》等。

刘殿爵（1921—2010），香港大学中文系毕业。一九四六年到苏格兰拉斯哥大学深造，后任该校讲座教授。一九七五年获香港中文大学荣誉法学博士，并任该校讲座教授、文学院院长，一九八九年获香港大学荣誉文学博士学位。著有《语言与思想之间》等。

许地山（1894—1941），生于台湾。日军侵台后，随父返大陆。幼时读私塾，后入读燕京大学文科宗教学院，得神学学士学位；一九二二年留学美国哥伦比亚大学获硕士学位再转入英国牛津大学，一九三五年到香港大学任教授。著有《语体文法大纲》等，译有《陵园加拉民间故事》等。

孙孚凌（1921—2018），浙江绍兴人。华西大学毕业，是中国民主建国会成员。曾任中华全国青年联合会副秘书长，中华全国工商业联合会副主席，全国政协委员、常委、副主席。

孙述万（1902—1988），湖北黄陂人。一九二五年毕业于华中大学文科、文华图书科。曾任湖北省图书馆馆长。中华人民共和国成立后，历任西南师范学院教授、图书馆馆长、西南师范大学教授、四川省图书馆馆长等职。合译有《世界国立图书馆概况》。

七 画

芦荻（1921—1994），知名作家。曾任广州暨南大学教授，擅长诗歌创作。著有多种诗集。

杨奎章（1921—2009），广东梅县人。毕业于中山大学农学系。曾任全国政协委员，广东省政协副主席，民盟中央常务委员，广州市教育局、文化局副局长、局长等职。从事写作达半个世纪，发表了大量散文、诗词。

李仙根（1893—1943），广东香山（今中山）人。曾加入中国同盟会并参与辛亥武装起义准备工作，追随孙中山在省港从事革命活动，长期任孙中山秘书、机要秘书。嗣历任中山县县长、西南政务委员会委员、国民参政会参政员。著有《岭南书风》《小容安堂诗钞》等。

李幼成，香港大学毕业，在校时曾与冯秉芬等参与香港大学中文学会活动。

李应林（1892—1954），广东南海人。毕业于广州岭南学堂，后留学美国。返国后历任广州岭南大学副校长、校长等职。广州解放后往香港，一九五一年筹建崇基学院。

李景康（1892—1960），广东南海人。香港大学毕业，曾在香港任视学官，复历任香港汉文中学及汉文师范学校校长、香港大学中文学院起草委员、香港大学历届考试委员。擅诗文，著有《披云楼诗草》等。

李镜池（1902—1975），现代易学家。著有《周易探源》《周易通义》等。

吴仁义，香港大学毕业。

吴学谦（1921—2008），一九三九年加入中国共产党，一九四九年起历任共青团中央驻世界民主青年联盟代表，团中央国际联络部副部长、部长，团中央常委，中华全国民主青年联盟副主席。后任中共中央对外联络部组长、局长、第一副部长，外交部部长、国务委员、副总理等职，并任中共中央委员、中共中央政治局委员。

何永佶（1902—1979），留学美国，哈佛大学获政治学博士学位。曾主持《中华日报》，并将曹禺《日出》译成英文。

何焯贤（1900—　），广东番禺人。广东政法专门学校毕业后任职商标局。曾出国发动侨胞回国投资，后历任国民政府农商银行总经理、番禺县县长、财政部税务处稽核、实业部商标局局长、中央银行经济研究处专门委员、农商银行董事和常务董事等职。

宋云彬（1897—1979），浙江海宁人。早年在上海商务印书馆编辑及校点古籍。一九四七年到香港任报社编辑兼达德学院教授，后主编《文汇报》副刊。一九四九年后，历任浙江省文联主席、浙江省文史研究馆馆长等职。著有《东汉之宗教》。

宋庆龄（1893—1981），海南文昌人，生于上海。一九〇八年就读于美国威斯里安女子大学，一九一五年十月与孙中山结婚。曾任国民党中央执委。抗日战争期间，在香港组织“保卫中国同盟”，为抗日战争提供了不少物质援助。中华人民共和国成立后，历任全国政协副主席，全国人大常委会副委员长，中华人民共和国副主席、名誉主席等职。

张一麐（1867—1943），江苏吴县人。清朝举人。曾任袁世凯大总统府秘书长，后任北京政府教育总长。一九三八年任国民参政会第一、二、三届参政员。一九三九年居香港，成立新文字学会。著有《现代丘事集》等。

张元济（1867—1959），浙江海盐人。著名出版家、藏书家。历任商务印书馆编译所所长、经理、监理、董事长等职。曾创建商务编译所资料室“涵芬楼”，编辑出版很多有历史价值的古籍。一九四九年后，任第一届全国政协委员，第一、二届全国人大代表。

张友仁（1877—1974），广东惠阳人。曾加入中国同盟会，并参加惠州淡水起义，任北伐军总司令秘书一职。一九四九年后历任中国致公党中央委员、广东省政协委员、全国政协委员、广东省文史研究馆副馆长。

张发奎（1896—1980），广东始兴人。早年参加中国同盟会，任总统府大本营警卫团第三营营长，后担任国民党军高级将领。一九四五年日本投降后，任广州地区受降官及广州行营主任。一九四九年三月任陆军总司令，同年七月退职居于香港。

张铁生（1904—　），江苏高邮人。早年留学德国，一九二七年加入中国共产党。长期从事文化、新闻工作，精于国际问题研究。中华人民共和国成立后，任国家对外文化联系委员会副秘书长、亚洲研究所副所长、中非友协副会长等。著有《近代国际关系史》《中非交通史初探》等。

陈凡（1915—1997），广东三水人。毕业于三水县县立中学。一九四一年春在广西桂林参加《大公报》工作，前后在该报工作了四十五年，直至退休。曾任记者、采访主任、特派员、办事处主任、编辑部副主任、副总编辑等职。著有《漫步》《泪是这样流的》《革命者的乡土》等。

陈达（1892—1975），浙江余杭人，字通夫。早年留学美国，后任清华大学教授兼清华大学国情普查研究所所长、中央研究院院士等。中华人民共和国成立后，任中央劳动部干部学校教授兼副校长等。

陈此生（1900—1981），广西贵县人。复旦大学毕业，历任广东大学、中山大学、广西大学教授。曾参加中国左翼作家联盟，一九四七年在香港参与组织中国国民党革命委员会，任中央委员。一九四九年后，历任政务院文教委员、广西省文教厅厅长、广西省人民政府副主席、《光明日报》副社长兼总编辑。

陈寅恪（1890—1969），江西义宁人。曾留学日、德、法、瑞士、美等国，一九二五年应聘为清华国学研究院导师，后任中央研究院理事，一九三六年任剑桥大学汉文教授，后在香港大学讲学及在西南联大、清华大学、岭南大学、中山大学任教；曾任中国科学院哲学社会科学学部委员。著有《元白诗笺证稿》等著作。

八　画

杭立武（1903—1992），安徽滁县人。伦敦大学博士。回国后，历任金陵大学、国立中央大学教授。二十世纪四十年代起历任国民政府教育部次长、部长，“总统府”顾问，著有《今日台湾》（英文）等。

罗慕华（1904—?），北京大学中文系毕业。曾任教于天津南开中学、新加坡南洋大学、香港真光中学、澳门培正中学。对韩非子有专门研究。

金应熙（1919—1991），广东广州人。早年就读于香港英皇书院和香港大学文史学系，曾任教于岭南大学、中山大学、广东省社会科学院，担任过中山大学历史系主任、广东省社会科学院副院长、广东省历史学会会长等职。懂数门外语，学识渊博，在中国古代史、近现代史、职工运动史、东南亚史、思想史、香港史等领域的研究中，均取得较高的学术成就。

周俟松（1901—1995），湖南湘潭人。毕业于北京师范大学数学系。一九二九年与许地山教授结婚，婚后随许地山来香港定居。许地山逝世后，返回内地从事教育工作。

郑彼岸（1879—1975），广东香山（今中山）人。曾赴日本留学，次年加入中国同盟会。回国后，在香港创办《香山旬报》，主编《京津日报》《讨袁日报》。后赴美洲。在三藩市创办《平等》杂志。一九三六年回国。抗日战争时期，任中山县文献委员会主任委员、中山县中山图书馆馆长，并创办五峰中学。中华人民共和国成立后，任广东文物保管委员会委员、广东省文史研究馆副馆长等。著有《孙子年考》。

郑振铎（1898—1958），福建长乐人。一九二〇年与沈雁冰等发起成立文学研究会，后入商务印书馆任编辑，曾在清华大学、燕京大学、暨南大学等校任教授。一九四九年后历任文化部文物局局长、文化部副部长等职。一九五八年在出国访问途中飞机失事遇难。著有《文学大纲》等，抗日战争期间与陈君葆等共同抢救和保护中国珍贵古籍（详见北京《百年潮》二〇〇八年三月《战火中国宝大营救》一文）。

冼玉清（1895—1965），广东南海人。曾随名儒陈荣衮习文史，及入读香港圣士提反女校。一九二〇年入读广州岭南大学，后任该校讲师、教授以及博物馆馆长。中华人民共和国成立后，任中山大学教授、广东省文史研究馆副馆长等职。著有《赵松雪书画考》《岭南掌故》等。

九　画

胡希明（1907—1993），河北沧县人。曾任冯玉祥军团长、中华民族革命同盟上海支部书记，后任香港《星岛日报》特派记者，多次到延安采访；曾任香港《力报》采访部主任、《周末报》社长。历任广东省文史研究馆馆长，广东省第四、五届政协副主席，第五届全国人大代表。著有《三流诗集》。

柳亚子（1887—1958），江苏吴江人。我国著名诗人。著有《柳亚子诗词选》《图南集》等。

钟敬文（1903—2002），广东海丰人。一九三六年毕业于日本早稻田大学研究院。曾任中山大学、香港达德学院教授。一九四九年后任北京师范大学教授。著有《钟敬文民间文学论集》《民间文学概论》等。

俞叔文（1874—1959），广东番禺人，名安鼎，字叔文。早岁入译馆，研求经世之学。民国成立后，遁迹香江，设塾课徒，创学海书楼，任司理。嗣后任职德明、敦梅、丽译、宝觉等校。

费彝民（1908—1988），江苏苏州人。北京高等法文学堂毕业。一九三〇年后，任天津《大公报》驻辽宁通讯记者，后任上海《大公报》副经理，一九四八年后参加香港《大公报》复刊工作，一九五二年任该报社社长。一九八五年后，任香港特别行政区基本法起草委员会副主任委员。是全国人民代表大会常务委员会委员、全国人民代表大会法律委员会副主任委员、全国政协常务委员。

十 画

袁同礼（1895—1965），河北徐水人。北京大学毕业，后留学美国，获匹兹堡大学法学名誉博士学位，返国后曾任北平图书馆馆长。

徐伯郊（1913—2002），浙江吴兴人。文物专家徐森玉先生之哲嗣。曾就读北京辅仁大学、日本东京帝国大学及庆应大学。曾任上海市银行经理，广东省银行香港分行经理。中华人民共和国成立后，曾协助郑振铎在香港收回国家流出的国宝，如宋、元刊本的书、帖，唐、宋、元古书及珍贵钱币等，其间亦得到陈君葆的协助（详见北京《百年潮》二〇〇八年三月《战火中国宝大营救》一文）。

郭沫若（1892—1978），四川乐山人。留学时，与郁达夫等组织创造社，归国后任中山大学文学院院长、国民革命军总政治部秘书长。后参加南昌起义，任起义军总政治部主任。一九二八年流亡日本，抗日战争爆发后回国，任国民政府军委会第三厅厅长。一九四九年后任政务院副总理、全国文联主席、科学院院长等职。著有《中国古代社会研究》等。

唐祖培（1898—?），湖北咸宁人。毕业于武昌中华大学，后历任母校及西北大学、山西大学、湖北师范学院教授。去台湾后任台湾师范大学、东吴大学教授。著有《中华史纲》《郑和航海志》等。

容庚（1894—1983），广东东莞人。一九二二年入北京大学当研究生，后入燕京大学任教，并任北平古物陈列所鉴定委员。一九四六年任岭南大学教授，一九五二年任中山大学教授、在古文字学、考古学、篆刻学方面有很深造诣，先后出版专著三十余种，论文七十多篇。

十一画

黄宁婴（1915—1979），广东台山人。中山大学经济系毕业。曾与陈残云等作家组织诗社及创办月刊，亦曾任中学教员。抗战胜利后到香港，任中华全国文艺界抗敌协会香港分会理事、中国民主同盟南方总支部委员，广东省解放前夕入东江游击区。一九四九年后任华南人民文学艺术学院教授，广东省文教厅科长，广东粤剧院党总支书记、副院长，中国作家协会广东分会副主席等职。著有《九月的太阳》等。

黄永玉（1924— ），湖南凤凰人，出生于常德。少年习画，十四岁开始发表作品，辗转到上海、台湾和香港生活。一九五二年回内地，任中央美术学院教授、中国美术家协会副主席等。擅长木刻、国画，在海内外享誉甚高。

黄庆云（1920—2018），中学毕业后入读中山大学中文系。抗战期间，到香港借读于岭南大学，并组织少童群益会。一九四一年主编《新儿童》（半月刊）。一九四七年至一九四八年赴美国留学，一九四九年回广州。曾任《少先队员》主编、广东省作家协会副主席，并到多个国家考察和交流。著有《幼稚园诗画集》等。

黄炎培（1878—1965），江苏川沙人。一九〇五年加入中国同盟会，民国后，历任江苏省教育司司长，省议会议员。一九一七年与蔡元培等组织中华职业教育社，任理事长。一九四九年后历任中央人民政府委员、政务院副总理兼轻工业部部长、全国人大常委会副委员长、全国政协副主席等。著有《黄炎培考察教育日记》等。

黄般若（1901—1968），广东东莞人。幼随叔父黄少梅习画。一九二三年与赵浩公等创设癸亥合作画社。一九二五年扩展为广东国画研究会，并在香港成立分会。曾任《探海灯》（三日刊）编辑，后任职广东文献馆，并主持每月的观赏会，一九四七年主持中国文化协会及中英学会在香港举办的中国文物展览会。一九六〇年举办《香港人画》展览。擅画花鸟、山水、人物，亦精书法。

黄绳曾，佛学大师。

萧隽英（1901—1988），广东大埔人。曾任广东省文化局局长、高等教育局局长、广东省人大常委会副主任、广东省政协副主席等职。

萨空了（1907—1988），原籍内蒙古昭乌达盟翁牛特旗，生于四川成都。中国杰出新闻工作者、出版家，曾任香港《立报》总编辑、《华商报》总经理。中华人民共和国成立后，任北京《光明日报》总编辑及新闻出版总署副署长兼人民美术出版社社长，第六届全国政协常委。

曹聚仁（1900—1972），浙江浦江人。曾任暨南大学讲师、教授。创办《涛声》周刊，后合办《太白》《芒种》等刊物。曾任战地记者，在赣南应蒋经国之邀，主持《正气日报》。一九五〇年到香港，任《星岛日报》编辑，并创办《循环日报》。著有《笔端》《大江南线》《万里行记》等五十余种。

章士钊（1881—1973），湖南善化（今长沙）人。就读于南京陆军学堂，后留学日本、英国。回国后任国会议员、北京大学教授、段执政司法总长兼教育总长。一九四九年后，历任全国人大常委、政协常委、中央文史馆馆长。著有《柳文指要》等。

商承祚（1902—1991），广东番禺人。商衍鎏之子。精研古器物及古文字，曾任北京大学、清华大学、中山大学教授，毕生致力于古文字研究，擅长书法，尤精金文。

十二画

蒋复璁（1898—1992），浙江海宁人。北京大学哲学系毕业，后留学德国、韩国、美国。历任清华大学讲师、南京中央图书馆馆长、台湾“中央”图书馆馆长。著有《图书馆管理法》等。

曾幼荷（1925—?），河南光山人。毕业于辅仁大学美术系，时常往来就教于名家溥心畬、齐白石、徐悲鸿、容希白诸先生。其作品笔墨超逸，气魄雄厚，直追宋元。一九四九年九月二十五日至十月一日，曾在香港大学冯平山图书馆举办画展，馆长陈君葆嘱赵少昂为文介绍。赵少昂大赞曾幼荷女士是艺术天才。

曾昭抡（1899—1967），湖南湘乡人。美国麻省理工学院化学博士，归国后历任中央大学、北京大学等校教授，一九四八年选为中央研究院院士。中华人民共和国成立后，历任北京大学教务长、教育部副部长、高等教育部副部长等职。

曾靖侯（1886—1966），香港华人革新协会第三、四、五届副主席。二十世纪五十年代回广州投资办工厂，支援祖国建设。曾任历届广东省政协委员。擅诗词、国画、书法。

谢扶雅（1892—1991），浙江绍兴人。早年留学日本，后留学美国。回国后任广州岭南大学、中山大学教授。著有《人格教育论》《宗教哲学》等。

谢松山（1894—1965），新加坡知名作家。福建绍安人，香港圣保罗学院毕业，曾任县教育局长，不久赴港经商。一九三二年移居新加坡，任《南洋商报》副刊编辑。一九四七年与女画家张荔英结婚，一九五三年结束婚姻。一九五七年曾回国参加观礼。著有《血海》等。

十三画

简又文（1896—1978），广东新会人。曾留学美国，回国后任广州市教育局局长、燕京大学教授，在香港创办《大风》旬刊。一九四五年后历任广东文献馆主任、中山大学教授、香港大学研究员、香港中文大学研究员等职，是著名太平天国史专家。

简经纶（1888—1950），祖籍广东番禺，生于越南。回国后，曾问经史于简竹居，叩书艺于康有为。攻究古籀文字及诗文书法，与叶恭绰、吴湖帆、张大千、王秋湄等时相往还，于书法、篆刻、辞章无所不擅，学古能变，巧夺其神。其于书，甲骨、彝铭、汉魏碑刻简牍皆遍习，故书、诗、篆刻皆精。

十四画

廖梦醒（1904—1988），广东惠阳人。廖仲恺之女。一九三一年加入中国共产党。抗日战争时期任宋庆龄秘书，后在上海从事地下工作。历任全国人大代表、政协委员等。

熊希龄（1870—1937），湖南凤凰人。早年参加变法运动，创办《湘报》。变法失败后，被清廷革职。民国后，历任北洋政府财政总长、国务总理，一九三二年任世界红十字会中华总会会长等。

十六画

融熙法师（1888—1959），广东省番禺人，俗姓汤，字雪筠。毕业于广东高等师范学校，以能文善辩著称。